早春的
世纪人生

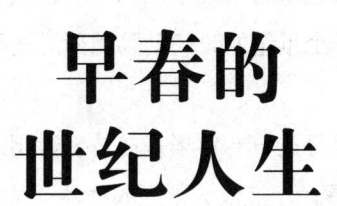

岳朝蓉◎著

她亲历了近一个世纪的时代动荡和云谲波诡

饱尝了人生的诸多辛酸苦难

以小女子的柔弱之躯

扛起了家庭的全部重担

武汉出版社

内容简介

本书主要讲述：一位普通农村女性平凡而又跌宕坎坷的一生。她以一介小女子的柔弱之躯，亲历了近一个世纪的时代动荡和云谲波诡，饱尝了人生的诸多辛酸苦难。

她天真烂漫的童年和美好的青春年华是在贫瘠封闭的大山之中度过的；两鬓成霜的时候，又像一粒微尘飘落于江汉大平原的种种聒噪与纷繁之中，以多病之躯，培育着四个孩子学业有成。

她曾经是挣扎于旧时代最底层，卑微的"哭嫁女"，新时代将她从"哭与泪的苦海"中解脱出来，将她锻造为一个农村基层干部和"女强人"，给了她"笑"的尊严和理由。

但她活得仍然如小草一样坚韧而沉默，命运多舛常常令她无以自拔：小时候，父亲双目失明，她成了"父亲的眼"，并一直牵引着父亲走完灰暗而又不失一线光明的人生；情窦初开时，她邂逅心仪对象，但苦于难违父母之命而与真爱失之交臂，只好在一声叹息中木然牵手无爱且疾病缠身的另一半聊度人生；她婚后连遭不幸，曾经痛失爱子而陷于崩溃，曾经遭遇胞弟罹难而痛不欲生，更因为女儿发烧耽误治疗变成弱智而心力交瘁；妯娌夫妇英年早逝，她不但接下了他们身后所欠的全部债务，且敞开了母爱博大的胸怀，将失去双亲的一对幼小揽入怀中，并对他们视如己出，给予阳光般的温暖；她悉心照料着朋友托付给她的五个孤儿，一直关照着他们长大成人。

她嫉恶如仇，眼里容不得沙子，一生与恶斗、与不平抗争，也因此屡遭陷害打击。但她活得率性而坚强，乐观而自信，始终保持着一种勤劳善良、淳朴节俭、坚韧不屈的中国女性传统本色。

文学来源于生活，也高于生活，请勿对号入座。

序 言

　　岳朝蓉是我在陈清贫写作培训网校的校友。在网校三千多名学友中，她通过短短几年的学习，成为佼佼者。目前，她已在全国各大报纸杂志发表作品数百篇，加入了湖北省作协，出版了散文集《人生有梦不觉迟》。《早春的世纪人生》是她出版的第二部作品。

　　人生总是要有梦想的，万一实现了呢。这句网络用语，用在岳朝蓉身上再合适不过，她学习写作的故事很励志。她从事计划生育工作，50岁退休后，从忙碌的工作状态中停顿下来，突然感到生活失去了重心和方向。为了打发时间，她和朋友们一起打麻将混日子。但这样的生活颓废而无聊，在这样的光阴中，她迅速地老了下去。才短短一两年时间，看上去像是老了七八岁。焦虑之时，她常常在想，究竟应该做些什么有意义的事来打发漫长的退休时光。

　　她想到了儿时未圆的作家梦，开始在网上搜索，并找到了陈清贫写作培训网校。当听说她要开始报名学习写作时，家人一片反对，觉得她简直是异想天开，只有女儿站出来支持她。就这样，她成为网校中的一员，开始了她的写作之旅。她在网校中年龄偏大，但却是最刻苦的，常常不懂的地方就问，从来不怕丢面子。短短一年多时间，她在陈清贫老师的指导下，作品遍地开花，发表了散文、短篇小说等数百篇，成为网校的明星学员。2017年，她的首部散文集《人生有梦不觉迟》正式出版。

　　文字成为她灵魂的归依。自从开始学习写作，她便一发而不可收，越写越上瘾。母亲年纪越来越大，身体也大不如以前。病榻之上的母亲，对于生活失去了希望。为了让母亲树立信心，她鼓励母亲把一生的故事讲出来，每天讲一部分，她来整理记录，然后读给母亲听。这些回忆成为这本书的雏形，也成为母亲战胜病魔最大的力量。

　　本书以小说的笔法塑造了一位平凡母亲的伟大形象，展现了一位普通平凡的母亲，在漫长的苦难人生里，乐观坚韧、善良淳朴的优秀品格。母亲带着自己的儿女、养子养女，走过了重重磨难，迎来了幸福美好的新生活。

岳朝蓉笔下的母亲，也正是中国千千万万个母亲的缩影，她们善良、坚韧，在时代的波涛中，直面人生风雨，为了儿女，她们在生活的风浪中披荆斩棘，不曾被苦难压垮。没有人不爱自己的母亲，也许母亲有很多的不完美，但却给了我们生命，哺育了我们成长，是我们生命中最重要的人。因而，在岳朝蓉的笔下，母亲的形象过于完美，但这正是我们每个人心中的母亲，我们用爱和包容，来诠释自己心目中母亲的完美和母爱的伟大。

历史浩如云烟。也许，我们的母亲都很平凡、很普通，但正是这样平凡而普通的母亲用自己的柔韧之躯撑起了一个个家庭，她们为"母亲"二字赋予了时代的光辉和母性的光芒。这样的母亲值得去讴歌和赞美。岳朝蓉用自己的笔，描绘出她心目中母亲的形象，描绘了母亲一生的苦难史、血泪史。向这位平凡而伟大的母亲致敬！也向从苦难中走来的千千万万个母亲致敬！

愿岳朝蓉写出更多、更好的作品，愿更多的爱与温情在她的笔尖流淌，愿我们每个人都能够以爱和包容去拥抱这个世界的美好。

（作者陈景丽，青年作家，图书出版人，已出版图书杂志百余部。）

目录

上卷

第 1 章	随父坐诊	/2
第 2 章	两枚戒指	/12
第 3 章	义救百人	/18
第 4 章	父亲失明	/24
第 5 章	冬日暖阳	/30
第 6 章	卖柴挣钱	/37
第 7 章	纺车倩影	/46
第 8 章	哭嫁歌声	/52
第 9 章	绣鞋情缘	/58
第 10 章	父亲回家	/64
第 11 章	茶馆故事	/70
第 12 章	初恋风波	/77
第 13 章	带弟经商	/84
第 14 章	夜半枪声	/90
第 15 章	包办婚姻	/97
第 16 章	张氏回家	/103
第 17 章	退婚风波	/110
第 18 章	蓬溪奇遇	/116
第 19 章	歇客之夜	/122
第 20 章	新婚之日	/129
第 21 章	李家印象	/134
第 22 章	邻里乡亲	/140
第 23 章	保长收款	/146
第 24 章	黎明曙光	/153

下卷

第 25 章　工作受阻　　　　/162
第 26 章　唱歌识字　　　　/168
第 27 章　公正办事　　　　/176
第 28 章　迎难而上　　　　/183
第 29 章　当选代表　　　　/191
第 30 章　分家另过　　　　/197
第 31 章　丰收喜悦　　　　/205
第 32 章　新建猪舍　　　　/210
第 33 章　婆媳嫌隙　　　　/217
第 34 章　失子之痛　　　　/224
第 35 章　住回娘家　　　　/230
第 36 章　单人对唱　　　　/237
第 37 章　促成良缘　　　　/242
第 38 章　再续情缘　　　　/248
第 39 章　深夜回家　　　　/253
第 40 章　惩恶扬善　　　　/259
第 41 章　小草赞歌　　　　/266
第 42 章　妯娌重托　　　　/274
第 43 章　社员入社　　　　/279
第 44 章　孝老观点　　　　/284
第 45 章　水塘之殇　　　　/290
第 46 章　劳动大军　　　　/296
第 47 章　磨难重重　　　　/301
第 48 章　领导关怀　　　　/306
第 49 章　勇揪蛀虫　　　　/311
第 50 章　食堂管理　　　　/316

第51章	好友托孤	/324
第52章	水库建设	/329
第53章	多事之秋	/337
第54章	复仇遗书	/344
第55章	共渡难关	/350
第56章	孩子失踪	/356
第57章	秧苗被盗	/364
第58章	打更巡查	/373
第59章	猪牛冻死	/380
第60章	再任队长	/389
第61章	知恩图报	/395
第62章	二娃养牛	/400
第63章	供应粮食	/405
第64章	种桑养蚕	/410
第65章	三女病重	/416
第66章	父亲遗嘱	/422
第67章	祖坟被挖	/428
第68章	智帮初恋	/435
第69章	麦种被盗	/443
第70章	晒坝故事	/449
第71章	大女落榜	/456
第72章	夜半鞭声	/465
第73章	喜宴插曲	/474
第74章	外迁卖菜	/481
第75章	菜场故事	/487
第76章	好事多磨	/494

第 77 章	抚养弃婴	/501
第 78 章	转学风波	/507
第 79 章	团年欢歌	/514
第 80 章	青山计划	/520
第 81 章	坚守菜摊	/527
第 82 章	夕阳美景	/532
后记		/538

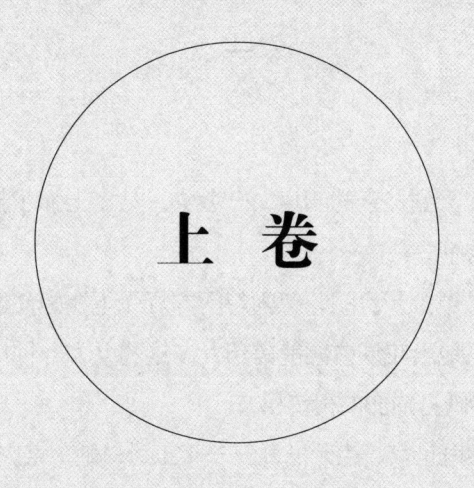

上 卷

第1章　随父坐诊

一

"早春，起床了！"

六岁多的早春，听到父亲的叫声，一激灵，从床上弹了起来，向大厅走去。门外雄鸡此起彼伏地啼鸣。

早春"吱呀"一声拉开房门，忽闪忽闪的灯光下，她父亲冯仁礼先生，穿着青色夹衫，神情专注地坐在堂屋桌前搓药丸。这药丸和一种用钻石黄等药材自制的药酒，是她家专治跌打损伤的祖传秘方。

她出生在川北中医世家，生于一九三一年正月，她父亲因此给她取名早春。

"爸爸，我来帮忙吧！"早春像以往一样卷了衣袖，要去洗手来搓药丸。

冯先生抬起头，慈爱地看着她说："你母亲坐月子，你去洗衣烧火做饭吧。"

"嗯。"早春应着，就去柜上取来一盏煤油灯，歪着在桌前点燃。冯先生看着来回走动的女儿，手搓着药丸，满意地点头道："今天逢赶集，人多较忙。早饭后，你和我一起上街，帮忙抓药给人治病吧！"

"好嘞！"早春稚嫩的声音和房外叽喳的鸟儿一样，清脆欢快。她很喜欢跟父亲去出诊看病。她很想像父亲那样学医救人，可冯先生总说，"可惜你不是男孩"。她不懂，为什么不是男孩就不能学医。可早春偏偏机灵，记性又好，从冯先生看病过程中，学到了不少医学知识。

她提着煤油灯走去厨房，将灯挂在柱子高处，围上围裙。洗锅，加水，拉风箱，打鸡蛋。不一会儿，米酒鸡蛋就煮好了。她分三个碗盛起，用大托盘装着分送给父母和奶奶。

她在锅里炖着早饭时，就出来给猪、鸡喂食，打扫院坝。洗好衣服，在院前柚子树和皂荚树间横绑着的竹竿上，晒得花花绿绿。

这时冯先生又将采回、晒干在各个簸箕里的药材，切丝或切片分装在写了名称的布袋里。

早饭后，她收拾好碗筷，分别给母亲和奶奶的房里送去开水。临走时，她朝母亲房里喊道："妈，中午我回来晚了的话，蹄子炖黄豆汤煨在锅里，您就和奶奶先吃。"

早春母亲冯杨氏包裹着红头巾，来到门口对她说："春啊，今天忙的话，就好好给父亲帮忙。"说完又转向冯先生，拿下沾在他身上的药片，柔声交代道："放心在街上看病吧，家里我会照顾好的。"

"你不要沾冷水，我尽量让早春早点回来。"冯先生叮嘱妻子后，才和早春各自用夹背，背着药材，去三里外的井峰街坐诊。

父女二人走向垭口时，太阳的光线从山顶散落下来，薄雾笼罩着整个村庄。冯家湾那半圆形湾子里的房顶上，在晨曦中飘起了缕缕炊烟。有人背着夹背，挑着担子已去赶场。

井峰街，是一个远近闻名，繁华而古老的集镇。它坐落在蓬溪与高峰山之间，高峰山有传说中金口玉言的罗英秀才，更有行侠仗义的王师祖。去那里朝拜、求学、求功名前途的人很多，途经井峰街时，走累了，往往找个茶馆坐下来喝喝茶、听听书、摆摆龙门阵。因此街上有大大小小十多家茶馆。冯先生的药摊，就摆在很有名的高家茶馆里。

高家茶馆有两层，五六百个平方，门槛前有几级台阶。冯仁礼先生在高家茶馆进门的右边，常年租了一张四方桌。即使冯先生来迟了，或出诊去了，来看病的人坐着喝着茶，听着人说书，也能消遣打发时光。

早春和父亲到茶馆时，桌前有几人已喝着茶等在那里。冯先生和大家点头问好。早春放下夹背，甜甜地叫着"叔叔好！爷爷好！"

偌大茶馆里，桌椅整齐有序地摆放着，只有几个跑堂倌肩上搭条白毛巾，在楼上楼下的桌上摆放着茶具。说书台醒目地立在那里。

冯先生给人把脉看病时，早春提起茶壶给大爷、叔婶们筛茶。然后提着药袋一一摆在柜子上。冯先生写着处方，念着药名及克数，早春左手拿称，右手抓药。她父亲的处方开完，她麻利地将药称完，包好，递到大爷手上，收着钱又递给父亲。早春给大爷交代着："水淹着药熬，一天喝三次，最好是现熬现喝。"然后就挼

3

扶着大爷出门槛下台阶，叮嘱道："您慢点！"

这时茶馆里陆续有人到来，跑堂倌喊着："客官，请坐！"朝后堂吆喝一声，"上茶哕！"就有人提着长嘴茶壶跑出来。

轮到一位大婶接过药时，她面露难色地对早春说："孩子，我钱不够，下次带来，行吗？"

"没问题！"早春爽快地应着，扶大婶出门。

茶馆里人已坐满，嗡嗡的说话声、叫茶的吆喝声，跑堂倌递茶倒水忙碌了起来。说书人穿着灰色长衫站在了高台上。

当早春送走最后一个病人时，父亲走去和前面桌上的人喝茶听书，摆龙门阵（聊天）。此时说书人丁先生正说《花木兰替父从军》的故事。早春平时也喜欢听书，但今天逢赶集，她更想去街上看热闹。

她站在街沿边的槐树下，吸着花香，伸着懒腰看街景。井峰街瓦房相对而建，中间是一条一百多米长、青石板铺就的长长街道。逢赶集时，人们就在街两旁摆摊设点。卖菜的卖米的，各种物品摆满了街两旁。这时，讨价还价声、吆喝声不断。中间时时有马车、轿子经过。

对面老婆婆摆卖的各种绣花鞋、虎头鞋真好看。要是自己学会了，也给弟弟做一双，穿在他脚上肯定好看。早春心里想着。

正当她抬脚要去对面看虎头鞋时，马嘶长鸣，伴随"嘚嘚嘚"的奔跑声。一群人骑着马，簇拥着一个看起来很有钱的人，向高峰山方向而来。

"让开，让开"地吆喝着，鞭子就"啪啪"地甩，街道两旁的人慌忙后挪。有人躲闪慢了，东西被掀翻，被甩下的鞭子狠狠地抽到，也只敢怒视不敢言语。对面卖鞋的老婆婆因年长，行动迟缓，被呼啸而过的马撞倒，鞋散落一地。

老婆婆指着离去的那帮人，号哭着大骂："该杀的，挨千刀的，不得好死。"

老人无助地坐在地上："我的鞋，我的鞋啊！"她想站起来，可左脚已站立不稳，看样子是伤了脚。但为了捡鞋，她仍一瘸一拐地挪到鞋散落处，扶着夹背，艰难地弯腰去捡。

旁边的人们都麻木地各自大声吆喝着自己的生意，路过的行人也只漠然地看一眼便匆忙离去。风呼呼地吹得槐树枝左摇右摆，发出呜呜的怪叫，槐花撒落一地。

虽是五月天，让早春还是感到阵阵寒意。她皱紧眉头，快步走下台阶，绕过卖米的，穿过马路，弯腰双手快速捡起鞋，放入老人的夹背。

她要扶老人站起，老人佝偻着腰，左脚却不能站立，口里"哎哟！哎哟！疼死我了"地叫着。

她左手提夹背，右手搀扶："我看您腿伤得不轻，我给您治治吧。"

老人摆着手，一脸无助，站着不肯走："闺女，我没钱，不治。"

风吹得老人的白发凌乱不堪，老人核桃般的脸上眉心紧锁。

"那怎么行，不给您揉揉会疼得更厉害。"早春不由分说地拽着老人，向高家茶馆走去，将热闹喧嚣的街道，高耸的青石板瓦房，呼呼的风声，摇摆的树枝丢在身后。

茶馆里丁先生正讲《王师祖救人》，楼上楼下的人，有的喝着茶，嗑着瓜子引颈听着，有人手托下巴目不转睛地看着，还有人头挨头小声嘀咕着。

早春扶老人坐下，倒了一杯水，递过去："阿婆，您先喝口水。"然后，就转身熟练地取出药酒。

这时说书人讲完，楼上楼下的人"好！好！"地叫着，鼓掌欢呼，有人站起来伸着懒腰打着哈欠。有人叫"加茶啰！"就见跑堂的伙计，提着长嘴茶壶给客人桌上咕噜咕噜筛满茶。说书人趁空走下来和冯先生讲着话。

早春坐下，不由分说地抬起老人的脚，放在自己的膝盖上，卷起裤脚，褪去布袜，红肿的脚踝和三寸金莲上碰破的伤口呈现在早春眼前，伤口还汩汩地往外冒血。

老人"哎哟！哎哟！"叫着，咬牙切齿道"一帮土匪强盗"，又慌忙放下裤腿。"我不治，我没钱。"说完老人就扶着桌子，想站起来。

早春按着老人说："您别动。"就用纱布蘸上药酒，在伤口上涂擦着，宽慰老人道："我和父亲不会收您钱的。您看您伤口都出血了，脚踝也肿了不治哪能行。"

老人眼圈发红，盯着早春为她做这一切。早春倒出药酒，在老人红肿的脚踝上，慢慢地、轻轻地揉起来……

茶馆里的人吆喝着："丁先生，快给我们说书听！"

"好！这就来！"说书人喝了一口茶，拍了拍冯先生，向说书台走去。

早春仰头笑问："阿婆，您感觉好些了吗？"

老人用袖子擦拭着眼泪，点了点头。

早春用父亲自治的小竹筒倒了药酒，用苞谷塞子塞好口，取出几粒药丸递给老婆婆："您回家用这个揉捏，配合药吃，很快就会好起来的。"

老婆婆摆着手，对早春连说："不要，不要！没钱，没钱，咱吃不起药。"

早春将药塞在老人手里，笑着安慰道："我说过，不会收您钱的。"

老人单脚靠着桌子，整个人杵在那儿，无声地抽泣着，低头一个劲揩擦着泪。

早春又交代道："您的左脚这几天尽量少走动，少用力。"

老婆婆长叹一口气道："唉！我不上街做生意不行啊！靠卖鞋买吃的……"她闪烁的眼神中，似有难言之隐。

早春取出玫瑰红布袋斜背身上，向父亲说了声："爸，我送阿婆回去。"

冯先生赞许地看着她，点了点头。

早春扶着老人走在路上，老婆婆拉着她的手一个劲儿地拍着，狠下决心说道："闺女啊！大善人啊！好人一定有好报啊！你救救我的孙子吧！"

早春停下脚步："您孙子咋啦？"

老人絮絮叨叨道："我儿子被强行拉了壮丁，媳妇一急之下，丢下孩子一病西去。我只得带着孙子艰难度日，现小孙子连续几天高热不退"。

早春急切问道："怎么不去看？"

老人扯起衣角揩着眼泪，叹了一口气说："唉，我找了许多医馆，都因没钱将我们推在了门外。有人让我到高家茶馆，找你们冯家父女，说你们行医价格公道，穷人看病没钱也帮忙先看。我碰壁多了，也不相信有这么好的事。我老婆子只得卖鞋筹钱，再带孙子去看病。今天我特地选在高家茶馆对门，观察你们父女……"

"那快点抱他去让我父亲给看啊！"早春打断老人的话。

好在路不远，绕过街后面一条路，直走约一里路就到了老人的家。早春进屋后，见小男孩"吭哧吭哧"地喘着粗气，软绵绵地躺在床上。她用手摸了摸额头，确实热得厉害，随即抱着小男孩快步跑回茶馆。

她人还在台阶，就急急地大喊："爸爸，快来给小弟弟看看，他热得厉害。"

听书的人们都转过头来，注视着抱着病怏怏的小男孩站在门口的早春。只见她穿一身蓝底白花的夹衫，头顶扎一根红头绳，一根辫子垂在了脑后，汗水打湿了额前刘海儿。她喘着粗气，红扑扑的小脸上，一双水灵灵的大眼睛在四处寻觅。

着一身深色长衫，中等个子的高老板站起来，对早春喊道："刚有人叫你父亲去出诊了。"

二

老人瘸着腿，拄着拐杖已赶来，闻言急得全身抖动，弓身靠着桌子，拐杖戳着地，沙哑着声音不停地哭喊着："我苦命孙子啊！怎么办？怎么办啊？"

"阿婆，您先坐下。"早春从老人手中接过孩子说，"我来给他治吧！"她用手背擦了一把汗，提桶打来井水，拧毛巾湿敷小男孩额头上。

老人焦躁不安地问："这有效果吗？"

"已入夏，这井水对退热肯定有帮助。"早春边用毛巾给孩子擦着全身边说道。

她忽然想起父亲曾经给一个小孩用过的方法，于是借来银戒指装入酒杯，又将新鲜蛋清打入，加生姜等药后用布包住杯口，在火上将杯子加热。她用杯底在小男孩的胸背肚脐等部位推擦着。

有人听着书向早春投来探寻的眼神，高老板紧锁眉头走过来，黝黑的脸上满是关切："春啊，你要不要等你父亲？"

早春仰着头："高叔，病不等人，您放心吧，会有效果的。"

约莫一个时辰后，小男孩的热有所缓解，并缓缓睁开了眼睛，直喊："婆，喝水，喝水。"老人用手臂揩眼泪："好好。"

早春赶忙倒开水。高老板眉头舒展，夸赞道："没想到，你小小年纪如此沉稳。"

喝茶人赞道："嘿！冯先生这女儿，小小年纪还真行哎！让她一治，小男孩还救醒了！"

早春拿汤勺舀开水，吹了吹，喂小男孩喝。见冯先生走上台阶，忙说："爸，您给小弟弟开点药吧。"

冯先生看着满头大汗的女儿，惊异于她的记忆力，只见过一次就做得这么好。他轻叹一声："唉！她要是个男孩跟我学医就好了。"他开了处方，早春抓好药后对老人说："您尽快拿去给孩子熬了喝，很快就会没事了。"

老人喜极而泣："大好人，大好人！"说着，忙双手合十致谢。

早春看向冯先生，恳求道："爸爸，我想给小弟弟买双虎头鞋！"

冯先生喝了口水道："有鞋穿就行了，不要花那冤枉钱"。

早春咬着牙，手绞着辫子，嘟囔道："可那老婆婆受伤了，不能做生意，孙子又病了。"

冯先生再没吱声，将钱递给她。

早春抱着小男孩说道："阿婆，我送您回家。"

"好！好！"喝彩声和着听书人的掌声在身后响起。

回到老人家里，早春选了一双虎头鞋，将钱递过去，老人摇着手不接："不，不要！我还没给你药钱呢！"

她将钱塞到老人手里："您先渡过这难关，以后再说吧！"又指着鞋道："您如果信得过我的话，让我把鞋拿去摆放到桌旁的柜子上，帮忙宣传着试试看，也许能卖出去呢？"

早春背回鞋摆在柜上，听着丁先生说书，惬意地哼着童谣。

"春儿，来吃饭。"冯先生见过了中午，就叫了两碗抄手。他对早春交代道："你吃了就回去，你妈毕竟还在月子里，不能让她洗冷水。你奶奶又看不见，你就辛苦些，多干点活！"

早春夹了一个抄手放口里，仰着头对父亲说："我晓得的，爸爸！我去给张婆婆买完米面后就回去。"

冯先生交代早春道："剩的钱，不能乱买东西，要还给张婆婆哟，老人家也不易。"

"好。"早春答应着，放下碗。

冯先生拿出零钱递给早春："你拿去买点喜欢的东西吧。"她背着夹背，蹦蹦跳跳地走了。去帮张婆婆买了米面，父亲给的零钱她没舍得给自己买东西，给母亲选了发卡，给奶奶买了一盒姜糕。

初夏的风柔柔地吹着，太阳照在山坡上，四周的景致早春无心欣赏，她快步走着，给张婆婆送去了米面。见老人水缸里没水了，又提着小水桶，去一百多米远的井里给老人提了几桶回来。

张婆婆无儿无女，一个人凄苦地生活着。早春时时帮她挑水、捡柴、上街采办些物品。

早春背着夹背，抬手擦着汗，沿水井拾级而上回家。台阶两旁自家的核桃树已结出青涩的果子，桃杏差不多已经熟了。她伸手摘了一个桃子，嘎嘣咬了一口，"嗯，真甜！"

旁边的丝瓜花上还有几只蜂蜜嗡嗡叫着，黑狗见她回来摇头摆尾地迎了上来。

这时，大丫着急地在身后叫道："早春妹妹，你爸哩？蜜蜂蜇着了我的脸，又痒又肿了起来。"

早春转身，见大丫捂着脸，"哎哟！哎哟！"痛苦地呻吟着。她随手摘了丝瓜花用手揉烂，去房里对母亲道："妈，您帮我挤点奶在手里。"

冯杨氏挤着奶，嗔怪着："你这孩子要干啥呢？"

早春伸手接着问："妈，您和奶奶吃了吗？"

"嗯，吃了！"

她出来将手上的伴有母乳的丝瓜花，给大丫敷在蜂蜇处，才取下夹背，将发夹、姜糕拿出来了，再进房递给母亲。"弟弟睡着了！"摸了摸弟弟粉红色肉嘟嘟的小脸说道。

大丫跟在早春身后，看向冯杨氏："大娘好！小弟弟好可爱啊！"又对早春道："神了，不痒了，也不那么疼了哎！"

早春去到右边房里叫着："奶奶，我给您买姜糕回来了。"

"好。乖孙女。知道奶奶喜欢这口，又买了。"

早春顺手递了一块给大丫，然后掰了糕喂奶奶嘴里。她转身去堂屋，弯腰和大丫抬着竹躺椅，早春笑着交代："你按这方子连擦几次就会没事了。"

大丫对早春投来佩服的眼神："你真行。"

太阳光下，鸟在树上跳来跳去，叽叽喳喳地鸣唱，鸡悠闲地在树下觅食。二人在院坝放下竹躺椅，早春右手擦了一把汗，自豪地说："我跟父亲天天去看病，不仅学会了给人看简单的病，还学会给猪牛治病的方法咧！"

那个年代，邻里乡亲喂猪牛不易，只要有人请冯先生，他也乐意帮忙。大丫跑过来，拉着早春的手，央求道："我娘说，我家猪这几天不好了，你给看看吧！"

"好啊，等我把奶奶扶出来晒太阳就和你去。"二人手拉手进门，扶着奶奶出来坐在躺椅上。奶奶念叨着千百遍的话题："都是我这个瞎眼的婆子，九十了，阎王还不收走，苦了你们啰！那年我生下一对龙凤胎不久，你爷爷就去世了，我哭啊哭啊，哭瞎了双眼，害了你父亲几十年……你父亲支撑这一大家子不易啊！春啊！你长大了一定要好好孝顺他啊！"

早春给奶奶揉捏着肩头，用她那清脆银铃般的声音，欢快地回答道："奶奶您放心，我不仅要孝敬爸妈，更要好好地孝敬您咧！"

早春分别给奶奶和母亲送上一碗汤后，就和大丫手牵手，向她家走去。

这时迎面走来一位约摸三十来岁、额角有癞疤的妇女，人们都叫她"癞子婶"。只不过她的癞疤比较轻，又用头发遮挡着，已看不见。她对大丫问道："大丫，我给你家猪弄药吃后，好了吗？"

大丫对着她"哼"了一声，拉着早春快跑着说："我妈说，这个癞子婶，只知道收钱，也不知弄的啥药，我家猪越吃越严重了。"

早春用手背在红扑扑的小脸上擦着汗："她娘家父亲不是兽医吗？她应该学了点救治知识呀！"

大丫不满道："学啥？她只想着收钱！上次收了钱，还是没把我家猪看好。最后，还是你父亲弄药治好了我家猪，还没收钱。"

早春拍着胸说："以后有事找我，我会像我父亲那样，不会收钱的。"

有几个孩子凑上来，欢呼道："太好了，以后让娘就找你，免得出钱给癞子婶。"

癞子婶恨恨地盯着早春道："好你个冯早春，想断我财路，我让你好看！"

一进大丫家门，早春喘着粗气急问："婶子，猪怎么啦？"

"母猪下的猪崽，屙白屎。"

早春学着父亲那样，先看，又摸着它哼哼直叫的猪鼻子，辫子甩脑后说道："出汗颗粒不均匀，舌黄厚，又屙白屎，说明寒气重，要祛寒。"

大丫娘点着头道："像你父亲的神态。"

早春轻轻拍了下猪背，小猪哼叫着跑开。她又交代道："婶子，您要保持猪窝干燥，经常换草。用高粱米等炒焦加锅底灰熬水给母猪喝，或加在猪饲料里，可祛寒祛湿，小猪崽也会好。如果猪有眼屎，舌尖有红颗粒，就是热症。猪热症可用鱼腥草、车前子等加饲料喂。"

  大丫娘用早春教的这个方法，还真治好了小猪。

  当早春哼着歌回家时，癞子婶双手叉腰，在半道上拦住了她，咬牙切齿道："你父亲抢我饭碗也就算啦，你小小年纪也断我财路。哼！今天不打你一顿，你就不知道老娘的厉害。"说着，就一手揪早春衣服，一手抬起要打。早春低头咬了她手一口，疼得她"哇呀哇呀"捂手乱叫，早春趁机跑了。

  癞子婶捡起石子正要扔向早春，却见小黑狗瞪着眼对着她汪汪直叫，她只得怒吼道："冯早春，鬼丫头，我跟你没完！"

第 2 章　两枚戒指

一

山风徐徐，夕阳如血，绵延起伏的大山和地上的草木都染上了一层霞光。早春割猪草回来后，又背着背篓上山拾柴草。她给张婆婆割了一捆干树枝背着，顺便取了一些她做的米酒和凉粉送了过去。黑狗摇着尾巴汪汪地跟在她身后。

晚饭时分，早春在磨坊里磨完面，正用小扫帚在磨槽里扫着。

"咚咚咚"的捶门声响起，小扫帚从早春手里滑落，她转头见父亲在门口，气哼哼地指着她："有人给我说了，你给人、给猪看病的事。谁同意你学医看病的？你弄错药咋办？你再自作主张看病，看我不捶死你！"

父亲气得走出去又踱回来，又指着她，黑着脸说："你背好《女儿经》《二十四孝》，唱好《哭嫁歌》，做好女红针线就行了！"

她不敢顶撞父亲。知道是癞子婶在告状，等父亲离开后，她用小扫帚"嘭嘭嘭"狠狠地拍在石磨上："癞子婶，总有一天我要好好治治你！"随后无力地靠在门边，埋怨父亲道："治病救人有什么不好？总说我是女孩，不教我，不让我学。"一股委屈的泪水夺眶而出。

晚饭后，她给奶奶洗脚按揉时，央求道："奶奶，你给我父亲说说嘛，我想学医，治病救人。"

奶奶摸着她的头，无奈地叹了口气道："春啊！这不能怪你父亲，这是祖上的规定，传男不传女，传长不传次啊。"

"早春妹妹，早春妹妹，你教我们唱《哭嫁歌》吧！"大丫和姊妹们，嘻嘻哈哈的笑声随之传来。

"好！"听到叫声，早春暂时忘了不快，端着灯走出来问她们："你们今天学哪首？""《十月怀胎》。"

接着就听见早春清脆悦耳的声音和姊妹们的合唱："童子开花二月黄，我妈怀我十月长……"

一个秋天的午饭后，早春和以往一样，扶奶奶出来晒太阳。然后到山上捡来干树枝，放到门口，扶奶奶回房。她背一捆柴送到张婆婆的厨房时，老人拿出一对银戒指说："孩子，每天辛苦你了，这送你吧。"说着拉着早春的手要给她戴上。

早春慌忙拒绝道："阿婆，我不能要您的东西，不然，父亲知道了会打我的。"

张婆婆紧紧攥着早春的手腕："你对我这么好，一天几遍来看我，不是买东西，就是挑水拾柴给我帮忙，总得让我感谢你呀！"

她们在推拉中，将水瓢"扑通"碰到水缸里，水花溅在她们脸上。愣神间，早春挣脱张婆婆的手，往外跑去。老人在后面说："孩子啊，你不接，我以后就不好意思让你帮忙干活了。"

"这点力所能及的小活，您就不要放心里了。"早春站在门口说完，转身走进晚霞。

老人倚门喊着："我先给你放着。你回去让你父亲来帮我看看，入秋天凉，我这老寒腿又开始疼了。"

自己奶奶有腿疼腿寒的毛病，父亲让她用药酒，每晚给奶奶揉，再用艾条加生姜片熏。她想着，就回家拿了过来。让张婆婆坐下，将腿放在她膝盖上，像给奶奶揉那样，帮张婆婆用药酒轻揉疼的位置，并说："阿婆，我父亲说，这药酒可防治骨折损伤，腰腿寒疼。"

"呜呜呜"，张婆婆竟抽噎了起来。早春慌忙拿开手："阿婆，是我揉痛了您吗？"

张婆婆用衣角擦眼泪，笑道："我要有像你这么个贴心的孙女就好了。"

早春重又低头按揉着："那您就当我是您孙女好了！"

张婆婆这时又从衣兜里摸出戒指，要给她戴手上。她慌忙推开："不，我不能要。"

张婆婆拉紧早春的手嗔怪道："奶奶给孙女礼物也不接吗？"

"如果有了银戒指，给人治病也用得着。"早春心想着，看张婆婆给她戴手上，说道："好吧，我先收下，以后挣了钱，再买了给你。"

这时窗户下，人影一闪，一直在早春旁边摇摆尾巴的狗"汪汪"两声，箭一样冲了出去。

晚饭后，早春同往常一样，给奶奶洗脚泡脚，用药酒按摩，然后安顿奶奶睡下。把灯放在堂屋桌子上，就去端洗脚水到院坝边浇树，冯杨氏在房里喊："春儿，你父亲咋还没回来，去垭口上看看吧！"

"嗯。我这就去。"早春倒了水，向右边垭口张望时，瞥见离自家屋不远处山下，癫子婶在给冯先生嘀咕着什么。

早春不满道："这个癫子婶准又在父亲面前使我的坏。"

她转身进堂屋，弯腰放脚盆时，父亲劈头盖脸的训斥就来了："你胆子不小哩！小小年纪给人看病，给猪看病，用错药了咋办？"

早春噘着嘴小声嘟囔道："我看病是按您的方法做的。"

这时癫子婶故意在水井旁，朝早春家大骂："是哪个没教养的东西，偷了我的一对银戒指。"

父亲"啪啪"拍着桌子，怒斥道："你还有理啦！你给我背好《女儿经》《二十四孝》，唱好《哭嫁歌》，做好女红针线、家务就行了！"

门外风吹得树左摇右摆，煤油灯忽闪着似要熄灭。早春低头双手绞着辫子："我会背了。"

"你还顶嘴？"冯先生瞥见了她手上戴的戒指，又听见癫子婶的叫骂声，就更气恼："唉！不听话，还偷东西！"左手揪着早春的头发，抬右手，"啪"一巴掌，重重地打在了早春肩上。

早春知道，自从那次她帮大丫家看好猪崽病后，冯先生不在家，湾里人就找她看病，彻彻底底地断了癫子婶的财路。癫子婶天天跟着，寻找机会要报复她。今天中午又见她在给一个阿叔治牙疼；下午去挑水时，又尾随她去张婆婆家窗下，偷听了一切，小黑狗汪汪叫着出去才吓跑了癫子婶。

癫子婶知道冯先生家教严，就故意说早春给人看病，故意在井边叫骂说谁偷了戒指，以激怒冯先生，好教训早春。

早春气癫子婶告状的同时，也生父亲的气，心想："你不分青红皂白就打，反正你老说我不是男孩，想学医治病救人也不教我。那就打吧，打死了一了百了。"

冯先生浓眉紧锁，气得脸发白，吼道："你说，为啥不学好？"

早春咬着牙，双手仍绞着辫子不吭声。冯先生更气，顺手操起一根棍子，狠命地"啪啪啪"打在早春后背:"我叫你不听话。白教了你那么多,小来偷针大来偷金,你忘了……"

灯摇曳不停,狗也在旁"汪汪汪"地朝冯先生叫着,好像在替早春分辩。门外的风更大,皂荚树像荡秋千般晃着。癞子婶在台阶的树旁,拍着手幸灾乐祸地叫着:"打得好!打得好!"

这时,黑狗汪汪大叫着冲下了台阶,吓得癞子婶连滚带爬地跑了。

早春咬得嘴唇发紫,不喊也不叫,忍着硬是没让眼泪流下来。冯杨氏为前几天给她裹脚,她嫌疼就自行解了缠在脚上的布,气她不听话,已想让冯先生教训她,就故意充耳不闻,念着童谣哄她弟弟:"胖娃儿胖嘟嘟,骑马上成都,成都又好耍,胖娃儿骑白马……"

"啪啪啪"的打声和骂声,惊动了房里的奶奶,奶奶喊:"儿啊,你不能打啊!你自己闺女这么听话懂事,你还不知道吗?"

"娘,您别管!"冯先生不但没停,反而打得更狠了。奶奶扶着墙摸索着,让二叔找来张婆婆,说了事情的原委。父亲这才悔恨不已不停地拍打自己:"我怎么能不问青红皂白就打人呢?"

冯先生拉早春入怀,摸着她被棍子打得红肿的后背,疼惜地问道:"爸爸打疼你了吧?!"

早春点头又摇头。冯先生语重心长地说道:"今天没问清缘由就打你,是爸爸不对。但希望你记住两点,一是君子爱财取之有道,是自己挣的钱用着才心安,不是自己的坚决不要,穷也要穷得有骨气。二是与人为善,要以一贯之,富时的善良重要,穷时还能坚持与人为善才是最难能可贵的。"

早春懂事地说:"爸爸,我知道了!您是要我做个勤劳、善良的人!"

冯先生慈爱地牵着早春的手:"走!我们现在一起去通知湾里的孩子们明天去街上李家诊所种痘、打预防针。"

二

早春又蹦蹦跳跳地和父亲牵手走在夜色中,曲曲弯弯的山路上,月亮已高高地挂在了当空。大地披上了一层银色的轻纱，田野、山林、房舍都笼罩在如梦似幻的月光里；路边的草尖上已挂上了露珠，在月光下晶莹闪亮。山下面不远的地方一条河流哗啦啦流淌着，在月光映照下，白花花的水泛着银色波光。

冯先生今天心情格外好，给她讲了《二十四孝》中"卖身葬父"的故事。早春又趁机说了自己想学医救人。这次冯先生默声不语。

早春只得懂事地说："爸爸，我背《女儿经》给您听吧。女儿经，仔细听，早早起，出闺门，烧茶汤，敬双亲，勤梳洗，爱干净……"

第二天早饭后，早春和父亲各自用夹背，背着药材出门，大丫和几个女孩已等在垭口，招手大喊道："早春妹妹，快点。"

早春双手拉着背带，快跑上去："嗯，爸爸带我们一起去。"

到李家诊所，冯先生指着穿白大褂，三十多岁，络腮胡子的医生，对早春说："这是李叔叔。"

早春仰着脸，扑闪着大眼睛，甜甜地叫着："李叔叔好。"

李医生盯着早春看了好一会儿："你真乖。几岁啦？"

早春摸着额头，大声答道："我七岁啦。"

女孩们平时有病都是吃冯先生开的中药，今天李医生拿出刀片、针管给她们种痘打针时，每个人都吓得哇哇大哭。轮到早春时，她自己撸起袖子，咬着牙，静静地看着李医生用刀片划口，给她注射。李医生用欣赏的眼神盯着她问："疼吗？"

她皱着眉，咬着嘴唇，点着头说："疼！但我不怕。"

李医生很欣赏地看着早春，对冯先生赞道："好坚强的孩子呀！"

冯先生满脸骄傲地说："这孩子是很坚强，去年被狗咬了，疼得掉眼泪，她咬着牙硬是没哼一声，还问我给她用的啥药。她记忆力还非常好！教她背《女儿经》《三字经》，讲《二十四孝》，唱《哭嫁歌》一两遍就记住了！还肯学，什么针线、做米酒、搅凉粉一学就会。只可惜了，要是个男孩跟我学医就好了！"

早春穿好衣袖，正劝其他哭鼻子的姐妹，还拿出手绢给她们揩眼泪。

李医生忙恭维道，"虎父无犬女，冯兄的女儿定是才貌双全，进得厅堂，入得厨房。小女哪年生的？""一九三一年正月，所以给她取名早春。""定了亲吗？""没有。""我如果有意提亲，你不反对吧？""那要看什么人家。再说，她还小，不急。""好吧！那过几年大点再说吧！"

　　李医生拉开抽屉，拿出一袋糖果递给早春："孩子，拿去吃。"

　　她看向父亲，冯先生说："叔叔和父亲是好朋友，拿着吧！"

　　"谢谢叔叔！"只见早春"哧"地撕开袋子，将糖果一一分给同来的姐妹，自己放了一块在口里，就装在了斜背着的玫瑰红布袋里。

　　李医生问早春："你为啥不吃了？"

　　她仰着红扑扑的脸，转动着一双大眼睛，笑答道："给我奶奶和弟弟拿回去。"

　　李医生满意地点了点头："真有孝心！"

　　李医生望着早春父女离去的背影，还不忘喊："冯兄，记得哟，早春大点，我还要去提亲……"

　　一天，冯先生上山采药时，从山岩边滑下去摔伤了右腿。伤筋动骨一百天，冯先生只得在家休养，替上门的人看病了。

　　初秋的院坝就是一个绿树撑起的屏障，台阶两旁的核桃和橘子也快熟透了。狗汪汪叫追得鸡咯咯乱飞，蟋蟀、蝈蝈、蝉、鸟的声音一阵阵、一大片，由远及近组成一首宏大的交响乐。

　　午饭后，早春扶奶奶在树下竹躺椅上躺下，拿着扇摇了几下，然后递到奶奶手上："奶奶，您拿好，自己扇会儿。""好，自己扇。春啊……"

　　听着奶奶唠叨着千百遍的话题，早春见二婶在磨房里推磨，就去帮忙往磨眼里加豌豆。忙完后又去拿来针线坐在竹床上，纳着鞋底，不时给奶奶摇扇子。

　　冯先生在桌子旁切药片。冯杨氏带着大宝，在剥苞谷米，满眼是笑地说道："闺女好，闺女好哦，你看你姐不到十岁，就帮娘承担了大部分家务和一家人的鞋袜。"又爱抚地用苞谷轻敲了一下大宝的头："我看你就是花喜鹊、尾巴长，娶了媳妇会忘了娘哦！"

　　大宝双手摆弄着弹弓，嘁着嘴，委屈地说："我娶了媳妇不会忘了娘的。"

　　他的话让大家笑成一团，更惹得奶奶笑得合不拢嘴。

　　这时，有俩年轻人上台阶进得院坝来，急切地问："您就是冯仁礼冯先生吗？"

　　冯先生打量跑得气喘吁吁、满头是汗的俩年轻人，点头道："你们这是有啥子急事吗？"其中的一人忙说："我们是雷家湾的。我们族长让我们请您，无论如何要移步前去，救救我们那一湾百多口人的性命啊！"说着，俩年轻人放声大哭。

第3章　义救百人

早春赶忙起身移过板凳:"大哥哥,坐下说吧!"说着又递去扇子。

冯先生停止了切药片,手摇蒲扇,浓眉下一双深邃的眼睛,看着俩年轻人说:"你们要先介绍一湾里人的病情,我也好对症开药啊!"

早春进屋倒了两碗水,一手一碗端来:"大哥哥,你们先喝茶!"

俩年轻人"谢"字出口,接过去,一仰头咕嘟咕嘟喝了个精光。冯先生为自己女儿小小年纪,总是这般机灵懂事而颇感欣慰。

其中一人将碗放在桌上,抹了一把脸上的汗,忧伤地说道:"我族人这段时间,有人不断出现发热腹泻,先是几人倒床,几天下来已经有一百多人倒床了。"

冯先生扇把"啪啪"地敲着桌子:"那你们附近的医生呢?"

早春站在父亲旁边,抽针纳鞋底,满脸探寻地盯着二人。

年轻人猛捶桌子,碗被震得咚咚响,惊得狗朝他汪汪直叫。响声震醒了小弟,在房里哭个不停,娘牵着大弟弟进去。

年轻人愤怒道:"附近的医生?我们去请时,一听症状,就将我们如赶瘟神般推出了门。而后紧关大门,任我们将门拍得震天响,他们就装聋作哑,眼看倒下的人一天多过一天,有几个年长的已经过世了,我们族长才想到了您!"

冯先生长叹一声:"唉!那些行医者失德啊!"

早春急红了脸,将针猛扎进鞋底:"太过分了,那些人怎么能见死不救哩?"

年轻人哭道:"我奶奶也在这场病中逝去了,呜呜呜呜……"两个年轻人擤着鼻涕,又抬袖揩着流下的眼泪。

冯先生又仔细地询问了病人的一些相关细节,口中念叨道:"是伤寒症(本地叫赶脚寒),用藿香正气散可医治。"

早春听父亲说着就去房里清理药材。这时失明的奶奶,拄着拐杖站起来,阻拦儿子道:"儿啊,那是有传染的啊,你不能去呀!你看这家老弱病残的,你有事可咋办呀!"

冯杨氏右手抱着一岁多的小宝，左手牵着大宝出来阻拦："孩他爸，听妈的，你不能去呀！"

正在冯先生愣神，考虑腿伤行动不便时，早春已背着药材走出来，抹着额上的汗，决然道："爸爸腿伤不能去，我去。"说着，拉着俩年轻人就要走，两人却杵着不动，看向冯先生。

奶奶弓身站着，用拐杖茫然地招向早春："要传染的，你回来，不能去！"

冯杨氏哽咽着："你快给我回来！传染上就没命了。"

早春将辫子用力摔向身后："如果能用我一人的死，换回那一百多人活，值了！"

狗摇着尾巴站在了早春身边，秋风吹得树发出沙沙声响，两边的皂荚树上的皂荚也被吹得摆动了起来，好像在为早春鼓掌助威。

冯先生见小小年纪的女儿，就有如此善心和勇气，十分欣慰，赞赏地点着头，扶着桌子站起身问她道："你小小年纪，鲁莽前去，有把握吗？藿香正气散你背给我听。"

"背就背，你教大弟时，我就记住了。藿香正气散：大腹皮、白芷、紫苏……"

"你一个人去，我终究不放心。我还是和你一起去吧！"冯先生左脚跳着要走。

早春走过去，扶父亲坐下，拍着胸脯道："您不是常讲花木兰替父从军吗？那我就来个替父出诊吧！"

眼看那一湾人病情不容耽搁，冯先生只得又交代了早春一些细节，让早春分装了家里所有的药材，交给那两个年轻人背扛着。早春不顾奶奶、母亲的哭劝声，斜背着玫瑰红布袋就去追赶那俩年轻后生。

冯先生拄着拐杖扶着白发苍苍的老母，他们站在院坝，看早春他们下台阶，过水井旁的古柏树，跑向对门，直到他们的身影消失在视线之外。

早春他们脚下生风，爬山坡、下河床、过沟渠，在曲曲弯弯的三十多公里山路上紧走快跑着。时间就是生命，救人如救火啊！

见远处几个人影跑来，引颈眺望的雷族长等人，长舒了一口气。等到近前，见来的是个八九岁的小女孩，不觉又皱紧了眉头。当知晓了冯先生的状况后，也只得由早春安排了。心想，死马当作活马医吧！

早春听到有"哎哟！哎哟！疼死我了"和着哭爹叫娘喊儿的号哭声传来，太阳被云层遮挡着，鸟儿也无力地叫着。整个村庄笼罩在病痛的折磨和无助哀怨的阴影中。

早春喘着粗气，对雷族长说："您安排人码灶架柴挑水，我这就去看看病人。"

早春一番望闻问切后，抹了一把额上的汗，肯定地说："没错，就是父亲判断的伤寒，这里人们常说的赶脚寒。"

她又看向雷族长："您让人打扫几间房，将得病的人隔离起来方便照顾；安排人做易消化的稀饭面条、流质食物给他们吃。"雷族长迅速安排人去照办。

早春又在雷族长的带领下，去到熬药的现场。码好的三个石头灶，大锅已放在上面。早春仰着头，辫子往后一甩道："我来称药。"指着三人："你们加水。"又指着三人："你们加柴熬。"

她熟练地称药依次放在三口大锅里，柴火已燃烧，火红的火苗蹿起来，锅里咕嘟咕嘟地翻熬着。

雷族长见早春有条理地安排着，俨然一个大人般镇定自若，皱紧了的眉头有所舒展。

药熬好后，早春先舀了一碗递给雷族长，然后看向其他人："在座的一人先喝一碗药预防。"

大家咕噜咕噜地喝下药后，早春说："我们大家用桶提着分发给每个病人喝，把药渣留下给牲畜吃。"

药分发后，她又用桶提着凉水和人们一起去给高热的人用湿毛巾降温。有病人耷拉着脑袋说："是我们不行了，才隔离的吗？"

早春小手拍着病人的肩说："你们放心，隔离只是为了更好地照顾你们。再说，你们也不想有亲人再被传染，是吗？"

病人无奈地点着头。早春微笑着安慰道："没有嫌弃你们的意思。相信我，你们配合吃药，病会慢慢好起来的。"

安顿好病人后，早春才长长地吐了一口气，对雷族长道："您组织没被传染的人聚过来吧。"

人们靠拢后，她右手一扬道："大家不要恐慌，正确处理，是会防止病情蔓延的。

各家各户，要加强卫生，养成良好的个人卫生习惯，如饭前、便后洗手；房前屋后打扫干净；灭蝇、防蚊对预防伤寒也是非常重要的……"

这时早春猛抬头，见人抬着父亲向这边走来。她心头一热，泪就流了出来。父亲向她递来鼓励的眼神，好像说："春儿，干得好！爸爸永远和你在一起！"

父亲的到来给了早春莫大的鼓励，以前都是面对的单个病人，今天面对一百多人，早春确实心虚，生怕有半点闪失。现在见父亲来了，更有把握了。雷族长更是感激涕零，只见他三步并着两步走向父亲……

雷族长搀扶着冯先生："冯兄，你带伤前来救治我族这一百多人，真让老朽感动啊！"说着左手擦着眼角。

"我是怕小女考虑不周，延误治疗啊！"

"哪里！令爱聪明机智，做事有条理，有你老兄的风范！"

雷族长歉疚道："说实话，最初她来，我也不怎么放心。但看她仔细认真地做着这一切，我真感动啊！一个不到十岁的女孩，有如此爱心和勇气，可敬可佩，可敬可佩啊！"

"雷兄，你就不要高抬她了！"

这时，早春已跑到了他二人身边："爸爸和叔叔没说我的坏话吧！"

早春扶着父亲，冯先生爱抚地摸着女儿的头。

雷族长笑道："怎么会哩！表扬你还来不及呢！"

三人会心地笑着，给这个湾近些时日以来，沉闷忧郁的空气注入了一丝活力。这时，太阳已穿过云层照射到了大地，鸟儿在树上跳来跳去地欢唱。

冯先生提议："我们去看看病人吧。"

到了房里，只见一个个病人耷拉着脑袋，无精打采的样子。冯先生不无担忧地说："这对治病不利啊，得让他们振作起来。"

早春灵机一动："我来给大家唱《哭嫁歌》吧。"大家只欠了欠身子，木然地点着头。她说着就手舞足蹈地唱了起来。

大家来了精神，一骨碌坐了起来，还让早春唱。早春手一扬，笑道："好啊！大家要高高兴兴的，才能很快好起来哟。"

早春又摇头晃脑，指手画脚地唱着童谣，引得屋里的病人和房外的人们一阵嘻嘻哈哈的大笑。她又握紧拳头，大喊道："我们和大家在一起，一定会赶走病魔的"。

屋里屋外的人们喊声大起："一定会赶走病魔的！"声音铿锵有力，树上的鸟儿欢快地在树间跳去跳来。

冯先生由于腿伤，明显体力不支，雷族长让人抬去休息。早春接着说："我给大家讲草药知识吧！我们住在大山里，请医又不方便，掌握一些草药知识，对大家平时的生活都有帮助。如车前子草有清热解毒的功效；鱼腥草能清热解毒，利尿消肿除湿；枇杷叶止咳治哮喘；陈艾熬水洗头洗澡，还去毒……"

几天后，一湾人的病情稳定了，无新增病例，大家终于长长地吐了口气："这下终于可安心睡个囫囵觉了。"

雷族长和衣躺在了床上，不一会儿就有呼噜声传来。早春也躺在父亲怀里睡着，秀美的脸上还荡漾着笑意。冯先生却盯着女儿，沉思着，"要是个男孩和我学医就好了！"

经过近一个月的忙碌，早春和冯先生终于救活了雷家湾的一百多口人。回去的时候，族长等人陪早春父女俩走了很远的路，千恩万谢后才转身回去。

早春提着马灯和父亲走在回家的路上。天空繁星点点，月亮的清辉洒向人间。山坳里，月光照不到的地方，仍旧是黑黢黢的，给大地增添了几分神秘。微风阵阵，谷浪荡漾，并伴着"沙沙"的声响和秋虫的鸣唱。泥土的腥味，稻谷成熟的芳香混合在一起，随风飘来，扑鼻而入，让人感觉很惬意。

早春手牵冯先生，仰头道："爸爸，我们为什么没稻田？"

"我们没钱，买不起呀。"

"我长大了要挣很多钱，不仅要孝敬你们，还要买几亩水田。"

冯先生摸着早春的头："我相信你要办的事肯定能办成。"

她又撒娇地对父亲说："爸爸，我也想学医，像您那样治病救人，你就教我好吗？"

冯先生没有像以前那样拒绝女儿。他又何尝不欣赏早春的天赋、胆识、善良、记忆力呢？如果从医定会是个好苗子。可惜，她是个女娃……这是长久以来一直困扰冯先生的问题。又一想，学医的目的，不就是治病救人吗？想到这里冯先生心里释然，拍着早春的手说："好吧！爸爸决定教你学医。"

早春提着马灯，就地旋转了起来，辫子也跟着转动，兴奋地大声喊道："我可以学医，可以学医治病救人啰。"

　　可一系列的变故，又击碎了早春的医学梦。真就是，天有不测风云，人有旦夕祸福啊。

第 4 章　父亲失明

　　早春十岁那年的冬季来得特别早。刚入冬，她近百岁的奶奶就卧病在床。寒风吹得窗纸沙沙作响，她给奶奶不停地按揉、擦洗，扶奶奶坐起喂汤喂茶喝药。二婶进房说："早春啊，你不分昼夜地照顾着奶奶，别累垮了，去睡会儿吧！"

　　奶奶紧紧攥着早春的手，含混不清地说："春啊！我不许你走。"

　　早春疼惜地摸着奶奶的额头，安慰道："我不走，我陪着奶奶。"她轻哼着歌谣，让奶奶睡着了，姑姑来陪着，她才能去为一大家子做饭。

　　冯先生在堂屋里给人拿脉看病，院子里非常忙碌。有人在劈柴，有人在挑水，有人在磨房磨面，有人在石对窝里舂米。冯杨氏和婶婶姑姑等女眷们在用白麻布做孝衣孝服。大宝和孩子们在房前屋后跑去跑来，或捉迷藏，或用弹弓打得鸟在树上飞来飞去，追赶得鸡鸣狗叫。

　　厨房里，锅里咕嘟得冒着热气，早春呼呼拉着风箱，灶里红色火苗往上蹿。她实在太累了，手无力地从风箱滑下，竟倒在柴草上睡着了。锅里的饭散发着煳焦味，木柴从灶里掉出来，快要烧着她的脚。

　　冯先生闻着煳焦味赶过来，将木块扔进灶里。姑姑拿来衣服盖在早春身上，火光映照着她消瘦的脸、深陷的眼窝。姑姑们疼惜地说："这孩子不分昼夜地侍奉奶奶，还安顿我们吃住，累的啊！"

　　奶奶临终前召集子女们在床前，断断续续地重复着说了千百遍的话后，又拉着早春的手，对冯先生叮嘱道："仁礼啊！春要学医，你就教吧！这孩子是从医的料，学医不就是行善积德，治病救人吗？有什么话，我去跟老祖宗交代，多一人学医，多些人受益啊……"

　　说完也不顾子子孙孙惊天动地的悲哭声，撒手驾鹤西去。

　　冯姓在这一带是大姓，早春奶奶又是高龄过世，当然是冯家湾白喜事一桩。加之冯先生行医的善行，又常给湾里湾外公正调处矛盾，自然少不了前来祭拜的人。

　　出殡那天，人们抬着早春奶奶上山，冯先生披麻戴孝抱着奶奶的灵位，一脸茫然，十分悲伤，深一脚浅一脚地走在前面。

冬日的寒冷弥漫了大地，太阳也显得苍白而无力。村庄也开始变得朦胧而恍惚，有一种若即若离的隔阂感。长长的送葬队伍，在子孙的呜咽哭喊声，唢呐哇里哇啦声和噼里啪啦的鞭炮声中，向山上缓缓移动。

早春很想跟在父亲身边搀扶他，可当时的习俗是女人不能送葬上山。早春只得附在大宝耳边交代："照顾好爸爸。"就和一帮女眷披麻戴孝，在村头跪哭等待。

一长者喊着："开山！撒谷！落棺！添土！"

子孙们忙碌着，当给奶奶坟头添上最后一铲土后，连日操劳的冯先生突然倒地。大家手忙脚乱抬着他下了山。他高热不退，昏睡不醒。

早春寸步不离地和衣守在床前，给父亲喂药、揉捏。不停用凉水拧毛巾，给父亲擦洗，帮他退热。母亲、叔叔、姑姑们都说："春啊，我们来照顾，你去休息吧。"

她跪在床边的踏板凳上，拉着父亲的手，哽咽着说："我不走，我要陪着父亲。"心想，最疼自己的奶奶走了，父亲就是自己的天，不能让他再有半点闪失啊。

冬日夜的寒冷阵阵向早春袭来，风吹得窗纸哗哗响，在忽明忽暗的煤油灯下，她始终拉着父亲的手，哭唱《哭嫁歌》，背《女儿经》给父亲听，一遍遍地哭诉："爸爸呀！你快点好起来呀！你不是要教我学医治病救人吗？两个弟弟还小，妈妈和我们都离不开您呀……"

几天后，冯先生醒来时，摇着早春的手，大白天却喊着："春儿，天这么黑，为啥不点灯。"

一股冷风从窗户的缝隙灌进来，早春和母亲都同时打了个哆嗦，将桌上的木梳碰到了水盆里，发出"扑通"的声响。早春抖着手，"刺"地划了几次火柴，才点亮灯，端到父亲面前，父亲喊着："春啊，你快点灯来啊，我要下床。"说着抬脚往床边移。早春用手在父亲面前晃，父亲仍没任何反应。

她哭着跑到后山，仰天大喊："老天啊，你为何这么不长眼，刚带走了奶奶，又要带走我们家的依靠，父亲的光明吗？"

小黑狗也汪汪地朝天狂吠，狂风大作，天哗啦哗啦下起了大雨。

冯先生知道自己失明后，脾气变得暴怒无常。姑姑端来汤碗，他接过去，狠摔下去，顿时汤水四溅，碗哗啦碎散一地。冯杨氏端来的药碗，他接过去猛砸向墙面，还捶着头，暴躁地大吼："滚开！都给我滚开！"

冯杨氏，还有叔叔、姑姑们只得静立旁边，远远地看着他，说话也谨小慎微，不敢多言，不敢多语，怕哪句话不对，引发了冯先生的火气。

早春只得默默地熬药给父亲敷眼睛。端来洗脚水，给他洗脚轻揉，用木梳轻梳头，轻哼《哭嫁歌》，来缓解父亲烦闷的情绪。

当叔叔们请了附近有名的治眼医生看过后，冯先生的眼睛仍然没有好转。晚上，两个叔叔过来商量办法。二叔为难地说："我们兄妹筹了些钱，本想带大哥去重庆大医院治疗，可我打听还差很多钱……"

早春给他们筛茶后，扶冯先生躺下，用中药给冯先生蒸眼睛。两个叔叔捧着茶杯坐着，都低头不语，冯杨氏揉着红肿的眼睛。寒风吹进来，煤油灯忽闪着，吹得蚊帐钩摇摆不停，发出叮当声响。早春轻揉着父亲的眼睛，抬起头，坚定地说："变卖田地家什，也要带父亲去治疗。"

"我也同意。"冯杨氏抬起泪眼坚定地说。

冯先生平静地对大家说："就这样过吧，花了冤枉钱去治也未必有效果。"

他一改往日的暴脾气，高兴地对早春说："春儿，煮面给我吃。"

"欸！"早春轻快地答应着，跑了出去，两个辫子在她红色的棉袄上跳跃着。

吃饭后，早春接过碗。冯先生交代她："去把你两个弟弟叫来，我教他们背《三字经》、中药汤头。"

夜深了，灯花噼噼啪啪响着，光线越来越暗。早春挑去煤油灯灯花，屋里一下亮堂了许多。又端来水，给父亲洗脚按揉后说："爸，我扶您睡吧。"

冯先生却拉着早春的手，慈爱地说："春儿，你唱歌给我听吧！"

早春唱《哭嫁歌》后，冯先生又让她讲《二十四孝》的故事。

冯杨氏让俩儿子睡后，柔声说道："孩他爹，我们明天再讲，先睡好吗？"

"好。"冯先生答应着，又拉早春的手，颤声道："春啊，我看不见了，你是大的，要好好孝敬你母亲，照顾好两个弟弟哦。"

早春拍着胸脯说："爸，我十岁了，已长大了！我不仅要照顾好两个弟弟，更会孝敬您和妈妈的。"

冯先生拉早春入怀，额头抵着她："春儿最懂事，最乖了。"

冯先生终于接受了失明的事实，冯杨氏替他高兴，吸着鼻子，扶冯先生躺下，对早春道："春啊，这些日子，你也累了，好好去睡吧！"

几天后的半夜时分，冯杨氏被"砰"的响声惊醒："孩子他爸，你要起床吗？我来扶你。"

她"刺"地划火柴点燃灯，见床上没人，一激灵，吓出了一身冷汗，惊叫道："春啊，你爸爸不见了！"

入冬的夜异常寒冷，伸手不见五指。北风呼呼地吹着。早春一骨碌爬起来，顾不上穿棉衣，打着赤脚开门往外跑。借着母亲屋内微弱的灯光，只见右边皂荚树上，冯先生将自己吊在了上面，板凳已蹬开。早春迅速上前，扶起板凳站上去抱着父亲，号哭着："爸，爸呀，你不能丢下我们啊！"

黑狗汪汪汪汪地仰头狂叫，北风呜呜呜呜地发出怪叫，树被吹得摇头摆脑，四周漆黑，山像黑影子一样静立着。

冯杨氏披散头发快跑出来，抱着冯先生哭喊成一团。哭喊声划破夜的长空，二叔、幺叔被惊醒，慌忙赶了过来。

他们七手八脚把冯先生抱去平放床上，早春按压父亲胸口，用力掐人中，歇斯底里喊道："爸，您千万不能有事，不能有事啊。"

右边湾里被惊醒的大丫娘，打着火把赶来，拉着冯先生哽咽着："他大伯，你不能往绝路上走啊。你走了，他们娘儿母子可咋办啊！"说着，打着火把跑回去，拍门挨家挨户喊："乡亲们，冯先生和早春平时帮我们那多，他家有困难了，我们不能不管啊。"

人们穿衣起床，担忧道："冯先生，你可不能有啥事啊！"

癫子婶站在门口幸灾乐祸道："就是扯草药多了，世代才都瞎眼的。"又咬牙切齿道："死了才好，看你们父女还拦我财路不！"

有人捡起石头扔向癫子婶，"你和你家人生病，冯先生和早春没免费帮你们治吗？见利忘义的小人"。

她慌忙进屋关上了门。

早春一阵忙碌，好一会儿才让冯先生缓过气来，他捶打着床沿："谁让你们救我这个废人啊！"

急得满头大汗的早春，这才一屁股瘫坐在地上。二婶帮她拿来衣服、鞋子穿上，埋怨地看着冯先生："他大伯呀！你看你都干了啥！把孩子折腾的。"

冯先生虚弱地说："我活着就是累赘。不仅自己难受，给孩子们也增加负担。治病已经花了很多钱，去重庆更是个无底洞，还不如留下田地，他们孤儿寡母还能靠它生活……"说着，眼泪顺着脸颊流了下来。

冯杨氏侧坐床边，给冯先生揩眼泪："孩子他爹，你走了，我肯定也是不活了。"

早春"噌"地站起来，揩一把眼泪，幽怨地指着冯先生，哭喊道："你还是我爹吗？平时教我们要坚强，船到桥头自然直，柳暗花明又一村。人活着办法总比困难多，说的比唱的还好听。轮到自己，你就过不去这个坎儿，走不过这个坡了！"

她擤了一把鼻涕，再狠劲一甩："有你们这么当父母的吗？是要逃避责任吗？要把我们三个孩子都丢下吗？呜呜呜呜……"

之后，她又歇斯底里地喊："你们大人知道我们小孩最想要什么吗？不是田地，不是钱，是完整的家！是父母的陪伴！是父母能陪我们慢慢长大！"

外面的北风还在吹，将树叶、树枝吹落到房顶上发出噼里啪啦的声响。

早春跪到冯先生床前，拉着他的手，抬起一双泪眼苦苦哀求道："爸，有你在，有妈在，家才完整。我和弟弟们才有靠山啊！爸呀，你眼睛看不见了，可还有我，有妈，有弟弟们，我们都可以当你的眼睛呀！"

俩儿子呜呜地哭着，依偎在冯先生身边。

两行清泪从冯先生两腮滚下，他支撑着坐起来，右手揽着俩儿子，左手摸着早春的头，声如蚊虫般："春啊！你说得对。是爸爸一时糊涂，总觉得失明了，到处一片黑暗，就是转不过这个弯来。哎！以后爸爸不会这样了！"

早春将头埋在父亲怀里，一家人相拥而泣。风从屋顶窗户缝钻入，灯摇曳着，最终挣扎着，亮了起来。

冯仁义抬手擦着眼泪道："大哥，春说得对，孩子们还小，离不开你呀！你为我们兄妹吃苦操劳，帮我们学艺、成家。现在该轮到我们照顾你了！我觉得你还是要先去看病，有一点儿希望我们就尽百分之百的努力，钱用了可再挣，万一治好了呢？"

冯先生疼爱地朝着俩孩子和冯杨氏，用下额抵着早春的头："好吧！就听你们的，先去治眼睛吧！"

冯仁义又商量道："大哥，卖田地的事，你看……"

"卖吧！等我把眼睛看好了，挣钱再买回来。只是房子无论如何要保住！"

"好的。"

二叔他们回家后，冯杨氏给俩儿子掖着被子，对还坐在床边拉着冯先生的早春说："春儿，你也去睡吧！"

早春摸着父亲的胡须，撒娇道："我要守着爸爸。"

冯先生笑道："傻闺女，爸爸不会有事了，你放心去睡吧。我还要看你和弟弟们长大成家，抱孙子呢！"

早春伸出手和父亲拉钩："拉钩上吊，一百年不许变！"

这时，打着火把赶来的人群聚在院坝，大丫娘说："他大伯、早春侄女，你们平时帮我们看病、给猪治病，从不收钱。你们家有困难了，我们大家也不会坐视不管，会帮你家渡过难关的。"

人们你半块银圆、他一块碎银地捐出来。"是的，你们平时帮我们那么多，也是我们该为你们做点事的时候了。"

第 5 章　冬日暖阳

风停止了，月牙从山顶升起，将清辉洒向大地，村庄朦胧而美丽。公鸡雄壮的啼鸣声此起彼伏地响起。

冯先生让早春扶着走出来，他对大家说："你们的心意我领了，这年头，都不易，你们还是把钱拿回去吧！"

早春侧身给大家施礼道："谢谢叔叔婶婶们对我家的关心！你们来看我们就很感激了。我爸虽看不见了，我们会全力医治的。如果有需要，我照样会帮大家。请叔叔婶子们拿着钱回去吧！"

望着打着火把离去的人群，早春心里暖融融的。冯先生拍着早春的手："孩子啊，人心本善良。记住了，记人恩，忘人过，善心终有好报啊。"

早春看着天空，又看了看手上的两枚戒指道："爸爸，我记住了。"

几天后，冯仁义找到了买家，除了山后较差的一块坟地没人买外，卖了田产家什、猪鸡，又向人借了些钱，就带冯先生去重庆治病。早春拉着坐在滑竿里父亲的手，扑闪着一双大眼睛，交代着："您答应过我，好好的，我和弟弟都等着你和母亲回来哟！"

冯先生叮嘱道："春啊，照顾好弟弟们，能自己做的事尽量自己做哦！"

早春使劲地点着头，小手拍着胸脯："您和妈妈放心，我会照顾好家和弟弟的。"

二叔站在滑竿旁，对早春说："我们都商量好了，你带好两个弟弟，轮流去几家吃饭。"

冯杨氏拥着孩子们亲了亲，才依依不舍地离去。早春牵着弟弟们站在垭口，挥动小手使劲喊着："爸，妈，我们等你们回来。"

"等你们回来！"声音追着父母在山谷久久回旋……

早春见二叔、幺叔抬着父亲的滑竿，往井峰街方向走得看不见了人影，又眺望了许久才回到家中。起初几天，是婶子、姑姑们轮流接早春他们去吃饭，照顾着他们。

这天傍晚，冬日的太阳已经落下，只留下一点点金红色的云在西方。她牵着两个弟弟，站在右边垭口上，看着湾里三十多户人家，在那一大片茅草房或石头房掩映在翠竹茂林之中，有炊烟袅袅升起，深深浅浅的巷子里，有大人小孩穿梭往来，狗在追赶着几只鸡。

自己昔日热闹繁忙的家，奶奶的唠叨声，母亲哄弟弟的童谣，就连父亲的训斥、打骂都是那么亲切。现在值钱的东西都卖了，黑狗已让人牵走了。偌大个院子，异常冷清。早春看着山下，多希望能看见父母的身影啊！想着这些，她不禁潸然泪下，两个弟弟都用忧伤不安的眼神看着她。

她一激灵：不能这样啊，应该让两个弟弟高兴起来呀。于是，她用手背拭去了眼角的泪，强颜欢笑地拉着两个弟弟的手："走，我们回家，姐姐教你们背童谣。"

弟弟们欢快地拍着手："好啊！好啊！"

院子里皂荚树下，她们三人手拉手转着圈，边跳边唱："拉大锯，扯大锯，家婆门口有本戏，请外孙来看戏……"

夜幕降临，抬头望去，有点点繁星在天空闪动。这时，大丫和姊妹们来了："早春妹妹，我娘让我拿核桃来给你们吃！"

"我娘让我拿来冬枣！"

她们还有的带来了馍馍、橘子等……

这几天时不时有人放点米、几个鸡蛋、蔬菜等物品在早春家门口。现在姊妹们拉着早春的手，你一言我一语地安慰着她，一股暖流传遍早春全身，如冬日的阳光般暖融融的。

早春"刺"地点亮灯，挂在墙高处，灯盏里如豆的灯苗忽闪了几下，最终亮了起来。

"早春妹妹，你还是来教我们唱《哭嫁歌》吧！"

她吸了下鼻子，挥着手："那我们就唱娘和女儿对唱的那一首歌吧。"

（娘）九月绣花脚花开，娘在花庭把花栽。

（女）开花发叶逗人爱，两个鸟儿站花台。

（娘）娘在花台对儿谈，女儿针线操出来。

（女）女儿一下心想快，一会剪来二会裁。

（娘）能干之人把客待，人情外礼分得开。
（女）妈妈丢儿九州外，不知哪时才团圆。
（娘）青线不分分得清，女儿性情改十分。
（女）蓝线不蓝漂得蓝，女儿性情改不完。
白线不白漂得白，女儿性情改不得。
他家公婆我尽孝，三顿茶饭将就他。
他家嫂嫂我不怕，洗浆衣服纱对纱。
扁担挑水平肩人，要我让她万不能。
婆家姐姐我不怕，拿起剪刀来剪花。
她剪树叶来盖我，我剪乌云盖过她。
她有家来我有户，想挑毛病不可能。
强不怕来弱不欺，敬老爱幼做得到。
只是记挂我娘亲，养儿之恩难能报。
有事切莫自己担，叫回女儿解忧伤。
……

　　歌声穿过屋顶飘向夜空，飘向远方，早春希望远在重庆的父母能听见她们欢快的歌声，快点好起来。

　　送走姊妹们后，她看了看手上的两枚戒指，想起了父亲的教诲："要勤劳，一双脚来一双手，自力更生才样样有！"

　　早春捏着拳头下决心道："总有一天我要通过努力，把卖了的田地家什都挣回来。"早春拿起扫帚，沙沙地清扫着院坝，她要把家收拾得干干净净，清清爽爽，等着父母回来。

　　这时，二婶端着小麦过来："春儿，在扫地啊。"

　　"二婶，来磨面粉啦。"早春放下扫帚，将马灯挂在磨房房梁上，就去磨盘旁边帮忙。在微弱的灯光下，二婶把磨盘推拉得轰隆隆响，早春往磨眼里添了一把小麦，抬起头说："二婶，您明天不用做我们的饭了。"

　　二婶停下推杆，疑惑地望着早春："怎么了？春啊！是二婶做得不好吗？"

　　早春过来拉着二婶的手，娇嗔地笑道："好二婶，我都十岁了，以前不都是我烧火做饭吗？您放心，我做得好的。再说你不是还要上街卖凉粉吗？各家有各家的事，不能老分散你的精力来照顾我们哦！"

二婶拿开早春的手说："说好了轮流照顾你们的，不行！不能让你自己做饭。"

早春揉着二婶的肩，撒娇道："好二婶，您就相信我，肯定能行的。"

二婶拍着早春，交代道："如果缺啥，直接去二婶那边拿哟。"

"好哩！"早春轻快地应着。

"早春侄女啊，我儿子烧得厉害，帮忙去看看吧！"湾里王婶焦急的声音从院坝传来。

早春斜背起玫瑰红布袋，正准备去时，二婶拉住她，担心道："春啊！你有把握吗？"

她小手拍着胸说："您放心吧！这种小病还难不到我哩。再说，这么冷，这么黑的天，他们也不可能去外面找来更好的医生呀！"

第二天，早春很早就起了床，这时天空最早出现的启明星，在深蓝色的天幕上闪烁起来。它是那么大，那么亮，整个广漠的天幕上，只有它在那里放射着引人注目的光辉，像一盏悬挂在高空的明灯。她给两个弟弟煨瓦罐猪油饭，自己蒸红苕萝卜。就在那柚子树和皂荚树间横绑着的竹竿上，早春又晾晒了花花绿绿的衣物，然后去挑水。"对了，不知张婆婆怎么样了？这一阵都没去看她了，等会儿也给她挑水去。"

她挑水去张婆婆家时，正赶上张婆婆拄着拐杖出来，气喘吁吁地拦着早春说：

"春啊，我正想去看看你们姐弟。"

老人颤颤巍巍地摸索出了两块银圆递给早春："你拿去给你父亲先治病吧！"

早春没接，径直挑水进屋："阿婆，使不得，这可是您的养老钱啊！"

"孩子，救你父亲的眼睛要紧，渡过这难关再说吧！"张婆婆站在早春身边说。

早春提水倒进缸里，她犹豫了下道："那我先收着，等以后挣了再还您。"

她放下水桶，将手在衣服上擦了擦，接过张婆婆递过来的银圆，装在贴身荷包里，商量道："阿婆，您能帮我照看下两个弟弟吗？我要去田里干活。"

"没问题。"

她回家喂小弟弟吃饭后，将两个弟弟送去张婆婆处。大宝却要跟她赶路，她只得牵着五岁的大宝，背着背篓，扛上锄头，向山上走去。这时太阳从东方露出脸来，射出道道金光，那层淡雾就不堪一击地东躲西藏了起来。家里接二连三出事，那块坟地的红苕也没耙，更别谈冬播了。早春想："我先耙了红苕，再请婶婶们帮忙种上小麦。"

早春看了看奶奶的坟头，瞬间悲从中来。用衣角擦拭着自己的眼角。五岁的大宝哭着嚷嚷道："姐，想奶奶，想爸妈了！"

早春拉过他，用袖口给他揩眼泪说："大宝乖，男子汉要坚强，不哭。奶奶在天有灵，定会保佑爸爸治好眼睛，很快就会回来的。"

大宝懂事地点点头。早春开始动手挖红苕，大宝跟在一旁帮忙，把挖出来的红苕上的泥土抠掉，放在背篓里。

快到晌午，大宝叫饿，早春扯了些茅草根和他嚼着，然后用背篓背着红苕，扛着锄头，牵着大宝，下山往家里走。

这时，癞子婶背着背篓挡在他们前面，指着早春道："抢我的饭碗，遭报应了吧！活该！"

早春将锄头狠戳在地上，剜了她一眼："你口里积点德好不好！"

癞子婶从鼻孔里"哼"了声："我说错了吗？当人医就当人医，猪牛也看，还不是扯草药多了，才几辈人都眼瞎……"

只听"嗖"的一声，癞子婶摸着有癞巴的额头，"哎哟哎哟"地叫着，一个趔趄，连人带背篓滚出了几米远。

是大宝从包里摸出弹弓，打在癞子婶头上，口中恨恨地大喊："我叫你胡言乱语！"

癞子婶爬起来，脸色铁青道："你，你……"

早春眼里冒着火，指着她："你，你什么！还不快滚！还想大宝再给你一下吗？"

癞子婶摸着头，喊着："别撞在我手里，不然叫你们好看！"说完就踮着小脚，碎跑着逃了。

早春和大宝走到垭口处，见自己院坝里有几个人站在那儿说话。她心里一阵狂喜，莫非是父亲治好病回来了？就牵着大宝三步并作两步往家跑。快到近前，才看清是雷族长和上回来的那两个年轻人。

早春上前招呼道:"雷叔,你们走得快!"

两个年轻人帮早春接下背篓,拿出零食给大宝吃。

雷族长忙拉着早春的手:"孩子,你受苦了。"

早春眼泪在眼眶打转:"谢谢叔关心,这么远还专门来看我们。"

"我们听说了你们家的情况,筹集了点钱,请一定收下。"雷族长说着将钱递给早春。

早春摆着手:"你们的心意我领了,这钱我不能要。"

雷族长将钱塞在早春手里:"钱虽不多,却是一湾人的心意哦!"

早春抽出了手,连声说:"这可不行,我不能要。"

雷族长又将钱塞给早春,嗔怪道:"当年你们父女冒死救了我们一湾人。你们家有难了,总得让我们也尽点绵薄之力吧!"

早春抬手擦泪,哽咽道:"雷叔,您还是回去吧!这兵荒马乱的,谁家都不容易啊!"

雷族长拍着早春的肩,慈爱地说道:"孩子啊!算借给你们,等你以后挣了再还,行吗?"

早春记下数字,收了钱。望着雷族长他们远去的背影,她的眼泪吧嗒吧嗒往下掉。

这时,张婆婆在下面招手叫道:"春啊!和大宝快来吃饭啊!"

张婆婆着一身酒红色棉衣,拄着拐杖弓身站在井边古柏树旁,银丝盘在脑后。酒红色衣服在太阳照射下,那么醒目耀眼。一瞬间,早春又如有了奶奶,有了家的感觉,心如这冬日阳光般暖融融的。

早春将雷族长给的钱和张婆婆的两块银圆,让叔叔们带给了父母。她希望父亲治好眼睛快回来,连做梦都是父亲病好回来后的情形。

张婆婆给她带弟弟,做饭。她家山后的那块坟地在二位婶婶的帮助下,种上了小麦。

这天午饭时,大宝小宝看了看桌上的红苕,失望地放下筷子,噘着嘴直嚷嚷:"姐,我要吃瓦罐猪油饭。"

早春吃红苕萝卜，节约着米面给弟弟和张婆婆吃，可缸里的米面终究吃完了。这是她以前从不操心的事，米面没了，自有父亲买回来！可现在，哎！可以去向二婶借啊，但总不能老向人借吧！父亲常说"有借有还，才再借不难啊！"

她嚼着红苕，和张婆婆商量："阿婆，我要去卖柴挣钱，买米面回来。"

老人家布满皱纹的脸上满是担忧："你才十岁，这么小，能行吗？"

第6章　卖柴挣钱

冬日的太阳透过灰暗的云层，软弱无力地照着万物。午饭后，早春背着柴草上街去卖，她没忘背上她的玫瑰红布袋。经过场口时，她到裁缝铺做衣服的二叔那里，站在门口，见二叔穿一件灰色长袄，手拿尺正给人量裁衣服。

她喘着粗气说："二叔，天冷了，我给爸妈做了棉鞋棉袜，您隔天去重庆时，帮我带去吧。"说完就向街上走去。

"好，到时我去拿。"二叔手里拿着尺，赶出来，"春儿，你等等。"从包里摸出半块银圆递给早春："你先拿去用。"

早春转过身，反手指了指后背："不用了，我去卖了柴就有了。"

冬日的寒风，吹得小树枝发出无力的呻吟。二叔见早春小小的身影融入井峰街来来往往的人流，心里很不是滋味，泪水一下涌满眼眶，他不放心地在身后喊道："如果卖不了，就来拿去用啊！"

早春背着柴草去茶馆问："老板，您要柴草吗？"

老板头摇得像拨浪鼓："我们不要这种柴草，要树枝、树根或干皮柴。"

她到第二家时，别人连话都懒得说，只摆了摆手。到第三家，没等早春说话，老板就把她往外推，"快走开，快走开！别耽误我做生意……"

她最初以为背来柴草，就有人买。不料连续走了上十家，人家都不要，心里就十分着急，一急额上沁出汗珠。她站直身，长长地吐了一口气，心想，有几个老板和父亲有些交情，她和父亲给他们治腿伤等病时没收钱，肯定可以收柴，卖了钱就可以去买米面了，失落的心又充满了希望。

早春满怀希望，大步上前叫"叔叔"时，那老板手一摆，一脸不屑："你是谁？谁是你叔叔，滚滚滚！"一股屈辱的泪滚落出来。

早春用手背揩着泪，本想把柴草背回去算了，但想到两个弟弟渴望吃面条、瓦罐猪油饭的眼神，她还是硬着头皮到下家茶馆，她鼓起勇气，"叔叔"刚出口，老板鄙夷地看了她一眼，鼻孔"哼"了一声，也懒得搭话，硬是直接把早春推了个趔趄:"快滚开,别影响我生意。"门内喝茶的人也鄙夷地看着她。

干树枝"咔嚓"断裂的声音,清晰映入早春心底,随之砸在早春头上。这人背时,喝口凉水都塞牙啊!这让早春的心凉到了谷底。她擦着泪,叹息道:"人情似纸张张薄啊!"她深切地感受到了人走茶凉的凄凉,更知道了挣钱养家的不易。

在早春胡思乱想间,不知不觉到了以前父亲坐诊的高老板的茶馆,她把背篓放在墙角的槐树旁边,无力地靠在树上。北风呜呜呜呜地乱吼,吹得树枝乱颤。丁先生正讲《穆桂英挂帅》的声音和屋内熟悉的"上茶啰!""来啦!""讲得好!"的鼓掌吆喝声传来,跑堂倌提长嘴茶壶,在茶桌间筛茶、忙碌的身影浮现在早春眼前,多么熟悉,多么热闹的场景啊!而今自己却成了门外客,只能在屋外高墙下、大树旁孤独地站着,就像光秃秃的树上那只觅食的小鸟,风吹得它无助地垂头低吟。在父亲病后,二叔退去了所包的茶桌。想着和父亲坐诊看病的日子,早春心中不由得又生出了无限的惆怅来。

井峰街长长的街道,虽不是赶集的时间,但人来人往,很是热闹。幼小的她孤寂地坐在高家茶馆的旁边,无心看街景,满脑子想的都是年迈的张婆婆和幼小的弟弟们,晚上的面条在哪?早餐的米在哪?让他们和自己吃红薯是绝对不行的。

本想进去看高叔要不要柴草,算了吧?假如他也说不要,将自己推了出来,不是自讨没趣吗?又看了看手上的两枚戒指,要不卖了它们?不行!这可是张婆婆的心意,更有父亲的教诲在,也是时刻激励自己勤俭向善的宝贝,绝不能轻易失落或卖掉。

当她用手触到玫瑰红布袋里装药酒的竹筒和药丸时,心里渐渐有了主意。"我就在这旁边等,如果有人受伤或跌伤,我帮忙救治后,不就有点收入了吗?"她为这个发现狂喜不已。

她瞪圆眼睛,连眼皮都不敢眨,紧盯行人,生怕一眨眼就错失挣钱的机会。她看穿长衫的人悠闲而去,衣衫破烂的人落寞而过,都没有要治病的意愿,心里一阵失落,刚才湿透的汗衫,在北风的侵袭下,更是凉得刺骨,她不禁将衣服紧了紧。正觉心比这身上凉意更寒时,有人着急忙慌地喊:"听说这里冯先生父女治跌打损伤很厉害,来了吗?"

早春寻声望去,果然见有人用竹躺椅,抬着一个受伤的老人来到了高家茶馆门前。

有人道:"原来有,可现在……"

"我在这儿!"没等回答的人说完,早春喊着,三步并作两步,迅速跑到了病人的椅子前。

茶馆内各种声音闹哄哄地传来,丁先生正讲《罗英秀才乘竹竿去高峰山吃饭》。

早春让人在门旁放下竹躺椅,扶呻吟的病人坐稳后,麻利地拿出竹筒。她坐在地上,将老人的腿放在自己瘦弱的小腿上,再取塞、倒药,然后虔诚地、慢慢地、认真地给病人捏、揉……最后又从玫瑰红布袋里摸出药丸,递给老人,叮嘱道:"您一天三次服下,慢慢会好起来的。"

早春本想病人拿出钱给她,可病人一脸为难地说:"闺女啊!改天给你送钱来行吗?手里真没钱。我是不想来看,他们都说你们是好人,可先看病……"

没等病人絮絮叨叨地说完,早春无助地挤出笑道:"不要紧的,老爷爷!谁手里没个难处呢?您先回去按我的方法慢慢治吧!"

说着还递给了病人竹筒里剩下的药酒。早春自嘲道:"谁有钱不是用轿子,而用竹椅抬来呢?谁有钱又愿意低声下气,朝人说好话呢?"

看着被竹椅抬走的老爷爷,想想自己目前的处境,早春跑到自己的背篓旁无力地蹲下去,低着头双手抱膝,呜呜呜呜地哭泣了起来。屋内仍有人大声吆喝"倒茶啰!"丁先生拍着桌子正讲:高峰山和尚故意先吃饭后撞钟,让罗英秀才没吃上饭的故事……

山挡住了太阳,北风呼呼地刮着,树上的叶子纷纷扬扬飘落。街道更阴沉寒冷,行人们不自觉地将脖子往衣领里缩,双手往袖口里缩着。有人漠然地看一眼早春,更多人连看都懒得看一眼,就缩着脖子低着头匆匆而过。

一阵哭泣之后,早春心里舒坦多了。她坚强地抬起头,用袖口狠揩眼泪,将辫子往后一甩,心一横:"我沿街叫卖,就不信这背篓柴卖不出去。我不卖出去,买不到米面誓不回去!"

她站起来,背起柴草,扯开嗓子,沿街大声吆喝着,"卖柴草,卖柴草啰!谁要柴草?"

这时一个中等个子,皮肤黝黑,身着青色长衫的人走到早春身后。"哦!冯

39

家大小姐，那么坚强的一个人儿，也有哭鼻子的时候？"

其实他观察这个小女孩儿很久了。早春的一言一行，特别是当别人说没钱时，还把药给人的行为，着实感动了他。

早春双手反拉着背篓绳往前走，嘀咕道："您看见哪个哭鼻子了！"

来人拉着她的背篓，来到了她面前，柔声道："春啊！来了，咋也不进去坐坐，看看高叔呢？"

早春慌忙低头答道："叔啊！不了。"

说着，就想摆脱高叔要走。高老板走到她前面，一脸怜惜道："我早想去看你们了，却总是走不开。父亲好些吗？"

听着高叔叔问起父亲，泪水在早春的眼里打转，但她还是忍着没让它流出来，吸着鼻子道："谢谢叔叔关心！"

"孩子，这点钱拿去应个急吧！"高老板说着，递了一小袋碎银给早春。

早春低着头用右脚尖划着地："我无功不受禄，不能随便要您的钱！"

她此话一出口，惹得高老板扑哧笑出了声："小鬼头，还跟我来这一套。好吧！我买你的柴行了吧？"

"可是……"

"什么可是？"

"他们都不要，都说要干皮柴是吗？"

高老板指了指刚才那几家："有困难也不找高叔，看我不打你！"说着刮了一下早春的鼻子。惹得早春破涕为笑："那我也不要您这么多啊！"

"你先拿着。叔有事和你商量，你逢场来茶馆筛茶行吗？就当是先付你工钱。"

早春给高老板深深地鞠了一躬，哽咽着："高叔，太谢谢您了！"又仰头扑闪着一双大眼睛问道："高叔，茶馆不是都招男孩吗？""你又不比男孩差！"

这时有人喊："高老板！过来有事！"

高老板应着："来了！"拍了拍早春的肩，把钱塞在她手里，笑着鼓励道："我相信你能行的。"

早春放下柴从后门出来，茶馆里说书的丁先生，"啪啪"拍桌子两声，提高声音道："罗英秀才没吃到饭十分生气，手一指山上的几个洞，先吃饭后撞钟，我让你柴米油茶一起空……"

"这是对坏和尚的惩罚。"茶馆里人们会心地鼓掌大笑着。

早春也舒心地笑了。丁先生讲完，提着衣服，慌忙走下台，朝早春喊道："侄女，等等。"他摸出两个碎银递给早春，不好意思道："带点心意给你父亲。祝他早日康复！"

早春笑着拒绝道："丁叔叔，谢谢您！心意领了！您上有老下有小，负担也重。"说完她背着背篓，欢快地走出了茶馆。高叔的情，丁先生的义，让早春十分感动和温暖，她知道这是高叔在照顾她。她去买了米面、猪油和糕点背着，走在回家的路上。风也小了许多，小鸟也啁啾着，欢快地在树上飞来飞去的。早春心想，逢场是七天一大场，三天一小场，不管怎样总有点事做了。余下的时间，她想到了和街上老婆婆学做虎头鞋的事。对了，晚上就回去做了试着卖卖看。

正低头想着，一个迎面背柴草的大娘，把她撞了一个趔趄。大娘连声说不好意思。

早春忙歉疚道："不怪大娘，是我自己没看路。"见背柴离去的大娘，早春若有所思，她紧跑几步，赶上去问："大娘？您是背柴草去卖吗？"

大娘顺手往街东边指，"去那边盐厂换盐"。

早春惊喜地一甩辫子，"我也可以拾柴草换盐，然后卖钱啊"。

夕阳西下，群山染成一片胭脂，河面也映出一层红色。早春哼着歌，蹦蹦跳跳地走在路上，在垭口下，摘了些枇杷叶，反手装在背篓里。癞子婶背着一背篓猪草，从山上走下来。她拍着巴掌，拖长音调，挖苦道："害人必害己吧！哼！断我财路，抢我饭碗！你父亲遭到报应，我看难得好啰。你迟早一样要遭报应的啰！"

早春怒视着癞子婶，指着她吼道："自己没本事，邻里乡亲的钱都骗，你不觉得你丧良心吗？"

癞子婶弯腰捡起一块石头，口里恶狠狠地喊着："看老娘不扳死……""你"字还没出口，只听得"噼里啪啦"，泥巴石头在癞子婶脚边响起，癞子婶左右脚互跳躲避着，惊得鸟扑棱扑棱地飞起。几个挑柴下山的大叔怒吼道："以后再胡言乱语欺负早春，就直接砸你头上，让你再多几个癞疤！"

癞子婶下意识摸了下头巾，指着大叔们骂骂咧咧："小狐狸精给了你们啥好处？这么帮她！"

大牛哥真拿一坨泥巴，打在了癞子婶头上："你拿出真本事像早春妹妹和她父亲那样，给湾里人看好病，给猪看好病，还不收钱，我们也帮你。"

癞子婶摸着头，"哎哟，哎哟"地叫着跑了。

这让早春心里又一阵感动，自己和父亲只尽力为乡亲们做了一点儿小事，大家就这么帮着自己。她下决心，以后还要尽力为乡亲们做力所能及的事。

月亮从山顶露出了笑脸，将冯家湾照得朦胧而美丽。到了家，她将米面交给张婆婆，就喊正玩弹弓的弟弟们："吃姜糕啰。"分给两人后，又掰了一块递给张婆婆。

早春端着灯去了厨房。这时一岁多的小宝一歪一扭地走到早春面前，"咿咿呀呀"地喂早春："姐，吃！吃！"

"小宝乖，姐吃。"看着小宝的神态，引得大家一阵大笑。

她用猪油给他们下面，自己煮了红苕萝卜，又挑着面条喂小宝。

"春啊！来！我们分着吃！"张婆婆夹了面条要放早春碗里。大宝也争着挑面条放到早春碗里。

"不要，不要。"早春双手遮着碗，口里嚼着红苕，指着张婆婆道："阿婆，您年纪大了。"又指大宝："你还小，吃红苕对你们胃不好！"又拍着胸说："我吃什么都没事的。相信我会挣钱回来，不仅要让你们顿顿吃白米面，还要让你们吃上肉和蛋。"

大宝吸溜了一口面条，欢呼道："好哩，好哩。"

张婆婆眼里噙着泪，感叹道："多懂事的孩子啊！"随即又念叨："希望老天保佑这家好人，尽快渡过难关吧！"

晚饭后，大宝带小宝去院子里和伙伴打得罗。张婆婆坐着咳，喘得上气不接下气。

早春把枇杷叶放锅里炒后，和着泡菜盐水加热，用杯子装好，用布包着，对张婆婆说："阿婆，我见您这入冬了，咳喘得厉害。来，您躺床上我给您治治，会好些的。"

张婆婆起身，说道："孩子，你想得真周到。"

早春给张婆婆一边推揉着一边讲了下午卖柴的经历。

张婆婆感叹道:"世上还是好人多啊!早春啊!你是心善之人,上天不会亏待你!好人终归有好报的!"

"是的,我运气真好!我总遇到这么多帮我的人!"早春发出了舒心的笑声。这是父亲治病以来,她第一次这么开心地笑。

她透过窗户,看着天上的月亮:"我还要做虎头鞋去卖,我相信通过自己的努力,一定会让家人过上好日子。"

张婆婆建议说:"你还不如纺线去卖呢。人总要买布穿衣,所以纺好线,挣的钱也多些。"

早春惊喜道:"挣的钱真的多些吗?""肯定的。""那您教我学纺线吧!""那我明天把墙角的纺车拿出来清洗下。"

早春又扶起张婆婆说:"您趴下,我把后背给推揉下。"

她站在台阶上,此时,皓月当空,星星在向她眨着眼。她下决心道,明天去换盐卖,买回脱籽棉花,明晚上开始学纺线!

新的一天开始了,她背篓背着柴草,往井峰街盐厂走去。进到盐厂里,见每组竖摆着的三个灶上分放着三口大锅,灶里有人不停地加柴,有人不停在锅里搅动……最后一个锅里就装着白花花的盐了。

一个十来岁的男孩,也来换盐,盐厂老板收了他俩的柴,只舀了半瓢盐给他们。那个男孩收了盐就走,早春没接盐,还拦住了那个男孩说:"你等会儿。"她转身,不满地指着盐老板:"只有这点儿吗?"

盐老板心虚地说:"是呀!都只换这么多啊!"

早春仰着头,怒吼道:"大人换的不是一满瓢吗?为什么给小孩只半瓢?"

"大人背的柴草多些呀!"

"那你拿秤来称!看少不少?"

盐老板捶着桌子吼道:"咋啦!就这么多。爱要不要!"

早春左手叉腰,右手画了一个弧线,向门外走去,抬高声音大喊道:"都说买卖公平,童叟无欺!大家来看哦,这是什么黑心盐厂,专门欺负小孩。"

早春一喊,立即吸引了很多人走过来围观。盐老板见势不妙,拉过早春到一边悄悄说道:"除那一瓢外,我还多给你点,你别张扬行吗?"

她辫子往后一甩道:"我不会要你多给的,要我不张扬可以,只希望你童叟无欺就行了。"

盐老板点头哈腰地答应着,一边让人给早春和那男孩补盐,一边对围观的人说:"没啥事,去忙你们的吧。"

那小孩多得了半瓢盐,对早春道:"谢谢你!"说着要分点盐给她,她没要。

早春高高兴兴将盐拿去卖了,总算是挣到了一笔钱。她尝到了甜头,午饭后又去捡了一背篓柴草换盐卖钱。积少成多,买棉花纺线是不成问题了。

她正高兴地往贴身小棉袄里装钱时,有个满脸横肉的街霸走过来,恶狠狠地对早春道:"谁让你在这儿摆摊的,交出钱来!"

早春狠盯着来人:"我自己卖的钱,凭什么交给你!"

"咦!小丫头片子,还挺横的!"街霸说着,伸手来夺早春荷包里的钱。

早春躲闪着,两手死死护住荷包。街霸要掰开她双手,她低下头就张嘴乱咬,疼得那街霸哇哇乱叫,举起手就要打早春,早春用背篓拦着。

这时旁边来了好多围观的人,纷纷指责街霸,连一个小孩都欺负,真过分。

街霸吃了亏,又没捞到好处,操起旁边的扁担就要打下去。

正好早春的二叔被好心人叫了过来,拉住了街霸的扁担:"街爷,有话好好说,她是我侄女,有得罪的地方,我给你赔不是了!"

街霸摸着手,不解道:"她是你侄女?冯先生的女儿?我说,谁有这么大的胆子,敢咬老子哩!"

二叔双手抱拳:"是她太小,不懂事。大哥出了事,以后靠她养家,望你赏她一家口饭吃。以后若要做衣服,尽管找我,给你免费。算是我替侄女赔罪了。"

早春向街霸投去不满的眼神,围观的人已向街霸指指点点。

街霸见早春二叔说得这么好,也就给自己找个台阶下:"好吧!看在你的面上,就饶了她吧!"

早春的二叔蹲下身,满是心疼地摸着她的头。她还跟没事人一样说:"二叔,我挣钱了!我要纺线去卖。"

二叔吸了吸鼻子点了点头。

"等我挣到钱，爸爸治病就不愁了！"

冯仁义鼓励地看着她："我相信你，一定能干好的。"

他带早春买了脱籽棉花就往家的方向走去。"早春，明天我去看你爸爸，把你做的鞋袜给我带去吧。"

"辛苦二叔了。您让父母放心，我会照顾好两个弟弟的。让爸爸安心养病，我们等着他回来。"

第 7 章　纺车倩影

早春将呼呼的北风关在门外，灯忽闪了几下，最终亮了起来。他们围在火盆边，边唱童谣边搓棉条，两个弟弟也在旁边挥动小手帮忙。

在张婆婆指点下，早春坐下来，右手摇动着纺线车的把柄，左手拿捏着一根棉条慢慢学。"吱呀、吱呀"声在房间响起，和着房外的鸟啼，让早春沉浸在对美好生活的向往中。

她刚抽出来的棉线虽粗细不匀，但几个晚上下来，也能纺出很好的棉线了。簸箕里堆满了小山似的线团，张婆婆拉出一根线，双手一折，布满皱纹的脸笑得像菊花，点着头："不错。结实！春啊，你悟性真高，一个星期不到就纺出这么结实的线。我当年学了几个月才有这个水平哟。"

早春站起身，双手按摩张婆婆的双肩道："还不是您教得好，名师出高徒嘛。"

她像是对张婆婆又像自言自语，既高兴自己也能纺出好线了，可又是愁啊。怕卖不出去，不仅亏钱，还浪费时间和精力。

摇曳的灯光，就像早春飘忽不定的心。

张婆婆拍着早春的肩："就没你办不好的事。"

早春握紧小拳头："我一定要将这些线卖出去，挣到钱让你们都吃好穿好。"

灯光跳了跳，蚊帐钩碰出叮当的响声，好像在给早春点头。早饭后，早春特意去房里梳洗打扮了一番。为了保持线团的洁白干净，早春特地将夹背擦洗了一遍，又放上一块洗得干干净净的布将线团包着。

张婆婆反复交代早春："你先要想办法，让人收下你的一至两个线团试着用，只要收了你的线团，你就有卖出去的希望了！"

早春认真地点了点头，才将背着的玫瑰红布袋移到胸前，背着一夹背线团向街上走去。

早春站在垭口，太阳已冉冉升起。她迈开大步赶路，虽是冬日，却微有汗意。在接近织厂时，她紧张得心怦怦跳，不知厂家是否收自己的棉线，心里很没底，但想到自己纺的线绝对比一般人的牢固，不易折断，又有了底气，不觉长长地吐了口气。

先到了织蚊帐厂，早春找到管事先生："您看看我纺的线行吗？"

那人也不正眼看她，手一摆："一个小孩子，能纺出好线？走开走开。"

早春手拿线团，央求道："您试试嘛，我纺的线，绝对让您满意！要不我放两个棉锭在这儿，先试试行吗？"

管事只瞟了下早春。她又恳求道："请叔叔高抬贵手，我也是为养家，还要给父亲治病。"说着，早春不觉喉头哽咽，她咳了声："只求您试试我纺的线，如果不好，我也无话可说。如果您觉得好，再买也不迟啊。"

她递过棉锭，管事勉强答道："那我收了试试看吧。"

早春侧身施礼："叔叔！太感谢您了！""别感谢，还要看你纺线的质量。""那是当然。叔叔你忙，我明天再来。"

到了弹棉絮的作坊，早春如法炮制放了两锭线团在那里。快到织布厂门口，就听见"哐当哐当"的织布声，早春心想："上面两家如果收了我的纺线，只是挣回了本钱。如果织布厂也收，就会有很好的收入了，家里买米、买面、买肉，还有衣服，甚至给父亲治病……"

想到这里，她忐忑不安的心情就化作了无限的力量。到了织布厂，早春就没那么顺利了。话也没让她说，人家就把她推了出来。连续几天早春只在厂门口徘徊，寻找机会。看着来来往往卖线的大人，听着"哐当哐当"的织布声，早春失望极了。

傍晚，早春心情落寞地去蚊帐厂和弹棉絮的作坊时，老板赞道："小小年纪，纺的线确实不错。小姑娘，今后，只要是你送来的纺线我都收了。"

这让早春十分欣慰，也备受鼓舞。她领了钱，好歹收回了本钱，就去买了些肉和鸡蛋，又称了些米面。走在回家的路上，天色已暗下来，她想，无论多难，也要将纺线卖给织布厂。站在垭口上，看着月亮升起，和人间灯火交相辉映，她的心也敞亮了许多。

第二天再去织布厂，这次管事的王先生没拒绝。小小年纪的早春，每天背着夹背在门口徘徊，让他动了恻隐之心。"你放两个纺线，先试试质量吧！"

早春高兴之情溢于言表,连忙向王先生致谢。王先生摆手道："你别高兴得过早，我们陈老板对纺线的质量把关严着哩。"

"真是烦死人了！烦死个人了！"陈老板走进门，发泄着。

王先生赶紧丢下早春，迎了上去："陈老板，遇上啥不顺心的事了？"

陈老板手指了一圈："你说，这些医生都是些饭桶，治了这么多天，内人（爱人）的手指甲脱落的病还治不好，热不仅不退还更厉害了。说是中邪了，又敬神，还请菩萨的，也不见效。你说，我儿子还吃奶，奶水也越来越少，这真他妈烦心透顶了！"

陈老板手捶桌子，在屋里踱了一圈，像一只泄气的皮球，耷拉着头，一屁股坐在板凳上生闷气。王先生赶忙递给他一支烟，"刺"划火柴帮他点燃。

早春摸着额头，依稀记得父亲给人治过这病。她走到陈老板侧边，问道："陈老板，夫人是不是起先指头红肿，之后发展到整个手背肿胀，现在是指甲脱落？手指甲掉了后就像蛇头，又称蛇头尖，还持续高热不退？"

陈老板这才发觉身边有个小女孩，他坐起来，吐了一口烟雾，惊奇地看着早春道："是的啊！你咋知道的？"

早春仰着头，扑闪着大眼睛，盯着陈老板道："如果是这样的话，我可以治！"

陈老板马上从板凳上弹起来，弓着身，围着早春，鼓着眼睛，走着看了一圈："你？开玩笑吧？"

卖线的人看向这边，隔壁房里的织布机发出的"哐当哐当"声特别清脆响亮……

早春含笑，肯定地点着头。"我和父亲曾给人治好过这个病"。"你父亲是？""冯仁礼！"当时我是听人说冯先生可治，让人去高家茶馆请，听说你家……"

早春藏着心中的痛，打断陈老板道："如果陈老板信得过我，不妨让我去一试。"

陈老板头摇得像拨浪鼓，弹着烟灰，满脸不屑道："好多大人都治不好，你一个小孩，我看悬！"

早春继续劝道："不吃苹果，不知它甜。您总不能看着您小孩没奶吃，夫人又痛苦得寝食难安吧！"

陈老板"吧嗒吧嗒"抽着烟，踱去踱来，拳头砸向板凳道："好。那就跟我去试试吧。"

早春去外面扯草药后，三人一起去陈老板家。在大门口，陈老板就喊："夫人，夫人，我给你找人来看病了。"

丫鬟迎出来，嘘了下，小声道："老爷，夫人刚睡下。"

早春择药洗净，放瓷器里，递鱼腥草等药给丫鬟："去用这熬水给夫人喝。"

陈夫人这时醒了，制止道："小孩无毛，办事不牢。不许去熬药。"

正要去熬药的丫鬟杵在了那里。

陈夫人"哎哟！哎哟！疼死我了"地叫着，嗔怪陈老板道："那么多名医都没治好，找来了小女孩，会治好？会有效？"

早春没吭声，一下一下地捣着药。过了一会儿，端着瓷器走到陈夫人面前："夫人，我替你敷药吧！"

陈夫人仍侧身"哎哟！哎哟"地叫着。

早春劝道："夫人，这药又没毒，你还怕我这个小孩害你不成？"

陈夫人仍不断地"哎哟！哎哟！"叫着。

墙上的钟"滴嗒滴嗒"地响着。早春去拉陈夫人的右手："您疼得这么厉害，连试试的勇气都没有吗？"

陈老板也过来，扳过陈夫人："我的好夫人耶！我不是看你疼得难受吗？试试吧！"

早春将药敷在夫人红肿的右手上，陈夫人惊得弹坐起来。

陈老板瞪圆了双眼惶恐道："夫人，不要紧吧！"

陈夫人摆着左手，赶忙拉着早春，惊叹道："神啦！不再那么烦闷气躁，有了一种凉丝丝的感觉咧。"

陈老板摸了一下胸前，长吐了一口气："哎呀，我的妈呀！吓死我了！好些了，那就好，那就好！"

早春将药放在桌上，对陈夫人道："您就按这个方法敷药喝药，要不了多久就好了。"

这时，杵在旁边的丫鬟，扬了扬手里的药："还用这熬水喝吗？"

陈夫人朝丫鬟吼道："还不快去！"又看向早春，不好意思地笑道："小妹妹，别见怪才好。我也是被那些庸医给治怕了。"

早春笑吟吟道："怎么会怪呢？只要能减轻夫人的痛苦就好。"

陈夫人央求道："小妹妹，她们扯草药、敷药我都不放心，还是辛苦你来帮我吧！治好了，我少不了你的钱。"

早春爽快地答道："好吧，那我每天拿药来帮您换吧。"

当他们回到织布厂时，早春背起夹背就往外走。她不想因帮了陈夫人，说卖纺线的事。

陈老板见状，忙拦着她："你是来这里卖线的？"

王先生赶忙抢答道："是的，她是来这里卖线的。起初我想，大人的纺线都收不完，小孩能纺出好线？就赶她走，没想到这个小姑娘挺执着，已经在门外徘徊几天了。"

陈老板这才认真看了看早春。只见她上身紫色白花小棉袄，虽洗得泛白，但很干净。紫色裤子，黑色布鞋，两个小辫子上扎了红头绳。俊美微红的脸庞，扑闪扑闪的大眼睛，透出一种坚强和自信，给人一种干练的感觉。

陈老板不由得问道："你多大了？"

早春扬起脸："十岁。"

陈老板赞道："这么小的年纪就出来谋生，确实不错！我自己的儿女这个年龄，还在撒着娇，需要大人呵护呢……"不禁露出怜爱之情。

陈老板俯下身，从夹背拿起纺线就折，赞道："嗯，这纺线质量还真不错。"就指着早春，"你要保证这个质量。"又对管事的王先生喊道："她纺多少，我们收多少！"

王先生忙答着"好哩"就去收线拿钱。

早春接过钱，喜极而泣，给陈老板深深鞠了一躬："谢谢，谢谢您啦！"

陈老板手一摆："哎！我还要谢谢你的执着哩。要不然，谁帮我爱人治病呢！"

几人不约而同地大笑起来。笑声和着"哐当哐当"的织布声交织在一起，早春听起来是那么清脆悦耳，动人心弦。

早春每天送纺线后，就扯草药去帮陈夫人敷手。二十多天后，陈夫人的手指尖结了痂，热也退了。陈夫人拿出三块银圆给早春，早春连连摆手。

陈夫人道："是不够吗？"又转身去取。

早春拉着陈夫人，从她手里只拿了一块："我是说您给多了。"

陈夫人不解道:"别人没给我看好,都收了两块,而你……"

早春摇着手里的钱,笑道:"我和父亲向来都是这样,收得很少的。"

陈夫人脱口而出:"真是好人啦!"

早春和陈夫人建立了很好的关系,她还让早春帮忙做虎头鞋哩!这是后话。

陈老板答应她纺多少收多少,这让早春十分高兴。她加班加点纺线,一个晚上睡不了几个小时。

有天晚上,大宝被一阵欢快的哼歌声吵醒,"吃的是盐和米,穿的是青和蓝"。睁开蒙眬的眼睛,大宝赤脚跑下床,走到另一个房间。

透过敞开的窗户,他看到窗外的夜空星稀月明,银色的光辉如白色的光柱,透过窗户泻进来,照耀着早春和她的纺车上。她年少、俊美的脸庞在月光下显得十分安静。她正娴熟地右手摇轮,左手抽线,一条细细的棉线就从棉花里抽出来。手臂一扬一落,月光下的她,身影倒映在墙上一摇一摆很有节奏,似一舞者,又如一幅美丽的纺车倩影油画,定格在大宝脑海里。

听见响声,早春抬起头,看见大弟靠在墙边,她双手仍不停地纺着,问道:"干啥哩,睡去吧,我一会儿就纺完了。"

大宝走近她:"姐,你也睡吧,天都快亮了。"

早春仍在摇动着"吱吱呀呀"响的纺线车,打着哈欠:"好,我这就去睡。"

她十分想睡一会儿,可她不敢,她要完成这些纺线……

有天晚饭后,早春正给张婆婆用药酒推揉寒腿时,湾里的周二婶腿上长了气丹,让她去看看。

早春交代张婆婆:"阿婆,又辛苦您帮我看俩弟弟了。我忙完就回来接。"

"好!"

早春扯了草药去周婶家时,大丫又找来了,她喘着粗气,着急地对早春说:"堂姐出嫁,声音嘶哑了,想请你去帮忙唱《哭嫁歌》。"

说着,就要拉早春走。她笑着拿开大丫的手说:"再怎么样,我也要先给周婶把药敷上啊。"

大丫只得搓手跺脚等着。

第 8 章　哭嫁歌声

"哭嫁",亦称"哭出嫁""哭嫁囡""哭轿"等,是川北地区,直至中华人民共和国成立之前,传统的婚姻习俗,即新娘出嫁时履行的哭唱仪式。

哭嫁的风俗,起源于战国时期,赵国的公主嫁到燕国去做王后,她的母亲赵太后在临别时"持其踵,为之泣,祝曰,必勿使返"。

哭嫁一般从新娘出嫁的前半个月或一个月开始,有的甚至前三个月就已拉开了哭唱的序幕。不过,开始时都是断断续续进行的,可以自由地哭。亲族乡邻前来送礼看望,谁来就哭谁,作道谢之礼节。喜期的前一天晚上到第二天上轿时,哭嫁达到高潮。这段时间的哭唱必须按照传统礼仪进行,不能乱哭。

听老人们说,早些时候,没有嫁而不哭的人家。如果出现嫁而不哭的姑娘,也会被邻里看作没有教养的人,就会被别人嘲笑,传为笑柄,甚至让婆家歧视。相传有出嫁姑娘不哭而遭父母责打的事。

哭唱的内容主要有"哭爹娘""哭舅舅""哭哥嫂""哭骂媒人""哭梳头""哭上轿"等。

歌词既有一代代流传下来的,也有新娘和"陪哭"的姐妹们即兴创作的。内容主要是感谢父母长辈的养育之恩和哥嫂弟妹们的关怀之情;泣诉少女时代欢乐生活即将逝去的悲伤和新生活来临前的迷茫与不安。也有的是倾泻对婚姻的不满,对媒人乱断终身的痛恨……

早春被大丫拉着一路跑着去她堂姐家,远远地就见大红的灯笼,大红的喜字。银手饰、大红漆柜、大红漆箱子、铺盖等嫁妆摆在客厅,上面被大大的喜字盖着。

院坝里挤满了密密麻麻的人群,有贺喜的亲朋,有看热闹的,有快要出嫁的闺女被娘领着来观摩的。因没有新娘的歌声,前来贺喜的人群各自闲聊着,唢呐手、笛手、二胡手懒洋洋地坐着,给喜庆的日子蒙上了极不和谐的气氛。

冬日的寒冷弥漫在空气中,北风肆无忌惮地摇撼着竹林,在光秃秃的树梢上发出呜呜的怪叫。人们低头搓着双手,轮换地跺着脚。人群中传出不满的议论:

"新娘怎么还不开唱？"

"是唱不好吧！"

"嫁妆再好有屁用，不会唱《哭嫁歌》，嫁过去还不是让人瞧不起！"

围观的人七嘴八舌地议论着，有的露出不屑和鄙视的眼神。

听到这些，新娘父亲脸上挂不住了。他到后门口，急得如热锅上的蚂蚁，背着手踱来踱去，口里不停地埋怨老伴儿道："这两天也不让她注意下嗓子，好好的喜事办成这样！你不是说你有办法吗？人咋还没来？"

新娘的母亲低眉顺眼道："大丫都去了多会儿了，该来了呀？"

新娘父亲狠捶后门，气哼哼道："小孩无毛，办事不牢，办砸了到时有你好看的！"说完，他气呼呼地甩手走向前院。

留下新娘的母亲焦躁地在后门引颈张望。新娘也趴在门框上焦急地看着。

当她们见早春和大丫的人影时，不禁长长地舒了一口气，眉头舒展，脸上终于有了笑容。

二人急急地跑进竹林小道时，"哎哟，哎哟"，二人突然被一块大石头绊倒，新娘和她母亲又吓得脸如土灰，同时迎出去问道："不要紧吧？"

早春头碰在石头上，眼冒金星。大丫折了脚，坐在地上"哎哟！哎哟"地叫着。

早春一手撑地，一手扶着竹子站起来的一瞬间，见右边屋檐下，包着头巾，一个熟悉的身影一闪而过。是她，癞子婶没错。

她去扶起疼得直叫的大丫。新娘一脸歉疚地，帮忙拉着大丫说："看把你们都摔伤了！真不好意思。"

新娘母亲嘀咕道："竹林小路打扫干净了的啊！"又捶腿，拍手对外怒骂道："是哪个缺德鬼干的，给老娘滚出来！"

早春忍着对癞子婶的怨气，手拉新娘母亲道："婶，算啦，我们还是快进去唱《哭嫁歌》吧！外面的客人都等急了。"

"好，委屈你了，侄女！"

早春心里嘀咕道："唉，这个癞子婶，真是太过分了，处处跟我作对。现在还伤到大丫，我要怎样才能化解她这个仇结呢？"

进到新娘闺房，早春从玫瑰红布袋里拿药酒递给大丫："你自己揉吧。"

她忍着疼得厉害的头，不顾额前红肿的包块上正渗出的血，就按程序唱了起来。

先哭唱父母："喊声爹呀喊声娘，女儿开口心慌张。喊声爹呀喊声娘，女儿开口好心伤。喊声爹呀喊声娘，女儿开口欲断肠。金鸡开口一大群，女儿开口一个人。金鸡啷门（哪里）离得山，女儿啷门离得娘……"

早春想着重庆的父母，唱得泣不成声。

闺房里，在早春唱的同时，大丫坐着给自己揉脚，脸急得通红，愤愤地低骂道："是哪个缺德鬼，让我抓到不活剥了你。"

新娘站在早春侧边，用布给她擦去额上汩汩冒出的血，关切地小声嘀咕道："不要紧吧？"早春口里唱着，对新娘报以微笑，又用右手摆了摆，意味着不要紧。

早春唱着，弯腰拿起药酒倒在手上，往自己额头上抹了一把，左手按着额头，右手指向门外哭唱普通客人："堂前喜鹊叫不停，耳听门外来贵人。接到堂屋要恭敬，支客司（款待客人并主持婚礼的人）啊，你快请贵客板凳坐，泡茶递烟叶……"

早春的歌声一起，院子里吹鼓手们就赶忙拿起各自的行头，吹弹拉敲，摇头晃脑地和着节拍，忙活了起来。围观的人群已沉醉在婉转、清脆、悠扬的歌声中。跟着哼唱着，拍着手喊着"好！好！唱得好！"

这时新娘的父母才长长地舒了一口气，露出了满意的笑容。唢呐声、笛声、凄美的《哭嫁歌》声、竹林沙沙声，像山岚一样萦绕在冬夜长空。

早春头也止住了血，喝了几口水，再哭唱舅舅："风吹杨柳起青色，娘家今天来贵客。我问我娘哪个来，我娘答应舅舅来。手攀屋檐摸牡丹，牡丹开花红艳艳。手拉舅舅如见娘，闻舅如闻母亲香。舅舅教我《女儿经》，舅母教我学使针。而今外侄长成人，舅舅舅母空操心……"

刚才议论的人们，这时发出各种惊讶、赞叹："唱得真好！"

"该哭时哭得声声泪下。"

"该感谢客人时唱得情真意切。"

"不对呀！这声音，怎么听怎么像冯先生家的早春。"

有人趴窗户上看，但窗户关得严严实实。人们从红色朦胧的窗户中，见唱的人，指手画脚，婀娜多姿的美景，如看皮影戏一样，也是一种享受。

有人侧耳细听点头道:"真是她哩!"

一谈到冯先生,他们不免感叹一番:"好好的人咋就病了呢?"

"只是苦了早春这闺女了!"

人们的说话声和早春哭唱姑妈的歌声传来:"风吹杨柳起青色,我家今天来贵客。我问我爹哪个来,我爹答应大姑来。核桃子儿心连心,丝茅草儿根连根。侄女那时还很小,大姑待我像个宝。大姑教我心要灵,姑父教我手要勤。侄女而今长成人,姑父大姑枉费心……"

有人赞叹道:"你看早春多会唱。再看我那女娃,唱了好多日子,也唱不会一首,赶明儿她出嫁也找早春帮忙唱。"

有人点头附和着道:"管她是谁唱,只要好听。"

"也是的,不就是图个热闹吗?"

人群发出欢快的笑声,高挂的红灯笼映着人们红彤彤的脸。

有人感叹:"你说早春这闺女也真不错。父亲病了,大人不在家,自己挣钱养家,把两个弟弟照顾得这么好,小小年纪真不易啊!"

早春唱哥嫂:"喊声哥哥喊声嫂,小妹心儿像刀绞。哥哥疼的是小妹,嫂嫂爱的是小姑。大雁带着小雁飞,哥嫂常和妹打堆。而今小妹要离群,离别哥嫂泪涟涟。小妹走后请哥嫂,好生服侍我爹娘。我的嫂嫂你命好,遇到我娘好善良。小妹现在心发慌,不知公婆啥心肠……"

有人小声道:"更难得的是谁有个头痛脑热的,猪牛有个病啊灾啊,只要找到她,肯定会丢下自己的事来帮。"

"小孩从小就应学她呀!"……

这时主家发烟、撒糖,小孩们抢糖声和着早春哭唱哥嫂声混在一起。

癞子婶的女儿说:"妈,我糖抢少了。"

她敲着女儿的头训斥道:"只晓得吃,你就不晓得事事超过她冯早春,给我争口气。"

女孩一脸幽怨地低头嘀咕着:"你看猪病不如人家早春姐,把气撒我身上。"

有人挖苦道:"技不如人只想钱。还想和人家早春比。哼!"

癞子婶"啪啪啪"打了女儿几巴掌,气冲冲拖着她回了家:"你快点给老子

55

滚回去。"

癞子婶本想搬石头让早春摔伤，让她不能唱《出嫁歌》，没想到，只让她磕破了点头皮。她捶着路旁的竹子，咬牙切齿道："冯早春，你这小蹄子，我总有一天，要想法好好治治你，你断了我财路，却四处挣钱，没那么好的事……"

院坝里，有人做着停的手势，"《十月怀胎》唱得这么感人，还不赶快好好听！"

"正月小儿在娘身，头痛眼花路难行；二月小儿在娘身，睡在牙床不起身，不知自身害啥病，东边吃药药不应，西边吃药药不灵；三月小儿在娘身，一想东边桃果吃，又想西边李果吞，任何东西不想咽，桃杏李果来保命；四月小儿在娘身，好像河里湖中草，浮去浮来才定根；五月小儿在娘身，一个身子两个人，茶饭不敢半碗吃，罗裙不敢紧上身；六月小儿在娘身，是男是女才分清；七月小儿在娘身，白面白米不想咽，一天只想茶水吞；八月小儿在娘身，儿长头发娘痛心，娘心似针针针锥，锥锥扎扎路难行；九月小儿在娘身，东边接娘娘不去，西边接娘不敢行，外公婆家转一圈，急急忙忙赶回行，只怕我儿生路上，伤儿身体娘心疼；十月临盆儿下地，欢欢喜喜看儿郎，小儿下地一尺五，人见人爱大家喜……"

大家跟着早春一起唱了《孝顺经》："儿说母亲放宽心，长大成人孝顺您。三顿茶饭递手上，挣钱交由娘掌管。当家方知柴米贵，养儿方知父母恩。大风来了吹山上，吹去吹来山里转。大雨滴在屋跟前，点点滴滴在原窝。我孝父母儿孝我，不孝父母理难容……"

当天仪式哭唱完后，人们还意犹未尽。大家左看看右瞧瞧后，才依依不舍地散去。新娘家知道早春要照顾两个弟弟，就让她先回去。新娘拿出工钱给早春，早春将钱放桌上说："乡里乡亲的，工钱我是不会收的。"

新娘赶忙封了红包给早春，还装了些喜糖，让早春带回家给弟弟们吃。

早春拿出红包给新娘说："喜糖我要，这红包我不能要。"

新娘拉着早春的手，真诚地感谢道："你帮我唱嫁歌，为我争了面子，给我帮了大忙。"又摸了摸早春额头上的包，"耽误了你的工，还摔伤了你，不给你点补偿，我心里过意不去。再说，我给你的喜钱，不能不要哦，借我的喜事，你家也就喜事连连啰！"

"借姐的吉言，看来我不收都不行了。"早春笑收红包，装在贴身的棉袄里。

这时，新娘父亲拿着火把，新娘母亲从厨房里出来："春啊！把这点粉蒸肉和馍馍带给弟弟们吃。""不啦！婶婶！""你这孩子，是给弟弟们的，不是给你的。再说你这额头还划伤了不是，婶心里真过意不去。"新娘母亲说着把东西强行放在了早春手上。早春连忙给大婶致谢！

新娘母亲反复交代："春啊！明天辛苦你，早点来啊！"

"大婶，我知道了！"早春接过火把出门的时候，才发觉天上纷纷扬扬地飘起了雪花。如盐一样铺在地上面，走时发出"咯吱咯吱"的声音。树上薄薄的一层雪则如雪白的棉花。

"要是天上也能下这么多的盐米和棉花就好了，就不会有人挨冻和缺吃的了！"早春不禁为自己天真的想法而摇头发笑，想着下雪天和父亲去出诊的情景，不禁思念远在重庆的父母。天下雪了，你们在那里冷吗？父亲去重庆医治眼睛已经快三个月了，应该已经好了吧！就要过年了，你们能回来吗？

早春想着，就走到了井边十字路口，刚要去张婆婆家接两个弟弟时，猛抬头的一瞬间见家里有亮光，难道是父亲治好病和母亲已经回来了？

第 9 章　绣鞋情缘

　　风呼呼地刮着,夹着鹅毛大雪直袭早春身上,她亦如雪人般,心狂跳着跑进院子时,就听到久违母亲的童谣声:王婆婆,在卖茶,三个观音来吃茶。后花园,三匹马,两个童儿打一打……以及两个弟弟拍手合唱,伴随欢快的笑声。

　　她不敢相信,使劲揉了揉眼睛:是我的父母回来了,是父母回来了!

　　她飞快上了台阶,推开门,风吹进去,将灯吹得摇曳不定。灯光下,只见母亲低头做绣花鞋,给两个弟弟唱着童谣。

　　早春冲向母亲。冯杨氏快速放下针线,站起来搂着早春,给她拍去身上和头上的雪,惊叫道:"春啊,你头上怎么啦?"

　　早春依偎在母亲的怀里:"不要紧,不小心摔的。"这时,大宝二宝接过早春手里的食物,津津有味地吃了起来。

　　"以后要小心。"冯杨氏摸着早春的头,疼惜地哽咽道,"春啊,你瘦了,两个弟弟在你的照顾下却长高了、长壮了。孩子,吃苦了,也受委屈了!"

　　早春将头更紧地贴入母亲温柔的胸间,泣不成声地摇着头。泪眼蒙眬中,早春抬头见年近四十岁的母亲,着一身青紫色粗布大襟棉袄,发髻绾在后面,白皙的脸上写满了忧郁。早春抬手摸着母亲额上多出的几道深深的皱纹,心疼道:"妈,您也辛苦了。"

　　母亲只一个劲哭泣着摇头,眼泪像断了线的珠子一样直往下掉。泪珠不断地滴落在早春头发上、脸上。

　　"妈,爸呢?"早春话一出口,便奔向父母的房里。

　　冯杨氏跟着她:"春啊,你父亲要到过年才能回来。"

　　早春心里"咯噔"一下,难道父亲还没好?她用力狠抓母亲的手,红肿的双眼盯着母亲:"妈,爸真的没事吧?"

　　冯杨氏拍着早春的手,安慰道:"不用担心,你父亲刚做了手术,你幺叔和姑姑在照看着,我实在是想你们了,就先回家来看看,过几天再去。"

早春这才把一颗悬着的心放回了肚子里。

大宝拿着糖让母亲吃，小宝则拿了饼干来喂早春："姐，吃。"

冯杨氏眼里满是忧伤、愧疚和无奈："这俩孩子和你有了感情，几个月我没带他们，就不亲我了。"

早春拉冯杨氏坐下，帮她揉着肩："妈，你和他们待时间长点就好了。"

冯杨氏满目慈爱地看着俩儿子："你都不晓得刚才去张婆婆家接他们时，他们都不让我抱。后来见大宝跑向我，张婆婆一个劲让小宝喊，他才怯生生地喊了声娘。"

早春去烧了水端出来："妈，您和弟弟们先洗了睡吧。"

早春坐在纺车旁纺线。两个弟弟睡下后，妈妈来帮她做绣鞋，劝道："春啊，你明天不是要赶早去给人家新娘陪唱《哭嫁歌》吗？早点睡吧！"

早春摇着纺车："我把这点棉花纺完，明天下午把绣鞋和虎头鞋一起送给老板家孩子，也感谢他们这些日子的照顾，收我的纺线！"

"我家春啊！做事就是考虑得周到！"

第二天，早春陪新娘哭嫁后，就背着纺线去织布厂。

到了陈老板家，仆人见早春来，就直接去叫来陈夫人。

陈夫人热情地拉着早春的手："小妹妹，你来了。走得快，走得快！"

二人牵手进房，早春笑道："陈夫人，谢谢陈老板和您对我的关照，收我的纺线，我给您俩孩子各做了一双鞋，不知您喜欢不？"

"你太客气了！你帮我治好了病，如今又送鞋来。这哪个要得哟！"

她从夹背拿出虎头鞋和绣花鞋，陈夫人爱不释手，左瞧瞧，右看看，惊讶地问道："你做的？这针线，手工真细！"

丫鬟在旁边也咂着嘴："做得真好看。"又拉着早春的手，央求道："姐，你教我好吗？"

早春拍着丫鬟的手，"好啊！"然后对陈夫人道："只要您喜欢就好！"

陈夫人惊喜地望着早春，说："我正为难，快过年了，不知给人家进布匹的老板送啥呢？你给我解决大难题了。我给你鞋样，绣花鞋和虎头鞋帮我各做二十双。"

"各做二十双？"早春不敢相信自己的耳朵，以为自己听错了。

陈夫人肯定地点了点头："我想给在我们织布厂进布匹的老板的孩子们都送上一双，也感谢他们对我们生意的关照。"

早春不由得赞道："夫人真是个重情重义的好人。"

"你小小年纪就知恩图报，让我们好多大人都自愧不如啊！"陈夫人说着，拿出了买鞋的钱，"你一个小孩子养家不易，先拿着用吧！"

早春拿了点零钱："您这就是照顾我了，我先收点订金，余下的等我送来鞋，您满意了再给钱吧！时间上，您有要求吗？"

"当然是越快越好！都说有花插在前头，过年布匹需求量大，也好让人家多照顾我们的生意哦！"

"那您先弄好鞋样给我。争取三天后给您送来。"

"三天后能行吗？"

"夫人请放心，到时我们一手交钱，一手交货。"

"我报各家孩子的尺码，你记下数字就行。"

老板娘报数字，早春就用脑子默记。老板娘报完，她就统计好了。再和老板娘核对时，老板娘惊诧道："你记忆力太好了"。

当早春告辞要走时，陈夫人还拿了些她孩子的旧衣服给早春："这些旧衣服，你俩弟弟应该能穿，带回去吧！"

"谢谢夫人！"

早春从陈老板家里出来后，就去买了米和面背着，去街上找教她做虎头鞋的王婆婆。可在街上一路走来，也没见王婆婆的身影，她就直接走去老人家里。

快到王婆婆家时，上次早春帮忙治好病的男孩在和人打雪仗，老远一见早春，就叫："姐姐，你来找我婆的吗？"

早春见这男孩，冰天雪地穿得很单薄，衣服还补丁堆补丁，她于心不忍，将陈夫人给的旧衣服，拿出一套，穿在小男孩身上。

早春牵着小男孩的手，一起到王婆婆家门口时，就听见了咳喘声，老人家边咳还边做虎头鞋。于是早春去附近山上找了些草药，熬了药让王婆婆喝。

早春揉着老人肩头说："这下雪天冷，您行动不便，我来帮您卖虎头鞋，也好度过这雨雪天的困难。"

王婆婆竟嗯嗯地号哭起来，扯衣角擦泪："孩子啊！你这真是雪中送炭啊，不然我们婆孙真是难熬过这个寒冬啊！"

说着，老人狠抓早春胳膊，手剧烈地颤抖了起来，核桃般的面孔因激动而像火一样红："闺女，你不也要挣钱养家吗？还来帮我，真是大好人啊！"

早春拍着老人的手，安慰道："不要紧，我可以纺线，还可以卖柴啊。别人要二十双虎头鞋，您三天可以交给我吗？"

王婆婆支撑着站起来，颤颤巍巍拿出虎头鞋来清点。手里有十五双存货，王婆婆说："我手脚慢，还可以做三双，共十八双，三天后可以给你。"

临走时，早春从斜背着的玫瑰红布袋里，拿出竹筒装的药酒给王婆婆："您用它揉揉腰腿可以祛寒活血。"

出门时，雪如鹅毛般在早春头上纷纷扬扬。走了一段路，早春再回头看时，老人牵着孙子还倚在门框，向她挥手，她的心暖暖的……

早春去买了绣花的各色丝线，再去绸布店看了绸缎布料，算了算价格，扯一大块各色绸缎布，专门用着做绣鞋不划算，就想去二叔的缝纫店看看是否有做衣服剩的零头布。

她给二叔说明来意后，二叔从屋里提出两个大包袱，放在早春面前："你如果有用的话，都拿去用吧！"

早春打开来一看，双眼发亮，惊喜道："红黄蓝黑，各种颜色都有，真还有我用得着的咧。"

二叔给她挑完，一起走回家。风吹得雪花满天飞舞，站在垭口，村庄到处银装素裹，缕缕炊烟从冯家湾半圆形村庄升起。

"好美啊。"早春转了一圈，大喊道，又紧跑几步，赶上二叔说："您让二娘幺娘带着剪刀，堂姐们带上绣花盘来给我帮忙吧。"

二叔答应着回去了。冯杨氏做晚饭，早春在各色布上画牡丹、荷花、桃花、玫瑰花等。

晚饭后，早春在堂屋墙上挂上三盏灯，把整个屋照得如白昼般。中间放两个火盆，里面烧得红彤彤的，屋里顿时暖意融融。

堂姐们来堂屋后，拍着身上的雪，叽叽喳喳地说："春妹妹要干啥事？整得这么隆重？"

"说给你做嫁妆哩，你还只十岁，太小！"

"是要开绣房吗？"

早春低头绣着花说："跟开绣房差不多，是绣花做绣花鞋。"

她见人到齐后，手拿绣盘，安排道："妈、二娘、幺娘剪鞋样纳鞋底做鞋帮，三个姐姐绣花，然后再上鞋。三天内完成二十双，完成后，挣来的钱，我按完成的情况分钱给大家。只不过大家一定要注意质量哦。绣得不好，我不要。"

三个堂姐听说有钱挣，都热情高涨。各自拿了圆形绣框，将布绷在上面，开始飞针走线地绣了起来。大家七嘴八舌议论着，大堂姐说，过年了要买件新衣，二堂姐说，要缝花棉袄。

娘和两个婶娘拿剪刀嚓嚓嚓，按鞋样在剪布壳，婶娘们各自埋怨自己的闺女道："你们就知道为自己着想，你看你早春妹妹多懂事，多能干！"

"你们如果也像她，帮忙替父母分忧，我们也就省心多了。"

说得三个堂姐直吐舌头，低头不语了。

大宝小宝穿梭在忙碌的人群中，吵着闹着："姐，给我做绣花鞋。"

早春道："乖弟弟，听话，过年姐姐肯定给你们做新鞋穿。"

大人们边纳鞋底边说着家长里短，谈论到冯先生的病情时，空气顿时沉闷了起来。

姑娘们的话题总是欢快活泼的。这时堂姐说："春妹妹，你给我们讲故事或唱歌赶瞌睡吧！"

早春咳了两声，清了清嗓子，用手将额前的刘海儿顺了顺："好，给大家唱《哭嫁歌》吧。"

门外的风"呜呜"地吹着，吹得干树枝"咔嚓咔嚓"断裂的声音不断传来。癞子婶一直趴在门缝往里看，她恼恨早春和冯先生到了极点，原来去给人、猪看病，可以逛几个钱。现在被断了财路，日子一天难一天，只得晚上东家扯几个萝卜，西家拿几个鸡蛋。今晚在早春家菜地里扯了几个萝卜，正想回去时，见屋里闹哄哄的，就踮起脚顺着墙角来偷听。得知早春又找到了绣鞋挣钱的门路，她牙根紧咬："我叫你交不了鞋，挣不了钱……"

早春正讲了高峰山王师祖和罗英秀才行侠仗义的故事。刚讲完，大堂姐就嚷嚷："听说高峰山很热闹，去朝拜的人很多，我也想去拜拜……"

还没等大堂姐说完，二堂姐抢白她道："是求王师祖还是罗英秀才赐你个好婆家吗？"

惹得大堂姐拿着针就去捣她，她边躲边喊："二娘，你看，大姐她欺负我。"

大人们笑看着她们打闹，二娘问冯杨氏："大嫂，早春定了亲没？"

"还没哩，等她爹回来再说。"

第三天晚上，鞋做完，婶婶堂姐她们已回去，母亲和弟弟们也休息了。早春吹灭两盏灯，将鞋装夹背里，这时，左眼跳得十分厉害，她揉着眼睛。

"咚咚咚"响起急促的敲门声："早春妹妹，我小妹妹发热了，帮忙去看看吧！"

"好，大牛哥，我这就跟你去。"早春答应着，背着玫瑰红布袋，锁了门就和大牛哥向湾里跑去……

等她回来，在上台阶时，借着微弱清冷的月光发现好似有人影从屋里一闪。早春以为是自己看花了眼，她走进一看，发现门开着，顿时紧张得心"怦怦"直跳。她快步进屋，划火柴"刺"地点亮灯，发现夹背和鞋都不见了。

她赶忙顺着刚才人影晃动的方向追出去，那人虽用黑布包着头脸。早春还是从背影知道她是谁，她从后面拉住那人，大喝一声："癞子婶，你给我站住！"

癞子婶挣脱着想跑，早春狠命拽着她，"你把鞋给我。""我不给，你挣钱却断了我财路。""你如果想学给猪治病的真本事，我可以教你。""谁稀罕你教！"

早春夺夹背，癞子婶仍不放。早春只得劝道："我如果大喊有人偷鞋，湾里人来了，不把你当贼打死也会打残。我看你和你孩子以后怎么做人。我不想喊，我不是怕你，我是想给你和你家人留面子，不然被人当贼，你孩子以后找对象都困难。"

癞子婶心虚了，心想，早春真喊来人，就完了。于是慌忙甩下夹背跑了。等早春捡起鞋回来时，发现有一双让癞子婶划烂了。

风呜呜从门缝灌入，灯被吹得摇曳不停，最后还是熄灭了。早春只得划火柴点燃，罩上灯罩，重新画花，绣花……

第 10 章 父亲回家

冬日的太阳暖融融地照在早春身上。她在约定的时间，背着虎头鞋和绣花鞋送到了陈夫人手里，然后分别按数量将钱送给了王婆婆和堂姐们。两个婶婶推却着无论如何不要，说当是给早春帮忙。她寻思着，只得给二位婶婶用那钱去扯布做衣服了。

晚上回家吃饭后，早春烧好水让母亲和弟弟洗。她去给张婆婆按揉回来后，母亲冯杨氏在一闪一闪的灯光下，正在剪鞋样给两个儿子做鞋。

早春立在母亲身后帮她捶背，冯杨氏拉着早春的手，疼惜道："你也很累了，早点去歇歇吧！"

她又给母亲揉捏着肩："我不累，还要纺线呢！我多挣点钱，还了债，还要买些田回来哩。"

她走到纺车旁坐了下来，纺车吱吱呀呀转动起来，转花了冯杨氏的双眼。早春的懂事早熟，让冯杨氏揪心地疼：真是穷人的孩子早当家啊！如果她爹的眼睛不瞎，也不至于让才十岁的闺女，早早地劳累啊！现在冯先生手术后是否能复明还未知。可无论如何，那三年的债要先还啊！

想到要离开冯先生和孩子们三年，冯杨氏不禁潸然泪下。

早春一扬一顿地纺着线，央求母亲道："妈妈，您能讲讲您和爸爸的婚姻故事吗？"

冯杨氏赶紧拭去泪，坐下纳鞋底："还不是你外公包办的婚姻，有啥好讲的。"

早春撒娇道："妈妈，您讲讲嘛！我想听！"

冯杨氏低头在鞋底上锥着针："说来你父亲也是个有担当、重情重义之人啊！"

冯杨氏看着跳动的灯，沉浸在往事的回忆之中。

冯杨氏小冯先生十岁，娘家是蓬溪附近杨家湾的。那年冯杨氏的父亲，杨老先生来井峰街买牛，结果受人骗买了一头病牛，急火攻心，杨老先生睡在旅馆里，一病不起。老人手里没钱，没人去帮他治病，眼看着旅馆也要开赶，是冯先生帮忙付了住宿费，端茶递水熬药，送到杨老先生床前，不仅治好了人的病，还治好了牛的病，走时还送了点盘缠路上用，这让杨老先生感激涕零。

当杨老先生了解到冯先生是为了失明的母亲和抚养几个弟妹才耽搁了自己婚事后，更加满意他的人品，于是主动托人向冯先生提了婚事。

窗外一弯月挂在天空，早春轻摇纺车，生怕打扰了母亲的回忆。

冯先生第一眼见到冯杨氏时，对高挑秀美，温柔娴淑的她十分满意。可冯杨氏对自己父亲包办的这位比自己大十岁的男人很不满意。嫁过来后，冯先生对她知冷知热，百般呵护。婚后，几年都没孩子，有人劝冯先生纳妾生子。可冯先生一如既往对冯杨氏好，天天不厌其烦地熬中药给她喝，还帮她娘家兄弟成家，这让冯杨氏十分感动。

早春从小篮里拿起一个棉条，转头看向母亲："妈妈，你和爸爸的故事好感人啊！"

月光从窗缝里照着冯杨氏，她右手拿针在头上划了下："结婚好几年后，才有了你。唉！正当一家人甜甜美美生活时，你父亲眼睛又出现了状况。"

早春换下一个棉锭，对母亲道："好人有好报，我相信一切都会好起来的。"

冯杨氏从鞋底拉出针道："春啊，你父亲现在得病，都是劳累过度啊！这次回来，我见你这么懂事，把家收拾照顾得这么好，我也放心了。医生告诉我说，让我们要有心理准备，手术虽做了，但你父亲恢复视力的机会并不高，当然也有奇迹发生，但一切要等出院时才能知道了。"

经历了这几个月的历练，早春更坚强了。她停顿了纺线的手，手臂揩拭了下眼泪道："不管是什么情况，只要您和爸爸能平安回来就好！"

冯杨氏低头在鞋底上咬出针，继续说道："因此，我回来告诉你，你父亲为我做了那么多，我也要尽我的力做点事。你父亲这次做手术花了很多钱，家里筹借的钱不够，我就让你外公舅舅他们在蓬溪联系了，确实借不到钱。最后外公帮忙联系，我去给人当三年奶娘，才把做手术的钱筹够了。因此，这次回来待几天，我就要去蓬溪当奶娘，家里就靠你了！"

早春丢下纺线，哭着跪爬到母亲膝旁，冯杨氏抱着她，两人止不住号啕大哭了起来。

静寂的天空，星星在弯月旁眨着眼，似乎看着窗户下的早春母女。早春是为母亲的情，父亲的义感动而哭。她帮母亲捋了捋额前凌乱的头发，又拿出手帕替母亲揩眼泪，笑着对母亲道："我妈现在都这么漂亮，年轻时肯定是个大美人，难怪我爸一眼就看上您了！"

冯杨氏嗔怪她道："没正经，跟母亲也开玩笑！"

"妈，不管爸爸眼睛咋样，都不怕，您看我。"早春拍着自己胸脯，"可谓进得厨房入得厅堂！肯定能养活你们！"她左手叉着腰，右手指着厨房和客厅的姿势，逗笑了冯杨氏。

早春又双手拉着冯杨氏："妈，我想和您商量个事。等爸回来后，我想接张婆婆来和我们住。这段时间辛苦她了，又帮我照看俩弟弟，又教我纺线，还把养老的钱拿出来给父亲治病。"

"只要你父亲同意，我没意见。"冯杨氏就是以丈夫为中心的这么个人。丈夫不让她操啥心，她也就对丈夫言听计从。

冯杨氏又不无担心地说："你爸爸如果能治好眼睛还好，如果不能治好，不知他会不会像上次那样想不开！春啊！你爸爸回来后，你可要看紧点啊！"

早春又走去纺线，肯定地说："我相信爸爸会挺过去的。"

第二天，她和母亲带两个弟弟去街上好好玩了半天，下午才送冯杨氏去蓬溪。

眼看着过年的脚步越来越近，早春开始规划如何高高兴兴过好这个年。她像多数人家一样，做了熏肉熏鸡等年货。

一天晚上，在挂着的煤油灯下，早春在磨黄豆做熏豆干。二叔过来了，接过磨杆，轰轰隆隆推拉着磨盘说："春啊，你就不用准备年货了，你爸回来后，就轮流到我们两家过年。"

早春舀一勺黄豆道："那不行的，二叔。"

二叔喘着粗气道："有啥不行的？"

早春瞅准磨杆转开时，快速将黄豆倒进磨眼里："奶奶走了，家里本来就冷清。父亲又病了几个月，母亲也只能过年才回来这几天。我要好好操办，把你们和幺叔一家都接来团年，好好热闹热闹哩！"

早春规划着一家人的衣服。她找二叔问了每个人需要做衣服的尺寸后，拿着纺的线去换回了布匹。不仅有张婆婆、父母和两个弟弟的布料，二叔二娘和幺叔幺娘都考虑到了，但唯独没她自己的。二叔在给每个人量尺寸时，注意到了这个细节，于是与二娘商量后，决定给她缝一套红底白花的棉袄棉裤，过年时也给她个惊喜。

冯先生在早春幺叔的陪同下回来了，眼睛虽没治好，但正如早春说的那样，表现得却十分乐观，坚强。

早春外出拾柴，送纺线，帮人唱《哭嫁歌》挣钱。冯先生摸索着去劈柴，切菜，烧火，做饭。一个从没涉足厨房的大男人，在看不见的情况下，不是烫了手，就是烧了脚，再不就是将脸弄花，惹得大宝小宝哈哈大笑。

他们三人，吃完饭还玩"先吃完不管，后吃完洗碗的游戏"哩，几个人时常欢声不断。自从爸爸回家后，家里时时有这样响亮的笑声回荡，让早春如喝了蜜一样心里甜丝丝的，感叹道，有父母的日子真好啊！

每当早春见父亲切了手或烫了脚，总心疼不已："爸，您不该摸着去干，好好歇着，让我回来做就好！"

冯先生茫然地摆着手，朗声笑着说："那我不真就成了吃闲饭的废人了？你让我尽力干点活，也可以帮你分担点啊。"

早春只得依了父亲。

冯先生回来后，很多老朋友前来探望他。其中有高老板、丁先生、李家诊所的医生等人。李家诊所的医生难免对早春一番表扬，这次来，他本想提亲，可见冯先生家的现状，话到嘴边又咽了回去。心想还是过段时间再来说吧！

当夜深人静闲暇下来时，冯先生总是摸索着出门，双手撑着拐杖，茫然地望着井峰街的方向出神。当提到冯杨氏为了他治病，去当奶娘一事，他总会沉默良久。他心里除了感动之外，肯定还有再不能养家的痛和酸楚。

早春知道父亲看病救人几十年，如今不能去看病了，肯定十分失落。她总想父亲还能去看病。可自己又怎样才能帮到父亲呢？毕竟自己不识字，认得的草药有限，只能治些小灾小病。

一天晚饭后，在忽闪的灯光下，早春在"吱呀吱呀"地纺线，对摸索着切萝卜条的冯先生道："爸，我看过年后，还是让大弟牵你去坐诊吧。"

冯先生一手拿着萝卜，一手拿刀，抬起头，茫茫然道："春儿啊，我不是没想过去坐诊，周围的医馆和药馆都是以祖传的自成一体。再说，找我们看病的多半是穷人，以前是自己扯的草药，收的费用低或不收，都不要紧。我现在只看病，不能扯草药，如果进药，费用会增加。前方打仗打得翻天覆地，大家吃饭都成问题，谁还有钱看病啊！"

外面北风大作，从窗户门缝挤进来，灯被吹得摇摇晃晃，最终还是熄了。早春"刺"地划火柴点亮灯，走向冯先生，双手给他捏着肩："何不用我家祖传的药酒和丸子去坐诊试试？"

冯先生摸着浓眉下的双眼，沉默好一会儿后说道："容我考虑下吧！"

除夕那天，冯杨氏回来了，早春接来张婆婆。几家人开开心心在阵阵鞭炮声中迎来了新的一年。

过年后，大宝牵着父亲去坐诊，果不其然来看病的人寥寥无几。又加上，他的病人群体主要是穷人，见人困难，也不忍心去收钱。因此，没多久就维持不下去了。

早春捉来两头小猪，让冯先生背着小宝，由大宝牵着他到山上放猪。猪大点再去卖，就这样反复喂养也还有点收入。

冯先生自嘲道："看来我是穷则独善其身。自己没能力了，就自己管好自己，尽量不给家人亲戚朋友找麻烦啰。"

早春给父亲揉着肩商量道："爸，我们周围姐妹每晚来学唱《哭嫁歌》后，不如您给她们讲一讲简单的医学知识，牲畜疾病的预防知识。"

父亲高兴地答道："你想得真周到，这个方法好。"

早春趴在父亲肩头："这不是用您的医术帮到更多人了吗？"

早春和父亲有时在家里还能给人治牙疼，跌打损伤等病。虽不收人家的诊费，可人们心善，经常送点菜米之类的物品过来。

冯先生有事可做，也帮到更多人，心情逐渐好了起来。日子好似又回到了从前，早春每天天不亮起床，煮好早茶给张婆婆和父亲端去，再喂小弟弟吃。

她再去挑水时，总不自觉地往张婆婆住处跑。走两步又折回来，自己都哑然失笑，张婆婆不是在自己家里嘛！从那往后，人们总能听见早春欢快的笑声和歌声。

晚上，是她家最热闹的时候，灯光下，早春先教女孩子们唱歌，冯先生再给她们讲一些医学知识。

早春想和癞子婶缓和关系，就找到她女儿，让她来学唱《哭嫁歌》和医学知识。她女儿走到半路时，被癞子婶揪着辫子拖了回去。

女孩子们离开后，早春纺线或纳鞋底，张婆婆也尽力干些缝缝补补的活儿。冯先生教两个儿子背书或背中药汤头时，也要教早春背。

早春摇着纺车说："现在我只想多挣钱还债，让一家人都过上好日子。"

每晚睡前，早春照常给张婆婆、父亲烧水泡脚，揉脚。她收入的钱，都交父亲管理。几年后，慢慢地还了债，日子一天天好了起来。

这年年底，三年的约定期满，冯杨氏回家了。回来时，她娘家的一个远房亲戚同来，向早春提亲。

第 11 章　茶馆故事

冯先生拒绝了远房亲戚的提亲。冯杨氏很不理解丈夫的行为："他们家在蓬溪做粮油盐的生意，条件那么好，如果答应了这门婚事，早春享福，我们不也跟着沾光吗？"

冯先生拐杖"嘭嘭嘭"往地上狠狠戳着："你只想着享福、沾光，你没见他家妻妾成群，难保他这儿子以后不学他老子，三妻四妾的。我不想我家早春成天过那种后院纷争的生活，都说三个女人一台戏，勾心斗角，相互算计，有啥好。我如果当时也娶几个，你高兴吗？"

冯杨氏低头不语，无话可答了。因蓬溪主家小孩离不开冯杨氏的照顾，她征得冯先生同意后，又去了蓬溪。

初春的清晨，早春背着棉线和玫瑰红布袋，站在垭口上，阳光正暖暖地照着，返青拔节的麦苗，满山的嫩绿和不知名的野花，田里金灿灿的油菜花，还有像蝴蝶一样五颜六色的豌豆花，一些采花的蜜蜂成群结队地在花丛中飞来飞去，到处荡漾着春的气息，让人心醉。

早春看着美景，随着赶集的人流加快了脚步。她卖了棉线后，要去高老板的茶馆帮忙。

茶馆里，楼上楼下的客人都坐满了。茶也倒过了几巡，还不见说书的丁先生到来，高老板急得如热锅上的蚂蚁，在后台来回走动。

人们不耐烦地高喊了几次："高老板，快让说书的人开始啊！我们等得够久了。"

"难不成留我们吃中饭不成！"

去接丁先生的人回来说："他正发热，声音嘶哑了。"

高老板急得满头大汗，一屁股瘫坐在椅子上："这如何向在座的客人交差呀！"

这时，高老板忽见忙前忙后给客人倒茶的早春，顿时眼睛一亮，好像抓住了一根救命稻草，急忙让人叫她来到后台："春啊，你不是听会了好多故事，还会唱童谣、《哭嫁歌》吗？"

早春手背擦着额上的汗，"是啊！""救场如救火，你快放下茶壶，去帮忙讲故事或唱歌。""高叔啊！您别开玩笑，这么大的场面，我怕砸了场子。""叔叔知道你声音好，记性好，肯定行的。"

高老板站起来，拿了早春手里的茶壶，把她推到了说书人的位置。太阳光从房顶瓦缝泻洒下来，照着早春红扑扑的脸。

早春平时只在朋友面前讲故事，在屋里关着门唱《哭嫁歌》。今天是在大庭广众下，难免心慌。但为了帮高叔，她深呼吸了两下，壮起胆子，学着丁先生拿起石块，将桌子"啪啪"拍了两下，楼上楼下说话声戛然而止，骚乱的人们齐刷刷将眼睛看向她。

她手指上指下唱道："楼上的客，楼下的客，大家听我来交涉，说书先生嗓子疼，小女登台来献丑。先给大家讲故事，希望大家多支持。"

她清脆悦耳的声音，摇头晃脑的动作，眉目含笑的神情，让人们坐直了身子。

大家惊叹道："咦！这不刚才倒茶的女孩吗？"

只见她：穿一身红底白花紧身棉袄，头上包着红方巾，一个眉清目秀的十三四岁少女，笑容可掬地站在台上。平时都是大老爷们儿说书，今天突然上来这么个神清气爽、干脆利落的女娃，楼上楼下的人，顿时来了精神，掌声雷动，拍桌"好！好！"地叫着，口哨吁吁地吹着。声音混在一起，腾地蹿向房顶，飞向天空，惊得树上的小鸟叽叽喳喳欢叫着。

这时，早春心不慌，气也顺畅了。根据平时听来的，再加上自己的理解，绘声绘色地讲着《花木兰替父从军荣归故里》。

楼上楼下的人们神情专注地看着早春，桌上的茶杯冒着缕缕白烟，飘向屋顶，茶水冷了主人也没端起喝，更没有人头挨着头小声嘀咕，连平时忙着倒茶的茶倌，也肩搭毛巾提着长嘴茶壶，杵立桌旁看向早春，厨房里烧水的人也都倚在门边看向说书台。

高老板扫视着楼上楼下，舒心地笑着，满意地点着头。

早春刚讲完，人们又掌声雷动，经久不息："好！好！讲得好！讲得好！再讲一个。"

她喝了几口茶，又讲了自己熟悉的《穆桂英挂帅》选段，仍不能平息人们的吆喝呐喊声。大家还意犹未尽："原来女孩子讲故事更好听。"

"再讲一个！再讲一个！"喊声一浪高过一浪。

早春又讲了一会儿。眼看过了中午，高老板提着长衫走上讲台。他怕早春嗓子吃不消，连忙解围说："大家先喝茶，让她也喝点水，吃点东西，下午再讲。"

这时，一个约摸十七八岁的年轻人走过来，叫了声"高叔"后，对早春道："冯小姐，我能请你去我桌上喝茶，吃点东西吗？"

早春被这突如其来的邀请吓着了。自小受父亲"男女授受不亲"观念影响的她，口里说着"不！不！"看都不敢看一眼就逃到了后台。

从高叔的言谈中，早春了解到这个青年姓何，叫何俊贤，现在重庆某高校求学。何家算得上方圆百里，有权有势的首富人家。

早春吃了点东西，就想去看看说书的丁先生，帮他治病。丁先生上有八十岁的老母，下有五个小孩，都是靠他说书养活。如果丁先生喉咙老嘶哑不好，高叔的生意也耽搁不起，就要另请人。那样的话丁先生一家老小又怎么生存哟。知道挣钱不易的早春，不禁为丁先生深深地担忧着。

她走到陪人喝茶的高老板旁说："高叔，我想去帮丁先生治病看看。"

高老板站起身，商量道："你今天讲得很累了，要不明天去吧。"

早春仰着头，摸着额前头发，笑着说道："丁先生早一天好，不是对您的生意，对他本人都好吗？"

高老板十分感动："春啊，叔真是太感谢你了！多好多善良的孩子啊！"

早春眼里有晶莹剔透的东西闪动："高叔啊，您不也是大善人吗？您不仅对伙计好，也在我家最无助、最危难的时候帮着我和父亲吗？"

"好，那就不多说了！我也正想去看看丁先生。"高老板说完，又转身向管事先生道："你把茶馆里的事照看好，我们去看看丁先生，下午回来早春给大家唱《哭嫁歌》。"

说完就和早春一起，向茶馆大门走去。何少爷一直注视着早春的一言一行，又被她的善良深深地打动，跟在他们身后恳请道："高叔，冯小姐，我和你们一起去吧！"

早春摆手阻拦道："就不辛苦何少爷了。"

何少爷拦着他们，真诚地说："冯小姐，让我去跟你学学治病的方法吧！"

书童、丫鬟打趣道："少爷这是醉翁之意不在学治病吧！"

何少爷举起手中的扇子打向二人。早春和高老板已快步走出了茶馆大门，把何少爷三人甩在了后面。

在街上早春买了蜂蜜和冰糖，高老板买了零食。早春边走边对高老板讲："梨加冰糖，治止咳最好了！"

高老板叹道："唉，这春季是不会有梨的。"

何少爷闻言，跟书童耳语着什么，书童就跑步走了。

经过一个小山坡时，早春扯了一些黄花菜。丁先生家，离街就两里路程，不一会儿几个人就到了。在一个茅草屋前，高先生边走边扯着嗓子喊："丁先生，老伙计，我们来看你了。"

听到喊声，几个穿着补丁打补丁的孩子，呼啦啦地拥了出来，亲热地叫着："高叔，高叔！"

高老板把零食给他们，几个孩子哗哗撕了包装纸，就抢着津津有味地吃起来。

早春到了丁先生床前，相互打过招呼后，高老板陪丁先生说话。早春和丁先生爱人去厨房洗黄花菜煮，何少爷丫鬟跟着早春目不转睛地学着。

黄花菜煮烂后，早春用碗盛着加蜂蜜调匀递丁先生道："您吃，这有清热消炎润喉的作用。"

丁先生用汤勺舀起吹凉慢慢吃着。

早春把冰糖拿出来，又叹道："唉！如果有梨就好……"

"少爷，梨拿来了！"书童气喘吁吁地跑进来。

何少爷挠着后脑勺道："我母亲喜欢吃梨，我在重庆回来时，就骑马驮了些回来。这不，我又送了些给在街上住的姨娘。我听冯小姐说这可以治丁先生的病，就赶忙让书童去拿了几个来。"

早春心想，这人还很细心哩！

丁先生嘶哑着声音道："谢谢你们。"

高叔真心赞道："没想到，何少爷还真是个有心人呢。"

"这不过是举手之劳而已！"何少爷说着，却拿眼神盯着早春，"冯小姐乐于助人才值得小生学习哩！"

"何少爷过奖了。"早春不由得抬眼看向何少爷，他火辣辣的眼神盯得她慌忙移开了视线，双手绞着辫子，给丁先生交代着食用梨和冰糖的方法。

丁先生感激地点着头。早春又给丁先生耳语了自己防治声音嘶哑的秘方。

丁先生嘶哑着声音问："有效吗？"

早春点头道："我帮人唱《哭嫁歌》，有时是几天几夜不停歇。唱得有点嘶哑了，晚上回来弄了吃，第二天又声洪嗓大了。您这次感冒好后可以试试看。"

丁先生感动得泪流满面，一手拉着高老板，一手拉着早春，看着何少爷："好人啊！你们都是大好人啊！"

早春他们走出丁先生的草屋时，何少爷在后面对书童说："没想到丁先生家这么困难，你把身上的银子全拿出来，让他拿去给孩子们买点吃的吧！"

高先生赞道："没想到，你这个富家子弟还真有一颗怜惜穷人之心哩。"随后二人在前面热烈地谈论着。

这让早春觉得这个富家子弟很随和善良，不由得对何少爷多了几分好感。

春天的太阳暖融融地照在一行人身上，几只花喜鹊在头顶的树上叽叽喳喳地叫着。丫鬟拉着早春，兴趣浓厚地问着一些治病防病知识。

回到茶馆，高叔见上午人们听得津津有味，也就十分放心地对早春说："春啊，我有点急事去处理下，马上回来，这里交给你了。"

早春答应着，上台唱《哭嫁歌》时，她总能感到，坐在离她不远处的何少爷那炽热的眼神。两人眼神无意撞见时，她的心"扑通扑通"打鼓般地跳，脸已烧起了两朵红云，就赶忙移开视线。虽不敢正面去看，又忍不住偷偷去瞧。

唱《孝顺经》时，想到自己给人当奶娘的母亲和父亲失明的眼睛，早春不由得唱得情真意切，泪如雨下。许多人都流下了同情的泪，也纷纷赞赏这个小女孩："十岁就养家真不易啊！"

"更难得的是常免费给穷人和穷人家的牲畜看病。"

"冯先生虽眼睛看不见了，但有这么个懂事孝顺的闺女，也算有福有依靠了！"

"以后，谁要娶了她就享福了！"

……

这时，有一个有钱模样的人借着酒劲上前，掏出银票递到早春面前，还露出色眯眯的眼神，说道："小妹妹，你家情况我都知道，你接了这些钱，专门去给我讲故事、唱歌。过两年等你长大了，我纳你当妾，不仅你跟着我吃香的喝辣的，我还帮你养家。"

早春杏眼圆睁，双手叉腰"呸"了一声："你不要以为有几个臭钱就了不起，要我当大老婆我还看不上你哩！"

此话一出口，引来人们的掌声和赞赏声一片："好样的，有骨气！"

那无赖不仅不怒，反而嬉皮笑脸："老子屋里头那几个，都温顺得像他妈的小绵羊，你这个烈劲老子喜欢！老子今天就把你抱回去，咋样？"

无赖说着就双手伸了过来，却被早春捡起桌上茶杯打了过去。

这时，人群一片嘈杂，有指责无赖的，有称赞早春的，一些胆小怕事的已起身要离开，跑堂的赶紧去找高老板。

那人再去抓早春时，被起身前来的何家少爷拉住了手，断喝道："我们听得正好！你又何必捣乱！再说冯小姐已经把话说得很清楚了！你还不知趣，快走！"

那人一见是何家少爷，醉眼蒙眬地露出媚笑："既然你何大少爷开口了，看在你的面子上，不跟她一般见识了。"

何少爷让人将他架了出去，随即又招呼众人："大家坐下喝茶吧，没事了！"

早春委屈地进了后台，与火急忙慌赶回来的高老板撞了个满怀。高老板连忙向早春道歉："闺女啊！是我考虑问题不周，看来，我给你惹麻烦了。"

早春擦拭着泪："怎么能怪您呢？本想给您帮忙，结果越帮越忙，得罪了客人我很不好意思的。"

"冯小姐有如此骨气，真让小生佩服啊！"这时何少爷也来到后台。

何少爷替早春解了围，她心生感激，没了之前的惧怕，而多了似曾相识的亲切感，羞怯地对何少爷道："谢谢何少爷挺身而出，帮小女子解围。"

早春边说边看了一眼何少爷，只见他仪表堂堂，神清气爽，身穿灰色中山装，身上没有有钱人的傲气。

何少爷也满目疼惜地看着她："希望没吓到你才好！"

她心如鹿撞，两腮绯红，就赶忙低下了头。

高老板见两个年轻人的眼神，朗声说道："真是佳人配才子，如果需要的话，我愿为你们牵线搭桥哟！"

一句话说得二人都羞红了脸。高老板一手拉早春，一手拉何少爷，哈哈笑道："走！我请你们吃牛肉面去。"

第 12 章　初恋风波

夜幕降临，繁星点点，一轮月亮从山顶上升起。早春回到茶馆，拿起夹背，正往肩上背。

"冯小姐，我送你回去吧。"何少爷紧走几步，去拿早春手中的夹背。

"不，不！不用你送！"早春慌忙后退着。她抬起头来，绯红着脸。就在和何少爷四目相对，手相碰触时，早春慌乱地缩回手。愣神间，何少爷已将夹背拿在手上。

"还是让我来背吧。"书童见何少爷真的要背夹背，慌忙去抢。何少爷已麻利地背在身后，向茶馆外走去，站在月光和灯笼照耀下的街道上。

丫鬟来拉早春："姐姐，走吧。"

早春站在原地，咬着嘴唇，双手绞着辫子："不敢劳烦你们。"

高老板知道何家少爷不仅风流倜傥，且为人正直热情，还是在重庆某高校深造的有志青年。再看早春，勤劳善良，和她娘一样，高挑秀美。他们俩可谓是天造地设的一对，有心想帮这对年轻人。

他拍着早春的肩，指着外面劝道，"天已黑了，你一个人回去，我不放心，就让何少爷送送你吧！""高叔，你知道我……""知道的，你父亲对你要求严，肯定说，不能单独与男子接触，男女授受不亲啦！可何少爷又不是一人，不还有丫鬟书童吗？"

井峰街两边的门前，也挂满了灯笼，街上比白天冷清了许多。书童在前面提着灯笼，丫鬟拉着早春的手，何少爷站着等早春，走上前道："冯小姐，我听高叔和人们讲你从小替人治病，义救百人的许多故事呢。真让小生感动和佩服，能再讲给我们听听吗？"

早春仰望天空，星星在明月旁一闪一闪地眨着眼睛。她用手捋了捋额前头发，讲了六岁随父出诊，父亲失明第一次去卖柴挣钱……

何少爷疼惜地看着她："你小小年纪就养家真是难为你了！"又发自内心地

赞道："我过着衣食无忧的生活，你的坚强善良真是值得我们学习啊。"

丫鬟扯起衣角抹着泪说："冯小姐，你太了不起了！太让人感动了！"

河里倒映着月亮和早春他们的身影，路两旁的树发出"沙沙"响声，偶尔有几声鸟的啾啾叫声。

早春轻松地笑道："父亲去出诊逼着我看病；父亲腿摔伤，逼我去雷家湾救人；父亲失明，逼我去卖柴养家。我也是被逼出来的胆量啊！现在想来倒觉得也是一种锻炼，让我有了坦然面对任何困难的勇气！"

"逼出来的胆量。说得好！"何少爷深受鼓舞。他目不转睛地盯着月光下早春充满活力走向垭口的背影。直到早春挥着手，不见了人影，在丫鬟书童的声声催促中，他才极不情愿地离去。

又一日，天下着蒙蒙细雨，何少爷在垭口下等到了背着纺线的早春，他们几个人撑着雨伞，笑哈哈地走在山路上。雪白的李子花和粉红的桃花，开在房前屋后，在烟雨蒙蒙中忽明忽暗。扑鼻的田野的芳香和着这蒙蒙细雨，让这对情窦初开的少男少女沐浴在这春的气息中。羡煞了旁人，成了一道靓丽的风景。

何少爷给早春讲外面的见闻；讲女孩上学、参加工作；和男孩一样示威游行抗日……

这一切都让早春稀奇羡慕不已："我也好想走出大山，和你们一样，去看看外面的世界啊！"

何少爷欣赏地看着桃树下，面若桃花的早春："你本来就比那些女孩更优秀哦！"

早春伤感地说："我曾经也有一个学医治病救人的梦想，最初父亲以我不是男孩为由不许我看病。为此遭到了不少的责骂。"

何少爷也遗憾地说道："我曾经也想学医，可父亲偏让我学经济，以后回来管理生意。"

丫鬟不失时机地说道："我家少爷和冯小姐，可谓志趣爱好相投哦！"说着，还调皮地做了两指相对的动作。

早春叹了一口气："唉！后来父亲愿意教我时，他老人家又失明，我又不得不放弃梦想……"

何少爷折了一枝桃花，放早春手上："哎！人总是在理想和现实中选择。你养了家，用简单的医学知识还是帮到了不少人哦。真是让人敬佩啊！单凭你祖传的治疗跌打损伤的医术，要是在部队肯定会帮到更多的人。"

早春仰着脸，欣喜道："那我把秘方告诉你，你闲时学来急时用，关键时候就会派上用场的。"

"那太好啦。"何少爷扇子拍在手上。丫鬟书童分别撑着伞。早春念了治跌打损伤的、治牙疼的等药方，何少爷拿出笔，在本子上一一记下。

早春弯腰扯草药，教何少爷认识了鱼腥草、车前草、茅草根等草药以及它们的作用。

何少爷拿着草药，感叹道："世界真奇妙，物物皆有用啊！冯小姐，你懂得真多，今天真让我学到了不少药理知识哩！"

他又深情地望着早春："有几个同学约我去前线抗日，我先前还犹豫着。这次回来，你自强不息的精神鼓舞着我。'死我一人救活那一百多人的话'激励着我。我想，我也不能只为自己活着，我要重新选择一次。这次去重庆后，我打算就去前线抗日保国。"

早春抹了把额头上的汗水，看着何少爷："有女孩子去部队吗？"

何少爷把笔装在衣兜里："有啊！"心想，如果这个心仪的女子，也能同自己一起奔赴战场，那该多好啊！

早春不无遗憾地说："太羡慕你们了！从小我在茶馆抓药听着花木兰、穆桂英的故事长大。我很崇拜她们，也想像她们那样杀敌保国。唉！可我要照顾父亲和幼小的弟弟啊！"

何少爷宽慰早春道："你小小年纪就养家，确实不易，治病救人，更是难得。现在又主动告知药方，可见你是至真至爱之人啊！虽不能去前线，不也是在尽己之力，帮助他人吗？"

早春露出关切和担忧的眼神："听说前线战场上很危险，你要多保重，注意安全哦。"

何少爷被早春的眼神刺得心生疼生疼的："我会为你好好保重的。"

傍晚，回来的路上，夜色凝重，春寒料峭。一阵风过后，树发出"沙沙"声响，大家不由得缩了缩脖子，紧了紧衣衫。何少爷赶忙脱下自己的春装给早春披上。早春接过衣服，还给何少爷，关切地说道："我没那么娇贵，长年风里来雨里去的，倒是你，不要感冒了才好。"

话音未落，何少爷果然"阿嚏！阿嚏！"不停。惹得书童丫鬟直笑他："照顾美人自身病，鼻涕连连惹人笑哦。"

何少爷佯装生气去追打他们，早春也快速上到垭口，向他们挥手再见了。

几天来，早春给高老板帮忙说故事、唱歌，何少爷都来茶馆捧场。中途休息时，他们有说不完的话题。何少爷真心喜欢这个清纯可爱的女孩，更欣赏她的善良、坚毅、自强。

一天何少爷见到早春时，就迫不及待地将一张秘方交给她说：这也许对治伯父的眼睛有帮助。

丫鬟快人快语："这可是我家少爷找了好些人才找到的，听说有人用这秘方治好了眼睛哩！"

这让早春十分感动："何少爷不仅十分心细，还是一个时刻替别人着想的人。"

隔天在垭口下见面时，早春拿出让大宝抄的一本中药汤头和一张绣有吉祥如意、平安符的手帕，含情脉脉地递给何少爷："希望保佑你时时平安，事事如意！"

何少爷取出一支钢笔递给早春："希望你也学文化，做新时代的新女性。"

他紧紧抓着早春的手，眼里一团火，好似要看化早春般，一股暖流迅速传遍两个年轻人全身。早春更是心"怦怦怦"地要跳出胸口般。她赶紧抽出手，脸娇羞得如桃花般，低着头跑开了……

这一幕，正好被在山上打猪草的癞子婶看见。她去湾里到处说，早春与一个有钱男子手拉手走得很近，还给人送东西，如何如何……

早春得到何少爷给的药方后，如获至宝，马上去山上采来药。用茶叶和菊花配药熬水，给父亲洗眼睛，再用活麻叶水烫后晒干，与糯米同碾粉煎饼，让父亲一天吃一个。令人吃惊的是，多年后，冯先生的眼睛，还真恢复了视力。

本就开朗乐观的她，一想起何少爷，心里就如灌了蜜般甜。外出捡柴，在家纺线，给父亲煎药，给张婆婆捏揉，都哼着歌。

张婆婆首先看出了端倪："孩子，是不是有了中意的人了！"

早春一脸娇羞，两腮红云，低头道："哪有啊，阿婆！"

"春啊！我是过来人，婚姻问题，还是听父母的好！"

"婆婆，婚姻问题为啥不能自己做主，要父母包办哩？"

"世代都是这样啊！再说，人年轻时，好多事也看不明白。"

一天，早春扯草药回来，见冯先生没像往常，摸索着剁猪草或清扫院坝，而是拄着拐杖，在院子里踱来踱去，好像很生气。

早春背着背篓站在冯先生身旁，轻快地叫了声："爸，您怎么啦？"

冯先生双手用拐杖猛戳地面："怎么啦？你胆子蛮大哩！敢私自同男孩子交往！"

如晴天霹雳，早春手拿背篓杵在那儿。她低头绞着辫子，"我没有，只不过是……""你还敢顶嘴，是不是看我眼瞎，想背着我订自己个人的婚姻问题？""不是的。""湾里人都在议论，说你让人送你回家，和人男孩手牵手走在一起，还互送礼物，你说你成何体统……"冯先生急得全身发抖，拐杖不停地戳着地面。

早春小声道："不是他一个人！"

"你不怕人指指点点，我还怕呢！"冯先生因激动剧烈地咳了起来，脸也憋得通红。拐杖"哐当"一声掉地上，身子晃了晃，就要倒下去。

早春扶住他，他狠命推开，弯腰拼命咳着："自古姻缘父母订……咳咳咳……唉……咳咳咳……"

一口痰堵着，冯先生憋得脸发紫，喘得上气不接下气。

早春吓得赶忙放下背篓，扶冯先生坐下，给他捶背，手摩挲着胸前，泣不成声道："爸爸，我知道了！您别急出个好歹来，以后都听您的还不行吗？"

冯先生"噗"的一声吐出痰，才缓过气来。"哎……"他拉着早春的手，语重心长道，"春啊！自古有钱男人多薄情。你们门不当户不对，不会有结果的。再给你说，人贵有自知之明，我们穷也要穷得有骨气，不会去攀高枝，也不会和有钱人联姻的。"

早春蹲在父亲旁边，泪眼婆娑。她攥紧冯先生的双手，使劲点头，哽咽道："爸爸，只要您好好的，我听您的，听您的安排。"

冯先生摸着早春的头："你说哪个有钱人不是三妻四妾啊！再说儿女婚姻向

81

来是父母之命，媒妁之言。我不允许你随便单独和男孩接触。你还要知道，女人名声比生命还贵重啊！我们都是正经人家，不能让人说三道四，你懂吗？……"

早春伏在冯先生的膝上哭得身子一颤一颤的。夜幕降临，黑暗笼罩着四周，严严实实地包裹着早春的心，早春的人。风呜呜地吹着，吹得树枝摇头晃脑，桃李花纷纷扬扬飘撒一地，她不禁冷得全身发抖。鸡猪饿得直叫，她也充耳不闻……

再去街上时，早春果断地告诉何少爷："以后，我们不能再见面了！"从此之后，她就躲着他。

何少爷不甘心，回去恳请父母。他父母也满意早春的人品，就请高老板帮忙提亲。

冯先生也是十分固执之人，好友上门也没给面子。高老板也理解冯先生，他这是怕早春去有钱人家受气啊！

已是烟雨蒙蒙天，人间四月芳菲尽。早春靠坐在桃树下，将夹背放在旁边。她仰起脸，慢慢闭上眼睛，把所有的伤心通通抛在了脑后。泪水又一次止不住掉下来，和着这雨水，不间断地滴落在地下飘落的桃花里。

早春的初恋和这花期一样，真短。但无论如何，总归和这桃花一样绽放了最美最纯洁的光芒。她收拾起自己的心情，只是在没人的时候，才偷偷从箱底拿出笔来看上几眼。

何少爷临走时，让高老板给早春带信，要见她最后一面。她不想惹父亲伤心生气，更不想让人说三道四，就让高老板带信给何少爷："请你原谅，我无法自己做主，更不能给你承诺。各自留住那份美好，珍藏于心灵深处。就彼此道一声，珍重吧！"

何少爷心情落寞地去了重庆，去了抗日的部队。

夜晚，新月如钩，在昏暗的灯光下，早春无精打采地摇动着纺车。张婆婆见早春闷闷不乐，就过来开导她："春啊，听你父亲的话是对的。找个老实本分点的人家，条件差点都不要紧，两人才会相互厮守终生。"

早春懒懒地抽着纺线。张婆婆絮絮叨叨道："我当初就是没听父亲的话，嫁了个有钱人当小妾，父亲气得吐血而亡。我还被大小老婆害得几次流产没有生育。有钱人家讨的老婆多，善良的女人也会被逼成厉鬼，更会变得没了人性啊！"

早春抬起头看着窗外的月亮，叹道："阿婆，没想到你真是吃了不少苦啊！我知道你和父亲都是为我好！您放心吧！我没事！也会听父亲安排的。"

"我就知道我家春儿，比我有主见多了。"

月明星稀，早春给人唱《哭嫁歌》回来后，张婆婆告诉她："今天白天，又有几家，包括李家医生来向你提亲了。"

早春淡然地应了声"嗯！"就坐在灯光下纺线。她不想谈及自己伤心的婚姻话题，自己又不能决定，都是父母做主，连面都不能见，是骡子是马都不晓得。她时时在想，女孩为啥都要出嫁？就这样和父母弟弟们，还有张婆婆，大家长期生活在一起不是很好吗？她想不通也想不透。算了，那就不想吧！还是多挣钱，买回田地要紧。

这段时间，大宝接二连三发生调皮捣蛋的事，确实让冯先生和早春头疼。前段时间大宝带小宝用弹弓打野兔，结果将别人小孩腿打伤，是早春带他上门赔礼，又天天去给人家用药酒治疗。那小孩刚好，他又犯浑犯错。

第 13 章　带弟经商

冬天到了，早春提前为一家人做好了棉鞋，用纺线给每个人织了线袜。男孩子天生淘气，大宝刚穿了没两天的新鞋袜就烧坏了，为此他还挨了冯先生一顿打。

天冷，上年纪的老人和小娃娃每天外出玩耍的时候，几乎都要提着一个烘笼(柴木余炭的火盆)。大多数人的火盆都是市面上卖的有提手的陶盆，这是土窑里用土烧制而成的。冯先生在烘笼外编了篾圈，便于提携。

那天，天空飘着细小的雪花，大宝牵猪出门去山上放，早春提着烘笼追出来："大弟，天冷，把这个带上。"

湾里有户人家的小孩在山上放牛，大宝想骑牛玩，就和那小孩商量："我等会教你打弹弓玩，把你的牛让我骑，行吗？"

那小孩正想学弹弓打鸟，就同意了。于是那小孩帮他牵猪，牛驮着大宝晃悠。他将烘笼放在牛背上，双手稳着，得意地想，这样既可以烤火，又可以看雪景，如此一举两得，真是妙不可言！然而，当他在牛背上正哼着童谣：胖娃儿胖嘟嘟，骑马上成都……

正自得其乐地享受时，癞子婶藏身树后，向牛屁股"啪"地，狠狠地砸去一块石头："我让你用弹弓打老娘！"

牛忽然"哞，哞……"长嘶，昂头奋蹄，肩背剧烈一抖，将大宝连同烘笼一起甩在地上，撒开四蹄朝前跑去。那小孩只得放下猪去赶牛。

烘笼摔成碎片，满盆的炭火炭灰刚好倒在大宝的一双脚上。旁边树上的鸟，惊得扑棱棱地展翅飞向天空。他惊叫着："哎哟，我的娘哎！"

大宝翻身从地上爬起来，双脚轮换在地上不停地跺着，弯腰双手抖着。可是，有燃着的炭火，粘着鞋袜烧，抖也抖不掉，烧得他钻心地疼。

小猪在旁边拱着土，嘎嘣嘎嘣嚼着螺蛳，吧嗒得口水直流，疑惑不解地望着大宝。

大宝只得把一双鞋袜从脚上脱下来，然而，除自己的一双脚烧了几个疱外，那双穿了还不到两天的新鞋新袜，已是千疮百孔。

癞子婶跳着小脚，拍着手在树后直笑，恨恨道："今天知道老娘的厉害了吧。"

当天晚上，大宝挨了冯先生一顿猛打。冯先生手里拿着一根荆条，让他跪着，荆条抽在他屁股上，边抽边骂："犯浑，淘气得很！真是个败家子。你不想想，你姐姐起早摸黑养家容易吗？做一双鞋织一双袜，又要熬几个通宵……"

大宝自己也后悔不迭，很心痛姐姐给他做的新鞋，织的线袜。按理说，这次鞋袜被烧应该给了他一个教训，他应该长了记性。但是，他毕竟还是一个七八岁的孩子，爱玩是他的天性，千方百计玩出花样来，才刺激过瘾。

脚上的烧伤刚好，就在这天下午他又犯错，这次差点酿成大祸。早春去卖纺线回来，刚下垭口，就见张婆婆在屋旁，红苕窖边给她招手："春啊，出大事了！你爸爸气得不行，正把大宝往死里打。"

早春踩得积雪哗哗响，快速跑上前，抓着张婆婆的手："他又咋啦？又把鞋烧了？"

"这次更严重，听说还要赔人钱。"张婆婆给早春叙述了事情的经过。

这一天，天空阴沉沉的，下着鹅毛大雪，阵阵北风刮得树枝"呜呜"地响。大宝不放猪了，他就如脱缰的野马，跑去和狗子、牛儿等伙伴们到山上打雪仗；爬树上在鸟窝里摸鸟蛋。大宝弹弓打得好，一打一个准，飞着的鸟也能打下来。他打到鸟后，就想烧鸟蛋、烤鸟吃。

大宝看见他们玩耍的山坡上，有户人家房后紧挨着有两堆茅草垛，大宝便提议："我们去拿些茅草来，在旁边点燃，再把鸟蛋和鸟用桐叶包了丢在茅草上烧。等茅草烧尽后，鸟和蛋也就烧熟了。"

小孩们刚把拉出的茅草点燃，癞子婶瞅准起风的机会，"刺"地划根火柴点燃了旁边的两堆茅草垛，然后迅速隐身跑开，还恨恨地说："你冯早春断我财路，我也让你赔主家的钱"。

浓烟滚滚，火势越来越大，小孩们都吓得大哭。大宝也吓得全身发抖，倒还冷静，大喊着："救火啊！救火啊！"

湾里人听到哭喊声，都赶了过来，提水浇的，用树枝扑打的，好在天冷下着雪，大火被扑灭，不然，茅草垛紧挨着屋，其后果将是不堪设想。

主家问这件事时，自然少不了大宝的责任。癞子婶阴着脸起哄道："就该让冯早春拿钱来赔偿相应的损失。"

大雪纷纷扬扬地飘向屋里，夜幕下，雪光映衬下，屋里一片冷清，没点灯，更没生火盆。冯先生捶胸顿足，急得满脸发红，挥着棍子如雨点般往大宝身上打，大宝则双手抱着头跪在那里任由父亲惩罚，口中不住地求饶："爸爸，饶了我吧！下次再也不敢了……"

冯先生气喘吁吁："哼，我看你就是狗改不了吃屎……"

早春一个箭步跨上去，双手抱着冯先生举起的棍子："爸爸，他还小。小孩哪有不犯错的。""他这错小吗？要赔钱！""就当是出钱买教训，我相信他今后不会再犯了。"

小宝被阿婆拥着，惊恐地看着一切。

早春扶父亲坐下，又拉起大宝，拥他入怀，摸着他的头："看你把爸爸气得，赶紧去承认错误。"

大宝低着头，垂着手怯怯去拉着冯先生衣角："爸，我知道错了，以后再也不敢了。"

冯先生叹口气，双手撑在拐杖上，茫然地对早春道："春啊，我看，还是让他跟你去做生意吧！"

早春"刺"地划火柴点亮灯，灯苗跳了跳，燃了起来："他不还小吗？"

"他小吗！你像他那么大都去雷家湾救人了！你以后迟早要出嫁，他是个男人，理应担起养家的责任。他跟你学做生意，有事做就没时间去撩蜂吃蜇，惹事生非了。小宝以后跟我牵猪去放，顺便学医。"

早春沉默了一会儿，一想父亲的话有道理，也就同意了。

晚饭后，早春牵着大宝，迎着雪花，去上门给人赔礼赔钱。回来的路上，有人对早春兄妹说，茅草垛失火，怀疑是癞子婶故意点火害大宝的。

大宝一听，摸出弹弓，箭一样冲出去："好你个癞子，我不把你打得满地找牙，誓不为人！"

早春紧跑几步拽住大宝："别人也只是怀疑，你有证据吗？你以后注意点，人家能害到你？"

大宝气吁吁地一跺脚,"嗖"地一弹弓打在树上,惊得乌鸦"哇哇"叫着,扑打翅膀飞上了天,树上的积雪扑腾腾往下落。

早春拉着大宝走在路上,任飞雪亲吻着她的头和脸,唉!我要如何才能化解和癞子婶之间的矛盾呢?

第二天早饭后,雪停了,太阳冉冉升起。早春将背篓套在大宝身上,就一起上山去捡干树枝。她先将背篓捡满,再给大宝帮忙。两个背篓都装满后,就背去换盐。背着走不了几步,大宝喊:"姐,我背不动了。"

早春只得背着自己的背篓,走一段路后放下,擦把汗,再来帮大宝背。就这样一段路一段路移动,三里路程,早春相当于走了六里地。

她带着大宝去换盐,再去卖钱,边走边讲她初次做生意的经历。盐卖完后,她牵着大宝的手问:"你今天挣钱了,喜欢吃啥?姐给你买。""想吃牛肉面。"

当牛肉面上桌,大宝拿筷子挑起,"呼噜"吃一口,含混不清地说:"姐,你怎么不吃?"

早春坐在旁边看着他:"你吃吧!姐不饿。好吃吗?"

大宝鼓着腮帮说:"真香,今天的好像比任何时候都好吃!"说着挑了块牛肉喂早春。

早春张口接住,嚼着说:"因为是你自己辛苦挣的,吃着才香。爸爸常给我们讲辛苦讨得快活吃,就是这个道理了。你想我们家早点把原来的田买回来吗?"

大宝双手捧碗喝了一口汤:"想啊!还要养条和以前一样的黑狗。"

早春拍着大宝的肩:"那我们就辛苦些多挣钱,我们家才会慢慢好起来,好吗?"

大宝放下碗:"姐,我知道了。你不是不饿,是在省着钱是吗?我以后也会像姐一样不乱花钱。"

"我弟弟是最懂事的了!"早春拉着大宝的手,走向雪后初晴的阳光里。

几天下来,大宝终于被姐姐的耐心感动,也知道了姐姐挣钱养家的不易。一改往日的贪玩,认真地学了起来。慢慢地,他能独立去挣钱,早春去帮忙唱《哭嫁歌》,他还能背纺线送去卖。

有天傍晚时分,天又下起了雪。姐弟各自卖完盐后,正低头装钱时,闷雷般"交出钱来！"的吼声和着凌乱的脚步声响起。

早春吓得一激灵，循声望去，见一些穿黄军装的军人在街上乱抢乱拿。有人喊："黄狗子，欺负穷苦人，不得好死！"

被人叫着"黄狗子"的人，取下背在身上的枪朝天"叭叭叭"一阵乱打。随即枪托抵着人，狂吼道："再叫，不交出钱物来给老子，就打死你。"

早春听这枪的声音，好像比鸟枪威力更大。她慌忙拉着大宝绕到屋后躲着，见黄狗子兵抢东西走远了，他们才往家的方向飞跑。

二人跑过河边小路到半山腰，正惊魂未定，弯身喘息，手背抹汗时，猛抬头，只见俩黄狗子兵鬼鬼祟祟，尾随背着猪草正要回去的二丫身后。

大宝正要喊，早春赶忙捂住他的嘴巴，"嘘"了一声："他们有枪，不能惊动他们，看看他们要做啥，我们再动手不迟。"

兄妹俩弓着腰，慢慢摸到树丛中，藏在一棵大树下。鹅毛大雪漫天飞舞，呼呼北风，吹得枯树枝"咔嚓"一声清脆地断裂。

早春和大宝大气不敢出，眼睛一眨也不眨地窥探着前面的一举一动。早春小声问大宝："你带了弹弓吗？"

大宝指了指自己的衣兜。只见那两个黄狗子兵急上前，强行架着二丫，往树林里拽。

二丫拼命蹬打着，大喊道："救命，救命呀！"

这天寒地冻的，天又快黑了，人们都早早地关上了门在家烤火。这半山腰除了北风的呼呼声外，连一只鸟叫声都没有。

两个黄狗子兵强撕二丫衣服，争着说自己要先来时，早春恨得牙根痒痒，低声说："弟弟，你显身手的时候到了，你用弹弓打他俩的头，能打准吗？"

"看我的。"说时迟那时快，大宝"嗖""嗖"两声，一弹一个准。两人松开二丫，站起来，气吁吁地抓着对方的衣领推拉着互骂："你为啥打老子。"就扯着头发，厮打起来。

早春捡了石头，用力狠砸向树，树上的雪纷纷扬扬落下，俩黄狗子兵滚地上扭打着，二丫才脱身爬起来跑了。

早春姐弟开心极了，掩嘴而笑。绕到树林，闪到山上的坟地里。他们往下看时，那两个黄狗子兵还在互骂，早春学了猫头鹰的叫声，才吓跑了那两个黄狗子兵。

早春记住了父亲说的人言可畏，女人的名节比命重的话，就交代大宝：这是我们俩的秘密，对谁也不要讲。两人还伸出手指"拉钩上吊，一百年不许变"。

他们手拉手，迎着呼呼北风，踏着积雪，低哼着童谣，下山朝家走去。

"哼！你们胆子蛮大哩，连当兵的也敢打。"这如闷雷般的声音从坟后传来，着实把兄妹俩吓了一跳。

第 14 章　夜半枪声

早春转身将大宝护在身后，大宝吓得颤音叫道："鬼，鬼来了！"

"你才是鬼哩！"这时癞子婶穿着黑棉袄、包着黑头巾，背着背篓，从坟后走出来，活生生像一个黑色的幽灵，脸上满是得意。

她转动着一双贪婪的眼睛，威胁早春道："拿出钱来给我私了。不然有你们好看的。"

早春狠盯着她："凭什么给你？我看你是想钱想疯了吧？"

癞子婶恼羞成怒道："你不给？我马上喊，说你们用弹弓打当兵的，他们马上就会来把你俩抓去，"她手指大宝："你不被打死也要脱层皮。"又指着早春阴笑道："你长得又好看，正是那俩当兵的喜欢的小美人。哈哈哈！"

大宝拿出弹弓来，愤然道："你害我赔钱，今天又想讹钱，看我不打得你再长癞疤！"

癞子婶猖獗地指着大宝："你敢！"

早春拉住大宝，手指癞子婶："喊啊，我还可以说是你砸的树，雪才落下的哩！"

"你，你……"癞子婶气得话都说不连贯。

早春好言相劝道："我劝你多积点德，不然，害人终将害己。"

大宝拿起弹弓又要打，早春收了弹弓装了起来，癞子婶跺着脚，弯腰捡起石头，砸向早春："我砸死你这个小女人。"

早春歪头躲开了石头。石头"啪"地落在早春奶奶坟头的柏树上，树枝乱颤，撒下了一团一团的雪。

癞子婶用力过猛，又由于下雪结冰地滑，一个趔趄，连人带背篓滚向左边山下，乌鸦惊得扑棱翅膀飞起，"哇……哇"的惨叫听得让人瘆得慌。

走到山下的两个土匪，听到动静，赶忙取下枪端着弓身上前一看，滚下来一个女人，欣喜道："天助我也。跑了一个，又滚来一个。"

当二人见女人头巾散开，额头有一小块癞疤的癞子婶时，摇头晃脑叹息着："唉！年纪大还癞疤。"

这突然的变故，癞子婶吓傻了，想站起来，却被二人用脚踩着，只得惶恐地双手抱在胸前。

黄狗子兵淫笑着："胸还很大，凑和吧！"就弯腰强行撕扯癞子婶的衣服。

癞子婶乱打乱蹬，求饶道："你们放过我……我，我知道刚才谁打你们……"

"啥！刚才打我们的是你。"一人骑在她身上，扯起巴掌左右开弓，"叭叭叭"如雨点般打在她脸上。

另一个脱着棉衣说："别跟她啰唆，收拾了她再说……"

癞子婶脸被打肿，嘴角渗出血来，又疼又急又气，使出了吃奶力气大喊："救命啊！救命！"

在风雪呼呼声的掩盖下，声音是那么苍白而无力。雪纷纷扬扬地飘着，树驮着雪绒花静静地瞪眼瞧着。

山上的早春也惊呆了，和大宝躲到树后。大宝幸灾乐祸道："报应！活该！"

"唉！"早春长长地叹了一口气，她是可恨，自作孽不可活啊！又紧攥大宝的手，可一个女人如果被糟蹋就完了，也活不成了。她那几个孩子就可怜啰。

她挥拳狠捶着旁边的树，这些黄狗子兵也太可恶可恨了！逮谁欺负谁！

大宝小声道："姐，把弹弓给我，我还用它打。""这回不能用了。如果他们发觉了，那些土匪是啥事都做得出来的。不仅我们活不成，还要连累爸妈。"

早春说着话，已经从玫瑰红布袋里拿出了两个纸包。她很庆幸父亲给她强行放在了里面，当时她还很不理解父亲哩。

她递了一包给大宝，交代道："我和你用这个，一人砸一个当兵的眼睛。记住不讲话不吭声，砸完后，我们尽快救癞子婶往树林里逃走。"

夜色笼罩着四周，在雪光的映衬下，山峰如帆船样静立着，周围的一切依然隐约可见。

早春和大宝借着树的掩饰，蹑手蹑脚地潜到离三人最近的那棵树后。两个黄狗兵正按着癞子婶的手脚，可怜的她已被脱去了外面的棉袄。喊救命的声音，被风吹散，凌乱飘开。

一阵北风呼啸而来，树枝狂舞，早春拉了下身边的大宝。大宝会意，两人同时将辣椒粉甩向黄狗子兵的眼睛，还摇动了旁边的树，鸟被哇哇惊飞，雪纷纷扬扬落下。土匪用双手揉着眼睛，辣椒粉辣得他们叽里呱啦乱叫乱跳，哀号着："他妈的，今天真他妈撞鬼了……"

　　兄妹二人拉起已成糯米人般的癞子婶，架起她，快速走向树林，向右边山下跑去……

　　两黄狗兵乱叫一通后，弯腰抓雪擦着眼睛，口中狂喊怒叫道："谁他妈胆敢袭击老子，一定要揪出来活剥了你！"

　　早春姐弟二人架起癞子婶，一路狂奔，到了她家屋后竹林时，早春停了下来，帮她梳理好头发，包好头巾，整理好衣服，对正用手背抹汗的大宝交代道："今天发生的事，我们对任何人都不能吐露半个字。就说癞子婶是不小心摔的跤。"

　　大宝眨巴着眼睛："姐，我知道了。拉钩上吊，一百年不许变。"

　　这时，癞子婶的女儿踩着积雪咯吱咯吱声和着喊声传来："娘，娘，你在哪儿？回家吃饭了！"

　　早春应道："你娘摔跤了，快来扶她回去吧。"

　　早春又从玫瑰红布袋里拿药酒给她女儿："你母亲摔伤的部位，用药酒给她揉揉。"

　　据说，第二天，黄狗兵去找癞子婶调查了昨晚的事。但癞子婶也吓傻了，只会嘿嘿傻笑。

　　后来，她见了早春，就拉着她的手，先是咧嘴笑，再是抿嘴哭……

　　大宝认真学做生意，冯先生也高兴，在家摸索着剁馅和面，包饺子犒劳他们姐弟俩。

　　天已黑，还没见他们回来，张婆婆和小宝就在皂荚树下引颈张望。当见到他俩时，小宝欢快地迎上去："姐，快去吃饺子。"

　　早春一手牵张婆婆一手抱着小弟。大宝听说有饺子吃，飞奔进门，不料门槛将他绊倒，摔了个仰面朝天，引来了众人哈哈大笑声。

　　早春赶忙拉起他，替他拍了身上的灰，又摸出钱给父亲。冯先生接过钱，高兴地说："照这样下去，加上你们母亲帮工的钱，用不了多久我们就可以买回些田地了。"

可人算不如天算，早春家买田的计划还是落了空。

挂在高处的灯发出柔弱的光，一闪一闪的，四方桌上放了萝卜、白菜等几碗泡菜，桌下是一个大火盆，屋内散发着浓浓的暖意，将冬夜的寒冷关在了门外。

大家坐在桌旁正吃饺子时，右边垭口处，响起了"砰砰叭叭"的枪声。大家都惊得同时放下筷子。张婆婆骂道："那些挨千刀的又作恶了！又不让人安生呀！"

早春和两个弟弟起身，向门口走去。

"枪子可不长眼，都给我快回来！"冯先生站起来，手在桌上拍得嘭嘭响，命令着三人。说完握紧拐杖，一副要与来人拼命的架势。又低头"呼"地一通乱吹着灯，张婆婆帮忙将灯吹熄。

冯先生又茫然喊道："春儿，你快到窗户旁观察下动静再说。"

这时，随着嘭嘭敲门声响起，二叔大喊："春啊，开门！怎么黑咕隆咚的呀？"

"还不是被那害人的枪声闹的。"早春"吱呀"开着门问，"二叔，知道是咋回事吗？"

"是两个黄狗子兵在山上骂骂咧咧一通，朝天放了几枪。抢了山下人家几只鸡，没事了，已经走了。"

大家长吐了一口气。大宝"刺"地划火柴点亮灯。二叔裹着一身风雪走进来，手里还带来了一包凉粉。

早春赶忙盛了一碗饺子，双手递给他："二叔您吃。"

"来得早，不如来得巧啊。"二叔拈了泡菜先吃了一口，赞道，"我就喜欢吃春儿做的泡菜了，酸脆可口。"

"那您就天天来吃吧！"早春说着，拿了一盏灯点亮，去厨房。

二叔道："现在打内战了，蒋军到处拉壮丁，每家都要求有人去应征，如果没人就要出壮丁款。"

冯先生叹道："唉！出壮丁款。看来买田买地又成泡影啰！老百姓又没好日子，没太平日子啰！"

冯仁义又说道："那些兵也真不是人，见东西就抢，见人就拉。早春啊，以后上街要注意安全啊，听说见年轻、漂亮的女孩也欺负。晚上睡觉也要关好门窗，警醒点。"

"二叔，晓得了！"早春清脆的声音从厨房里传出。

大宝吃着饺子说："二叔，真吓人，我们也见到了他们，在街上放枪抢东西了……"

小宝小手拉大宝："哥，枪好玩吗？"

冯先生骇然道："那可要当心了。"

早春将凉粉切成条，加了点辣酱端出来。怕大人们担心，赶忙接过话，轻描淡写道："我和他在街上躲得快，还好，没被抢。"

张婆婆不无地担心道："早春啊，还是少去街上好！"

早春夹了一个饺子放口里，鼓着腮帮道："不上街怎么行？怎么挣钱？怎么买田买地，大不了跟他们拼了。"

她口里嚼着，对冯先生道："爸，我们好不容易存点钱，不能白给他们，大不了我去当兵。"

冯先生用拐杖猛捣地面："你是要气死我吗？现在兵荒马乱的，人家想逃都来不及，你还想往前凑……"

二叔也劝道："春啊，这事也急不来，要从长计议，该忍要忍，跟那些人讲不了道理的。人在屋檐下不得不低头啊。该交还得交，这年头，唉！……"

大宝正吃了一个饺子，拿左手拍着胸脯，鼓着腮帮子，含混不清地说："姐，以后上街，我保护你！"

小宝也小大人样，双手放下筷子，挥动着握着的两个小拳头："姐不怕，我是男子汉，我也保护你！"

两个弟弟的动作，让早春眼泪都笑了出来："好，姐不怕，姐不怕。"一大家人都大笑着。只是笑声里充满了深深的担忧。

冯先生一脸茫然道："这世道乱了，何时才能让老百姓安宁啊！"

又对早春道："我看，今晚女孩们来后，你给大家也讲讲，要注意各自的安全。明晚开始就不教唱《哭嫁歌》，让大家好好在屋里待着为好！"

晚饭后，早春扶张婆婆回房躺下，让两个弟弟在旁边桌上写字。她往桌下的火盆里加了点炭，给二叔和父亲泡了一盏茶，就端着煤油灯去收拾厨房。不多会儿，她煎了治眼睛的药饼出来,让冯先生吃。

冯仁义赞道:"春这孩子就是善解人意,事事想得周到。她真要嫁了,走进走出听不见她的声音,还不习惯!"

"那我就不嫁吧!就在家里陪爸爸,天天也可见二叔。"

"傻孩子,女大不中留,哪有不嫁的道理。"

早春去厨房收拾碗筷。冯先生两兄弟说起了早春的婚事。冯仁义道:"大哥,我去打听了李家医生给早春提亲的情况。家庭条件和李家医生说的差不多,人们很少见到那男孩,他从小就去给人放牛。听说很老实,长相也一般。"

冯仁义端杯喝了一口茶,劝冯先生道:"我看,春这么能干,孝顺又懂事,我怕委屈了这孩子,你要不要给她找户条件好一点儿的婆家?"

冯先生面露难色:"有钱家庭怕她受委屈,没钱又怕她为难。唉……我也左右为难啊!只不过家庭条件差点,人老实点好,才不会花天酒地,只要他一心一意对早春好就行。"

早春出来后,二叔已回去。大丫和一群姐妹,叽叽喳喳地笑谈着进门来。她向众姐妹扫视一眼:"你们都安静。"

大家听早春声音这么严肃,一定有正事,就都停止了议论,一起齐刷刷地看向她。"听我说,我今天和大弟去街上卖盐,看见了一些土匪在抢财抢物。听二叔说,女人也被跟踪,还遭欺负。我和我爸商量后觉得,这段时间你们白天出门要结伴,晚上就别到我家来了,好好待在家。如果真有事要出门,脸上抹点黑灰或带点辣椒粉,关键时刻可以保护自己。回去后给大人说声,有事大声喊,听到喊声相互要帮忙,人多总归是好事。"

这时,大家又炸开了锅:"这么吓人啊?"

"那些土匪真不是人!"

……

大丫叹息道:"我正准备上街买点东西,办嫁妆,都不敢去了。"

她拉着早春手央求道:"好妹妹,你声音好听,一定去帮我唱《哭嫁歌》哦!"

早春拍着她的手,爽快地应道:"我们是好姐妹,你放心吧!你不叫我,我都要去的。"

姐妹们走后，早春心神不宁地坐在煤油灯下纺线，父亲则在早春旁边摸索着切萝卜条。

"嘭嘭嘭嘭"，随着一阵急促敲门声响，朱嫂在门外喊："早春妹妹，我女儿发热，麻烦你帮忙去看看吧。"

早春背着玫瑰红布袋，带了些药，拉着朱嫂："我们走吧。"

"等会儿。"冯先生摸索着在早春脸上抹了把锅底灰。

早春嗔怪道，"这么晚了，谁还来？""有备无患！"

早春想着辣椒粉的事，也就缄口不言。

她给朱嫂孩子看完病，朱嫂正要去开门，就听见外面杂乱的脚步声。二人从门缝里往外看，见几个人影在门前院坝里端枪晃动。

朱嫂赶忙吹灭了灯，拉早春躲在窗户下，借着雪光往外看，几个土匪将茅草垛团团围住，一人狂喊："不出来，就开枪了！"

邻家刚结婚十多天的大牛，为躲避被拉壮丁藏在里面，有人用刀刺逼出了大牛，拉扯着要走，大牛死死抱着旁边的树，拼死不走。

拉扯中，树上的雪一团一团地掉下来，犹如砸在了窗户后早春的身上，她冷得全身颤抖，心也紧缩着，这些兵还是人吗？

大牛哥家既有年迈多病的父母，还有幼小的弟妹和新婚的妻子啊。大牛父母双手抱拳求情道："长官，保长，饶过他吧，我们这老的老，病的病，小的小，靠他养活呀！"

"不行。"几人强行掰开大牛抱树的手，拉了就走。大牛父母弟妹们恸哭着："长官啊，行行好啊！他走了，我们可咋活啊……"

"呜呜呜""咳咳咳"……

土匪有人用脚踢，有人朝天"叭叭"放枪："快滚开！再拦着，老子开枪打死你们一个一个的。"

早春气得捶着墙："我去叫人来帮忙。"转身向后门跑去。

第 15 章　包办婚姻

雪还在漫天飞舞，村庄被包裹成了银色的海洋。脚步声、枪声给村庄蒙上了阴影和恐怖的氛围，惊得鸡鸣狗乱跑。

土匪用枪托狠狠地砸向老人小孩。老人哭骂道："一群没人性的东西，不得好死。"又遭到一顿枪托"啪啪啪"的暴打。

早春被朱嫂硬拽着，二人推拉时，门外传来："哎哟！你他妈的还咬人……"

早春二人又从窗户看向外面时，黄狗子兵抬脚踢向大牛。大牛咬开黄狗兵的手后，趁机摸出铁钉扎向了自己的右眼……

他父母弟妹们哀哭着一团，硬撞开黄狗兵，"儿啊！""哥哥！""大牛啊！"

"你不能有事啊！"

"你要有点啥事我们可咋活啊？"

大牛双手捂眼，因疼痛全身抖动，后退几步，踉跄倒地。血如线般从他手指缝渗出，滴入雪地，是那么刺眼，那么醒目。

黄狗兵也傻了眼，木桩似的杵着。大牛的家人无助地在他身边号哭。

早春不顾朱嫂的拉扯，"哐当"一声拉开门闩，一个箭步冲了出去，扯下大牛哥的布腰带，蹲下身，快速缠裹着他的眼睛……

枪响声，哭号声，让整个冯家湾沸腾了。脚步声、狗叫声响成一片，男人们都拿着鸟枪冲了出来，跑向这里。

二叔扶着冯先生也来了。大家愤怒地举枪和土匪对峙着。土匪见村民人多势众，也不敢轻举妄动，就撤离了湾里。

冯先生摸索着开了方子，早春和人们扶大牛回房后出来对大家说："这时上街抓药也不安全，谁陪我去山上扯些草药来帮大牛哥治？"

"我去！""我去！"好多人都自告奋勇地喊着，打着火把，陪着早春上山，这让早春十分感动。让她更为震撼的是大牛哥的行为，为了家人，为了不去给那些土匪卖命，不惜刺伤眼睛，这让早春对他十分敬佩。

雪粒打得窗户啪啪响。鸡叫声传来，早春仍无睡意，想着土匪打砸抢的恶行，她万分气愤。她不觉想到了何少爷去的部队，他说去保家卫国，肯定不会跟这些人一样的。想到何少爷，她不觉又想到自己的婚姻，父亲会给自己定一个什么样的人家呢？

第二天，早春清扫完院坝的积雪，堆成一堆一堆的，笑道："正是弟弟和孩子们玩雪人的好时节啊！"

这时，"当当当"敲锣声清晰地传来，打破了雪景下村庄的安宁。

她寻声望去，见保长、甲长带着一大群人从垭口下来。有人扯着嗓子大喊："成年人要去当兵，没人去的就按人头出壮丁款。各家都做好准备，等会儿我们就收。必须支持，否则就抓去蹲黑屋。"

听到喊声，正摸索着剁猪草的冯先生，断喝早春："你给我赶快回房！"

早春噘着嘴说："爸，我不甘心把辛苦挣的钱给他们啦！"

冯先生用拐杖敲着地面："你争得过他们？那就是一窝土匪！你出去了还有你的好？你是要气死我吗？"

她不想惹父亲生气，只得低头双手绞着辫子，不情愿地进房去。

冯先生"哐当"一声关上门，对早春道："我最不放心你了，这件事你不要管，我来处理。"又对张婆婆道："阿婆，您帮我看好她，不许她出来。"

冯先生将门锁了，将早春关在了房里。

早春被张婆婆拉着，捂着嘴，只得站在窗户口看着外面。这时二叔听到声音也过来了。

那些收壮丁款的人，背着枪气势汹汹地来到早春家门前。冯先生拄着拐杖弓身站在门口，茫然地望着一行人。甲长说了要交款的数量。

"好，我这就去拿。"冯先生说着，就拄着拐杖摸索着进房里，出来时递着钱，歉疚地说："长官，手里只有这些，余下的改天交行吗？"

保长烦躁地摆着手："不行！不行！"

二叔赶忙上前："他家病的病，小的小，我担保，他们缓几天交行吗？"

这时小宝也被吵声惊醒，趿着拖鞋，打着哈欠，揉着眼睛出来，站在了冯先生身后。那些人看了看，对二叔道："你担保，过两天我们再来。"

"好！我担保！"冯仁义应着。保长这才接了钱，带人向右边走去。早春见辛辛苦苦挣来，准备买田地的钱被拿走，心里很难受，一屁股瘫坐在地上。

她心事重重地给父亲、张婆婆、两个弟弟做鸡蛋面吃。今天她很意外地，也给自己煮了一份。把风箱拉得飞快，气哼哼地说："反正买田地的计划又落了空，还不如自己先吃点再说。"

"没办法，还得去街上做生意啊。"早饭后，早春去送纺线。临出门前她用黑锅灰刻意将脸上抹了个大花脸，又包了些辣椒粉装入袋子里。张婆婆拉着早春左看右看后，又让她换件烂衣服，才满意地说："这样好。"

大宝、小宝见了早春黑乎乎的脸，笑得前仰后合："姐，你成了我们在蓬溪戏台上看的黑脸包公了。"

早春给大宝也抹了一把："我弟长得这么俊，不要被他们当成女娃拉走了。"

笑过之后，大宝说："姐，要不，你就在家里，我一个人背去。"

"你一人去，姐也不放心，万一他们将钱抢了，把你打了咋办！"

"我有弹弓！"

早春拉着大宝正色道："我给你说了的，这弹弓不能随便拿出来用，那些家伙什么事都干得出来，搞得不好还要连累爸妈和我们这个家。"

大宝懂事地点了点头。他们二人已经穿得破破烂烂，脸上黑炭一般。但冯先生还是不放心，又在早春的玫瑰红布袋里放了把剪刀，才让他们出了门。

兄妹送完纺线，还算顺利。可下午卖盐就艰难了，好多人都不敢上街，街上比以往冷清萧条了许多。突然又来一群强盗，早春拉着弟弟躲进高老板的茶馆，盐才幸免被抢。姐弟俩只得失落地背着盐回家。

早春自我安慰道："好在还有纺线可卖，还能帮人唱《哭嫁歌》挣点钱。"

从此，早春和大宝在提心吊胆中做着生意，白天晚上时时有枪声响起。她多么希望有一个太平盛世啊，这样就能安心做生意，买了田地让一家人过上好日子！

一天晚饭后，早春给冯先生煎药饼，烧水安置张婆婆睡下，她端起煤油灯挂在墙上，坐在纺车前纺线。

冯先生拄着拐杖，端了个小板凳来到早春旁边坐下。早春起身给父亲倒了茶，把火盆放在旁边让父亲烤，才又坐下摇着纺车纺线。

冯先生喝了一口茶,说:"春啊,李家诊所你李叔多次来提亲,已经给你定下了亲事。"

早春左手抽着纺线,漠然道:"您看着好就行!"

冯先生直坐板凳上,双手扶着拐杖,讲述着男方的情况。

男方姓李,是李叔的本家,叫李家梁,家有几亩田地。父亲早逝,母亲带着他们四兄妹艰难度日,他排行老二,又叫李二娃。他从小就给别人放牛,人比较忠厚老实,长相一般。

他的祖上以前和李医生他们同住在大李家湾,是同一族人。李家梁曾祖父李老先生,曾是清末时期一名武将,有一子一女,因战功显赫,皇上专门给他奖励了方圆百里山林田地。回乡后,李老先生和族长商议后,带着家人随从单独去了离大李家湾三里地,皇上奖励的山庄居住,取名李家湾。

李老先生是个家族观念极强的人,和族长商议后,他出资为族人办学堂,修桥铺路,也常接济穷人。有来讨米的、要饭的、无家可归的都好心地接收在他的地盘里安家落户。因此李家湾也人丁兴旺,繁荣壮大起来。

早春摇着纺车,没有任何表情。冯先生双手在火盆上来回烤着,讲着。

李老先生返乡后,建有驯马射击场。有一年,来了一个要饭的孤儿,见他机灵,李老先生就留下他,牵马驯马。李老先生的儿子不喜武,是个文弱书生,需一个机灵会办事的人,那孤儿干爹干爹叫得勤,又主动改姓李,叫李报恩,意为报答李老爷的恩德。李老爷子就收了那孤儿为义子,让他料理家里的一切。

谁知就是这个李报恩,日后给李老先生这家带来了一场灾难。他利用李老爷对他的信任,疯狂敛财,将一些田地秘密转入自己名下。李老爷晚年,对义子李报恩的动机有所觉察,与族人商议后,没让他吃清明会(即上李家族谱)。这并没警醒李报恩,他和他的儿孙们,千方百计想将李老先生的财产据为己有。先是害死了李老爷的儿子即李家梁的爷爷,夺去了大部分财产。到李家梁父亲这辈,就只有几亩水田和旱田了。但那个李报恩和他子孙仍不甘心,怕后人将来报复,决定要斩草除根。

当李家梁父亲为了他们四个孩子生活得更好,农闲时去重庆做工时,李报恩和他儿子串通其他人在李家梁父亲抬石头时,故意下滑绳索,将他砸成重伤,后来死在了抬回来的路上。

李家族长和族人为了感念李老爷的善行，要保住李老先生血脉和仅剩的田地，与李报恩的后代展开了一系列的争斗。

早春装在篮子里的棉条纺完了，站起身对冯先生道："爸，我去房里拿些棉条来。"

冯先生端起茶缸喝着。早春坐下纺线后，他继续讲道。"李家梁的父亲走后，他母亲带着四个孩子，如压在大石下的小草，生活得艰难而顽强。李报恩和他儿孙几番要赶走他们一家并霸占家产。先是逼他母亲改嫁，最终是族长等人主持公道，才让他们母子生存了下来。李报恩一计不成又生一计，又将几个孩子强迫送人，意图逼走他们。李家梁母亲在族长等人的帮助下就一个一个找回来。时间长了，李家族人总感鞭长莫及，千方百计要帮忙找个能干的媳妇，来支撑这个家。"

"李医生受他们族长委托，观察你很久了，从七岁打预防针，你刚强的表现就引起了他的注意。后来我双目失明后，你又勤俭持家，乐于帮人，让他和李家族人更满意……"

冯先生说完，还不忘交代早春道："你是与李家有婚约的人了，一定要为娘家和婆家守好名，争好光。"说完，就拄着拐杖回自己房里了。

早春摇着纺车，抽着纺线，自始至终没说一句话，就像在听一个与自己毫不相干的故事。父亲已经定了，自己同不同意都没用，连征求意见都不是，只是通个气而已。

这时，窗外北风大作，吹得树叶、泥沙落在瓦片上"哗啦啦"响声一片。风吹得如豆般的灯苗摇摆不停，最终熄灭了。

早春懒得去点灯，心如抽空了般，摸索着去床上和衣躺下。她心里如打翻了的五味瓶，很不是滋味。她想说说不出口，想哭又哭不出来，要喊又不知喊啥，如有千斤重石般压在胸口，堵得她喘不过气来。

怪父亲吗？不是。那又怪谁呢？怪自己的命吗？女人的命就该如此？自己母亲是包办的婚姻，湾里的女孩子是包办婚姻，祖祖辈辈不都是婚姻父母包办吗？唉，就这么着，认命吧！只要四肢健全，身体好，不缺胳膊少腿就行……

迷迷糊糊中，轰轰隆隆炮火连天，硝烟弥漫，何少爷中枪倒地，血从他腿上汨汨流出，对她无力地哀求道："冯小姐，救我，等我，我喜欢你！"她惊慌地大喊："快用我给你的药酒和药丸啊……"

她惊得出了一身冷汗，坐了起来，外面一弯冷月，清冷地挂在天空。她披衣下床，走到窗下，双手合十祈求着何少爷平安无事……

腊月二十是大丫出嫁的日子，早春早早地和大弟去井峰街上卖了纺线后，就带着给大丫绣的一对鸳鸯戏水的枕套，同一群姐妹陪着大丫唱《哭嫁歌》。

午夜时分，早春和大家正唱《闺中怨》时，大宝突然找上门，着急地说："姐，张阿婆病了，喂药她已不喝，口中只叫你，你快回去吧！"

第 16 章　张氏回家

到了雨水季节,柳树被春风抹上了一层鹅黄色,白杨和马桑等落叶乔木又开始发芽了。

院子笼罩在暮色中,霞光从窗户上泻洒进来,照在张婆婆苍白倦怠的脸上。她靠床坐着,早春喂她汤喝后,又给她掖好被子,正要去纺线。她拉住早春,喘着粗气:"早春啊,你坐下,我有话要跟你说……"

早春挨着在床边坐下后,老人声如蚊虫般说道:"春啊,我从去年腊月间开始就生病,都是你不分昼夜地照顾我,辛苦你了。"

"阿婆,您又跟我见外了不是。"

"我已是快入土的人了。我虽无儿无女,在你们一家的照顾下,却享受到了家的温暖和天伦之乐,哎……咳咳咳……我心满意足了。"

早春握紧张婆婆的手,安慰道:"阿婆,您会好的,您会好起来的!"

张婆婆摆着手:"哎……咳咳咳,只是我不甘心呀,我当年气死了父亲。如今我死后,只想葬在父母旁边,生未尽孝,死后只想陪伴在他们二老身边,好好忏悔啊!"

早春也泣不成声:"阿婆,不,不要您离开我!"张婆婆咳得上气不接下气。

早春弓身给她捶背,老人拉过早春的手,吃力地请求道:"你帮我去找张家洼的张族长,帮我做做工作,也许族人会接纳我回去葬在父母身边。"

早春趴在老人身上哭得全身颤抖。"春啊!不哭!我都八十多了,人都会有这一天。您如果不答应我,我死不瞑目啊!咳咳咳……"

早春帮张婆婆揉着胸前,泣不成声道:"我答应您!我答应您!您的老家在哪儿呢?"

张婆婆艰难地说道:"在对门鸡冠山那边的张家洼!"

早春泪眼蒙眬地说:"您不愿去老伴儿身边吗?"

张婆婆摇着头:"活着被他的女人们欺凌够了,死后还去受欺负吗?"

早春扶张婆婆躺下："那您一定要好好地喝药，我明天就去。"

张婆婆又忧心忡忡地说道："只是那鸡冠山上住着土匪，我是出嫁女，族人又不愿意接纳我回去，葬在父母身边啊！"

早春抬袖揩着眼泪，安慰道："阿婆，就是再大的困难，我也会去替您完成这个心愿。"

张婆婆点着头道："我相信，你肯定有这个能力。"

第二天出门前，早春想女扮男装，可冯先生让大宝男扮女装，并让他二人都抹得黑黢黢的。

冯先生道："男拉壮丁，女俊被抢，只有丑女才安全。"

大宝穿着姐姐的装束，浑身不自在，却豪情满怀扬拳说道："我为了陪姐姐，替张阿婆完成心愿，我男扮女装，忍了。"大家被他的模样逗乐了。

早春在她的玫瑰红布袋里放了些干粮。姐弟二人穿得破破烂烂，一人拿着一根棍子，一个破碗，装扮成沿街乞讨的乞丐，走在曲曲弯弯的山路上。山林已被砍伐得乱糟糟的，连树根也被挖了，山中间大坑小洞的，一片荒芜，没有一点儿生气。

也许因为鸡冠山是土匪住着的地盘，无人敢涉足。远远望去，苍松翠柏，杂草丛林，阴森恐怖。

早春心里忐忑不安，擦着汗，抬头从树缝中看着太阳洒下的光斑，眉头紧锁，在盘算着，要如何过这鸡冠山呢？

大宝拉着她胸有成竹地说："姐，不用担心。父亲昨晚让我写的信会帮到我们的。"

"信？"早春一脸疑惑地看着大宝。

大宝点头道："早些年，这个山上的双枪女土匪，与人打斗被推下山崖，摔断了腿，血快要流干时，父亲在山上采药救了她一命。她要报答父亲。父亲说，以后多积德行善，就是对他最好的报答。"

早春若有所思道："除了前段时间的事外，我们湾这些年的确很少遭遇土匪的抢劫。"

到了鸡冠山时，守山门的两人拿着信通报首匪后，就顺利放行了他们兄妹。

早春拉着大宝,就地转起了圆圈,阳光洒在二人衣衫褴褛的身上。她抑制不住心中的喜悦:"大弟,这个难关过了。去张家洼,我也定会想到好办法的。"

走了一天的路,兄妹二人走得手脚发软,腰酸背疼,他们在山下的一块石头上坐下来,喝着水。早春抹着额上的汗,看红日已西垂,照着河对岸的村庄,微风吹过,河面上泛起层层金色涟漪。人们有的在河边麦地里除草,有的用背篼背着柴草下山,有的捎着犁赶着牛,正行进在回家的坡路上。

早春站起身,向路人问道:"大娘,您好!麻烦您,能告诉我张族长的家在哪儿吗?"

那人打量了他们二人好一会儿,才用手指了指。

早春顺着那人手指的方向,见拱形桥对面,一户人家门口张灯结彩,似要办喜事。这时见一顶轿子停在了门口,早春一见那人模样,和张婆婆描述的五十岁左右,国字脸,浓眉高鼻,着青绸长衫的族长差不多。

她拉着大宝三步并两步,跑过桥,上前拦住了轿子:"张族长,我们有事要请示您。"

"向张族长请示汇报的人多啦去了!哪里来的讨米佬?滚!滚滚滚!"守门人将他俩连推带轰推出去了。

早春只得垂头丧气地看着张族长进门。猛一见弟弟的黑脸和穿着,不禁哑然失笑。

大宝撅着嘴,嘟囔道:"被人赶了,还有心笑。"

早春指着大宝,又指自己:"哈哈哈,我们本身不就是一身乞丐的打扮吗?"

二人笑得前仰后合。她拉着大宝走向河边,脱掉外衣,洗去了脸上的黑灰。两个俊俏的脸庞在金色水波里荡漾。

当她再去叫门时,仍然被拒之门外。但她向人打听到,今天是张族长的母亲七十大寿。

两人就绕到侧门,寻找机会。随着门被"吱呀"拉开,门旁桃树上的鸟,被惊得跳去跳来地啾鸣。

这时,出来两个丫鬟,早春正想上前让她俩帮忙,听见两人边走边对话,早春姐弟手牵手,若无其事地跟在她们身后。

105

其中一人说:"老太太喜欢听《哭嫁歌》,找了好几个人来唱,老夫人都嫌人唱得不好听,还让去找。唉!这也不知谁唱得好啊!"

另一个说:"这不,老夫人着急上火牙疼,让我找医生弄药哩!"

早春听说唱歌和治牙疼,这不都是自己的强项吗?她不禁喜上眉梢,和大宝对望着点了头,还轻轻对击着手掌。早春紧走上前去拦住二人:"两位姐姐好,你们不是要找唱歌和治牙疼的人吗?我可以帮到你们哟。"

二个丫鬟一脸疑问地看着早春,又看了看旁边的大宝:"你们能行?"

早春亮开嗓子唱了几句,唱得二人眉开眼笑,赞道:"人俊声音美。"

一人拉早春,一人拉大宝,"这就带你们去见老夫人。"

早春手一摆说:"不忙,二位姐姐还是先陪我去找点治牙疼的草药吧。"

他们四人有说有笑地回来时,月亮如银盘般挂在树梢。院里也张灯结彩,进到房里,红蜡烛一闪一闪地跳跃着。老夫人正蜷缩在躺椅上,皱着眉,捂着腮帮"哎哟哎哟"痛苦地呻吟着。

丫鬟忙不迭地叫:"老夫人,给您找到唱《哭嫁歌》和治牙疼的人了!"

老夫人满脸欣喜地在丫鬟的搀扶下坐了起来,见是两个少年,又紧锁眉头,失望地躺了下去,口里叫着:"哎哟!哎哟!疼死我了。"

早春拉大宝即兴唱道:"夫人就不是凡人,定是神仙下凡尘。夫人之子当族长,子孙满堂福满门,宾客盈门贺古稀,福禄财寿满堂彩。"

清脆的歌声一起,老夫人眉头舒展,自己扶着椅背坐了起来。

早春唱完,又和大宝双手抱拳道:"我们姐弟,恭祝老夫人福如东海,寿比南山。"

早春一唱一说又行礼,让老夫人乐得合不拢嘴,看向丫鬟对早春姐弟赞道:"这二人不仅俊,歌也唱得好。"

"老夫人过奖了。"早春说着,又将扯来的草药捣烂,口中念道,"牙疼不是病,疼起来真要命。"老夫人赞同道:"谁说不是呢?"说完,吃着早春递来的药。不多会,老夫人点头道:"嗯,牙凉飕飕的,牙疼也好了许多耶!不错不错!"

老夫人一手拉大宝,一手拉着早春,坐在她旁边:"闺女,你唱《十月怀胎》我听听吧。"

"老夫人请听。"早春站起来,手一扬便唱,老夫人也哼着跟唱。紧接着,二人又对唱了《闺中怨》。直至宾客满座来请老夫人入席,老夫人又邀请早春姐弟前去。

厅堂里灯火通明,前来贺喜的宾客见老夫人前来,齐刷刷地站起来,拱手作揖,同声贺道:"恭祝老夫人福如东海,寿比南山。"

"谢谢大家,请坐下。"老夫人拱手还礼,又和早春共唱了《答谢客人歌》。

老夫人喜笑颜开,自始至终让早春姐弟陪伴她左右。

当酒宴结束,回到房里时,灯光照着老夫人兴奋的脸。夜深人静了,老夫人意犹未尽地还拉早春合唱了几首歌,说道:"闺女,就留下吧,以后经常陪我唱歌好吗?我好久没唱得这么开心了!"

早春这时才找到机会,向老夫人诉说了自己这次扮乞丐,过土匪山前来的目的。

老夫人听了张婆婆的事,她拉着早春的手感慨道:"难得你的一片善心和诚意。光说你们有勇气过土匪山这一点就让人佩服啊。你给我治牙疼,陪我过了这开心的一晚。虽说出嫁女身后不能葬回娘家,但我会尽力劝我儿子,但决定权还在他哦。"

早春赶忙侧身向老夫人施礼道:"谢谢老夫人,谢谢老夫人!有您这句话,我就感激不尽了。"

老夫人向丫鬟招手道:"快去把族长请来。"

张族长一见早春,就拱手抱拳:"谢谢你陪我母亲过了一个难忘而开心的夜晚。"

早春见张族长边说边扶住自己的腰,忙问道:"张族长,您的腰是不是曾经受过伤?"

张族长不置可否地点点头。

早春真诚地看着张族长:"我用药酒帮您揉揉,会缓解您的疼痛的。"又对丫鬟道:"你辛苦下,扶张族长趴在床上。"

她从玫瑰红布袋里取竹筒装的药酒,倒在手上反复搓揉张族长的腰椎部分。不多会儿,张族长说:"神了,不仅疼痛缓解了,腰部总凉飕飕的感觉也消失了。"

大宝自豪地说:"当然神了,这是我家祖传的,专治跌打损伤的药酒。"

早春又取了药丸和药酒送给张族长,"您按时吃药丸,用药酒揉,会缓解你的疼痛的"。

张族长遗憾道:"只是这药酒用完了,找你又太远。"

早春手背揩着额上的汗:"那还不简单,我把泡药酒的方法告诉您吧!"说着,就告之了药酒的炮制方法,丫鬟赶忙记录了下来。月亮的清辉从窗户洒进来,和红色的跳跃的烛光交相辉映,映照着满屋人欢喜的脸庞。

早春捋了捋额前的头发,又对张族长说:"我看你们族人住在这山高路远的地方,请医治病也不方便,不如由我们姐弟俩来传授些如治牙疼、感冒发热、小儿腹泻等方面简单的防病治病知识和猪牛家畜的防病治病常识。"

张族长兴奋地拍着大宝的肩:"那太好了!"

张老夫人惊奇地问道:"连猪牛的病你也能治?"

几个丫鬟窃窃私语着,赞早春道:"这位姐姐真行!"

早春点着头道:"简单的防治还是难不倒我的!"

张族长又拱手抱拳,真心感谢道:"那你可真是为我们族人做了一件大好事啊!我们这里大人小孩有病都是拖,猪牛常闹瘟症,损失更是惨重啊。"

张老夫人对儿子张族长道:"这样的话,早春姑娘真是我们族的恩人了。按族规,恩人有事的话,我们也要尽力帮哦!"

张族长也兴奋地连声道:"是啊!是啊!"

早春趁机向张族长道:"那我能求您一件事吗?""姑娘请讲。"早春便说了这次来张家洼的目的,最后恳请道:"张婆婆回家的事,您看?"

张族长手一摆,"你帮了我们族人这么大的忙,张婆婆回来肯定没问题了!"

早春喜形于色:"您是同意她老人家回来了?"

张族长肯定地点着头。此时清幽的月光洒在院子里,透出朦胧的光亮。早春喜极而泣,红蜡烛噼里啪啦欢跳着。她侧首弓身施礼道:"太谢谢,谢谢您了!"

早春和张族长又商量道:"你看,组织人员传授防病治病知识怎么安排?"

张族长说:"一户一个人不是很现实,就一个甲(即十户)派一个人来学,今晚就通知下去,明天就辛苦姑娘了!"

"不要紧,不仅是明天,如果以后有需要我的地方,保证随叫随到。"

张老夫人拉着早春的手,真心祝福道:"你这么善良,一定能嫁个如意郎君的。"

早春勉强笑了下："谢谢您。也祝老夫人心想事成！健康长寿！"

第二天，早春和大宝先从山上采了些草药，具体示范。张家洼的人认为早春讲得明白，又易操作，都皆大欢喜。

几天后，早春和大宝回到家里，对病床上的张婆婆说："张家洼已同意您老人家百年后回去陪伴在父母身边了。"

张婆婆听到这个消息，竟一下子从床上坐了起来："我老婆子可以回家陪父母啰！"

她高兴得自己走出房门，还不要早春搀扶。在院子里，她像个孩子般手舞足蹈。谁知，在手划向半空时，张婆婆竟如雕塑般定格在了那里……

早春送走张婆婆以后，好长时间都难从她老人家离去的阴影中走出来。虽然老人有了一个好的归宿，但一见到纺车和手上戴着的两枚戒指，睹物思人，总让她阵阵心疼。

一天夜里，迷迷糊糊中，早春又梦见了张阿婆，她说："春啊，人这一辈子不易，以后结婚了，不管多难都要好好地、坚强地活着，活着哦……"

早春惊醒了，她披衣下床，站在窗边，一弯残月挂在山尖上。此起彼伏的鸡鸣和鸟叽叽喳喳的欢叫声，是那么清脆悦耳。是啊，要好好活着，才能不辜负张婆婆在艰难时给我们的关照啊。她坐下来，月光照着她摇动纺车的倩影……

正当早春和以往一样，信心满满地做生意挣钱，好好生活时，姑妈给她说的定亲的情况，又给了她当头一棒。

第 17 章 退婚风波

已立秋，暑气却依然浓重，冯先生刚刚清扫干净并洒过水的院落散发着清新的土腥气。他坐在竹床上，边剥苞谷米，边教小宝背中药汤头。

落日的余晖追着早春一路哭跑着的身影。她去给人唱《哭嫁歌》回来的半道上，姑妈告诉她，李家梁眼大口大，一脸蜡黄，咳咳喘喘、病病秧秧的样子。

她跑到院坝，抹了一把汗和泪，歇斯底里地对冯先生喊道："穷，我认了；长相差不好看，我认了；但身体不好，我坚决不答应！都说嫁汉嫁汉穿衣吃饭，我不说靠他吃饭，还要我照顾一个病秧子，我不情愿，我不情愿！我坚决要退婚！"

她哭喊完，转身进房，重重地甩手关上门，扑倒在床上号啕大哭。

暮色像一条薄薄的毯子，轻轻将村庄覆盖。冯先生也十分窝火，捶胸顿足，拐杖猛戳地面，千挑万选我挑了个漏油的灯盏。那么多条件好的、有权有势的、年轻英俊的来提亲，自己总怕女儿陷入后院纷争，怕她怄气。而今倒好，寻了个病歪歪的，让女儿去侍候。如果一旦不治而亡，那不害女儿一生？……

冯先生越想越怕，心如坠入谷底，不觉打了个冷战，他越想越气李家医生：亏得我那么信任他，太不厚道了！隐瞒了李家梁有病的事实。坚决要求退婚，否则就去上告打官司，告你骗婚！

天暗下来，冯先生拄着拐杖，让大宝牵着，摸索着去李家诊所兴师问罪。临出门时，小宝拉着冯先生要跟去，被冯先生呵斥道："好好地待在家里，看好你姐！"

四五岁的小宝不知发生了啥事，惶恐地看着父亲气冲冲地走了。又到早春门前，挥动小手不停地捶着门："姐，姐啊！"

早春"呜呜"地哭得荡气回肠。母亲不在身边，小宝是姐带大的，没见她这么伤心地哭过，他依赖姐已成了习惯，也怕姐有啥事，又捏紧小拳头，"咚咚"地把门敲得山响，恸哭着："姐，你开门呀！别哭，别哭啊！我怕，我怕呀！"

暮色沉沉，远处，狗汪汪汪地在灯火处狂叫，远山也若隐若现。风吹得院里树上的皂荚摇摆纠缠在一起。鸡鸭也因主人没喂食而在外叫着不肯上笼，猪在栏里哼哼唧唧伸颈叫食。

小宝没喊开早春的门，只好自己去抓了食喂鸡鸭，又剁猪草喂猪。然后倒了一杯糖茶，端去早春门外，哭着央求道："姐，我听话，我已喂了鸡鸭。给你冲了糖茶，你起来喝点，喝点吧！呜呜，呜呜……"

早春没好气道："不喝！要喝你自己喝。"

小宝无助地端着杯子，倚在早春房门口哇哇呜呜地哭了起来："姐啊，你不是最疼我了吗？我怕，我怕呀！"

他的哭声，让早春心疼。她止住了哭，起身拉开房门，只见小宝双手端着糖茶缸，哭成了泪人，鼻涕糊了一脸。他伸手将茶缸递给早春："姐，喝。"

早春抱着小宝替他揩了脸，又是一阵心酸，眼泪吧嗒吧嗒往下掉，哽咽道："小宝乖，姐喝，姐喝。"

小宝歪着茶缸喂早春喝。早春见四周一片漆黑，才发觉屋里静得出奇。心里咯噔一下："小宝，爸和你哥呢？""哥牵着爸出去了！"

早春心提到嗓子眼儿，这黑咕隆咚、兵荒马乱的，听说前一阵，一个十一二岁的男孩因个子高被抓了壮丁，万一大弟被抓……

她关上门，背着小宝，快步去找二叔，喊上幺叔。几个人打着火把，上垭口，走过小河边，到井峰街的街口时，见大宝扶着跌跌撞撞的冯先生，深一脚浅一脚走来。

冯先生神情落寞，脸色如灰，本就失明的他，更是紧闭着眼睛，大口大口地喘着粗气，他如散了架般，被大宝扶着。

冯仁义赶忙将冯先生背起，一路小跑着回到家，让他平躺床上。大宝刺啦划着火柴点亮灯，早春立即冲了糖开水，扶父亲坐起，用汤匙舀起，吹了一口，喂冯先生喝下，又用毛巾给冯先生擦了擦额角的汗。冯先生缓了过来就抓住早春："孩子啊，怪爹眼瞎，对不起你啊！……"

"唉！"冯先生长叹一声，浑浊的泪滑过老树皮般的两腮。

早春抓着大宝的肩，急切地问："咋回事？爸为啥成这样了。"

大宝不敢看早春的眼睛，他哀怨地讲述了事情的经过。

他扶着父亲去到李家诊所，气愤地喊道："李医生，你太不地道了，我们坚

111

决要求退婚。"

李医生平静地说:"你别急,有话好好说。这定好的婚约我们是不会退的。"

冯先生用拐棍猛敲着地面,气愤地说道:"不退,咱们就去打官司。告你欺骗,隐瞒男方病情。你们这是骗婚!"

李医生喊冯先生道:"老哥子。"

冯先生用拐棍生气地指着他:"谁是你老哥子,你这个口里喊哥哥背后抄家伙的东西!"

李医生成竹在胸道:"你平平气,我给你看样东西。"

"我平不了气,除非退婚。"冯先生拐杖捣得地面咚咚响。

大宝也气得大喊道:"对,退婚。"

李医生不慌不忙拿出了一张收彩礼字据。

"彩礼的字据?"早春、二叔、幺叔异口同声地问。

大宝无奈地点着头:"上面写着收彩礼二十个银圆,以后不得退婚的字样。"

二叔拍抽屉问:"谁收的?"

大宝气呼呼地说:"上面写着妈妈的名字。爸爸听我一念,立即就瘫坐在了那里。"早春扶着床沿无力地瘫坐了下去。外面狂风大作,电闪雷鸣。树摇摆不停,发出呜呜低吼,枯枝树叶哗啦啦吹落下来,砸得外面竹床沙沙响。

二叔道:"你妈一向都不乱花钱,她要那么多钱干啥?"

"听说是外公病得厉害,要住院医治。"

"你妈也是的,他父亲要住院,大家共同想办法啊!"

"这下把你大姐害的。"

冯先生无力地分辩道:"你们不要怪她妈妈,她也是没法可想啊!她大弟被拉了壮丁……都怪我,如果不瞎,也还能帮到她,也不至于将早春……唉……"他双手捶打着自己……

早春浑身如抽了筋般酸软,无力地抓着蚊帐杆,才没让自己倒下去。蚊帐钩叮当响动的声音敲得她心乱如麻,她急切地问:"我挣钱还,去还,行吗?"

二叔拍着她的肩安慰道:"春啊,你别急,我再去协商看看。"

大宝捶了下桌子,煤油灯和微弱的光也跳了起来,他咬牙切齿地说:"爸爸也说了借钱还。李医生说:"没用的,他们的目的就是要大姐这个人。如果毁婚,他们奉陪到底。"

一道闪电如白刃般划破夜的长空,直刺早春心房,她浑身痉挛,昏厥了过去……

"春儿啊!"

"姐啊!"

"你不能有事啊!"大家用力摇晃着她。

冯先生一跃而起,摸索着给她掐人中,大宝小宝抓着早春的手,哭喊着:"姐,姐啊……"

好一会儿,早春才虚弱地睁开了双眼。外面滴滴嗒嗒地下着大雨,闷躁的天气堵得她喘不过气来。

二叔叹了口气劝道:"春啊,你也想开点,一大家子不还得活下去吗?我再去找他们谈谈,一起想想办法。"

早春泪眼蒙眬,感激地说道:"谢谢二叔!辛苦您了!"

一段时间里,二叔利用他多方的关系,好劝歹劝和李家族人谈判。可人家始终不松口,不同意退婚。

"真是男退女家想当当,女退男家当田庄啊!"这是当时包办婚姻的真实写照,男家不满意女方的,退了你以前交去的生辰八字没商量。但女方要退婚即使卖了田地,倾家荡产也未必能退,那真是比登天还难啊。

早春绝望到了极点。她无心做事,睡在床上一病不起,大宝小宝给她端来药,她不想喝,做好鸡蛋面条端来,她也不吃。

她一动不动地睡在那儿,浑身无力。想着今后将要和一个病人共度一生,她的心就比三九天还凉,连死的心都有了。

冯先生也生活在自责叹息声中。大宝只得闷闷不乐地拾柴打猪草,小宝也懂事地干些扫地、喂鸡鸭的事。家里没了欢笑声,刚入秋,却如寒冬般冷。

早春想不通,怪谁呢?父亲原本为自己好!母亲也是为救自己的父亲,才去拿了彩礼啊……

她想得自己头都大了。不甘心又能如何呢?她再一次想到了何少爷,他关切疼惜的眼神,还有他说的他们学校女子上学、学知识、学文化,上街游行……

她想到何少爷说的做新时代新女性的话。一个念头心中一闪："我何不一走了之，走出大山，外面又是一片天。靠我做生意还养不活自己吗？"

她云里雾里起身摸出那支钢笔，握在手心里，双手捧在胸前。

"姐，在哪儿，我要尿尿。"小宝的叫声让她一激灵："姐在这里。"

月光从窗户上洒进来。她赶紧抱小弟小便后，给他盖好被子，弯腰用手轻拍道："小宝乖乖睡。"

"咳咳咳……唉！"隔壁房里传来父亲的咳嗽声和哀叹声，直击早春心底。她不由得责怪着自己："冯早春啊！冯早春！你怎么这么自私啊？光想着自己，这段时间家都成了啥样啊。自己一睡不起，不管不顾，父亲也生活在唉声叹气的自责中。从小就背《女儿经》《孝顺经》，你都背哪里去了呀！想丢下这老的老，小的小，病的病，去做被人唾骂的不义不孝的人吗？大牛哥为了病弱的父母，年幼的弟妹，宁肯刺伤眼睛。你难道就不能为了家人牺牲一下吗？人哪，怎么生活不都是一生吗？还是认命吧！女孩子不都是这么过的吗？"

早春赶紧藏了笔，再一次收拾起自己的心情。月亮像行驶在云海中的孤舟，不时地穿云破浪，顽强地从缝隙中，向山谷村庄洒下淡淡的银辉，洒下的银辉照亮了早春的心。她轻开房门，轻手轻脚地来到父亲房里，月光照着父亲茫然无助的脸。他端坐在床沿，双手握紧拐棍，一副随时有风吹草动就要不顾一切冲出去的架势。

早春不觉喉头一紧，泪水再次溢满眼窝。她知道父亲这是担心，怕自己一时想不开寻短见啊！她再认真一看，只见五十多岁的父亲，经过这些天的折腾，头发全白了，本就失明的双眼更是深陷，核桃般的脸上长出了大小不一的斑点。早春不觉心一紧，泪又顺着两腮滚落下来。

父亲急成这样，一定是自己气的。硬逼父亲去退婚，父亲真要有个三长两短，我这个不孝女还有脸活在这个世上吗？她上前扶父亲，哽咽着："爸，您怎么不上床睡？"冯先生慌张地站了起来，一个趔趄，拐杖"哐当"落地，惊呼道："春啊？……"

早春赶忙扶着父亲肩头："爸，您好好上床睡，春儿没事了！已想通了！怎么不都是一生啊！既然李医生说，他们家族看上我这个人，说明我很能干，才能被认可不是吗？不能因我一个人连累了我们这个家，让二叔也不得安宁，天天奔波啊！"

冯先生拍着早春的手，歉疚道："春啊，都怪爸眼瞎，害了你一生，是爸对不起你啊！"说着无助地呜呜哭泣。

早春扶父亲上床，给他掖好被子。只听冯先生一声接一声地哀叹，自责地骂道："该死的人是我啊！"

早春坐在床沿边，拍着父亲盖着的被子，幽幽地说道："爸，您当初不也是为我好吗？我们要好好地高兴地活着才最重要啊。"

冯先生听早春这样说，也略为放宽了心，热泪滚滚而下，只一个劲地拍早春的手，他知道他那个坚强自信的女儿又回来了。

雄鸡喔喔地啼鸣着，鸟也叽叽喳喳地欢叫起来。早春又赶早起床，挑水拾柴纺线，唱《哭嫁歌》，给人看病，做早餐给父亲弟弟们吃，家又恢复了以前的欢笑。

只是早春的强颜欢笑中，带着丝丝酸楚和哀怨。湾里人常常替她惋惜："这么好个孩子，真是一朵鲜花插在了牛粪上啊。"

"可惜啰！"

她反而笑劝大婶嫂子们道："有牛粪做养料，鲜花不更鲜艳亮丽吗？"

人们见她如此乐观面对，也就不再言语。

冯杨氏听说了家里的变故，带着满脸愧疚回来了，她未语泪先流。早春反而替母亲揩着泪，劝道："妈，你不也是为救外公吗？你看，我这不没事了吗？"

女儿的理解，反而让冯杨氏心如刀割般难受，泪成串儿地往下直掉。

早春问冯杨氏："妈，蓬溪街上好做生意吗？"

冯杨氏抬着红肿的双眼道："县城人多，小商小贩也不少。"

早春摸着额头，果断地对父母道："这里盐卖不出去,我想把盐背去蓬溪卖……"

冯先生坚决反对："春儿啊，你唱《哭嫁歌》、卖纺线能过日子就行了。这一带常有匪兵出入，不安全，我不同意你去。"

冯杨氏也抹泪劝道："你可不能有啥事啊，不然我真不活了。"

早春辫子往后一甩道："我要多挣钱，买回田地。等我出嫁后，你们和两个弟弟才能衣食无忧啊！"

115

第 18 章 蓬溪奇遇

夏天的风夹着热浪向人袭来。早春打着扇看着天空，此时，太阳正在云层中穿行。她已攒够了两背筐盐，铁了心要背去蓬溪卖，大宝也撸袖装弹弓准备前行。

冯先生双手紧握拐杖，走出来："你们不去行吗？"

早春扶着父亲下台阶："爸，您放心吧，没事的。"

冯先生抬头想看天上的太阳，然而眼前除了一片漆黑外，什么也看不见。他拿拐杖不停在地上敲打着，长叹一声："唉！老天啊，啥时才能给人间一个太平盛世啊！"又反复交代道："你们如果遇到匪兵来抢，一定丢掉东西，保命要紧，保护好自己要紧啊。"

最终他们兄妹脸上抹着黑灰，背着盐向蓬溪县城出发了。在路上他们确实经历了一场惊心动魄的奇遇。

冯先生和早春二叔则在商量着，给早春把嫁过去的事考虑好。这件事，他们二人当然是瞒着早春进行的。既然你李家族人不仁，隐瞒李家梁有病的事实，我冯仁礼也拿病做文章，以牙还牙，来出心中的怨气。两兄弟商量了几条意见，写成了一式三份的字据，准备让李家族长和李医生签字，作为早春的尚方宝剑。最重要的一条是，父母和亲人都希望早春和李家梁白头偕老，但考虑到李家梁身体状况，如果真有意外，李家族人不得干涉早春回娘家找人再嫁。

李医生和李家族人为了平息这个持久且伤脑筋的退婚风波，就答应了冯先生的要求，在协议书上签了字。李家族长、李医生和冯先生各执一份。

早春和大宝不敢走大路，背着盐在山中丛林小路穿行，如果发现匪兵也便于躲藏。

在一座山峰的半山腰，"啪啪""叭叭"密集的枪声传来，震得早春耳膜生疼。太阳被云层遮挡，正与乌云进行激烈的较量。鸟惊得扑棱扑棱地在树间乱飞乱叫，树叶也沙沙乱颤。

早春拉着大宝，赶紧蹲在密林深处隐藏起来，借着树缝往枪响的地方看，只见十多个土匪，向四个抬轿子的轿夫开了枪，凶狠地喊着："站住！给老子站住！"

轿夫慌忙放下轿子，三人立即取枪还击，一人将老夫人扶下，藏在轿后交代着："您老躲好，不论发生什么都不要出来。"那人说完迅速绕到前面，一起还击黄狗子兵。

老夫人躲在轿后，吓得颤抖全身，大喊着："黄狗子兵，遭天杀的，到处乱抢，不得好死。"

黄狗子兵遭到还击，这让他们大为恼火，疯狂开枪乱打，双方都有伤亡。轿夫终因寡不敌众，有两人中弹倒地，另两人被打晕。顿时空气中弥漫着浓浓的血腥味和呛人的火药味。

早春和大宝被这血腥的场面惊得目瞪口呆。她心咚咚直跳，紧盯着山下。有几个黄狗子兵将轿内的财物洗劫一空，对着叫骂的老夫人给了一枪，老夫人重重地摔在了地上。黄狗子兵还将老夫人戴的戒指、耳环、项链抢下，才扬长而去。

早春和大宝看得胆战心惊，大气也不敢出。山上的鸟受到惊吓，飞得到处乱窜，乌鸦在头上盘旋飞转，"哇……哇……"的叫声更是让早春毛骨悚然。太阳如火球般挂在头顶，阳光从树缝洒在早春身上，但她全身却凉飕飕的。

她拳头捏得紧紧的，牙齿咬得嘎嘣嘎嘣响，低骂道："猪狗不如的黄狗子兵，总有一天要遭天谴，遭报应的！"

大宝恨恨地掂着石头，摸出弹弓："我打死你这些狗日的黄狗子兵。"早春低声命令道："收好弹弓！"

大宝望着大姐，极不情愿地收起装好。早春见那群黄狗子兵走远了，他们兄妹才放下盐，迅速跑到轿子旁。早春用手探了探两个轿夫的鼻孔，已经没了气息。又到老夫人旁边，见老夫人还有微弱的呼吸，是因腿和手臂分别中了一枪，血流不止，才昏厥了过去。

"大弟，快帮忙。"早春和大宝迅速将老夫人抬到树荫下，撕了布条，二人蹲在老夫人身边，将她的腿和手臂绑紧。

早春给老夫人掐人中，从玫瑰红布袋中取出药丸，让大宝把竹筒里的水喂老夫人喝下。老夫人缓缓地苏醒了过来，用微弱的声音连声向早春兄妹道谢。

早春这才长长地舒了一口气，擦着额上的汗，说道："大弟，我怕路上再有

117

黄狗兵、土匪出没，再出意外，我们背老夫人上山吧！"说着，蹲下来，背起老夫人，由大宝扶着，向山上树林里隐去。

她靠树放下老夫人，大宝蹲旁边扶着，又扯了些青草铺平，让老夫人躺在上面，还脱下一件外套盖在了老夫人身上。

她从树缝中，见火红的太阳高悬头顶，也过了中午，便取出随身带的小麦苞谷饼子，递了一个给大宝，拿一个掰开喂老夫人："老人家，您流了那么多血，多少吃点吧！"

老人家勉强点点头，早春喂一口饼，又喂一口水给老夫人，可老人家只吃了几口，就摇了摇头。

她关切地问道："老夫人，您能告诉我，您家在哪里吗？我背您回去。"

老人家感激地看了她一眼，断断续续地说："蓬溪……万记……商行。"

早春准备让大宝在这里看着盐，但又不放心，盐被抢是小事，就怕大宝被拉去抓壮丁。他们将盐藏在密林里，用树枝掩盖了起来。

大宝担心地说："姐，该不会被人偷走吧！这可是我和你一个星期起早摸黑，才辛辛苦苦换回的两背篼盐哩！"

早春手背揩着汗，拍着大宝的肩："大弟，我们先救老人家要紧。不怕，盐丢了我们可以再换回来。"

说着，她蹲下身背起老夫人，老夫人是那样虚弱，连抓住早春肩膀的力气都没有，只得由大宝在后面扶着。

在树林里穿梭，比在平地上艰难多了，早春窈窕瘦削的身体，背着一百多斤重、发福偏胖的老夫人。不一会儿，汗珠大颗大颗地从她脸腮滚落地上，衣服头发也湿透了，还不停地喘着粗气。

但她一刻也不想停歇，只想快点把老夫人送回去，让她尽快得到更好的治疗。早春明显体力不支，草鞋常常踢着石头。大宝去后面抱老夫人："姐，我换你背会儿吧。"

早春站了会儿，弓身将老夫人往上移了移，硬是不让："你还是个十岁的孩子，跟我走，好好在后面帮忙扶着就行。"

大宝嘟着嘴："姐姐总说我小，当年父亲眼睛看不见时，你不是也是十岁就养家吗？"

早春抬脚往前走，"呼哧呼哧"喘着粗气道："可你现在有姐姐照顾，就不想你太苦啊！"

眼看前面就到了蓬溪县城街口，早春放老人在石头上坐下，大宝扶着。她站直身，顺手揪下桐叶扇着。歇了一阵，腾出一只手揩了把汗，呼吸顺畅了，就又背起老夫人向路上走去。

这时，马蹄嘚嘚嘚，马嘶长鸣呼啸迎面而来。在扬起的尘土中，早春见有几个人骑着马，背着长枪往这边跑来。她的心提到嗓子眼儿，扶紧背上的老夫人："大弟，我们快进树林。"

他们又急转身进丛林，惊醒的老夫人拉着早春衣袖，用微弱的声音说："是我儿子不放心我，寻来了。"早春的一颗心才又放回了肚子里，她在路旁站住，大宝赶忙迎着骑马的一群人招手："停下！快停下！"

那群人开始还没领会，当看清早春背着的老夫人时，一群人才"吁吁""停停"地喝住马，收住绳，跳了下来，惊呼："娘，您怎么了？""老夫人，老夫人，您怎么了？"

中年人应该是万老板，径直到早春身后，眼圈发红，抱过自己的母亲："妈，怎么弄成这样了！他们几个人哩？"说完向后张望着。

老夫人也无力回答。随从抱过老夫人。早春简单述说了自己看见的事情经过，大宝在旁擦着汗。男子悲愤地朝天放了几枪，怒骂道："狗日的土匪！专干些男盗女娼，打砸抢的勾当，你不亡天理难容啊！"

他见母亲也无性命之忧，就对人道："将老夫人送去医院。"又叫几人："你们和我先去给两位亡去的弟兄收尸，还要想法去找被拉走的俩人。"

万老板双手抱拳，对早春姐弟说："谢谢二位对我母亲的救命之恩！还要劳烦二位帮忙上马带路。"

早春带着几人，骑马来到事发地点，太阳晒得人心里发慌，蚊虫苍蝇嗡嗡地在死者身上叮咬。随从慌忙赶走啄食的乌鸦。轿子也不知去向了。万老板和随从从地上抬起二人的尸身上马。

他向早春拱手道："大恩不言谢！日后定当上门重谢！"一行人就跃上马，

往蓬溪方向飞奔而去。

早春和大宝才向山中藏盐的地方跑去。当他们气喘吁吁地跑到近前时，那里一片狼藉。草被踩倒一大片，树枝遍地，树身被划破皮，藤条被割，似有争夺和抢斗的痕迹，只是不见了两个装盐的背篓。

二人一屁股瘫坐在了地上，大宝竟呜呜地哭了起来："那些人也太不是人！也太狠心了，百多斤盐偷走不说，连背篓也偷走了……"

早春"扑哧"一声笑了："别人偷盐，不用背篓怎么背？"

她拍了拍大宝，递手绢过去安慰道："你伤心，姐何尝不心疼呢？但是用这百十斤盐，换一条人命，值了！不是说救人一命，胜造七级浮屠吗？"

她说着拉起大宝："我们现在就把这些撞倒的树枝、藤条捆好，挑去盐厂，不照常可换到盐？"

大宝用手绢揩着泪，破涕为笑。兄妹二人捡起树枝，早春用藤条捆成捆，找了比较结实的木棍当扁担。他们迎着晚霞，挑着就往井峰街的方向走去……

两个月很快就过去。他们去蓬溪，也到万记商行卖盐，早春得知老夫人的伤快好了，也就放心了。

初秋的中午时分，太阳当空，屋周围核桃柚子发出诱人成熟的味道。蝉鸣鸟叫声阵阵，花喜鹊叽叽喳喳，在树上跳去跳来地欢叫。早春去给湾里的小孩看病归来，见一顶轿子停在门口。

原来是万家老夫人在她儿子的陪同下，送了米油面、布匹，还有纹银二百两，专程来感谢他们兄妹的救命之恩。她走到皂荚树下，听见老夫人正对冯先生夸她："早春姑娘人长得标致，品行更是一流。有意想给孙儿提亲……""谢谢老夫人抬爱小女，她也定了人家。""能退吗？出多少钱都成！""很抱歉，不是什么事都能用钱解决的。""哎！看来，我孙儿没这福气啰……"

早春紧走几步进门，忙侧身给客人施礼："万老夫人，万老板安康！"

老夫人上前紧紧攥着早春的手："不是你们姐弟，我就见阎王啰！从你姐弟的对话中，找到了你家。今天和儿子专程来给你们致谢！"

"老夫人和万老板见外了，举手之劳而已，何必还专程前来呢？请带回物品和银两吧。"

冯先生也说道:"是的,请带回吧。"

万老板道:"我看这样,东西留下。至于银子嘛!"又央求早春道:"我娘见你绣工很好,你能帮忙给她老人家绣件牡丹图案的衣服吗?她老人家七十岁生日快到了,我这当儿子的也想尽点孝心,这钱作为工钱可好?"

"这也不能要那么多啊!"早春将银子提到老夫人轿子上:"等我绣好后,您觉得好,收点成本就行。"

万老夫人真心祝福早春道:"你这么善良,一定能嫁个如意郎君的。"

早春勉强笑了下:"谢谢老夫人吉言。也祝老夫人事事顺意,健康长寿!"

万老板又对早春说:"我们商行每周来井峰街拖一次盐,你们可以直接在那里把盐交给我们,免得跑去蓬溪……"

早春喜上眉梢,拉着老夫人的手,看着万老板,千恩万谢。

冯先生双手撑着拐杖道:"帮人就是帮自己,善行有善报啊。"

一屋人站在院坝中,仰望树缝中洒下的阳光,舒心地笑了。

"善行有善报啊!"人们拖着长长的余音和笑声,还有啼鸣的鸟声,穿过果实累累的树梢,飞向山冈,飘向天空,久久回荡……

几年后,早春攒足了买几亩田地的钱交给了她父亲。可冯先生没去买田地,背着早春给她置办了嫁妆。

121

第 19 章　歇客之夜

早春的婚期一推再推，李家无奈之下，只得给李家梁的弟弟妹妹先完婚。就在李医生再次上门时冯先生同意了，婚期定在一九四九年农历十月十六。后来早春说，假设再推一个月，蓬溪就解放了，也许这桩包办婚姻真就取消了。

冯先生给早春定了婚期后，很是失落、苦闷，陷在深深的自责中不能自拔。他专门去找好友高老板、丁先生喝酒，倒了自己的一肚子苦水："老伙计，我真是眼瞎啊，你说我给闺女选了个啥人家呀！条件差都不怕，身体不好，如果有个万一，你说我不是害了早春一生吗？"说着掴了自己几巴掌，端起酒杯，咕噜咕噜就倒进喉咙，然后呜呜地伏在桌上哭了起来。

高老板拍着冯先生的肩劝道："老哥子，我知道你心里苦。但你急坏了身体，早春不是更担心吗？"

丁先生也劝："做父亲的谁会害自己的女儿呢？总不是怕她受委屈，希望她好，才给她选了个忠厚老实人家吗？"

冯先生仍趴在桌上，呜呜地低泣着："谁说不是呢？"

高老板拉起冯先生："我们三人碰杯喝一个，早春心善，我相信吉人自有天相，好人定会有好报。"

这话说到了冯先生心坎儿上，三人碰杯干了酒。冯先生低头用手绢揩着脸："借你们吉言，希望如此。"又诉说道："你说，我不能因为不满意这门婚事，就老留她在家吧。你们是知道的，姑娘大多年满十五六岁时就要出嫁，可早春已快十八岁了。"

二人道："好在不远，来去都方便。"

冯先生又猛喝了一杯酒："女子成人就应去婆家居住的道理，我还是懂的。我不能老留她在家没完没了地干活吧。"

二人也醉眼蒙眬："是的啊。"

冯先生道："况且，男方已经多次上门，再推的话，于情于理也说不过去了。"

那晚冯先生喝醉了，是高老板让人抬回家的……

冯先生让小宝牵着去二叔的裁缝店。他摸出钱道："小宝乖，拿去买点好吃的。我和二叔有事商量。"

小宝蹦蹦跳跳向街上跑去，二叔送走做衣服的人，筛了茶坐下来道："大哥，有事让我去家里就行了，还专门跑一趟。"

冯先生双手捧着茶缸，吹了吹，喝了口说："我要和你商量下。这事不能让早春知道。"

二叔不解道："啥事呢？还要背着她。""就是用早春给我买田地的钱，给她办一份嫁妆。"二叔喝了一口茶道："你应该和早春商量下。"

冯先生急红了脸，你说，"以她的性格，我和她商量，她会同意吗？""也是的，她情愿不要嫁妆，也要给你们买田地，让你们生活有保障。"

冯先生叹口气："唉！本来这门亲事没定好，就对不起她。再说，她从小就吃了不少苦，为这个家操碎了心，我总不能让她就一个人嫁过去吧！"

二叔不满地嘟囔道："不给嫁妆，那边还有话说不成！他们是说不要嫁妆，只要她这个人。""话虽是这样说，听说她妯娌是嫁的八抬嫁妆，我也不想输给别人，让早春矮人一等啊。"

二叔点着头，她值得一份好嫁妆。又担心道："如果没田，现在这乱世道，也没多少人看得起病，我也总归还是担心你们的生活。"

两弟兄长得很像，中等个，浓眉瘦长脸，慈眉善目。

冯先生摸出一袋银子，推给二弟："有啥好担心的，大宝跟早春学得也可以卖柴卖菜挣些钱了。我和小宝牵猪喂了卖，也还有些收入，这钱就交给你去安心办吧。"

二叔收了钱道："好，我和她婶商量下，也给她办八抬嫁妆。"

歇客的当天，也就是早春出嫁的头天，冯杨氏才辞去蓬溪的工作，匆匆回到家里。

早春没像别的出嫁姑娘那样，在闺房里由姐妹们陪着唱《哭嫁歌》，而是和大弟将脸抹得如黑炭般，多次往返在井峰街和家的路上，一趟一趟地背米面油酒菜等必要的物资。

123

那些被请来帮忙的厨子、挑水的、劈柴的、倒茶续水的人以及族里男女老少吃了午饭后都陆续地来帮忙了。二叔当起了知客司，他给帮忙的一人发一些纸烟和糖果后，就安排他们各司其职。

当人写好喜联后，二叔又按照写联人的吩咐，安排人往院内那些柱子及门窗上粘贴。不多一会儿，大红的喜字喜联就贴满了院内院外。连台阶旁的果树和皂角老树上也贴得红彤彤，喜气洋洋的。

"来客啦，来客啦！"小宝和一群孩子在垭口上跑去跑来地吆喝，随着鞭炮声、唢呐声从院坝边一阵阵此起彼伏地响起，亲戚们一批批地来到，湾里的人来了，早春曾经帮助过的人一批批地道喜来了……

和这喜庆气氛格格不入的是早春的心，她表面上虽与人笑脸相迎，内心却充满惶恐和担忧。冯先生要侄子们帮忙背东西，可早春坚持要自己去背，以此来排解自己内心的这份烦躁和不安。

傍晚时分，早春和大宝背完最后一批物品后，她才放下背篓，进到闺房按程序开唱《哭嫁歌》。唱客人的抬爱，唱舅舅，唱姑妈、叔叔们的帮助，唱父母的养育之恩……

掌灯时分，一轮似银盘般的月亮，在众星的簇拥下高挂在天空。负责灯火的早已在院内院外挂上了数盏马灯，屋里屋外顿时灯火通明，屋里和院子里早已摆好了八张大方桌，并在每张桌上放了些糖果酒水。

客人们在早春的歌声和二叔的答谢声中，一部分人愉快地进餐，一部分人在长凳上高兴地谈论着。

这时，垭口上突然传来"叭叭叭"的几声枪响。

一个念头在大家脑海里一闪：莫非有黄狗子兵知道有办喜事的来抢劫了？

"听说前几天有办喜事被抢的。"

早春准备奔出房来，被本家嫂子、姑姑们堵在了房里："今天有那么多男人在，你安心当好你的新娘子。"

二叔赶忙让二十多人拿出各自准备好的鸟枪，往有响声的垭口方向奔去，其他客人也站起身，紧随其后，月光照着一大群人长长的影子，一群狗汪汪地叫着跟在人群后面。

冯先生握紧拐杖站在门口，一副谁敢来抢劫，就用手中的拐杖去拼命的架势。

几个黄狗兵在山下抢了几只鸡，听见这边鼓乐齐鸣，鞭炮阵阵，知道有办喜事的，又想来捞点好处，正扛着枪上垭口来。

二叔带年轻人，齐刷刷二十多只猎枪一齐朝天"叭叭"齐鸣，一群狗也冲上前，对垭口下几个黄狗子兵汪汪地狂叫着，黄狗子兵被这阵势吓得狼狈而逃。

正当人们返回坐下"五魁首，六六顺"地划拳喝酒时，"叭叭叭"枪声又响起。二叔带人快步上前，对面一个人朗声说道："有朋自街上来，他二叔，你们也不用整得这么威武，整得这么隆重啊！"

二叔将鸟枪顺手递给身边的人，拱手道："原来是高老板、丁先生光临！我代表大哥、侄女欢迎！欢迎！"又向高老板解释道："这年头，被抢怕了，不得不防啊。"

"应该这样，你看我们不也是全副武装吗？"高老板一指身后，茶馆里帮忙的十多人也是鸟枪不离身。

高老板解释说，原来是快到垭口时，见几人鬼鬼祟祟地在树林张望，才鸣枪警示，后来那几人往树林那边跑了。

大家知道是一场虚惊，才又返身回来，继续划拳喝酒。大牛哥等青壮年主动提议，在垭口等进湾的要道持枪站岗。

早春和冯先生立即出来迎接。早春侧身施礼道："谢谢高叔、丁先生光临寒舍，甚感荣耀！"

丁先生对早春道："我和高老板商量，你早春的大喜日子，今晚必须来捧场。这不，高老板今晚生意也不做了，我们专门来给你说书助兴。"

高老板笑着纠正："是说书陪嫁！"

月亮高挂当空，照得村庄如白昼般。早春激动得泪流满面："你们移步前来，我就已经感激不尽了，怎敢劳驾您还关门不做生意，又让丁先生专门来说书，我……"

高老板打断早春道："不仅说书，丁先生还专门写了一段表扬你的话呢！"

早春喜极而泣："我真不知如何感谢你们了！"

冯先生让加了两桌，请高老板、丁先生一行人用餐。

听说有书听，来客热情高涨，大家快速吃完晚饭。二叔安排在街沿上用桌子搭台，下面就是观众席。说书人丁先生提议："请出今天的主角和我打擂台，我说一个故事，新娘子早春唱一首《哭嫁歌》，你们说，好不好？"顿时迎来了人们一阵阵的欢呼声、掌声。

早春姑姑说："我们家早春有秘方，嗓子唱不坏，丁先生，你嗓子受得了吗？"

"早春会一百多首《哭嫁歌》，你有那么多故事吗？"

"这比下去，不是要到天亮吗？"

丁先生手一扬，喊道："本人正有此意，你们放心吧！早春已给我秘方，我的嗓子已很好了！"

听说说书先生讲故事和早春唱歌比赛，已回去的湾里人，又带着大人小孩来了；上湾下湾的人，对门邹家坝的人也来了。院坝里挤满了人，有的挤不下，就站在了石街上，旁边的路上，还有许多人站在了房后的山坡上，连树上也爬满了小孩。

丁先生首先开讲："平凡女子冯早春，做的好事说不完。从小好学记忆好，熟记女儿《孝顺经》。说书故事样样会，张口就唱《哭嫁歌》。随父治病不含糊，敬老爱幼有善心。八岁就撞雷家湾，义救百人有胆量。十岁父亲失明后，勤俭持家好榜样。自身困难帮人难，老朽真心体会深。能出厅堂入厨房，人人都夸好儿郎。十里八乡求良缘，选人病夫也不怯。做人当学冯早春，坚强善良又勤俭。善心自有天怜惜，善人福报多又多……

听了丁先生对早春的评价，大丫娘走上台，喊道："大家都曾得到早春侄女的帮助，哪怕是冯先生病重的困难期间，有人病了也是随叫随到，扯草药也不收钱。特别是早春提议父女二人联手，传授的防病小常识更是帮到了许多人。去年其他地方，猪牛瘟症死亡严重，大家按她教的方法，上湾下湾没出现病症。想着早春一桩桩一件件的好……现在她出嫁了，有点小灾小病的，谁来帮助我们啊！"

大家不禁一片叹气声："春啊，我们舍不得你走啊！"

"以后头痛脑热的，找谁呀！"

"猪崽牛崽有病谁帮忙扯药啊！"

"以后有牙疼腰疼的找谁呀！"

月亮被云层遮挡，刮起一阵风，将树枝吹得沙沙作响。红灯笼在摇摆着，只有星星眨着眼，注视着台上台下。

　　早春想到了高叔的好，大家的恩情，哽咽着对大家说："谢谢各位乡邻的厚爱，也感谢大家一直以来对我和家人的关照，更感谢大家今晚来参加小女子的婚宴。大家放心，以后有小灾小病的，我父亲和两个弟弟会义务给大家帮忙。也感谢大家陪我在娘家度过了一个难忘的夜晚。"

　　她的话，赢得了阵阵掌声。冯先生吩咐二叔拿出第二天的糖果、烟发给人们，不够再去买。

　　这时癫子婶挣脱她女儿的搀扶，跌跌撞撞地走上台，欢声笑语的人群，瞬间静下来看着她。大丫娘赶忙一个箭步冲上去拉住她："你这个疯子，癫子，平时就事事针对早春和冯先生，说他们挡了你财路，今天你又要来捣乱吗？快给我滚下去。"

　　说着要把她拽下去。她女儿也去拉着她，埋怨道："娘，早春姐对我们那么好，今天她大喜的日子，你就别捣乱了。"

　　台下人也大喊："滚下来，不然我们饶不了你。"

　　癫子婶和大丫娘推扯着，早春对大丫娘说："婶子，看她有啥话，让她说。"

　　癫子婶拉着早春，哭诉着："早春啊，婶舍不得你呀！婶尽使坏，告你阴状，让你挨了不少打。还让你摔跤，大宝骑牛烧鞋，火烧柴垛，让你们赔钱。呜呜，我不是人啊，可你不计前嫌还那么帮我。呜呜，呜呜……不然我早不在人世了。"说着还扇着自己的嘴巴。

　　早春拉着她的手："婶，那不都是过去的事了吗？"

　　癫子婶突然面向众人，跪下作揖道："乡亲们，我对不起大家，以前是我浑，看不好猪病，只想骗大家的钱，是早春感化了我，我给大家磕头谢罪了。"说着，真的磕了三个响头。

　　早春拉起她："知错能改善莫大焉。"说完带头鼓起了掌。

　　癫子婶哽咽道："早春也教我治猪病的方法，以后我也免费给大家帮忙，以弥补我的过失。"

　　台上台下掌声经久不息。月亮也穿过云层，露出了笑脸。

　　中途高老板因担心茶馆的安全，带了一部分人先回去了。

糖果和烟一遍遍地发，茶水也一遍遍地倒。四周燃起的火堆不停地加上竹篾，噼里啪啦跳跃着蓝色火苗。鼓的咚锵声、说书声、哭嫁声、口哨声喧嚣不止，在山村的天空久久回荡。

有小孩趴在树枝上看得张嘴流口水，被身旁的小孩无意发现，就将糖纸塞其口里，免不了互敲脑壳，戏闹一番。有的双手吊在树枝上荡秋千看。冯家湾从未有过的不眠之夜，虽是冬季，早春家的院子却暖融融的。在月光和红灯笼的映照下，大家红苹果般的脸上洋溢着笑，口里嚼着食物，不时叫好喝彩。

按丁先生和早春的约定，直唱到五更天："喊声爹呀喊声娘，女儿就要离爹娘。一更明月正出东，女儿坐在绣房中。二更明月照屋墙，眼泪汪汪哭爹娘。三更明月正当天，女儿心中如箭穿。四更明月偏西空，明天分离各西东。五更明月落西方，女儿心中似断肠……"

月亮还在天边，太阳就露出了红脸。丁先生双手捧扇作揖道："岁月不饶人，老朽甘拜下风。"人们这才一步一回头，不情愿地散去。

大家都说，早春的歇客之夜是最精彩的，也是最难忘的。早春又何尝不觉得呢？

一轮太阳从东方冉冉升起，照在村庄的上空，早春迎来了新的一天，也是由少女到少妇的人生大转折。

第 20 章　新婚之日

十月十六这天，太阳穿透云层，直射下来，薄雾就四散逃离到阴暗处。帮忙的人们，从房里抬着红红火火的嫁妆，整整齐齐地摆在了院子里的皂角树下。

这顿时引来大人小孩们的围观：大红的柜子箱子，四方大桌子大板凳，十个银戒指、银项圈、银手镯，银筷银梳银簪子等八抬嫁妆。

人们啧啧称赞道："冯先生他们竟然还为早春置办了这么丰厚的嫁妆！"

"在冯家湾算得上是最好的呢。"

冯先生听见人们的议论，挂着拐杖，仍然一脸茫然，惭愧地笑着："我无能啊，都是她自己勤劳挣来的啊！"

有女孩子羡慕地对自己母亲道："我要有这么好的嫁妆就好了。"

"你也像早春那样挣钱啊！"女孩子脑瓜顿时挨了一崩，被自己母亲训得低头跑开了。

早春送走了丁先生后，父母和她说了许多要孝敬婆婆，和妯娌邻里和睦相处之类的体己话。

早春在窗户旁，看着外面的嫁妆，责怪父亲道："爸，您不该把买田的钱用了啊。"

冯先生双手撑在拐杖上，歉疚地对她说道："你从小就为这个家操碎了心，田地可以挣钱再买。我女儿结婚可是一生的大事，做父母的也不忍心你空手出嫁不是？"

闻言，早春不由得又抹起了眼泪，她知道那是父亲对自己的疼爱。她和母亲说了些体己话，又交代了冯先生治眼睛煎药饼的方法。

要为早春装扮了，她又按程序哭唱梳子：

喊声爹呀喊声娘，手拿木梳哭爹娘。前头头发娘蓄的，后头头发爹蓄的。前头头发遮霜风，后头头发遮太阳。宁愿头发坨打坨，不愿头发地上落。宁愿头发堆打堆，不愿头发地上飞。我要我的青丝辫，不要我的盘三转。盘了三转离爹娘，喊声爹呀叫声娘……

太阳当空高悬,鸟在门前叽喳噪鸣,眼看过了中午,接亲的队伍还迟迟没到。冯先生差人去街上看了几次,去看的人回来总说,花轿已经到了井峰街场口。鞭炮早早地挂在了树上,人们肃立垭口下,但就是不见接亲的队伍前来。

冯先生又让人再去打听,原来是迎亲的队伍到场口时,出了点状况。先是轿子抬到街上,发现轿子里面坐布被人划坏了。

换好后,才刚抬轿走了几步,媒人李医生又喊:"停下!停下!是啥子东西从轿子里流出来啦。"

他掀开轿帘检查时,又发现了状况,是放在花轿里的鸡蛋没煮熟,全碰破了。于是又回去找亲戚生火煮鸡蛋,几个来回的折腾就过晌午了。

早春本来就不乐意这门婚事,听说了这个情况后,心想,这是什么人家呀?这以后的日子怎么过呀?她想着头天在街上无意间见到的新郎官:单薄瘦小的身材,一脸蜡黄,深陷的双眼,突出的两腮,因脸上无肉,嘴巴也显得更大……

早春唱《十月怀胎》时,哭唱得肝肠寸断。这一刻,她还是哭唱得昏死了过去……

前来的亲戚朋友更是替她可惜,也都哭红了双眼。

她醒来后,死死抓住床沿,怎么也不肯出闺门,父亲在旁唉声叹气敲拐杖。冯杨氏不住地怪自己,还抽起了自己嘴巴,反复唠叨:"如果不是自己拿了彩礼,也不至于害了闺女不能退婚呀!"

本就孝顺的早春,见不得父母难受,她止住了哭,反而劝父母道:"这不关彩礼的事,就是不拿彩礼,他们还不是下决心赖上我这个人了?"

她想去想来,自己的婚姻怨不着天,怨不着地,更不怨父母,只怨媒人。于是放声哭骂媒人道:"都说媒婆要媒量,双方情况细比量。你个媒婆瞎张望,找个病砣来害人哪……"

听着早春呜呜哭诉,院外人们嗯嗯嗯低泣声一片,纷纷指责媒人的不是。吹鼓手、唢呐手也抬手背抹起了眼泪。

接亲的人生拉硬拽,才把早春拉出了门。想着父母的养育之恩,她哭唱了《孝父母》《辞闺门》,唱得声声悲字字泪,唱得有的人蹲下去抱头恸哭,癞子婶更是抱着树哭得肝肠寸断……

已被硬推进轿里的早春，想着礼数不能少，又哭开了轿："竹叶青来柳叶青，小女子出去见六亲。往回出去我让客，今天出来客让我。往回出去走两边，今天出来走中间。这个轿儿四只角，四只角上吊菱角。菱角开花我当女，菱角谢花我离娘。抬轿哥哥快帮忙，前六双来后六双（撒筷子）。前头六双跟我走，后头六双留给娘。坐轿妹妹胆小人，抬轿大哥脚轻放。一路脚步轻又轻，感谢大哥好心肠……"

早春哭唱得动人心魄，人们抹着泪站立两旁，给抬着她的轿子让开了一条道。随着"前世姻缘月老定，良辰吉日在此时。出亲！"的喊声，唢呐齐奏，鞭炮齐鸣，锣鼓喧天。

在人们的哭泣声和叹息声中，迎亲队伍在冬日暗淡的阳光下，拖着长长的影子，消失在人们的视线中，可冯家湾的人们仍伫立垭口眺望……

大牛哥带二十多个人，手持鸟枪，安全将迎亲队伍送至李家湾才回转来。

早春家到婆家要经过井峰街，往高峰山方向，有六里左右路程。太阳无力地照着花轿，两旁的树在寒风中发出沙沙声响。锣鼓在咚咚咚地敲，唢呐哇呀不停地吹唱。

坐在花轿里的早春没有半点的喜庆，只有流不尽的泪，满腔对媒人的怨和对命运的哀叹。除此外，她别无选择。婚后的路再艰难还得走下去，不只为自己，还为年迈的父母和年幼的两个弟弟也要好好活着。还要努力挣钱，完成帮他们买田地的愿望，让他们衣食无忧。

当花轿抬至李家院坝里的时候，太阳已经偏西，鞭炮声噼里啪啦响得欢。挥舞着手臂，咚锵咚锵敲锣打鼓的，和鼓着腮帮吹唢呐的，都自觉地站到左右两边。

新郎穿着半新宽大的阴单布罩衣罩裤，斜背红带，胸前戴着大红花站在那里，眉眼里全是憨厚的笑。

一群孩子，也都跟着拥到院坝里争抢着看热闹。阶沿上，站着族长和李家梁的母亲李徐氏一行人。李徐氏穿着老红色的长棉袄，包一条深色头巾，花白头发上插着一朵红花，虽笑得皱纹舒展，但仍掩饰不住生活的窘境。

院坝里站满了人，大家都引颈张望着那顶花轿和那些红红火火的嫁妆。

人们对嫁妆指指点点：看来这新娘子娘家确实不错。除了嫁妆，更多的人是对新娘勤俭养家、给人看病等事早有耳闻。拒婚风波更是闹得沸沸扬扬，加之婚期一推再推，都想一睹花轿里新娘子的芳容。

然而，抬着花轿的四人，在院坝转磨磨，就是不肯落轿。任凭主婚人大声喊破嗓子"落轿"！

他们像是商量好的，都假装没有听见，一个劲地在肩上晃悠着轿子。

一群小孩子从人群中挤上前来，站在花轿前，笑嘻嘻地唱了起来："新娘新娘你莫哭，径直前走就到屋；新娘新娘你莫闹，新郎马上将你抱……"

四周的人都禁不住哄堂大笑起来。主婚人连忙大声地喝道："让开！别闹！"孩子们才被大人拉走。

站在阶沿上的李徐氏看见花轿还没有放落下来，急了。她连忙将准备好的一沓红包和喜糖塞到李家梁手里，并大声对抬轿人说："抬轿师傅，照好的说，会有红包喜糖的！"

"好嘞……新娘新娘接进屋，又多子来又多福。满意吗？"轿夫唱完问道。

四周的人齐声高呼道："满意！"

抬轿的四人忙齐声说道："满意，满意！红包喜糖不能少滴！"

李家梁便给他们一人一个红包，一包喜糖。

四个抬轿的又唱起来："一顶花轿四只脚，新娘是个能干角，早点豆来早摘瓜，今进洞房明抱娃。高兴吧？"

"高兴！"大家说完，又都忍不住哈哈笑了起来。

四人又齐声喊道："高兴就拿银币！"

直到李家梁把手里的红包喜糖都发完了，他们四个人才把花轿放了下来。

随着四个轿夫把轿子前压后抬，喜娘掀开了轿帘子。早春身穿红衣红裤、头盖红盖头，低头欠身被扶出花轿。只见她在送迎亲人的双双搀扶下，低着头，缓慢地移动着脚步。有红纸屑和着落日余晖，在她头上纷纷扬扬飘洒。

正在大家争着往前挤，急着想看到新娘子的脸时，恰遇一阵风，将新娘子的盖头吹起。送亲的嫂子连忙用手压住，拉下盖住早春的脸。但是，人们已经看到了一张不施粉黛，却貌若天仙、面若桃花的脸庞。看着她被推推搡搡，极不情愿地被拉进大厅。

这时，所有在场的人都无不感叹："难怪人家要求退婚，是委屈这新娘子了。"

"他二娃老实巴交，还没新娘高，又是个病秧子，居然娶上了一个美貌的婆娘！"

"难怪人家不情愿！"

"人不仅是漂亮，听说她十岁父亲失明就挣钱养家。"

"人也善良，常给人、牲畜看些小灾小病哩！"

"咳，他二娃咋就这么好福气哩！"

在大家齐声发出啧啧的惊叹时，人群中有两个人有着不同的表情。一个是任嫂，深深惋惜和担忧的眼神。另一个是李报恩的孙子李家墨，因心狠手黑，人们就干脆叫他李家黑。他拿长烟杆"吧嗒"了一口烟，吐出烟雾，看着早春幽怨而坚定的眼神，心里却发毛，难道二娃娶的这个婆娘将威胁自己想独占李家湾的计划？

主婚人高喊"拜堂"时，早春是让人按下拜的堂。送入洞房时，老实的二娃，估计是娶了早春这个美娇娘乐昏了头，站在原地竟不知要牵着新娘走。还是早春气不打一处来，生气地走在前，狠拽他进了洞房。笨手笨脚的他，一个趔趄摔倒在地，手撑在门槛上，撅着屁股要站起来时，"刺啦"一声响，借的阴单布裤子立马就叉开了线。惹得围观的人群都哄笑了起来。

"二娃以后要得妻管严了咯。"

"他本来不就有气管炎嘛？"

"妻管严都喜欢！娶了这么个又漂亮又能干的婆娘。"

晚霞如血似火，燃烧着云朵，染红了山村、房顶。让窗户上的大红喜字也涂上了金色。一束霞光从窗外泻入，照着早春头戴红盖头坐在床沿的身影。屋外鼓鸣唢呐叫，屋里却一片静寂。

随着"哎哟，哎哟！疼死我了"的叫声，李二娃手捂肚子，眉毛拧在一起，苍白的脸上，豆大的汗珠一颗颗直往下掉。

一阵寒风从屋顶、窗户缝吹进来，吹动了红盖头，早春不禁打了个寒战。

"二哥，二哥，怎么了！"随着早春姐妹李家芝的哭喊声，新郎李二娃"扑通"倒地，疼得在地上滚动着，呼吸急促起来，咳个不停。

屋外的嬉闹声、锣鼓声、唢呐声也戛然而止。只有风吹窗纸发出沙沙声响和偶尔的几声鸟啾。

李徐氏、族长、李医生等人首先冲进房来。

133

第 21 章　李家印象

　　一轮清冷的圆月从天边升起，狂风大作，竹林和树摇晃着，撞击房顶瓦片发出沙沙声。一对刚点燃的红蜡烛，在不停地跳跃，点蜡人用双手捧着，最终才亮了起来。

　　婆婆李徐氏进新房来，对早春和送亲的人说："别怕，他这是老毛病，过会儿就没事了。"

　　李家墨也挤在门口，探头滴溜着小眼往里看，口里问："不要紧吧！"内心却恶毒地想，你二娃死了才好，这样冯早春就不会妨碍我独霸李家湾的计划了。

　　早春来不及多想，也顾不了那么多，本能告诉她，要尽快对眼前这个男人实施救治。

　　她站起身，顺手扯下盖头，同时交代众人将他抬上床。然后快速打开箱子，从玫瑰红布袋里取出药丸，塞进二娃嘴里，先给他止痛。

　　有人手忙脚乱将李二娃抬到床上。二娃蜷缩着身子，双手按着肚子，口里仍"哎哟，哎哟"地叫个不停，身体不停地滚动着。

　　红蜡烛一闪一闪地照着早春坚毅的脸和不满的眼神，她对二娃轻呵一声："伸直腿。"二娃听话地伸长了腿。

　　她略迟疑了一下，掀开李二娃捂着的手，又撩开上衣，对他疼痛的腹部倒药酒进行轻推轻揉，黑着脸没好气地低吼道："一个大男人有那么怕疼吗？也不晓得忍着点！也不怕人笑话。"

　　早春又抬头对姑妹李家芝道："打来热水，给他蒸捂。"

　　不知是早春的话，还是她轻揉的动作起了作用。二娃停止了喊叫，皱着的眉有所舒展。

　　在李家芝拧毛巾蒸捂时，早春倒来糖开水，用汤匙舀起吹了一下，喂到李二娃口里。

　　李医生在门口关切地问："要不要我给他开点药？"

早春狠狠地剜了他一眼,从鼻孔里哼了声:"你先前干啥去了,没把他治好?现在来充大尾巴狼了!"

李徐氏黑着脸,教训早春道:"你这孩子,怎么对人长辈说话的!"

早春不敢顶撞婆婆,只在心里恨恨地骂李医生道:"这狼心狗肺的人,也配我称他长辈?"

李徐氏口里虽那样说,心里还是十分满意这个儿媳的慌而不乱,急救儿子的行为。她长吐了一口气,说着:"没事了,请大家继续去吃饭。"

人们才转身入席。外面锣鼓声、唢呐声、划拳喝酒的声音重又响起来。李家墨没见到他要的结果,拿着烟杆、背着手悻悻地走出了房门。

早春将碗放抽屉上,问姑妹道:"他这病是经常发作吗?"

李家芝红着眼圈,哽咽道:"我这二哥也是个老实人,他从小给人放牛。常年吃野果野草根、生红薯、树皮充饥。渴了就捧山沟里的凉水喝,才落下了这个肚子疼和咳喘的病根。"

"就没去给他看病吗?"

"哪有钱看,水田都变卖交了壮丁款,只剩下一些较差的山地没卖,不然不至于连你这……"

姑妹看着早春的新娘妆,欲言又止。

早春没理会姑妹的眼神,只是听她一说,不由得同情起这个苦命的男人来。她忙活了好大一会儿后,李家梁才"哎呀"地长长吐了一口气:"我的娘啊,好多了!"然后慢慢地从床上坐了起来。

姑妹去外面端来吃的,递给早春:"二嫂,你一天没吃东西,多少吃点吧。"

早春无力地坐在床沿上,摆了摆手,抹了把额上的汗。此时的她肚子里早就被怨气填得满满的,哪有心情吃饭哩。

李家梁右手挠着头,嘿嘿憨笑着,劝道:"你多少吃点吧!累了这一天了!"

早春没好气地吼道:"要吃你吃,我吃不下!"

李家梁低声自言自语道:"你不吃,我也不吃,陪你!"

早春没再理会他,看着一闪一闪流泪的红蜡烛,仿佛自己滴血流泪的心,哀叹着自己的命运。

外面客人们兴高采烈地"五魁首啊！六六顺！"划拳喝着酒。小孩子在院坝追赶打闹，不时"嘭嘭"两声，零星地放着鞭炮。

妯娌赵立夏进到房里来，对趴在抽屉上生闷气的早春说："你脱下套在外面的新娘服吧，我要洗了还人家对门的朱寡妇。"

妯娌自知说漏了嘴，一脸难为情地搓着手。

早春听说这套自己身上的新娘服是借的不说，还是一个寡妇的。这在农村可是一大忌啊！她站起来三下五除二地解开衣扣，快速扔在妯娌身上，就转身趴床上恸哭。

娘家送亲过来的二嫂指着赵立夏，愤怒地大声吼道："你们这是没安好心啊！成心不让她好好过嘛！那就不给他李二娃娶亲呀！又死缠烂打不退婚，是为折磨人，祸害人吗？"

最终，李家芝和族中嫂子连拉带拽，将送亲的娘家人劝离洞房。

早春看着一贫如洗的家、看着老实多病的李二娃，她的心在滴血，这日子还咋过嘛？不禁又悲从中来，边哭边又骂开了媒人，任何人也劝不住。她真想撞墙，对了，玫瑰红布袋里还有剪刀，要结束自己，一死了之很容易，可又放不下自己失明的父亲和幼小的弟弟啊。

早春撕心裂肺地恸哭，让窗外听墙根的人没了心情，他们摇头晃脑离开了，叹息着："哎！可惜了这么个标致的女娃！"

"真是一朵鲜花插在牛粪上了啊！"

外面风还在呜呜呜呜地吹。清冷的月亮也躲进了云层。红蜡烛的泪和早春的泪一样滴满了桌面。

人们都散去后，右边街沿上有两个人没进屋。一个是住在横排最边上的任嫂，她露出了担忧和关切的眼神。另一个是紧靠早春新房的李家墨，他仍蹲在街沿拿着长烟杆，往烟嘴里装着烟。

不知所措的李二娃陪在早春旁边，只得抓耳挠头摸后颈，好半天才搓着双手怯懦地说了句："我知道你很委屈，以后听你的还不行吗？"

早春这才止住了哭骂，抬着泪眼认真看了看眼前这个男人，心想：都说嫁鸡随鸡、嫁狗随狗，嫁个瘫子你还得背着走。好歹这个人，总算还是四肢健全的，能走能跑的一个人儿。除了有病之外，心还不算坏，单凭自己不吃饭就陪着挨饿这点，还算对自己有点心。早春啊！你就知足吧！认命吧！

外面风静了，一轮冷月虽穿出云层，但仍被乌云团团围住，它勇往直前悬在空中，给人间一抹光亮。早春站在窗前看着天空的皓月，想到今天发生的一切，轿子坐布被人划破，新郎借的裤子破，鸡蛋没煮熟，新娘服借寡妇的，这明摆着不是婆婆所为，那又是谁最不愿自己好、李二娃好呢？是妯娌夫妇吗？想到妯娌一脸难为情的眼神，说漏嘴"借的寡妇"这句话，是有意还是无意呢？是有意的话，那她心机也太重了。如果是无意说出，那么又是谁在背后操纵呢？

她看着明月照射下的院子。这是一个"L"字形院落，是李老爷子当年建造，居住议事的地方，横排含议事厅在内的六间房，被李报恩抢去后，现住着他的三个子孙。竖着的三间小屋是李二娃他们的家。这个"L"字形院子有一米高台阶，一米宽街沿，街沿下有几间小屋，现租住着伍国富教书先生一家。

早春的新房和李报恩的大孙子李家墨的屋成直角紧挨着。这时右边街沿上转角处，李家墨正吧嗒着，一明一灭地吸着烟。

冲破云层的月亮从窗前洒在早春身上，给了她力量。她下定决心，不论是谁，你不让我好好活，我偏要坚强地好好活着给你看看。对了，明天回门时，就让父亲给他李二娃看病开药，没钱抓药，我自己扯，也要先治好他，就活出个人样来，气死那些不想自己好的人。

任嫂见早春止住了恸哭，才放心地进门。李家墨对早春的计划一步步落空，这是他不情愿看到的结果。他狠敲掉烟灰，站起身，"哐当"甩门进房的那一刻，他老婆一阵阵不堪入耳的骂声传出，听说这个人是个很能骂人的人。早春和李家墨的较量，至此也就拉开了序幕。

早春虽无可奈何地表面接纳了李家梁，但内心却还是很不情愿的，以后好长时间都不愿和他走在一起，李家梁也知趣地远远走在后面跟着。

第二天，早春早早起床，按礼数给婆婆煮了碗早茶送去。和客人、帮忙的人行见面礼后，今天是随送亲过来的大嫂、二嫂、堂姐妹们回门的日子。

太阳升起，早春出门走向左边。经水坑过水井，走向了那条通向外界的大路，旁边是近百亩的山地和一排破旧不堪的房子。

李家梁在后面给娘家人说:"这曾经是我曾祖父的跑马场,现在还可见一些标识嘞。"

早春才看清,李家湾坐落在凸字形状的山下,大山两旁是较平的小山。

回娘家后,两个弟弟就好像几年不见早春般,拉着她的手不肯松开。

早春手指着李二娃对父亲道:"爸爸,您给他看看病吧。"

李二娃挠着头,声如蚊虫般对早春说:"没钱抓药,我看还是算了吧!"

早春没好气道:"让你看就看,啰唆啥!"

冯先生给女婿一番诊断后,让小宝写着处方,早春记住了药名。有的药不认得的,就让小宝拿书上的图指给她看,直到记住为止。

冯先生对早春交代:"他这纯粹是饥一顿饱一顿,长期吃生冷所致,如果药物加食物调理,还是能治好的。"

听说李家梁的病能治好,让早春看到了希望。吃中饭后,早春不顾父母叔叔婶婶的挽留,要回去扯草药熬给二娃喝。

早春虽不愿向父母说婆家的窘境,可冯先生还是从送亲的侄媳口中得知李家的状况。冯先生让冯杨氏取了些米粉,还有猪油给早春,又叮嘱道:"别让他吃生冷硬物,吃易消化的面糊。"

早春本想不要米粉,可现在实在没法,一则没米,就是有米也没石磨磨。

早春回来,站在李家湾垭口上,后山是蓬溪通往高峰山的交通大路。冬日太阳照射下,道路缠绕的沟渠,中间是大大小小的水田,在微风下闪着银光,对面朱家湾和连绵山峰尽收眼底。早春站在垭口,掏手绢擦着脸上的汗,喘着粗气。等二娃上到垭口时,她生硬地对他说:"我去山坡上扯草药,你背了米粉先回去。"

李二娃挠着头小声道:"我陪着你上山吧。"

"二娃兄弟和弟妹刚回来,又要上哪忙去?"

二娃忙对早春说:"这是任嫂!"

"嫂子好!"早春循声看时,从山下走来,身穿大襟暗红棉衣棉裤,眉清目秀,干净利落的三十多岁的女子。

任嫂上前拉着早春道:"妹子,你看看我,认识我吗?有印象不?"

早春才抬起头,思索了半天,猛见任嫂左眼下的美人痣:"你是当年在茶馆让我救的嫂子？"任嫂含泪点着头。

早春抓着任嫂的左手，急切地盯着她问："当年我把你藏起来，高叔他们把追赶你的那伙人赶走后，我去贮物间找你，却不见你人影。他们为啥追打你？你为啥又不辞而别？"

任嫂疼得龇牙咧嘴"哎哟！哎哟"地叫着。早春才看见任嫂裹得严严实实的左手，慌忙问道："你的手？""……哎！这手去井峰街看了好长时间了，都没效果，疼得我心急火燎的。"

早春又拿起任嫂左手，打开看了看，对她道："你这是人们常说的蛇头尖。如果你信得过我的话，让我给你治治吧！"

任嫂右手轻拍早春的肩："那太谢谢弟妹了！当年凭你小小年纪就有勇气救我，怎会不相信你呢？后来，我去了高老板的茶馆，听说了你的许多故事。"

早春弯腰扯了鱼腥草等药，在石头上捣烂，给任嫂敷在了手上溃烂在外的部位。

任嫂快人快语："真有药到病除的功效哩，有了凉悠悠的感觉。"她说这话时，将眼睛瞄向李二娃："二兄弟，要不你先回去，我陪弟妹在这山上走走。"

二娃只得极不情愿地先向山下的家走去。任嫂陪早春去山上边扯草药，边聊自己的故事，聊李家湾里形形色色的人和事。

第 22 章　邻里乡亲

夕阳西下，风过山坡，树枝沙沙响动。任嫂看着太阳照射下，早春弯腰扯药的倩影，真诚地说："看你昨晚哭得那么伤心，我怕你一时想不开，就在门外院子里徘徊了好一会儿，直到你止了哭，安静了我才离开。"

初来乍到，来自一个陌生人对自己的关心，让早春心头一热，泪眼蒙眬地望着任嫂："谢谢嫂子对我的关心。"

任嫂一脸平静地说："我们都是包办婚姻，也算同病相怜吧！只不过你比我幸运，二娃兄弟虽身体不好，但他为人实在，心肠也好。大家有难事都喜欢找他帮忙。我则是受不了包办婚姻的暴打、虐待，逃出来的。那年你救了我，见高老板也赶走了那帮人，就跑出去。逃出来的过程中又遭遇了人贩子，被卖给这李家湾腿有点残疾的李家明，即李家黑的二弟。他对我很好，我就安心在这里住了下来，没想到前几年他又得病西去，连留下的一个孩子也不明不白地夭折了。"

"嫂子，没想到你比我更苦。"早春直起身拉着任嫂的手道，"你说咱女人为什么都不能替自己的婚姻做主，都要父母包办哩？这世道真是太不公平了！要不然你也不会受那么多苦了。"

任嫂拍着早春的肩，朗声笑了笑："没什么了，你看我现在不是很好吗？"

早春点头道："只要敢与不平的事斗争，就会为自己争得一分生存的空间。"

她俩并排站在凸字形山顶上，冬风拂面，落日的余晖将她们和村庄都涂上了瑰丽色彩。早春用手划了一个弧形，一指山下至对门朱家湾这一带："据说以前都是我们的祖先李老爷子的！"

任嫂点点头："可李报恩万万没想到他骗去的田地，被他吃喝嫖赌俱全的儿子，我公公卖得所剩无几了。"

早春又弯腰扯草药，感叹道："听说李报恩是被活活气死的。可见人还是要多行善，懂得报恩才能为子孙积福哩。"

"谁说不是呢！像弟妹你，就是个心善之人。现在虽困难点，以后必定有享不完的福。"

"谢谢你的吉言,我只求问心无愧。"早春右手指着胸前,"对得起自己的良心。"

任嫂叹口气道:"照理说我们都是李老爷的子孙,应该和睦共处,互帮互助才对。但李家墨不这样想,照理说我是他亲弟妹,不应胳膊肘往外拐。他可是一个为达目的不择手段的人。你看左边山下跑马场那一带的十多间房子,曾经李老爷收留的人在那里住着,都被李家墨赶走了。他自始至终都有要独占这李家湾的梦想,以后你要多防着点他。"

早春直起身,手背顺了下头发,看着任嫂道:"他这么大的野心,还容下了伍先生一家在这里住?"

"主要是伍先生为人随和,他俩儿子要跟伍先生学知识呗。我男人过世后,李家墨趁夜深人静想强行上我的床。我没答应,他于是设计,找了一个有钱的财主娶我为妾,那财主见我有几分姿色就答应娶我。李家墨的意图是再明显不过,他想得房子和田产,从中还可得彩礼。可我没答应,丈夫李家明对我那么好,我就要守在这里。于是他就让他老婆,也是我大妯娌天天骂我。我那大妯娌可是个能骂的主,什么脏话难听的话都骂。人姓张,大家都叫她'脏嘴',后来因李家墨把她眼睛给打肿了,左眼一急,眼珠又外翻,因此又得一雅号'张嘴吹'。我被她骂得没法只得找族长做主。他也把我没奈何,就视我如仇人。"

早春安慰任嫂道:"你真是受委屈了。""没啥!也习惯了她的骂声。""听说你们是三弟兄?他们人呢?""我们是三兄弟,可李家墨霸占了议事厅在内的三间房。我们和老三一人一间,旁边的一间房,也就是我们家老三夫妇的。他们夫妇死后,留下一儿子李照芳,李家墨不但不照看,两口子千方百计要送人。那孩子被送后又回来,已经反反复复送走几次。这次好像送出去几天了,还没回来,不晓得是不是迷路了……"

早春叹了一口气:"唉!那孩子真可怜。他愿意走吗?"

"肯定不愿意啊!不然送出去还每次都摸回来!"

"那他当大伯的为啥那么狠心?"

"李家墨的目的是司马昭之心路人皆知,头上的虱子明摆着。他的两个儿子也快成人了，马上面临着成家，是想要占李照芳的房子、田地。我本有心收养，他却倒打一耙，说我想谋占财产。又天天让她的婆娘骂我，骂得那个难听啊。我也就不好多管，任由他折腾，只是可怜那个孩子了。"

早春将药递任嫂拿着，真诚地问道："那你还想收养他吗？"

"那对泼皮我惹不起。只要不让他送人就可以了。"

早春抬头看着天边的余晖，看树上小鸟啾啾啾叫着，风吹得她额前的刘海儿飘拂，盯着任嫂说："只要那孩子不愿走，我和你联手给他撑腰，你敢吗？"

"只要你敢出头，我就敢帮你！"

早春捶着旁边一根树，坚定地说道："那好，一言为定！"引得歇在树上的小鸟扑棱扑棱地飞向天空。

任嫂担忧地问："你不怕惹火上身，以后他们针对你！"

"他不随时随地在针对李二娃他们家吗？"

早春因激愤，脸庞在晚霞的映照下，更红润俊美。她已将需要的草药扯齐，见周围有些干树枝，就捡回去做柴烧。

"弟妹真是勤俭持家之人啊！"任嫂赞叹着，弯腰用一只手帮忙捡干树枝，又答道，"那倒也是的，李家墨不仅亲弟兄他算计，你们那房人他更容不下。他想将这里的山头、房子，像李老爷那样收在门下，管起来，他也不看看自己有没有那个本事，德行啊！"

任嫂又叮嘱早春，"李家才两口子都是老实人，你们结婚虽是他们操办，就是有啥事应该都是李家墨操纵的"。

"谢谢嫂子提醒。"早春又交代道，"对了，你的手不用包，也不要沾水，我每天去帮你换一次药"。"让你费心了！""嫂子见外了不是。"

一抹余晖落尽，天际如一块黑布，遮挡了山村。早春挑着柴，任嫂帮她提着草药，二人迎着晚风，并肩走下山。走过山下竹林，快到后门时，任嫂告诉早春："你们居住的房子后面除了一米宽的台阶外，紧挨着的一大片竹林，这可都是李家墨的哦。在房子的左边是猪圈厕所，这也是李家墨的"。

早春心生凄凉，可见李家梁母子住在李家墨的包围圈中，过着不见天日，备受欺凌的日子。真有要逼走二娃一家的意思。

"哼哼哼"的猪叫声响起，到了李家墨猪圈旁的路上，早春才和任嫂分手。早春背柴站在后门口，心想，总有一天要在住房后建上猪圈鸡舍，让自己和家人过上有肉有蛋吃的好日子。

这时，听见婆婆对立夏说："小儿媳，天快黑了，去做晚饭呀？"

妯娌嗲声嗲气，娇扬声音响起："妈哎……我也做了这么长时间饭了，还是等新媳妇回来做吧！"

早春"吱呀"推开后门，将干树枝放下，就提了红苕萝卜去左边水坑里洗干净，回来后，又用冻得像胡萝卜样的手，生火拉风箱做晚饭。给李二娃煨了药，端去房里让他喝。用猪油做了面糊，盛给二娃和婆婆。

一家人点着灯围坐在桌前，风吹得门窗上的纸飘去飘来沙沙响，灯也忽闪忽闪的似要熄灭。婆婆和二娃低头哧溜地喝着米糊，妯娌夫妇吃着红苕、啃着萝卜。大家都没笑容，更没话语，闷头吃着。

早春嚼着红苕，打量着妯娌夫妇。妯娌脸色蜡黄，细长的身材，瓜子脸，细眉单眼皮，说话细声细语，嗲声嗲气。从她对早春躲闪和内疚的眼神中，可见也还是善良实在之人。只是在娘家是幺女，长期有父母哥哥们宠着，人稍微慵懒一点儿而已。

小叔李家才比二娃略高，浑圆的脸上，嘴角始终上扬。看上去比二娃精明强干，比二娃会说会讲，但也不乏敦厚。早春想，只要他们做事不太过分，自己能让肯定会让的。

"新媳妇刚进门就吃红苕哩！"随着声音，早春抬头看去，来了个穿青色长棉袄，红鼻头、瘦猴脸、招风耳，三十多岁的中年男人。一进门，一双小眼睛滴溜溜盯着早春不怀好意地看。

婆婆对早春说："这是隔壁你家墨哥。"

早春看了他一眼，勉强笑了笑，点了点头，算是给他打了招呼！

这时，伍国富爱人汪嫂子来了，着急忙慌地恳求李二娃道："二兄弟，我儿子又发热了。孩子爹去教书还没回来，你帮忙给我做伴，把孩子背去井峰街找医生看看吧。"

"好的，没问题。"二娃答着，就放下碗筷，站了起来，正抬腿要出门时，早春站起身，对汪嫂真诚地说道："汪嫂如果信得过我的话，让我先去看看吧！"

婆婆阴着脸，训斥早春道："你不要耽搁人家孩子看病了。"又转向二娃："还是快点陪你汪嫂去吧！"

早春手一指外面道："天又黑又冷，要是碰到兵匪，咋办！"

外面一团漆黑，北风呼呼，刮得枯树枝咔嚓断裂。大家都低头不语，只得由早春进房取来玫瑰红布袋前去救治了。

李徐氏示意二娃也跟去，好在就几百米远。李家墨起身回去，蹲在门口街沿边，吧嗒着烟，心想，不能让他们两家人走得太近，不然独霸李家湾的计划就难实现了。

早春正给小孩用湿毛巾擦头，伍国富先生瘸着腿回来了。汪嫂赶忙去扶着丈夫，关切地问："你怎么啦？"

伍先生一脸愤慨："别说了，碰到土匪在路上乱拉乱抢，推拉中扭伤了脚。幸亏碰到朱保长帮忙，不然就被拉走了。"

"辛苦你了！"见早春在给孩子用银戒指推揉说道，又问："孩子怎么了？不要紧吧！"

汪嫂指着早春说："得亏了二弟妹帮忙，不然去井峰街路上，还真不知要发生啥事哩！"

伍先生看着早春："谢谢，谢谢你了！"

汪嫂扶伍先生坐下。早春用手给孩子按揉，打量着伍先生。只见他头发因和人拉扯过，有些凌乱，穿一身蓝布长棉袄，虽很旧，但却很干净。和蔼可亲的面庞，一双眼睛锐利有神，眉宇间流露出一股沉稳果断的气质。

早春给孩子看完，站起身笑着对伍先生道："我还要谢谢伍先生哩。听二娃说，喜联喜帖都是你帮忙写的。我这就帮你治治扭伤的脚。"

汪嫂儿子喊喝水，她去倒水，一探孩子额头，惊喜道："太好了！孩子不热了！"

早春手里从玫瑰红布袋里拿药酒，看向汪嫂说着："嫂子以后也可用这个方法，对孩子发热感冒腹泻都有好处。"

汪嫂给孩子喂着水，答着："我恐怕学不会。"

早春拉过板凳放伍先生对面，看向汪嫂道："不要紧，反正住得近，保证随叫随到。"又对二娃道："你帮我扶住伍先生的脚放在板凳上。"

二娃扶住伍先生脚后,早春蹲下身倒药酒,在伍先生红肿的脚脖上轻揉轻捏着。

汪嫂道:"那太谢谢弟妹了,小孩以后有小灾小病的,就不用担惊受怕地到处抱去看了。"

早春点头道:"没问题的。"她给伍先生按揉一会儿后说道:"你慢慢站起来看看。"

伍先生走了几步,夸道:"还真灵呢,有药到病除的功效哩!谢谢!太感谢了!"

等早春夫妇走后,伍先生对汪嫂说:"二娃兄弟这个新客确实不错,看来这家受欺负的历史翻过去了,要发了。"

早春他们迎着呼呼风声回来时,李家墨还在街沿边一明一暗地抽着烟。她哐当推开门,从婆婆和妯娌夫妇门缝里挤出来的光线,早春见碗筷一片狼藉地摆在桌子上。她撸起袖子,赶忙去收拾,心想:吃得亏拢得堆,反正力气又不能攒着。

二娃拉开她:"你歇会儿,我来洗吧!"

早春看着二娃,心想:他还是个勤快之人。这时,婆婆发话了:"你洗啥洗,娶婆娘是干啥的。"

二娃哗哗刷着碗,嘟囔道:"以往不都是我洗的吗?"

早春也懒得搭话,"刺啦"划火柴点亮灯挂在高处,就哗啦啦舀水,将现成的萝卜白菜梗洗净、切条,分别泡了几大缸泡菜。又将白菜叶、萝卜叶挂了起来,晒干后,准备做成"倒沟子"腌菜。

早春搓着红肿的手,站在窗户下,见漆黑的夜幕下,街沿边李家墨将烟抽得一闪一灭的,火光映照着他阴森的脸。

她又搬出针线篮坐下来,在微弱的灯光下给丈夫和婆婆做过冬的棉鞋。

二娃多次催促她睡,她都没半点睡意。婆婆在左边房里大喊:"大半夜还亮着灯,不知节约,哪有那么多钱给你贴油钱。"

早春心里嘀咕道,还是要纺线捡柴去卖,不做点生意,没收入干啥都没自主权啊。

已是后半夜了,北风将后面的竹林吹得沙沙响,丈夫也发出均匀的呼噜声。忽闪的灯光下,早春用针在头发上擦了下,锥在鞋底上。她在想一个既不要太得罪李家墨,又可帮到孤儿李照芳的万全之策。

第 23 章　保长收款

婚后第三天早晨，天还是乌黑一片，但雄鸡的喔喔啼鸣已划破长空。早春摸索着窸窸窣窣地穿衣。

李二娃也坐起床："我去挑水。"

"你现在身体不好不能干重活，多睡会儿，等以后你病好了再说吧！"早春说着，"刺"地划根火柴点亮煤油灯。

她去厨房给婆婆和二娃做早茶端去后，天刚蒙蒙亮。她拿起扁担，钩了水桶，吹灭灯，就开门去挑水，妯娌夫妇房里传来均匀的呼噜声。

冬天雾气很大，似毛毛细雨般打湿了早春的头发。她弯腰从井里提满了两桶水，正抬手从旁边的枣树上取扁担时，一个人冷不丁从后面将她拦腰一抱，口中还说："二娃怎么舍得让你这么个美娇娘来挑水哦？是不是他病恹恹的不行？你这么个可人儿跟了他，实在是可惜了！我可是身强力壮，保管让你……"

早春又气又恼，想掰开那人的双手。无奈，那人用力在后紧箍着她。早春只得从头上取下银簪，狠戳那人双手，怒喝："流氓！无赖！无耻！"

那人"哎哟"叫着，松手愣神时，早春又转身抬起右脚，狠命朝他下裆一踢。

那人捂着下身蹲下去"哎哟哎哟"叫个不停，咬牙切齿地瞪圆小眼，狠狠地说道："好你个恶婆娘，还敢打人，只要不落到老子手里，到时看我不好好收拾你。"

早春把发簪插回头上，还击道："好你个李家墨，你有本事来试试看。我叫你手来折手，脚来断脚，头发来了掉你脑壳。你不要以为谁都是你的下饭菜，想捏就捏，想咬就咬，今天老娘是饶了你的。"

说着，她从随身背着的玫瑰红布袋里抽出剪刀扬了扬："下次你再想动坏心思，就用剪刀将你剪成太监。"说着，挑着桶，唱着歌，一扭一摆地走了。

李家墨蹲在地上痛苦呻吟，心想：这个婆娘，比想象中还要厉害，可见是个难对付的角色。想着他爷爷临终交代的：收回李家湾，赶走他们。更不能让李老爷后代发达，否则会遭到报复。

他想着之前对早春所做的一切计划全落空，不禁异常懊恼，猛拍着自己脑门。

原来李家墨早在井峰街上了解到早春的为人，就想破坏李家族长等人要给李徐氏找个能干媳妇的计划。先是有意向早春姑姑透露了李家梁的病，实指望早春退婚。谁知李家族长等人态度坚决，退婚失败。

他又心生一计，在早春他们办喜事之前，故意挑拨李家才夫妇说："冯早春多厉害，如果不整治下来，以后会欺负你俩的。或者干脆让她别进门才好，不然你们两口子绝不是冯早春的对手。"

因此才有了早春新婚那天，由他设计操纵妯娌夫妇，蛋未煮熟、撞破等折腾，以达到让早春不进李家门或者她进门后走不了好运，让她始终被噩运缠绕，抬不起头来的目的。当然这些都是早春好多年后才知道的。

早春回到房里，洗衣服、扫地，给李二娃熬药、做糊糊，做一家人的早饭。

他们住的三间房，每间房二十多平方米。左间分隔后，后面住着婆婆，前面住着妯娌小两口，早春夫妇住右。中间隔开，后面厨房，前面放一张四方桌，是吃饭、接待来客的厅堂。

天阴沉沉的，浓浓的雾严严实实地包裹着村庄。当早春一家人正围坐在桌前吃早饭，忽听"当当"敲锣声响后，"收壮丁款了，钱都准备好了！"的喊声不断传来。

早春手拿红苕，想起身去外看时，被李徐氏一把按住："是保长带人来收款了。"

和往常一样，李徐氏赶紧站起身，放下碗筷交代两个儿子："你们俩赶紧到后山去躲起来。"李二娃两兄弟放下碗筷起身，迅速从后门出去。

李徐氏去房里取了一个钱袋子，对俩媳妇道："你们在家好好待着，不要出去。"临出门又转头特别叮嘱早春："不许你出去惹事，有事我担着。"

由此可想李徐氏三十多岁就丧夫守寡，带着四个孩子长大成人的艰辛。大儿子在21岁时过世，她也可谓是尝遍了人间的酸甜苦辣。

李徐氏跨出门槛，"吱呀"地带上门。早春嚼着红苕，站到窗户旁往外看。

见婆婆踮着小脚，走下台阶，到保长面前，低头小心解释着："您知道我俩儿子身体不好，钱都给您准备好了。"说着，她递过去了手里的一袋碎银。

147

保长手拿长鞭，瞟了一眼钱袋，不屑地说道："你有钱娶媳妇，没钱交？谁信？这个碎银上面不要！你赶快交银圆，不然就跟我去蹲黑屋。"

李徐氏唯唯诺诺地求情道："朱保长，行行好。你帮忙给上面反映下，我只有这些碎银。"

朱保长鞭子甩得呜呜地响，厉声道："给你说了上面不要，就不要！少啰唆，不然就跟我们走……"

几个随从肩扛棍子，呼呼跑去，要拉李徐氏。

这时，早春紧握一把筷子，用力将桌子捶得"咚咚"响。惊得李家墨家在门口悠闲寻食的鸡咯咯叫着逃走。几个随从杵在那儿，向屋里看去。

朱保长抹一把脸上的雾水，瞪圆眼睛，惊诧地看向早春家："咦！是谁敢跟我保长示威、斗狠？"

门吱呀拉开时，出来一个身穿红棉袄，发髻绾在脑后的俊俏新媳妇。她右手指着他们，口里大声吼着："凭什么说上面不要？要带人走，也轮不到带她老人家。"早春满脸怒气发泄着这些日子来积压在心中的怨气。

立夏被早春的动作、喊声惊呆了，睁大双眼像看一个稀有珍宝，吓得全身筛糠般，颤声道："你少说两句，不要把事搞复杂了！"边说边来拉早春回去。

早春掀开妯娌的手，抬脚跨出门槛，站在台阶上。

李家墨蹲在街沿边，眯缝着眼，滴溜溜地来回瞟着，手里拿着叶子烟不慌不忙地卷。卷完后，用手在口里蘸了点口水将烟叶粘住，然后"刺"地划着火柴点燃烟，悠闲地吐着烟雾，等着看一场好戏。他的两个儿子也站在他旁边看热闹。他的女儿则站在门边怯生生地看着外面。

伍国富先生、任嫂往早春这边走来。

李徐氏转头，手指早春，训斥道："你快回去，少插嘴！"又赶忙给保长赔小心："您大人不计小人过，别跟她一般见识！"

保长将李徐氏推了个趔趄："哟呵呵！今天还碰到个讲狠的女光棍了！那你就跟我走，试试看！"

早春解下围裙，用力往肩上一搭，双手叉腰，圆睁双眼，厉声喝道："要命一条，要人一个！谁怕谁！走就走！"说着就从街沿上下台阶，来到院坝。

保长指着手下人发话道:"去把她给我带走!"

几个随从得令,都上前去拉早春。推拉中撞到李家墨的核桃树上,树枝摇晃,雾水落在人身上。

早春气愤地舞动双手,口里喊道:"放开你们的狗爪子,我怕你们弄脏了我的衣服,我自己会走。"

几个随从扯着早春衣角,看着保长。浓雾阵阵涌动,缠绕着每个人。

伍先生对朱保长道:"她年轻不懂事,给我个面子,原谅她这次吧!"

任嫂已来到早春身旁,对动手拉早春的那些人说:"你们对一个新媳妇动手动脚的,算怎么回事?知情的会说你们是为壮丁款。不知情的,还以为你们垂涎人家的美色呢。"

又拉着早春的手:"弟妹,好汉不吃眼前亏,该忍还是要忍下……"

早春望着任嫂勉强笑了下,抽出一只手拍了拍任嫂的手,表示对她的感谢。

早春对着保长喊道:"他就是捏软柿子,见这家人软弱好欺负。几十担谷的水田、好地全都抵了壮丁款。今天还来逼,不吃不喝省着钱给他们,还说不要。我在冯家湾见过收壮丁款的,也见过讲狠的,但还没见过不收碎银的。大家说他这明摆着不是欺负人,针对这家人么?……"

几个人又拉了早春要走,早春乱推乱打着。

朱保长手一摆,喝住了几人:"你们等等,我有话要问她。"然后一脸认真地看着早春:"你是冯仁礼的女儿冯早春,是吧!"

早春头也没抬,没好气地大吼道:"我坐不改姓,行不改名,是又怎样?不是又怎样?"

"人家可是天不怕地不怕,敢咬街爷手腕的人啰!你小心被她咬到哩!"

蹲在街沿上的李家墨唯恐大火点不起来。他将烟嘴在地上磕着烟灰,眯着小眼,摸着红鼻头,阴阳怪气地说道。

任嫂没好气地对李家墨吼道:"你该不是被谁踢了或咬了吧!"

说得李家墨的脸青一块白一块如被蜂蜇了般。

朱保长朗声笑道:"我说哩,谁又有这么大的胆子敢跟我叫板呢?"

早春仍一脸怒气地盯着他。李徐氏见朱保长有了笑脸,赶忙对窗户后的立夏

149

喊道:"快端板凳给保长坐,给他们筛茶。"

保长坐在立夏端来的板凳上,翘起二郎腿,满含感激地说道:"我年轻时,也算是个天不怕地不怕的人物。到处惹事生非,打架斗狠。有一天和人打架,被砍伤了,倒在地上,血流不止,好多人都绕道走,连平时常在一起吃喝的朋友也跑光光。正在我感觉血快流干,昏昏沉沉时,是冯仁礼先生救了我。后来,我也常去高老板茶馆,你父亲看病后闲暇时,我们常在一起喝茶,摆龙门阵。你小时和冯先生出诊,也见过。后来我家里也出现了一些变数,当我再去高老板茶馆时,才知你父亲已失明。我为冯先生可惜啊,但从高老板口中知道了他有你这么个能干、孝顺的女儿,也为他高兴。那次你在茶馆唱歌时,我也在听,有人要为难你,本想去解围,见有人帮忙,就走了。"

这时,立夏给保长递来茶,他喝了几口,看了看早春,不无遗憾地说道:"只是我想不通,冯先生放着那么多好的人家不给你挑选,为啥偏把你嫁到这么个家,嫁给这么个病秧子哩?可惜了!可惜了啰!"

这时,看事情有了转机,伍先生因要去教书就走了。

李家墨没看到好戏,"啪啪"打了儿子几巴掌:"还不快死回去,有啥好看的。"

张嘴吹在屋内骂他道:"你个遭天杀的,自己不高兴就拿儿子出气,算啥本事?"

李家墨赶紧进屋要打她,被他儿子拦住了,张嘴吹还是在房里骂个不停。

早春听朱保长讲述父亲救他的事,心想这人还是记人恩的,那就还不算太坏,也就缓和了口气说道:"谢谢你还记得家父。"

朱保长拿起李徐氏手里那袋碎银,说道:"早春姑娘说得对,我承认,对李二娃他们家是过分了点。"又从袋里取出几块碎银,还给早春,早春不要:"我无功不受禄。"

保长笑道:"我也很想找机会报答冯先生。算我给你结婚的贺礼总行了吧!"

早春还要推着:"不要,不要。"

李徐氏赶忙过来,心想:这也是缓和与保长关系的最好机会,有保长照顾,好多事都好办了,于是接过保长手里的碎银说:"我们收下,我们收下,改日和媳妇再登门道谢!"

保长的话说到这个份儿上，早春就和保长开玩笑道："那我同您去街上把碎银换成银圆。还请你去街上坐茶馆，吃早茶，怎样？"

保长不好意思地笑了笑，向早春拱手抱拳道："你就不要挖苦我了，以后只要能帮的，我会尽力的，以报答你父亲当年的救命之恩。"

说完，保长随即带着一群人走了。一群人中有人喊，这李二娃家不得了，要发了。

这时早春见李家墨从屋里出来，跟着保长，又是递烟又是点头哈腰说着什么，直送到杨家湾的路口才转回来。

太阳出来，浓雾散去。任嫂拉早春去她房里坐坐，早春想着棉鞋还没做完，就回去拿了鞋底想边做针线边说话。

早春去房里取了鞋样正要去任嫂家，李徐氏拦着她说："你以后少去她那里，寡妇门口是非多。"

她还是闷着头出去了，心想只是去坐坐说说话都还干涉，以后什么事都受管制哩！她先帮任嫂换了药，敷在手背上，随后坐下纳鞋底，任嫂讲了朱保长的情况。

朱保长这个人也算是个至情至孝之人。他家是对门朱家湾的，是个有钱人家，田地不在少数，房屋侍从成群，可他父母只生了他一个儿子，他年轻时除自己说的打架斗狠外，还喜欢去外面花天酒地逛窑子。好的是他从不招惹良家女子。由于是独子，养成了任性妄为的性格，到了谈婚论嫁的年龄时，他不要父亲给他定的门当户对的富家小姐，而是看上了一个穷苦人家的女子，并说服父母，和她结了婚。妻子给他生了一个儿子，婚后几年，他还能克制自己不去逛窑子，后来经受不住诱惑又旧病复发。他妻子因受不了他的恶习，长期抑郁，最终丢下几岁的儿子得病而亡。他父母让他再娶，他因觉得有愧亡妻，就一人生活，且对他岳父母家照顾有加。他父亲前几年过世，现在他母亲因摔跤瘫痪在床，他只要在家，就给他娘端茶端水端屎端尿侍奉床前，不会让下人沾边，他的儿子就送到妻子娘家照顾了。

早春听了朱保长的故事，心想，此人虽狠，恶习也不少，但对母亲的孝，对亡妻的情，也确实让人感动，于是告辞任嫂，向家里走去。这时，李家梁和李家才被妯娌从山上叫了回来，都庆幸有了和保长这层关系。李家才说："这下好了，不用东躲西藏了。"

早春和婆婆商量道:"妈,我想和您去看一看保长的母亲。"

"应该去感谢下!等我准备了礼物就和你去。"李徐氏眉眼中都是笑,保长给她家送贺礼,今天终于扬眉吐气了一回。

早春已将玫瑰红布袋斜背在身上,对李徐氏道:"我是说现在就去,去帮他摔跤瘫痪的母亲治病!"

李徐氏核桃般的脸上晴转多云,眉头紧皱,惊恐道:"二娃媳妇,别开玩笑。去感谢人家还可以,可别去丢人现眼了!"

早春拉着李徐氏劝道:"妈,我虽不能给她治好,但我们家祖传的治跌打损伤的药酒和丸子,还是可以帮到老人家的。"

李徐氏没再吭声,同早春向对门朱家湾走去。

第 24 章　黎明曙光

早春给朱保长母亲看完病回来，站在小河的石拱桥上，冬日的太阳正暖暖地照着河面，倒映着早春婆媳二人的身影。婆婆指着桥说："这条河是早些年我家李老爷子组织人开挖的，河开挖后，因人们行走不方便，又修了这座拱形桥。"

早春叹息道："河底淤积严重，水浅也不能流通，要种水田，取水也难啰。"

李徐氏感叹道："想当年我家多威风，唉！现在就啥也没了，真正成穷光蛋咯。"

"唉！这不太平的世道，谁不难呢？"早春指着左边的湾子问婆婆道，"旁边是杨家湾吗？"

李徐氏正介绍杨家湾、朱家湾的情况，不觉走到了山崖边转弯处。这时张嘴吹尖叫的骂声传入早春耳朵："哪个叫你个死砍脑壳的，剁头的，又跑回来了？你给我滚，死都死到外面去！"

李徐氏包着黑色头巾走在前面，摇头叹息道："唉！作孽哟！怎么这么狠心啰！"

早春紧走几步上前："妈，是李家墨他们的侄子李照芳吗？"

李徐氏脸色沉重地点了点头。早春还听见"叭叭叭"的打击声。她心里一阵难过："不就是一个八九岁的孩子，一餐一碗饭的事，都容不下吗？"说着，她丢下婆婆，噌噌噌地向前跑去。

李徐氏踮着小脚跑，气喘吁吁追上来想拉早春："你少管别人家的事！"

早春头也不回地答道："这件事我还管定了！"

"你没见他大妈骂人那个劲吗？她就是个螺蛳壳叮在你身上，想甩都甩不脱，一天到晚会叮着你骂！"

早春停住脚，转头柔声对婆婆道："妈，您这么多年不招惹她，忍气吞声，她反正还是骂啊，赶啊。您先回去，这事您不用管，我心里有数。"

李徐氏张了张嘴，正想说什么，可早春已如箭般地冲了出去。李徐氏叹息着，摇了摇头。

早春三步并作两步，沿着山崖边小路跑过竹林。在伍先生家门口，就见任嫂家旁边的门前，一个蓬头垢面，穿得破烂不堪，大雪天还打着赤脚，脸上像抹了炭灰一般的孩子蜷缩在门口，抱着头任由张嘴吹打骂，口里哭求道："大娘，呜呜呜呜，别赶我走……"

随着棍子狠狠地，啪啪啪地落下，张嘴吹咬牙切齿道："不走！呸！老娘先打断你狗腿再说……"

"不许打！"早春见此情形，泪先涌到了眼眶，继而由悲转愤，一把上前夺过张嘴吹手里的棍子，把孩子拉到自己怀里，轻抚着他头上手上的血包。

张嘴吹被这突如其来的举动惊呆了，平时两口子在这个湾里称王称霸惯了。咦？邪门了！今天是哪个吃了豹子胆，敢管老娘的闲事？怒瞪一双斜眼，直骂早春："你是个什么东西，敢管老娘的事！老娘管侄子，关你屁事！"

早春也不搭理她，任由她乱七八糟，天南地北，粗话脏话乱骂，拉着小照芳，就去她自家屋里，想帮他洗澡，可柴没一根，水没一口，衣服没一件。想去任嫂家，不料她刚好外出了。

她拉着小照芳跑到自己房里。照芳顺从地跟在她身后，怯怯地望着她。早春柔柔地摸着他的头："芳娃，别怕，二娘会给你撑腰的。"

小照芳看着慈祥的早春，这一刻，好似自己的娘回来了。他扑在早春怀里"哇"的一声，大哭了起来。

早春烧水给他洗头洗澡，拿出二娃的旧衣服、鞋袜给他穿上。换了衣服后的李照芳，虽面黄肌瘦，但五官端正，清爽秀气。

张嘴吹仍在外跳着小脚，拍着巴掌，喷着唾沫，喊着早春乱骂。

妯娌夫妇俩干活回来后，李家才将锄头一甩，不满地对早春说："我们得罪不起家墨哥，张嫂子本来就喜欢骂人。这下算是完了，还不天天骂个没完没了。"

说着就去拉照芳出去："芳娃，听话，不是幺爸不心疼你，是实在得罪不起你大爸大妈，听着她骂人就心烦。"

早春拦着李家才，一手拉着照芳在她身边："你们不想听，就把耳朵捂着。"一手拍着胸脯："有事往我身上推。"

小照芳紧拉着早春的衣服，怯怯地躲在她身后。早春将他带到自己房里，俯下身对惊恐万状的他说:"芳娃,好好待在房里。如果你不情愿被送走,我会给你做主。"

照芳嘴巴一撇,又无助地哭了:"呜呜呜……二娘,我不想被送走。呜呜呜……这次,他们把我送去了好远好远,我是一路讨米……问着回来的。"

早春拿出手绢给照芳擦泪,又拥他入怀:"芳娃,别怕!有事二娘给你担着。"

李家才不满地对二娃喊道:"二哥,你也不管管你婆娘,任由她的性子来吗?"

二娃干活回来后,估计是累了或饿了,胃隐隐作痛,就去睡了。小照芳进来后,二娃也心疼这个没爹妈的孩子,拉着他问长问短。

外面张嘴吹的骂声还在继续:"你狗咬耗子多管闲事,不要脸,是想霸占他的财产吗?"

"妈,你也不嫌丢人,天天这样骂。你不管芳娃弟弟,别人管你又干涉。"是张嘴吹女儿的劝声。

张嘴吹抬手"啪"地给了她女儿一巴掌,"你懂个屁!还不死回去做饭。"然后就跳脚拍手吐唾沫,继续着她的骂声。

早春拉着风箱,生火给李二娃熬好药端去让他喝下。去做中饭给二娃和婆婆熬猪油糊糊,还给小照芳也熬了一碗。小照芳狼吞虎咽吃完一碗糊糊和几个红苕,好似还不够,早春又把自己的红苕让给了小照芳。

早春心疼地看着他,心想,我小时候爹失明养家苦,这孩子没爹没娘更苦啊!每次被送走,又千方百计跑回来,说明是个很有个性的人,于是决计帮他到底,哪怕收养他都不怕。

午饭后,任嫂回来了,早春就牵着照芳去了她家,商量了一些细节。早春又教小照芳如何对他大伯说话。

外面张嘴吹的骂声还在。李家墨回来后,脸阴得能拧出水来,烟杆别在腰间,进门强行拉小照芳:"跟我走。"

小照芳始终抱着早春不离开。有了早上的遭遇,早春虽厌恶李家墨的嘴脸,但还是不想把矛盾闹大,毕竟隔壁住着,低头不见抬头见的,想尽量和平解决这个事,就拍着李照芳的手给他壮胆。

李家墨拿烟杆敲着墙,给自己壮胆,底气不足地对早春说:"你没权管我们的家务事。"看得出，早春早上给他的一脚，他还心有余悸。

早春直视他："能不能管，不是你能说的，得小照芳说了算。"

任嫂也帮腔道："是的，该照芳说了算。"

早春拍着小照芳的肩，鼓励地望着他。

小照芳怯怯地望向李家墨，叫了声："大爸。"

李家墨用烟杆恶狠狠把桌子捶得嘭嘭响，又指着小照芳怒吼着："谁是你大爸！"

李照芳吓得全身筛糠般，哀求地望向早春。

早春向他努了努嘴，鼓励地点了点头。他于是哭着跪在李家墨面前，求道："大爸，我不要被送走，我还要给我父亲立门户。我也不要去你家，你家里负担重。我自己会种田，会做饭，可以养活自己。我长大了会像孝顺父母那样孝顺你的，呜呜呜……呜呜呜呜……"说完手揩着泪，又擤着鼻涕。

外面张嘴吹的跳骂声还在继续。李照芳的说哭声，让李家墨沉默着。

早春趁热打铁，接着说："既然他不愿被送走，我当个中间人。他还小，他家的田，他也种不了那么多。"她顿了顿，盯着李家墨，掷地有声道："水田旱田各给一亩给他。余下的田你先种，帮他看着，他大了你还他就行了。房子钥匙给他，他原先的粮食衣服还点给他，让他生活有着落。"

她又抬手捋一捋额前头发，"要不然，就去我家，我养大他。你脸上挂得住吗？"

李家墨低着头，不甘心地说道："他哪有田？哪有房？他爸妈生前已卖给我，钱全拿去治病了。"

任嫂"啪"地拍着桌子，正色道："简直是睁眼说瞎话了。早春妹妹是心善，依我的话，田应该全还给照芳才对。不然请族长来断都可以，哪有当大伯把侄子一次次往外赶，往外送的道理。"

李家墨自知理亏，一个任寡妇就难缠，今天又碰到个更狠的冯早春。这俩婆娘是怎么搞到一起的？一唱一和的。说早有预谋吧，冯早春才来两三天啊！看来，这个女人真是难对付。如果喊来族长，自己一点儿田地都留不下，不如按她冯早春说的先办了，以后再想法弄回来。

李家墨手有些抖，划了几次火柴，才点燃烟，极不情愿地说："给垭口半山腰的那块地，地里的红苕他自己去扒来吃，水田开年再说。"说完，就耷拉着脑袋走了。

早春在他身后喊："还有房子钥匙。"李家墨"吧嗒"了一口烟，丢下钥匙，跨门槛时绊了个趔趄，慌忙扶门站起，对还在门口骂得声音如公鸭般，嘶哑着的张嘴吹吼道："还不滚回去，在这儿丢人现眼！"

早春帮忙给小照芳收拾好屋，带他上山一起拾柴。吃晚饭后，小照芳怯怯地对早春说："二娘，我怕他们打，不敢到屋里睡。"

早春对二娃说道："就在我们房里用板凳给他搭床睡吧！"

"嗯！"二娃点头立即搬板凳去了，隔壁的骂声一直持续到后半夜。

在早春的倡导下，任嫂、二娃一起帮忙，将红苕从地里扒了背回来，放在小照芳的地窖里。早春带小照芳去学做生意，讲着自己卖柴的故事。卖柴后，买来麦种帮小照芳种在田里，还给他赶做了棉鞋。这孩子也乖巧，嘴特甜，"二娘，二娘"不停地叫，跟着早春跑前跑后。

从此后，早春去街上卖菜、卖柴、卖纺线，去给冯先生送米面，他也跟去。早春带他小捆小捆地背柴去卖，也还能换点零钱用。

一九四九年十月一日，中华人民共和国成立。四川蓬溪稍迟点，社会上一片混乱。

早春他们田里的萝卜、红苕也被抢了些，李徐氏安排儿子儿媳连天连夜挖回藏了起来。

早春脸上抹着黑灰去街上，顺道去高老板茶馆，只见桌椅板凳已掀翻在地，一片狼藉。

高叔摇头摆脑，气愤不已："这些人是自作孽，不可活了。"

早春看着天上的乌云，长叹道："这提心吊胆的日子，什么时候才是个头！老天啊，快还给老百姓一个太平盛世吧！"

一天，早春他们一家人正在家里吃饭，朱保长提了米面等礼物过来，一进门就对早春说："感谢你对我母亲的救治，老人家能站起来了。"

早春忙让座道："治病救人是我的本分，你又何必这么客气呢？"

立夏端来茶，朱保长接过去喝了一口，叮嘱早春道："还在抓壮丁，这里离公路近，很危险，你们赶紧去躲一阵吧。"

李徐氏吓得脸发白："儿子媳妇们，你们各自到娘家躲起来。我留下看家。"

早春不放心地看着婆婆，"妈，您跟我们一起走吧"。

朱保长对早春道："你们先躲一阵子，老人家我会帮衬着的。"

早春谢道："保长费心了！"

李徐氏说："我一个老婆子，量他们也不会拿我怎样的。你们安心照顾好自己吧！"

送走保长后，早春在装衣服，小照芳进来说："二娘，我要跟着你去。"

二娃正要劝他不去，早春拉过他道："好，照芳跟着我们去安全些，不要被拉了壮丁才好。"

回娘家小住的早春，早早起床做早茶给一家人吃，熬药给二娃喝，然后背着柴在脸上抹上黑灰去井峰街，在提心吊胆中做着生意换点米面回来。

上街时，二娃出来说："我陪着你去吧？"

早春劝阻道："你好好在家里待着，出去被人拉去抓壮丁咋办？"

其实她心里还不愿和二娃走在一起，二娃只得转身去劈柴剁猪草。他虽不善言辞，但也是个勤劳之人，哪怕身体不好，屋里屋外，田间地头，编竹器什么的，手不住脚不停地抢着干。

晚饭后，早春用药给冯先生敷眼睛，冯杨氏拦着："还是我来吧！"早春说："我在家您就好好歇着吧！"

二娃他们几个男人都带着被子在山上住，防止有人来湾里抓人。

提心吊胆地过了些时日，有天晚上，此起彼伏的枪声，划破夜的长空，让人心里毛骨悚然的。早春和冯先生都不敢大意，随时关注着外面的动静。

天亮后，早春再去街上，就看见了排列整齐的队伍。高老板高兴地告诉早春："春啊！太平了！黑暗已过去，我们终于迎来了黎明的曙光！是毛主席共产党领导的解放军赶跑了土匪和国民党。他们还不拿群众的一针一线，做生意也绝对买卖公平。"

这时，街上锣鼓喧天，鞭炮齐鸣，人们奔走相告。

这让早春十分欣喜，穷人终于有盼头了。迎来了太平盛世，有好日子过了！

她连忙跑回去告诉家里人。冯先生一听，也跟着他们往垭口跑，要去看看这些给穷人带来太平盛世的军队。

早春去扶冯先生，冯先生把她一掀，随即丢掉拐杖，迈开大步朝前走去。早春惊喜得哭了起来："爸，您看得见了，看得见了吗？"

这时，太阳光芒四射，喜鹊在树上跳来跳去叽叽喳喳地叫，大家一起用手在冯先生眼前摇晃。

一家人哭成一团，笑成一团。湾里来了许多人都恭贺冯先生，又都相互恭贺，大家一起往井峰街上跑去，笑着闹着跳着。

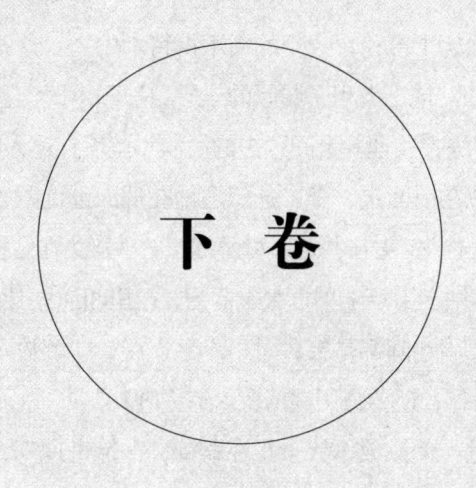

下 卷

第 25 章　工作受阻

　　天上纷纷扬扬飘起了雪花，今年的雪下得特别的大。这不，西北风又夹着雪花肆虐起来，不一会儿，地上就积了厚厚的一层。房子，树木，整个村子，银装素裹，白茫茫一片。这雪将洗去和埋葬世间过去的污浊和尘埃，还人间处处清新。

　　早春牵着李照芳在前面走，李二娃识趣地在后面远远跟着。走到垭口，早春就看见，有解放军战士，冒雪在井边帮村民提水，举斧头在竹林里噼里啪啦劈柴。

　　回到家里，早春站在街沿上拍打身上的雪，往里叫道："妈，我们回来了！"

　　"欸！"李徐氏眉宇间都是笑，对早春她们说，"解放军是好人啊！吃点红苕还给钱。说过些时日，还要分田地给我们穷人哩！"

　　早春进门来，见一个解放军战士正在刷锅，很惊奇地问："你们男孩子也烧火做饭？"

　　"是啊！在部队都是我们做饭。"小战士看了一眼早春，又用瓢舀洗锅水，哗哗倒进桶里。

　　早春看着筲箕里只有清洗干净的红苕，手指着，疑惑地问道："就只有红苕？"

　　小战士点着头，两手端筲箕，将红苕倒进蒸笼里。

　　"吃得真简单！"早春不敢相信自己的眼睛，说自己苦，多少还有萝卜和泡菜，可他们就吃点红苕，不比自己还苦吗？可他们不叫苦，还在帮穷人打坏蛋。

　　"光吃点红苕怎么能行呢！"早春说着，就提起篮子，拿着铲子，拨开茅草，顺梯子下到地窖里，把藏着的萝卜挖了出来，去水坑里洗净、削去根须，放蒸笼里和红苕一起蒸。这时小战士正在灶前呼呼地拉着风箱。

　　早春搓了搓红肿的双手，哈着气。又拿出长筷子，分别捞出红白萝卜、白菜梗等几大碗泡菜和倒勾子腌菜，端去放到外面桌上。

　　她向外瞅了一眼，雪花从房檐下飘在了街沿上，在外调查走访的解放军首长和战士，也踩着积雪上台阶来，早春赶忙进房拿盆子打热水。

　　街沿上，首长拍打着身上的雪："这雪下得好，瑞雪兆丰年啊！"

"是的啊！"早春笑吟吟端热水出来，接话道，"首长，你们先洗手，暖和下，就吃饭了。"

　　首长闻声抬头看时，早春旋风般飘进厨房。她洗了手，揭开锅盖，双手快速轮换着，从热气腾腾的蒸笼里捡出红苕、萝卜，分别放盆子里。

　　"大姐筷子都不用？不怕烫？"小战士转动眼珠惊讶地问道。

　　早春头也没抬："穷苦人家，哪有那么娇气。再说用筷子捡，一则慢，二则将红薯皮弄掉就不好看了。"

　　挑水劈柴的战士进厨房来，看着一团蒸气中，早春优美灵动的身姿，夸道："大姐干活真麻利，像表演节目！"

　　早春哈哈笑答："你们真会说话。"

　　几个战士见盆已装满，就各自端盆，拿筷子走出去。

　　"大娘、大姐，你们来和我们一起吃吧！"解放军首长大声叫道。

　　"你们先吃，我们等会儿。"李徐氏提烘笼烤着，在左边房里答道。

　　李家墨拿着长烟杆，背着手在街沿上踱来踱去。他想不通，为啥自己要接首长一行人去家里住，他们家都不去看，而要在冯早春家住？该不会有啥好事轮到她家吧？不行！坚决不行！他在心里歇斯底里地喊着，用烟杆敲着手，红鼻头也更红。

　　早春在灶间添柴、轰隆拉着风箱，火苗忽地蹿起来，映照着她年轻有活力、俊美的脸庞。她到灶台前，往开水锅里放干辣椒粉、泡菜水，将盆里稀释后的红苕淀粉倒进锅里搅拌着。

　　首长和战士们吃着红苕，议论着："今天真丰盛，有萝卜还有泡菜。"

　　"嗯，这泡菜酸爽可口，开胃！真好吃！"

　　早春在瓦罐里铲了一铲猪油，放上蒜苗葱花，用盆盛出去放桌上，拿汤勺给每人分盛碗里，笑吟吟地说："这冰天雪地的，大家喝点这酸辣泡菜汤，可御寒。"

　　"真香！不错！"解放军首长喝着汤赞道，又上下打量着早春。见她盘着头发，眼睛亮而有神，眉清目秀，笑容可掬，穿着紧身大襟红棉袄、围着围裙，显得干练果断。一回来就又是熬汤又是弄菜的，说明这是个勤快、热心又细心的人，这可是难得的武装干部的好苗子啊。

李徐氏忙双手捂在衣衫下烘笼上，走出来介绍道："这是我家二媳妇冯早春。"

"就是敢跟保长拍桌子，十岁养家，给人看病，还记忆力好、会唱歌的那位奇女子？"解放军首长夸早春道。

早春给小战士倒着汤，看着首长："谢谢首长夸奖，我哪有那么好！"

李徐氏正要解释什么，那位首长盯着早春问："你愿意跟我们去干工作、开会吗？"

"我……"

没等早春说完，李徐氏忙抢答道："她年纪轻轻的，啥也不懂，干不好啥。"

在街沿上的李家墨听到首长的话，脸都吓白了，烟杆从手里"咣当"掉地上。她当上干部还有我的好？不行，不能让冯早春当干部！李家墨弯腰捡起烟杆，在旁边柱子上"嘭"地猛撞着：我要坚决制止！

首长手一摆说："我们都是专门保护穷人的军队，现在解放了，需要她这样敢说敢干有爱心的人出来工作！"

李徐氏拉早春到她身后，看着首长说："我知道你们都是好人，专为穷人的队伍，我才叫他们回来的，你不知我们家的情况……"

首长哈哈一笑，手又一摆："老嫂子，您不要有顾虑，这几天我都了解了。现在都解放了，提倡男女平等。女同志也能在外工作，只要她愿意，您就不能拦，要支持哦！"

李徐氏无奈地转身离开，首长又盯着早春问道："你敢出来跟我们干吗？"

早春仰着头，捋着额前刘海儿，果断地答道："有什么不敢的！就是不晓得能不能干好。"

首长高兴地轻敲桌子："只要敢干，没什么干不好的。"

其他几位解放军战士也点头："大姐肯定能行！"

首长又掏出本子，记下了早春婆家和娘家的基本情况。临走时，他们还给了伙食费，又交代早春随时准备去开会工作。

雪粒打得房顶瓦片"簌簌"直响，早春目送着走进风雪中的一行人，心里暖暖的。这位和蔼可亲的首长，是发现早春的伯乐。后来早春多方打听，想拜见这位首长，可他们已转战南北……这是早春一生的遗憾。

一家人吃完晚饭后，借着雪光围坐在桌前，李徐氏捂着烘笼，开起了家庭会。她对早春说："二媳妇，都是男人在外抛头露面。你一个女人家，整天去男人堆里穿梭，算哪回事，我不同意你出去工作。"

李家才把烟吸得一闪一灭，火光映着他严峻的脸庞，他附和道："我也觉得你们两个女人在家比较好。"

"自古男主外，女主内，女人外出就不正常。"李家墨故意背着手，拿着烟杆在门口踱来踱去，探头向屋里嚷嚷着，实施他阻止早春当干部的计划，心想：她冯早春当了干部，不是超过我了？

雪从瓦缝挤进屋里，打在早春脖颈上，她不由得揸了下，紧了紧自己的棉袄。

二娃则捂着自己的肚子，"哎哟，哎哟"地叫着。

李徐氏在二娃头上戳了一手指头："这段时间你媳妇给你弄药，喝糊糊，不是好些了吗？装啥装，快劝劝她呀。"

"哎哟！疼死我了！"二娃越发叫唤得厉害。早春起身扶他回房，家庭会不得不中止。

"二娃，到我房里来。"李徐氏怒喝一声，起身回房。

二娃离开后，早春听见李徐氏咬牙切齿的低吼声传来："我这个傻儿子耶，我这不是为了你，为了这个家吗？你媳妇能说会讲，人又长得标致。真要出去工作，不跟你了咋办哟？"

二娃不吭声，只一个劲挠着头"嘿嘿"傻笑着。

早春划根火柴点亮灯，坐下给婆婆做棉鞋。上好鞋底最后一针，就拿剪刀剪断线头，插好针，站起身，拍了拍身上的线屑、布屑。伸了个懒腰，才拿鞋送给婆婆。

这时，二娃已发出均匀的呼噜声，早春见小照芳还没来睡，又拉开门闩，开了门出去。

她在小照芳门前"咚咚"敲着，"芳娃，在干啥？怎么还没去睡？""二娘，我已在自己屋里睡下了。""你不怕了？""二娘，您不是让我做个坚强勇敢的孩子嘛！"

张嘴吹隔窗骂早春道："不要脸，像她的个儿子，叫得多亲热。"

早春没理会张嘴吹的叫骂，对照芳道："我们芳娃是个勇敢的孩子。现在解放了，没了匪兵，咱什么也不怕了。明天可以大胆上街做生意了。我们的好日子就来咯。"

第二天天刚亮，李徐氏吃了早春送来的早茶后，却没像以往一样睡觉，而是梳洗打扮一番，迈着三寸金莲，"咯吱咯吱"地踩着积雪，碎跑着出了门。

李家墨在井口对她说："幺娘，你不能让你二媳妇去开会工作，外面多复杂，不然她真跑咯！"

早春背纺线去街上卖时，雪已经停了，一轮太阳从东边山上升起来，早春沐浴在阳光里，身心十分愉悦。

井峰街上人来人往，吆喝声、讨价还价声，好不热闹。纺线卖后，早春买了面条，和以往一样，准备给娘家送去一些。

大宝在身后叫她："姐，我已开始卖柴了，父亲和小弟来坐诊了，有了些收入。你把面条自己带回婆家吃吧。"

"这是我孝敬父母的。"早春说着还是把面条放在大宝背篼里，又给父母买了些糕点，姐弟二人向高家茶馆走去。

高家茶馆热闹异常，吆喝叫好声，跑堂倌提着长嘴壶，哗哗倒水声响起。丁先生绘声绘色地在说书，说的是毛主席共产党领导人们闹革命，打土豪分田地的故事。

来找冯先生看病的人已不少。等病人走后，早春和父亲商量了出去工作的事。

冯先生说："这是为人民的好军队，你看，他们买东西也是循规蹈矩的。你可以去工作，没问题的。"

早春顺着父亲手指的方向看，果然有解放军正在买米、买菜、付钱。

早春去二叔处取了前些时日给婆婆、二娃、小照芳做的新棉袄，背着回家了。

李徐氏是出去搬族长和媒人李医生来劝早春的，结果他们反过来劝李徐氏道："现在解放了，提倡婚姻自主，若是包办婚姻，不需要男方同意都可半边离。但你媳妇是个通情达理、善良且重感情的人，你们只有对她好，她才会和你儿子死心踏地过日子。"

当李徐氏听着"半边都可离"的话，她更愁得吃不好、睡不香，只得让李二娃寸步不离地看着早春。

李二娃也听话，早春上街买菜卖纺线，就远远跟着，去田里干活也守着。

晚饭后，灯光下，早春坐在板凳上，一手在盆里按住擦板，另一手"嚓嚓"地磨着红苕粉。伍先生在门口喊："二弟妹，区公所领导让我通知你去大队开会。"

伍先生一家人是租田种、租屋住，纯粹的无产者。因有文化，为人随和耿直，就被任命为大队主任。

早春抬头答道："好……"

"好啥好！不许去。"还没说完，李徐氏在房里阻拦着。随后走出来，阴着脸，强硬地对伍主任说："我不同意她去开会，也不许你以后来喊她。"

伍主任一脸尴尬地离开了。早春不满地对婆婆说："妈，我只是去开会工作，又没做坏事，您至于那样吗？再说，田里、家里的事我肯定也不会耽误的。"

李徐氏脸黑得像阴沟里的水，大喊道："我说不去就不能去！"

李家才冷冷的声音从关着的门缝里传出："一个婆娘家，不知安的啥心，成天想往外跑。"

早春不想争吵让人笑话，用力地把红苕磨得嚓嚓嚓嚓地响，烦闷地想着：自己不知是啥命，娘家是老弱病残，婆家又是些病歪歪。婆母年纪大了，需要照顾能理解，可找个男人，人家都说嫁汉嫁汉，穿衣吃饭。他不能干重活不说，还这不能吃，那不能吃的，如今要出去开会工作也不许。早春想着自己的苦命，何时才是个头啊！委屈的泪溢满早春眼眶，她失望到了极点。

一天下午，早春迎着冬日的暖阳，挑粪上山灌小麦。她瞅着李二娃又扛着长粪瓢跟在她身后，气不打一处来。她甩下担子，任粪水四溅，一屁股坐在地上，双手交叉放在膝盖上埋着头生闷气。

这时，本不善言辞的李二娃不仅不劝早春，反而丢下长粪瓢，转身向山下跑去……

看着木讷男人的背影，早春的心和这寒风一样凉，绝望到了极点，真想一走了之。唉！假如父亲再将婚期推迟两个月，也不至于像现在受婆家这么多约束啊！

她昂起头，捋了捋额前的头发。看着天空光芒四射的太阳，心里充满无限的力量：我下定了要出去工作的决心，谁干涉也没用！

她站起来，拿起长粪瓢从桶里舀粪水，快走着哗哗地浇着小麦，心里呐喊着：我浇完这块田就去开会，就去工作。

167

第 26 章　唱歌识字

二娃气喘吁吁回到山上时，因跑得过快，脸已涨得通红。他弯腰咳喘了一阵，掀开外面的棉衣，从胳肢窝下取出藏着的一双布鞋和两个熟红苕，递到早春面前："换上干净布鞋吧。"

早春用粪瓢杆把二娃一挡，狠狠地倒着粪水，怒吼道："拿开！没看见我干活吗？"

二娃跟在她身后说道："快换了去开会吧！"

早春不敢相信自己的耳朵，不由得抬起头来，认真看了看这个男人。夕阳下，晚霞映照在他身上，他右手拿着鞋，左手拿着红苕，腼腆地朝早春嘿嘿地笑着。

早春心里泛起了一股热浪，太阳晃花了她的双眼，心想：这个男人总算还有点良心，没枉费我对他的细心照顾。可怜之人也有可爱之处啊！

她忽然觉得，二娃浓眉下的眼睛嘴巴也不那么大、没那么丑了，有了红润的脸上反而透出了憨厚可爱的笑容。

暮色沉沉，当二娃担着空桶回家时，李徐氏左寻右找，没见到早春的人影，就急急地问："她人呢？"

他轻描淡写地说道："我让她开会去了！"

李徐氏顺手操起扁担，"啪啪"地狠打在二娃背上，训斥道："没用的东西，你就不怕她以后不要你了？"

他只是挠着头，憨厚地笑着。李徐氏又一扁担打下去，吼道："去把她给我拉回来！"说着，放下扁担就来拉二娃。

二娃犟着不走："妈，她想去开会，你以为我们去拉得回来吗？"

李徐氏无力地放下二娃，瘫坐在板凳上，想到族长和媒人的话，回想着媳妇的大胆泼辣，多少有些舒心。嫁过来的这些日子，早春不分白天黑夜地干活，从没一句怨言，有好吃的也让给他们母子，又摸摸自己身上的新棉衣棉裤，看看新棉鞋，这媳妇对自己还很孝顺。对有病的儿子更是照顾得体贴入微，发病了就救，没钱抓药就上山采草药来熬给儿子喝；知道儿子胃不好，把米磨成粉熬糊糊让儿子喝。我这做母亲的也没这媳妇做得好呀！人心都是肉长的，我不能苛求太多，真将她逼走了，那就得不偿失了！

李徐氏口里虽默认了早春外出工作的事，但仍吊着一颗心，心想：只要早春她事事依着我，就都好说话。

早春从垭口走下去，北风吹得树枝沙沙作响，但她却感觉不到一点儿寒意。如今中华人民共和国成立了，天下太平，穷人的苦日子熬出头了，好日子就来啦。想到这些，她心情格外舒畅，脚步也更轻盈了。

她的心里充满了向往和希望。佘老太君、穆桂英、花木兰一些戏台上听过的女英雄在她脑海闪过，她也想像她们那样做一番事业，做让人尊敬的人。她捏紧拳头道："不仅要让人尊敬，更要通过自己的努力，让自己和家人都过上好日子。"

早春到了大队大礼堂门口，只见周围红旗飘扬，荷枪实弹的战士在门口站岗，让人肃然起敬！满屋清一色的男人都用白毛巾包着头，站满大厅。有人见穿着褪了色的红棉袄，斜背玫瑰红布袋，盘着头的冯早春时，很是诧异，"这不是李家湾李二娃家的吗？"

听见喊声，大家齐刷刷地侧转头，盯着这个女子。只见早春面不改色，心不跳，迈着坚定的步子，找了个位置站好。霎时议论声一片，"听说这个女人不得了哩，敢与保长拍桌子！"

又有人摇头叹息："唉，可惜了！嫁了二娃这么个老实人，身体还不好。"

……

正当人们在七嘴八舌议论时，主席台的主持人拿木棍，"咚咚"地敲着桌子："大家安静！"

人群才转头看着前面，主持人手一指："大家要积极出来学习识字和积极地工作，更要鼓励女性参加，像今天来的这位女同志就值得大家学习。在座的大老爷们儿，也要支持自己的婆娘出来学习识字哦。"

台上讲得热情洋溢，台下群情激扬，一个个摩拳擦掌，都兴奋到了极点。

"好，好！"早春带头喊着，鼓起了掌。

能识字，马上要分田地了，让她心里比喝了蜜还甜。

她在人群中看见了李家墨，还有族长、媒人李医生等人。她听说了婆婆找他们劝阻她工作的事，早春因此对媒人也少了些怨恨，就主动上前去和他们打招呼。

早春回来的路上，天已黑，她已经做好了被婆婆训斥的心理准备。她吱呀地推开家门时，屋里一片漆黑，异常安静，只有北风呼呼地吹得竹林呜呜作响。婆婆和妯娌夫妇他们关着门，二娃"哎哟，哎哟"的低哼声从房里清晰地传出。

她划根火柴点亮灯，屋里瞬间亮堂起来。她撸起袖子，刷刷的洗锅声、哗哗的倒水声响起，屋里顿时有了生气。拉风箱的轰轰声，锅里咕嘟咕嘟响个不停，浓浓的水蒸气升腾起来。灶里柴火发出吱吱的响声，红色的火苗映在早春的花围裙上，分外耀眼。

她熬药端给二娃喝，又蒸了红苕、萝卜，拿出自己在街上换的面条来犒劳大家。

晚饭做好后，早春嘭嘭敲了妯娌夫妇房门："幺妹子，吃饭了！"

她先盛了一碗端去婆婆房里："妈，天冷，您别下床。"

婆婆坐在床边，黑着脸接过碗，没吱声。等她给二娃端去出来后，妯娌夫妇已经各自盛了一大碗面条，"吸溜吸溜"地埋头在吃。她走向灶台，见锅里就只有面汤了。

早春摇了摇头，把想说的话咽了回去，她就着面汤，口里嚼着红苕。妯娌问她："二嫂，开会都说了啥子？"

早春看着暗淡的煤油灯光，用筷子另一头拨去灯花，屋子里立刻亮了起来。看了看叔子阴沉的脸，她咬了一口红苕，大声说："政府鼓励大家出去学习识字，以后还要分田地给我们穷人。"

听说有田地分，二人都喜形于色。妯娌又问："去开会热闹吗？还说了啥？"

早春吞咽下红苕说："明天晚上，你们去开会不就知道了。"

妯娌立夏也跃跃欲试："那我明晚也去看看"。

李家才将筷子"啪"地往桌上一拍，阴沉着脸说："你给我在家好好待着，这是男人的事。不许你跟她学。"又不满地瞪了早春一眼，丢下碗，回房了。立夏赶紧低头吃着，再不敢言语。

早春收拾好碗筷后，就去看小照芳，未进门就喊："芳儿，芳儿，吃了吗？"

惹得张嘴吹又跳出来，拍巴掌、跳小脚，"呸"地吐涎沫，骂开了："不要脸的东西，像她自己的儿子，喊得那么亲热。"

对于她的骂，早春能做到左耳进右耳出了。小照芳"吱呀"地拉开门一条缝，探出头来："二娘，我吃了！"

"来，把新鞋穿上。"早春进门，让他坐下，借着雪光，蹲下给照芳套上了新鞋。

小照芳"扑通"跪在早春面前，"二娘，你对我太好了，前些时日，刚给我做了棉衣棉裤，今天又给我做了新棉鞋。你是我父母走后，对我最好的人。"说着，哭得泣不成声。

早春拉起他，帮他擦掉眼泪，叮着他说："芳儿，要记住，男儿膝下有黄金。除跪天跪地跪父母外，不能随便给人下跪！"

"在我心里，您就是我的母亲！"

"男子汉要坚强，男儿有泪不轻弹。不要动不动就掉泪哦！"

小照芳懂事地点点头，自信地说："二娘十岁养家，芳儿十岁也能养活自己。"

早春回来后，烧水端去给婆婆泡脚。又打了一盆水，让二娃洗，在灯光下，才看见二娃的头上有一个包块，流出的血将头发粘在了一起。

早春鼻子一酸："是妈打的吧！"

二娃仍一脸憨厚，"嘿嘿"地笑着："没事，没事！"

她抬手揩了揩眼泪，柔声说道："来，我帮你用药揉揉。"

二娃听着这温柔的声音，有些受宠若惊，他骨头都酥了，一把揽过早春："今天天冷，早点休息吧！"

她娇羞地依偎在丈夫的怀里，心想，这是一个值得自己好好照顾的男人……

鸡叫头遍，早春就窸窸窣窣地穿衣起床，二娃欠了欠身："还早，你多睡会儿吧！"

"我要把该干的活都干完，晚上好去开会。再说已到腊月，不仅要换些米面，还要办些年货。对了，开年还要喂些鸡猪。"

她划火柴点亮灯，坐下来，吱呀吱呀地摇动纺车纺线，纺完一斤棉花，天才蒙蒙亮。她站起来伸了下腰，拿扁担准备去挑水时，又摇醒二娃道："你也起床编竹器，做些高粱扫帚拿去街上卖了，总还可以换些零钱。"

二娃应声起床。早春又劝他道："我看你还是和我去开会吧！"

171

李二娃手挠头："我身体不好，就算了吧。"

李徐氏在房里骂道："我怎么养了你这么个连女人都不如的窝囊废哦。"

经过几天的宣传，陆续有了女性参加会议。为了防止残兵和土匪卷土重来，成立武装队时，男的发枪，女的发刀。可有的人还是畏惧了，放下刀、枪就回家了。早春不怕，她扛起一米多长的大刀，迎着风呼呼地在那里挥舞比划着。

这时人群中走来伍先生，现在人们都称他伍主任，对她说："早春同志，你到那间屋里去下。"顺手指了指大厅旁的小屋。

早春对这个称呼感到新鲜，正想问有啥事，伍先生已融入人群。

她在人群中看见了李家墨和一穿着红斜纹布罩褂，瓜子脸的女人眉来眼去、目中无人、兴奋地谈论着。早春知道她姓花，鼻梁左边有个红胎记，人们因此叫她花鼻梁。二人也不怀好意地盯着早春。

早春进到房间，见墙上挂了一个灯笼，有几个和早春差不多年纪的青年男女，大家你望望我，我望望你，问着："啥子事啊，你们晓得不？"

伍主任带着两个中年男子进来对大家说："经大队推荐，上报区委同意，确定你们几个同志为宣传骨干。以后由这两位——龚老师、杨老师教你们唱歌识字。大家可要专心学哟！"说完，伍主任就走了。

"太好啦！"听说要识字和唱歌，早春双手拍着，她发自内心地兴奋。

两位老师在木板上和纸上分别写着什么，其他几人担心道："我们不识字，唱歌学得会吗？"

早春捋着额前头发，不以为然地指着黑板："老师咋教，就咋唱，有啥好怕的。"

龚老师点着名，就用棍子指着刚才写在木板上的名字："记好了，这就是你们自己的名字。"随后，又将写有各自名字的纸条分发给每个人，"你们回去，首先学会写自己的名字。"

接着老师教他们唱歌。歌声响起时，好些人不惧北风的寒冷，拥向门口，趴在窗户上看。

早春记性好，两三遍就记住了歌词，声音又清脆悦耳，龚老师就让她教其他人唱，她大胆上前，手一扬唱着："我们是新社会的好青年，白天把活干，晚上搞宣传，不怕大风吹，不怕雨水淋，吹风下雨都不怕，上山搞宣传，上山搞宣传……"

"这个冯早春，声音像喜鹊，唱得清脆悦耳，真好听！"门口的人们点头啧啧称赞着。大家都往门内挤，窗户上也头挨头、肩靠肩趴了许多人。

早春站在前面指手画脚，正教其他人唱得入神时，见婆婆扒开人群，挤进门口，探头向里张望。

该不是二娃又发病了？早春吓出了一身冷汗，对正唱歌的人说："你们先唱。"她赶忙走到门口，拉着李徐氏："妈，这么冷的天，您怎么来了？二娃他没事吧？"

室内外的人一齐看向婆媳二人。李徐氏一脸尴尬："没……没事，你……唱……唱歌吧！"她摇着手，转身向院坝走去。

早春借着室内射出的微弱光柱，看见头缩在衣领里、双手互揣在袖口里，站在台阶口黄果树下的李二娃。她才长吐一口气，把悬着的心放回了肚子里。

半夜时分，早春回到家里，李二娃还在煤油灯下扎高粱小扫帚。她坐下纺线，问道："你和妈去大队干啥？我吓了一跳，以为你病了呢！"

二娃嘿嘿笑着，讲了事情的经过：李家才回家后，见早春没回，李徐氏不放心，喊二娃去看。见二娃坐着没动，她就站在门口向井边张望。这时，李家墨在转角的街沿上一闪一灭地抽着烟，阴阳怪气地说："你二媳妇和一群男人，不知关在小屋里，在搞啥名堂哩！"

李徐氏听了李家墨的话，生怕早春看上别人跑了，于是揪着二娃的耳朵，踮着小脚就往大队跑去。

早春右手吱呀地慢摇纺车，扭头看着二娃："那你放心我外出工作不？"

二娃真诚地说道："我放心，我相信呀。那天你去挑水，家墨哥对你动手动脚，我都……"

早春佯装生气道："好哇！你还跟踪我！"

二娃急得满脸通红，结结巴巴地说道："我，我是去小解。没见你人，见你挑水，怕你不晓得位置，才去看……"

早春左手抽着纺线，正色道："不管你信不信，我会对自己的名誉负责，对家负责。"

一天早晨，早春背着纺线出门，汪嫂也背着孩子，就同去赶场。汪嫂对早春说："张嘴吹和对门花鼻梁专门来找我，说你勾引我们家老伍。起初我也担心，观察

173

了两天。昨天她们分别又来说，被我骂了顿，警告她们说，以后再诬陷人，看我不打死你们才怪。"

早春拉起汪嫂的手说："谢谢嫂子的信任。"

后来，领导们考虑到早春的实际情况，把夜校办到了早春的家门口。朱家湾，左边吴家湾，右边杨家湾的人都来参加。

小照芳家旁边是高大宽敞的议事厅，据说，当年李报恩把这屋抢去后，说常闹鬼，都不敢到里面住，就一直空着。人们都说，世上无神鬼，全是人在闹。是李报恩、李家墨亏心事做多了，才不敢到里面住哩。

夜校主要由龚老师教大家学习写字。教室里，龚老师在上面比划着讲。男人们在下面嗞嗞地抽烟，女人们则纳鞋底，还叽叽喳喳说着家长里短。台下声音比台上还大，议事厅里烟雾缭绕，烟熏得老师咳嗽不停，龚老师摇摇头，停止了讲课。

早春看不下去了，她站起来，随口编唱道："东方发白天就亮，政府号召来识字。免费学习就是好，坚决不当睁眼瞎……"

她优美的歌声让大家顿时安静下来，聚精会神地听着，目不转睛地看向她。

李家墨不甘心早春事事出风头，他从窗外往里看，想让早春难堪，黑着脸挖苦道："女子无才便是德！女人学多了，终究不是好事！男人学学还差不多！"

早春剜了李家墨一眼："男女平等新气象，女人也顶半边天。"

李家墨烟杆当当敲着窗沿，还想说啥，见伍主任也走向议事厅，他赶紧闭住了口，心想这伍主任可不能得罪，以后好多事还靠他引荐哩！就迎上去和伍主任打招呼！

早春手一扬，对大家讲道："我们曾经因为不认得字，吃了不少亏，这方面大家和我都有体会吧！以前想上学，没机会没钱上，只能当睁眼瞎。现在政府免费让大家认字，多好的事啊！我们都应珍惜这学习机会哦。不然男女两字都不认得，摸错了厕所，多不好哦……"

"哈哈哈，可不是吗！"大家一阵大笑。

早春捋了下额前的头发，讲道："我们要让自己和家人过上好日子，就得听政府的话，好好学习。"

伍主任也摆手道："是啊，早春同志说得对。多好的机会，大家应该好好珍惜喔。"

众人点头称是，于是女人收起了鞋底，男人掐灭了烟头。

李家墨识趣地蹲在街沿，吧嗒吧嗒地抽着烟。他十分懊恼，心有不甘啊，这个冯早春不仅能说会唱，号召力还很强哩！自己可不能大意，一定不能让她超过自己。

室内，龚老师再教写字时，大家果真一笔一画地认真写着。然后又教读："我是中国人，我爱我的祖国……"

大家朗声跟读着："我是中国人，我爱我的祖国。"洪亮的声音穿过寂静的夜空，飞向繁星点点的星空。

第 27 章　公正办事

二月间，树枝开始发芽，桃花李花已率先开在山林里；田间的农作物开始返青，山坡上被割的草也长出了淡黄的嫩芽。

一天，早春和宣传队员按上级要求，在杨家湾宣传，人们正围着听她们演唱，任嫂扒开人群，拉着她就往外跑，急得声音都变调了："弟妹，李家墨纯粹是公报私仇，以权谋私，想把我和照芳往死里整啊！"说得泣不成声。

早春抓着任嫂的手："嫂子，啥事啊？别急，慢慢说。"

任嫂手背抹了一把泪，哽咽道："他给我和照芳划的是上中农，你家划的中农，你快点去公社反映吧？"

"那他家怎么划的？"

"他给自己划的下中农！"

早春摇了下旁边的树，这个李家墨怎么能这样呢？明摆着这是不公正的啊！她劝任嫂道："嫂子放心，这是新社会了，政府不会由他黑白颠倒的。"说着，二人一起向大队走去。

前些时日，早春他们在深入田间地头宣传时，各区公社安排在各个湾抽调人员去学习，着手如何划分阶级成分。李家墨和花鼻梁主动争取，就被派去参与学习。

成分的界定是根据中央人民政府《关于划分农村阶级成分的决定》精神，将农村阶级划分成"地主、富农、中农、贫农、雇农"。中农又分"上中农、中农和下中农"。

早春和任嫂到大队时，许多人也都围着伍主任反映："李家墨和花鼻梁划的成分不公正，我们不服，坚决要求重划，否则我们去区公所告他们。"

伍主任说："大家放心，先回去，上级会派人复查的。"

早春和任嫂回到李家湾，见李家墨得意地在街沿边吧嗒着烟，惬意地吐着一圈一圈的烟雾。任嫂气哼哼地说："我要去找他问个明白。"早春紧走几步拉住她："嫂子，相信我！别理他，自有政府替我们做主的。"

几天后的晚上，早春在任嫂家纳鞋底，说着话。汪嫂拿着垫底进来，对早春说："二弟妹，帮我画下花样吧！"

早春接过去，在有煤油灯的桌子上低头画了起来。

这时，伍主任在门口说："你们都在这里，我来告诉你们，上级派人复查后，发现好多户划的阶级成分确实不符实际，区领导将安排第二批人员去学习。"

任嫂喜形于色："新政府真正好！把群众的意见还真放心上了。"

早春抬头道："是的啊，新政府就是公正为民的好政府！"

伍主任看向早春道："早春同志，区领导让你放下手里的宣传工作，赶赴蓬溪学习，回来后按政策重新划分成分，和你同去的还有对门杨四祥。"

天快热了，早春准备给小照芳做单鞋，于是就去量鞋样。出来的时候，张嘴吹还在门口拍手、跳脚、吐着唾沫叫骂。早春故意拍着手，指着张嘴吹，逗了下她。张嘴吹跳骂得更凶。早春笑看着天上的月亮，心想，我不仅不会被你的骂吓倒，我还要通过努力让自己和家人过上好生活，也定会照顾小照芳长大成人。

她回到房里，见二娃借着窗户照射进来的月光在翻转篾片编夹背。她将鞋样放进针线篮子里，就坐下纺线，说道："我要去蓬溪开会，本来安排和对门杨四祥一起去，但我不想人说三道四，还是一个人去算了。"

李二娃担心地说道："你一个人赶早去蓬溪，我不放心。要不我带上这些箸箕、竹刷去蓬溪卖，给你做伴？"

早春背对二娃，吱吱呀呀摇着纺车，说道："现在解放了，太平盛世，有啥好怕的。再说，你急走四十里路，胃疼哮喘发作了怎么办？"

"你看我现在不是已经好多了吗？发病的次数少了，也没那么疼了！"

"我半夜就要起床赶路，你没必要起那么早。要不你把纺线给我背去放在高叔那儿，让大宝或小宝帮我卖。"

夫妻二人正商量着，任嫂咚咚敲窗说："二弟妹，左边山下杨红军的儿子哮喘发了，吃了好多药，都没效果，让你去帮忙看看。"

"好哩！"早春答应着，背着玫瑰红布袋，走进了夜色中。

街沿上李家墨还蹲着一闪一灭地抽着烟。他划的成分被上级否定了，心里如火烧般难受。现在又派早春去学习，难道以后要受这个女人牵制不成！他用烟嘴

177

狠狠敲打着地面，不甘心！不甘心啦！他决计再实施他的计谋：我不能划下中农，也定会让你冯早春家的成分不能比我好。

第二天，早春很早就起了床，给婆婆做了早茶，让二娃喝了药。她带了红苕、萝卜，急走着去蓬溪县指定的地点学习。

到了会议室外，她喘着粗气，摸手绢揩着满脸的汗。只见四周插满了红旗，还有拿着刀、背着枪，站岗放哨的武装人员。上级领导说，恶霸土匪和国民党旧部仍然蠢蠢欲动，要求必须时刻警惕。

此时背着刀、扛着枪的人陆陆续续进入会场。会议室里没桌子板凳，早春他们参会的人就席地而坐。领导安排培训后，对这些识字不多、做不了笔记的人，看他们是否掌握了会议精神，就组织早春他们八个人一组，蹲地上围成一圈，按小学生丢手绢的方式进行汇报，丢到谁谁讲。早春记忆力好，传达会议精神准确无误，有些人总不能准确掌握划分的条件。

领导指着早春说："你给他们介绍介绍。"

她站到中间，指了一圈说："知道两头，你们重点抓中间不就行了！"此话一出，大家哈哈大笑。

早春笑着解释道："地主、富农、贫农都是硬性规定，好划分是不是？"

围着的一圈人点头答："是。"

她手一扬："这中间的中农分得细，我来说，你一个一个记清楚，不就行了！"

她一条一条说着，大家都恍然大悟，直说"明白，明白了！"

上级安排早春和对门的杨四祥一组，承担几个湾划分阶级成分的任务。

她则举手道："领导，我申请独自承担一部分户数，行吗？"

杨四祥故意不满早春道："怕我拖你后腿？"杨四祥二十七八岁，中等身材，眉毛浓黑而整齐，一双眼睛炯炯有神，穿旧青布夹衫，是一个手脚不停，勤快正直的人。早春帮他治牙疼，给他大女儿治感冒发热，从没有收过钱，他很敬重早春。

早春手摸额头笑笑："我主要是不愿人说长道短。"

杨四祥点点头："我理解，人言可畏嘛！不清楚的，我就向你请教，你可不能不教我哟。"

"我们互相学习。"早春领了任务后，无心欣赏春天变幻的美景，就急着往李家湾赶去。

　　回到家里时，她发现自己娘家陪嫁的两床新棉絮不见了，问李二娃，他摇头说："我卖完筲箕后去家里吃饭，刚回来。"

　　妯娌倚在门边，嘎嘣地嚼着豌豆，懒洋洋地说："是杨家湾原先买我们地的人，要把原先买的地还给我们，我们没钱。家墨哥说，人家便宜退给你们，只要两床新棉絮就可以了！这才去换的。"

　　早春指着她吼道："家墨哥，家墨哥，到时把你们卖了，你还帮他数钱哩。你们等着划地主，等着去挨斗吧！再说，等成分划好，政府收了地主的田地财产，马上就要分田地给我们了，要他李家墨来假献殷勤？我看他就是黄鼠狼给鸡拜年，没安好心，你马上去给我把棉絮抱回来。"

　　李家才从外回来，闻声帮腔道："你凶啥凶！"

　　早春啪地拍着桌子："我不凶，你用你的新棉絮去换呀！"

　　李徐氏已听出了一些眉目，对立夏吼道："你们还不赶快去毁约，把棉絮给我抱回来。"

　　李家墨让李家才夫妇换回田的计谋流产，在猪圈里气得把猪打得哼哼唧唧跑着叫。

　　早春知道了李家墨给她家划中农的原因了，就是将已卖出的地与人串通后，硬登记了一些地在他们家名下。假如她不去学习政策，婆婆他们稀里糊涂认了，早春不敢想，这个人也太阴险，太会算计了。

　　早春还知道，李家墨除了把他霸占小照芳的田和房都写在了小照芳名下外，还把他自己的田地也登了些在小照芳门下，这才给自己定了个下中农。

　　有了李家墨对他们家、任嫂和小照芳划成分的教训，早春不敢马虎。她要认真去了解、走访、调查，决不能让老实人吃亏，也决不错划一户。

　　她在走访的过程中还给人和猪、牛看病，也教人预防疾病小常识，越来越多的人知道了冯早春的名字，有些小灾小病都找她。她也乐于助人，从不收取分文。她的玫瑰红布袋总有草药，用完了在田里干活后，又抽空扯些带回。晒干后，就装进袋里，有人需要她就随时给，她很乐意做这件事。

　　她在杨家湾走访登记回来后，还专门去看了朱保长和他母亲，送去了药酒、药丸，这让朱保长十分感动："好多以前我帮过的人，唯恐避之不及。你还专门上门来看望。太感谢了！"

从朱保长家出来，杨四祥正在门口等她，说道："李家墨让我跟你说情，让照顾一下他家划成分的事。"

早春捋着额前的头发："我只会依据政策划分，决不会错划乱划。"

杨四祥点头赞道："我就相信你会事事公正的。"

几天后早春划的阶级成分上报了，在上级复核时没有重划的。区武装部长李保胜十分满意，夸道："早春同志，不错！划得准确无误！办事效率真高！"

早春在李家墨划分的基础上，对李家湾的几户按政策进行了更正。除伍主任是贫农不变外，任嫂、李照芳和李家墨是中农，早春他们家是下中农。

这天中午，天气闷热，知了在树上鸣噪得让人心烦。早春和妯娌她们割小麦挑回来，妯娌说："快点分了田就好了。收这点小麦，还不够塞牙缝。"

早春抬手腕擦了一把汗："快了！成分划定，没收土匪恶霸的田地后，就可分田地给我们了。"

张嘴吹见早春回来，跳着小脚，拍着手，"呸"地吐着口水，指着早春叫骂开了："你这个烂女人，麻×女人，你跟老子说清楚，凭啥给老子划这个成分。"

李家才埋怨道："二嫂又得罪他们了，这下天天又不得安宁啰！"

说着将扁担和麦捆同时甩下，进房门，"砰"的一声，就把门关了起来。

李家墨也蹿腾出来，跨到早春家门口，瞪着血红的双眼，用烟杆指着早春："你凭啥子给老子划的成分，我和你们家一样，都该划下中农。"

早春将麦捆甩在地上，跨出门槛，用扁担往地上一戳："你不要揣着明白装糊涂，我只依据事实说话，该怎么划就怎么划。"

他挥舞着烟杆，打向早春："你必须给老子改过来。"

早春用扁担将烟杆"哐当"一声狠打到地上。

任嫂闻声出来，站在早春身边，婆婆和妯娌夫妇在自己房里将门紧紧关着，生怕惹祸上身。

早春大吼道："要改可以，如果把你霸占小照芳的田和房算到你门下，还有这个议事厅不是你和你爷爷抢去的吗？也加上，那样划你富农都不为过。"

李家墨抄起扁担就打："老子不管那么多。你必须给我和你一样划成下中农。"

早春躲过扁担，扁担"哐当"砸向墙壁，泥巴墙顿时出现了一个窟窿。

早春从包里摸出剪刀朝李家墨挥舞着："你的田地比我家多，你心里不清楚吗？你自己摸着心口问一问，你连自己侄子、弟妹都乱划成分，都害，你还有脸说？"

李家墨下意识地双手捂住裆部，不敢上前。

任嫂指着李家墨挖苦道："何止是害侄子，连绿帽子都拿来戴的男人，不值得跟他啰唆。你李家墨划得好，上级该同意呀！人家二弟妹公平，按政策，不像你为了自己不择手段，专干些下三烂的事。"

这时雷声滚滚，狂风大作，瓢泼大雨从天而降。路上的行人都跑来早春家屋檐下躲雨，驻足看热闹，纷纷指责李家墨的不是。

任嫂的一句"连绿帽子都拿来戴"戳到了他的痛处，他挥着扁担要去打她，被正下班回来的伍主任拉走了。

原来早些年，李家墨他们开有一家染房，请了工匠染布，年底该付工钱给工匠了，可他们又不想出这钱。他父亲和他商量，假意让他外出。他父亲在家里，一连几天夜里都将染布匠的鞋子放在张嘴吹床前踏板凳上，诬陷说他们有私情。染布匠百口莫辩，怕被打只得连夜偷偷走了。但染布匠终究咽不下这口气，就去族里把他们告了。李家族人、族长借此把他们狠狠打了一顿，后来逼迫他们还了钱才作罢。这就成了李家墨的软肋，有人常拿这事挖苦他，嘲笑他大儿子是野种。

任嫂越来越强烈地感到，自己丈夫、孩子的死亡，还有小照芳父母的亡故与李家墨有关，但又苦于没证据，于是恨恨道："你李家墨干了多少黑心事，迟早要遭报应的。再说你心里明镜似的，也知道政策，只是不愿早春家成分比你家成分好些而已。又见她工作受上级赏识，群众也信任，你想独霸李家湾朱家湾的计划快落空，心里窝火了吧？"

张嘴吹拍巴掌、跳脚、吐口水大骂，任嫂和她对骂着。

早春拉任嫂回房，任嫂哭诉着自己对李家墨的怀疑。

李家墨为了以后能挣个政治前途，表面上答应了伍主任不再闹，但内心正如任嫂骂他的话一样，他不甘心，他认为任嫂和早春是他想独霸李家湾的最大障碍，决定要想法一个一个赶走她俩。

181

于是他手拿着烟杆，背着双手，如鸭子般摇摆走着，去对门找花鼻梁商量对策了。

花鼻梁比早春大几岁，她是一个嫉妒心、虚荣心极强，头脑极简单，号称墙头草的人。起先她是这几个湾里公认的能说会讲的能人。早春嫁来后一下子将她比了下去。她对早春心生不满，总想超过她。前阵子，她见早春进了武装宣传队，她也想进，就找伍主任帮忙，但被拒绝了，便在李家墨唆使下，诬陷早春和伍主任有关系，指望汪嫂被挑拨起来，没想到反而挨了汪嫂一通骂。

李家墨来找她商量，正合她心意，就想趁这次整垮早春，达到她出人头地的目的。最终，二人决定由花鼻梁带人上访，去区公所告早春划成分不公。

第 28 章　迎难而上

　　天空雷声滚滚，大雨滂沱，早春和二娃披着蓑衣戴着雨篷，冒雨在田里栽红苕。二娃直起身劝道："这么大的雨，我们回去吧。"
　　早春头也没抬："我要把这块田栽完。李部长通知我，下午动员土匪和横行乡里恶霸的子女去学习，动员他们父母主动交出田地财产。"
　　二娃栽着红苕苗："那不是离分田地不远了？"
　　"是的哦！有了田，只要我们勤劳肯干，一定会过上好日子的。"
　　二娃舒心地笑了。六月雨如马跑，这时雨过天晴，早春脱去蓑衣，抬袖擦了把脸上的汗，雨后的天空蓝蓝的，山上的草格外碧绿，她不由得大口地呼吸着清新的空气，商量道："政府号召支持国家建设，我想把我的那些银嫁妆拿去化成银子交了……"
　　"我听你的。你只把你嫁过来带的那个小铜锅给我留下来就可以了，有时两个石头支个灶，烧点水，弄口饮食也快些。"
　　这个男人不但老实，而且事事都听自己的，这让早春十分宽慰。
　　李家墨戴着雨篷，躲在一棵树后，听了早春对二娃说的"要交银嫁妆，支援国家建设"的话后，恨恨想：冯早春真他妈舍得。他摸着红鼻头，转动小眼珠，我有银子，我怎么也舍不得交啊！不行，冯早春带头交了，领导肯定会对她有好印象，会有更好的前途。我可咋办呢？突然他看见了他家旁边的议事厅，顿时喜上眉梢。对，反正它闹鬼，也用不着，就把它交给公家，为自己挣个好前途。
　　早春栽完最后一根红苕苗时，站在田埂上捶着自己的腰，二娃在田边踮脚摘下山崖边的桃子后，左手拿起一个在身上擦了擦，放口里嘎嘣咬着，右手也拿起一个在身上擦了擦，走过来递给早春："饿了吧，先填下肚子吧！"
　　这一举动，让早春心头一暖。站在凸字形山顶上，她取下雨篷，让雨后凉爽的风吹着自己，随后捡起了干树枝。
　　二娃说："你今天中午就不用回去烧火做饭了！"

早春看着湾里的几户人家，房顶上烟囱里都飘起了缕缕炊烟，唯独自家房顶还是冷火秋烟，她拿眼嗔怪二娃："我不做饭，一家人吃啥？"

二娃说："我这就回去做手擀面吃。""你不怕你妈说你？"二娃嘿嘿笑着已走下山去。

早春想着李家墨的霸道，李家才夫妇的慵懒，虽心里烦，但眼前这个男人对自己关爱有加，让早春颇感安慰。

午饭后，早春去叫了几户的年轻人一起去井峰区开动员会。到了门口，兰花拉过早春："姐，我告诉你件事。"

早春指着会议室，对随行的人说："你们先进去，找位置坐下，我随后就来。"

兰花快人快语地说："姐，我最崇拜你了。我告诉你，要防着点李家墨和花鼻梁。"

"咋啦！你听说了啥？"

"前些天，我见花鼻梁带人到区公所说要告你，我就一路跟着。开始我还替你担心，结果你猜咋的？她被武装部长训斥道：早春同志是按政策划成分的，是我们表彰的先进个人。你们再无理取闹，就对你们不客气了。"

"后来呢？"

"花鼻梁悻悻带人走了。你猜咋的，在其他人都走后，李家墨又冒出来和花鼻梁说，要再寻找告倒你的机会。所以，你要提防着他俩。"

早春拉着兰花走向会议室："我不做亏心事，半夜不怕鬼敲门！"

李部长见她俩走来，招呼道："我正找你二人，将这唱词唱好后，去宣传。"

田本来就少，农活干完后，早春早起去卖纺线。白天和吴亦华、张兰花背着刀，拿着红旗，田间地头，门前院坝，山上山下唱歌宣传。早春拿话筒对土匪和恶霸喊道："大家听我讲，把你们以前强占强夺去的财产土地主动交出来，争取政府宽大处理。田地共同享有，人人平等新气象……"

秋后的一天晚饭后，早春正在收碗筷，伍主任在门口说："早春同志，区委李部长通知你明天去学习。"

早春走出来，手在围裙上擦了擦："伍主任，你知道是啥事吗？"

"没收土匪恶霸财产的时间到了，李部长组织你们学习使枪。"

"使枪？"这让早春十分惊喜。

李家墨在街沿上狠抽着烟，心想，你冯早春去没收土匪恶霸的财产，我也主动交了议事厅，找人帮忙去管仓库，肯定行。

几天后，李部长道："万事俱备，只等你们每个组长，各带几名武装人员入户去收缴土匪恶霸的田产，不久大家就可分到田地了。"

早春和大家一样都兴奋极了，她举手喊道："有田了，我们就有好日子啰！"

李部长手一摆："大家安静，我宣布第一批要收缴的恶霸名单。"

大家纷纷领了任务。其中有卢姓和万姓两个横行乡里的恶霸，各个队长都不愿接。大家议论道："这卢姓的，以前横行乡里强占强讨，欺压百姓，聚敛了家财万贯，富得流油不说，养宠物的食槽都是金银做的。"

"家里有打手十多人。"

"更有许多先进的枪支、弹药。"

李部长环顾四周："有谁愿意去吗？"

会场顿时鸦雀无声，大家头摇得像拨浪鼓。早春看见门外威严的站岗战士，四周插满的红旗在迎风飘扬，刀在太阳光下发出耀眼的光芒。她略迟疑，手摸额头，大喊："李部长，就把这两户交给我吧！"

李部长惊奇地看着她说："男人们都不敢接，你一个女同志不怕危险？"

早春不顾其他人投来怀疑和不屑的眼神，手在空中划了个弧形，坚定地说道："说不怕那是假话。但现在中华人民共和国已经成立了，我想他们恶霸应该更怕我们才对。"

其他人低下了头。李部长欣赏地对早春点点头道："那我多安排几个武装人员给你。有情况立即反馈，我们随时支援你们。"

散会后，早春和吴亦华、张兰花迎着秋日的阳光，先去卢家查看了地形。早春对二人商量道："我决定先说服卢管家，再从解散他的看家护院入手。"二人也同意这个观点。

早春多方打听后，找到了卢恶霸看家护院的卢管家住处。早春在他家门旁的一棵核桃树下拦住了他，给他讲了政府的相关政策。没想到卢管家倒是个爽快人，他说："政府的政策，不仅多次听你们宣传，我还多方打听咨询过。"

早春对管家说:"我看你也是个明白人,你能帮忙劝劝你家老爷吗?"

"不瞒你们说,我试探过老爷,但他态度坚决。"

"那你能叫出那十多个看家的人吗?"

管家低头沉默了会儿,抬头用探询的口气对早春说:"我可以去叫出他们,但你们要给政府反映,要从轻处理我们和我家老爷。"

早春说:"只要你们支持配合,我们肯定会跟政府反映的。"

望着卢管家离去的背影,兰花担心道:"早春姐,他会守信吗?去通风报信咋办?"

早春道:"用人不疑,何况他也是儿孙满堂的人,肯定也想政府从宽处理。"

下午,太阳照得人身上暖融融的,早春带着三十多名武装人员,埋伏在和管家约定的卢家后山的指定地点。

早春和吴亦华、兰花三人在大石头后说着话,不时往卢家张望。不一会儿,果然见管家带着十多人扛着枪上山来了。到了跟前,早春道:"弟兄们,现在中华人民共和国成立了,你们肯定也听到了我们每天的宣传。"

大家点头看着早春。她不慌不忙道:"以前,你们也是为生活所迫,才去给人强讨强要当打手,现在主动放下枪投降,政府会宽大处理。收了田地后,也会分给你们一份。如果继续为他效力,不仅会被抓去坐牢,更会连累家人。"

管家也劝说道:"以前是我招你们来的,如今我也要帮你们,听政府的话肯定会没错的,不然害自己又害家人。"

大家满脸疑问地对早春说:"真会分田给我们吗?"

"真会从轻处理我们吗?"

早春肯定地对他们说:"你们放心吧!等这段时间将这些恶霸的土地没收回来后,肯定会分给穷人,分给大家的。希望你们各自回家,孝敬父母,好好生活。"

大家一一放下了枪。早春一个手势,其他武装人员一起出来,扛上枪,迎着金光闪闪的阳光,一起大步下山朝卢恶霸家走去。

早春又对管家说:"你留下,一则可帮我们,二则也可劝劝卢老爷。"

管家点点头:"毕竟我在他家这么多年,他对我有恩。我也不想你们相互间有伤害。"

早春赞管家道："你可真正是替你家主人着想哩！"又问："他家里还有其他人吗？"

"都转到了城里，只有几个佣人，他们知道形势，也都走了。"

"那就好。"早春转身对同去的人喊，"你们大家先在院外等，我和卢管家先去给卢恶霸做工作。"

刚到院墙门口，大门"吱呀"被拉开，卢恶霸用枪抵着卢管家："你这个吃里扒外的东西，枉我这些年像亲人一样对待你！我一枪毙了你。"

"老爷，我也是为你好呀！"

一只狼狗"汪汪"叫着，"嗖"地向早春蹿来。早春眼疾手快，叭叭两枪，击毙狼狗，同时挥手一声："上！"

吴亦华带武装人员端枪指着卢恶霸，有武装人员端枪冲进后院。

早春又站在庭院中央，向天上放了两枪，对卢恶霸大喊："不许乱来，你开枪，罪加一等。你开枪，就不怕连累你的子孙后代吗？我们的大部队就埋伏在这里，只要你敢动，就把你这里全部踏平。"

这时，屋里鸡飞狗跳乱成一团，房前屋后的树上，鸟被惊得扑棱扑棱，叽叽喳喳乱飞。

早春手指着卢恶霸道："你管家也是为你好。希望你主动交枪、将原来强讨强要的财产田地上交，争取政府宽大处理，才是上上之策。"

卢恶霸双手无力地垂了下来。早春趁机上去收了卢恶霸的枪，派两人看押了他。其他人按早春事先安排的，进屋收东西。

管家叫一声"老爷"！刚一出口，被卢恶霸踢了一脚。管家跪到他面前，哽咽着说："老爷啊，你以为我们那十多人能打过他们（指着三十多人）和政府的大部队吗？正是因为老爷对我好，我才要让您活着啊！"

门外聚来了许多群众，往卢恶霸身上砸石头、土块，"打死你这个大坏蛋，当时抢了我的田，让我外出讨米。"

"当年强牵了我的猪。"

"当年强牵了我的牛。"

……

187

早春制止道:"乡亲们,请住手。正因为他作恶多端,政府才会处理他的,才要收回他的财产去支援国家建设,收了他的田地来分给大家……"

卢恶霸瘫坐在地上,管家跪扶着他。不一会儿,金银财宝,粮食物品,似几座小山一样,花花绿绿地堆在了院子里。早春对吴亦华说:"你按规定给卢家留下粮食、衣服。"

"好!"吴亦华点头去办了。早春又对兰花道:"你登记好财产田地后,让他签字,交政府。"

见兰花登记完后,早春就安排人挑的挑,背的背,排成长队。群众自发帮忙,同武装人员保护着,早春挥动红旗唱着歌,在晚霞中浩浩荡荡向区公所走去。

这时,巡查的李部长一行人来到了这里,对早春有条不紊的安排投去了赞许的目光。"这个冯早春有胆有识,真是能文能武啊!"

恶霸土匪的财产被没收后,以前的寺庙成了仓库。武装部李部长在人群中找到拿着话筒正唱得有声有色的早春:"早春同志,现在给你一个艰巨的任务。"

早春一个立正,右手敬礼,一脸严肃地说:"请部长指示,是抓坏人?还是上前线?"

李部长被早春的表情逗笑了,用手指仓库:"去保护那些收来的属于国家、属于人民的财产。"

早春不敢大意,收来的物品一批一批地送来交给她,她一批批地收,认真在心里记录着收来的金条银条、珠宝等。下午当她准确无误地将物品交上车时,对账的人诧异地说:"早春同志,你太神奇了,我用笔和本子都还要算半天。你怎么就记得一样不差呢!以往我和其他人可怎么也对不好。"

早春自信地说:"所以说,心算才是第一哦!"

交完班,早春摸黑回到家,在一摇一曳的灯光下,婆婆凑近她走了一圈,上下左右地打量着。

早春看自己身上,一没灰尘,二没挂烂,也没树叶呀!

婆婆不满地说道:"保管着那么大一仓库金银财宝,就没顺两件回家?你家墨哥都带回了的。"

早春正刷锅做饭:"妈,这话可不能乱说,让人知道了是要挨斗的。"

"我才没乱说呢。他那天回家，跑得风风火火的，哐当一声掉下一个银圆在地上，我尾随去他家窗户下看见的。"

早春看了看手上的两枚戒指。她交了所有的银嫁妆，只留下了这个，因为这是象征勤俭善良的戒指。她想起父亲的教诲，坚决地说道："领导和大家的信任比啥都重要。也许这也是换下他李家墨，不让他看管金库的原因。我管不了他人，但我可以做到，不是我自己挣的，我坚决不要。"

李家才在房里大声挖苦道："她是谁，自己银嫁妆都交给国家，生怕我们讨半点好的人！"

这时，早春见自家窗户下人影一闪。她出去一看，李家墨正躬着身，蹑手蹑脚地快闪进了他的猪屋里。很快，他"啰啰"唤猪声和猪哼哼声响起。

早春担心着高叔和陈老板的境况。她带了自己收的瓜果核桃等土特产，去看了他们。陈老板主动将织布厂交给公社，现担任着厂长。

当见到高叔时，高叔高兴地告诉她："春啊，我已主动将茶馆交给了政府，领导们考虑到我有经营经验，仍由我负责，管理着几家茶馆，以前是为私，现在是公家的了。另外我还要告诉你一个消息，何少爷在重庆解放军某部工作，他提前写信让他父母交了财产，他父母也随他去了重庆。并且他还问了你的情况，对你还一往情深，说如果你愿放弃这段包办婚姻的话，他仍想和你走到一起。"

早春感动着何少爷的真情，吸了吸鼻子道："高叔，我听到他平安的消息就好了。麻烦您告诉他，我很好！还是那句话，让他忘了我，去寻找属于他的幸福吧！"

早春回家后，又买了点米面去看了朱保长和他母亲。老太太受不了李家墨花鼻梁等人把他们关粪坑里跪斗、暴打的屈辱，不久就病逝了。

这天天气渐凉，早春去张家嘴宣传时，远远地就见树上吊着一个妇女，背上还背着一个不满两岁的孩子。旁边的人一个劲地摇头："造孽呀！造孽！"

"已经几天了，再这样下去真要出人命了！"

早春上前打听，原来她叫张全英，有族人以前想霸占她的财产没得手，也觉得她男人死后才生的这个娃，怀疑小孩的父亲另有其人，就借机报复张全英，并让她背着婴儿吊在树上。不仅斗，还打，已经吊了几天几夜了，还不让放下来给孩子奶吃。

早春对那些人说:"孩子无罪,你们应该放下来让孩子吃奶。"

那些人看着她说:"这种破鞋该斗。"

"她孩子来路不明!"

早春跑上前,抬手解绳索:"现在是新社会了,即便有私情,你们也不能这样乱动刑。"

她扶张全英坐下,抱下哭得如病猫似的孩子,让她喂奶,早春从玫瑰红布袋摸出红苕给她吃,就近给她讨了点水喝。

第二天,大队开恶霸批斗会时,李家墨、花鼻梁等人气势汹汹地跳出来,边拉早春边喊:"这女人好坏不分,该斗。她同情坏人给他们留粮食留衣服,不许人斗搞破鞋的女人,还给坏保长送药送米。"

早春双手狠命推开二人,呵斥道:"要斗我可以,开贫下中农会再说。今天这会,你们不要搞错了对象!再说你们把'三个不'的条条框框弄清楚,小孩有罪吗?该不该不给小孩吃饭?上级是不是让你们饿死人?"

李家墨和花鼻梁等人没了话。好多人也指责他们二人过分,他们才低头不语,后来就写信上告到区公所。

在分配带队人员去各湾、各组工作时,各大队都去给李部长反映,点名希望早春带队去。李部长不解地问:"你们为啥都希望她去呢?"

他们回答说:"早春执行政策到位,操作也人性化。"

"而有的人公报私仇,乱拉乱打乱斗,基本口粮、起码御寒的衣服都不留。"

李部长笑着对他们说:"可也有人对我们反映,说她包庇坏人哟!"

"那些人是给她乱扣帽子。我党的政策是俘虏都要优待,何况这些属于人民内部矛盾,肯定是更不能乱打人,更不能被饿死吧!"

冬日的一天上午,早春在田里扯萝卜,李部长和伍主任走来对她说:"冯早春同志,你工作出色,群众信任,提名推荐你为区县人大代表候选人。"

早春喜极而泣:"谢谢领导和群众的信任!"

李家墨蹲在田里扯草,听见早春有可能要当选为人大代表后心急火燎,把草狠狠往地上一甩:"不行!我不仅不能让她当选!我还要自己当选为人大代表!"

第 29 章　当选代表

　　李家墨在远处听见早春被提名推选为县区人大代表候选人，大冬天，他急得满脸是汗，气得牙根痒痒，拳头猛砸向树："我也让人推荐了的呀？咋就没被确定为候选人呢？"他用力过猛，手砸得生疼生疼，左手摸着右手："呸，他妈的，真倒霉！"又摸着红鼻头："这不行，我得想办法当上人大代表，挤下冯早春。"

　　夜幕降临时，他蹲在街沿上一闪一灭地抽着烟，火光映照着他焦躁不安的脸庞。今天，他小眼珠不像以往一样，看着左边早春家，而是看向右边。

　　他见伍主任下班回家，就将烟嘴在地上快速地磕掉，将烟杆别在腰间的腰带上，赶忙跨进门，提着烟和酒出来，下台阶，直接去伍主任家。

　　他一只脚还在门槛外，就亲热地喊："伍大主任，大忙人，忙到这么晚才下班回来啊。"说着就将礼物放在伍主任桌上。

　　"家墨兄来了！"伍主任正弯腰教孩子写字，忙站起身，见他放在桌上的礼物说，"你这是干啥呢？"

　　李家墨说："伍主任，我就直话直说，能给我帮帮忙吗？"

　　伍主任卷着袖口道："把东西赶快拿回去。这乡里乡亲的，只要是做得到的，我一定会尽力帮忙。"

　　李家墨摸着红鼻头，哀求道："关于推选人大代表的事，能给我帮个忙，也确定为候选人吗？"

　　伍主任拍着他的肩劝道："老兄，不是我不帮你，这候选人是由群众联名推荐后，上报区党委讨论决定的。"

　　他不甘心地问道："没办法增加了吗？"

　　伍主任肯定地点了点头，随即从桌上提了烟酒递还给了他。

　　李家墨提着东西，耷拉着脑袋从伍主任家走出来，一屁股瘫坐在街沿上。唉！他长叹一声，望着夜空，眨着眼的星星也好似在嘲笑他。

　　他看着早春一家人在灯光下，正围着桌子吃饭，二娃帮早春拿下头上的草屑。

"二嫂,听说你被推选为区县人大代表候选人了,真替你高兴!"妯娌喝着汤,高兴地说着。

李家才脸上也有了笑容。李徐氏脸笑得菊花样的灿烂:"二媳妇,当上人大代表,多荣光的事啊!"

早春欢快地嚼着红苕:"是的啊!是毛主席共产党领导的新政府,给了我们穷人当家做主的机会,人民也有了自己的权利啊。"

李家墨听着这刺耳的议论,如针插心般难受。"眼看着冯早春事事已经超过了我,以后当上人大代表,更威武,比我更强。"他恨得捡起石块,砸向树上。顿时,有鸟惊飞扑棱扑棱的声音,干树枝咔嚓断裂后,落到了他头上,他狠拍下身上,口里恨骂着:"他妈了个巴子!"心中呐喊着:我坚决不能让她冯早春选上!

"这黑咕隆咚的,死到哪儿去啦,还不滚回来吃饭!"张嘴吹倚在门口斜眼张望。

他怒吼道:"吃吃吃!你就他妈的知道吃!"

"咦!这婆娘娘家不是有个远房亲戚在区政府当官吗?"他摸着红鼻头,转动小眼珠想着。想着八竿子打不着的远房亲戚,他一下子兴奋了起来。他马上站起身,拍了拍屁股上的灰,提着东西,走进浓浓的暮色中,烟杆在他身旁一摆一跳的。

走在回来的路上,李家墨想着远房亲戚给他出的点子:候选人是不能更改了,但在选举时,人们如果在另选他人一栏里,都写上你李家墨的名字,不就可以了吗?

他于是拿着钱,去找花鼻梁等人帮忙,对花鼻梁许诺说:让冯早春落选,你帮我选上人大代表。将来我不仅让你当妇女小队长,大队的妇女队长都可以给你做。

花鼻梁本就嫉妒早春当人大代表,让她落选,自己当干部不就超过她了。拿着李家墨递给她的钱,当下拍着胸脯道:这事我包了。李家墨眯眼抓住了她胸前的小山丘,拉她入怀。花鼻梁挣脱他的手,媚笑着跑开了。李家墨望着花鼻梁扭扭摆摆的大屁股,心想,总有一天老子要吃了你。

李家墨望着天上众星捧着的月亮,他兴奋极了。"不久的将来,我选上了人大代表,也如这众星捧月般,谁敢不听我的?"

选举大会那天,天还没亮,广播上就反复播放着:投好自己神圣的一票,切实选好为民当家做主的好代表。

男女老少迎着黎明的曙光，端着小板凳往大队走去。大队的黄果树下，办公室房前屋后，贴满了红红的标语：人民代表人民选，选好代表为人民。

会场主席台上坐着威严的区领导和大队领导，他们在商量着相关工作。广播里唱起了《东方红》《共产党好》《社会主义好》等歌曲。

当各个湾的男女老少都聚在黄果树下的场子里时，领导们按程序宣读了相关文件和注意事项。

投票中，任嫂发现了不好的现象，有人偷偷发钱，收了钱的人都写上了李家墨的名字。她找到早春着急地说："弟妹啊！我看这个情况，你选上的机会不大了。"

早春捋着额前头发，笑道："我相信，公理自在人心，群众眼睛是雪亮的。"

任嫂道："我这是皇帝不急太监急！我都快急死了，你还笑得出来。"

李家墨和花鼻梁也得意地看着早春，早春却被一些嫂子围住，在咨询治病防病常识。

唱票计票开始了，黑板上写着李家墨和冯早春的名字，唱票人拿着选票，亮开嗓子报名字时，记票员就一笔一画，认真地在两人名字下画上"正"字，起初李家墨明显比早春的"正"字多。

李家墨高兴得心都要飞出来，点着烟，吐着一圈圈烟雾，在人群中窜去窜来。心里虽心疼那些花掉的钱，但如果当选了人大代表，还怕捞不回来？不仅钱，还有美人……这时，花鼻梁给他抛来得意的媚眼，让他心猿意马，浑身燥热。

台上的李部长和大队领导坐不住了，站起来走向黑板前。

许多人也将黑板围得水泄不通："是唱错了票吧？"

李家族长也让李医生扶着，走向前面："早春选上才是人心所向啊！"

任嫂着急地搜寻着早春的身影，只见她还没事人一样，在人群外坐在小板凳上，将一个老人的腿放在自己膝盖上，轻揉轻捏着，老人有腿疼腿寒的毛病。

任嫂急得跑到早春身边："你就这么沉得住气？你就甘心让那个黑心的家伙阴谋得逞？让他以后欺男霸女，为所欲为？"

老人要拿下腿，关切地说道："孩子我这腿啥时都可治，去看看吧！"

"是的，我们都希望你当选啊！"

好多人也过来围着早春："是结果报错了吧？你去看看吧。"

早春按揉着老人的脚，看着任嫂道："已成定局的事，跑去能更改？"又望向众人："谢谢大家的关心！"

任嫂捶了早春肩膀一拳："我服了你了，这时还能这么沉得住气？"说着，跑向人群。

李部长背着手，在台上踱来踱去，他已看见了人群外的早春，和伍主任小声说道："冯早春宠辱不惊，有如此心态，真难得啊！"

伍主任也认可地点了点头。

这时，人群一阵骚动，李家墨磕掉烟灰，三步并着两步，跑到计票员和唱票员面前。

人群迎着太阳，振臂一阵欢呼："早春胜！早春胜！我们选出了真正为我们老百姓说话办事的代表！"

任嫂不敢相信自己的耳朵，她双手揉了揉眼睛，看向黑板时，早春的名字下多出李家墨十几个正字。她比早春还激动，她哭了！长长地吐了口气。

李家墨大喊："计票不公正，要验票。随即双手去抢票。"

李部长"嘭"地猛拍桌子，大喝道："谁敢抢票，破坏选举，给我捆起来。"又黑着脸，指着李家墨："我倒要好好查查，开头我就觉得不正常，你是不是有贿选行为。让我查出来，我一定重重处理你！"

几个武装人员架着如烂泥般的李家墨，他不服气地哀求道："我只是要看看选票，这也违法吗？"

李家墨找的那个官员劝李部长道："选举本来就是公开公正的，他要看，也不过分，你就让他看看吧！"

伍主任也劝李部长道："就让他看看选票吧！"

当选票呈现在李家墨面前时，他自己也傻了眼。选票上另写他人的一栏，是写了他李家墨的名字，但没给他画"O"，也就还是没投他的票。他急火攻心，一口血喷出来，倒在地上人事不醒了，最后还是伍主任让李医生等人把他救醒了。真可谓是人算不如天算，偷鸡不成反蚀一把米啊。

后来，李部长安排人调查此事。他找的那个政府官员听说后，怕事情败露，查到他门下,反复向李部长等领导说情,又加上李家墨拒不承认,也查不到证据,贿选之事就不了了之。选举后,李家墨卧床不起,病了好长时间。

原来事情是这样的,张全英、王月莲等人,几乎每个组都有人陆续向李家族长反映,各组都有出钱帮李家墨拉选票的行为。

李家族长对她们说:"他给钱,不收白不收。"

张全英等人说:"不收吧,怕他报复。"

李家族长说:"他李家墨出钱让写名字,你就写呗。他又没让你投票,写上名字,不投票就行了!"

她们赞赏地看着族长道:"是的哩!得了他的钱,还没得罪他。高!实在是高明啊!"

"哈哈!我们让他秤也落,砣也掉。"

"让他哑巴吃黄连,苦在心里,还百口莫辩。"

李家医生也找到早春说:"我们族长说,让你注意李家墨,不能让他小人当道,奸人得逞。族长说欣赏你的善行和品德,政府没看错,群众眼睛是雪亮的。还让你放心,我们族人坚决支持你。"

李医生的话,让早春十分感动,一个公正的家族,一个和蔼可亲的老人。

人们拉着早春笑着,跳着。她手背抹了一把眼泪,深深地向大家鞠躬:"谢谢大家的信任。"又挥着手,大声说道:"我会尽心尽力,向政府建言献策,反映民情民意,当一个合格的人大代表。请大家监督。"

"我们相信。"掌声、笑声和黄果树上小鸟叽叽喳喳的欢叫声,一齐飞向天空,飞向蓝天。太阳正露出灿烂的笑脸,将光晖洒向大地,暖暖地照着人们。

早春去县里开人代会,几天后回来的路上,一只长尾巴喜鹊在她头顶的树上"喳喳喳"地叫个不停,这叫声,把早春叫得心花怒放。开人代会,就是喜事一桩,莫非有天大的喜事又在等着她。

她到井峰街去看父亲时,冯先生满面春风地告诉她:"春啊!有田了,有田了!真的分了田地到我们家了。"

冬日的太阳暖洋洋地照在早春身上,她拉起父亲去看他们家的几块田。她心狂跳不已,简直不敢相信这是真的,她抓起土放在鼻子边使劲嗅了嗅,又俯下脸

195

亲了亲，泥土散发出的腥香味让她如痴如醉，这是她熟悉和喜欢的味道。她索性下到田里，坐在里面来了个与泥土的亲密接触。她哽咽说道："爸爸，我们做了十几年的买田梦，现今梦想成真，真有田了，还没花一分钱！是毛主席共产党给我们圆了这个梦。有了田，我们就有好日子过啰！"

"是的哦！"冯先生也激动地擦起了眼泪，他拉起早春说："你如今还当选为区县人大代表，大事小事都要征求你们代表的意见，请你们代表去协商，真就成了建设新中国的主人了。"

早春喜形于色道："我从心底拥护毛主席，拥护中国共产党，也下决心要好好工作，努力工作，来报答党的培养，为新中国的建设出一份力。"她激动地唱起了《东方红》，深情地唱了《没有共产党就没有新中国》。太阳金光闪闪，照着大地，照在早春父女身上。早春觉得，太阳下，河里波光粼粼的水，就如白花花的大米般，让她兴奋，激动。

早春快步跑回李家湾，让二娃带她去看了家里的几块田，站在凸字形山顶，这时，月亮慢慢地升了起来，她感觉到一切都是那么美。美好幸福的生活在向她招手。

她抑制不住自己的喜悦之情，不由得对着天空，兴奋地大叫："我有田了，有了田，我们将有好日子过啰！"

这声音在山谷久久地，久久地回荡……

早春的喊声，喊来了和她同样心绪难平的宣传队员。他们即兴在山上演唱了歌曲，"东方红,太阳升,中国出了个毛泽东,农民翻身把歌唱,农民翻身做主人……"

当晚她做了个梦，有人拿枪威逼着，要抢走她的田，在争夺中，奔跑中她惊出一身冷汗，竟一骨碌地坐了起来，外面狂风大作，云层遮挡了月亮……

第 30 章　分家另过

早春披衣下床，站到窗户边，天空一轮弯月如一叶轻舟，正奋力穿过乌云，镶嵌在广阔的天空。想起梦里被人抢去田地的情景，难道是来得容易才怕失去吗？她不觉摇着头，自嘲地笑了笑。

她穿戴整齐，拿着锄头，轻轻拉开门闩，穿过竹林，披着月光，向山坡上走去。她嚓嚓地铲着草皮，堆积起来浇上水，又盖上一层土做肥料，争取明年来个大丰收。

忽然，"吭哧，吭哧"的声音清晰地传入早春耳膜。没想到有人也这么早起来干活，早春手背摸了一把汗，月光映照着李家墨举锄、弯腰用力挖土的身影。

早春心想，这个人虽处处和她做对，一些行为让人厌恶，但也是个勤劳之人，种田的好把式。

天蒙蒙亮时，看着山崖上堆着的几堆小土丘，她用袖口揩着汗，才扛起锄头回家。给婆婆做了早茶，给二娃熬药，又开始做全家的早饭。洗衣挑水，干完这些，妯娌两口子还没起床。早春叫吃早饭，他们才慢吞吞起床，出来时还趿着拖鞋、伸着懒腰、打着哈欠。

早春劝道："我们要趁这大好时机，早起去田里干活，去做生意挣钱，才能过上好日子。"

李家才不满道："我妈还在呢，轮不到你在这里指手画脚的。"

早春只得咽回了还要说的话，闷头嚼着红苕。

天阴沉沉的，浓雾笼罩着山村，久久不散。早春夫妇和妯娌二人正在挖田锄草，伍主任站在田边喊："冯代表，通知你去区公所开会。"

"好嘞，这就去。"早春回答着，扛着锄头就走。

李家才把锄头一甩，蹲地上抽烟："又开会，把事又留给我们了！我看还是分家好！"

"我比你们干得少吗？"早春看着三人慢吞吞的样子，心想，我挖一个来回，你们才一人一行。你对我开会有想法，我还嫌你干得慢呢。你提出分家，我太欢喜了。

你们俩这对活宝我还侍候不起呢？

平时都在会议室开会，区里今天把会场布置在一个山顶上。山周围插满了红旗，有拿枪站岗的民兵。早春心里不由得十分紧张，对李部长道："哟！李部长，今天在山上开会呀。"

李部长严肃地说："在山上开会安全，视野还开阔，如果发现异常情况也好还击。"

这让早春十分担心，又想起了梦境，难不成……

李部长讲："当前形势非常复杂、斗争也十分艰巨。常有不法分子企图闹事、一些特务土匪企图达成他们不可告人的目的。加之美国参加了朝鲜战争，危害到我们国家的安全。他们妄想让我们回到从前，大家答不答应？"

早春带头举拳喊道："坚决不答应！坚决拥护毛主席！坚决拥护共产党！"

"难道坏人真的又要抢走田地吗？我们真的又要打仗，面对面地和坏人斗争吗？"早春想到这里，捋着额前头发，不由自主地喊出了声："为了保护田地，保护穷人的利益，我们和敌特分子、坏人拼了。"

李部长接话道："那倒不用你们去拼命，剿匪肃特反霸，有咱们毛主席共产党领导的部队。"

李部长咳了声，顿了顿，又讲道："当然你们武装人员的宣传、巡逻、维稳也十分重要。希望大家克服困难，除了干好家里的农活外轮流值班，深入村寨、上山下山巡逻、宣传，发现可疑人员就控制起来交给区里处理。"

早春和吴亦华、张兰花一班，就开始了扛着枪巡逻，宣传，每到一处喊着口号，充满激情地唱着《东方红》《没有共产党就没有新中国》。

夜幕下，早春交完班，迎着呼呼的北风，回到家里时，婆婆房里很意外地亮着灯，不见二娃在房里，早春问李徐氏："妈，二娃呢？"

她就用瓢舀水，哗啦倒在锅里，拉风箱烧水。

"他和你家墨哥一班，作为民兵也到山上站岗巡逻了。"婆婆咳了两声，发话道："二媳妇！你过来下，我有话说。"

"好的。"早春答应着，也站在了门口。

李徐氏以不容商量的口气说："今天我给你们已分了家。"

"妈，这分家也不让我参加，我还是这屋里的人吗？"

李徐氏低着头，不敢看早春，一脸尴尬道："你那不是开会忙嘛！"

早春舀了一碗开水，放灶台上，叹了一口气说："那您说说分的情况吧！"

"竹林和菜地平均。我自己做主，给自己留了较好的两亩水田，没要山地。"

"这是应该的，您年纪大了！"

"较近的、好的田地都让你妯娌他们选去了。"

早春端碗，咕噜咕噜喝着水，说着："毕竟一家人，他们小，让他们选可以。我相信只有懒人，没有懒地。更坚信分给我们的两亩水田，四亩山地在我们的耕种下，会种出好收成来的。"

"给你们分的粮食和家当，在你们房里。"

早春端着灯，去房里一看：两个碗、三升豌豆和一口破锅。她的火"噌"地往上蹿，气冲冲地折回来，埋怨婆婆道："都说皇帝爱长子，百姓疼幺儿，您未免也偏心过了头吧。分的房子、田地不管好坏，我认了。可这粮食和家当，你不知你儿子有病？一粒小麦和米都不分，连麦种也不给一点儿，有你这么当娘的吗？"

说到二娃有病的伤心处，早春泣不成声道："我看您就是没想二娃好！"

李徐氏被早春说得扯袖揩着泪，小声道："手心手背都是肉，我承认我是偏心，还不是看你们会做生意，能挣得来吗？"

早春"咚"地捶着门沿，气愤道："妈，有你这么疼幺儿的吗？你让他们去做生意去挣啊！我不计较不是我傻，都是您儿子，您自己想想好了。"又向着妯娌房间大喊道："也希望你们不要浪费了那些好田好地，有好收成才对得起娘疼你们的一番苦心！"

早春虽心生不满，婆婆也承认了她自己偏心，木板钉钉的事，也不可能更改了。再纠缠，除了争吵让人笑话外，也于事无补，只得又丢下一句话：农具在我没添置之前，要共用。

李徐氏自知理亏，连忙点头应着，但对早春敢质问她这个婆婆，很是有些想法。

寒风吹得窗户吱吱扭扭地响，吹得如豆的灯苗忽闪忽闪跳跃着，让早春身心冰凉。唉！万事不求人，我本就是靠自己的命，她紧了紧衣服，拿瓢从锅里舀水，哗啦啦倒盆里泡脚，也给自己增加温度！不管好坏，反正政府分给了自己田地，这让她欣慰,也充满力量。同时,她心中暗下决心:要通过自己的努力,过上好日子。

她拉开门闩,倒着洗脚水,大喊道:"我还要到你后面建猪圈、鸡舍。"早春此话一出,一直闷声躲在房里的妯娌夫妇讥笑、嘲讽、挖苦道:"哼!异想天开!我们后边竹林全是家墨哥的,他会让?"

婆婆也睁着一双昏花的老眼,惊奇地看着早春,又低头长叹一声,幽幽怨怨地说道:"二娃媳妇啊,我也想了几十年啊,想在后面搭建个猪舍鸡舍。打闹了多次,族人也调解多次,他就是不让一寸地,不砍一根竹,才没建成。所以这么多年才一直没喂鸡猪啊……"

婆婆眼里有晶莹剔透的东西在闪动,早春又不由得同情起婆婆来。她下决心,对婆婆又像是对自己喊道:"我不仅要喂猪鸡,还要喂牛羊鸭。要在山下的竹林旁边栽上各种果树,旁边的水坑里种上藕,一定会过上好日子……"

早春将鞋给照芳送去,又听见张嘴吹骂骂咧咧的声音。唉!这几年也习惯了她的骂声。

从小照芳房里出来后,见任嫂屋亮着灯,早春又去和任嫂说了会儿话,倾诉了婆婆分家的情况。

任嫂叹息道:"你婆婆也确实不公平。你如果种田没有种子的话,到我这里先拿去用。"

早春点点头,又劝任嫂道:"嫂子,你才三十多岁,现在都提倡婚姻自主,你也要考虑下个人问题,不然一个人种田干活也不方便!"

任嫂反问她:"你呢?包办婚姻不是可以解除吗?"

"我这人就是生得贱,心软,以前总想挣脱这段婚姻,现在又觉得二娃他可怜,唉……"

"如果你真走了,她娘也不会管他,他肯定只有死路一条。那是弟妹你心善,人善人欺天不欺,老天会保佑你的。"

"咚咚",正说着话,李家墨的大女儿在外敲门。她一进来,就跪在早春面前:"二娘,救救我弟弟吧!他高热不退,几天了。"

早春拉她起来叹口气说:"孩子,我去你爹娘肯定要将我往外推。"

李桂芝见早春不答应，又要跪下，早春拉住她："你别急，我告诉你一个方法，回去肯定有用。"

说着就告诉了她治感冒发热的方法。

李桂芝说："我行吗？"

早春鼓励她道："肯定行。"

李桂芝含泪道："谢谢二娘不与我父母计较，还教我药方。"

任嫂看着家墨大女儿离去，对早春道："弟妹就是心善，换着他家，巴不得你出点啥事才好呢？"

"我只是觉得有病就要尽力给人治，这女孩子倒不像她父母。"

当早春回到家里时，见房里有灯，惊问二娃道："你不在值勤吗？"

二娃冻得瑟瑟发抖，缩着身子，搓着红肿的双手，不停地在嘴边哈着气说："家墨哥说，如果山下上来土匪敌特开枪的话，我俩也打不好枪，也打不赢他们，会没命的。就丢下枪，拉着我跑回来了！"

早春气不过，指着门外街沿上吧嗒着烟的李家墨道："他李家墨当怂包，也想拉我男人垫背！"又数落二娃道："枪如果被坏人、余匪拿去，你知道后果有多严重吗？"

她说着，拿出棉大衣甩给二娃："穿上！"又拿着绳子，扛着锄头，背着玫瑰红布袋，拉着二娃上山了。

朦胧清冷的月光下，寒风不时呜呜地袭来。二娃戴着帽子，端枪在田边巡逻。早春举起锄头，吭哧吭哧地挖地，把杂草在锄头上摔摔打打，抖掉泥巴后甩出去。她说着分家的事，抱怨婆婆不公，二娃也只闷声不响，披着一身月光走动着。

天蒙蒙亮时，雾像薄纱样在山间飘荡。山下井峰山通往高峰山的路上，响起了叭叭的枪声。早春心里一惊道："莫非是特务残匪跑到这一带来了？"

她赶忙放下锄头，拿起枪，警惕地巡视着四周。

二娃担心地问道："要真上来土匪，我们只有两人怎么办？"

早春嘴一撇，指了指山下："你没见下面是毛主席共产党领导的军队吗？他们一定是在追赶余匪，在保护着我们，有啥好怕的。"

她嘴上虽这样说，可心还是咚咚跳个不停，又交代二娃，见有坏人来，一定要捆住。

这时，山崖下传来嗷嗷的声响，早春赶忙去崖边张望，见爬上来一个人。她用枪指着那人的头，大喝一声："缴枪不杀！举起手来，投降！"

那人爬上来，举起手，跪在地上磕头如捣蒜："我缴枪！我投降！"

早春右手拿枪指着那人的头，左手赶忙收了他举起的枪，对二娃道："用绳子捆。"二娃迟疑着，早春急喝道："快去呀！"

当二娃拉了那人双手，要反绑时，那人抽出手来倒头拜道："求求你们行行好！行行好！放过我吧！我家有病重的老母，以前去山上当土匪强抢强要，也是被逼无奈。现在大山上的土匪都被抓了，我是逃出来的。我死无所谓，只是担心我老娘。"

早春担心他说假话，本想大喊山下的解放军，又怕他狗急跳墙。她正在思索对策时，却瞅见那人腿上血肉模糊，血流不止。就缓和口气道："我见你已受伤，即使我放你走，你还没爬到家就会流干血。要不，我先给你治伤，咋样！"

那人疑惑地望着早春，早春不置可否地点了点头。她给二娃递了个眼色，二娃拉他手捆住，这次那人没反抗，估计是早春要帮他治伤的话感动了他。

早春拉他坐在地上，从玫瑰红布袋里取出药，蹲下身，将药倒在那人的伤口上，问他："你母亲多大年纪了？"

那人呜呜地哭了，"快七十了！""没其他人吗？""没有！""小兄弟，你听我说，大姐不会害你。你好好想想，你跑回家的结果是啥？"

那人止住了哭，一脸疑问地望着早春。这时太阳从东边升起，雾躲藏到山沟里，鸟儿在叽叽喳喳地鸣叫，声音在空旷的山谷回荡。

早春撕布条给他包扎伤口道："你跑回家去，你妈妈肯定宁死也舍不得把你交给政府。那她老人家就犯了包庇罪，也会坐牢。你也因逃跑会罪加一等，你肯定不想这样，是吗？"

山风呼呼吹着，那人无助地哭叫道："我的娘啊，我该咋办呢？"

早春系好了布条道："你唯一的办法是主动自首，向政府认罪，争取宽大处理。"

那人一脸怀疑地看着早春："能宽大处理吗？"

"能。你不是说是被逼着去山上当的土匪吗？"

202

"我听大姐的。只是我妈……"

"告诉我你家地址，我想法子去通知你妈，让她去看你。"

"那你一定要帮我去通知哟。"

"我一定去。" 早春这才扯开嗓子喊，"解放军同志，这里有一个逃匪要自首。"

李部长带解放军上山来，握着早春的手："谢谢你，早春同志。"

那人被带走时，一个劲地对早春喊："让娘来看我"。

"我会的。好好向政府交代，争取宽大处理。"

太阳高悬天空，二娃交接班时，早春见来的是大队的民兵连长兼治保主任杨红军。

杨主任见早春，就连声感谢道："谢谢你，冯代表，我儿子的哮喘病好多了。如果有需要我帮忙的尽管开口。"

早春也不客气道："我还真有事，要你帮忙哩！"就给他嘀咕了要他帮忙做李家墨工作，自己修猪舍鸡舍的事。

杨主任拍着胸脯道："放心吧！包在我身上了！"

早春和二娃从山上捡来柴火、搬了几块石头回来，临时码了个灶，早春用铜锅给二娃熬了药。好在自己屋里还有点面条，将就着两人弄了早饭。早春本想给婆婆端点去，想着她分的家就来气，破天荒今天没给婆婆做早茶，自己饱饱地吃了顿面条。

李徐氏在她房里喊："立夏，起床做早饭了！"

立夏懒洋洋的声音："每天不都是二嫂做吗？"

婆婆没好气道："不是你们吵着要分家吗？快起来吧，我都饿了！"

早春稍微眯了会儿，就拿纺线去卖，二娃也拿编的竹器上街。卖了线后，她将钱交给二娃，置办锅碗瓢盆等家什。她找人给那逃匪的妈妈带了信，就去换班宣传。

李部长对她说："早春同志，你记了这些歌词，号召青年人积极应征入伍，抗美援朝、保家卫国。"

早春已经忘记了分家的不快，很快就记住了唱词，欢快地宣唱了起来："上前线，援朝鲜，你拥军，我增产，齐上阵……邻居起火我遭殃，救人就是救本身，保家卫国保和平。"

通过早春和宣传队员的演唱宣传后，大家踊跃报名，杨红军还把独子送去了部队。杨红军，曾当过红军，受伤后才回家来，因此人们都这么叫他。他为人耿直，好打报不平，深得群众拥戴。早春说："这孩子也算是子承父业继续革命！"

杨红军说："还要谢谢你给他治好了哮喘病，不然也不能实现他参军的梦想。接兵那天你们宣传队一定要来哟。"

"那是肯定要来的。"

早春他们和一些群众热热闹闹送战士上战场。

接着又传来大快人心的好消息，鸡冠山等山头的土匪特务，也被我英勇的人民解放军一举剿灭。

在区公所的表彰大会上，早春和李二娃还被区公所表彰为"肃特反霸"的先进个人。

李家墨悔恨得肠子都青了，"我那晚为啥就不坚持守在那里呢？不然这奖不是轮到我上台领了，怎么会轮到她冯早春呢？"

早春劝降的那人母亲，还特地找到早春："谢谢你劝动了我儿子，他只判了五年。"

早春对老人说："你劝他好好改造，还可争取减刑。"

召开公审大会后，对匪首特务执行了枪决。早春也因工作突出，李部长等领导要调她去区公所工作，可遭到了婆婆的坚决反对，因此她就留了下来。这下不用担心土地被抢了，早春悬在半空的心终于放回了肚子里。政府已收回了刀枪，可以安安心心投入种田发展副业之中，有粮食有肉的好日子就要来了。

第 31 章 丰收喜悦

麦穗黄，镰刀响。转眼到了夏收的季节，满山遍野，田间地头，到处是一片金黄。空气中夹裹着浓郁的麦香、豌豆香、油菜香，还有石榴、香樟花的味道。

在月落星稀的清晨，随着一声声清脆高亢的鸡啼，把人们从睡梦中叫醒，各家门前就响起了一阵磨镰刀的声响。今年是个丰收年，人们迈着轻快的脚步，唱着欢快的歌忙碌在田间地头。

早春更是将快乐如这麦穗般，心里装得满满的，活不离手，歌不离口：东方红太阳升，中国出了个毛泽东。分了土地和农具，自己种田自己收。政府想着贫苦人，减租减息真正好。

早春除分得的几亩田外，自己还开了些荒地。她看着妯娌家稀稀疏疏的麦粒，再看自己田里压得弯了腰的麦穗和肥厚饱满的豆荚，不禁生出无限感慨来，在他们手里真是糟蹋了这些肥沃的土地。

早春和妯娌他们商量决定先给婆婆收碾两亩田的小麦。

夜观星象、仰望天空也成了早春的习惯，她能把晴雨天看个八九不离十。

二娃的胃疼、哮喘病，在早春的调理下，也基本康复，能干些粗重活了。趁着天晴，早春鸡叫就起床，喊了妯娌夫妇，她和二娃，就去婆婆田里割小麦，手脚快点四个人一天就能割碾完成。

天亮时，早春夫妇已割了一亩田，婆婆和妯娌他们才慢吞吞地走来。

早春直起身，手拿镰刀，擦了一把额头上的汗，拉了拉汗湿的花布衬衫和李家才商量道："幺弟，要不你和你哥挑麦捆回去，我和弟妹割剩下的。"

李家才眼一瞪："你凭什么指使我？"

早春那个气呀，镰刀一甩，吼道："好！我不指使你！两亩田，我们也割了一半，余下的是你俩的了。"

妯娌嗲声嗲气对婆婆道："妈，你让二嫂他们和我们一起干吧。"

婆婆立刻发话道:"二娃媳妇,你们就一起收完,一起挑吧。"

早春边拿扁担挑,边指着他们:"你们吃得肚胀腰圆的,我们干了这大半夜加一大早。饿得前胸贴后背,渴得嘴唇开裂,你们就不晓得带口水,带个红苕来?"

她甩开膀子,挑着麦捆,噔噔地走出麦田。又转身对还在弯腰割麦的二娃吼道:"你不跟我回去吃饭,再饿得胃疼打滚叫,别说我不理你啊。"

婆婆又心虚道:"你们年长些,照顾下……"

早春数落道:"照顾得还少吗?您还是不是二娃的亲娘?"又吼二娃道:"你回不回去吃饭?"

二娃看了一眼低头捆麦的李徐氏,才和早春一起挑着麦捆往家走去。

李徐氏声如蚊虫般,嘀咕道:"连我的话也不听,敢顶撞我啊。"

李家才挖苦道:"人家是干部!能干!听你的!"

二娃在灶门口拉风箱加柴,早春抽面条下锅里,挖苦道:"我说妈她还是你亲娘吗?不疼我也就算了……"她只管叨叨叨,二娃只会望着她,无奈地嘿嘿憨笑。

早春说归说,气归气,吃完早饭后,还是去田里帮婆婆收割小麦了。

晚上,煤油灯下,早春去和任嫂纳鞋底,商量着:"嫂子,我们两家加照芳,三家一起收割,从小照芳开始,接着是你的,我们放在最后,你看行吗?"

任嫂感激地望着早春:"只是辛苦你和二娃兄弟了!"

雄鸡啼鸣,晨曦中,远处山崖还若隐若现时,早春他们就到田里割小麦,二位婶子"嚓嚓"割得快,小照芳拼命追赶着,将二娃远远甩在后面。早春割一把麦子欢喜地说道:"今年小麦颗粒真是饱满啊!"

三人兴奋地附和道:"今年收成好,大丰收了。"笑声、镰刀声和布谷的叫声在山谷中欢快地回荡。

李家墨一家,在旁边田里割着小麦。他不满早春他们,和张嘴吹嘀咕一阵后,张嘴吹站起来,放下镰刀,拍巴掌吐涎沫跳小脚,翻起一只白眼,指着早春她们:"骚女人、臭女人,不要脸的女人。芳娃的小麦,他自己知道收。不晓得你们两个女人安的啥心哩……"

早春直起身,取下草帽扇着风,朝她大声一吼:"平时我忍你,不是怕你,念你年长点,让你是想邻里好好相处。你再骂试试看?"她扬了扬右手的镰刀,"信不信，我把你另一只眼也打吹灯，再翻起来，让你成睁眼瞎。我们给小照芳干活，没安好心。那你把田里的活儿放下，来先帮他收、帮他干呀。"

早春弯腰割了一把麦，又直起身喊道："我给你说，我们在帮你干活，你知不知道，晓不晓得，他是你侄子耶！本该你干的活，是不是我们干了，你心里过意不去呀？那么我们走，你来呀，先来帮他干呀？"

任嫂也站起身，拿着镰刀说着："来呀，过来帮忙割呀，不来帮忙不是人养的。"

李家墨没想到早春会在山上回击。早春的声音如唱歌般，婉转悠扬，飘在空中，山里山外都听得清清楚楚。他已觉颜面尽失，只得喝张嘴吹："滚回去做你的饭。"

等二人走后，她女儿李桂芝赶忙过来给二位婶子道歉，又弯腰拿出镰刀帮忙割着小麦。

他们几家小麦收割完后，早春又记挂朱保长父子，就过去看了看。父子两人如捉虫般，在田里艰难地割着小麦，早春拾起镰刀就帮忙。任嫂和小照芳来了，杨四祥干完自家田里的活也来了，朱保长本家的侄媳也来帮忙。人多力量大，大半天就帮他抢收了回去。

早春看着收了有近两千斤的小麦，除几百斤公粮之外，还有一千多斤。这是早春有生以来，拥有最多的小麦啊，她坐在麦堆里，开心地将自己埋在小麦堆里面，沉在其中不愿醒来，听小鸟在竹林里欢快地鸣叫，想着自己就真正过上白米、白面馒头的好日子了。

任嫂也过来，坐在麦堆里和她分享这丰收的喜悦，赞道："只半年的光景，你就置齐了所有家什，真了不起。"

"是啊，磨子也有了，推磨就在自己的后门口。刚分家时，我父亲就和自己的弟兄商量，三家换个大石磨，把原先那小石磨折成钱，给我们送来用。"

任嫂道："也方便了我们几家人磨面哩！没家具你让二娃砍来树，学着做，二娃也听你安排，就真去和木匠学。"

"虽然打得不好看，但起码有了装粮食的柜子，桌子板凳也有了。"

"我自己鸡鸭也都喂起来了。"

"你把果树在竹林旁、鱼池边也栽上了。"

"现在就差建猪圈牛圈了。"早春心想，还好，杨主任已经给早春回信了，过两天就来做中间人砍竹子。

早春站起身对任嫂说:"这幸福美好的生活来源于毛主席,来源于共产党。吃水不忘挖井人,我们要尽快去交公粮支援国家建设。"

任嫂点着头,二人正要出门,伍主任在外喊:"冯代表,李部长让通知你,抢收也差不多了,你们宣传人员要去宣传交公粮的事。"

"好哩!"早春答应着,就向井峰街走去。

每晚到一个收购点,收购人员清理仓库时,大队干部分头将应交公粮的数量和地点通知到各家各户。早春他们就山上山下,堂前屋后扯开嗓子唱:"感谢救星毛主席,感谢救星共产党,领导穷人翻了身,打倒土豪分了地,如今丰收要交粮,光荣榜上把名写,支援国家建设我光荣。"

路上挑担的,背粮的,人来人往,粮食收购点更是被挤得水泄不通。

当到了早春他们山后吴家坝那个收购点时,早春和收购员商量:"我想带头第一名完成任务,你把专用装粮食的箩筐,放几个在外面行吗?"

收购员爽快道:"好哩。"

晚饭时间,早春对同去宣传的吴亦华和兰花说:"一起去我家吃腊肉水饺加泡菜。"

兰花惊喜叫道:"好哇!我最喜欢姐的泡菜了。"

晚饭后,在月光的映照下,他们四人将应交的粮食挑去,倒进公用量具里,写上李家梁、冯早春的名字,放在临时粮库门口就行了。人们思想觉悟高,治安又好,路不拾遗,放在那里都不担心有人会拿。

第二天开仓门,收购员就按名字记数,再公布上榜,果然早春家就是第一名完成任务。队里人就问早春:"你在宣传,二娃又身体不好,谁帮你挑来完成任务的?"

早春笑道:"王师祖他老人家看我忙,体谅我,昨晚给我帮的忙哟!"

李徐氏的田不仅两家帮忙共同种共同收,还由两家共同分担交公粮的任务。

早春那天去窑场卖柴回家,在后门岔道口,就听见妯娌嗲声嗲气地对婆婆说:"就知道娘最心疼我们了,拿小麦帮我们交了公粮。"

婆婆说:"知道我疼你们就好。"

早春正想跨进门，找婆婆说道说道。这时，有人在她身后喊："冯代表，我手长蛇头尖，帮我治治吧！"

她忙转身去扯了鱼腥草，帮人敷好，回屋后，她挤出笑对婆婆说："妈，您疼幺儿，帮他们交公粮也是对的。我已经习惯了您的偏心，但您记住了，您偏心就偏心到底。现在只记得他们，以后你有啥事也要记得只找他们才好哟！"

李徐氏还是那句话："你不是会做生意挣得来嘛，再说，你也收得好，收得多。"

"您疼儿不是这么个疼法，让他们去把田种好，去做生意挣钱啊！"早春说完就刷锅做饭了。

李徐氏也闷头回自己房里，但心里那个气呀，"你冯早春是能干，但这当媳妇的，哪有干涉婆婆的道理。"

李家才脸上挂不住了，气势汹汹地跑到早春房门口，对早春强词夺理道："凭啥说妈拿小麦帮我交了公粮？"

早春舀水哗哗倒进锅里，头也没抬："人在做天在看。"

李家才将门拍得"嘭嘭"响："你血口喷人，我们诅咒都可以。"

立夏赶忙来拉走了自己的丈夫。

早春想，这些不愉快就如路上的石子，虽硌脚，但仍阻挡不了她向幸福生活迈去的脚步。

当杨主任给李家墨协商好，在后面要砍竹让早春建猪圈时，李家才讽刺早春道："我以为你有啥本事呢！完全是败家娘们的搞法，大脑进水了吧！用多于两倍的竹子面积去换？唉！亏你想得出？"又对李二娃喊："二哥，你也不管管你婆娘，由她瞎搞。"

二娃站在旁边不吱声。李徐氏也拦着："划不来，不换。"

杨主任看着早春："换吗？考虑好了吗？"

第 32 章　新建猪舍

太阳光从竹林间洒下来，斑斑点点洒在早春身上，风给这闷热的天气带来了一丝清凉。早春昂着头，捋了捋额前的头发，果断地说："换，家分给我了，我自己说了算。"

婆婆等人埋怨声一片："真是一个败家子！"

杨主任转向李家墨，只见他用烟杆敲着竹子，一脸得意："同意换！"

杨主任让李家墨和早春分别在协议上摁了红手印，一人发了一张，他拿了一张，用手在纸上弹了弹，强调道："希望你们以后都不要反悔哟。"

李家墨将烟袋往腰间一别，连连表态："不会，绝不反悔！"还主动拿刀，快速弯腰，咔嚓咔嚓地砍着竹子，竹屑乱溅。他生怕迟了，早春反悔不和他换了。

早春拿出两倍的竹林面积给了李家墨，正对婆婆后面就多出了三十个平方米的属于自家的地盘。

夏收完成后，早春抽空去对门找苏石匠联系做猪圈的事。苏石匠，高个圆脸，皮肤黝黑，为人耿直。他头戴草帽，正赶牛耕田。他站起身，对站在田埂上的早春道："你平时常给我们帮忙看些小灾小病，还不收钱。我们插秧后就动工，年底再收你的石料钱和工钱。"

这让早春喜出望外，想到用锄头一锄一锄挖田费力费时，就想着卖点夏粮，筹钱买牛耕田耙地，不仅省力，又可节约时间多纺线、做生意多挣钱。

她先找妯娌夫妇商量，共同买牛。妯娌说："我有娘家哥哥牵牛来帮忙耕种，不用买。"

早春一想也是的，妯娌有三个哥哥，他们都很照顾她，也该她享福。

晚饭后，她和任嫂在灯光下纳鞋底，商量买牛的事，没想到任嫂也正有此意。

小照芳听说两位婶婶要买牛，从隔壁跑过来说："二位婶子，我也想入伙。"

早春关心地说："芳儿，你不担心，我会让你二爹帮你耕田的。"

任嫂也担心地说："你想入股也得有钱呀！"

小照芳一脸自豪地说:"二娘教我做生意,我省吃俭用也积攒了点钱。如果不够,我也像二娘一样卖点粮食。"

早春拍小照芳肩膀,赞道:"小小年纪就会打算,真不错。"

任嫂看着早春:"小照芳跟你有样学样,真是名师出高徒。"

"谢谢二位婶子的恩情!要不然我还不知在哪儿流浪哩!以后我一定好好报答你俩。"小照芳说着,眼睛一红,抬手背揩眼泪。

早春轻拍小照芳肩头:"你记住,对我们最好的报答就是好好做人,踏实做事,用你的聪明和勤劳让自己生活得更好。"

早春回到家,灯光下,二娃围着围裙,低头认真削篾片,早春递钱给他:"明天,你去井峰街,让爸爸帮忙买头耕牛回来吧!"

二娃不敢接钱,担心地问早春:"你又修猪圈,又买牛,还开了荒地,坡上坡下种了那些果树,就不怕到时划地主成分,把你拉去挨斗?"

早春将钱放在桌上,坐下来纺线说:"我起初也担心,去区里开人代会时,咨询了领导。政府就是鼓励发展生产,发展养殖业。再说我种田凭自己力气,又没剥削谁,又按规定交了公粮的,你担心啥。"

二娃才放心地收好钱。第二天天不亮,鸡鸣狗叫,鸟叽叽喳喳啁啾时,早春和任嫂背着纺线,二娃背着竹器,小照芳背着柴草,四个人有说有笑向街上走去。

临近中午,太阳当空照,一行人牵着一头黑牯牛回来了。二娃从小就给地主放牛,虽拖垮了身体,但也积攒了喂牛养牛选牛的很多经验。

李家墨在街沿上,一闪一灭地抽烟,不满地看着他们。张嘴吹又跳小脚,拍巴掌,吐唾沫,骂开了。早春他们用爽朗的笑声和着树上的鸟啾蝉鸣,回击着他们。

二娃耕田耙地,早春他们有商有量,起早贪黑地干,很快就将秧和山坡的红苕苗栽了下去。早春又让二娃牵牛,去帮朱保长耕了田。她在红苕地里点了绿豆,套种了苞谷,还在田埂上种了黄豆。

农忙之后,早春规划着建立体式的猪圈,下面是个大池子,上面建个猪圈。粪池里割些青草泡上,就是浇灌作物的农家肥。

早春择日动工,冯杨氏也来给工匠们做饭。土坑挖好后,工匠们抬着石柱在"嗨哟!嗨哟!"吃力地打着夯。

早春手指天空，顺口编唱道："太阳出来照坡顶哟，哟哈嘿。今天打夯用点劲哟，哟哈嘿……"

听到清脆悦耳的声音，石匠们擦把汗，跟着"哟哈嘿"地喊，立马精神大振，轻松自如地完成了打夯。

苏石匠连说："冯代表，奇了怪了，你一唱歌，石柱也轻了，人也有力气了，以后打夯就请你去唱。"

石匠们在山上石场里采下石头，然后一块块按要求切割，再抬下山。匠人们干活辛苦，早春鸡鸭杀了，三餐好吃好喝招待，中途还汤圆面条尽管吃。匠人们也非常感谢早春的厚待，活干得好而快。

这天，太阳高照，伍主任陪着区公所李书记、分管农业的区长和技术员来督办检查农业生产。伍主任汇报了他们大队工作的情况，早春作为人大代表，也同路检查。

李书记和早春并排走着说："早春同志，你联合几家互帮互助种田，铲草皮扫树叶积肥增收，还利用房前屋后发展养殖业，栽种果树等发展副业，这些勤劳致富的做法很好。我要在全区推广，到时你在全区大会上做经验介绍。"

早春笑着，连连摆手道："不行，我做得还不好。"

李书记道："人大代表要时时替人民着想哦。不仅自己要过好生活，也要让大家都过上好生活哟。为了把新农村建设好，你这个代表，还要多听基层民众的心声，要多建言献策。"

早春心存顾虑地问道："李书记，地主富农也能征求意见吗？"

"他们建议得对，是好点子，也要采纳呀！"

早春见也近中午，就邀请道："领导们一起去家里吃午饭吧。"

李书记道："听人说，你做的倒勾子菜和泡菜是一绝，我倒要见识见识。"

一行人到了早春家里后，冯杨氏在厨房里忙碌着，早春带李书记一行人看了屋后完工的立体式猪圈。李书记很是欣赏，问早春："人家就搭个棚子，一根柱子，把猪拴在上面就喂，而你花费了这么多人力物力建猪圈，划算吗？"

婆婆摇着扇站在竹林下，不满地接话道："她不是划算不划算，简直就是傻，这巴掌大的地方，她还是用两倍的竹林换的哩！"

早春给每人发了把扇子，李书记用扇子指着猪圈，笑道："老人家，你这媳妇是目光长远啊。您想以后一年卖几头肥猪是多少钱？去种田增产了是多少钱？竹子才多少钱？更何况，修好后的猪圈，通风干燥，利于猪的生长，还少生病。她建猪圈的方法我们还要在全区推广哩！"

早春抹了把额上的汗，笑答道："富人要多读书，穷人要多喂猪嘛！"

李书记朗声纠正道："我们既要读书，也要养猪喔。在毛主席的领导下，都要成为富人，日子定会一天比一天好！"

"是的，日子定会一天比一天好。"

大家在一片笑声中憧憬着美好的未来。正午的太阳光穿过竹林射下来，如金子般印在人们的身上，在微风的吹拂下跳跃着。蝉鸣蛙叫鸟啾喁，奏出了欢快和谐的交响乐。

李家墨拿着烟杆，双手背着，在早春门前和自己猪圈里焦躁地踱去踱来，不时用烟杆敲打柱头。"区委书记在她冯早春家吃饭，是多荣耀的事，咋就轮到她冯早春了呢？"又听得李书记一席话，不禁感到十分懊恼，啪啪猛打起了自己的嘴巴。"当初自己得了她冯早春的两倍竹地，还以为捡了多大便宜哩！没料到又被这个娘们算计了。"他拿着烟杆往门框上狠命敲打着，咬牙切齿道："冯早春啊，冯早春，我绝饶不了你……"

临走时，李书记夸早春："他们说你的泡菜好，真是名不虚传。"又交代早春："介绍先进经验的事，要准备好哦！"临走他们还拿出饭钱给了早春。

领导们一走，张嘴吹又在街沿拍着巴掌，跳着小脚，指着早春门口骂开了："你个臭女人，会拍领导马屁，是不是……"

冯杨氏拿着菜刀冲出去，"敢辱骂我女儿，我和你拼了！"

早春拉住母亲："我不理她，她这等于是自骂自话。我有闲功夫把田种好，多赚钱让家人过上好日子才是王道。"

六月是丰收的季节。早春建好了猪圈房，高大敞亮，冯先生帮她买了一头母猪两头肉猪，大家每天都听见早春唤猪吃食和猪欢快哼哼唧唧的声音从后门传出。

一天吃饭时，早春端着碗，一阵恶心，接着就跑到后门口，蹲下去一阵"哇哇"呕吐。冯杨氏是过来人，盯着早春："你是不是有喜了？"

知道自己要当妈妈了，早春抑制不住内心的喜悦。

紧接着，区党委接收早春为中国共产党正式党员。

看着件件好事降临在早春身上，李家墨不乐意了。他一心想要主宰李家湾，出人头地，比早春好。结果选人大代表、入党，还有评先进，当劳模什么都没轮到他。他恨得牙根痒痒的。看早春猪喂得那么好，就故意让张嘴吹叫骂说猪圈盖高了，对他的竹子有影响。结果早春对她的叫骂置之不理，该干啥还干啥。李家墨想，我就不信你能沉得住气。

那天，天气十分闷热，太阳晒得人心里十分烦躁。早春去街上卖线回来，见猪圈的瓦被掀，碎散一地。门前栽的枣树、核桃树也被扯，在太阳暴晒下叶子也枯萎了，横七竖八地躺在地上。

李徐氏告诉早春是李家墨两口子干的，早春气不打一处来，拿菜刀往灶台一拍："李家墨你欺人太甚，我和你拼了。"正要出门槛，又转身回来：忍字头上一把刀，要以和为贵。毕竟远亲不如近邻啊！人敬我一尺，我敬人一丈，不信一直就不能感化他？

于是，她决定自己请人来盖上瓦，重新找来树苗栽上。

第二天清晨，早春陪任嫂去茶馆相亲，双方都满意，并且男方也愿意到任嫂家住，以后生的孩子也愿随李姓。任嫂能找到满意的对象，让早春替她十分高兴。

正当她们有说有笑回到家里时，狂风大作，一道闪电像金钩一样划破长空，"轰隆隆"雷声大作，竹林被吹得东倒西歪，发出声声闷吼。

早春快跑回家，猪圈上的瓦又被掀落一地，豆大的雨点在碎瓦片上跳跃，猪在猪圈里哼哼唧唧地左窜右跳。她赶忙披上蓑衣，打开猪圈门，和正放牛回来的二娃，将猪牵进自己房间。到门前一看，昨天新栽的树又横躺在地上，任雨水溅打。

李徐氏又告诉她说："是李家墨、张嘴吹干的，我没拦住。"

李家墨蹲在门前，端着长烟杆吧嗒着烟，盯着早春得意地狞笑着。张嘴吹拍着巴掌，跳着小脚，呸地吐着口水，指着早春骂。

早春剜了他们一眼，狠狠地回击道："善有善报，恶有恶报。希望你们不要太过分！"说完，就披着蓑衣、戴着雨篷，去给杨主任反映情况，李家墨也戴着雨篷在后尾随着。

早春回来后，雨已停，她重新栽上树，又请人盖上了瓦，但仍将猪拴在房里。

李家墨站在阶沿上，吧嗒吧嗒抽着长烟管，吐出一圈烟雾得意地看着早春，转着小眼珠想，你去找人杨主任，他没来，说明不想管这事，又恶狠狠将烟杆往地上一磕："那么我看你，有多少钱买瓦来盖，我要让你冯早春喂不成猪！"

清晨，二娃牵牛去山后放，早春背着背篓出了门。但她没上垭口，而是在山后边扯猪草，边观察着。听见"哗啦啦"瓦片的响声，早春站起身见李家墨和张嘴吹正站在板凳上，用钉耙在掀自家猪圈屋上的瓦，惊得鸟扑棱扑棱飞，鸡咯咯乱叫。

婆婆吃完早春送的早茶后，安静地睡在房里，嘀咕道："虽满意这早春的言行，但她也是个敢惹事，天不怕地不怕的主，希望别惹出啥大事才好。"李家才不满地吼道："换啥竹林，成天吵骂得不安宁。"

早春快步跑去右边，喊杨主任。其实杨主任上次就要来，可早春对他说："我想再给他李家墨一次机会，如果能感化他，邻里不是更好相处？"

杨主任点头道："希望他李家墨能理解你的苦心才好。"又叹了一口气道："凭我对他的了解，只怕他不会收手的。"

"果然让我说中了吧。"杨主任说着，连忙带几个武装人员赶来。他左手拿协议书，右手指着，大喝道："李家墨，说话不算数，你还是个男人吗？"

李家墨停止了掀瓦，不慌不忙从板凳上下来，拍了拍身上的灰，理直气壮地指了指早春的猪圈道："我是同意她盖，你看她盖得比竹子还高，我不该掀吗？"张嘴吹也不停地骂着。

早春双手叉腰，怒视着李家墨。

杨主任黑着脸，怒吼道："李家墨，这不是旧社会，你想怎样就怎样的时代了。按规定你们夫妇毁坏私人财物，不仅要赔偿，还要被我抓去游斗！"

"把他俩抓起来。"杨主任怒喝一声，几名武装人员蜂拥上前拉住两人就走，张嘴吹口里仍不断地骂着。

早春怒视李家墨："我不是怕你才让了你两次，而是希望邻里乡亲和睦相处。谁知你不知悔改……"

"哼！他会和睦相处？他是不达目的不罢休，不撵走这一湾人不收手的人。"

任嫂听到声响，也来挖苦着李家墨。

陆续有人跑来围观，李家墨的三个孩子也站在房檐下向这里张望。

杨主任手一摆，怒喝道："都这样无法无天，损坏私人财产还行？给我拉去先游斗，再回来盖瓦栽树。"

李家墨怕了，心想，挨斗游街就完了，以后想当干部出人头地，与早春斗都没资本了，忙喝住张嘴吹。

张嘴吹赶忙闭了嘴，李家墨摸着红鼻头，向杨主任求情道："求求您放了我这一次，我给她盖上瓦片还不行吗？"

杨主任看向早春："这要看冯代表同不同意。"

早春左手叉腰，右手一摆："可以不拉去斗。但要盖上瓦，栽好门前被你们扯的果树，付了前两次盖瓦的工钱才行。"

她弯腰捡起被风吹落的干竹枝，对着李家墨，双手用力狠狠折断："否则我誓不罢休。"

李家墨翻转着小眼珠，心有不甘，恨恨地盯着早春不语。

杨主任发话道："带走！"张嘴吹当即瘫坐地下。

几人架着李家墨夫妇要走，李家墨只得点头哈腰，喊道："我答应照办。我答应照办。"

李家墨这次赔了钱，吃了大亏。他当然心有不甘，滴溜转着小眼珠，再生一计，"我就不信赶不走你冯早春！"

让早春高兴的是，好多人家包括李家墨都如早春一样盖起了立体式的猪舍。早春又忙着给人、猪看病。

这天她在豌豆田里扯完草，杨家湾一大群人戴着草帽在树荫下围着早春。她正给他们传授着医学知识，二娃气喘吁吁抹着汗喊道："早春，你快回去看看吧。屋里来了个男人，幺妹也回来了，他们三个在屋里哭成一团。"

第 33 章　婆媳嫌隙

夏天的风也是热的，热得人透不过气来，早春双手反拉了下背篓绳，站在半山腰的桐树下，喘着粗气，她右手取下草帽快摇着扇风，对身后垂头丧气的二娃说："妈要嫁人是正常的，只要那人对她好，我们还应替她高兴啊。"

二娃紧走几步上前，接过早春背着的背篓，黑着脸气哼哼地嘟囔道："已经和那男人生活几天了。这么大年纪了还要嫁人，也不嫌丢人！"

早春扶着酸胀的腰，继续往前走，说道："《新婚姻法》出台后，政府提倡婚姻自由，不论年长的、年轻的、丧偶的，父母不能包办子女婚姻，子女无权干涉老人再婚。包办婚姻也可解除婚姻关系，去重新寻求幸福，有啥丢人的？"

六十二岁的李徐氏，田有早春他们帮忙种，早春舍不得吃，也要给她做鸡蛋早茶，过着丰衣足食的生活，红光满面、神清气爽。见和她年龄差不多的都再嫁了，便萌生了想找个老来伴的想法。在李家墨的鼓动下，更坚定她再婚的决心。恰在这时，李家墨找人给她介绍了一个比她小十岁的男人。那男人同意，她也喜欢。但她一直瞒着没跟家人说。

一阵风吹得树叶沙沙舞动，早春透过树缝看着蓝天白云，思绪回到了那天的场景。

她去井峰区公所开会，中午休息去看望坐诊的冯先生时，她曾经帮过的女子张全英，急急忙忙找来说："冯代表，我有急事要跟你说。"她红扑扑的脸上，汗珠不断地往外淌，拉着早春，一脸真诚地对她说着。

"张大姐，不急，慢慢说。"早春将她拉进茶馆，找了个角落坐下来，筛了茶，递给她。

张全英拿起杯子一口喝光了茶水，用袖子揩着嘴角说道："本来这件事，我准备把它烂在肚子里，随我进棺材。再加上当时族人和别有用心的人把我吊在树上，往死里打，我也没说半个字。但你对我们母子有救命之恩，又怕你婆婆上当，才下决心要让你知道真相。"

早春又给她添满茶，望着她说道："谢谢大姐对我的信任。"

"当初，家族有人怀疑我是对的，我男人刚死，有人要赶走我争财产。为了给他立个门户，我与我家的长工有了关系。他不是别人，就是别人给你婆婆介绍的那个男人。怀孕时族人中就有人兴师问罪，往死里打我，要我交出那男人，为保全他，我硬是没说一个字。"

"委屈你了！"早春拍着张全英的手，安慰着她。

张全英感激地望着早春，又愤然道："现在解放了，那男人已丧妻。为了孩子，我去找他，想和他结婚。但他绝情地说，哼！一个地主婆子，想往我身上贴，没门！"

张全英抹着泪，早春抚着她的肩。她泣诉着："更可气的是，他还佯装不知，参与吊打我们母子……"

张全英说着已是泣不成声，早春递给她手绢，气愤地说道："也太可恨了！虎毒还不食子！这种黑心肠，肯定不会有好下场的！"

张全英平复了下情绪，继续说道："这个男人就是居心叵测，是李家墨对他说，你婆婆有几亩水田，李徐氏年纪已大，一旦过世，田就是他的……"

"又是李家墨。"早春怒捶桌子道，"为什么他就处处跟我过不去呢？"

早春想，人有形形色色，如果他是真心待婆婆，倒无可厚非，还应为老人高兴，怕是不真心对婆婆好，只看上了两亩水田。这样的话，对婆婆不是伤害更大吗？她不好直接去跟李徐氏明说，本来外出工作她就不满，直说意见肯定更大。早春只得等待时机。

早春想着心事，拾级而上。本就不善言辞的李二娃，气冲冲径直回房"砰"地关上门，睡了。李家墨蹲在街沿上，阴狠地盯着早春，又得意地狞笑着，心想，我叫你后院起火，看你咋处理。

门外没有一丝风，树静静地立着。太阳火辣辣地照着房顶，光线从门缝、瓦隙里洒进屋里，斑斑点点洒在每个人身上。早春进门时，见婆婆紧挨一个男人坐着，姑妹趴在她肩头哭得全身颤抖。李家才低垂着头，红肿着眼，猛吸着烟。妯娌不停地扯衣袖揩着红肿的眼睛，哽咽着说："妈走了以后要怎么办哟，没人给我们帮忙了。"

早春靠着厨房门站着，看了一眼垂头坐着的那男人说："牛头尖，马头圆，今天有啥好事到我家门前？"

那男人抬起头，张了张嘴，"我……"李徐氏右手扯了他衣服一把，左手不停摇着扇，以没商量的口气说："你们的父亲三十二岁就走了，我养大你们也不容易，现在你们三兄妹都成家了，我也想找个老伴儿相互照顾。"

屋外没有一丝风，蝉的噪鸣声此起彼伏。早春捋了下额前的头发说："少来夫妻老来伴，政府支持，我也没意见。"

李家才将烟头在地上狠狠地掐灭，姑妹不停地抽泣着。

婆婆和那个男人，吃惊又惊喜地看着早春。门外李家墨得意地把烟杆磕在地上，然后站起来，背着手在早春门前来回踱着，心想，我以为你冯早春要大闹反对哩！没想到这么爽快就答应了。那么，离我们赶走你冯早春的日子不远啰……

早春从灶台上端碗水"咕噜咕噜"地喝了，放下碗，扫视了一下每个人，咳了两声，铿锵有力地说道："只是我今天要先问一句，是娶走？还是来这里上门？"

那男人低头搓手，声如蚊虫般嗫嚅道："是来这里住。"

李家才夫妇一听这话，忙止住了哭，睁圆了眼睛看着他。

早春狠狠地盯着那男人道："你今天没说话的资格，我问我们妈。"

李徐氏左手摇扇的速度更快，底气不足道："是他过来住。"

姑妹、妯娌夫妇同时抬头看向阳光下的早春。

早春捋着额前头发，拖长声调道："那，我说句不中听的话，男人如果有担当有责任心的话，应该是将人娶进门，而不是靠女人来吃闲饭。"

其他人一齐将目光转向那男人。那男人慌乱地低下了头，汗珠大颗大颗往下滚。

李家墨又手拿烟杆，背着手在门外踱来踱去。

早春手指那男人，厉声道："说穿了就是你娶走，我们的妈嫁给你，嫁汉嫁汉穿衣吃饭，我同意。如果来这里，一句话，我没义务养你。"

李家才夫妇听早春这样说，连忙说："我们同意二嫂的意见。"

李徐氏急得皱脸发红，右手解着领口衣扣，恨恨地盯着早春，左手一个劲地摇扇。

那男人只低头弱弱说了句："我回家与侄子们商量后，再答复你们。"就落寞地向外走去，慌乱中被门槛绊了个趔趄，忙扶门站起，头也不回地走了。之后，就再没见那个男人来过……

早春不客气道："堂中有酒好留客，无酒无菜客难留"。

李徐氏歪倒床上，呼天抢地，捶胸顿足："不孝顺的东西，敢干涉我的婚事，我跟你没完！"

早春好言劝道："妈，您了解他的为人吗？我也是怕您受伤害啊！"

李徐氏一跃从床上跳起来，双手要推早春："你就是没安好心！"

早春赶忙闪开，回到了自己房里。

李家墨又蹲在转角处，阴着脸，恶狠狠地吧嗒着烟，吐着烟雾。没想到自己费尽心思策划的这个再婚事件，让她冯早春不轻不重的几句话就化解了。他真是低估了自己的对手。还好，挑起了李徐氏对她冯早春的恨，就不怕赶不走她。

李徐氏难以释怀早春的行为，总认为她是故意阻拦，对早春心生恨意，见早春在外开会回来晚了，也免不了要数落一番："深更半夜回来，谁知在外做了啥见不得人的事。"

那段时间，又有湾外湾内小孩编顺口溜唱："羞死个人，笑死个人，李徐氏六十二岁，还找男人。"

李徐氏就怀疑是早春所为，对早春是看哪儿哪儿不顺眼，见早春不是训就是骂。

一天，早春和二娃去对面山上锄草，发现小孩又在拍着手唱，于是喊来她曾经给治病的小孩一问，才知道是李家墨和花鼻梁教他们唱的。早春就一个个找到小孩的母亲："大嫂，你让你家小孩不要唱了，我婆婆也是那把年纪的人了。唱得多难听啊！"

她们答应管住自家的小孩，早春和二娃才放心地回了家。

回家后，二娃说给他母亲听，反而遭到李徐氏的一番抢白："她会那么好心？你不要事事都顺着你媳妇，滚！我怎么就养了你这么个娶了媳妇忘了娘的白眼儿狼啊！"说着拿着身旁的扁担就打。

李家墨故意在门口往里喊："儿子无能，媳妇才不孝啊！"惹得李徐氏捶胸顿足，哭骂开了："我怎么弄了这么个霸道媳妇哟！她妈咋生了这么个害人精，来害我哟。"

"你骂我可以，骂我娘就万万不可能！"早春将正切黄瓜的刀在砧板上拍得嘭嘭响。

李徐氏自知理亏，只得默不作声地蒙头睡在床上。

早春指着李徐氏，哭诉道："从我进你家门，是不尊重你了，还是不孝顺你了？我怀了孕舍不得吃，也要给你做早茶。我没做一件新衣也要给你每年做几套新的，呜呜……"

二娃见早春哭得声音颤抖，拉她进房："你少激动，还怀着孩子哩。"早春推开二娃，二娃硬拽着早春进了房："你先睡会儿，我做饭给你吃。"

"我这是为啥呀！好心被人当成驴肝肺。"早春躺在床上哭唱着《哭嫁歌》之《骂我爹娘万不能》，来排泄心中的委屈。

二娃做饭后，端给李徐氏，被赶了出来："你这个没出息的东西。"

区公所几次上门要调早春去工作，都被李徐氏和张嘴吹骂走了。

好在有任嫂和汪嫂，早春可以去她们那里做鞋底、做衣服，说说知心话。在外面的工作中也还能找到乐趣。

早春不想和婆婆计较太多，日久见人心，她相信，总有一天婆婆会理解自己的。

当地有接出嫁女农闲回娘家休养的习惯，有"正月耍成连架翻，五月耍成扮桶响"的说法。妯娌夫妇被接回了娘家。早春没回娘家，她让二娃如以往一样去接回老姑妈和姑妹，也想借此缓和和婆婆的关系。

早春做好饭，让姑妹去叫婆婆来一起吃，她仍然不来，早春只得让二娃端过去。

早春带二人去高峰山玩，去街上坐茶馆。出门时，让老姑妈和姑妹去劝婆婆一起去，二人好劝歹劝，她都不去。早春给她们二人和婆婆扯了布，做了衣服。衣服拿回家，早春给李徐氏送去时，她仍然把衣服甩了出来。老姑妈拿着衣服去劝李徐氏"你这是身在福中不知福"，她才勉强放在了箱子里。

午饭后，酷暑难耐的时候，早春一手提水壶，一手拿碗。老姑妈、姑妹各自提着装针线的篾篼，手拿小板凳，出后门，走过李家墨的竹林，去早春自己家的一片竹林里做针线活。姑妹李家芝说："把后门的竹全换过来才好。"

这时，一阵山风吹来，带来阵阵泥土、花草、农作物的清香。早春深深吸了一口气说："他要换，我还不干呢。"又指了指前后说，我很喜欢这里，就喜欢在这里做针线，做家务活。连晒场都在竹林后的一块石坡上。前面院坝，几家人争着晒粮食，那就让他们好了。"

这时，太阳从竹林的缝隙漏下点点光斑，洒在草地上和早春她们的身上。鸡在这竹林里觅着食，鸭在水坑里游着，杜鹃鸟和其他山雀在山林里叫个不停。一阵清风吹来，周围浓密的竹叶、果树叶发出沙沙的响声。塘水被微风吹起阵阵涟漪，早春飞针走线地给未出世的孩子绣肚兜。李家芝也有了身孕，也在做着小孩衣服。老姑妈也没闲着，在纳着鞋底。二娃在一旁翻飞着竹篾编背篼，小照芳在边上请教学习。

老姑妈夸早春道："侄媳妇，我看你猪鸡鸭喂得好，要不了几年光景，啥水果都有了。"

早春说："到时保证您老人家来，天天有水果，鸡鸭鱼肉由您选，还有一群孩子围着您笑闹。"

"哈哈哈"，大家笑得流眼泪，老姑妈扯起衣服揩着泪："二娃你有福哟！弄到这么个好媳妇儿，我这老婆子也跟着你沾光，这新衣服新鞋的都给我们做好了！"

二娃就翻转着竹片，嘿嘿地笑。

早春把针在头上擦了下道："这还不是享毛主席他老人家的福，才有现在的好生活啊。"

有行人不时从垭口下来，经过竹林，早春都热情地招呼人喝水解渴。有的找早春看牙疼，有的治腰伤，还有的找早春咨询治猪病的方法……

等人走后，老姑妈夸早春道："侄媳妇啊，你真有我李家老爷乐善好施的风范啊！"又叹息一声："唉！我那弟妹（即早春婆婆）也不知咋想的，找男人找个品行好、年纪相当的也成啊！拿起的福不会享，净听李家墨调摆，自己以前不知被欺负成啥样子了。她是好了伤疤忘了痛，现在日子这么好，反而折腾起自家这么好的媳妇来了……"

姑妹也一脸无奈："唉！老了老了，糊涂了，变得好坏不分了。"

早春宽慰二人道："你们也不用担心，她迟早会想通的。"

这时，对门苏石匠在池塘边扯着嗓子喊："冯代表，几家人争着往秧田放水，打了起来，快去帮忙劝劝。"

早春丢下针线就走，老姑妈道："侄媳妇，有身孕的人，小心点。"

早春头也不回，"没事的，哪有那么娇贵"。

早春和苏石匠去劝了好半天，才做好工作。她感叹道："都是这河渠小，又淤阻导致的啊！如果河挖得大而深，旱有水灌，淹能排出，不就没这些事了？"

在场的人都有同感，说道："冯代表，你不是人民的代表吗？要向政府反映我们老百姓的心声哟！"

李家墨和花鼻梁不满道："她是啥代表，只顾自己。家里都闹得不可开交，还有闲心管我们？"

早春斜看了他们一眼，去走访了附近的湾组，发现都存在雨天不能排、旱天没水灌的现象。早春联系了十多名代表，写出了"扩挖河渠，确保排灌畅通"的建议，呈报给区政府人大办公室。

第 34 章　失子之痛

冬播过后，进入农闲时期。一天晚上，灯光下，早春吱呀吱呀摇动纺车在纺线，二娃翻转竹片编着筲箕。他对早春讲道："好多人都去遂宁挑盐卖，我也想去挣点钱回来，把欠苏石匠他们的工钱还上。你身子越来越笨重，我又不放心出门。"

早春看着自己凸起的肚子，左手扬起抽着线道："我哪有那么娇贵呀！我倒是担心你的胃。"

"我现在人已经好多了。再说，你要坐月子了，我也想多挣点钱回来，给你买点补品。"

这时杨家湾有人叫早春去给小孩看病，回来时，她去找杨主任借了个军用水壶。

第二天，薄雾笼罩着村庄，太阳从山顶露出圆圆的脸。二娃挑着担子出门时，早春把装有开水的军用水壶给他，帮他拍去身上的篾屑："你少挑点，不要累着，一日三餐吃点热的、易消化的食物。"

二娃也满脸关切道："你在家也注意点，不要舍不得吃。"

早春看着太阳下，二娃离去的背影，突然有些失落。下午，早春和任嫂各自弯腰在田里扯萝卜，说着各自怀孕的体会时，伍主任站在田边喊道："冯代表，你和代表们提的清挖河渠的建议被政府采纳了。"

早春和任嫂同时站起来，高兴道："真的吗？太好了！"

伍主任也进他自己田里，弯腰扯着菠菜说："区政府计划在原有小河沟的基础上，扩挖一条贯通全区各大队的大河流。各大队要拿出规划，在原有小河沟的基础上扩挖一条贯通全大队的河流。"

早春拍着胸脯说："伍主任，大队需要我干啥，尽管安排。"

"大队安排你负责我们这个队。"伍主任看了看早春笨重的身子，关心道，"你这怀着孩子，二娃又不在家，能行吗？要不换个人？"

早春将萝卜丢背篼里："没问题啊，保证完成任务。"

大队水利技术员和几个人用石灰画了线，早春就挺着肚子，手拿话筒，跑前跑后到家家户户宣传、动员，再一家一户将人叫去挖河的地点。

大家到河堤时，站在石拱桥上，见一条较浅的河床上全是杂草淤泥，上面是一层玻璃样透亮的冰。

天阴沉沉的，北风呼呼吹着，从山顶吹下来，把河边的树吹得左摇右摆。人们站在空旷的河床边，呼出的热气也好像冻成了冰。大家穿着棉衣棉鞋，腰间系根草绳或腰带，戴着棉帽都还冻得上下牙齿打架，全身瑟瑟发抖，都没下河的意思。

早春到河边时，大家七嘴八舌对她说："冯代表，我看还是算了吧！"

"这么冷，下去准冻感冒。"

"等明年开春，热乎点再来挖吧！"

早春抹了把额头的汗，左手扶着腰，喘着粗气，笑道："在家搂着老婆焐被窝，烤火肯定舒服。"

此话一出，引来一阵大笑，有人道："你让二娃在被窝里搂着不舒服吗？"

"一个个没正经起来有劲得很。"早春调侃着众人道，"一到干正经事，就蔫了。"又瞟见李家墨和花鼻梁二人没笑，头挨头在小声嘀咕着。

早春指着几人道："那你们不要再为争水打破脑壳呀！"大家不笑了。

早春继续大声说着："闲时备来急时用。现在有现在的任务，春天植树备耕也忙。现在虽冷，咬咬牙也就过去了。河渠挖好了，明年两边栽上柳树，不仅排灌方便，既能让水稻增产，大家累了不还可以坐下歇荫吗？"

听了早春的鼓动，河水流淌，杨柳依依的景象立马浮现在了众人脑海。大家开始坐下脱鞋准备下去。

李家墨摸着红鼻头，阴冷地喊道："你站着说话不腰疼。你不是人民代表吗？你不是共产党员吗？你不是天天在宣传男女平等吗？你倒是带头给我们看看呀。"心里恶狠狠地想，我让你胎儿不保！到时你冯早春不走都不行！

花鼻梁也喊道："是的啊，代表不带头，谁去挖？"

早春没搭理他们，她挺着大肚子，扶着旁边的树坐下，先抬左脚脱了棉鞋，又抬右脚脱掉鞋后，就往淤泥里走。脚踩到冰面上，发出嚓嚓的声响。只见她弓着腰，举起锄头，砸得冰花哗哗四溅。

早春打着赤脚下去，那个冷呀，冰冷刺骨，如浸在冰窖般，冰凉随即漫过早

225

春全身，她禁不住上下牙打架，全身发抖。孩子因受到这冰冷的刺激，在早春的肚子里乱蹬乱踢得欢。

北风发出呜呜的怪吼，吹掉了人们的帽子，也吹散了早春的头巾。她不管不顾，咬着牙举起锄头，使劲地挖下去，将淤泥一锄一锄往堤上甩去。她知道如果自己这时上了岸，人们都会回去，淤泥清挖不出来，就前功尽弃了。她在心里喊道：孩子，别怕，妈妈用力挖一会儿就不冷了！

杨四祥和苏石匠等人见早春一个女人，且还是一个孕妇，都不怕冷，他们也跟着脱了鞋，下到了河里。

苏石匠用力喊道："冯代表的田在河边上，排取水都方便。我们自家的女人，在家烤火纳鞋底，她挺个大肚子这么干，是为啥？还不是为了大家每年取水排灌方便，有好收成吗？"

早春挺着肚子下到结冰的淤泥里，大家都很震撼，再听苏石匠一喊，也纷纷脱掉棉鞋往冰水里跳。李家墨和花鼻梁也识相地、极不情愿地下到了河里。

这么多人支持着早春，在这冬日的寒风中，早春感到心里暖暖的。很快河床里忙碌了起来，锄头在飞舞，淤泥在风中形成一道道抛物线后，重重地拍落在岸上。

挖河扒淤都是重且累的体力活，大多是男人。早春她们这个组就三个女同志，还有一个是王月莲。说来也巧，她和早春是同一天结婚，她的家境很好。因她爱人在银行工作，又是地主成分，没少被李、花等人拉去斗。早春从中替她说了不少话，还用药酒帮她治伤，她对早春也心存感激。

王月莲下到河沟里，要拉早春上岸："你有身孕，你吃得消，孩子可受不了啊！"

好些男人也劝道："你就上岸吧。"

早春婉言谢绝道："谢谢大家的关心。穷苦人家出身的人，身子哪有那么娇贵呀！放心吧！没事的。"

她坚持和大家一起干活。人多力量大，河面淤泥杂草除完了，人们也干得出了汗，大多褪去了棉帽棉袄，顺手丢在了河边。

早春克服着妊娠的诸多不适，又挑着几十斤重的担子，在工地上走动。人们挑的挑，挖的挖，人来人往，工地繁忙而热闹。

苏石匠喊道："冯代表，你唱歌给我们听吧！"得到大家的响应后，早春挑着担子，扯开嗓子唱道："寒冬腊月来挑河，只为取水更方便，来年丰收心欢喜。"

大家笑答早春："你生个胖小子乐哈哈！"

河堤上顿时响起欢快的笑声。来视察的区委李书记、大队的伍主任等领导，也被早春他们欢快热闹的场面鼓舞，还留下来帮忙挑了一会儿才离开。

早春明显感到了体力不支，浑身酸疼，豆大的汗珠直往下滴，她心里发慌，两眼发花，两腿直打颤，肚子隐隐作痛。

这时有人说："冯代表，你不是说男女平等吗？你咋不让二娃怀孕？"

早春也不示弱："那你咋不先怀？"

阵阵笑声在河堤上响起，只有李家墨和花鼻梁阴着脸总是不笑。李家墨虽佩服早春的吃苦耐劳，但那么多人信任她，让他如鲠在喉极不舒服，他狠挖一锄，什么时候拔掉这个眼中钉肉中刺才好？

有人对早春说："我咋就没娶到你这么能干的人呢？"

早春笑着反驳道："你以为你行，我还看不上你呢！我家二娃虽老实，但心肠极好，也支持我外出工作。如果你老婆出来工作、宣传，你会支持吗？"

那些人无言以对了。早春咬牙坚持挑着担，眼看到了中午，她才喊道："回家吃中饭，稍微休息后再来。"

早春迎着呼呼的北风，左手扶腰，一步一摇挪回家，腿和脚都肿了起来。踏进门的那一刻，婆婆和妯娌夫妇，围着火盆有说有笑地吃着饭。妯娌说："二嫂，来和我们一起吃吧！"

婆婆抢白着妯娌："要你多嘴。她不是挺能的吗？"

李家才见早春进门，也停住了笑，只管吃着自己的饭。

猪圈里的猪在哼哼唧唧乱叫，鸡被婆婆打得乱飞，边打边骂："你还想吃，早滚早死好！"

李家墨站在街沿，故意用筷子将大碗敲得叮当响。

"婆婆他们也太过分了！对我有想法，对这猪的叫声也充耳不闻。"两滴清泪不自觉地滚出眼窝，早春吃力地弯腰抱了一抱菜叶，丢到猪槽里。手背擦着眼睛，心比这寒风吹到身上还凉，靠在门框上才让自己没倒下。她多想拖着沉重的身体去躺下，捂着被子痛痛快快哭一场啊！自己究竟得罪了谁啊！为他们做那么多咋

227

就焐不热他们的心呢？孩子在她肚子里不安分地踢打得厉害。早春啊，人是铁，饭是钢，一顿不吃饿得慌，孩子不能跟着你受饿啊！更何况下午的河堤还要去挑，对！我不能倒下！想到这里，她就挪步去刷锅加水生火拉风箱做饭。

正在这时，任嫂喊："弟妹，我给你端来了一碗鸡蛋面，快吃！"

小照芳喊："二娘，我给您送来了一碗猪油炒饭。"

汪嫂也送来了一碗凉粉。早春泪眼蒙眬地吃完了这个丰盛的午餐，又提了糠烧了热水喂猪、喂鸡。稍微休息后，下午她又拿着话筒，吆喝着上工……

当天，早春她们队就赢得了"开门红"。下午评比时，完成的工程量不仅全大队第一，全区也名列前茅。大喇叭里就有区指挥部宣传组采写的表扬早春这个队的广播稿。真是旗开得胜，更加鼓舞了士气。

在以后的挖河中，俗话说"火车跑得快，全靠车头带"。由于早春身先士卒，事事带头，她们这个队提前完成了任务。

大队又抽调她去落后的队加强宣传，督办。本已疲惫不堪的她，稍微迟疑了一下，又想既然领导信任就去吧！

她又马不停蹄地到工地宣传，拿着话筒，使出全身力气喊着，唱着，鼓舞士气。有时还挑土、挖土。长长的工地上，总能见她挺着肚子穿梭忙碌的身影。有人扭伤碰伤，她现场医治，人们被她的精神感染着，大队也提前完成了任务。区李书记等领导对她大加赞赏，表彰她为先进个人，发了一个随身背的小热水壶。早春想，这下二娃出门方便了。

区委组织河堤验收检查，当一条崭新光亮如银带的河呈现在大家面前时，李书记说："这一条贯通全区的大型河流，都是冯早春等代表积极反映民意，才促使我们下决心完成的工程啊。"

冬季太阳柔软的光，照得河水波光粼粼，照得早春懒洋洋的。她欣喜之时，感到了从未有过的倦怠。她身体如抽了筋般酸软乏力。北风一吹，冷得她全身发抖。本以为自己的孩子和自己一样坚强，总认为自己壮如牛的身体能给孩子足够的保护，不会出什么问题，可是还是出事了。她头重脚轻，腿如弹棉花般，一脚踏空，身体不受控制地向旁边的河水里栽去。

那一刻，她惊恐万状，大脑轰鸣。她双手舞动着想抓住什么，可什么也抓不住，她听到了自己倒下的声音，随即身体开始下沉。她的双手双腿仍是乱舞乱动，但笨重的身体很快支撑不住，阴冷迅速地传遍她全身的每个部位。体内的婴儿可能是受到了冰水的侵袭，更加狂踢乱跳。一股比河水还要冰冷的寒意在早春的脑海里盘旋，在挣扎中她感到已是力不从心，身体开始往下沉去。

她知道一切已是徒劳，双手不再舞动，闭上眼睛，捂住肚子，呼吸的窒息迫使她张开嘴大口大口地喝着水，眼泪流了出来，想哭却又哭不出声来。只有肚子里的孩子仍在不停地翻腾、蹬打、舞动。她从心底悲凉地喊了一声："我的孩子……"

当随行的人们七手八脚把她送到井峰街医院时，李书记发话，要尽全力抢救早春和她的孩子。

一番抢救后，医生无奈地摇了摇头："可惜了，男孩因早产心跳呼吸微弱，没法抢救过来。"

第 35 章　住回娘家

　　天空纷纷扬扬飘起了雪花。医院病床上的床单、墙都如这雪一样白，映衬着早春憔悴的脸庞。当她苏醒后，手迅速摸着肚子："孩子，我的孩子。"

　　她母亲冯杨氏嘤嘤泣诉："老天啊，她可是一直积德行善啊，你为什么要夺走她的孩子啊？她醒来后，可怎么活啊，又怎么向二娃交代啊！"

　　雪从房顶瓦缝、窗缝飞入病房，落在早春苍白的脸上，和着两颊的泪水肆意倾泻而下。剜心的痛从心底向她的全身弥漫开来，她歇斯底里地敲打着自己的头："孩子，是娘没用，没保护好你呀！"

　　她掀开被子，支撑着下床，拼死命地找医生抱来孩子，死死抱着，不吃不喝也不睡，谁劝她，她就和谁急："我孩子只是睡着了。"在场的人无不摇头叹息落泪。

　　最后是冯先生来到了她的病床前，轻拍她的肩："春啊，孩子是睡了。让我换你抱抱，你也睡会儿，听话，好吗？"

　　她才让冯先生抱走了孩子，安静地睡了下去。不一会儿又噩梦惊醒，哭闹着下床："我的孩子，我的孩子！"

　　李书记、李部长等人送来了慰问金、营养品，早春仍木然地、忧伤地低垂着头。昔日开朗活泼的早春不见了，领导们不忍多看，眼圈发红地走出病房，安排大队要照顾好早春的生活。

　　伍主任去通知早春婆婆和妯娌夫妇来看早春，并让他们接早春回家。立夏准备来看早春，被婆婆喝住："害死我孙儿的人，让她死在外才好！不许去看她，更不许接她回来！"

　　伍主任见李徐氏对早春成见之深，再没说什么，只是和杨主任商量后，让人带信给背盐的二娃，让他尽早回来。倒是妯娌偷着去看了早春，送去了些鸡蛋、红糖。任嫂和小照芳寸步不离地守在早春床前。一些早春救助过的人也陆陆续续前来病房探望、劝慰。

　　病房外，冯先生和冯杨氏商量着，要接早春去娘家照顾。任嫂不容置疑地说：

"还是让她回家吧，哪有出嫁女坐月子回娘家的道理。回去后，我来照顾她。"

小照芳也说："我也可以给二娘做饭吃啊！"

冯杨氏忧虑地说："只怕是李徐氏还难以释怀她再婚的事，总认为是早春干涉了她。这次她肯定不会饶过早春，会借机给早春更大的气受。那她的身体怎么吃得消啊！"

二娃知道自己的儿子没了后，蹲在地上埋着头恸哭不止。从不抽烟的他，买来烟，颤抖着双手，"刺刺"划了好几次火柴，点燃烟，猛抽了一顿，才抬腿从遂宁往井峰医院跑去。

来到医院的二娃，坐在早春床边，眼里满是疼惜，双手紧握着早春的手，轻轻说了一句："我接你回家！"

早春拉被蒙头，又一阵啜泣，二娃红着眼圈，轻拍着她的背。她本以为二娃会责怪她没保护好儿子，这样她心里还好受些。没想到二娃什么也没说，让早春更加自责。一句"接你回家"，让早春知道了二娃的担当和理解。

冯先生夫妇见二娃这样说，也放心了些，就没强求接早春回娘家照顾。

雪还在飞舞，李家湾山上山下，银装素裹，成了白色的海洋。李家墨站在街沿上，仰望天空，手接雪花捧着，得意地狂笑着："老天助我矣！冯早春不赶自跑，这李家湾迟早不还是老子的天下吗？"他从腰间抽出烟杆，狠打早春的枣树，树立即摇晃着，一团团雪哗哗落地，惊得觅食的鸡咯咯叫着，扑扑扇动翅膀逃走。

他"刺"地划火柴，点燃烟，猛吸一口，朝天惬意地吐着烟圈时，猛然间，他愣在了那里。

漫天雪花里，只见两人抬着滑竿从井边进村来，二娃打着油纸伞，给滑竿上盖着小兰花被的早春遮挡着风雪。

一行人过了鱼塘，走过李家墨的猪圈旁，停在了二娃家门口。这一切，犹如一块重石停在了李家墨的胸口，堵得他心慌，压得他喘不过气来。

任嫂扶早春进屋里躺下。对抱被子进房的二娃说："二兄弟，你们家冷锅冷灶的，我去家里给她用红糖先煮碗鸡蛋端来。"

二娃给早春披着被子道："谢谢嫂子！"

任嫂风风火火地出了门。早春蜷缩在床上，她将头严严实实地捂在被子里，

231

像要严严实实地包裹她的失子之痛一样。令早春没料到的是，还有更深的痛在等待着她。

李家墨没想到这个二娃倒对冯早春实心实意，又去把她接了回来。眼看着赶走早春的计划又落空，他又把心思投向李徐氏。

李徐氏这时提出烘笼（烤火的盆子）正在汪嫂家聊天。李家墨故意让他二儿子，去汪嫂门口大喊："二娃接她婆娘回来了！二娃接她婆娘回来了！"

李家墨就蹲在门口往烟袋里装着烟，滴溜着一双小眼，"我要加把柴把火烧旺，借李徐氏的手，赶走冯早春"。

李徐氏一听喊，就赶忙起身，迈着三寸金莲，提着烘笼往屋里碎跑着。

汪嫂在身后劝："您要忍忍，孩子没了会再有的。这么好的媳妇走了，就打着灯笼也找不到了。"

李徐氏到院坝时，李家墨不阴不阳地大声说："恭贺幺娘添男孙了！"

李徐氏弓身上台阶，扶着门进屋，劈头盖脸的训斥就来了："连孩子都保不住的女人接回来干啥？"

二娃小声分辩道："妈，她又不是故意的。"

"你还替她说话。"李徐氏举起手就打二娃。

早春躺在床上，捂在被子里不想动也不想说话。

李徐氏气冲冲地骂道："还不是故意的？我孙子都让她整没了！她就是成心不想过日子，必须让她走！"

二娃摸着头："如果早春走了，我也不会再遇到她这样对我好的人了。"

"没出息的东西，气死我了！"李徐氏丢下烘笼，从门角落抽出一根扁担，向二娃重重地打下去："现在条件好了，还怕找不到一个比她更好的女人吗？"

二娃双手抱头争辩道："她怕我胃病复发，怀孕自己都舍不得吃一口好饭，净让着我，重活累活都抢着干，去哪儿找得来这么好的女人！"

李家墨听着二娃的话，生怕李徐氏会心软，就在早春窗下喊："孩子都保护不了的女人，是不值得要的。"

李徐氏举扁担如雨点般打在二娃身上，边打边喊："气死我了。"

二娃仍说着："如果她走了，也不会有人这样照顾我的病了，我肯定只有死路一条了。"

"没出息的东西，老娘今天就打死你！"李徐氏喘着粗气，举扁担狠狠地打在二娃身上。

外面北风肆虐，竹叶、干树枝咔嚓断裂声清晰地传入早春耳里。她缩在被子里，李徐氏每拍打在二娃身上，就犹如落在她身上般疼。

二娃还说着："再说她对你也孝顺呀！早春嫁来这几年，衣服没添一件，却给你秋冬置新衣。自己吃粗粮，也要给你做早茶，你以为会有第二个来这样孝敬你……"

李徐氏听二娃这样说，心里虽承认早春能干，对儿子和自己也好，但一想到早春破坏了自己再婚的梦想，还处处顶撞自己，就心生怨恨，牙根痒痒。她想借此机会征服早春，让早春事事听她的。她继续挥舞着手里的扁担乱打，大吼道："不离可以，不能让她再出去开会、当干部了。"

早春本以为婆婆出点气，就会收手。没想到越打越厉害，想着自己失去孩子虽难过，二娃何尝不伤心？但他不仅没怪自己，反而处处替自己说话，这让她十分感动。婆婆现在又以让她不去工作为由打二娃，大有早春不答应，就把二娃往死里打的势头。二娃也不躲不让，由着自己的母亲打。扁担打在二娃身上，犹如落在早春的心上一般。

早春支撑着移向床边，伸出右手，拉开二娃："他一天没和我离婚，就还是我男人，我就不能让人把他打死。"

李徐氏气得脸发红，又"啪"地打下去，咬牙切齿喊道："我打我儿子关你屁事！"

这时李家才从他房里出来："二哥，也是你们的不对，不应该顶撞妈呀！你看把妈气的。"

听小儿子这样说，李徐氏更觉委屈，用力打下去，边哭边数落："我拉扯大你，容易吗？现在就忤逆我，以后还指望你孝顺我吗？"

李家墨唯恐赶不走早春，在门外火上浇油道："现在就顶撞你，还指望他孝顺你？拉倒吧。"

李徐氏急红了眼，挥舞扁担乱打一通。早春苍白着脸，坐起来拉二娃，扁担打到了她头上、脸上……

风吹得竹林呜呜怪叫，雪打得门窗噼里啪啦地响。早春痛彻心扉，凉入骨髓。全身如散了架般，无力地瘫倒了下去，双目紧闭，泪和血在她苍白的脸上不断地滚落，染得床单一片殷红。

这一幕正好被端着红糖鸡蛋前来的任嫂看见，她将碗放床边抽屉上，抢了扁担，指着李徐氏吼道："你们合伙欺负病人，不过分吗？"

小照芳也进来边哭边喊："你们不要打我二娘，她是好人！"

汪嫂也提着红糖鸡蛋进来对李徐氏说："有话不能好好说吗？她还在坐月子啊！"

任嫂坐床边拥着早春，对李徐氏喊道："孩子掉了就她一个人的责任？谁又关心她，照顾她了？你时时的打骂声对孩子没影响？她舍不得吃，自己做重活，还不是为了你儿子，为了这个家有好日子过。没想想以前这是个什么家？你以为自己的儿子能干，还是有个好身体？现在日子刚好点了，你又瞎折腾，我看你就是受人欺负的命，不欺负你还不习惯吧？"

又转向二娃："她对你这么好，连自己的婆娘都保护不了，算个男人吗？"

又对早春说："现在就接你去我家。"

一阵冷风吹得窗户旁的草帽落地。早春紧闭双眼，苍白的脸上血已凝固成斑点，她虚弱地摆着手。

二娃打来热水，拧了毛巾要给她擦脸，她双手推开，使出全身力气喊道："我哪里都不会去，今天在这里索性把话说清楚，孩子掉了，我有责任，怕耽误他二娃传宗接代，我可以离婚。过这种苦日子我不怕，怕的是不被人理解，不许我在外工作吗？不可能！再说，即使离了婚，我也不会走。因为我的田地、房产，政府都分在这里的。"

这时妯娌将婆婆和李家才二人拉回了房里。

李家墨看赶走早春不成，让张嘴吹又开始叫骂了。

至此，早春又生活在婆婆的埋怨和张嘴吹的骂声中。孩子没了，两个奶也胀得化了脓。她又没办法去扯草药，只得由李二娃陪着她，一步一挪到井峰街上找医生看。早晨出门，边走边坐，到晚上才能回来。早春在病得这么严重的情况下，还没忘请教医生治奶肿化脓的秘方，后来给许多妇女派上了用场。

早春的娘家人知道早春的处境后，以冯杨氏为主的七大姑八大姨来了十多人，要为早春讨公道。

早春极力拦着不许母亲去和婆婆争辩，但冯杨氏忍不下这口气："你一向天不怕地不怕，今天是咋啦？你付出那么多，巴心巴肝为这个家出头，想让她们过上好日子，一心一意为二娃治病，对她忍耐有加、付出有余。值得吗？"对着关着门的李徐氏大喊："我看她李徐氏就是个二百五，不知好歹的人，现在这个家刚抬起头来了，她倒来欺负你了！"

李家墨左手拿烟杆背在身后，不时用右手摸下红鼻头，在早春门前和猪圈间，来来回回地走。只有她冯早春走了，自己才能挣得好的前途，评先进、当劳模，才能轮到自己，才能比李二娃过得好，才能在这个队里为所欲为。于是他让张嘴吹去跳脚、吐唾沫地乱骂，连冯杨氏和娘家人也不堪入耳地叫骂。

冯杨氏气得直跺脚："这屋里屋外受欺负的日子，还是人过的吗？"随即狠拽着早春道："这次不管你同不同意，我坚决要带走你，坚决要让你和二娃离婚！"

李徐氏和妯娌夫妻躲在房里，没一人出来解释。

二娃满脸无奈地端茶递水："妈，您别生气，都是我的不是，没照顾好早春。"

冯杨氏叹了口气，对二娃说："你也不能怪我狠心要拆散你们，我家春儿也做到仁至义尽了。现在，你的病也好得差不多，家当也给你置齐了，鸡鸭牛都有了，果树也栽好了。按你妈说的，条件好了，还找不到人来侍候你吗？"

冯杨氏揩了一把泪，愤愤不平地大声喊道，对二娃，又像是对李徐氏："她走了，你妈肯定会给你找到比早春更好的，你们会过上更好的日子的……"

二娃跪抱着冯杨氏的腿，哭求道："妈，我会加倍对早春好，也会好好孝敬你们二老的！"

姑妹和老姑妈也来挽留早春。

早春姑姑们把门窗捶得咚咚响，愤愤地说："没用的！我们惹不起，还躲不起吗？我们这就接她走。"

早春住到了娘家，她想着婆婆不理解，李家墨的百般刁难，心灰意冷，真不想回到那个天天生活在骂声的环境里。又想到二娃对她的好，没保护好孩子，毕竟也亏欠他，天天又生活在矛盾煎熬之中。

姑姑劝她："春啊！你也不必自责，你们也算互不相欠了！"

二娃上门几次，都被冯杨氏挡在了门外。

年底，早春被表彰为劳模。春节后，人代会期间，区政府的李书记、李部长等人专程去看望慰问了早春，对她的付出给予了肯定和表扬。李部长说："冯代表，鉴于你的家庭状况，只要你愿意离婚，我们支持你，可以半边办理离婚手续。"

区政府组织人大政协代表，在新挖的河渠上带头植树。此情此景，还是引发了早春无限的伤悲。

李书记见早春沉浸在失子之痛中，有心要调整早春的心态，让她高兴起来，提议道："冯代表，给我们表演一个节目吧！"

大家鼓掌连说："好啊！好久没听到冯代表清脆的声音了！"

早春只得忍住自己的痛，唱起了《没有共产党就没有新中国》。

李书记对早春说："冯代表，考虑到你的身体状况，安排你协助妇联，抓好妇女工作，宣传《新婚姻法》。"

早春点着头："听领导安排。"

第 36 章　单人对唱

井峰区区政府坐落在街道正中间的后面，经一条河流上的一座石桥，进到区政府院内，区妇联办公室就在第一排的中间。办公室里，宣传干部把宣传《新婚姻法》的唱词递给妇联黄主任道："这是根据早春同志的建议，写得切合实际，通俗易懂的唱词。"

黄主任看了唱词后，说道："这男女对唱的唱词是写出来了，可区里一时没适合的男同志来唱啊？"

早春就主动请缨道："男女都由我唱，试试看吧。"

黄主任送早春到大门口时，说道："冯代表，那就辛苦了！要说，我还要感谢你呢，不是你婆婆阻拦，我现在的位置应该是你的。"

早春虽心里有些失落，但还是强颜欢笑道："到哪儿工作还不是一样。"

黄主任道："你是有能力有水平的人，干啥都能出成绩。"

早春看着黄主任说："谢谢你的鼓励，我只是想方设法完成我的工作任务而已。"

一大早，早春就起床，给父母做了早茶，洗衣挑水做饭。出嫁后，一直忙婆家的事，很少回来，这是她孝敬父母，照顾弟弟们的好机会。

太阳升起时，一家人迎着朝霞出发了。早春背上昨晚纺的线。大宝长得浓眉大眼、身材魁梧，出落成了一个帅小伙，他挑着菜，冯先生和小宝去出诊，冯杨氏也提了些鸡蛋去。一家人高高兴兴去赶集，早春则要演唱宣传《新婚姻法》。

早春卖了纺线后，把夹背给了大宝。她包了个藏青色的头巾，穿着大宝的衣服就站在当街比画着，由她一人男女对唱。

（男）正月里来是新春，如今妇女翻了身；

（女）政府规定婚姻法，一条一款我讲清；

（男）二月里来龙抬头，男女婚姻多自由……

早春唱得男声浑厚，女声清脆，许多赶场的人都围了过来，将她围得里三层，

237

外三层。

"咦！县剧团派演员来唱戏了。"

"明明是男女对唱，怎么就一个男孩子在唱呢？"

"你看这个男孩，女声唱得更好！"

大宝在人群中说："也不知你们啥眼神，明明就是一个女孩子嘛。"

有人不服气道："本来就是男人嘛！"说着还要和大宝打赌："小兄弟，我要说错了，请你喝茶！"

大宝拍着那人肩膀："那敢情好，咱们一言为定！"

早春唱完十二个月的内容后，人群中大喊："你究竟是男孩还是女孩呀！"

"快让我们一睹你真容吧。"

早春右手取下了头上的包巾，将秀发一甩，人群一片哗然："原来是你呀！冯代表，让我们瞎猜测了半天。"

"我还以为是县剧团来的专职演唱人员哩！"

"专职演员都没你唱得好！再唱一遍吧！"

刚才和大宝打赌的那人，不服气地说："你咋就事先知道是女孩呢？我咋就没看出来？"

大宝指了指早春，又指了指自己："她是我姐，我会不知道吗？"又拍了拍那人的胸脯："你放心吧！不会让你破费请客的。"引得人群一阵哈哈大笑。

因为是早春的第一场演唱，李书记、李部长、区妇联黄主任等人也来到了人群中，被这个场面感染了。

李书记赞道："冯代表真是干啥都能出成绩，这次把她留在区公所做宣传工作，该不会有人阻拦了吧！"

李部长道："她已回娘家，不会有人阻拦了。"

领导们看了一会儿就走了，只有黄主任留了下来。

大家要早春一遍接一遍地唱，黄主任怕早春嗓子吃不消，向人群喊道："父老乡亲们，现在休息，下午继续！"人群才陆续散去。

黄主任上前对早春说："唱得真好，太感人了！中午我请客，接你去食堂吃工作餐。"

在散去的人群中，早春看见了李二娃，他远远站在路边树下，向这边引颈张望。太阳光透过树缝，洒在二娃瘦弱的身上，让早春鼻子一酸。

她对黄主任说："谢谢你，我有点事，就不去食堂吃饭了！"说着，就赶忙穿过人群，向二娃走去。

李二娃递给早春一个小提篮。早春打开用旧棉袄捂着的瓦罐，揭开盖子，鸡汤的香味扑鼻而来。早春心头一热，泪在眼眶里打转："你又何必这么辛苦呢？你看这街上啥吃的不都买得到吗？"

二娃右手挠着头，憨厚地笑道："以前都是你照顾我，现在该轮到我来照顾你了！"

这时冯杨氏走过来，对二娃道："你不要白费心思！我看你的妈就是个扯不清的人，我不想我家早春再去你家遭罪了！"

早春劝冯杨氏道："妈，您先回去吧！我知道该怎么处理的。"

冯杨氏拿出手绢，帮早春擦了额头上的汗，叮嘱道："你可不要心软啊！我看还是趁早散了好。"说完才离去。

早春和二娃在一家面馆坐下来，她要了两碗素面。

二娃低头搓着手，也不言语。早春见他消瘦了许多，心里一阵难受。

服务员端来两碗面条后，她把鸡汤分倒在两个碗里，递了一碗在二娃面前，劝道："不管咋样，身体要紧，趁热吃吧！"

二娃仍然默不作声地低头坐着，早春劝了几次，他才慢慢地吃了起来。

早春挑了一口面条在口里，对二娃说："我们都冷静地想一下，看彼此究竟适合不？我喜欢在外工作，可你老娘她不喜欢。也许她说得对，现在家里条件好了，你身体也好得差不多了，会找到更好的、更适合你的。"

二娃没抬头，低声道："我知道，我妈的做法让你寒了心。"顿了顿，他抬高语气，坚定地说："但我会尽量弥补你，我每天都会给你熬好汤送来，家里的一切我都会看好，等着你回去。"

早春端碗喝了一口汤说："明天开始，我要去各个大队、湾组宣传，你不用来，免得跑冤枉路。"

太阳照着二娃提着小提篮孤单离去的背影，早春心里五味杂陈，说不出的滋味。

这时李医生朝她走来，招手道："早春侄女啊，你过来下。"

早春向他走去："叔啊，啥事？"

"族长让我叫你去坐一会儿。"

早春同李医生向他家走去。刚到门口，花白胡须，满脸慈祥的族长，从坐着的四方桌的上方站了起来，用手指了指板凳，笑着说："闺女啊！来坐坐。"

早春强颜欢笑地叫了声："大伯好！"就坐在了下方。

李医生提壶给李族长茶缸里添满了开水，又给早春倒了杯茶递过去，就坐在了族长右边。

族长满脸歉疚地说："孩子，委屈你，也辛苦你了！我今天郑重给你道个歉。"说着，站了起来给早春深深地鞠了一躬。

早春慌忙站起来，绕过去扶族长坐下："大伯，您这是干啥咧，是要折晚辈的寿吗？"

"孩子，你坐下。"族长说着拉早春坐在左边。"你听我把话说完，你到二娃家所做的一切，我们都看在眼里，记在心里。说明我们当初的确没看错你。三年时间，你把二娃的病治得差不多好了。你舍不得吃，舍不得穿，也要照顾二娃和你婆婆，这没几人能做到。前几天，二娃找我去看了你们的家，如今鸡鸭成群，猪满栏，果树满院。在做猪圈与李家墨关系的处理上，照顾孤儿李照芳这些方面，无不显示了你巾帼不让须眉的气度，连我这老朽也自愧不如啊！你婆婆李徐氏，她就是生在福中不知福。她的做法，也的确很过分。"

早春低着头，双手绞着衣角。

老族长因激动而咳个不停，早春含着泪："谢谢您老人家的理解。"说着起身去给族长轻拍后背，端起茶杯喂水给他喝了一口。

李医生接着说："二娃去找了族长和我多次，前两天，我们去找了你婆婆，族长也说她了，'给你找了个能干孝顺的媳妇不知珍惜。是不是不受外人欺负，心里不舒服啊！'"

早春哽咽着愧疚道："毕竟没保护好孩子，我也有错啊！"

老族长又气呼呼道："是你婆婆她不近人情啊。哪能怪你呢？你情愿吗？疏挖河渠，造福万代！你那不是为大家种田有水灌吗？"

老族长的话说得早春又眼圈发红,她低头用手绢擦起了眼泪。

李族长喝了一口茶,说道:"以前为了李老爷子这房人,隐瞒了二娃的病,逼你们不能退婚,我们是有点过分。现在,凭良心说,我们虽舍不得你离开李家湾,离开二娃,但我们也不能太自私了。现今,政府号召婚姻自主,婚姻自由,所以,你也有重新选择婚姻的权利和自由……"

这份"自由"让早春不知是喜还是悲,她不停地擦着眼泪。这时,老族长和李医生同时拿出一张纸,放到早春面前。通过李医生的讲述,早春才知父亲和二叔与他们之间的那个合约,可见父亲二叔疼爱自己的心。如今族长、李医生的一番话,更让早春感慨万千。

早春边走边想:这份能给自己自由的合约虽迟,但也体现了族人和族长的理解,这给了早春莫大的宽慰。以前对他们的怨恨也烟消云散。他们要报李老爷的恩,保护好他的子孙后代,这本身就是重情重义的表现。可自己对婆婆的一片真心,她咋就不能理解呢?李家墨自始至终都不想二娃家好,婆婆是知道的。仅仅是干涉了她的再婚,就那么不能容忍自己吗?想着二娃对自己的好,早春内心又矛盾着,煎熬着……

早春走在树荫下,心如这蝉鸣虫叫般烦乱不堪。

"早春姐,我们有急事要你帮忙。我的娘哎!找了半天,终于找到你了!"曾经一起和早春宣传的兰花,如炒豆般的叫声,打断了她的沉思。

她抬头,见兰花背上背着一个小背篼,手里拿着一顶新草帽扇着,两根粗黑的辫梢上,系了红色的头绳,一张俊俏的脸被晒得通红,额上还沁着汗。吴亦华背着夹背,戴着草帽紧跟在她身后。

241

第 37 章　促成良缘

兰花拉着早春往茶馆里跑，吴亦华紧跟其后，她们找了个安静的角落坐下后，兰花急切地说道："姐，你可要帮我俩，也只有你才能帮到我们。"

早春看着她："啥事呀？火烧眉毛了？看把你急的。"

"我父母要让我给哥哥换亲。"

中华人民共和国刚成立那阵，早春她们三人，都在一个组山上山下宣传。吴亦华和兰花，两个年轻人热情、开朗、好学，和早春学了不少医学知识，都热心地为周围的人帮了不少忙。后来两人互相爱慕，私订了终身。

在去年秋季收公粮宣传时，中途休息，粮管员说牙疼，早春去山上扯药，他们二人也跟着去帮忙。

下山时，兰花崴了脚，早春从玫瑰红布袋里拿出药，让吴亦华帮兰花揉，她自己拿着草药下了山。

吴亦华背兰花去山洞休息，兰花坐在地上，吴亦华给她揉着脚，两人的头碰到一起，呼吸都急促了起来。吴亦华感到浑身一热，脸发烫，心咚咚地跳。但他并没有停下帮兰花揉捏的手，他瞅兰花时，见她埋着的一张脸也是红扑扑的，前额垂落下来的几绺乌发，遮掩了她害羞的表情。

这时，阳光射进山洞，各种鸟和山雀在山林里叫个不停。一阵风吹来，周围浓密的树叶发出"沙沙"声响。因燥热，兰花解开脖子前的两颗扣子，他见她雪白的脖子，起伏颤动的胸脯，情不自禁地一把抱住了她。兰花也羞涩地将头紧贴在他胸前。他低下头亲吻了她的脸颊，紧接着，两个人便紧紧地抱在了一起，在厚厚的青草地上不停地滚动着……

早春给粮管员治了牙疼后，见二人迟迟没下山，因担心兰花的脚，又返回到山上。在洞门口看到了他二人激情上演的一幕，就脸红心跳地跑开了。

早春本想催促二人尽快结婚，但后来自己家里发生了这么多事，也就没来得及过问了。想到这里，早春故意捋着额前头发，逗他二人道："我自己的事都没厘清，哪有闲工夫管你们啰！我看，那就听你父母的，换亲就换吧！"

兰花急得"吧嗒吧嗒"地掉眼泪。吴亦华更是急得面红耳赤，低着头搓着双手，泪在眼圈里打转。

两人同声哀求道："你如果不帮，我们只有死路一条了！"

早春拉着兰花的手，"扑哧"一声笑道："姐和你们开个玩笑，还都当了真！"说得他们二人破涕为笑。

早春喝了一口茶，取笑兰花道："莫不是肚子里揣了货吧！"

兰花娇羞地捶打着早春道："姐你好坏，取笑我。"

早春让兰花去叫来她哥哥，了解了情况，一起商量了具体办法。

一天上午，天气晴好，早春将宣传地点定在了兰花她们队。兰花本来就是她们队的妇女队长，早早地叫了许多人在一棵树下，先听她唱《东方红》等歌曲。早春让兰花把她父母家人也请来观看。

早春一到就先唱了婚姻自主的好处，又让他们二人加入，和她演唱了包办婚姻危害多的戏。她们从媒婆跑前跑后地乱夸，到逼着拜堂和女子所受的苦，进行了真情演唱。

早春更是结合自身的遭遇，唱得声声泪，字字血："四月里来是清明，包办婚姻好害人……逼着女子上花轿，嫁个病瘫来侍奉，吃糠咽菜苦中苦，挨打受骂是常事……"

台下的人听得"呜呜"哭出了声，痛骂起了包办婚姻的不是来，许多人摸出手帕擦眼泪。

早春借机扬起手臂，大声喊道："反对包办婚姻，给年轻人自由恋爱的权利。"

许多年轻人大声地呐喊鼓掌，附和着。

早春见兰花的母亲在台下也哭得泣不成声，她父亲也在用衣角擦着泪。二位老人都是慈眉善目的人，早春以前在宣传时，还帮二位老人治过病。

演唱结束后，早春马上走到兰花父母面前："伯父，伯母，你们好！伯母的老寒腿，伯父的腰疼好些了吗？"

张父笑答道："谢谢你，好多了！"

张母赶忙上前拉住早春："多好多俊多善良的闺女啊！我还要感谢你呢！那

次你走后留下的药，兰儿每天给我揉，帮他爸捏，现在都不疼了！"老人说着还快步走给早春看。

老人拉着早春："走，家里吃午饭去。"

大家一起向家走去。吴亦华本是机灵人，伯父伯母叫得甜，人又很勤快，一到家里捡起扁担就挑水，兰花则去做饭。

早春和她母亲去房里聊。到房间后，张母拿了板凳，面对面和早春坐着。老人家拉着早春的手，未语泪先流："闺女，听兰儿讲了你的遭遇，你受苦了！"

早春擦着泪道："要是我爹迟两个月让我结婚，也就能解除这桩包办婚姻了！"

张母也抬起手腕，用袖口揩着眼泪说道："谁说不是呢？唉！都是女人的命啊！"

早春吸了吸鼻子，笑着道："伯母，旧社会，女人可认命。可如今中华人民共和国成立了，不同了，毛主席他老人家提倡男女平等。不论在工作、婚姻方面我们都有了选择的权利，可不能认命了！您看，我一个女子和你家兰儿，如果是中华人民共和国成立前，能到处去宣传？去工作？"

张母也心情愉悦地说道："谁说不是呢！要是在中华人民共和国成立前，女子在外跑，准被说不守妇道！"

早春趁势拉着张母道："是的哦！现在更提倡婚姻自主，恋爱自由，女子有权选择和喜欢的人在一起。伯母，你们可不要给兰花妹妹换亲哦！"

张母叹口气："唉！也是没办法啊，那边要彩礼多，我们一时没那么多钱，他们就提出了让兰花换亲。"

"伯母，听说换亲的男孩身体不好，秉性还差。您肯定想兰花妹妹今后生活得幸福，过得好，是吗？"

张母无奈地点着头。

"您和伯父何不让她自己选择呢？"

"她也说要和自己喜欢的人在一起。原来不理解，看了你们的演唱后，也觉得不该逼她了！"

早春站起来将板凳挪到张母身旁坐下，头挨近张母，小声说："实话跟您说吧！兰花妹妹已经有了意中人！"

张母急了:"谁呀!她胆子蛮大,敢私订终身。他父亲知道了,不打死她才怪。"

"伯母,我这不是先和您商量吗?如果真逼急了,他们只有死。您去哪儿找这么孝顺的闺女?"

张母沉默了。早春拉张母站起身,隔着窗户指着正劈柴的吴亦华问道:"伯母,您觉得那小伙咋样?"

张母点着头说:"人长得精神,面善、还勤快!"

这时见兰花从厨房出来,拿着手绢帮吴亦华擦额头上的汗。吴亦华接过手绢自己擦,却被兰花打了一下他的手,又拉住那只手,心疼地问:"疼吗?"

两人相视而笑。

早春说:"伯母,我们姑且不说那家情况,您应该相信你闺女的眼光。吴亦华和兰儿一样,都是热心肠的人,二人在宣传工作时,结下了这段感情,也是他们有缘哦。"

张母看着窗外问道:"他家是啥情况。"

"他是穷苦人家出身,父亲早逝,母子二人相依为命。我和兰儿都见过他母亲,老人家和您一样,心慈面善。中华人民共和国成立后,他家分得了田地房产。他家就在我们左边山下,爬上坡一喊就听见了。现在也是猪鸭成群,果树花开了,屋前屋后被他收拾得整齐干净。"

早春看得出,张母从心底接受了这个勤快、善良的小伙。

早春又拉张母坐下,耳语了她看见的一幕。

张母没再说啥,叹道:"真是女大不由娘啊,只怕她父亲那关难过!"

"还不是要您老人家给伯父多说说嘛。"

张母就起身抬脚往外走,不一会儿叫来了张父。

张父满脸怒气:"他们这是要搅黄我儿子的婚事吗?"

早春给窗外劈柴的吴亦华招了招手,吴亦华进房来,躬身就拜:"请伯父伯母放心,我会尽全力帮哥哥成家,帮伯父伯母养大弟弟妹妹,更要好好孝敬您二老。"

两位老人还没表态,兰花的哥哥撞了进来:"爸,妈,早春姐十岁能养家,我堂堂男子汉同样也能帮父母照顾弟弟妹妹成人。实话跟你们说吧!我也不满意你们给我换的亲!"

245

张父气得青筋直暴，大喊道："你们都反了！"

兰花的哥哥挠着头，不好意思地说道："其实我已有相好的对象，只是没来得及说！这不，还要麻烦早春姐给我做媒！"

大家一齐看向早春，她赶忙摆手："不行，不行的！我自己的事都还没处理好！"

这时兰花跑进来，摇着早春的手，撒娇道："姐，我的亲姐哎，你帮人帮到底，送佛送上天嘛！"

早春故意不满道："你是不是以后结了婚，生小孩也让我帮你接生呀？"

"我姐就是好！啥都帮我考虑周到了。这不，又可节约一笔钱呢！"

早春笑骂道："好你个小蹄子，也不知害羞，尽会算计。嘴甜人又美，我咋就不是个男人呢？"早春又将头转向吴亦华："要不然我定娶了她，还有你的份？你给我听清楚了，这可是我亲妹子，当着咱爸妈的面，把话说清楚，你如果对她不好！我可饶不了你！"

吴亦华摸着头，委屈地说："姐，我也是你亲兄弟耶！你不知她多凶，她不欺负我就是好的了！"

大家一起大笑了起来！鸟在树上叽叽喳喳地叫着，春天的阳光正照在他们身上，暖融融的。

早春三人走在山间羊肠小路上，太阳柔柔地照着，春风送来一阵阵芳香。有湿润的泥土的味道，有各种树苗和青草的味道，还时不时飘来许多不知名的野花的味道。这些芬芳的香味，随风向早春的脸上扑来，沁人心脾，让她如痴如醉。她如风吹杨柳般摆动手，哼着歌，迈着轻盈的步子走着。

突然一个极不协调的声音出现了，"抓小偷，抓小偷"的声音在周围响起。一个五六岁，邋里邋遢，脏兮兮的小男孩，迎面向早春跑来，躲在了她身后。追赶过来的大人，手拿根棍子，口里骂骂咧咧："有人生没人教的东西，一次两次也就算了，天天去我家偷吃的，今天非好好教训你不可！"早春拦着那人说："这位大哥，给个面子，我来说说他，好吗？"

那人爽快地答道："好吧！今天我看在你冯代表的分儿上，就饶过这小子。"又扬起棍子吓唬那小孩道："下次再见你去我家偷吃的，不打断你的手才怪。"

兰花对早春介绍道："小男孩的父亲爱喝酒，且酒品不好，喝酒必醉，醉后爱打人，他老婆就是被打跑回娘家的。起初，我帮忙劝了几次，去娘家接了几回，后来他老婆实在忍不了，就提出离婚了。离婚后，他脾气更暴躁，不是打小男孩，就是和邻居打，左邻右舍也烦他。在一次酒后摔得骨折，没人理他，只得瘫在床上，小男孩饿得没法子才去偷邻居的东西吃"。

早春就去帮忙给男孩的父亲治了病，又和兰花带着小男孩去做工作，接回了他母亲。早春后来还对保护儿童、保护离婚妇女、鼓励自主婚姻、不收彩礼等方面，向区妇联提出了一些建议。

第 38 章 再续情缘

早春和黄主任给李书记等领导汇报后,李书记对黄主任说:"冯代表的建议很好,你尽快起草一份当前妇女工作的建议报告,近期召开会议安排下去。"

说完这话,李书记像自言自语,又像是对早春二人道:"下班了,该回去烧火做饭了。"

看着李书记的背影,早春不解地问:"堂堂区委书记,还自己烧火做饭?"

黄主任叹道:"他也是包办婚姻,现有四个孩子,他都带在身边。让爱人来街上住,我们都去做了很多次工作,她死活不来。李书记既当爹,又当娘,现在媳妇生了孩子,也是他烧火做饭安置,因此得了个'烧火公爹'的雅号。"

早春不得不感叹道:"家家都有一本难念的经啊!"

回到冯家湾,坐在垭口上,太阳也快落山了,早春望向天边,起伏的山峰在暮色中被一层薄雾笼罩着,朦胧而神秘,冯家湾家家户户的烟囱里,都升起了缕缕青烟。再看返青的麦苗,长势喜人的豌豆、油菜,早春不禁想念起在李家湾自己的田地、果树来。自己猪圈里的两头母猪也该下崽了,不知二娃会照顾不?他的身体又咋样呢?任嫂、小照芳他们都好吗?

她又想到李徐氏的态度,李家墨的阴笑,张嘴吹的骂声,心里的天平在思念、怨恨、恼怒中煎熬着,倾斜着……

"春啊!这山头冷!回家吧!"听到母亲的叫声,她站了起来,冯杨氏正在田里扯菠菜,准备做晚饭。早春走近母亲蹲下身,去打牛皮菜老叶,拿回去喂猪。

"春啊,你不能拖了,我劝你尽早和二娃散了!有好几个条件很好的,都在打听你,还不在乎你结过婚……"

早春拿起一把菜叶,直起身,嗔怪道:"妈,你说啥哩!让我安静地在家待一段时间,不好吗?"

冯杨氏知道早春心里苦,也就扯开了话题:"你吃啥,娘给你弄!"

"妈,你下点面条,我来搅凉粉给你们吃吧!"

说着，二人提着菜，迎着晚霞下了山。晚饭时，大宝、冯先生和小宝都回来了。

冯先生乐不可支地照例提了个瓦罐回来，冯杨氏对早春嘀咕道："你爸这几天不知是哪根筋搭错了，每天买一瓦罐汤回来，不是蹄子，就是鸡子，还有鸭子，他说给你补身体。我让他买回来我给你煨，他也不言语。这老头子葫芦里不知卖的啥药。"

冯杨氏摇着头数落着，早春心里清楚，这是二娃的杰作，又忍不住泪眼模糊。

晚饭后，早春照例坐在灯下纺线。冯先生推门进来了，从贴身衣兜里摸出一个东西，递到早春面前："春啊，你看看这个！"

早春接过来一看，是一个用竹子做的中指长的小盒子，抽开一看，一头是红色的印泥，是一枚头粗尾细的，周周正正的小私章。

早春取出私章，先沾上油印，在纸上一盖，"冯早春"三个字方方正正地跃然纸上。早春虽认字不多，但这三个字还是烂熟于心。她放下章子，喜形于色地拉着冯先生道："还是我爸心疼闺女，这下开会办事方便了，不用签字，直接盖章就好！"

冯先生故弄玄虚："哎！不是我给你刻的，你猜猜看是谁？"

她猜了半天也没猜中，冯先生道："是李二娃。"

她不敢相信："他不识字怎么刻的？"

"他找你们大队伍主任，要了盒子和章子观看，然后用竹子做了这个盒子，用木块做了私章模子，又请伍主任写上你的名字，他一刀一画刻出来的。"

早春半信半疑，冯先生拉她的手拍着道："你问问伍主任不就知道了。我看这个二娃老实本分，对你也算是用情至深了，一心一意为你着想，真难得啊。"

这时冯杨氏走进来："他再好又怎样？他妈那态度，我不能再让春儿回去受罪了！"又低头嘀咕道："春儿又不是找不到更好的。"

早春看着章子低头不语。

冯先生激动地朝冯杨氏喊道："你以为每天那汤是我买的？是人家二娃每天熬好了，走几里路送来的。我没有要强加给早春啥，只是觉得有人真心疼她，支持并理解她，比啥都强。二娃人老实，身体是不太好，但他是真心对早春好啊！她婆婆的一些做法是过分，但日久见人心，我相信是冰都能焐化，何况人？……

249

冯先生咳了一下："你说得没错，早春是能找到好人家，但如果二娃有点啥事，她未必就能心安理得地生活……"

早春将章子紧贴胸前，捂着被子想心事。想着结婚后，二娃因觉得自己长相配不上自己，总远远地跟在她身后，偷偷拿鞋和红苕让她去开会，他自己则让他母亲打得血肉模糊。自己没保护好孩子，他一句怨言也没有。婆婆往死里打逼他离婚，他硬是不松口。自己回娘家他还天天送汤，现在又一刀一画刻了章子送来。这哪是刻的章子啊！就是刻在她心底一份重重的深情啊！

早春又想到，特别是她在怀孕期间，二娃克服着他男人的本能欲望，保护着她。早春觉得这个男人对她有一种发自内心的呵护，这使她的身体焕发出了从未有过的激情。以前夫妻生活都是被动完成任务，而今第一次有了想让二娃爱抚的欲望……如果明天二娃再来，是她该回去的日子了。

婆婆的不理解，张嘴吹的骂，李家墨的阴险等，和丈夫对自己的疼爱相比，是那么微不足道了。父亲说得对，是坚冰都能焐化，何况人呢？我相信以心换心，迟早会融化婆婆她老人家的心。至于李家墨，他有什么阴招，就让他尽管使吧！他兵来，我将挡，他水来，我土淹。我不会让他整垮李二娃家的阴谋得逞。我要和二娃生一堆孩子，一家人过上好日子，开开心心生活在一起。再说现在是新社会了，有政府公正处事，谅他李家墨也不敢胡来。

当早春沉沉地睡去时，二娃好像远远地向她招手。她追赶着他，又怎么也赶不到……惊得她出了一身冷汗。

早春有些心神不宁，不禁担心起二娃的身体来。让她始料不及的是，她又将经历人生的再一次磨练。

早饭后，早春到井峰街茶馆，将她搅的凉粉送给高叔，正喝茶的人们立即围住了她："冯代表，你再唱歌给我们听吧！"

早春手捋额前头发，笑道："我会唱的歌多了，不知你们要听哪首啊！"

"男女对唱，宣传《新婚姻法》的那首。"

早春故意逗那男士道："您帮忙唱男声好吗？"

"你就别笑话我了，我哪会呀！"

早春大大方方地走上台，演唱了起来。这时一双疼惜深情的双眼，目不转睛地注视着她,早春似有一种回到了十年前的感觉。当她大胆地抬头看时,一个年轻英俊的二十五六岁的军官,正用一双火辣辣的眼睛盯着她。她心里一阵慌乱,但很快就镇静了下来。她以为是梦境,揉了揉双眼,再定睛一看,的确是当年的何少爷,只是眉宇间更沉稳,两眼更坚定有神了。

这时,何俊贤正向她招手。早春演唱完后,径直走到何俊贤茶桌前,大方地点头问好!何少爷更是目不转睛地看着早春,早春成熟的美更让他着迷。

早春刚坐下,他给她筛了一杯茶递过来,就急切地对早春说:"现在你住回了娘家,单身了!这次你该不会再拒绝我的求婚了吧!"

说着就伸手过来,抓住了早春的手,早春抽出了手,粲然一笑:"我不值得你对我这样好!"

"怎么不值得,你的坚强善良乐观,都深深嵌入了我心底。要知道,受你的影响,我去部队后,用你教我的医学知识帮到了很多战士。抗战结束后,首长专门让我去医学院学习,我现在已是重庆解放军某部医院的一名主治医生,你没实现的梦想,我帮你完成了!"

早春拿起茶壶,给何少爷,不!应该是何军医茶缸里筛满了茶。

她向高叔招了手,高叔过来坐下后,她笑对何俊贤说:"我感谢你对我的一片真心真情,只是我无福享受。今天再次请高叔来,是给我们十年前的这段情做个见证。如果你不嫌弃,我想认你做哥哥,不知你愿意认我做妹妹吗?"

她一脸调皮地笑望着何俊贤。

何俊贤一脸失望、惊愕:"我所做的一切和十年的等待,难道还不能说明我对你的真心真情吗?"

高叔和在座的喝茶的人们,都啪啪地鼓掌,吆喝道:"冯代表,答应他!冯代表,答应他!"

当掌声吆喝声响起时,对门酒店里的老板,惊慌失措地跑过来,对着早春大喊:"冯代表,快……快……快!李二娃在我那边喝酒,喝得吐血了,你快去看看吧!"

早春吓得脸都白了,飞快地跑了过去。以前二娃只是胃疼得打滚,她知道如何处理,可吐血还是头一次,吓得她也晕了。她扶着二娃,哽咽道:"二娃,你不能有事，不能有事呀！"

何俊贤紧随其后，扶二娃平躺着，对早春说："他以前就有胃病吧！出血还不少，我给他先止血吧。"

说着，他拿出随身携带的药丸喂二娃服下，然后抱起二娃放到路旁树上拴着的马背上。何军医也一跃上去，对早春喊："我送他去井峰医院，你快赶来。"

二娃用微弱的声音对早春道："让人照顾家里！让人照顾家里！"

早春对身旁的高叔说："高叔，您让李医生去二娃家里让人帮忙照看下！给我爸说声，还有向区妇联黄主任说下。"说完她就急急地向井峰医院跑去。

第 39 章 深夜回家

早春跑到井峰医院门口，正碰上满头是汗的何俊贤抱着二娃从医院出来，着急地对她说："快！上县医院。"他见早春跑得满脸通红，气喘吁吁的，又道："快上马，抱紧他，我们赶去蓬溪。"

到了蓬溪医院，医生摇着头："这里条件有限，你们还是去更好的医院吧。"

他们又快马加鞭，爬山坡，过丛林。马儿飞跑着，驮背着三人去重庆何俊贤所在的医院。

几天后，在何俊贤的医治下，在早春的细心照料下，二娃的病情稳定下来。

这天中午，早春喂二娃喝汤后，扶他睡下，她向病房外的院子里走去。

这时天空正飘着细雨，桃李花竞相开放，在春雨的滋润下，显得更妩媚动人，娇艳欲滴。这个时节，正是十年前和何少爷相遇的时节，早春不禁生出了无限的惆怅和感慨来。她仰头让细雨和飘移飞下的花瓣亲抚着自己。

何俊贤打着雨伞，拿来了外套披在她身上，嗔怪道："跑出来淋雨干啥？感冒了咋办。"

早春将衣服甩他手上，痛苦地喊了声："你不要对我这么好，不行吗？"

何俊贤重新给她披上衣服，温柔地说道："我们走走好吗？"

他俩共打一把伞，并肩走在青石板铺就的路上。

何俊贤说："早春，你就不能考虑下我们的将来？我真的忘不了你，也无法接受其他人的爱。二娃有病，我们可以给他治好呀！"

早春抬起泪眼，望着何俊贤："你治好他的病，能治好他的心吗？他是一个认死理的人。他以前滴酒不沾，那天他为什么喝酒？为什么吐血？我想是因为看见了我们在茶馆牵手的一幕，又加上人们起哄。他以为我会跟你走，没指望了，才去喝了那么多酒。"

何俊贤明显放慢了沉重的脚步。

早春自责地低下了头，泣不成声道："我爸说得对，如果二娃出点啥事，我一生都不会原谅自己，一辈子都会生活在歉疚中。如果二娃对我不好，我和你走到一起，给他治好病，也算不欠他了。可他和你一样执着，你让我如何放得下。他真要出点啥事，我和你能心安理得吗？"

早春抽泣着，痛苦地蹲在了地上。她梨花带雨的表情，让何少爷很心疼。他从贴身衣兜里摸出手绢，递给她，这是早春十年前给他绣的。早春知道何少爷用情之专，情深意重，这让她更加痛苦。如果处理不好和何少爷的关系，几个人都会生活在痛苦中。

何俊贤扶早春站起，心疼写在了他脸上。他默默地拿下早春身上的桃花瓣，向前面避雨的亭子走去，当他俩并排坐了下来后，早春讲述了和二娃结婚以来的点点滴滴……

听着早春的讲述，何俊贤这个曾经在战场上拼杀的男人也眼圈发红，感叹道："早春，我理解了你的难处！二娃疼你、爱你并不比我少，相反，好多地方做得比我还要好！现在我也不逼你了！爱你，就是放手，让你幸福！我接受你的建议，认你做妹妹！"

早春如释重负，捶了他一拳，笑着向他撒娇道："那妹妹我可有一事相求了！"

何少爷疼惜地刮了下早春的鼻子："说吧！小妹。"

"伯父伯母年纪也大了，指着抱孙子。我这几天也观察了，徐护士长对你不错，等了你这么多年，对伯父伯母也孝顺。她是个好姑娘，希望你能尽早和她结婚，免得我老觉得欠着你什么！"

"让我考虑下！"

"考虑啥！这么好的姑娘。"

这时有人喊："何主任，看病了！"

何俊贤起身走时，早春也站起身恳求他道："大哥，不能等了，我真的好想吃你们的喜糖、喝你们的喜酒！"

他拍了拍早春的肩头："这事急不来！"

早春望着穿着白大褂，走进霏霏细雨中的何俊贤，泪水又一次盈满了她的眼眶。他因在抗战中受伤，左腿有点跛，早春的心里既感动又心疼……

早春走回病房时，扶二娃坐起来，给他冲糖茶，用汤匙在缸子里搅拌，让糖化开。

二娃靠在床上，对早春说："你跟我以后没讨一天好，吃了不少苦，受了不少罪。我不能再连累你了！我看何少爷对你是一片真心，他条件比我好，你跟他更适合，也会更幸福。"

早春汤匙舀起茶水用口吹了下，喂二娃喝，嗔怪他道："你胡说啥呢？不要瞎想了，我跟他已相互认了兄妹！"

二娃再没说话，拉过被子蒙头睡下了，早春给二娃掖了掖被子说："你先睡会儿，我去给你端点面条回来，顺便买点花线，绣对枕头给哥嫂做结婚贺礼。"说完，就拿着缸子出院门，向街上走去。

二娃掀开被子，抬头看早春消失在院门口，他起了床，换好自己的衣服向外走去。

早春回到病房后,到厕所、走廊,能找的地方都找了个遍,就是不见二娃的人影。早春跑到何俊贤的办公室，急切道："大哥，二娃不见了！"

何俊贤正给人开处方，望了一眼早春："什么？都找了吗？"

"该找的地方都找了！"

何俊贤递处方给病人："你拿去抓药，调养一段时间就会好了。"

他赶紧站起来，对早春道："别急，慢慢想想看！他会去哪里？"

早春想起二娃说的话，"该不是自己走回去了吧！"她赶忙转身向医院外家的方向跑去。

何俊贤担忧道："他还没完全康复，怎么能走呢？再复发怎么办！"

说着他去牵马，追了出来，拉早春上了马。早春说了二娃想成全他俩的话，这让何俊贤十分感动："这个二娃配当我妹夫！"又对早春道："我想好了，会采纳你的建议。"

马蹄哒哒，迎着细雨春风，跑到一座山脚下，早春见到了二娃。他穿着灰色棉衣裤，虽明显体力不支，但仍坚定前行……

几天后的中午时分，病房外风和日丽，喜鹊在桃树上叽叽喳喳叫个不停，早春给二娃喂汤喝，说道："喜鹊叫，好事到。"

话音刚落，何俊贤带着徐护士长来了，对早春和二娃道："我们已正式确定了恋爱关系，并决定把婚期定在妹夫出院的那天，特来邀请你们二人参加我们的婚礼。"

早春赶忙去拿出用大红布绣的鸳鸯并蒂莲的枕套，递到徐护士长的手里："祝贺哥哥嫂子！希望你们白头偕老，永结同心！"

徐护士长娇羞地对早春道："谢谢妹妹成全！如果不是这次机缘巧遇，妹夫来住院，我还不知要等他到啥时候哩！"

早春拍了下徐护士的手笑道："是你的，他就飞不出你的手心。"

这时病房里外，走廊里顿时响起对他们二人的掌声、祝福声。

何俊贤夫妇的婚宴结束后，他们二人各自牵来一匹马，要送早春和二娃回去。

早春忙摆手阻拦道："哥嫂刚新婚，怎么能让你们受累。"

何俊贤道："就当我们是结婚旅行，不行吗？"说着拉二娃上了他的马。

徐护士长说："再说我也想去俊贤的家乡看看呀！"说完做了个优雅的姿势："请妹妹上马吧！"

到井峰街时，早春说："嫂子，我请你和大哥吃了晚饭再走吧！"

徐护士长道："父母亲朋还等着我们回去哩！以后两家常来常往！"

早春挥手道："好吧！以后专门接哥嫂来高峰山游玩。"

"咱后会有期！"

"后会有期！"

目送二人策马飞奔而去。早春怕冯先生担心，就和二娃向冯家湾走去。二娃如以往般低着头，远远跟在早春身后。早春转身几步，拉住他说："从今往后，你要昂首挺胸走在我前面，我冯早春的男人不比谁差！"

说着，将二娃推向了前面。到家时，一家人都十分高兴，拉着早春问长问短。

冯先生吩咐冯杨氏："快去做晚饭吧。"又拉着二娃的手："总算是有惊无险，让我们好担心啊。虽说好了，但胃病是难治断根的，关键是养。以后可不能再饮酒了，生冷硬食物还是要少吃或不吃，我再给你抓几服药回去调养调养。"

二娃挠着头，高兴地答道："听您的，我以后再不敢喝酒了。"

冯先生又告诉早春，"李家湾来了族长、李医生，你姑妹、老姑妈、任嫂、小照芳等几拨人，打听二娃的情况。来的人都说，李家墨和花鼻梁等人在湾内湾外到处造谣，说你冯早春已经找了个军官嫁了，二娃当场气得吐血，治不好了！"

早春问二娃："你一直是滴酒不沾，又有胃病，那天为啥喝那么多？"

二娃不好意思地挠着头说："那天提着瓦罐汤，准备到诊所交给爸爸。结果家墨哥拦住我，说你在高叔的茶馆。他劝我进去，我不去。他硬拉我去对门的酒馆，说要请我喝酒，说着他让服务员拿了一瓶酒，放在了我面前。他在我面前念叨，'你天天给冯早春煨汤，还一刀一画刻章子，别人就没把你放在眼里。你看人家军官，比你英俊潇洒，又有文化，她冯早春会回来跟你？'"

早春怪二娃道："你就信了？"

"本来我不信，但见那军官正抓着你手，又听人喊，要你答应他向你的求婚。我一想，我真没机会了，就抓起一瓶酒，咕咚咕咚地倒了下去……"

早春强压心头怒火，责怪二娃道："李家墨见你吐血也没救你，就趁机溜了，看你以后还听他的不？"

冯先生道："李家墨心真毒，明知二娃有胃病，还怂恿他喝酒。二娃如果出了啥事，推到早春身上，说是早春气死二娃的，让早春背黑锅，可谓一箭双雕啊！二娃啊，你人实在，你对早春好，可早春也是一心对你啊！以后可不能随便相信他人了。夫妻同心，其利断金啊！这次要不是何军医，你就真的没命了。"

二娃表态说："爸爸你放心，我知道错了。"

他又对早春说："我还有一件事没来得及跟你说。你走后，李家墨常纠集人去对门朱家湾，开朱保长等地主富农的批斗会，让他们口含粪筐游街，稍不如意就拳打脚踢。朱保长骂他势利小人，'以前帮你还少吗？说我坏，还不能和你比哩！你连侄儿、弟妹都害，还拿绿帽子扣自己头上！'李家墨不由分说，对跪着的朱保长一顿猛打，朱保长急火攻心，又没钱医治，让人来找你，你又不在。我去看过他，他让我带信给你，要你帮他带大他的独苗。不久后就死了！"

"他儿子呢？"

"被李家墨赶出了门外，把屋给了朱三七住。"

早春"嘭"地狠捶桌子："这个李家墨太可恶了！不治治他，难解我心头之恨。"

冯先生劝早春道："宁可得罪君子，不可得罪小人，你不能胡来。"

早春缓和口气道："爸，放心吧！我心中有数的。"

二娃记挂家里的鸡猪牛，不吃饭就要回李家湾。早春胸有成竹地对他道："不

257

担心,我让李医生帮忙去给家里交代了,谁都不会把家里的一切怎样的。"

二娃这才安下心来。吃了晚饭后,早春又纳鞋底,让二娃编竹器。到了夜深人静时,二人才往李家湾走去。月黑风高,天空只有稀少的几颗星星在向他们眨着眼。

早春问道:"妈真的关了我们进出的门吗?"

"是的,她说,从此后井水不犯河水,各过各的。只不过,我把我们住的房间,前后都开了道门,方便你回来后出入。"

"那就好,二娃,你听好。今晚,你要配合我治治李家墨。"

"他也是太过分了,治治他也行。要我怎么配合?"

"李家墨不是喜欢深更半夜蹲在街沿抽烟吗?"

二娃点点头。

早春附在他耳边说了她的想法。

第40章　惩恶扬善

　　风吹得竹林沙沙地响，猪圈里的猪发出均匀的呼噜声。回到后门时，二娃轻手轻脚地拿出钥匙开了房门。

　　早春进房间后，从前面窗户往右边街沿看去，见李家墨还在吧嗒着将烟吸得忽明忽暗。烟火映照着他得意的面庞，他正小声嘀咕道："冯早春啊，冯早春，天助我也！我毫不费力就赶走了你！二娃这次好不了啦！你永远回不来了！以后李家湾、朱家湾由我说了算，是我的天下了。哈哈哈！"

　　早春拿出一件青色的长衫，给二娃穿上，还将他的头发搓乱，不声不响地开了房门。

　　二娃轻轻地跨出门槛，慢慢地走到枣树旁，拖长声调说道："家墨哥，你好悠闲啊。半夜还在抽烟哩，还这么高兴地笑？"

　　李家墨一听二娃的声音，吓得脸都绿了，再见长长的影子，顿时吓得魂飞魄散，烟杆和烟袋滚落在地，一下子瘫坐在地，颤声道："二……二娃兄弟，你不要找我。都是冯早春不要你，才害你吐血而亡。要找，你该找她去。"

　　二娃仍然拖长声调道："你明知我不能喝酒，偏买酒怂恿我喝，你就没安好心！我吐血也不救我，还跑了，你就是想让我死。"

　　李家墨见二娃黑而高大的影子离他越来越近，自知亏欠二娃，大叫着："二娃的魂回来了！二娃的魂回来了！"便昏倒在地上。

　　张嘴吧听见喊声，又骂道："半夜三更不睡觉，发神经病了！鬼叫鬼喊的。"

　　她端着灯出来，见早春也端着灯和二娃站在门口，一下子跌坐在了李家墨旁边。

　　早春大声调侃道："家墨哥，张嫂子，我和二娃回家了，你们至于吓成这样吗？这就叫不做亏心事，半夜都不怕鬼敲门哩！以后还是多做点好事，积点德吧！"

　　李家墨的大叫声，惊醒了院内的几家人，大家不约而同地拉开门，端着灯走出来。

　　早春高兴地对大家说道："你们也不用这么客气，都点着灯，欢迎我们回来呀！"

小照芳欢呼着先跑过来："二娘回来啰！二娘回来啰！"

任嫂也挺着肚子由她丈夫扶着，来拉着她说："不方便，也没去看你，回来就好！"

伍主任和挺着肚子的汪嫂也来了，"你们回来了就好！"

早春看了李家墨一眼，张嘴吹和几个孩子手不停地摇着昏迷的他，口里不停地喊："你醒醒，你醒醒，你不能有事啊……"早春本只想教训他，又担心怕他醒不过来，正想着要不要去给他掐人中，把他救醒。不曾想张嘴吹的哭摇起了作用，李家墨口里还在念念有词："二娃，鬼魂，回来了……"

大家都哄笑着说他胆小。伍主任赶紧问了声："不要紧吧！"

张嘴吹一边骂骂咧咧，一边和她女儿扶李家墨进了房，早春这才放下了心。

李徐氏见二娃回来，抬袖揩着眼泪，十分高兴："二娃子哎，你病好了就好！吓死我了……"

二娃拉着李徐氏："妈，我好了。得亏了早春的照顾，还有何军医他们的医治。"

早春趁机上前，叫了一声："妈！"

李徐氏收回了笑脸，没理早春，转身回到了自己房里。

李家才给早春诉苦道："族长和李医生，让我帮忙给你们喂猪鸡，交代要帮你们管好一切，要做到一样都不能少。花了我不少工夫和粮食哩。"

早春道："用了多少，我们如数还给你们就是了！"

早春进屋去拿了在重庆带回的糖果，分发到几家人，又对大家说："谢谢你们关心，都回去休息吧。"

送走大家后，早春听说妯娌生了个女儿，十分欢喜，从房里捡出鸡蛋，捉了只鸡，系住双脚。因为以前鸡笼在外，鸡蛋常被人捡。早春就让二娃在他们住的房里，靠走廊的位置做了个大鸡笼，鸡在外吃食，进到笼内下蛋。二娃虽有个把月不在家，鸡蛋照常在。早春又拿出她亲手给侄女缝制的粉红色衣服、平安符的肚兜、鞋帽等送过去，进房就说："弟妹，恭喜你！给我添了个大侄女！太好了！"

立夏欠起身，"二嫂，你回来就好！"

早春弯腰将鸡蛋、鸡子放在房里，将衣服给妯娌，就抱着小侄女，在她肉嘟嘟的小脸上亲了亲。

早春回房后,从包里拿出一套衣服递给二娃:"这是给妈做的。这几个月,我不在家,她老人家跑前跑后喂猪鸡,也辛苦了!我送去,怕她甩出来,你送去吧!"

二娃答应着,拿着衣服就送了过去。李徐氏没推辞,这让早春看见了婆媳和好的希望。她多想一大家子和和美美,有商有量地生活在一起呀!

早春和二娃又端着灯去看了猪圈的母猪和小猪。二娃说:"两窝猪崽就留了四个,其余的都卖了。这几年,你就没添一件新衣,指望给你买几件好衣服,结果,都让我一个院住没了。"

早春拍着二娃道:"怕啥,人在比啥都强。"

吹灯休息后,二娃迫不及待地将手游离在早春的胸前,让她第一次有触电般浑身战栗的感觉,她第一次主动迎合二娃,平生第一次体验到了夫妻生活那种妙不可言的感觉……

第二天,天不亮,早春就起床,做了鸡蛋早茶,对二娃小声说:"还是你给妈送去吧,我怕惹她不高兴。回来把药喝了,也吃点鸡蛋。"

早春又给坐月子的妯娌煮了红糖鸡蛋端去,单手托盘,咚咚地敲门:"弟妹,开门,我给你送早茶来了。"

李家才开了门,早春先端着碗递给他:"么弟,在家辛苦了,吃碗早茶吧!"

李家才接过碗,愣在那里,半晌没说出话来。

早春进门后,将碗端到立夏面前时,她非常过意不去,"二嫂,我从来就没给你烧碗水喝,怎么好意思让你给我做早茶来呢。"说着抬手擦拭着眼睛。

早春端碗递给立夏,笑着说:"坐月子可不敢动气流泪哟!一家人,你又何必见外呢。"

早春看小侄女睡着,摸了下她粉嘟嘟的小脸,对立夏道:"你不能洗冷水,把她的尿片子和你们换下的衣服给我洗吧。"

"前一段时间,是我妈来帮忙洗的!这段时间她奶奶在洗。"

"妈年纪大了,你满月之前还是我来洗吧!"

早春抱着一大堆衣服,去到后面竹林旁,"啪啪"地捶洗了起来。二娃拉她起来,分了早茶要给她吃。

261

早春推开二娃,舀水哗哗地倒进洗衣盆说:"你吃吧,我不要。"

"其他事我听你的,这件事听我的。从今往后,有好的一起吃,不好的也共同分。"二娃说着,将碗放在早春手里。

早春坐回来,把皂角包在衣服里,搋洗着衣服,对正喂猪食的二娃说:"你把缸里的米、面都舀出来,给妯娌他们送去。"

二娃说:"要不,我们留点吧!我怕我们没有了!"

早春用力狠搋着衣服道:"怕啥,我们可以去做生意挣,弟妹坐月子需要吃细粮。"

早饭后,早春挑了粪水,去垭口给小麦田里浇肥,二娃争着要挑粪,早春劝道:"你身体才刚恢复,扛上锄头和粪瓢吧。"

春日太阳暖融融地照着他们上山坡的身影,山川绿得人心醉,鸟在树上跳来跳去地叫。早春走进春天的山景里,心情也十分舒畅。她挑着担子,甩开膀子,向山上走去。吴亦华和兰花在麦田里锄草,见早春夫妇上山,赶忙扛着锄头迎了过来。早春放下担子和兰花紧紧相拥。吴亦华关心地问着二娃的身体状况。

兰花道:"祝贺姐夫康复归来。"

早春搋着她的肩道:"也祝你们有情人终成眷属!"

四人都拿起锄头在麦田里锄草。兰花道:"按你给区妇联的建议,我们在井峰街办的集体婚礼,可热闹了。全区有一百多对,包括你帮忙做媒的我哥哥。只可惜你没参加,要不然,你定会给我们表演节目,会更热闹。"

吴亦华讲了治张嘴吹的事:"那天见她又在小照芳田里,边割麦苗边骂,我就去叫了几个武装骨干,反绑了她的手要拉她去斗。她说,我又不是地主,凭啥拉去斗?我叉着腰说,你一则割人麦苗,二则长期骂脏话。如今新社会了,岂容你天天脏话连天骂人。说着就把她拉去大队庙里,让她干了几天活。"

早春弯腰扯草说:"李家墨没去闹?"

"他去找了伍主任等人,他们也都烦她见人就骂的习性,没理他,估计她以后该收敛一点儿了。"

早春给他二人讲了昨晚治李家墨的经过,兰花道:"现在估计他还在家面壁思过呢!"大家都笑弯了腰。

早春握着锄头，挨地面钩着草说："李家墨打朱保长致死，赶走他儿子朱永清的事，你们肯定知道了，我决定为朱永清主持公道。"

"听姐的。"兰花嫁过来后，前任妇女大队长正好辞职，她就担任起早春他们大队的妇女大队长了。

这时任嫂夫妇田里活干完了，也来给早春帮忙。

早春对二娃说："你回去，蒸一锅红苕，用腊肉熬一大锅稀粥，请他们去吃午饭。"

兰花吞着口水，咂巴了一下嘴道："好久没吃姐的泡菜和倒勾子菜了，正馋得慌呢！"

大家又是对她一番取笑："该不是害喜了吧！"

兰花也笑着大方地还击道："是害喜了！又咋样！"

中午时分，二娃盛稀饭，任嫂腆着肚子帮忙端出来。早春刚捞出泡菜，兰花就迫不及待地伸手拿着一个胡萝卜嚼了一口，"酸脆可口，好吃！过瘾。"

这时，早春看见从伍主任门前，走来一个打赤脚、衣衫褴褛的小孩和一位挂着拐杖的老人，老人走两步，站着咳喘一会儿，然后再由小孩扶着走。早春最初以为是来找她看病的，但仔细看后，赶紧出门，走下台阶，几步上前，对男孩喊道："永清，是你吗？你和你外婆这是回来了？"

小男孩抬头看清是早春时，叫道："冯二娘！"就抬起手腕，用袖子擦起了眼泪。

老人停下来咳喘了一会儿，艰难地说道："冯代表，我这多病之身，也没法照顾他，只好按照他父亲交代的，把清儿送来交给你了。你们要帮他做主，要回房子和田地啊！"

早春拉着老人的手，安慰道："您放心吧！我们刚才还商量着去帮他呢。"

"那就好！"老人欣慰地说着，用已经磨破了的袖口揩拭着眼角。

兰花着急道："这就去把占他房子的人赶走。"

早春扶着老人往家里走，对兰花道："他李家墨、朱三七胡来，我们可不能学他。兰花妹妹，依我看，让永清和我们一起先去找大队伍主任反映，按程序来收回他的房产、田地比较好。"

兰花道："还是姐考虑得周到。"

说着，早春扶着老人进门，让他们一起吃午饭。老人抬起如枯树般的老手摇着不肯进门，"我这咳咳喘喘的，打扰你多不好意思！"

早春扶老人坐下道："人总是要老的。再说也没啥好吃的，不饿肚子就行了。"

二娃立即去盛了两碗稀饭端出来，永清赶忙去接，看得出他是个机灵的孩子。早春去拿出二娃的草鞋，让永清穿上，又给他量了衣服和鞋的尺寸。

午饭后，早春和兰花带着永清去找了伍主任反映情况。伍主任安排杨主任带着吴亦华、兰花等人去执行，早春作为人大代表随行监督。

大家到了永清家门口，朱三七正躺在床上，头枕双手，双腿晃着，想着有了大房子，马上就可娶上婆娘，他口里叼着烟，吐着一圈圈白色的烟雾，惬意地哼着童谣："骑马上成都，咚里个咚……"

朱三七，原名朱富贵，长着一对三角眼，只因排行老三，又有七斤重，得此小名。他从小不争气，游手好闲，中华人民共和国成立后照样不长进，人们都不喜欢他。两个姐姐出嫁，父母双亡后，他更是进门一把火，出门一把锁，只想着不劳而获，听从李家墨的怂恿"朱永清是地主的儿子，凭啥住大屋？你只分了小屋？赶走他，你得他的大屋，他的田地我们平分。你马上不就可娶上婆娘"。

他就真成了李家墨的一头听话的猪。李家墨事事指使花鼻梁和他出头，向人讨要财物，稍不如意就抓人游斗。

早春他们怒视着他。杨主任指着他大吼道："朱三七，你快搬了东西滚，把屋子还给朱永清。"

他从床上滚到地上，一骨碌又爬起来，瞪着一双眼，不满道："他是地主的儿子，凭啥住的屋比我的大。"

早春指着他说："大屋小屋都是政府分的。你强行赶人走，占人屋就是跟政府作对。"

兰花也大喊："光天化日，你也太无法无天了。"

花鼻梁起哄道："地主的儿子就该赶走。"

杨主任手在空中一划，指着花鼻梁："你乱说乱讲，阻碍我们工作。"对吴亦华说道："将花鼻梁和朱三七一起抓去游斗。"

吴亦华和几个武装人员，拿绳子一哄而上。二人都吓得如筛糠般在人群中寻找李家墨。他二人哪知道，李家墨正吓得躲在床上。

　　早春对杨主任道："杨主任，我看只要朱三七将房屋、田地交还给朱永清，就不拉去游斗，行不行？"

　　杨主任摸了下头，说："那好吧！"又对朱三七吼道："还不快去搬你的东西滚回你自己的屋。"又对花鼻梁道："你给我记着，再胡言乱语，下次可不会饶过你了。"

　　朱三七点头如鸡啄米般，极不情愿地去搬自己的东西。

　　杨主任他们回去后，早春则留下来，帮永清打扫收拾房间。

　　王月莲等一些人围过来，七嘴八舌地对早春说："永清也是可怜，也只有你才能给他撑腰啊。"

　　"你都不知道，李家墨带着花鼻梁和朱三七多猖狂，拿东家吃西家。我们被他们打斗怕了。"

　　"听说你们回来，李家墨被吓倒了！"

　　"他那是亏心事做多了！"

　　早春拿着扫把，直起身对大家说："永清刚回来，屋里啥都没有，大家帮他一把，行吗？"

　　有的拿来米，有的拿来红苕，有的拿来棉絮……

　　早春拉着朱永清的手，摸着他的头说："永清，你记好了，大家帮了你，你长大了或有能力了也要知道报答他们哦。"

　　永清仰起头，说道："二娘，我知道了！"

　　早春又带永清去找了些治咳喘的药回来，让他坚持熬给他外婆喝。

　　早春在回来的转弯处，见小照芳跑得气喘吁吁地喊道："二娘，快点回家，幺娘胸口疼病发了，让你快点去看看。"

第 41 章　小草赞歌

早春闻言立刻飞快地往家里跑去,一进门见妯娌立夏疼得脸发白,嘴唇发紫,大汗淋漓,呼吸急促,"哎哟,哎哟"地叫着。侄女李秀梅因没法吃到奶,哭得声音嘶哑。婆婆只得左手抱着她不停地摇晃,右手轻拍,在房里踱来踱去,口里不停哼唱安抚着,但仍然无法止住侄女的啼哭。

她赶紧从玫瑰红布袋里拿出止疼药丸,让李家才倒来开水。她抿了一口,有点烫,就端着碗,摇了摇,吹了吹,再抿,不烫后才将药丸放在立夏口里,又端碗给她喂了开水。早春用药酒给她轻轻揉了起来,好一会儿,立夏才长长地吐了一口气,如释重负道:"哎呀!我的娘哎!疼死我了,这下好多了!"

早春又去婆婆手里抱着侄女吃奶,侄女才止住了哭,迫不及待地吮吸了起来。

早春问妯娌:"以前没听说你有心口疼的毛病呀!"

立夏用手捋了捋额前被汗水沾着的头发,抬起盯着女儿的眼睛说道:"以前也疼,只是轻微些,能忍!"

立夏隔几天又发一次病。一天,早春给她吃完药丸,帮她按揉后,她将李家才叫到旁边说:"她这病看起来很重,我能力有限,你还是去请对门山下的杨医生来给她诊治为好。"

李家才以商量的口气道:"二嫂,能不能请你父亲他老人家来看看,二哥的病他老人家能看好,我想立夏的病他老人家也能看好的。再说家里没多少钱了。"

"她疼的部位和你二哥的不同,你请杨医生先看,开处方不会收多少钱的,我去扯药。我也会去找父亲来,多几人给她诊疗比较好。"

早春考虑的是自己父亲一则远,二则自己和婆家的关系还未完全缓解,看病的效果谁也说不好,又怕引起不必要的误会。

李家才请杨医生看病开处方后,早春送他过河,去山上扯药,问道:"我妯娌的病不要紧吧!"

杨医生道:"你也是知道些医理常识的人,你妯娌的病很复杂,我先开药让她吃吃看吧！"

　　早春扯草药后，顺道去看了永清，给他送去了新衣服和鞋。回到家，她就熬了药，端给立夏喝。

　　几天后，立夏疼痛有所好转。

　　隔天早春回趟冯家湾，专门叫来父亲给立夏拿脉，又看了杨医生开的处方，也是一样的。从此，立夏就药不离身了。

　　到了夏种季，早春挺着五个月的身孕，和二娃在垭口旁的地里刨沟、拢土。她在小麦快成熟时，在沟边点上苞谷，小麦收割后，苞谷苗就长出来了，又围着两行苞谷之间开沟拢土，栽上红苕。苞谷成熟早，一则可拿去街上卖，二则也不耽搁红苕生长。别人家田里还是麦桩时，她田里的苞谷苗，在微风下已在给她点头微笑了。

　　她不时弯腰，将挖出的麦笕在锄头上摔打后，甩到田沟里和青草一起沤肥。

　　"这块田红苕苗栽完，夏种就告一段落了。"二人拢完地后，早春站在田边，手背揩着汗说。

　　"是的，到时你就可好好养胎了。"二娃答着。

　　早春走到田埂上道："哪能休息，要配合区里的许多宣传工作。"

　　二娃牵着牛，打桩将牛系在另一个地方，让牛拖着长绳吃草。他走到田边，爬上自家果树，摘了些枇杷、桃子，放在旁边一块大石头上，对早春喊道："你来坐哈，吃点水果。我先回去，用腊肉包水饺，你歇会就回去吃饭。"

　　"嗯。"早春左手扶腰，右手取下草帽扇着。刚刨完的田沟湿漉漉的，垄尖上的泥土，在赤白的太阳下，也被晒成白色。她在田垱头的一块大石头上坐下来，这才觉腰酸背疼。她脱草鞋倒着里面的泥巴，斜靠树上，热辣辣的太阳光，从沙沙摆动的树叶间洒下来，照得她懒洋洋的，肚子咕咕直叫，孩子也在肚子里蹬打得欢。

　　"孩子，你也饿了吧！"她剥枇杷吃着，看着阳光下漫山遍野的翠绿，枣花和不知名的野花，还有山下返青的秧苗，让她精神一振。今年又是好年成，夏种上，秋收好，又摸着肚子：到时也是我孩儿出生的时候了！

　　一阵风吹过后，树叶、花瓣纷纷扬扬飘落。只有各种小草，风起时摇曳摆动着，风一停，又挺拔着身姿，丝毫不曾损伤，让早春感叹小草的坚强。

她又摸了摸凸起的肚子："孩子，我们要学这小草随土而生，狂风暴雨仍坚挺的品性哦。"

"这就回去吃饭啰。"在她弯腰拿草鞋穿时，见石头周围挤满了长出来的草，把石头团团围住，像是要把石头抬起来般。

她穿上鞋，蹲下身去，围着石头看了一圈，感到十分震惊。被压在石块下面的一棵棵小草，向着阳光顽强生长，不管上面的石块多么重，石块与石块之间的缝隙多么狭窄，它总要曲曲弯弯地、想方设法地昂着头，倔强地伸到地面上来。它的根，往土里钻；它的芽，往上面挺。这是一种不可抗拒的、顽强坚韧的生命力，压在它身上沉重的石块，也没法阻拦它。

早春随手扯起草根嚼着。草默默无闻地生长，养育了万物生灵，绿了整个世界。它不因生长在大石下去悲观、去叹息、去抱怨，它相信有了阻力，才有磨炼。从有生命开始的一瞬间，就带着斗志而来的草，坚韧而挺拔，狂风暴雨后，它依然挺拔。不曾让它如花般凋谢，如大树般断裂。这让早春十分震撼，受到了莫大的鼓舞，让她浑身充满力量。

她捡开石头，盘根错节的鹅黄叶的草，白色的根，犹如刚孵出壳的小鸟，让早春顿生爱怜。她轻抚它们，细细端详，它们干净、清晰、通透得可见一片片脉络，不曾沾染一丝杂色。一种温暖滋润早春心田，心不由得欢畅、喜悦，仿佛世间一切烦恼、忧伤都不复存在。她从小草的抗争中，读懂了生命的坚韧；从小草的一岁一枯荣中，读懂了生命的真谛。她抬头仰望湛蓝的天空，多彩的阳光透过树枝缝洒下，石头下的小草惬意地向她点头。

早春双手捧着肚子："孩子，我们要如这石头下的小草般，顽强有韧性哦。"

她竟自编自唱了起来："遍野小草多顽强，摇头摆脑战风狂。暴雨袭后仍挺拔，长成绿色新天地。石下小草更坚韧，千方百计往外挤。曲曲弯弯挤出来，窄缝生长不悲叹。做人当学石下草，直面风雨迎彩虹。"

她唱给孩子听，孩子也不时蹬动小手小脚响应。

"唱得真好听。"

早春抬头，见任嫂背着孩子走来，问道："啥歌，以前咋没听你唱过？"

早春拿水果递过去:"嫂子,先吃点。"又指了指石头下的小草,说道:"我被这石下小草的坚韧感动了,自己随意唱的。让孩子也要学石下小草,学它们坚韧顽强的生命力和生在窄缝下也不悲叹的精神。"

任嫂咬着桃子:"是啊!何况孩子,大人也要学它啊!"

这时,任嫂的女儿哭了,早春去抱过来,拍着唱着,孩子竟望着早春笑了。

任嫂吃醋道:"这孩子跟你亲。"

这时,二娃在山下扯着嗓子喊:"早春你快回来,幺妹子又发病了。"

任嫂接过孩子,她们一起向山下走去。

每当想起这石头下的小草,早春浑身上下便充满力量,有了克服困难的勇气和信心。

她克服妊娠的不适,仍然在山上山下宣传、工作。二娃做好饭,去接她回来,不让她干家务活。但她到家后,不是纺线就是纳鞋底。不仅自己田里割谷,掰苞谷要干,妯娌身体不好,她也拖着笨重的身体去帮忙。

十月初一那天,早春和二娃正在山上挖红苕,在她举锄头的一瞬间,突然觉得有温热的液体不受控制地从下身流出,随即腹痛难忍。她扶锄头站着,皱眉咬牙捂着肚子,脸发白,冷汗大颗大颗往下掉。

二娃忙扶住她:"这是要生了吧?"

她艰难地说:"你快去请接生婆。"

二娃愣着不走:"我不放心你。"

早春喝道:"我会下山回家,你快去啊!"

北风呼呼地吹过,有老鹰哇哇叫着在头顶上盘旋,一丝不祥在早春脑海闪过,心不由一阵紧缩。

她在石头上坐下,抚摩着高耸的肚子,又抚着石头旁叶子已变黄的小草:"孩子,你要坚韧如石下小草哦!"

她扶石头站起身,慢慢朝家走去,走时,还摸了摸石头旁的小草,又摸着肚子:"孩子,你一定要坚韧哦!"

她咬着牙,疼痛让她呼吸短促,她扶着锄头走回家。刷锅、哗啦啦舀水倒锅里,走到灶门口,本想去烧开水,但一阵紧似一阵的疼痛,使得她喘不过气来,脑子一阵混乱,双腿不听使唤,摔倒在灶门口。这时小照芳跑过来,扶起她。

她吃力地说道:"芳儿,快帮二娘烧开水。"

"好!我先扶你回房吧。"

早春摆着手:"你快点烧水,我能走去。"

照芳忙加柴点燃,轰轰地拉起了风箱。看她扶墙,慢慢挪到房里,照芳心都悬了起来。

她坐床沿上,慢慢躺下。她高高耸起的腹部,像一个大圆球在一起一伏地颤动。她手紧紧捂住肚子,汗水顺着脸颊涔涔地流下来,衣裤上的汗像浸泡在水里一般多,打湿了床单。

照芳端来糖茶:"二娘,你少喝点吧!"

他用汤匙,喂早春喝了几口。

早春说:"孩子,去看你二爸回来没?"

照芳走出去后,她顺手扯了一条毛巾,咬在口里,好让自己忍着疼,不喊叫出声。

接生婆被二娃拉着,拽到房里后,二娃在旁搓手抓头不知所措。

接生婆气喘吁吁地对他低吼道:"快去端开水来,把剪刀拿去锅里煮。"她用床单罩着早春下半身,取出她口里的毛巾,说道:"二娃媳妇,想喊就喊出来吧,这样会好受些。"

早春咬得嘴唇出血,眉头紧皱,疼得只有出气,没有进气。她摇摇头,又艰难地将毛巾塞进自己口里。

外面呼呼的北风,吹得竹林沙沙声,将蚊帐钩吹得叮叮当当响。只听得接生婆反复说着:深呼吸,吸气,吐气,用力……哎!咋出来的是脚呀?

李二娃端开水进来后,着急地问:"咋样了?"

满头大汗的接生婆,一脸凝重,摇头道:"麻烦了,难产!"

疼得迷迷糊糊的早春,听到"难产"二字后,双眼一黑,昏了过去。

接生婆拍着她的腿:"你不能睡过去,不能睡过去啊!不然两命都难保啊!"

二娃赶忙跪趴床前,握着早春一只手,又摇晃着她的头,哭喊道:"你不能睡,不能睡啊!"

接生婆手上满是血,手臂揩着额头上的汗,郑重其事地说道:"二娃,你要保大人，还是小孩？"

"我大人小孩都要保。"大家公认好脾气的二娃，瞪着一双血红的大眼，怒吼道。

接生婆双手一摊："那我无能为力了！"

二娃趴在床边号啕大哭：怎么是这样呢？怎么能这样啊！

接生婆大声催促道："快！快决定啊！"

任嫂闻声过来，拉早春手摇着："你醒醒啊！弟妹。"又哭泣道："事已至此，二兄弟，先保大人要紧，孩子以后还会再有。"

妯娌立夏感念早春照顾她坐月子，给她救治病痛，帮忙收割粮食等，也拖着有病之身来到门口，叹息道："女人生孩子，真是鬼门关上走一遭啊！二哥，你快先救二嫂，孩子以后会再有的。"

二娃泪眼蒙眬，歇斯底里喊道："难道就真的没法一起保吗？"

"快，快决定啊！不然真就两命不保了。"接生婆又面无表情地催道。

二娃捶着床沿哭着："早春啊！你是我的主心骨，我可咋办啊！"

接生婆命令道："快定夺，难道你真想一尸两命吗？"

任嫂和立夏哭喊："保大人！"

照芳伤心欲绝，趴在外屋的风箱上："要二娘好好活着，好好活着啊！"

二娃艰难地说着："保大人。"说完，握着早春的手，号啕大哭……

李徐氏踮着小脚，碎跑过来，"咚"地一拳重重地砸在二娃身上，大吼道："不行！她已经害死了我孙子，这次不能保大人，一定要保小孩，保孙子！"

"幺娘说得对。孩子重要，婆娘死了可以再娶。"沉默了近一年的李家墨，终于找到了报复早春的机会，"她冯早春死了才好，就没人和我抗争了"。

李家才吸着烟，没吱声，也难决断啊。

接生婆急了："究竟听谁的，到时两个都不保，你们不能怪我哦。"

"保大人。"二娃、任嫂握早春的手哭喊着。

"保小孩！"李徐氏拍桌怒吼。

声声争吵，让接生婆十分恼火。她用满是血迹的手，"啪"地重重地拍门上，把门上拍了一个血手印："你们争吧！吵吧！我走了……"

说完，真就站起来要走。

早春忽然用手狠拉二娃，虚弱地说道："二娃，听妈的，保小孩。一定要保住我们的孩子！"

"不！不！"

早春又拉二娃，气若游丝般，说道："听话！保孩子！带好孩子……"说完，头一歪，又昏死了过去。

李徐氏拽着接生婆进房："听见了吗？快救我孙子。"

空气似乎凝固了。任嫂、立夏双手合十，祈祷着："她人善心善，一定不能让她有事啊！"

照芳蹲灶门口，哭喊："二娘，二娘，你不是让我要坚强吗？您也要挺过这一关啊！"

接生婆一阵忙碌，哗哗地拉出婴儿的同时，也哗哗地拉出了一片血水。她长叹一声："唉！我的娘啊，终于救出了孩子，是个女孩。"

她倒提着婴儿，"啪啪"地拍打了几下她粉嘟嘟的屁股，婴儿哇哇啼哭着。孩子被清洗包好后，李徐氏抱去了她房里。

几个人围着早春哭着，摇着，喊着。早春苍白着脸，一动不动地躺在床上。血突突地从她体内流出，染红了包裹她的床单，从床单往外流，流到床上，又从床上，一滴一滴地落到床下……

屋外太阳穿进了云层，晴朗的天空乌云密布，呼呼的风吹得竹林沙沙作响，鸡猪牛哼叫着，乌鸦哇哇地在屋顶上盘旋着，叫得人瘆得慌。

李家墨在街沿边，得意地用烟杆敲打着枣树："死得好！死得好！看你还和我争！"

房间里，李二娃忽然站起来，口中喃喃自语："她家的跌打损伤丸，不是有止痛止血的效果吗？"他从早春玫瑰红布袋里拿出药丸，喂早春口里。任嫂端来水，立夏扶起头，喂她喝下。

几人无论怎么摇，怎么哭，怎么喊，也唤不醒沉睡的早春。

李二娃跑去李徐氏房里，抢过女儿抱来，孩子哇哇的哭声和着李二娃的哭诉："你不能丢下我和孩子啊！孩子这么小，听你的安排也成了我的习惯，你让我以后怎么办呀……"

照芳和立夏也在旁哭诉着，早春仍然安静地睡着。

任嫂擦着红肿的双眼，忽然想起了那个中午阳光下，早春编唱的《小草赞歌》："弟妹，你不是说，我们都要坚韧如石下小草般，向往生命，向往阳光吗？"

"遍野小草多顽强……"任嫂含泪动情地唱了起来。他们几人都听早春唱过，也都唱着。垭口下，井边过路的行人，都感念早春的帮助，在房外一起哭唱着。

歌声、哭声、婴儿的啼哭声，穿过房顶，飞上山岗，响彻云霄。

昏沉沉的早春实在太累了，她好想睡，好想好好休息。迷迷糊糊中，她找到了奶奶和张阿婆，她们相拥在一起。

"奶奶，阿婆，我真的好累。"早春说着，倒在她们怀里放心地睡去。

"孩子，你不能睡啊！"二人一把将她推开，把她推到了那块田边的石头旁。她全身如抽了筋般无力，也不想动，连眼皮也抬不起。

她躺在石头旁，阳光下，石头下的小草被风吹得摇晃着，小草抚着早春的脸，好像在说："你不是说，做人要学我石下小草吗？起来，起来呀！"

她似乎又听见了歌声，任嫂的？二娃的？照芳的？妯娌的？咦，怎么那么多人在唱？二娃抱的孩子是谁？她哭得那么伤心，声音都嘶哑了，儿哭娘心疼啊！

忽然，早春拼尽全身力气大喊："我的孩子！我的孩子！"

"早春醒了，醒了！"

人们喜极而泣。

李家墨却跌坐在了街沿上，这个冯早春，真他妈命太硬了！咋又活过来了呢？

任嫂拉开窗帘赞道："弟妹，你创造了奇迹。你比石下小草更坚韧，顽强哦。"

太阳光也穿过云层，从窗户上射进来，照着早春疲倦知足的脸庞，女儿枕在她臂弯里，幸福而甜甜地睡着了。

第 42 章　妯娌重托

中华人民共和国成立后，随着生活条件好转，婚后的妇女像是比赛似的，一个接一个地生小孩。院子里此起彼伏的婴儿啼哭声，像是比赛谁的声音更洪亮。早春和李二娃的女儿声音更大更亮，任嫂说："你怀她时天天唱歌宣传，将来她肯定也像你会唱会讲的。"

早春笑道："我识不了几个字，更希望她会读书。"

因此，她给大女儿取名叫李书华。

任嫂道："这个名字好，腹有诗书气自华！"

1954 年秋季，立夏怀着孩子，加之身体不好，已无法去田里干活了。早春和二娃去给李家才帮忙掰苞谷、割谷，把田里粮食收回。

也在那年冬播后，全县掀起了水利建设的新高潮。二娃就随男劳力外出去参加康家渡的大型水利建设，李家才被安排在江钢，家里只剩下妇孺病残。

一天，早春和任嫂上山，把各自的女儿抱出背篓，放在地上。任嫂的女儿李淑珍有两岁多了，早春随手扯了草，编了两只蜻蜓给她俩，对任嫂的女儿说："珍儿乖，带妹妹玩！"小珍就坐在地上和书华玩蜻蜓飞呀飞。

俩个大人用锄头开始铲草皮积肥，看见张嘴吹挺着几个月的身孕，也在山下小麦田里锄草。

任嫂说："李家墨自从上次你和二娃回来把他吓倒后，好像老实多了。"

"是的，张嘴吹好像在外也骂得少些了，只是常在家里骂骂咧咧的。"

这时，婆婆在山下着急地大喊："二娃媳妇，立夏心口疼得晕过去了。"

早春背着孩子就往家赶。她给妯娌掐人中，将她弄醒后，吩咐照芳去叫她娘家人来帮忙。她自己背着妯娌就往井峰医院赶。安顿妯娌住下后，妯娌她娘来了，早春给立夏掖好被子，说着："我回去把书华送回娘家照顾，卖头猪给她买些补品再过来。"

立夏斜躺床上，苍白着脸，茫然地点着头。她老娘扯衣角揩着眼泪："她二娘，辛苦你了！"

当早春拖着疲惫的身躯回来，已是深夜。她还不能睡，又坐下来，在微弱的灯光下纳鞋底。妯娌病后，做鞋的任务更重了，三家十多口人要穿鞋，白天要干农活，只能深更半夜纳鞋底，鸡叫两三遍了才睡去。

这时，当当当急促的敲门声和李家墨的女儿带着哭腔的声音传来："二娘，我妈快生了，求求您帮帮忙吧！"

早春犹豫了下，开门答道："你先烧开水，我让人帮忙去叫接生婆。"

她刚要出门，任嫂进来拉住她："你真是善良，她两口子时时和你作对，想置你于死地，你还帮她？"

早春捋了下刘海儿："嫂子，孩子无罪不是？"说着，就提着灯笼，迎着呼呼的北风，跑进夜色中，去叫来接生婆。

她心神不宁地回房纳鞋底，直到听见张嘴吹孩子哇地啼哭了一声，她才放宽了心……

送走接生婆后，天已亮，早春站在街沿上伸了伸懒腰，就去洗衣挑水。她做早茶给婆婆和侄女端去，自己蒸了红苕萝卜吃后，又把自家喂的鸡捉来杀了，煨了鸡汤给妯娌送去。回来后，再到山上去割柴草，割猪草喂猪。

李徐氏见忙进忙出的早春，心里十分感动，就拿来刀噼里啪啦地砍开了原来封住的门。

有一天，小宝在医院找到早春："姐，书华出水痘了，哭着闹着要你。"

她又随小宝赶忙跑去冯家湾。女儿见了她就扑到她身上，早春搂着瘦了一圈的女儿，孩子软绵绵如病猫一样躺在她怀里，她心疼得眼泪如小河里的水哗哗地往下流。

她只得在娘家做了饭，煨了汤，送去医院给妯娌。走时书华哭得稀里哗啦的，张着两只小手喊道："妈妈，我要妈妈！"

可早春硬是狠心向垭口走去，妯娌在医院等着她送饭，婆婆和侄女秀梅在家要人照顾，家里的猪鸡也要她回去喂养。李徐氏也干些带孩子等力所能及的家务活。

过年时，男人们都从工地回来了。早春让李家才从医院里接回了妯娌。她烧了一大桌菜，一大家人终于坐在一起，欢欢喜喜地吃团年饭。这是早春期盼已久的，和睦相处的场景。婆婆虽和自己和好了，可这代价也太沉重了，是妯娌的重病换来的。如果是这样，她情愿妯娌不病，也不要这和好。

春节后，男人们又外出修水库、水电站了。李家才临走时对早春说："二嫂，他们母子就交给你了。"

1955年春天，立夏在生下儿子李文成后病情加重，吃药也没了效果。医院只得让她回家，冯先生让早春加大中药剂量试试。

可怜文成出生四十天，就没奶吃。李徐氏急得直跺脚，立夏更是痛不欲生。

早春只得将米泡了，用竹筒在碗里磨出米浆，放糖熬好后一点儿一点儿地喂文成喝。晚上她带着侄儿睡，每晚都要起来喂几次，换几次尿布。天不亮，又要起床洗尿布和一家人的衣服，手在水里浸泡得发白。白天要去田里忙农活，早春就晚上磨，每晚都要磨到深夜。好在任嫂、兰花、照芳也时时来给她帮忙，分担农活。

婆婆见早春没日没夜地干，心里也过意不去，过来对她说："我来磨，你还怀着孩子，早点去休息吧！"

早春抬头说："妈，哪有那么娇贵，我没事的。你手臂疼，带侄女先睡吧！我磨好，白天外出干活忙不过来，您喂侄儿吃就行了。"说完，早春埋头继续磨了起来，李徐氏哽咽着说："二娃媳妇，这些日子，苦了你了！"

"妈，你说啥呢，我们不是一家人吗？"

李徐氏就抹着泪向房里走去。到了九月间，早春的二女儿李书群出生，才结束了磨米浆的历史，侄儿和二女儿一人一个奶头。

早春坐月子时，冯杨氏带着书华回来照顾她。她坐月子也没歇着，照顾妯娌的病，还要纳着总也做不完的鞋底。

到了冬季，立夏心口疼的毛病越来越严重，屋里整天弥漫着中药味和病人的呻吟声。有时，早春剁着猪草，立夏会在房里对她大喊："二嫂，救命，救命哟！"

早春立马放下手里的活，去帮她揉推捏擀，以减轻她的痛苦。

立夏的母亲、嫂子有时来照顾她，帮忙带孩子，常拉着早春的手说："她二娘，你真是个大好人啊！"

她们多次背着立夏，泪流满面地对早春说："她二娘，我女儿的病没治了。

我们去找端公看了，说是前世的冤家找来了，你就把她的一双儿女当作自己的吧！"

可早春不信那些迷信的说法。她到处打听秘方、偏方，尽自己的力量用草药给立夏这里揉揉、那里捏捏，期望立夏有好起来的那一天。

有一天夜深人静，早春将文成和二女儿用摇窝摇睡着后，在灯光下，她在给孩子做衣服。这时她忽听见妯娌那边门"咣当"一声响。早春一惊，赶忙端着灯去看，床上没人，就喊："她幺娘，她幺娘。"

寻到外面，忽然从旁边水坑里传来"扑通"声响。早春快步上前，借着淡淡的月光，只见立夏穿着厚厚的棉袄，哗哗地往水坑中间走，把水中月亮也搅散了。

她二话没说，"扑通"跳下去，哗啦啦在水中快跑着，拉着妯娌的衣服。

妯娌乱推乱打说："我不活，不活啦！不要你救我。"

早春绕到背后，揪着她的衣服，才将她拖上岸，最终在前来的婆婆和李家墨大女儿的帮助下，才将她拉回了家。

这时两个孩子哭了，李徐氏去摇摇窝。早春见李家墨的女儿穿着单衣服，说道："孩子，你也回去吧！别冻感冒了。"

早春冻得上下牙直打架，全身发抖，穿着湿衣服，帮立夏换着衣服说："她幺娘啊，你这是干啥呀，咱好死不如赖活着，你就忍心丢下你的一双儿女吗？"

立夏捶打着自己的胸口说："二嫂，我不值得你对我这么好啊！这都是我该有的报应，我这是害人不成偏害己啊！"

"她幺娘，你这是说啥话呢？好好养好身体最重要。"

"二嫂，你让我说吧！也算是我对你的忏悔。这么多年都是我的心病啊！也活该我心口疼啊！"

早春劝道："别说那么多了，以后有的是时间。"

她要去换衣服，立夏拉着早春不让走，早春拍着她："你先睡，我换好衣服来陪你。"

立夏这才松开手，早春把摇窝搬到妯娌房里，摇着两个孩子。立夏絮絮叨叨说着，"李家墨说你早春如何强势，以后肯定会受你的气，让我借寡妇衣服，鸡蛋没煮熟等事来压制你，"立夏说完后，长长吐了口气："这些年犹如一块石头压在我心口，现在说出来了，犹如搬出去了一样轻松。可见，人还是多行善好，害人终究是害自己呀！"

早春用脚摇着摇窝，手纳鞋底说道："其实我早知道了，肯定也不是你本心，你何必要耿耿于怀呢？"

立夏反而坐起来，抓住早春的手，恳求道："二嫂，我知道你是个好人，我也不会长久了。他们的爸爸，本就不是个心细耐烦的人，以后他会再找人，也会再生孩子。这两个娃儿，以后就交给你了！这些日子，见你没日没夜地照顾他们，我走了也就放心了！"

早春忍住快要流出的泪，把针狠狠往鞋底上戳，大声训斥道："你不要太自私了，我能跟你这亲妈比吗？你要快好起来！好起来呀！"

第 43 章　社员入社

　　白天，早春去田里干活，李徐氏照看着两个孩子和立夏。晚上，早春就在摇摆的灯光下做鞋，陪妯娌说话，有时也帮妯娌揉捏全身，以减轻她的疼痛。有了上次立夏跳水的经历，早春不敢大意，总是和衣躺在旁边，没睡过囫囵觉。

　　后来，病痛把立夏折磨得骨瘦如柴，早春带信让李家才请假回来，陪伴了立夏一段时间，最终还是没能挽回她的生命。冬月间，在一个大雪纷飞的日子，她带着对一双儿女的牵挂和眷恋不舍地走了。那时大女儿只有三岁，儿子还不到一岁……

　　立夏走后，李家才整日将自己喝得酩酊大醉，不管不问孩子的哭喊，就鼾声如雷地把自己放在床上，醒来后接着再喝酒。李徐氏唠叨他，早春劝他，他都听不进去，仍我行我素。

　　有一天，他醒来后，又抱着酒瓶喝。见他那样，早春又急又气，一把夺过他的酒瓶，将两个孩子抱来硬塞给他，说道："从今往后，我也不管他俩了，你是他们的父亲，应该担当起照顾他们的责任了。"说完，就肩挑扁担，双手勾着水桶，头也不回地去挑水了。

　　李家才将两个孩子放在床上，他睡在旁边，任凭文成哭喊得声音嘶哑，秀梅伏在他耳边喊"爸爸，我饿，我饿，吃饭"，他也充耳不闻，不管不顾。

　　李徐氏于心不忍，见早春挑水回来后，就去抱文成来说："她二娘，你还是先给孩子喂奶吧！"

　　早春手背揩着额上的汗珠，对婆婆说道："妈，你想让他长期这样消沉下去吗？我们只有狠点心，让孩子的哭声去唤回他面对困难的勇气，去承担一个做父亲的责任。再说，他现在回来了，从今往后，除他们三人的鞋子我帮忙做外，他们的饭我不会做了，他们的衣服我也不会再帮忙洗了。"说着，又去挑水了。

　　李徐氏抱着哭闹的文成拍着，走到李家才面前，训斥道："你以为只有你苦吗？早春更苦，这几年你们两个男人在外修水利，她把华儿一直丢在娘家。即使怀孕了，都如男人一样，起早贪黑，田里地里，家里家外，重活累活都干，照顾病人，照顾我和几个孩子。每天半夜都还在纳鞋底、补衣服，像个陀螺一样不停地转着，睡不了三四个小时就起床，她容易吗？你该清醒了！"

李家才仍睡着不动，儿子哇哇哭得声音嘶哑，女儿秀梅去摇他："爸，我饿，我饿。"他仍睡着，眼睛也不睁。

李徐氏放下文成，狠拽李家才："你给我起来。你想想，你二嫂来我们家，我们是怎么对她的，她计较过吗？反过来是你们，能有她的心胸吗？早春说得对，你应该承担起责任了。"说着竟坐在床沿上大哭起来。

秀梅懂事地反而爬向她，挥动小手给李徐氏抹泪："婆，不哭。"

婆孙俩抱头痛哭。哭声弥漫在房间里，早春靠在门边，泪流满面地注视着房内。

李家才终于抱起了两个孩子，去冲糖开水让秀梅喝，他端着糖茶，用汤匙舀起，吹一下，喂着文成。

早春这才拭去泪，抱着文成来喂奶。李家才去帮忙剁猪草，李徐氏去烧火做饭。

小文成吃着这个奶，手护着那个，不让妹妹吃哩！引得大家都大笑他霸道，他还抬起头来啊啊啊地讲着，不时发出咯咯咯的笑声。孩子的笑声让大家暂时忘掉了妯娌去世的悲痛，给这个家带来了一丝生气。

一天晚上，早春正在厨房里做晚饭。李徐氏带着秀梅，边唱童谣边摇两个孩子睡觉。李家才也争着做些挑水劈柴的重活。

"二哥回来了！"随着李家才的喊声，李二娃进门后，没像以往去抱孩子，只是对李徐氏说："妈，孩子们都睡了？"就径直往房里走。

早春听到声音从厨房出来，"放假回来了，正好吃夜饭"。

二娃和衣睡在床上"哎哟！哎哟！"地叫唤了起来。

早春忙招呼："妈，你和她幺爸先吃。"就端着灯去房里，又见二娃疼得大汗淋漓，脸色苍白。早春赶忙给二娃用药酒揉捏，给他吃止痛药。又按以往父亲开的药方，提着灯，上山扯草药来熬给他喝。

二娃由于劳累，加之工地做的米饭较硬，长期积累下胃痛又复发了，工地领导才让他回家休养。

进入腊月，大家除准备过年物品外，田里基本没活。闲暇之时，任嫂汪嫂都喜欢带着孩子，聚在早春门前院子里晒太阳，做针线活，议论广播上宣传农业合作化，社员入社的事。

这时兰花急匆匆跑来，和大家打招呼后，就对早春说："姐，我去区里开会，李书记让咱们三人老将出马，去宣传农业合作化，社员入社的事。"

早春道："真是说曹操，曹操到啊！"

任嫂说："你们聊，我今天去做中饭请大家吃，不能老麻烦二弟妹了！"

兰花快人快语："那敢情好，烧熟了叫我一声，我把早春姐的泡菜捞两大碗去！"

汪嫂道："你啥时请我们去你家，该不会也让你早春姐带泡菜去吧！"

兰花趴在早春肩上道："不说，姐都会带去的。是吗？"

大家欢快地哈哈大笑。

早春问兰花："妹妹，我这段时间在家忙晕乎了，听广播讲农业合作化，社员入社的事，上级有啥指示……"

"……"

1956年春节前后，早春参加县区人代会后，区委组织他们进一步学习了毛泽东主席同志《关于农业合作社问题》的报告，以及农业合作化，社员入社的宣传要求。

按区委李书记安排，早春、吴亦华、兰花再度联手，编排了节目，贴标语，办专栏，深入各湾各组宣传。宣讲小农经济经不起风吹雨打的道理，以及农业合作化的种种优越性，还有毛主席论合作化的著名文章，以及成功试点单位的经验等。

宣传后，大多数家庭，特别是没劳力的很赞成，主动交出土地、生产农具为集体所有。但有劳力的，自行开荒种田的人想法很大，不愿入社。

井峰区也正式成立为公社，下辖有十三个大队。早春他们是十大队。其中二队问题很大，一个队五十多户，有四十多户不愿入社。

大队支部陈书记和伍主任他们商量后，对早春说："冯代表，你去做好这个队的工作。"

接了任务后，早春早早起床，洗衣做饭挑水，给二娃熬药，给侄儿和二女儿喂奶后，交代二娃："我在二队，如果中午回来晚了你自己把药熬了喝，饿了就煮点面吃。"

早春决定先去找二队队长老何摸底，了解大多数人不肯入社的原因。

早春找到何队长家时，他正在菜园扯草。早春就打开篱笆门，喊道：何队长，菜园里萝卜白菜长得真好，可见你是个勤劳之人！就蹲下身，挽起袖子，帮忙扯草。

何队长站起身："冯代表，这个使不得，我们回家坐着说吧！"

早春道："都是种田人，讲究那么多干啥！"

何队长也没阻拦，就边扯草边聊了起来。

早春扯起草甩在渠里问："何队长，你们队不入社的主要原因是啥？"

何队长扯着草没抬头道："实话和你冯代表说吧，我自身就有许多顾虑，抓工作当然就是敷衍了，所以效果才不好。"

"能讲讲吗？"

何队长停下扯草的手，看着早春问："那我就不顾忌地讲了。将来入了社，不会叫我们吃亏吧？"

早春扯起一把草，抬头反问他："毛主席共产党会让我们贫下中农吃亏？我们大家分田分地，分房分屋，得山林，讨的好还少吗？"

何队长点头道："那倒也是的！"

早春弯腰扯草接着说："再说，社里的章程是，公众马，公众骑。定出的规则，大家遵守，按制度办事，都不会吃亏的。"

"那我自己开的荒地，种的竹子、果树，就不能留点吗？要不然以后编个筐，烤个火都没自由权。社里不批不能砍，砍了就是搞破坏，你说能方便吗？"

早春耐心地给他解释道："你说的这些问题，我们已经给上级反映了。我们应该相信政府，他们也是全心全意，为了我们老百姓能过上好日子。也定会逐步完善一些制度，给大家考虑一些实际问题的。"

早春又进一步给何队长宣传了政策，以及社员入社的好处。

何队长也感叹说，"插秧收割，赶季节，抢火候，人多好干活啊！"突然又停下手，问早春："冯代表，听说上级要推广双季稻，是吗？"

早春拿着一把草，直起身："是的啊，不入社，你更忙不过来了。"

何队长沉默了一会儿道："看来不入社不行了！只是请冯代表参加我们队后期的工作，我怕我政策宣传不到位。"

"我是自然要参加的。"

两人于是商量了工作程序。这块田里草扯完后，早春拍了下手上的泥巴，站起来走出篱笆门。

何队长忙说："冯代表，辛苦你半天了，中午留下吃午饭吧！"

早春在田边洗着手道："两个孩子还等着我喂奶呢，下午我再来！"

早春回家后，二女儿已经饿哭了，二娃正准备抱她去二队。侄儿一岁多了，李徐氏正喂米糊鸡蛋给他吃。见早春回来，他就张开双臂，蹒跚着，跌跌撞撞，兴奋地快步向早春跑去。早春一个腿上坐一个喂他俩吃。文成吃着自己的那个奶，不满妹妹吃另一个，就用小手拉出妹妹正含着的奶，惹得书群委屈地哇哇大哭。早春握住他的小手，两人才能平静地吃。

午饭后，早春约上吴亦华、兰花去演唱，又让秧歌队、龙船队进队宣讲。

早春对何队长说："你安排人办专栏，写宣传标语贴在树上门上，房前屋后。"

顿时村庄到处都是花花绿绿一片，亮堂了起来。大家开门就能见到：

听毛主席的话走合作化的路。

农业社，真正好，村村都栽双季稻，割得快，收得好。

早春早出晚归，去逐家逐户做工作。二娃在家带孩子，力所能及地编竹器，切猪草喂猪，烧好饭等早春回来。有时晚了，二娃会背着二女儿，打着火把去接早春。

在夏季农忙前，总算完成了社员申请入社的工作。公社大队的表彰会上，早春和兰花同时被表彰为先进个人。

有天早饭后，早春在家清理农具，做农忙的准备工作。区妇联黄主任来了，互相寒暄后，早春赶忙端来板凳，黄主任坐下后，关切地说道："听说了你妯娌的事，你辛苦了！你自己也要多保重哦！"

早春递茶给黄主任说："谢谢黄主任关心。"

黄主任对早春说："农业合作化，社员入社后，对妇女素质的提高十分重要，准备请你去开会宣讲。"

"我哪行啊！"

"我知道你讲得贴合实际，妇女姐妹也肯定喜欢听。"

"还是另请能人吧！"早春还想不去。

黄主任道："谦虚过分就是骄傲哟！"

第44章　孝老观点

麦香、豌豆香弥漫在空气中，早春正在田里摘豌豆，八大队的妇女大队长丁香在田埂上喊她："冯代表，下午我们开妇女大会，请你去宣讲宣讲，行吗？"

早春爽快地答道："没问题啊！"

午饭后，早春、兰花和丁香向八大队走去。到山坡时，早春弯腰在路边随便扯了些鱼腥草、蒲公英等草药。丁香不解地笑问道："请你去开会，又不是让你看病，你扯这干啥？"

早春扯着药没抬头道："到时你就知道了。"

"我姐就是个闲不住的人。"兰花帮忙替早春拿着草药。

会场设在半山腰的空地里，周围有枣树、桐树、柏树等，橘子花正散发着馥郁的芳香。

前面略高的地方，放了几张桌椅、板凳，算是台子。初夏的太阳光正透过树缝洒在人身上，鸟在周围的树上跳来跳去，不停地啁啾、鸣叫着。

到了会场时，区妇联黄主任和其他大队的妇女主任，也有说有笑地走来。早春迎上前，和她们打着招呼。

来参会的妇女，也都各自端着小板凳，三五成群地来到会场。早春和黄主任正说话，就有人来拉过她问："冯代表，小孩咳嗽帮忙看下吧！"

"告诉我们，小孩发热咋治？"

"牙疼用啥方法。"

"猪热、猪湿如何辨别，用啥药啊？"

早春手一扬，清了清嗓子，喊道："请大家安静。大家刚才问得很好，姐妹们大多会遇到这些问题。我就把我知道的医治小灾小病的方法，和盘托出，希望对大家有所帮助。"

早春拿着扯来的草药，让大家认，又绘声绘色示范了使用方法。

丁香着急地对区妇联黄主任说道："她们缠着冯代表问这问那，这观摩会啥时才能开？"

　　黄主任小声道："这不已经开始了吗？早春教妇女姐妹们常见病和牲畜病的预防，也是在传递最实用的知识啊！"

　　丁香这才知道了早春扯草药的用途。

　　早春介绍了一些常见病的预防后，接着说："学一些医疗常识，可以帮自己，也能帮到他人。更重要的是猪鸡养好了，能让家人过上有肉、有蛋吃的好日子！"

　　大家一阵大笑："这的确很实用。"

　　周围又有人问："冯代表，都说妇女解放翻身了，为啥有的妇女还被男人打？"

　　早春往台上走去，看台下孩子哭声一片，有的孩子鼻涕揩得糊了一脸；有的胸前的饭汤、菜水糊得起了硬壳；有的小孩蹲在人群中拉屎拉尿。有的妇女蓬头垢面，头上绾的髻没固定好，风一吹左摇右摆；还有人掀开衣服给孩子喂奶后，衣服也不扣；有的拖着拖鞋，衣衫不整。多数人在穿针引线纳鞋底，绣鞋垫……会场一片混乱。

　　早春笑了笑，做了个手势问道："有人说，现在都解放了，为什么有的女人还挨打、不受尊重，谁能回答吗？"

　　台下没人应声。早春咳了两声，立马收住了笑脸，用右手一指说："我认为有几种情况，我们不仅不撑腰，还觉得该打。"

　　台下有不满的声音："这是啥代表，说出这种话。"

　　早春唱着，配合着手指动作："台下的姐，人群里的妹，大婶、大娘们，听我来说明白。"

　　她清脆的声音，让会场立马安静了下来，大家齐刷刷地看向她。

　　早春手指人群，抬高声音道："我认为，个人不讲卫生，不注意形象的，不该受尊重、该挨打。就拿我们开会说，男人都是收拾得干干净净出门，而我们女人，你看（说时看四周，左右手，指八面），有的拖个拖鞋（见她们立马将脚缩在后面藏了起来），有的连自己的头都梳不好，绾个髻，你把它固定好啊！它还两边散，两边倒吗？你看我的头发，怎么摇、怎么摆，它都不会掉、都不散。"说着做起了两边摆头的动作。

　　这时，只见台下的妇女，都伸手去摸自己的头发，有头发没固定好的，就赶紧重新扎。话说后来早春逢场上街,好多妇女看见她都不自觉去摸自己的头上,看发髻是否散开。姐妹们知道注意自己的形象了,让早春心里觉得十分高兴。

早春手指着,又快速说着,"你衣服扣不正,领拉不展。光天化日下,不论男孩、女孩在人群里就拉撒,你倒是找个隐蔽处让孩子拉屎拉尿啊!"

"再说,你敞着乳头给娃儿喂奶吃,这本无可非议,情有可原。可你给娃儿喂奶后,就应该把奶藏到衣服里呀!你说你露到外面,给谁看?用衣服遮下,不行吗?这永远是我们女人的形象呀!"

这时就见台下一片忙碌,有的赶紧将奶塞进孩子嘴里,让他别哭,有的赶紧低头扣着衣服扣子。

"要想别人尊重你,你首先把自己收拾得干干净净,头要梳好,衣服要穿正。坐有坐样,站有站样。如果形象好了,把自己收拾得亮堂了,男人喜欢都喜欢不过来,还会不尊重你,还会打你吗?"

黄主任和妇女主任们带头鼓起了掌,顿时会场响起了雷鸣般的掌声。

早春站在台上,摆了摆手。会场顿时鸦雀无声,只听得风吹得树沙沙作响和鸟啼的声音。

"再说,懒人该打。你反穿衣服倒背娃,不收拾屋来不扫尘。客人来了干着急,灰灰尘尘两边扫。左扫扫到墙里边,右扫扫到门角落。(早春弯着腰,夸大力度配合着左右扫的动作),这种懒人不该打吗?"

台下又一阵哈哈大笑。

"你干事麻利点,少睡会儿,没有累死的,只有懒得饿死的。迟起三慌,早起三光。男人在外挑土又挑粪,栽秧割麦干着重体力活,你连粮食都懒得晒。男人回到家,冷火冷灶的,你睡在床上等男人回来烧火你吃?你说,你什么也不干,恨不得吃饭都要端到你手上,你说这种懒人不该打吗?"

"提倡妇女解放不是让你懒。你要勤劳,切实发挥我们半边天的作用。尽力干好自己的事,勤俭持家。再说你的男人,你要心疼呀?累病了怎么办?他在外干重活,你就要把家里那摊子收拾好啊?要不让你去肩挑背扛,你扛得动吗?"

有人大声打趣道:"冯代表,虽然你能说会讲,还不是要睡下头。"

大家又一阵哄笑。

早春笑着说:"是的呀,好多事,是不能跟生理现象争的。女人总要生孩子,男人总是干重活。只有互相关心,相互体谅,家才和睦,家和才万事兴嘛,对不对呀?"

又是雷鸣般经久不息的掌声。

早春手一扬,"三说,骂人的人该打,动不动就脏话粗话一大堆,骂老人像在骂儿女,不孝顺老人的该打。"

台下有个妇女队长,故意要给早春出难题,喊道:"冯代表,我们队里有两婆媳,长期不和,互打互骂。调解多次都没做好工作,要怎么调解,你能现场帮忙做工作吗?"

丁香忙说那妇女队长:"你捣啥乱,安心听冯代表讲完再说。"

早春接话道:"丁主任,不要紧!"又对那妇女队长道:"她们二人都来了吗?"

"来了。"

早春不慌不忙地说:"我今天先唱《哭嫁歌》之《孝顺经》,大家听听,再谈感想。"

早春声情并茂地演唱了起来,大家正听得聚精会神时,她突然说:"我的孝老观点是,在生活上,把老人当小儿小女来对待,来照顾……"

这时台下一片哗然。老年妇女有意见了,她们不满地喊道:"冯代表,你不尊重人,把我们老人当小孩。"

年轻人也喊:"冯代表,你这话欠考虑哟!"

"你怎么也有说错话的时候呀!"

早春不温不火,把手一摆,笑眯眯地说道:大家不要有想法,听我把话说完,再议论吧。试问,你们谁每餐每顿,煨了罐猪油饭给老人吃了?做到了的,请举手!

大家沉默着,头摇得像拨浪鼓。

早春认真地说:"是不是都给自己的孩子煨了、吃了?"

大家不由得认真地点了头。

"你们去赶场,卖了东西,是不是想方设法都要给娃儿买颗糖、买个馍、买个饼?你们谁又给父母、老人买了?做到了的,举个手看看?"

287

大家仍低头，不吭声。

早春走到人群中，大声说："好多人自己舍不得吃穿，都要千方百计顾着娃儿，让他们吃好穿好。孩子病了，围着他们嘘寒问暖，耐心照顾，大家说是吗？"

大家点头。

早春严肃地大声说："如果我们都拿出对孩子的态度来孝敬老人，照顾老人，不只二十四孝做到了，三十二孝都没问题了。"

早春自问自答，说得大家心服口服，不住地议论着，点头称是。老人们脸上有了笑容，年轻人脸上有了愧色。

早春又走上台，手一挥道："我再唱《骂我爹娘万不能》，大家听听。"

（娘）二面开花泪满面，母女团圆在今晚；

（女）小女离娘在明天，无事不在门前站；又怕霜风在身边，吹得娘病儿心疼；冷茶冷饭净偷懒，又怕吃了心不安；今晚也是二更天，儿的绣房来得了；要教女儿教得了。

（娘）头教女儿争得气，样样能干才大气；二教女儿忍得气，婆家公婆不容易。

（女）三言两语骂起来，口口骂我生得白，声声骂我做不得，骂我本身不生气，骂我爹娘我伤心，骂我爹娘心难忍。

我娘怀我难上难，十月临盆才离身，吃娘血水穿娘衣。

我妈引我苦中苦，时常把儿背背上，不离身来不离怀。

鼾声均匀才离怀，轻轻悄悄放床上，儿打哈欠娘陪床。

我妈引我苦中苦，说话不敢高声语，害怕惊动小儿郎。

头口茶来二口汤，又怕茶热烫儿郎，又怕茶冷凉儿郎。

我妈引我苦中苦，脚盆泡衣妈妈洗，四个石头都磨光。

又拜菩萨又许愿，许香还愿拜保娘，只怕女儿命不长。

女儿是个裙钗命，长大成人没跟娘，嫁入你家不当人。

骂我不说骂爹娘，我想问问婆母娘，您家女儿嫁儿郎。

别人骂您女儿郎，您老痛不痛心肠？

将心比心最重要，才会孝顺老亲娘。

"我为什么唱《骂我爹娘万不能》?我们每个人,都是娘艰辛怀胎,娘艰难养大的。我们做公婆的也要善待媳妇,把她们像亲生闺女一样来疼、来爱。现在是新社会了,不能讲打、讲骂,更不能动不动就开赶。老人背上,不能背个布,逢人就把媳妇说得一无是处。媳妇背上也不能背个锣,不要到处说公婆。百年修得同船渡,可想,婆媳缘不是几生几世能修得来的。只有相互尊重,相互理解,多看对方的优点,家才和气嘛!和气了才生财哟!"

大家呱唧呱唧地拍掌,点头称是。

早春指着那妇女队长问:"还要我去做工作吗?"

那妇女队长大声说:"你已经给了好的方法,我来监督,相信那对婆媳都能克服自己的问题,和睦相处了。"

黄主任不仅叹服早春的口才,更叹服她的应变能力。

散会后,各大队妇女主任都纷纷围着早春,邀请她去参加妇女大会。

"你不去开会不热闹。"

"有你在的地方就有笑声。"

"你给人宣讲不拘礼节,形式多样,效果好!"

"你手舞足蹈,比比画画,甚至有时边说还带上唱两句逗得大家捧腹大笑,在娱乐中学知识,受教育。"

早春摇着手道:"你们不要尽说好话给我听,还是你们自己宣讲吧!"说着挤出了人群,往家走去。

身后还有人喊:"冯代表,我会去请你的。"

早春一则记挂两个孩子要吃奶,还听说合作社成立后大队要办碾房,统一收谷碾米,早春想给伍主任、杨主任反映后让小照芳去。

第 45 章　水塘之殇

早春向大队推荐了李照芳后，领导们也都认为他勤劳踏实，品行好，同意他进大队粮食碾房工作。

当早春把这个消息告诉照芳后，他兴奋地说：“二娘，你事事为我考虑，我以后一定好好报答您！”

"照芳，我建议你去，不是要你报答，而是要你踏实认真地好好工作，才能对得起领导的信任。再就是不要贪小便宜，不是自己的决不能要。"

照芳高兴地表态道："二娘，我记住您的话了，一定会好好干的。"

早春回到家给俩孩子喂奶后，正在剁猪草。李家才走过来埋怨早春道："二嫂，听家墨哥说，你弄照芳去碾房干活了？你怎么给他帮忙，都不晓得给我说句话，让我去，到时随便在荷包里装两把米回来，也够给娃儿煨瓦罐粥了。"

早春不屑地盯着他："你以为粮库是我开的，想让谁去谁就能去！再说，大队也要严格审查，不是谁都能去的。"

李家才不满道："就你思想好！"

早春本不想再搭话，听他提了李家墨，不放心地劝道："她幺爸，我劝你还是不要跟家墨走得太近，你是盘不过他的心思的。"

"你不帮我，还不兴别人帮我吗？"

早春还想劝，见李家才甩手走了，早春是担心他这种贪小便宜的思想害了他，又担心他和李家墨走得太近，对他不利。

早春只得摇头叹息，又继续剁起猪草来。

年底，早春连续当选为县区人大代表。当然李家墨仍然多方活动，找人托关系，也想成为人大代表，但终因他私心重，人们仍然没选他。李家墨失望地去水利工地。他在继续寻找整垮赶走早春的机会。

第二年，在区妇联庆三·八大会上，早春被表彰为妇女工作先进个人。

夏收以后，天大旱，老天爷再也没有痛快地下过一场雨。原本要栽秧的水田，裂成了不规划的图形。一口一口的水塘，被乡亲们舀了个底朝天。当大人焦虑不堪时，孩子却乐不可支，在快要干涸的河里捉鱼抓虾。

早春和队里的人只得深挖河床，清洗水塘，准备就近舀水去田里栽秧。

水塘其实就是大小不一的几米深，几米宽的圆形水坑。因人们忌讳挖坑的说法，就都管它叫水塘了。有的是自然形成的，有的是前几年人工开挖的，四周大都用石头砌成的。主要用于蓄水，方便就近田里的灌溉，供湾里人洗衣、洗菜以及家畜饮水等用。就李家湾，朱家湾而言，大大小小有六个水坑。不仅李家湾、冯家湾，几乎各个村庄、湾组都有这种水坑。水坑旁都种有几棵柳树或杨树，有的还长有野枣树。男人们挑水干活累了在此抽支烟，歇歇荫，乘乘凉，天南海北摆摆龙门阵。女人们洗衣洗菜时说说家长里短。

天旱后，河里缺水，水坑里自然也见底了，这时就要去清除淤泥，深挖坑底，也让水浸入。因为坑底有几米深，往往用桶装淤泥，用绳索往上拉，或放上梯子，人站在梯子上往上运。

早春率先顺着梯子下去，边挖淤泥边说："如果再不下雨，只得将田整出来，栽红苕了。"

任嫂担忧道："也是的，总不能将田空着吧！"

正在大家议论时，李二娃背着二女儿，手牵侄儿来吃奶。

早春从塘底爬上来，正在洗手，一岁多的李文成歪歪扭扭跑过来，就去掀早春的衣服，早春赶忙抱起他背对人们，一个腿上坐一个来吃奶。任嫂拿手对文成羞脸，"羞！羞！羞！抢妹妹的奶吃。"

他却不管不顾，幸福地、大口地吮吸着。早春揉着眼睛对任嫂说："这两天两眼直跳，心神不宁的，感觉不好，似要发生啥事。"

"早春姐。"这时，就听见有人很急促地在叫她。她扭过头去一看，见娘家人正气喘吁吁地向她跑过来，上气不接下气地向她喊道："早春姐，赶快和我去医院，大宝……大宝在洗水塘时被滑下的石头砸伤了！"

早春放下两个孩子，冲过去抓着娘家人，着急地问："现在咋样？在哪儿？"

"队里一起干活的人送他去井峰医院了。"

早春心里"咯噔"一下，不容多想，和二娃说了句"看好孩子"就和来人一起跑步到医院。来人边跑边说:"他们清完淤泥,都顺着梯子爬出,大宝最后一个上梯子。这时没注意坑沿的石头由于长期攀爬松动了,梯子和人被砸下坑底。"

镇医院的急诊室里,小宝和大宝的女朋友眼睛红肿地陪在病床旁边。

病床上的大宝昏迷不醒,他的头上包着纱布。看来医生已经给他做过简单处理,地上有一条毛巾,被鲜血浸染了很大一片——那是之前,用来包头部的。早春看到,大宝的鼻孔和耳朵里都还有血迹。

院长和医生都显得很无奈。早春一把拉着院长的手,焦急地问:"咋样,杨院长?情况咋样?"

杨院长说:"冯代表,你弟弟的伤势很严重,而且失血过多,急须输血。"

早春挽起袖子,着急道:"抽我的呀!"

"抽血要查血型。你是晓得的,我们医院没有那些设备,所以,我们希望你们马上把他送到县医院去抢救!"

早春本想让父亲来看看。医生说,他老人家年纪大了,经不起折腾。还是先不忙说较好。再说砸下的石头很有可能伤到内脏,不能耽误,迟了可能有生命危险。

早春问:"我家的跌打损伤止血止疼丸,能用吗?"

医生点头道:"可以试一试。"早春将玫瑰红布袋里的药取出,扶大宝靠她身上,喂了药,他女朋友给他喝了点水。

早春和院长商量后,队里人用担架抬着将大宝送去了县城。医生抽了大宝的血,同去的几人和早春也抽血检查了。结果出来后,早春是O型血,她卷起袖子说:"医生快抽我的血救他吧。"

和大宝同血型的人拉开早春说:"姐,你有两个孩子在吃奶,还是我来吧!"

后来,医生也坚持没抽她的血。

输血后的大宝清醒了过来。早春给大宝端来汤,要喂大宝。大宝说:"姐,我没事,不用你喂!"说着自己端起碗吃了起来。

大宝吃了东西后,精神状态还不错,对早春说:"姐,你家里两个孩子还在吃奶,先回去吧!"

早春拉着大宝道:"也好,住院花钱,我回去卖猪筹了钱明天再来,你想吃啥就让小宝给你买。"说着摸出钱给小宝。

队里人、小宝和大宝的女朋友也都说："姐，有我们在这里，您放心回去吧！"

早春心事重重地疾走几十里路，先去冯家湾给父母说了声，让他们别担心。大女儿见了她，哭着要妈妈，但因为要赶路，她也没法顾及。

第二天，筹到钱后，早春就往医院走。上到垭口时，乌鸦不停地在头上盘旋，发出一声声凄惨的哀鸣。

早春心一沉，腿发软，无力地问乌鸦："好乌鸦，告诉我，我弟弟会没事的，是吗？"

乌鸦停歇在她头顶的树梢上，木然地好像在点头，又像是在摇头……她跌坐了下去，祈求老天保佑自己的弟弟没事……

早春心神不宁，深一脚浅一脚、跌跌撞撞下山，就碰上来报信的娘家人："姐，大宝走了……"

如五雷轰顶，又如万箭穿心，噩耗击得她左右摇摆，站立不稳。早春靠在路旁的树上，才没让自己倒下去。她来不及悲伤、来不及流泪……也许她的泪在她失去孩儿时流干了，也许是在她一次次给二娃抢救的途中流没了，又或是在自己的年轻妯娌离世时流完了……更重要的是她没有流泪的时间，没有悲伤的余地，也没有要倒下去的地方。

如何处理好大弟的后事，如何安抚好年迈的父母，让他们从白发人送黑发人的痛苦中走出来，这才是最重要的啊！不然二老再出点啥意外该咋办呀？她吞着泪、抚着滴血的心，咬着牙，安排人去县城把大宝的遗体抬回；让人做寿衣、砍树做棺木；让姑姑堂嫂守好已哭得昏死了几次的母亲，让三叔去接回还在井峰街坐诊的冯先生。早春反复交代叔叔："您先不要跟爸爸说事情的真相，让他先吃好吃饱，要不然半道出事就更麻烦了。"

三叔答应着朝井峰街的方向走去。

早春的叔叔遵照她的吩咐，扶冯先生拄着拐杖慢慢走在回来的路上。结果在半道上碰到前来悼念的人，七嘴八舌地议论着："可惜了，年纪轻轻就走了！"

"听说是给公家干活，砸伤后抬到医院也没治好。"

"听说下半年就要成家了，冯先生可怎么受得了啊！"路人摇头晃脑叹息着。

"你们说啥，再说一遍！"冯先生从亲戚路人的议论中，预感到了大儿子的不测，马上就甩开他弟弟拉他的手，丢掉拐杖，双手拽住了走近他的人。大家都面无表情地看着他，不吭声。他从人们手里买的物品中似乎明白了，但又抱着一丝希望转向自己的弟弟，使劲摇着，声嘶力竭地喊着："他们说的都是真的，是真的吗？"

叔叔摇头又点头，痛苦地抱头蹲在了地上。

冯先生受不了老年失子的打击，当即昏死了过去。大家又是掐人中、又是哭喊，好不容易才将他唤醒。醒来后的冯先生哭喊着："老天啊，我一生救人无数，处处与人为善，为啥这样惩罚我啊！不如让我随他去了干净……"说着，就往河里跳。叔叔和路人拉住了他，可他仍拼死命争夺着要往河里投。

三叔只得对人说："快！快去叫早春！"

早春赶过来，拉着冯先生，劝道："爸爸，大宝走了是个意外，谁都难受，不是还有我和小弟吗？"

无论早春怎么劝，冯先生口里一直喊着："我不想活了！大宝，爹来陪你了……"拉扯着往河里走。

早春这时火了，站起来对拽着他的人说："放开他！随他去！要死趁早，死了一起办，丢下这个烂摊子，谁都不管了！……"

说完这话，早春悲痛地喊着："我苦命的大弟啊！你让姐咋办呀……"就无力地瘫坐在地上号啕大哭了起来。和大弟的一幕幕，如电影一样在脑海里闪现：父亲失明后，去山上扒红苕、割草、卖柴做生意，用弹弓打匪兵，和他去张家洼送张婆婆，去蓬溪卖盐救人……

这一刻，早春眼泪如决堤的洪水般狂奔外泄，宣泄着心底无边的悲哀和痛苦……

她跪扶着父亲，悲声道："爸啊！如果能用命换，我情愿换他活啊！可是他走了，哭也哭不回来了，用命也换不回来了呀……"父女抱头恸哭。

路人也站着大放哭声，劝冯先生道："你要听早春的啊！"

早春搂着父亲，悲泣着："爸啊，我们还得好好地活呀！小弟还没成家，你在，妈在，他才有个完整的家啊！您放心！我会照顾好你们，帮小弟好好读书、让他成家，你们还要帮我和他带孩子啊……"

这时赶回来的二叔也对冯先生说："大哥啊，听早春的劝吧！人死不能复生。你看把早春累的，她那边病的病，小的小，如果你再有点闪失可咋办呀！"

他们悲痛的哭声哭得鸟歇在树上忘了飞，太阳也躲进云层，许多人驻足陪着流泪。

冯家湾的人听说大宝已走后，都赶来接他回家，有人仰天悲诉道："老天啊！你为啥不长眼，不都说好人有好报吗？为啥要让这善良的一家人，承受这么大的磨难啊！你如果风调雨顺，不干旱这么多天，也不会让大宝年纪轻轻就走了啊！"

"他是为大家才丧命的啊！"

年长的老人哭着："老天啊，收走我们也不该收走他这年纪轻轻的好人啦！"

老天也似乎被这哭声惊动了，晴朗的天空忽然阴云密布，狂风大作。顿时，下起了倾盆大雨，伴随着一道道闪电，如白刃般划破长空，雷声滚滚……

人们说："这是大宝在天有灵，他的善心和付出为大家争来了雨水啊！"

大宝的遗体被抬回来，人们让出一条道，恸哭着紧随其后。冯先生在二叔和早春的搀扶下，拄着拐杖，颤颤巍巍地往家里走去……

第 46 章　劳动大军

安葬了大宝后，早春要回去栽秧。她抱着三岁的大女儿说："书华乖，你留下陪外公外婆，给他们唱歌，好吗？"

"嗯。"三岁的小书华，扑闪着一双大眼睛。她一手牵外公，一手牵着外婆，唱着跳着，背童谣、《三字经》给二老听，排解着他们的失子之痛……

有句话说的是"家里婆娘不管，也有公社管"的大食堂时代，人们吃着大锅，干着集体活。男社员去外参加水库、电站建设后，早春她们在家的女社员，就成了名副其实的劳动大军。家里所有农活都由她们女社员承担。后方大多是留守的老人孩子。够了上学年龄的孩子统一去上学。老人们干些种菜、拾柴、打猪草，缝衣补鞋的活计。

李家湾户数较少，就合并到了其他食堂，任嫂和李家墨一家在第九食堂，李徐氏和李家才的两个孩子和伍主任一家在八食堂；早春家在七食堂即朱家湾。公社收购了房屋、猪圈，支付给各家钱。早春只让人登记了财产，但没收钱。

李家湾成了养猪场，早春他们住的房屋，腾出来后用于喂猪人员的住宿。

在家的妇女劳动大军，公社统一安排，每个组由一人负责带三十多人，每天都要开展劳动竞赛。第二天早上都要对头天工作开总结表彰会，第一名的上台戴大红花，二名三名点名表扬，落后的扛黄旗，游街。

安排早春为组长时，花鼻梁不服气。她不满地对人说："论宣传，说讲唱，我不能和她比，论种田？我看她就是好看不实用，能比过我？"

因此，她处处为难早春，消极怠工，总想有一天自己也当干部，胜过早春。

在收禾扮谷时，上级给每个组划分了收割的面积，头天晚上，早春就安排本组的姐妹借着月色磨好镰刀。天不亮，早春就去仓库背大圆扮桶。要知道这个扮桶有近一米高，又大又重不好抬，平时都是有力气的男人背的。

早春背扮桶到田埂上放下后，脱掉鞋，下到有水的秧田里割出一块空地，把扮桶背去放在割出的地方，再用一块竹席，将扮桶围成半圆形，这样做是防止扮禾时谷粒外溅。她们组的人数可以分四班。她就往返背了四次，分别放在四块田里。

早春做好这些后，天才蒙蒙亮。晨曦中淡淡的薄雾笼罩着村庄，秋天的阳光还在眷恋夏日的热情，所以气温还持续的高。只有早起早干活，才不至于被秋老虎晒得中暑。合理安排，中午还可让社员适当休息。

在食堂吃早饭后，早春和妇女姐妹们背上背着孩子，手里拿着镰刀往田里走去。大家将孩子放在树下时，见早春做好的准备工作，都很感动："冯代表，你没等我们早饭后，一起背来！"

"你不是半夜就起来了？"

早春笑道："谁让我是大家的组长，应该多干点哟。"

花鼻梁黑着脸说："组长本来就应该多干嘛！"

王月莲嘲笑她："是没当上组长不服气吧？"

花鼻梁气得鼻梁旁的红胎记也格外醒目，怒视着王月莲。

早春将每个组割谷、运谷、拴草、挑谷的进行了分工。

花鼻梁不服气地说道："让冯代表割谷、扮禾示范下。要不，我想先和她来个比赛，大家评判下，行吗？"

早春知道她是故意要为难自己，也就不示弱。不争个子丑寅卯来，以后如何带队，更别说争第一、上级表扬了，搞不好还要次次扛黄旗，我早春可丢不起这人。于是就说："好啊，我向你请教。"

陈婶和大家做裁判。随着一声"开始"。只见穿着深蓝条纹衬衣的早春和红花衬衣的花鼻梁，在金黄的谷浪中游动前行，嚓嚓地，三下两下割倒一大片。开始两人不相上下，后来早春将花鼻梁甩在了后面，两人都摆得整齐有序。大家都赞早春道："真不愧是我们的组长。"

早春扯衣角揩脸上的汗，她也佩服花鼻梁干活的能力，只不过这人有个毛病，喜欢说长道短，没主见没头脑，喜欢听人摆布，所以好多人都不喜欢她。但早春却想发挥她干活快的优势，就笑道："是花姐给我面子，让着我。"

花鼻梁虽面红耳赤，但仍不服气道："我们再扮禾看看。"

两人各抱一抱谷，到扮桶旁。这时兰花、丁香带的组也在附近，见早春这一组在比赛，都围上来看热闹。

两人你扬我下，嘭嘭咚咚一阵忙碌后，这次两人几乎同时扮完。花鼻梁露出得意的笑容，还未等裁判陈婶发话，兰花去将扮谷后的稻草拿起来一看，赞道："嗯！不错。早春同志扮禾后的稻草上是干干净净，不剩一粒谷。"又去拿起花鼻梁扮禾后的稻草，见根根草上都零星有谷，就扬起手中的稻草，挖苦花鼻梁道："这不就像头发上的虱子吗？简直是浪费粮食，哼！还想和人家冯代表比！"

"哈哈哈。"大家一阵大笑。

"冯代表，你是咋做到的，扮得这么干净，教教我们吧！"大家围着早春，包括兰花和丁香以及她们组里的人，央求早春道。

早春拿禾示范道："其实也简单，大家把禾拿少点平摊开，就扮得快而好，也不浪费粮食了。"

大家分头欢天喜地去干活了。花鼻梁口里虽无话可说，但内心对早春很不满。

花鼻梁喜欢乱发表议论，也吃过亏。早春劝她，但她不听。有一次大家都背着背篓在田里捡棉花，她又在议论："集体大锅饭不好，尽养老弱病残。"还说，干不干，一天都有三顿饭等，被公社巡查的徐书记听到了。

徐书记指着她说："你叫啥名字？"花鼻梁战战兢兢说了名字后，徐书记道："以前就有人反映你喜欢胡言乱语，现在耳听为实。"又转身对随行人说道："给我把她抓去斗，游街。"

花鼻梁瘫坐在地下像一堆烂泥，心想，这下完了，以前总跟早春作对，她肯定不会帮自己。

早春背着背篓出来，赶忙说："徐书记，这都是我的问题，没把她管好，以后保证再也不会有类似的事发生了。"又对花鼻梁道："还不快来给领导承认错误。"花鼻梁跪爬到徐书记面前："徐书记，我错了，以后改，以后改。"

领导这才发话："希望你冯代表说到做到，管好她，下不为例。"

一天夜里，花鼻梁的儿子发热感冒，早春二话不说就赶去救治。

通过这些事后，让她对早春口里十分感激。但她心里，仍不能消除对早春的嫉妒。但起码表面上，她还是能事事带头，尽力配合早春。早春组里姐妹大家心往一处想，劲往一处发，每次都提前或超额完成任务。评比中都是第一名，兰花和丁香总在第二和第三之间徘徊。

花鼻梁每天见早春上台戴大红花，心里十分烦躁不满。凭什么我们大家干活，早春一人上台领奖，又想如果是自己当上组长，不是也可以荣耀荣耀了吗？

冬天到了，早春和诸多妇女姐妹一起背着孩子上山，投入紧张的抢收抢种之中。满山遍野都种着红苕，是人们冬春季节的主要口粮。

收红苕之前，早春就和有经验的匠人选择好地方挖好地窖。地窖一般都建在干燥、不易浸水的位置，等红苕放进去密封好。吃时，打开一个窖，红苕吃完后才开另一个。

白天早春将女同胞们带到山上，手一招喊道："姐妹们都过来，我们先将嫩苕叶苕尖割下，收好送去喂猪，中间苕藤割下晒在树上喂牛，再割下老苕藤堆在田边，忙完这段时间后，再用背篓背到水稻田，踩了做肥。红苕藤割完后，挖苕堆在田里。晚上就把红苕背下山储存在窖里。"

大家一字排开在割老苕藤时，早春嚓嚓地割得很快，将众姐妹甩在身后。

有人问："冯代表，你割两行，我们才割一行，你为啥割得那么快，把方法教给大家吧？"

早春招呼姐妹围拢她，弯腰示范道："随便拉一根苕藤，将就近的拢着捆好，左手拿着捆好的位置一拉，右手用刀将拉不断的位置割断。随手一甩，接着割第二把，如此反复。"

"我是割后才捆的。"

早春道："你试试我的方法。"

大家按早春教的方法割后说道："是觉得不那么费力了，也快些。"

有人赞道："真是一窍难得啊！"

早春道："这就是苦干不如巧干了。"

大家欢声大笑着。早春见花鼻梁没过来，一个人闷头割着。

被背去的小孩们就放在树下，他们大的看着小的，有时跳绳，有时唱儿歌，或玩或打或闹。饿了抓起红苕啃去皮就吃，困了就把苕藤堆当作床，妈妈们镰刀割苕藤的咔嚓声，树叶的沙沙声，虫鸣鸟叫声就是催眠曲。妈妈们干热时脱下的棉袄就是他们温暖的小棉被，小孩们照常会在冬日阳光下，睡得梦中发笑。

早春她们背孩子下山吃晚饭后，有的将孩子托付给住户的阿婆。没人照看的仍背上山。她们披着星星、顶着月亮，和树为伴、与草为伍。人来人往背着红苕行走在曲折的山路上，几个人共用一个火把，如舞动的蜿蜒的长龙，给安静的夜晚增添了几分神秘亮丽的色彩。

山下有专门的登记员登记每个组每个人背去的数量。完成亩数统计后，交由公社领导作为第二天评比表彰的依据。

早春在山上正弯腰往背篓里装红苕，山下的人喊，"冯代表，唱歌给我们听吧！"早春也不推辞，她唱了《哭嫁歌》之《孝顺经》。

早春唱完后，背着红苕大步走着，号召道："我起个头，大家合唱。不能老由我唱独角戏，多没意思。"

众姐妹道："谁让你嗓音好，我们的声音像鸭公，只怕一开口吓着大家。"

早春笑道："就是多种多样声音唱出来才不单调哩。"

大家一阵大笑，背上百斤的红苕也觉轻松了一些。

早春于是起头："东方红，太阳升。一齐唱。"大家一起唱了起来。

听到歌声，对面山上的张兰花忍不住了，亮开嗓子大喊："早春姐，我和你来个对唱，如何？"

她们在开展劳动竞赛的同时，也来了个歌咏比赛……

歌声在山谷中回荡，给这寂静的夜晚，增添了无限的生机。边唱边干增添了不少乐趣，累并快乐着。等把活干完，才能背着孩子们回家。每当这时就各自思念在外支援建设的当家人……

早春还不能回去，她和兰花还要分头去检查入窖的红苕是否窖好。

一天，早春和王月莲等姐妹们有说有笑，正在山上割红苕藤，万婆婆上山来喊："冯代表，你婆婆和侄女病了，你快下山去看看吧。"万婆婆儿子也在外修电站，她一人在家，前些日子病了，早春曾帮她治病，让侄女帮她在食堂带饭照顾了一段时间。

第 47 章　磨难重重

早春站在田埂上，跟众姐妹交代道："你们辛苦些，我去看看再回来。"

王月莲道："你快去吧！我们不会拖后腿的。"

花鼻梁口里说，你快去吧！心里恨恨道，你不在这里，鬼才干。果真等早春前脚一走，后脚她就手一背，在田埂上走去走来。她还鼓动人们：领头的都走了，凭啥我们干，她上台戴红花。

但没人理她。人们一如既往地干着，王月莲说："姐妹们无论谁家有小灾小病的，早春都义无反顾地帮我们，而且还从不收钱。你只顾自己，就是两面三刀。"

花鼻梁一会儿去找野核桃吃，一会儿去摘野果子吃。

早春背着二女儿下山，往婆婆她们住的八食堂走去。进得屋时，就见李徐氏和秀梅都蜷缩在床上哼哼唧唧。她见两人全身都肿得发亮，就赶忙放下二女儿，抱着侄儿，委托邻居万婆婆帮忙照看。她去扯了草药回来，煎给两人喝下，用药水给她们擦洗全身。又去找人给李徐氏写了请假条。老人如果不完成缝补任务，也会被扣伙食的。

"麻烦您帮人取饭。"又拿出钱递给万婆婆道，"我想上街去，可又担心山上的任务完不成，只得麻烦您帮忙买点猪油和盐。我抽空回来，给她们单独烧水喝，猪油可适当增加点营养，盐对消肿也有一定的好处。"

早春对李徐氏说："妈，您好好休息，我每天早中晚抽时间回来。"

李徐氏声如蚊虫般说道："只是辛苦你了！"

早春马不停蹄地赶去山上时，远远地就见花鼻梁像巡视员般，背着手在田埂上走来走去，还说："当起了组长到处跑，还不来！"猛一见早春上山，马上就跳着小脚下田干活了。

当王月莲关切地问："老人家不要紧吧？"

花鼻梁就弯腰割起红苕藤来，口里假惺惺道："老人家好些了吧"。心里道：你不来才好，我可以多玩会儿。

早春手拿镰刀，咔咔快速割红苕藤，答道："婆婆和侄女都肿得厉害，已扯药熬给她们喝了。"

花鼻梁口里说："你就在山下照顾她们吧，两头跑多累。"心里道：你不来，让你拿不了第一。

早春缠着红苕藤道："我这已经很过意不去了，让你们多干活。"

其他姊妹道："冯代表，你起早贪黑，动作又快，本身就干出了两个人的活，老人不好去照顾也是应该的。"

有人道："听说你婆婆以前对你不好，从来就没照顾过你，现在你这样尽心照顾她，真值得我们学习。"

"要是我，是不会去照顾的。"

早春左手甩出去一把红苕藤道："以前也气她，见她病成那样就于心不忍了。再说，她是个老人，也懒得计较了。"

早春山上山下两头跑，早中晚抽时间下山来给婆婆和侄儿侄女洗衣服、烧水、熬药。早春见食堂拿回的饭冷了还只有苞谷红苕，病人没法吃，就找到第八食堂的管理员商量："上级有照顾病人细粮的政策，请你称给我吧！"

章管理员很不乐意地给了她，不满地小声嘀咕道："就你事多。"

早春也没工夫跟他多说，把这些取回的细粮，用磨子磨成粉，加猪油菜叶弄给祖孙三人吃。

过了一个月，侄女秀梅消了肿，病好了。可李徐氏毕竟年纪大了，不仅没消肿，病情还加重了。早春就请人用滑竿抬老人去医院。早春在背篓里放上两个小板凳，让侄儿侄女面对面坐着，五岁的侄女懂事地说："二娘，我自己走吧！怕你累。"

早春对小侄女道："不要紧，你才多重。"

男孩在背篓里可不老实，蹦蹦跳跳的，也着实费力。早春背着两个孩子，请了人帮忙，用滑竿抬着李徐氏去住院。

早春将婆婆安顿住院后，对只有五岁的侄女说："秀梅乖，你照看好婆婆，带好弟弟，每天打饭打开水，好吗？"

小小的侄女，小大人样地仰着头对早春道："二娘放心，我做得好这些活的。"

早春虽不放心，但山上的农活也离不开她，只能狠心离开。只是隔天送些吃的，背一背篼炭去让婆婆烤火。

一天,早春给祖孙三人送去了新棉衣棉裤棉鞋,病房里的人羡慕地对李徐氏道:"你女儿真孝顺!"

"她给你送来的木炭我们都跟着沾光,都拿来烤火。"

李徐氏核桃般的老脸上笑成了一朵花:"她是我儿媳妇!"

一天上午,早春和姐妹们在山上种豌豆,吴亦华从前方康家渡电站工地回来办事,找到早春说:"姐,姐夫肠胃病再次复发,疼痛难忍,还出现严重的水肿,工地指挥部领导让家里劳力去换他回来。"

早春背着二女儿,准备送去娘家,去换二娃回来,她顺道去跟公社徐副书记请假。

徐副书记说:"组里的生产离不开你,不能走。"

早春着急道:"那你总得安排人去换呀!"

徐书记答道:"我来安排,你让人写封请假信,让你爱人先回来治病要紧。"

早春送孩子去娘家,回来后,让龚老师根据她现在的家庭状况,写了封催人泪下的请假信,让吴亦华带去了工地。

二娃回来后,去医院看了李徐氏,顺道接回侄子,就一同住在朱家湾。早春找到领导,按病人标准领了米,磨成细粉后,扯来中草药,然后捡来石头支着锅,给二娃熬了药,给他二人熬了糊糊,交代二娃道:"你自己在家慢慢熬药,熬糊糊和侄子吃,我每天抽空回来。"

二娃交代早春道:"你医院山上跑已经很忙了,就别回来了,别担心,我会照顾好自己和文成的。"

早春又赶去山上,投入豌豆小麦抢种当中。她想,家要照顾,工作上她冯早春带的组,哪怕摸黑熬夜也要争第一。

有姐妹说:"你好似铁打的身体,就没见你害个病。"

花鼻梁在用锄头挖窝说道:"她二娃就代替她,把病都害了。"心里又嘀咕道:她病了才好,说不准我就能当组长了,看她次次在台上领奖那得意样。

王月莲挑着粪说:"冯代表那是坚强,家里老小病弱,那是不敢病。常年风里来雨里去,累活重活抢着干,是女人哪有不病的!"

303

是女人哪有不病的，还真说中了。

二娃稍好点后，就被安排在大队养猪场喂猪。第二年春节后，领导征求二娃的意见，"能去工地了不？"二娃是个实在人，觉得一个大老爷们儿总不能成天喂猪吧！就说："好多了，可以去了！"

早春也不好多说啥，只得给了药丸，让他带去。又交代二娃："你去跟工地食堂师傅商量，饭前喝碗米汤，可养胃。"

二娃带着早春的牵挂去了工地，李徐氏还在住院。在割小麦的农忙季节，早春托住户庞阿婆照看二女儿。有天庞阿婆来山上，对在田里割小麦的早春喊："冯代表，你女儿发热，去看看吧！"

早春看了看天气要下雨，又见花鼻梁不满的神情，只得对庞婆婆说："麻烦你用湿毛巾和银戒指帮忙先给她治下。"

庞阿婆担心道："我怕不行，你回去吧！"

早春将戒指放老人手上说："会有效果的，我每次都是这样治的。"

庞婆婆只得回去给书群先治。两天后，抢收完山上的小麦，果然下雨了。完成任务后，早春也没顾上开表彰会，她委托王月莲上台领奖。这又让花鼻梁不满地在心里嘀咕道：哼！真可恶，一次上台的机会也不给我。

早春急忙回家，端灯去看二女儿，见她满脸通红。一摸额头，热得厉害，喘着粗气，昏昏沉沉，迷迷糊糊的，喊她也不应声。早春着了急，赶忙用衣服包好书群，抱着她打着伞出门，拼命往医院跑去。她顺道敲开王月莲的门，"月莲姐，这孩子热得昏迷不醒，我要送她去医院抢救。明天徐书记来时，你帮忙给我请假，生产上的事你辛苦下，负个责"。

王月莲摸了摸孩子，"这么烫啊，我陪你去医院吧！"

"不了。"说着，早春就跑远了。

王月莲摇着头道，"这真是个多灾多难的家啊！"

庞婆婆赞道："她真是越挫越强大，越挫越勇敢啊！从来就没见她叫声苦、喊个累。换了其他人早趴下了，"又擦了把泪，"你说，她家里那么多事，我这个老婆子有腰疼咳嗽的，照常还是热心扯药帮忙治。"

几个老人出来倚在门口，抬袖擦着眼睛道：谁说不是呢！好人啊，真是好人多磨难啊!

老人们双手合十,祈祷着:老天啊,要保佑她孩子没事啊!

花鼻梁双手叉着腰,从鼻孔里哼了声:"哼!她啥苦,当干部,先进、表彰、模范,都让她占尽风光!活该她多遭磨难!"

王月莲指着她吼道:"你口里积点德好不好,冯代表那么帮你,都焐不热你的心。好坏不分的东西!"说完"哐当"一声用力把门一关。

老人们不满地看了她一眼,关门进屋,留下花鼻梁在那儿指着王月莲关上的门,不满道:"无非是冯早春让你当了几次劳模,上了几次台,哼!你这个地主分子,总有一天我让你好看"。

早春刚进医院大门,气还没喘匀,就哭喊道:"医生,快来救救我孩子。"

医生看了孩子后,责怪道:"你这娘咋当的,这么严重了才送来。"又见孩子头上的湿毛巾,和刮了经络的手臂,道:"幸亏你处理过了。"

早春抬手背抹了把脸上的泪和汗,急问医生:"不要紧吧?"

这时在住院的病人、李徐氏也被早春的叫声惊醒,都来到了早春身边宽慰她。李徐氏则哭天抹泪道:"孙女啊,你不能有事啊,都是我这把老骨头拖累了你妈,她才没照顾好你呀!"

医生无奈地摇摇头道:"还是很严重。"早春拉着医生哀求道:"你无论如何都要救救她啊。"

医生无奈地说道:"看来需要输血,也许才能有救啊!可这去哪儿找血呢?"

早春听说输血能救,马上撸起袖子,焦急道:"医生,快抽我的吧!上次在县医院查了的,我是O型血!"

第 48 章　领导关怀

早春给二女儿输血后,孩子终于抢救过来了。早春喜极而泣,发自内心地叹道:"新中国真好!看病不要钱,医院条件也逐渐好起来,大人小孩的好多病都能治好了。"

医生和病人都认同地点了点头。

医生叮嘱早春道:"你也要好好休息,补充营养哦。"

住院的病人虽不出药费,但婆婆和二女儿需要营养。生性要强的早春,更不想她带的劳动组落后,成天忙于生产,没时间做生意攒钱,哪有半分钱来给自己买一点儿营养品啊!

二女儿出院后,早春干脆将她也送去了娘家,找公社将粮食划到冯先生那边食堂。又将自己值钱的衣物、蚊帐拿去卖了,把钱交给冯杨氏,给两个女儿买营养品。

冯先生看着面黄肌瘦的早春,劝道:"你也要照顾好自己,别硬撑着,钱你拿去买点营养品吧。我开处方,还多少有点收入。"

"您和妈妈年纪大了,孩子们小,我不要紧的。"早春还是给父母丢下了钱,就回去栽秧了。布谷鸟"布谷,布谷"地叫得欢,时间不等人了。

她一到田边,就卷起裤子下到水田里,把秧苗分开,弯腰栽时,这回见花鼻梁老老实实地栽着秧,还一脸真挚地问早春:"孩子好些了吗?"

"好了。"早春对正在水田里栽秧的姐妹们道:"谢谢大家关心。这几天辛苦大家了。"

大家关切地说道:"孩子没事就放心了!"

"听说你给孩子输血了,应该在家休息才好哩!"

"这抢季节的时候,大家都干得热火朝天,我在家也闲不住啊!"

王月莲和早春并排栽着秧,小声告诉她:"那天,花鼻梁又在田埂上走去走来鼓动大家:'组长都不来干活,凭啥只让我们干,都歇会儿吧。'正好被前来巡查的徐副书记听见,他大发脾气,说她长期散布不好的言论,消极怠工,把她捆去游斗了一番，回来就好多了。"

"难怪这么老实了！"早春心里感叹道。

早春事事带头走在前面，就是铁打的身体也经不起折腾呀，何况她还是输血后，一没营养，二没休息，终于病了，人软弱无力，心慌气短，头昏眼花，走路如弹棉花。即使这样，她仍没停歇自己的工作。

一天区领导组织公社的一批人检查农业生产，她作为人大代表，也参加其中，拖着沉重的病体，深一脚浅一脚地跟着走在最后。

到一座半山坡时，人们都戴着草帽，驻足在一块田旁，见这片田里的棉花，在雨后的太阳下萎靡不振，低垂着头，没精打采的样子，有的叶子也变黄了。早春一手撑腿上，一手擦着额头上大颗大颗滚落下的汗珠，心想：这棉花如她一般，四肢无力软绵绵的。

区领导取下草帽扇着，问随行检查的人："这片田的棉花是什么问题？怎么处理？"

有人说，是缺肥。

有的说，棉花是病了。

还有的说是虫。

这时走在最后的早春，气喘吁吁地上前来，一手撑着腰，一手搭树上，有气无力地说道："这山上地势虽高，雨后田里虽没明水，却有暗渍，在强烈的阳光照射下，犹如人长期站在水里暴晒，不懒洋洋才怪呢！如不及时处理，这一大片农作物都会死掉。"

许多人不信，怀疑地质问她："冯代表，这山上会有积水？"

"你没弄错吧？"

早春抬手，无力地指着田里，中气不足地说着："你们扯出棉苗来看看，根部是不是已腐烂？"

天没有一丝风，太阳发出白刃般的光，照得树叶都耷拉着脑袋。知了的鸣叫声让早春更心慌。她说完，无力地靠在树上，大口大口地喘着粗气。

有人下田，扯起棉苗看了看，叹道："冯代表说得真对。"

领导看了看早春，露出关切的眼神，问道："你说要如何处理呢？"

要是以往，早春肯定早就下到了田里，可她确实无力到了极限，人像在浮云上飘着，恨不得马上倒在旁边的树下休息。但她强打精神，虚弱地说道："让人拿来锄头，从上到下开沟。"

有人就拿来锄头，按早春说的方法示范着开了沟，果见有水排出。区领导当即让大队人马来这片地挖沟。渠挖出之后，水从高处汩汩地流了出来。

有人赞早春道，"冯代表，你不仅会说会讲，没想到抓生产也是好把式啊！"

区领导点头赞道："真不错啊。"

早春也不谦虚："牛皮不是吹的，没几把刷子，敢接生产组长这个活？"

在炽热的阳光下，早春随检查组上山坡，走田坎。当检查完最后一块田，她再也走不动了。太阳光如五彩花环，晃得早春天旋地转，她靠着桐树坐在石头上休息，顺手扯起茅草根，擦去泥巴，剥去叶须，放口里嚼着，来补充自己的体力。

走在前面的区领导，回头看了一眼早春，对公社领导说："这就是你们常常讲的，工作大胆泼辣的冯早春代表？"

"是的。"公社领导介绍了早春她娘家大弟死于工伤，以及婆家、娘家老弱病，要靠她支撑着两个家的情况。

区领导说："我观察她许久了，估计是病得不轻。这么优秀的干部，这么困难的家庭，你们就没关心下她？"

大队陈书记紧走几步，赶上前说："她很要强，从不伸手找组织麻烦。"

区领导抹了一把额上的汗，甩地上道："她不提，你们就不会主动关心她？"

说着就又折了回来，对坐在石头上的早春说："冯代表，我听说了你家里的情况。我看你面黄肌瘦，走路歪歪斜斜的样子，是病得不轻啊！你是缺乏营养，我帮你申请二十元钱补助，尽快去看病，买点鱼肝油、猪油等营养品。"

早春扶着树站起来，推辞着："我现在身体不好，也不能更好地带头工作了，就不给组织增加麻烦了。"

区领导拍了拍早春的肩膀，语重心长地说道："我知道你不想给上级添麻烦，但我们不能让一个这么负责，这么优秀的好干部，就这么倒下啊。早点看好病，以后好好工作就行了。"

早春感动得无以言表，一个劲地摆着手。

在一旁的陈书记也劝早春道："你就不要推辞了，我去办了手续就给你送来，你垮了不要说工作，你那两大家子咋办哟！"

早春泪眼婆婆地望着区领导的背影，大声道："我冯早春何德何能呀？领导这么关心我。以后只有更加好好地工作，才能报答您的关心呀！"

领导朝她挥着手："快点养好病，好好工作。"

金色的太阳晃花了早春的眼，微风阵阵拂来，让她心里真有三伏天喝冰水般的舒坦。

大队陈书记帮忙给早春领回并送来了这二十元救命钱。

这次病，让早春知道了，身体是革命的本钱的重要含义。没有好的身体，不要说带头抓好工作，连家也没法照顾了。她不想如自己妯娌般那么年轻就走了，那样的话，两个家的老人、二娃，还有几个孩子再托付给谁呢！

她买了两大瓶鱼肝油和着猪油，开水冲服，余下的钱给婆婆买了营养品送去。

早春走到病房门口，听见李徐氏对邻床老人说："我儿媳妇也真不易，屋里屋外，都是她操心。自己舍不得吃，也要筹钱给我买爱吃的姜糕、麻花、饼干。时不时还想法给我做爱吃的凉粉送来。"

邻床老人赞道："我看你媳妇对你是真孝顺。你看她穿着补丁的衣服到处跑，舍不得给自己扯块布，但仍要想办法给你做新棉袄、棉裤、棉背心。"

"孝敬老人不是应该的嘛！"早春递了块姜糕给邻床老人，又喂了一块到婆婆口里。

李徐氏拉着早春坐在她床边，流着泪，哽咽着说："以前我对你那么苛刻，不准你外出工作，还冤枉你不许我再婚，上面调你也不准你去，你难产时还强行发话救小不救你，差点让你没了命……你咋就没一点儿怨言呢？还像亲姑娘一样地照顾我，咋还对我这么好哩？你不管我，我心里还好受些……"说着还呜呜地哭了起来。

早春摸出手绢，帮婆婆擦泪，嗔怪道："您说什么话，我咋会不管您呢？到什么时候您都是我们的娘、孩子们的婆呀！您对我狠，总不是为了这个家，做的一切，还不是为了子孙后代……"

李徐氏双脚放床边，说道："我这个老歪歪早走才好，免得拖累你呀！"

早春帮她穿着鞋，扶着她下床："妈啊，您可不能说这话，要好好地活着！这个家离不开您呀！您说她婶婶留下两个娃，我这几个娃，您不帮忙看着行吗？您不是说不反对我外出工作、上级调我去也支持吗？那您得好好活着，帮我看着孩子们，我才能外出安心工作啊！"

李徐氏含泪使劲地点头，又无力地摇摇头，有气无力地交代："这个家，还有你的侄儿侄女也要靠你了……"说得早春已侧转身，抬手背抹眼泪。

一段时间后，早春的身体恢复了健康，又开始带头工作了。

李徐氏住了一年多院后，病魔还是带走了她。

早春外出工作得到了婆婆的认可，公社调她去，婆婆也同意了。可这一家子，她能带得走吗？

李徐氏走后，李家才和二娃仍要去水库工地。早春同万阿婆商量，要接回侄子侄女，出工时让她帮忙看着。侄女也能带着文成去食堂打饭了。上学回家的朱永清，也能帮忙带他俩玩。

早春去接侄子侄女时，专门去万婆婆家里，老人正在穿针引线，准备补衣服，早春拿过针，帮忙穿着线说："阿婆，谢谢你对我侄子侄女的照顾，我暂时接他俩去我那边。"

万婆婆说："你平时给我送药酒、药丸的，不一样在帮我这个老婆子吗？"

老人又恳求早春道："冯代表，你要给我们这个食堂的老人做主啊！"

早春帮老人缝着衣服说："发生啥事了？"

"食堂管理员长期克扣老人细粮。"

"他也太过分了。"早春将针狠狠地往布上戳，放下针线，对老人说，"您放心，我会找他的，他能改就好。如果不改的话，我一定跟公社反映，给大家讨回公道。"

万婆婆说："他这个人很能伪装，给干部盛下面的干饭，给社员盛清汤寡水。人们是有苦难言啊。"

早春摇着桌子，气愤地道："是狐狸总有露尾巴的时候。"

早春出门时，万婆婆又叮嘱道："听说他公社有人，小心他报复你。"

第 49 章　勇揪蛀虫

早春经过观察，终于发现章管理员在领米后，没直接背去食堂，而是背去街上。早春以为他背米去街上卖，就偷偷跟在他身后，见他到医院后面的一偏僻处，将米交给了一名护士。早春认识那名护士的爱人，是公社政府办公室的崔干事。早春赶忙上前抓了个人赃俱获。

章管理员还狡辩道："是我自己买来送她的。"

早春拉着他、提着粮袋道："你说你买的可以，那你跟我一起去你们食堂，让社员们都来评说评说。"

章管理员做贼心虚，心想，回到食堂的话，大家肯定饶不了他。又见早春如此认真，只得当即求饶道："冯代表，原谅我这次，以后再也不敢了。"说着，将米提到早春面前："把这送给你，就算是我的心意。"

早春用手一摆，正色道："不要给我来这一套，我再穷也不会从社员口里夺食。"

那护士也拉着早春哀求道："冯代表，你大人有大量，饶过我们，不然我们工作都保不住了。"

早春用手捋了捋额前头发说："人无完人，金无足赤。我给你们改错的机会，只要改了还是好同志。"又缓和口气，对老章道："你把米拿回食堂，从今以后，不要克扣大家的伙食，善待你所管的社员们，我就不会说出去。"

她又狠盯着老章："如果你一意孤行，就不要怪我不客气哦。"

章管理员点头如捣蒜，将米背回了食堂。几天后，崔干事心有不甘，对章管理员道："凭啥听她的，我就不信整不过她。"于是两人一阵耳语。

冬月间，天气十分寒冷。收割晚谷时，按上级领导安排早春带她们那个组，按规定去八食堂附近，在冰凉的水里割谷扮禾，一个人要完成三分田的收割任务。

临近傍晚时，早春一合计，每人平均完成了四分多田，就高兴地喊道："姐妹们，今天又超额完成了任务。收工了，回食堂吃饭啰！"

311

金色夕阳下，水虽刺骨寒，但早春和大家一样心情愉悦，沉浸在完成任务的喜悦中。她们沐浴着晚霞，坐在田埂上，用脚把水也搅成了金色的波浪。她们洗脚穿鞋，互相掬一捧水，如孩童般嬉闹着。早春唱起了《大海航行靠舵手》，大家也忘记了一天的疲劳，在寒风中跟着哼唱了起来。

早春看着大家和自己一样，有的经期也在这冰冷的水田里干活，手脚冻成裂了口的红萝卜般，不由得心里一阵难过，诚心说道："姐妹们都辛苦了！"

大家高声喊道："和你在一起干活，苦也不怕。"

"一个字——好！两个字——开心！"

有人叹息道："哎！只希望食堂能有热饭、热菜吃就好了！"

早春心想，那章管理员应该是说话算数的人，就大声说道："相信他，应该保证我们生活的。"

"那可不一定，听说这个人很抠门哟，你们没见，上次去干活时，给我们吃的都是清汤寡水、烂红苕、老萝卜。"

"食堂里的其他人照常吃不好。有人提意见，章管理员就拿毛主席的话'闲时稀，忙时干'来搪塞。"

"听说他上面有人，他把克扣的细粮都和那人平分了。"

"你没见上次冯代表的婆婆和侄女，就是在这个食堂水肿的。是冯代表弄去救治了，侄女才好了，水肿死了的，也大有人在。"

早春心想他要真没改，就一定向上级反映，整治整治他才好。

大家议论着，迎着呼呼的北风，披着晚霞，有说有笑地往大食堂走去。这时孩子们已在食堂先吃了，大的在跳绳，小的在旁边看。见各自的娘回来后，都喊着妈妈，就张开双臂跑向了她们。

早春她们一帮人牵着孩子，去食堂一看，给她们留的全是烂红苕，无菜，更无汤水喝。

大家怨声载道："这么累，好菜好饭都没一口。"

早春恨得"嘭"地狠捶桌子："这个老章太过分了！"心想，明天就去公社反映他的行为。

这时，章管理员进门来，"咚咚"拍着门，凶巴巴吼道："吵啥吵！你们没完成任务，想吃好的？门都没有！晚上要再割一块田，赶进度，不然就要评落后，拉去街上游斗。"

大家噘着嘴、弯腰拿起镰刀，无精打采地要出门准备去割。早春怀抱二女儿，用手往空中一扬，拦着大家说："你们都先坐下来歇着。这事与你们无关。他这是要报复我，有事我担着。"

大家一齐站在门口。章管理员挑着眉毛，对早春吼道："咋了，没完成任务，你还有理了？要造反不成？"

有怕事的拉早春衣角，小声嘀咕道："算了吧。你看崔干事来了，那可是他亲戚。"

王月莲等地主成分的姐妹，更怕游街、挨斗，对早春说："割就割，不就一块田吗？"

早春心想，好你个章成怀，给路你不走，还自己找茬儿来了，那我今天就一并收拾你得了。

她拿筷子，"啪啪"地狠敲桌子，怒吼道："大家别怕，有账算不烂。大账小账，今天我就一起跟他俩算了。"

崔干事指着她道："你爱干不干，你等着给老子挨批斗、游街得了！"说着想往外走。

早春二女儿在她怀里，不知发生了啥事，吓得惊恐地、瞪圆了一双眼睛看着她，嘴巴一抿要哭。早春拍着女儿，低头安抚道："乖乖，别怕。"

本就火噌噌地直往上蹿的她，见二人老子连天的，又捏拳，"咚"一下重重地捶在桌子上，对二人大吼道："你给老子站住！你凭啥说我这个组没干完？"

崔干事高昂着头："哼！老子说你没完成就没完成！咋样！想翻天不成！"早春左手抱着孩子趴她肩头，向前走了几步，右手直指他，大吼道："老子今天就要一笔账，好好地给你算算。完成三分田的受表扬，我们组一人完成四分多田还算落后，还返工，你这干部是咋个当的。拿尺去给老子丈量丈量再来说话。这是要和你们算的第一笔账。"

早春拍了拍女儿："乖乖，别怕。"她吞了吞口水，继续大声怒吼道："这第二笔账，是帮大家算的。食堂里生活安排不好，连老人也喝清汤寡水，都是被

313

你们这些蛀虫，把细粮偷吃了。上次见你们狼狈为奸，瓜分社员粮食，被我揪住制止了。我本想给你俩机会，让你俩改过自新。没想到，你们不仅不改，还变本加厉，现在又寻机给我找茬儿。"

大家听早春一说，纷纷拿烂苕砸向两人。"狼狈为奸，瓜分我们粮食。"

"好你个吸血鬼，烂蛀虫，比地主老财还狠。"

"不思冯代表饶恕之恩，反而报复。"

闻声踮着小脚赶来的万婆婆等老人们，也痛骂两人："丧天良的，你们也是有父母的，这样对待我们老人，是要遭报应的。"

早春拍了拍女儿说："别怕，别怕。"指着两人，提高声音喊道："你们这些蛀虫，今天要把话说清楚，你评我落后可以，扛黄旗去游街也行。希望你们把事搞大，我正好向上级汇报你们的龌龊行径。"

两人被早春揭了伤疤，又遭人打骂，恼羞成怒，边往外抱头鼠窜，边喊："老子迟早不会饶过你……"在公社巡查生产收割情况的徐副书记，顶着一身风霜进门来，两人像木桩样低头杵在了那里。

徐副书记先喊道："大家都住手，我们会调查后还大家公道的。"

又转向早春道："你先抱小孩去睡，辛苦了。"

早春抱孩子坐下，嘟着嘴，没好气道："大人都快饿得没命了，还管得了小孩。"

在场的人对领导反映了她们收谷的情况和给她们蒸的烂苕，还没吃饭的事。

老人们也纷纷诉说了他们以前克扣老人细粮的事。

"冯代表也是为大家说话，才遭报复的啊！"

徐副书记对章崔二人说："冯代表记忆好，肯定没记错。而且次次都率先完成任务，肯定是你们搞错了。"

两人只得找台阶下，"你再报下割谷的数量，我们再核对核对。"

花鼻梁连忙说出了几块田的位置和数量。

那两人才极不情愿地给早春解释道："是我们弄错了"。

徐副书记又发话："还不快去给她们先做饭吃。"他俩才点头如鸡啄米般答应着离开。

徐副书记对早春说："冯代表，你准备下情况，明天早上的生产总结会后，我要听听你对食堂管理的意见和建议。"

早春道："如果您有时间的话，我现在就可以给您建议。"

徐副书记坐在了早春旁边，早春拍着女儿："乖，快睡。"女儿果然就听话地闭上了眼睛。

有人端来了灯，大家也都坐下来听。

早春抬头对徐书记道："您要我说，我会像竹筒倒豆子般全部说出，您不会介意吧！"

徐副书记摇摇头，掏出了随身的笔记本。

早春轻拍女儿，看着徐副书记说："我认为食堂不能一人管一人说了算，应有三至五人的社员监督。如果有可能，食堂按原来的居住地建，生产、食堂、养殖、种菜统一规划，合理安排、认真管理，绝对可以让人们过上好生活，更便于相互照顾。"

徐副书记在本子上认真书写着。

"再说如果劳动大军山上山下抢收、抢种，应该是食堂随人走，安营扎寨，吃住在劳动现场。这样就不用在山上干活，走很远的路去山下吃饭。这样不就可提高生产效率吗？"

徐副书记插话道："安营扎寨，这个名词好。"

早春说到了姐妹们的心坎儿里，大家都鼓起了掌。

徐副书记也站起了身，对早春道："你的建议很好，我会回去向党委汇报的。"又转向众人："你们有好的建议和意见也可提哟。"

众人道："冯代表已说了我们想说的,只希望领导们尽早查处食堂偷食的蛀虫。"

第50章 食堂管理

冬天，太阳高照，给寒冷的天气带来了一些暖意，树上的喜鹊跳来跳去，叽叽喳喳地叫着。众姐妹们在早春、兰花、丁香等人的带领下，在第九食堂拉犁抬田。在没牛的情况下，两人背绳拉犁，一人在后面扶犁耕田叫抬田。

兰花扶着犁，故意"驾驾"两声，把前面拉犁的人当牛吆喝。前面两人弯腰一人肩负一根绳拉着犁，把水踩得哗哗响，故意拼命跑，把后面扶犁的兰花，累得气喘吁吁。前面两人再使力，扶犁人力气跟不上，没扶稳犁，三人同时摔倒在田里，溅起水花四散，人们都跟着大笑不止。

任嫂过来和早春在前面拉犁，王月莲扶犁。任嫂道："好长时间没见你们了，怪想你们的。"

早春双手拉着肩上绳道："我也是的，珍儿和姐夫都好吧！"

任嫂道："都好！珍儿在家常念叨二娘呢！"

兰花在旁边大声道："快过年了，男人们也快回来了！"

丁香嘲讽她道："没出息，想男人了！"

兰花反驳道："净说假话，你不想？"

这时徐副书记穿着一身深色的棉衣，头戴帽子来到了田埂上，他瘦削的脸上满是笑容，对早春和大家喊道："冯代表，妇女姐妹们，你们辛苦了！"

说着他就坐在田埂上，脱去棉鞋，下到田里，就近换一个姐妹扶起了犁，说道："这种活是男人干的，却让妇女姐妹们承担。我宣布，早春、兰花、丁香等人因工作突出被评为劳动模范。"

"好！好！"大家纷纷喊着，只有花鼻梁露出不满的眼神。上次被游街后，又加上李家墨不在身边唆使，她喜欢议论的毛病倒是改了不少。

徐副书记又大声喊道："中午吃肉加餐。"

早春带头喊道："还是徐副书记关心大家！"

徐副书记道："冯代表，我还有几件事与你们通报。"

"请领导指示。"

大家侧耳细听，只听见水踩得哗哗响声，喘着粗气声，犁耕土翻倒啪嚓啪嚓声。

徐副书记抬起袖子，擦了额上的汗说："经调查，第八食堂和第九食堂管理员，都有克扣社员伙食的行为。对这二人和崔干事做出撤职的决定，并责其退赔粮食，还将根据造成的后果再行立案处理。此外，上级已同意冯早春代表建议，突击抢收抢种时，食堂随人走安营扎寨的决定。"

大家高兴地喊道："这个决定好。"

徐副书记又高声道："经推荐考核，决定丁香任第九食堂管理员，杨红军杨主任回来担任第八食堂管理员，张兰花担任第四食堂管理员！"

兰花边扶犁，边把水踩得哗哗响，大声喊道："徐副书记，我怕管不好，早春姐能力强还是她管吧！"

徐副书记弯腰扶犁道："正因为早春能力强，我们让她管五六七三个食堂，大家同意吗？"

田里干活的人异口同声道："没意见，太好了，她管，我们放心！"

早春摆手道："咋让我管几个呀？我怕管不好。"

花鼻梁心里很是不满：给她三个管，也没让我管一个。就喊道："她家里那么多事，管三个忙得过来吗？"

徐副书记看了她一眼，她知趣地低下头，拉着犁走了。

人们又喊道："能者多劳，肯定没问题。"

早春抹了一把汗，喊道："徐副书记，今天咋这么多好事呀！"

徐副书记道："还有更大的好消息呢，前方水电站马上完工，男社员马上回来过年了！明年开始，我们的高峰山水库开建了！以后还要喂好多牛，把大家从拉田犁地中解脱出来，喂好多猪鸡，让大家常常有鸡蛋和肉吃。"

大家放下犁，跳着，笑着，互浇着水花，打着水仗，完全忘了冬日的寒冷。水花在阳光下，如珍珠般发着耀眼的光芒，大家仿佛看见多姿多彩、幸福美好的生活。

早春接手食堂管理后，仍让原管理员、五十多岁、忠厚老实的老何保管食堂钥匙和领回来的粮食。

当天晚饭后，永清一帮大孩子带着小孩，有的在院坝里唱童谣，有的玩老鹰捉小鸡的游戏。

早春在水井里挑水回来，带领众姐妹在食堂里做泡菜。大食堂里挂着油灯，在寒风的吹动下，一摇一曳。有的将扯回来的红、白萝卜去叶梗，有的在用水清洗着，有的在剔根须，切条。

花鼻梁拿刀削去萝卜的根须，不解地问早春："泡这么多泡菜干啥？"

早春提水桶倒水在缸里道："泡菜开胃下饭，助消化，你不知道？"

大家都笑她，她在家才懒得做泡菜。

早春肩挑扁担，钩桶去挑水，又道："也是闲时泡来忙月吃哟"。

后来这些老泡菜水，还真的帮这一队人度过了灾年。这是后话。

王月莲道："冯代表，你做的泡菜好吃，还是你来做最后的腌泡程序吧！"

早春见大水缸水已满，就放下扁担，走到十几个准备做泡菜的缸前。她说："其实也没啥窍门，注意不沾油就好了。"

早春洗净手后，她放一层萝卜，放辣椒、花椒、盐，缸装满后直接倒生水。不多一会儿，十多坛泡菜就整整齐齐地摆在了厨房的一角。

有人要将萝卜叶子、梗子抱去丢掉，早春忙阻止道："这洗干净挂起来，晒干水分，做成倒勾子腌菜，明年二三月间没菜时，可抵挡一阵子哦！"

大家赞道："冯代表就是会替大家当家。"

早春踮脚在树上挂着叶梗说："大家小家一个道理。老话道，吃不穷穿不穷，不会计划就辈辈穷。勤俭节约，能让大家不挨饿，好好规划才能让大家过上好日子哦。"

大家哼着歌，萝卜叶、梗在外面的树上、绳索上，挂得一片翠绿。早春又泡了一大盆白菜叶第二天吃。忙完这些，她双手往两边一拍，才一声吆喝："回家啰！"

孩子们向各自的娘跑来。

早春牵着二女儿和侄儿、侄女回住处，她给三个孩子洗完后，抱二女儿和侄儿先睡下，对侄女道："你先睡，我还要做鞋。"

侄女没睡，来看早春在灯光下飞针走线地纳鞋底、上鞋帮，歪着头问她："二娘，你咋总有做不完的鞋呀？"

早春柔声道："等你们都长大了，有人帮忙了，二娘就好了！"

侄女道："我快六岁了，二娘可以教我了！这样我就可以帮忙了。于是拿着针在一块布上，学早春那样锥扎着。"

"无娘的孩子懂事早啊！"早春鼻子一酸，放下手中的针线，拉孩子入怀，摸着她的头，"梅儿乖，先去睡吧！"

梅儿却不去睡。早春想，自己不是六岁就开始做家务吗？也就指点着梅儿拿针。

"砰砰砰"只听何仓满急急地敲门声："冯代表，我儿子发热，帮忙看下吧！"

早春站起身交代侄女先去睡，就急急地去帮忙看病了。

第二天天刚蒙蒙亮，早春就叫上花鼻梁、王月莲、陈婶等五人，背着夹背，背回了当天的粮食。留够早餐外，余下的交老何管理。

早春盆里端着苞谷和米，走向磨子说道："花姐，月莲姐，你们洗了萝卜红苕蒸，我来推面粉。"

老何在一旁道："红苕和米不一起煮了？"

早春已经在厨房角落处，前推后拉，把磨子推得轰隆隆响，在磨面了。她说道："我要将红苕萝卜分开蒸，给老人小孩做猪油糊糊吃，给年轻人做青菜酸辣糊糊汤。"

老何前来，帮忙用小扫帚往磨眼里扫粮食，说道："这样做麻烦点，但年轻人老人都照顾了！还是冯代表你考虑得周到呀。"

早春推磨转着圈，喘着粗气道："人老了牙不好，肠胃也不好，我们做晚辈的不是有力气吗？照顾老人是应该的。"

磨子大，米面不多会儿就磨出来了。那边两人烧着的大蒸笼，已在冒蒸气了。

早春又拿扁担往肩上放，弯腰钩着水桶去挑来水，分倒在两口大锅里，她们二人又架着柴烧。水烧开后，早春站在灶台上，分别做糊糊和酸辣汤。

烧熟时，永清和几个上学的孩子来到了食堂，早春让王月莲给他们盛了糊糊，拿了红苕。孩子们吃时，早春去拿出新的棉鞋交给永清换上。她又喊："花姐，你给老人孩子的桌上盛好糊糊放着。"

花鼻梁虽不甘于早春安排，但让她一起去领米，这她心里多少平衡了点。

早春去将钟一敲，妇女们，老的小的都朝食堂走了过来。早春用手指着、喊着：

319

"年轻人在这边，爷爷奶奶和孩子们在那边。"

她又笑着对大家说："大家先吃，再谈意见。如果好，以后就这样做。"

老人们喝着米糊糊，赞道："我们牙不好，胃不好，冯代表你们真是操心了！"

"连菜都切碎了放里面，真是为我们老人考虑得周到。"

年轻人吸溜吸溜地喝着热气腾腾的酸辣泡菜汤，吃着红苕，点头道："大冬天，喝这个开胃，也热乎，好！好！"

早春吃着红苕，手一扬，大声宣布："家家姐妹都会烧火做饭，我决定炊事员轮流制，一天由三家轮流照着今天这样做。如果哪一班克扣伙食，取消做饭资格，还要报公社，弄去游街。推选三至五个代表，负责监督管理食堂和粮食。"

早春还将花鼻梁等安排在了监督员之列。她是想利用她喜欢说的特点，起到监督作用，这让花鼻梁十分兴奋。

早春喝了一口汤，吞咽下后，表态道："我冯早春绝不搞特殊，一定按上级分的粮食，安排好大家生活。我决不经手粮油肉，我只负责每天赶早，带五名监督员去领粮食后，交由她们背回，称给老何管，烧饭的人负责找他领。"

早饭后，早春挑着粪桶，带着年轻人去田里帮忙挑粪浇菜。

年轻人不理解地问早春道："你为啥要安排年轻人去种菜，是不相信老年人的能力吗？"

早春笑问年长者："阿爹阿婆们也想将菜种好是不是？"

"嗯。"老人们点头。

早春道："是不是有力不从心的感觉？"

老人们连连称是："我们只能干些除草、栽苗的活。"

"所以像挑粪挑水灌溉的活，就必须是年轻人干了。"

老年人说："冯代表，你真是说到我们心坎儿上了。"

"我们年纪大没力气不说，看这尖尖脚，走都走不动了！"

小孩就拍手唱童谣道："老婆婆尖尖脚，马车来了跑都跑不脱。"说得大家一阵大笑。

有的老人在缝补衣服，看着小孩们在院坝里晒太阳，跳绳……也笑眯了眼。

这时，早春和年轻人也迎着冬日的阳光，甩开膀子挑着粪水，大步向菜地走去。

有的老人则踮着小脚，扛着锄头去帮忙锄草。

妇女姐妹们踩田后，包括早春自己长期在冷水里浸泡，好多人停经了，肚子里大块小块的疱块，疼痛难忍。早春让父亲来给众姐妹看病，花鼻梁快人快语问道："冯先生，我们痛得上气不接下气的，该不会痛死吧？"

冯先生正给她拿脉道："不要紧的，我给大家开了活血化瘀的药，早春会扯草药熬给大家喝，慢慢会好的。"

早春扯了药，不仅熬了让大家喝，还让大家用热水蒸，手揉小腹部。

几天后，花鼻梁说："太神奇了，吃药一天后果然如冯先生所说，小腹有咕噜咕噜的声响，硬块有所松动，下身开始有水样物质不断流出。第三天流出了小半桶大块小块的黑色瘀血块。"

吃药后，大家身体慢慢恢复了健康。

为了姐妹们少被雨水露水伤身，早春用纳的鞋底、棕毛、去毛晒干的竹壳，加桐油，发明了一种"防水"布鞋。做好试穿后，果然有一定的防水作用，就向姐妹们推荐了这个方法。

众姐妹流着泪说："冯代表，真是事事为我们着想的好代表，娘家人啊！"

年底时，在外参加水电站建设的男人们陆陆续续回来了。二娃又是一身病，除了胃病外，还多了个肠梗阻和支气管炎。早春能说什么呢？除了照单收下，就是想办法给他积极治疗。李家才回来后，将两个孩子接去了八食堂住，早春才去娘家接回了两个女儿。

在一天领粮食时，三个食堂的代表商量后，各自拿出半斤米，要给早春，并说："冯代表为大家忙碌奔波，够辛苦的，如今爱人又生病，这是我们和社员们商量后决定的，是大家的心意。"

早春推回粮食道："我今天如果收了，那么就不配再管这三个食堂了。你们是希望我辞职吗？你们配合我安排好社员们的生活，就是对我最好的关心和帮助。"说得大家不得不收回了米。

早春说完后，就去种菜了。

她们望着早春忙碌的背影，泪水模糊着她们的双眼，表态道："我们一定像你冯代表那样，认真监督管好食堂，绝不丢失一粒粮食。"

321

春节后，春寒料峭时，前方工地回来的公社李书记等公社领导，深入各个食堂进行了明察暗访。

收集到的情况大都是菜粮青黄不接的时候，许多食堂人员面黄肌瘦甚至水肿，老年人还有死亡的现象。李书记十分着急。

当领导们到早春管理的几个食堂，带着粮食在那里吃午饭后，李书记当即对徐副书记说："你立即通知各个食堂的管理员，马上赶来早春食堂现场参观、学习体验。"

各食堂管理员来到后，李书记说："今天我们先看早春是如何做的。"大家一到院子里，阳光下，小孩们生龙活虎地在院子里或唱着童谣或跳绳或打陀螺。老人个个红光满面，有说有笑地在纳鞋底、缝补衣服。菜田里榨菜、甜菜、菠菜等长势喜人，老人们在扯草，年轻人们在挑水挑粪浇灌。各管理员想着自己已枯黄的菜地不禁惭愧地低下了头。

到食堂时，十几个大缸里的红白萝卜等泡菜，整齐划一地摆在里面。大家道："还是早春同志心细啊！我们咋就没这样做呢？"

等到吃饭时，更是见到了老人小孩和年轻人分锅吃的现象。老人们边吃还边夸早春："冯代表真像自己的闺女，为我们考虑得周到。"

饭后，李书记让大家谈体会。

大家感叹道："我们除了感动外，更多的是羞愧啊！"

"冯早春真是个能人啊！干啥都能干出好成绩。"

李书记点头道："冯早春同志她是用心在做事，把大食堂当作了自己的家在管理，把大食堂的人当作自己的亲人在爱、在疼啊！"

他又指着早春说道："早春同志，把你食堂的管理经验告诉大家，让他们好好学学吧！"

早春抬手在空中一扬道："老话常说，菜当半粮，火当衣裳，水可润肠。米面红苕不够，就种好菜来帮忙啊。"

大家啪啪地鼓掌，点头称是。

随即早春又介绍了她的食堂管理方法。

李书记说："我们要向早春同志学习，把她的这套食堂管理的方法要在全公社推广。"

　　后来田里种的茄子、辣椒吃不完,早春就每家每户分点,让大家晒干备用。兰花、丁香的食堂来讨要时,她和社员们商量后,也分给了她们一些。

　　春耕后,男社员去高峰山修水库,女劳动大军仍从事农业生产。二娃因身体不好,就在山下给修蓬溪到高峰山公路的人帮忙。早春交代二娃:"你自己注意身体,不能吃硬饭,去给工地领导商量下,称回米,回家熬稀饭或糊糊行不行?"

　　二娃挠着头说:"总觉得怕增加食堂麻烦,开不了口。"

　　"开不了口,你就别喊胃疼呀!胃病是三分治七分养,你的身体你自己不爱惜,我冯早春再能,也不能帮你疼呀!"

　　二娃只得去和工地领导商量,取回米煨稀饭和大女儿吃。

　　早春带着二女儿和女社员安营扎寨夏收夏种。搭好帐篷后,让庞婆婆去给她们烧火做饭,照看小孩。

　　她们去田里干活,如军事化管理般。早春哨子一吹,统一起床,统一干活,统一收工。就近几个山头活干完,再搬到另外的山头安营扎寨。

　　有天上午,早春正在田里弯腰割小麦,田埂上有个扎小羊角辫,穿一身蓝底小白花衬衣,十三四岁的小女孩,红扑扑的脸上全是汗,急急地问她:"您是早春阿姨吗?"

　　早春拿着镰刀,直起身抹着汗道:"是的,小妹妹,有啥事?"

　　"任阿姨快要不行了,想见您最后一面,还让您叫上照芳哥哥。"

第 51 章 好友托孤

有些腼腆的小女孩，眼里满是担忧。早春走过去，狠劲地拽着她："你说啥？孩子！年前我们在抬田时，不都还好好的吗？"

早春赶忙跌跌撞撞地往任嫂的住处跑。她一到门口，五岁的淑珍哭喊着："二娘，二娘，我怕，我怕……"随即张开双臂就扑向早春怀里。

早春抱起淑珍进房去。阳光从窗户上射进来，照在任嫂蜷缩在床上的身体，她骨瘦如柴，眼窝深陷。只四十多岁的人，却像七八十岁枯槁的老人。早春心里一阵酸楚，泪不自觉地涌了出来。

她拉着任嫂的手，泣不成声道："嫂子啊！你这是咋啦？谁把你折磨成这样了？姐夫哩？年前不都还好好的吗？"

任嫂支撑着要起来，早春将孩子放坐在床边，扶住她，在她后背用枕头抵着。任嫂看早春身边没有照芳，失望地说道："芳儿没来？"

早春拉着任嫂的手道："春节后，我给领导们汇报，将照芳送去部队当兵了。"

任嫂拍着早春的手，虚弱地说："好，那太好了，本想见他最后一面，看来，是不行了。"

早春抬袖抹了一把眼泪，着急道："嫂子，不许你说这话！"

任嫂无力地摆手道："弟妹啊，我也是不久人世的人了。要你来，就是要将淑珍托付给你，让她长大成人。"

她说着拉珍儿的手交给了早春。早春抱着珍儿哽咽道："嫂子，我一定要治好你，你不能那么狠心，把责任推给我！究竟发生啥事了呀？"

早春放下珍儿，拉任嫂道："我这就背你去医院。"

任嫂用力拽着早春的手，气若游丝般地恳求道："你不用费力了，让我把该说的话讲完，让我走得安心，走得瞑目，好吗？"

早春跌坐在床沿上，哭得浑身颤抖，珍儿面向她怀里坐着，她两手紧紧抓着任嫂。

任嫂吃力地向她讲着:"原第九食堂的管理员王九,也是克扣伙食,是我们夫妇匿名向公社反映的。那人被撤职后,心有不甘,他不知怎么知道了是我们举报的,就偷了食堂的粮食,沿路撒到了我们家,来栽赃陷害我们。后来他又纠集人批斗打骂我俩,想屈打成招。珍儿她爸受不了这污辱,吞火柴头上的火药自尽了。"

"这个王九太过分了。"早春听得怒火中烧,"嘭嘭"地拍着床沿说,"嫂子,你放心,我要帮你出这口恶气,替你整治王九,还你们夫妇清白。"

任嫂如释重负地点了点头。

早春了解到王九已吃油了嘴,现在仍干些偷鸡摸狗的勾当,她找到在山上干活的丁香道:"听说你们食堂常被偷,人们的衣物也常被盗,是吗?"

丁香割了一把小麦直起身答道:"唉!巡逻也不起作用,我正为这事伤脑筋哩。"

早春右手拿草帽扇风道:"我想帮你抓贼。"

丁香兴奋道:"那太好了!需要我做啥,尽管吩咐。"

早春和兰花小声商量道:"我们故意将收的小麦放在食堂,制造无人守护的假象,引王九上钩,来个瓮中捉鳖。"

兰花握紧拳头道:"好!就来个瓮中捉鳖。"

在一个夜深人静,伸手不见五指的夜晚,睁眼望去,黑洞洞的天空显得神秘莫测。那一片片的树林,在风的吹拂下,似一个个巨大晃动着的黑影。

早春和兰花守在食堂仓库外,有树叶和石粒,随风落在她们的颈脖中,她们仍目不转睛地紧盯着门口,生怕一眨眼,让"鱼儿"跑了。

她俩连续两个晚上,都没等到猎物,就轮换在仓库外守着,直到第三晚才等来"鱼儿"上钩。

王九果然轻轻地撬开门,正用麻袋迅速地装小麦。早春和兰花快步上前,反扭他的手,将他五花大绑后,才大喊:"抓贼呀!有人偷小麦。"

丁香带着人们,纷纷拿着棍子,打着火把前来,对他一顿乱打。

早春又向众人道:"乡亲们,这个人曾经克扣大家的粮食,被任嫂夫妇向公社举报。他受到了处分,心生怨恨,就报复任嫂夫妇,偷了食堂的粮食嫁祸给他们,后来又纠集人想屈打成招,致任嫂爱人受辱自尽,害得任嫂现在奄奄一息。"

早春抬袖揩着泪，哽咽道："我们不能让好人死得不明不白，大家说该不该向他讨回公道？"

"打死这狼心狗肺的东西。"

经早春一说，大家才明白了真相，替任嫂夫妇叫屈，感念他们为大家挖出食堂蛀虫的善心，更恨这个偷粮贼。大家又一顿乱打，并高喊："坦白交代，或许还饶你不死。"

"饶命！饶命！我交代。"王九明知众怒难息，只得老实答道："我偷粮陷害任嫂夫妇是事实，只是，这些都是李家墨指使我干的……"

李家墨拿着棍子，冲出人群，愤然道："你放屁，你逼得我弟妹家破人亡，现又来陷害我，我要为我弟妹讨回公道。"说着，他举起棍子，"啪"地打在王九的头上，将他打晕，又举起棍子还想打，被早春拉住。

她怒目直视李家墨，大喝道："你想杀人灭口吗？小偷该打，但罪不至死。"又对丁香道："他是你食堂的人，我看你还是派人将王九交由公社处置为好。"

早春知道了害任嫂夫妇的罪魁祸首应该就是李家墨。任嫂夫妇终究还是死在他手里，这让她气愤心痛不已。她想，既然任嫂夫妇的冤情已昭告于天下，就让他们去狗咬狗吧！相信政府自会有公正的处理。

任嫂被女儿和隔壁的女孩搀扶着来到现场时，人们纷纷向她道歉："对不起，任嫂，冤枉你了。"

任嫂手一扬，凄然说："我不怨大家，你们不是不知情吗？"

早春和兰花紧走几步，上前去扶着任嫂。

任嫂抓紧她俩的手："好妹子，谢谢！谢谢！辛苦你们了！我终于可瞑目了！"又用力拍着早春手道："我把女儿就交给你了……"说完，就倒在了早春怀里，凄美的脸上，带着一丝笑靥……

任嫂不管不顾早春和她女儿撕心裂肺的哭喊，还有人们的悲声，决绝地给她仅四十三岁的生命画上了句号。她眼角的两滴清泪滚滚落下，那是对女儿的不舍和对世间的留恋。

当大家沉浸在悲伤之中时，早春分明见李家墨阴笑着离去，好似在说："下一个该是你冯早春了！"

早春拿眼狠剜着李家墨：此仇不报，我冯早春誓不为人。

她为任嫂的早逝难过，更为珍儿成为孤儿痛心。她发誓，无论多难，定会将她抚育成人。

早春和乡亲们安葬任嫂后，她暂时还没办法把淑珍带在身边，只好去交代隔壁的王玉兰，也就是去山上叫早春的那个少女，对她说道："孩子，麻烦你照顾珍儿一段时间，忙完山上的农活，我就来接她。"

王玉兰用衣袖揩着眼泪，泣不成声道："我照顾淑珍妹妹是应该的。其实我和堂弟也是孤儿，任妈这几年没少照顾我们，她来了，我有了依靠，可现在我们的依靠也没了。"

早春这时才看见，屋里还有一个五六岁的小男孩，正怯生生地看着她。早春拥他俩入怀，摸着他们的头："你们有事，可以找我，我会像任妈一样照顾你们的。"

王玉兰抬起泪眼，高兴道："真的吗？"早春认真地点着头。

王玉兰望着早春恳求道："二娘，我可以像珍妹妹一样叫你吗？我听任妈常讲，你是一个大好人。"

"没问题呀，只要你愿意。"

"那我能和珍妹妹一样，去你那边食堂，待在你身边，行吗？"

"你考虑好了真想去的话，我会尽量向公社反映的。"

早春不忍心拒绝一个无父无母的孩子的请求。

王玉兰欣喜万分，答道："我想好了！"

早春要离开时，小小年纪的珍儿总缠着早春舍不得让她走，早春心如刀割般难受，蹲下去拉着她的手说："娃啊，不是二娘狠心不带你走。我目前居无定所，正在东山西山安营扎寨抢收抢种。"

珍儿哭成了小花脸，早春蹲下，用袖口给她擦着泪说："你放心，等二娘忙完这阵，定会和公社协商，将你要回那边食堂，待在我身边的。"

珍儿拉着早春的手总舍不得放下，反复哭求："二娘，您要记得多来看我哟。"

早春含泪使劲地点着头。分手时，早春说："珍儿，你先回吧。"

她站在原地，答应着"好"，可早春走了一程，再回头看时，她还跟着，走了一程又一程。

"孩子，听话，过几天二娘肯定来接你。"

"好，珍儿听二娘的话。"

早春走了很远再回头看，那小人儿还孤零零地站在那山坡头，弱小的身子，被夕阳拖长了的影子，显得那么孤立无助。

早春无力地蹲在地上号啕大哭，风从山巅呼呼而过，虽是初夏，但早春心生凉意，打了个冷战。她拉紧白色衬衫，恨自己没长出三头六臂，好分身来，照顾那孤弱的孩子……

忙完抢种抢收后，早春向公社李书记等人汇报，将三个孩子接去了她管的食堂。和苏石匠夫妇商量后，腾了一间屋让她们三人住，也方便照看。

至此，她们三人，侄子侄女还有永清，这六个无父无母的孩子，成了好的玩伴。他们在早春的照顾下，互帮互助，风雨兼程，手牵手走过坎坷曲折的人生之路。

一天，早春和众姐妹在稻谷田里扯稗子草，徐副书记来到田里，边扯草，边对早春说："冯代表，田里忙完后，你安排好食堂工作。李书记要求妇女大军也要去参加高峰山水库建设。"

第 52 章　水库建设

早春和姐妹们头戴草帽，肩挑背篓，到高峰山水库工地一看，人山人海、红旗招展。火热的太阳下，汗水湿透了人们的衣衫，打夯声，号子声不断。广播里随时在播报各个公社完成的进度。

早春她们一到堤坝上，就挑着土迈开大步，甩开膀子，你追我赶地干了起来，不一会儿汗水就湿透了她们的衣裤。

水库的土挑到堤坝一定高度后，就对堤坝进行夯土加固。男社员喊号子在前面打夯，早春带着女社员，一组十人拉碾在后面碾轧。

早春上工地后，苏石匠大喊："冯代表，你喊号子吧！"

大家附和着："有你喊，我们干活不觉累。"

早春擦了一把汗，笑道："大家累了，我就加点料，来给你们提提神吧。"

早春："太阳出来照坡顶。"

众人："照坡顶，哟哈嘿。"

早春："修了水库好欢喜。"

众人："好欢喜，哟哈嘿。"

早春："抬夯要挺肚啊。"

众人："挺着大肚子，哟哈嘿。"

早春："放夯就把屁股撅起来。"

众人："撅起来，哟哈嘿……"

大家边笑边用劲地打夯拉碾。农村儿子娶媳妇后，都喜欢拿烧火公爹开玩笑。适逢队里有人儿子刚结婚，早春就编了烧火公爹的唱词逗大家乐呵：

太阳出来红又红，

红又红，哟嗬嗨。

娶个媳妇美娇娥，

美娇娥，哟嗬嗨。

金花银花头上戴，

头上戴，哟嚄嗨。

公公见了好喜爱，

好喜爱，哟嚄嗨。

婆婆烧火为吃饭，

为吃饭，哟嚄嗨。

公公烧火为后代……

在欢歌笑语中，早春的组总是在竞赛中名列前茅，广播上天天都有向她们组学习的广播稿。

一天，公社李书记巡视到了早春他们的堤面。李书记参与男人们打夯的行列，说着大家辛苦了！

早春拉着硪，湿透的头发贴在额前，笑说道："我们不辛苦！李书记更辛苦！不仅要带领大家修水库，还要回去烧火做饭。"

早春此话一出，闷头干活的人们都大笑了起来。李书记也不在乎人们给他的烧火公爹的雅号，他抬起夯笑道："冯代表，我现在已经不烧火做饭了。我还得感谢你，几次上门给我爱人做工作后，她已经正式履行烧火做饭的职责了。"

说完他哈哈大笑了起来，人们也都欢快地笑着。

这时，通信员戴着草帽，急慌慌地上堤来说："李书记，前面三组任务总也完不成，晚上县里要点名批评了。"

李书记抽出手来答道："我这就去处理。"

走了几步，李书记和通信员又折回来，对早春说："冯早春同志，我安排你去把那个组的工作做下来。"

原来是通信员给李书记建议："您还是先别出面，安排别人先去做工作，也好有个回旋余地。"

李书记一拍脑壳："冯早春不就是最好的人选吗？"

没等早春搭话，苏石匠道："你把我们的领头羊带走了，不怕我们完不成任务？"

李书记对他一摆手道："强将手下无弱兵，我不担心。"

早春来到三组工地，大家懒洋洋地如太阳下耷拉的叶子般，挑着担子，慢吞吞地走着。早春肩挑一担土，边走边说："兄弟姐妹们，大家有意见尽管提，任务总归要完成不是？"

人们一脸委屈地说道："冯代表，不是我们不好好干，食堂里天天送的都是红苕汤红苕叶，谁有力气啊！"

"冯代表，你看，我们手脚都肿了，还有人已经倒床了。"

"你看你的食堂，绿豆汤解暑，糯米汤圆挨饿，酸辣糊糊补充盐，还替换送。"

"要我去你那里干，我也会天天第一！"

早春心想，兵马未到粮草先行，这么重的体力活，和打仗差不了多少，饭菜不跟上行吗？又气那些扣粮贼，就气愤地将扁担往地上狠狠一甩，道："你们放心，我立马就去跟领导汇报，一定严处那些贼。"随即又缓和口气对社员们道："但工程进度不能落后哟。"

社员们对已湿透衬衫，跑着离去的早春喊道："有你冯代表给我们撑腰，放心吧！这就去干活。"李书记听早春反映情况后，很生气，"嘭"地狠捶桌子道："太可恶了，把那克扣民工口粮的，恨不得千刀万剐才好！"

早春对李书记建议："你可安排将工地人员的粮食，直接划工地做饭，就可以避免了。"

李书记对徐副书记道："你抓紧调查后，严肃处理。"又安排通信员道："你统计好各组民工数量，远处的，明天开始锅灶到工地。"

安排好一切后，李书记见早春还站在原地，笑望着她问道："冯代表，这样处理你还不满意吗？"

早春捋了捋额前头发笑道："不是不满意，只是那些社员饿着肚子在挑土，能不能借指挥部的食堂和米，给那几十个社员做顿饭送去。"

李书记佯装生气地轻拍桌子道："好你个冯早春，我指挥部的粮也来挖？"随即朗声向食堂喊道："炊事员，蒸一锅菜饭，随冯代表送去。"

早春赶忙去厨房帮忙。当早春担着一担酸辣糊汤，炊事员担着饭送去三组工地后，社员们吃得泪流满面："好领导，为人民说话的好代表啊！"

晚饭后，早春和社员们一起挖土挑土，不仅完成了当天的任务，还将第二天的也挑了一些，社员们才收工回家。

夜幕降临，月亮升起，星星已眨着眼睛。早春手拿草帽，身披月光走在回家的路上，她突然有了想去看看水库堤坝夜色的想法。

她走在空旷的堤坝上，白天的热闹繁忙喧嚣荡然无存。乡村的夏夜，凉爽而宁静。在月光下，远近的山峰一座连一座，仿佛停泊的一艘艘帆船，静静地簇拥在一起。青蛙的鸣叫，远处偶尔传来狗儿"汪汪"的叫声，更觉夜色神秘朦胧而深沉。那团团飘浮的乳白色的雾，勾起了早春无限的遐思。几年后，这里将是青山绿水，堤坝上的闸口下，修出无数的水渠，如一条条的银带连接到各个村庄，那该是多么壮观，多么美丽的场景啊！

突然，锄头挖土石撞击的声音打破了夜的宁静，在这空旷的山间格外清晰、响亮，打断了早春的沉思。"咦！是谁这么积极，这么晚了还在挖土？"

她循着声音望去，惊疑道："是在我们的工地？"

朦胧月光照着那人，只见他将堤坝的土狠狠地用力往下掀，口里恨恨地骂喊着："要你冯早春举报我，害我被关。我让你得不了先进……"

早春借着月光，看清楚背影，对！是他。原八食堂的章管理员章成怀。他这是要报复呀！她快跑着，要上前去制止。

章成怀"哐当"甩掉锄头，蹲下身，拿着什么，又咬牙切齿道："我炸了堤坝，让你完不成任务，当不了先进！"

早春远远望去，见他旁边果然有一个炸药包。

早春快跑着，风飕飕在她耳边响起。她满脑子闪现着：如果堤坝被炸，我们这工程就白干了。更重要的是马上进入多雨季节，堤坝被毁，水库建不起来，水田取水困难，成片成片的秧田就得干死。更可怕的是多雨季节涨水，山洪来了咋办啊！早春不禁打了个寒战，她不敢往下想。

章成怀"刺"地划亮了火柴，忽闪的火光映照着他复仇的脸和身旁的炸药包。

早春本想喊，但又怕惊动他，就三步并做两步，跑上前去，用帽子扇灭了章成怀手里忽闪的火苗，双手把他一掀，去抢那炸药包。

冷不丁冒出一个人来，吓得章成怀先一惊，一屁股跌坐下去。当他看清是早春时，眼露凶光，去抢早春手里的炸药包："你来得正好，老子将你和堤一起炸了，以解我心头之恨。"

早春想，只有离开堤，才会让堤坝不受损，就提着炸药包往堤下跑去。泥沙石也随她沙沙滚下，口里喊着："你真想我死，可以啊！你来呀，下堤来啊！"

章成怀手拖锄头，快速往下跑，去抢夺炸药包："我不炸死你，难解我心头之恨。"

早春跑到堤下几百米远，见老章对自己如此仇恨，就大喊道："你真想我死吗？让我来帮你点燃！"

这喊声，在空旷的山谷回荡，反而让章成怀像根木桩样杵在了那里。

早春左手举炸药包，右手拿出火柴盒摇晃，声色俱厉道："你点个头，我马上帮你点燃它。"

早春的言行，吓得章成怀一激灵，出了一身冷汗，喊道："我今天这样都是你冯早春害的。"说着，拿起锄头，用力甩向早春。

早春右脚一抬，将锄头蹬开，躲避着，她直视章成怀道："你冷静想一想，点燃它，炸了我或堤坝。我是英雄，受人尊敬，我的家人也会得到照顾，过上好日子。而你就是杀人犯和破坏社会主义水利建设的坏人，你老母妻儿也会因此受牵连，你想过吗？"

早春一喊，章成怀伏在地上号啕大哭了起来，忧怨地说道："我和你近无冤，远无仇，你为啥要举报我？让我人前人后抬不起头来。"

月亮如眼睛，注视着世间万物，照着章成怀哭得全身颤动的身影。

"男儿有泪不轻弹，只是未到伤心处啊！"早春哀叹一声，动了恻隐之心。她把火柴放包里，抱着炸药包，缓和语气道："你就没找找自身的问题。你好好想想，我上次没放你？没饶你？没给你机会吗？"又指着他："是你自己，人牵你不走，鬼牵你倒跑得欢。如果那次卫生院你给人送粮被我抓后，痛改前非，不听人摆布，不还是食堂管理员吗？"

早春这时感到左手臂有点疼，一看不知咋的划了一条口子，还在往外冒血，就放下炸药包，撕了布条，包扎起来，语重心长道："老章，你已是四十多的人了，听说你儿子快成家了。你要真点燃炸药，炸我是小，毁堤坝罪可大了。你真想成为杀人犯？成为破坏水利建设的反革命分子？让子孙后代抬不起头来吗？"

333

老章仍恸哭着。早春继续说道："你现在改正还来得及。答应我，好好做人，好好劳动。我今天原谅你，绝不说出去。"

老章停止了抽泣，抬起泪眼，他不敢相信地盯着早春道："我想把你炸死，炸毁堤坝，你还肯放过我？"

早春用口咬着布条，右手系着道："我不是怕你才放你。我是要你将功补过，为社会主义建设出力，你愿意吗？"

老章跪爬到早春面前，泣不成声道："我听你的。只是我能做啥呢？"

"你的祖上不是会做鞭炮，搞炸药包吗？"

老章不置可否地点点头。早春拉老章站起来，说道："修水库是我们这代人苦，造福后代子孙的事。"又指了指已具雏形的水库："越到库底下，越难挖。土质硬，还有石块。我们去跟领导汇报后，下面用炸药包，不知是否能把土石炸开。这样就减去了深挖的麻烦，人们只上土挑土，不是省力又省时吗？"

老章垂着头道："只要领导们同意，我可以将炸药包制小点儿。只是，我是犯过错的人，领导们能信我吗？"

早春右手狠捶了下老章的肩："信任是靠个人言行争取来的，你不愿总在阴影里长期生活吧！"

早春说着拿起炸药包，拉着老章就去指挥部汇报。一阵凉风吹来，让夏天的夜，凉爽宜人，月亮照着二人的矫健快走的身影。树叶沙沙作响，蛙鸣鸟叫，如一支弹唱的乐队，好像为早春的言行在鼓掌，喝彩。

他们到指挥部门外，圆月照着的帐篷内，灯火一闪一闪的。领导们坐在四方桌前，紧锁眉头，吧嗒地吸着烟，烟雾缭绕着整个房间。李书记等领导正在商量库底下挖的对策，李部长提议道："要使用炸药包应该可以。"

早春禁不住在门外大声道："领导们好！我给你们送炸药包和技术人才来了！"

大家一起看向门口，只见一个二十多岁俊俏的女子，穿了件蓝底白花衬衣，深蓝色大布裤，后面梳绾着一个黑油油的发髻，斜背玫瑰红布袋，右手拿着炸药包，缠着的左手臂上还有些血迹。

李书记惊喜地站起来道："冯代表，你有未卜先知的特异功能吗？知道领导们在商量准备用炸药包,你就送来了!"

"哈哈,哈哈"指挥部一片大笑声。李书记见她缠着的手臂上还有血迹,又关切地问:"咋啦,不要紧吧!"早春放下炸药包,起身道:"嘿,不要紧,走在堤坝上没注意,绊了一跤,被锄头划到了。"

李部长上前关切道:"我看你还是去工地卫生所看看吧!"

早春拉过老章给领导们介绍道:"他得祖上真传,对制鞭炮、炸药很有研究。"

李书记拍着老章肩膀道:"很好,你做好准备,我们请示县指挥部同意后,随时通知你来配合。"

早春回家时,顺道去看了侄子侄女,借着窗户纸透出的光,看见梅儿在教弟弟唱儿歌。早春敲开门,俩孩子就飞奔着跑向她。早春从玫瑰红布袋里摸出几个核桃给他们。俩孩子高兴地用石头砸破,取出核桃仁吃了起来。

早春摸着梅儿的头问:"你爸呢?"

"爸这几天总被大伯伯叫出去。"

早春蹲下身,担心道:"是原来和我们住一个院子的红鼻头大伯伯吗?"

梅儿嘎嘣嘎嘣地嚼着,答道:"是的。"

早春意识到了问题的严重性就让俩孩子先睡,她补衣服等李家才回来。直到鸡叫头遍,还没见李家才回来,早春就去隔壁万婆婆那迷糊了会儿。

天快亮时,早春听见隔壁门响,她赶忙跑过去。只见李家才疲惫不堪地进了屋,早春随后跟进去道:"他叔,我不让你和李家墨掺和在一起,你为啥不听?"

李家才摆着手不耐烦道:"你少管我的事。"

"不是为了俩孩子,我才懒得管你!他们已经没了娘,我是怕有人害得他们没了爹!"

李家才和衣躺在床上,打起了呼噜。早春只得摇了摇头,叹息着走了出去,又去给万婆婆交代道:"还得麻烦您,关照下他们父子三人!"

"放心吧,我会帮忙看着孩子们的!"

早春就往自己管的食堂走去,早饭后,再同社员们一起上堤坝。

公社李书记请示汇报县指挥部后,又请水利专家、爆破专家精确计算后,由老章配合制作炸药包。几天后,早春正挑土,工地广播播音道:"开展底部边炸边挑的计划以来,大大减轻了人们的劳动强度。冯早春出谋献策,章成怀配合有功,特此通报广播表扬。"

老章喜极而泣,对正收工准备回家的早春说:"是你的善良和宽容挽救了我。不然要酿成多大的灾难啊!"

早春说:"善恶一念间,我也很庆幸当时选择了善念!"

早春和老章分手后,月亮已经从山上露出了圆脸,想着小宝被安排在工地医务室,就下堤坝去看他。

第 53 章　多事之秋

　　夜幕降临，天空群星闪烁，早春走向水库堤脚下，用帐篷搭建的临时卫生室。光线从缝隙里射出来，在夜里是那样醒目耀眼。她快走几步，正要喊小宝时，就听见帐篷里，小宝和一个女孩的窃窃私语声和愉悦的欢笑声。

　　早春想，难道是小宝的女朋友来看他了。她抬手敲门，喊着"小宝"，顺手推开虚掩的房门。

　　两人都不约而同地迎了出来。跳跃的煤油灯光下，早春见那女孩娇小秀气，却不是父亲给小宝包办的女朋友。

　　正在早春愣神时，小宝拉着女孩手道："姐，你都看到了，我喜欢素茹。"

　　早春看了叫素茹的女孩一眼，问小宝道："那爸给你定的亲呢？"

　　小宝不满道："我不管，都什么时代了，他还想包办？还总说给我找个五大三粗的，才会干活、会生娃，可我不喜欢。"

　　小宝的话把早春逗乐了。她拉着女孩的手，问道："那你喜欢他吗？"

　　女孩红着脸，羞涩地点了点头。

　　小宝拉着早春的手道："姐，我正准备去找你，你去给爸妈说说，退了他们给我定的亲。我俩已商量了，下半年就结婚。"

　　早春盯着他俩，一脸严肃地问道："你们是真心要在一起吗？再大的阻力、困难都不怕？"

　　"不怕。"他俩都认真地点了点头。

　　"只要你们是真心，那好吧！姐支持你们！我抽时间去和爸妈说。"

　　小宝高兴得跳了起来，说道："我就知道姐肯定向着我。"

　　"姐相信，你们会共同面对任何困难，担当起家的责任。"早春将两人的手放到一起拍了拍。

　　她踏着夜色，走在回家的路上。想着白天在拉磙碾土时，总想找机会劝劝李家才，可他总躲着自己，于是又向李家才的住处走去。早春总想劝他别和李家墨掺和在一起，别出点啥事才好。

早春到李家才住处，仍不见他回来。她抱侄子侄女先睡后，就坐下来，在如豆的灯光下纳鞋底。她不时向门外张望，直等到深夜，才见李家才疲惫不堪地回来。

早春站起来，劝道："你不要只想贪小便宜，去和李家墨掺和在一起，他不会安好心的……"

话还没说完，李家才就不耐烦地手一摆道："说了不让你管，你又来干吗！"

早春将手里正纳的鞋底，往针线筐里一甩，气冲冲道："都说听人劝得一半，你不要油盐不进。他李家墨啥德行，你不晓得？我总怕他算计你。你有本事听李家墨的，以后如果摊上啥事不要找我才好！……"

没等早春说完，李家才指着门外，下逐客令道："不找就不找，你是大忙人，快忙你的去吧！"

早春仍不甘心，对他喊道："你知道任嫂夫妇咋死的吗？是他李家墨幕后操纵的。"

"我才不相信你的鬼话。"

"不撞南墙不回头，有你哭的时候！"早春狠命将门一甩，气冲冲往外走。

回到住处，她又让二娃去劝，二娃无奈道："你都劝不好，他更不会听我的。"

这时花鼻梁在门外叫："冯代表，我儿子发热，帮我去看看吧！"

早春起身前去帮忙。

很快到了秋收秋种的季节，早春她们妇女劳动大军，又从水库工地撤了回来。她去公社领镰刀的空当，去劝冯先生："爸，您尽快退了给小宝包办的婚事，以免耽误人家女方，并着手筹备下半年小宝的婚礼吧。"

冯先生只得叹息道："唉！儿大不由人啦。那就依你的吧！"

早春又带领女社员，投入了安营扎寨的抢收抢种任务中。

一天，早春和姐妹们在田里割谷扮禾，万婆婆踮着脚走来，在田埂上大声叫道："冯代表，李家才摔伤了，有人帮忙送去井峰街医院了，你快去看看吧！"

早春听到喊声，心里一阵慌乱。真是怕啥就来啥！于是放下镰刀，歉疚地对姐妹说道："不好意思，又要辛苦你们了。"

王月莲直起身："你快放心地去吧！"

338

早春上了田埂，洗了脚赶忙穿上布鞋，对万婆婆说："两个孩子，又得交给您帮忙照看了。"说完就急急地往医院跑去。身后姐妹边弯腰割谷，边议论道："冯代表真是操心的命，外面要管生产，又要操心食堂。"

"家里先是妯娌病，接着是婆婆，一桩接一桩的事，都要她操心！"

"不知她叔子要不要紧啊！"

"她还重义气，又帮任嫂照看着几个孤儿。"

"是个人都有累趴下的时候，可她就好像是钢铁铸成的不坏之身。"

"真可谓是越挫越强、越挫越勇啊！"

王月莲道："还有我们，哪家的老人孩子有病，冯代表都免费去看，真是好人啦！"

花鼻梁或是感念早春多次去给她孩子看病，或是让她当领粮监督员，或是她不干活，早春这个生产组也是第一个完成任务，又或是上次被游街后怕了，也大喊道："我们加油多干点，争取还拿第一，也让冯代表少操点心！好不好？"

王月莲本是很反感花鼻梁的多嘴多舌和爱出风头的性格，心想：背后专门使坏的人，能有好心？可这次是真喊到了她心坎儿上，就和众姐妹答应着："好，加油！加油快快干哦！"

顿时，割谷的咔嚓声，扮桶上扮谷的嘭嘭咚咚的响声，热火朝天地交织着奏响了起来。

这些议论，和替她分忧的话，随风传到早春耳里，让她不觉泪眼模糊，感动万分。

早春在恨李家才不听自己的话，要和李家墨掺和在一起的同时，不觉深深为他担忧，只希望他没摊上大事才好。

早春到了病房时，见白色的床单上，李家才的脸更加惨白，双手平摊，一动不动地睡在床上。本要数落埋怨他的话，她全都一股脑儿咽进了肚里，关切道："她么爸啊！不要紧吧！"

听到叫声，李家才费了好大的劲，才睁开了疲惫的双眼，叫了声："二嫂"，两行清泪，顺着脸腮滚落下来。

"我……"他支撑着，想要坐起来，急于有话想对早春说。早春揩了一下眼角，按住他肩头，又帮他掖好被子说道："你先治病，好好休息，以后有的是时间。"

这时，二娃给公路上请假后，也急急赶来了医院，进门就问："幺弟哎！你不要紧吧！"

李家才哀求地看着二娃道："二哥，你扶我坐起来吧！不说怕没机会了。"早春白了他一眼道："说啥傻话，你一定会好起来的。"

二娃也拉着李家才的手,泪流满面地附和着早春："是的,你一定会好起来的。"

李家才摇着头，坚持自己要坐起来。二娃和早春只得扶他半躺着，早春将枕头竖起让他靠在上面。

李家才慢慢讲述了事情的经过。

"这段时间以来，我白天挑土，晚上就在李家墨的怂恿下，到深山老林里偷砍树。平时都是一人一棵树，砍了扛去卖。这几天晚上李家墨让砍大树，共同抬去卖。卖的钱也是多些，都平分的。昨晚砍完大树套好绳子后，他在后我在前。下山途中他放松绳索，故意将大部分重量滑给我，我失去平衡栽倒了，树滚压在了我身上。最可恶的是，我喊'家墨哥，救我，救我'他佯装听不见，还蹲在树旁，取下腰间的烟袋，慢条斯理地往烟锅里装烟丝，划火柴点烟，吧嗒着一口一口地吐着烟雾。"

"我腿已不能动，就趴地上，慢慢爬行到他旁边哀求道：你不是一向都对我好，我也听你的吗？你先背我去看病，我少不了报答你的。"

"李家墨站起来，踢了我一脚，恶狠狠地说：傻瓜，你以为我是真对你好！我那是要利用你赶走冯早春。"

"他说着拖树要走，我再一次哀求道，'你帮我带信给我二哥，让他来救我行吗？'我拉他的裤脚，他踩得我手生疼。我松手之际，他嘭嘭嘭地拖树就走。我双手死死抱住树，'你不能走，不能走！要救我，救我啊！'"

"他停下来，走到我旁边，蹲下身，拍着我的头，凶狠地说：'我这就救你。'说着双手用力把我掀到山沟里。还双手叉腰，绝情地说：'去死吧！哼！还想我救！真是异想天开！实话对你说吧！我爷爷交代了，不仅不让你家发达，还要永绝后患。'是冯早春比你们都聪明，不然我早得逞了。只不过我相信，迟早有一天，我要赶走她和你们一大家，以绝后患。说完他哈哈哈地狂笑着，拖着树扬长而去……"

由于气愤和激动,李家才剧烈地咳着,脸也涨得通红。早春气得心里喷血,但还是忍着拍着李家才的后背:"我们不讲了,先休息,以后有的是时间。"

　　李家才伸出手,无力地摆了摆,缓缓地继续说道:"山沟里有水,我浑身冷得发抖,但心比水更冷。我处处与李家墨为伍,害二嫂你。没想到我是搬起石头砸了自己的脚啊!咳咳咳……可怜我喊救命,喊破喉咙,也没人应我。最终我疼痛得昏迷了过去……"

　　"迷迷糊糊中,我似乎听见娘和立夏在叫我,我两个本没娘的可怜孩儿,好似也哭着叫我。还有二嫂对我的教训也觉得那么亲切动听。对!我想到自己还不能死,就是死,也要把话说给二嫂你听,还要把俩孩儿托付给你……咳咳咳……"

　　早春啜泣着,端水喂李家才喝后,他继续讲道:"又想起二嫂你那次难产,别人唱着你编的童谣《小草赞歌》,我试着拖着不能动的双腿,往沟上爬,爬了好多次,都滚下去,我又咬牙,死死抓住树根爬。终于爬上沟沿,可再也没一丝力气了,就在那半山腰躺到天蒙蒙亮。在绝望痛苦中,觉得自己快死了。奄奄一息时,听到章成怀叫来人,说看在你冯代表帮他的份儿上,才送我来医院的。"

　　李家才说着,又不停地咳嗽了起来,早春又赶忙给他喝了口水,拍着他后背,感叹道:"因善得善报,看来人还是要多做善事啊!放了老章一马,现在救了你,不然,这时候还不知你啥情况呢。"

　　李家才吞咽下水,慢慢道:"中途碰到万婆婆,老章又让他去喊二嫂你来,因要上水库工地怕迟到,他才先走了。"说完,李家才就用双手拍打自己:"二嫂,都怪我浑,听不进你的劝,贪小便宜,听李家墨的话,你要给我报仇啊!"

　　早春本来生气他,但见他这样,忍住柔声劝道:"她幺爸啊!我们还是先治病要紧!报仇的事以后再说。"

　　李家才挣扎着要回去,说:"以前的债还没还完,不能给俩孩子再添新债了。"

　　早春拉他躺下说:"他叔,不怕!先救命要紧,没钱可借可贷,病治好了不就能挣来了。"

　　李家才低垂着头,叹口气道:"唉!就是想着还债,才听信李家墨的。不承想,债没还,命也不保了!只怕想贷款,以前的没还,也贷不了啊!"说完他又气愤地捶着床沿大声道:"李家墨,你个丧天良的,我和你拼了!"支撑着又要下床,但一阵猛烈地咳嗽，使得他又不得不躺下。

早春和二娃扶他躺下，早春边给他掖被子，边劝道："你现在气有用吗？即使要报仇，也得心平顺下来，好好躺着，先治好病再说啊。"

早春对一旁流泪的二娃道："你先照看他，我这就找人去银行贷款。"早春出病房后，去找了院长，问道："杨院长，我小叔子他不要紧吧？"

院长正低头写着什么，抬起头说："他估计是压伤到肠胃和其他内脏了，很难办"。

早春揩了揩眼泪，恳求院长道："你们要尽力帮忙救啊，钱我来想办法。俩孩子失去娘才不到两年，我不想他们再失去自己的爹啊！"

院长也被早春的坚强和善良感动："冯代表，这几年你频繁出入医院，不遗余力地救治你的亲人，真难得啊！救死扶伤是我们的责任，定会尽心尽力的。"

早春去贷款回来，钱递给二娃："你和她幺爸去买些营养品吃。你胃不好，吃点面条，千万不能吃硬冷食物。你照顾好他叔，我帮你去请假"。

早春来到修公路的工地时，领导说一时找不到合适的人，只能给两天假。早春只得让侄女再去医院换二娃，帮忙打打饭，叫叫医生。早春安排好这些后，就去割谷扮禾。没钱了，再去贷了送去。早春忙着秋收秋种，没法做生意，除贷款外也没其他办法。

李二娃叹道："幺弟吃不下其他食物，只吃鸡蛋。钱也用去了不少，该咋办哟？"

早春道："借了再说，担心啥。"

李家才最终因伤势过重，医生也回天无力，劝早春他们带回家。

早春心有不甘，让父亲来给他看。冯先生看后也摇头，对早春说："他伤得重，我给他开药后，你给他扯草药晒干，去药房磨成细粉，让他喝，估计还能拖一段时间。"早春扯药磨粉让他喝，总想着要治好他，听说罗戈场有位古医生，看这种病很厉害，就去找他来看。

古医生来看后，结论和冯先生的一样，这让早春的心凉到了极点。早春对前来看李家才的姑妹说："欠债我不怕，就怕医生说这话啊！"

早春在田里割谷扮禾时，紧锁眉头，没了以往的欢声笑语。姐妹们拿她开玩笑："和小叔子的感情真不错啊！二娃病了，都没见你这么难过哟！"

早春举禾在扮桶上狠劲地、嘭嘭嘭地扮着,发泄着心中的痛与恨,哽咽着说:"他活生生把自己折磨得不成人样,我替他不值,更是可怜那两个娃啊!"说得姐妹们也心生凄凉。

让早春更担心的是那年从秋收开始,就出现了严重的干旱,粮食全面减产。虽种了小麦、豌豆,但长期不下雨水,田里的农作物长得跟癞子头上的头发,东一根西一苗的。农作物长不起来,草也枯萎,猪也没法喂了。因此早春他们的住房,原先喂猪的人员也撤了回去。

早春和二娃商量道:"她幺爸病得严重,我想去水库工地找李书记汇报,申请回李家湾住,以方便照顾他。"

李二娃担心道:"李书记能答应吗?"

第 54 章　复仇遗书

水库工地指挥部，早春给伏案写字的李书记汇报说："李书记，我幺弟病得很重，时日也不多了，我向您申请，我们回李家湾住，以方便照顾他，行吗？"

李书记放下笔，抬头说道："我知道你是个原则性很强的人，从来不向组织提个人的要求，这回也是个特殊情况。"站起身又接着讲道："我很同情李家才的遭遇，也很感动你照顾几个孤儿的善心。"

他站起来，手拿笔，在屋里走了几个来回，看向早春问道："你们原先的屋没卖给公社？没有收钱吧？"

"有账可查，我没卖，也没收钱。"

李书记手摸着头，想了会儿，表态道："鉴于你的特殊情况，特事特办！组织同意你的请求。另外，徐副书记说你努力克服家庭困难，事事带头，样样农活超额完成任务。又加上这些年照顾孤儿，我们政府要嘉奖你的这种行为，我给领导们汇报后，决定发给你一些补助，帮你家渡过难关。"

李书记的话让早春哭了，她摸手绢揩着眼泪，泣不成声道："感谢领导们的关怀和厚爱。"

李书记拍着早春的肩膀，笑道："我们的铁娘子还会流泪？"

一句说得早春破涕为笑："我会更加努力工作，来报答领导的关心！"

李书记说："你分管的另外两个食堂我就让其他人管，你好抽时间照顾家和孩子们。"

早春终于要回到李家湾自己的住处了，心里不由得一阵激动，她决定先回到李家湾看看。

回到那里，她傻眼了，除了养猪的猪圈是好的外，家里的墙壁，都被原来住着的养猪的人，拆了烧了或卖了，屋子就剩下四面漏风的空架子。看来又必须动手修补，置办家什了。早春心想，回来了，有了自己固定的住所，就有了归属感。

睹物思人，物是人非，早春有了人去屋空的悲凉。看着以前任嫂的屋，婆婆、妯娌住的房，她不禁悲从中来。她们永远回不来了，从此阴阳两隔。过去和他们的欢笑、争吵都是那么清晰，那么难忘。

早春去后面竹园，发现竹子也被砍得面目全非。她拿了刀，平生没随便动人财物的她，在自己屋后李家墨原先的竹林里，一顿乱砍，发泄着对他的仇恨和不满。想着任嫂夫妇的死和李家才的病，早春恨恨道："总有一天，李家墨，我定会让你后悔你所做的一切。"

早春回对门食堂吃饭后，摸着孩子们的头，安排道："我们回李家湾清扫屋去哦！"又对二娃说："我们利用晚上休息，给我们家、家才三人，任嫂女儿和玉兰兄妹，用砍来的竹子架墙和门，做简易的床。""听你的。"二娃摸头笑答道。

早春开心地对孩子们说："回到了自己的家，心也安定下来了。这是我们美好生活的开始。只要一家人齐心，什么困难都难不倒我们。"

孩子们见早春有了笑容，也高兴地跳了起来，"回家啰！我们可以回去啰！"

房屋维修好，院坝清扫干净后，早春带着孩子们，去接李家才回来，说道："她幺爸，我们可以回李家湾自己的屋了。"

李家才高兴得像个孩子，居然不要人搀扶，自己慢慢走了回来。

早春对二娃说："你从工地回来后，就照顾她幺爸喝药，煮鸡蛋给他吃。领导们关心我们家，我更要带头好好工作。没钱了，我去先贷。"

二娃不置可否地点了点头，这些年他已习惯了早春的安排。

她又交代王玉兰："你大些，就带弟弟妹妹们每餐去对门朱家湾食堂吃饭。"

玉兰懂事地说道："好的，二娘。我见你那么辛苦，永清哥哥的鞋，以后我帮忙给他做吧！"

早春见玉兰说这话时，满脸绯红，知道她有心事了，就笑问道："是不是喜欢永清哥哥了？"

玉兰娇羞地低下了头："二娘，您说啥呢，我只是想帮忙给你分担点。"

早春故意逗她："那好吧！你如果不喜欢他，我可让人给他介绍对象去啰！"

玉兰红着脸，着急地嘀咕道："我们不是还小嘛！"

早春心想，两个苦命的孩子，如果真能走到一起相互照顾，也未尝不是一件好事。

安排好家里的事后,早春带着姐妹们投入了水库工地建设。由于抢水库工程进度,她们白天挑土,夜晚就在竹竿上挂着马灯,男人打夯,女人拉磙碾轧堤坝。往往深夜,她才能拖着疲惫的身躯回来。

早春回家后,还要在昏暗的灯光下做鞋,给孩子们补衣服。天不亮,就听见鱼塘旁传来捶衣服的声音,那是早春在冰冷的水里,洗一大家人的衣服。

冬月底水库全面完工,早春被公社表彰为先进个人、劳模。

冯先生在冬月底,给小宝举办了简单的婚礼。婚宴结束后,由于干旱,许久没吃鱼的早春,对鱼刺左瞧瞧右看看,在灯下研究了起来,越看她越恐慌。已经半年没下雨了,难道明年还有更大的旱灾?她不敢张扬,只与冯先生和高叔讨论了此事,大家深深地担忧来年的旱情。早春心想:如果是这样可要尽早预防了!

早春回到食堂后,和苏石匠、杨四祥、老何分别谈了自己应对明年青黄不接的打算,他们也支持她的想法。

第二天早上,大家在食堂吃饭后,早春对老年男社员道:"大伯们辛苦下,去砍些竹子来,给每家每户编个小竹篾篼。"

花鼻梁问:"冯代表,你葫芦里又卖的啥药,先说出来听听嘛!"

早春故意卖关子道:"到时就知道了!"

一天晚上,在食堂吃饭后,早春给大家宣布:"由于红苕减收,也不能敞开肚子吃了,我们要细水长流,为明年二三月间青黄不接做好准备。希望大家克服困难,食堂从明天开始按家,一人一斤蒸红苕,每户一个竹篓各做各的记号,红苕放里面蒸好后,各家取回去。"

朱三七因占朱永清房屋不成,李家墨又对他说,都是冯早春带人来把你赶走的,你要找机会报复她。他就黑着脸不满道:"那不行,谁吃得饱?"

早春捋了捋额前的头发,看着大伙:"我不会让大伙饿肚子,我会用菜让大家吃饱。"

杨四祥先发言道:"我相信冯代表会让我们大家吃饱。再说她也是为了明年青黄不接时,大家不挨饿嘛!"

大家也都纷纷赞成早春的意见。

朱三七看大多数人都赞成早春,才把还要说的话吞了回去。

早春又道:"大家把小坛子拿来,每家把老泡菜水取点回去,我让苏石匠将菜分给大家自己泡菜。自己取泡菜水在家做糊糊和汤,但大家要记住,这老泡菜水一次不要取完,取后加点生水满上,当然必须加盐、花椒和辣椒。盐和辣椒我负责想办法给大家。花椒嘛,山上有野的,大家随时都可摘到。"

朱三七这次没说话。李家墨当晚从九食堂过来,怂恿他去告状。他二人找到花鼻梁,朱三七先说道:"花姐,我们写信去公社上告冯早春克扣社员伙食。"

花鼻梁说:"这些年,冯代表帮了我很多,我不想告。"

李家墨摸着红鼻头劝道:"你又不比她差,告倒她,让朱三七他们推荐你当食堂管理员。"

这让花鼻梁动了心。朱三七心想:让她花鼻梁当,还不如我当。但一想,还是先告倒冯早春要紧,就点头同意了。

李家墨看见早春家已回了李家湾住,心有不甘,他也想回去,也去公社反映,她冯早春能回李家湾,我也要回去。

李书记说:"你当时收了公社的钱,要等以后再说。"

他摸黑去李家湾,见偌大个湾子,就冯早春一大家,明亮的月光下,早春在做鞋,二娃在编竹器,七个孩子围着他们,又唱又笑的。这让李家墨十分窝火。莫非她当初能未卜先知,咋就没收钱呢?

七个孩子,除王玉兰外,其他大都五六岁,文成最小仅三岁多。每天早春让王玉兰领着孩子们去食堂领红苕,走到半路时,他们就吃光了,早春就扯野菜回来,煮了充饥。

腊八那天,早春在对门食堂,用核桃加各种豆子,加猪肉煮腊八粥让大家吃。回来后,女孩子们在院坝里抓石子玩,男孩子在打陀螺。他们"妈""二娘"地叫着,各自玩自己的。

"嗯,嗯"早春高兴地应答着,上台阶,往家走去。

她给李家才煮了鸡蛋端来,放桌上,扶他坐起来吃,然后弯腰拿起镰刀,背着背篓,去外面割柴草。

李家才端碗喝了一口汤,用筷子夹鸡蛋咬了一口,用力喊:"二嫂,你别忙出去,我有话跟你说。"

早春又转身进门来，李家才拿出一大摞材料纸，递给她。

早春接过来："这是啥？"

李家才又端碗吃着鸡蛋，说道："这上面写的是控诉李家墨的罪行。你帮我保存好，等一双儿女长大后，交他们替我报仇。"

早春看了一眼，上面写着《复仇的遗书》，她抬头看着李家才，劝说道："没证据的事，你让孩子怎么给你报仇？本来孩子们没了母亲就苦，难道你还想让他们一辈子生活在仇恨的阴影里？她幺爸啊，你安心养病，不要想太多。人善天不欺，我相信善恶终有报。人在做天在看，害人的人终不会有好下场的。"

李家才把碗筷放床边桌子上，早春拿进厨房，舀水洗着。

李家才若有所思地点点头，土灰的脸上全是悔、恨、遗憾交织在一起的复杂表情。

这时侄女尖声叫道："弟弟在塘里玩稀泥，把衣服全糊脏、打湿了。"

早春走出来，赶忙收了材料纸放进玫瑰红布袋里，跑去塘里拉回侄子："这冷的天，冻感冒了咋办？要听话，不许再去塘里玩稀泥巴了！"

她给李文成换了脏衣服，就拿去洗了晒在门前的竹竿上，又收回干了的衣服，放在李家才房里。

李家才睡在床上，看早春做的这一切，以从没有过的口气，温和地说道："二嫂，以后他俩的衣服就全放你那边吧。"

早春搓着冻得红肿的手，哈着气道："你说啥话呢！"

李家才伤感地说道："我看了的，指望二哥，那是板凳上放鸡蛋——不牢靠。这俩孩子，也只能靠你了！"

早春听得心里飕飕地凉，这种凉随即漫到后背。她忍着难过，厉声喝道："你是他们的爸爸，你不想管？又想推给我？"

李家才如释重负般："想管也管不了啰！我已没啥担心的了。我们李家摊上你这么个好女人，也是孩子们有福了！我也相信，你会让他们过上好日子的。"

早春直视李家才的眼睛，大声道："我不要你给我歌功颂德，你给我快点好起来，好好照顾他们是你的责任！"

李家才幽幽地说道："二嫂，我想喝开水了！你去帮我烧点来吧！"

早春往厨房走去："我这就去给你烧水来。"

她去灶台上一阵忙碌，将开水用碗在冷水里冰凉端来后，李家才接过去，咕噜咕噜地一顿猛喝，又递碗给早春："给我再来一碗吧。"

早春接碗倒水来后，对他说道："她幺爸，我去杨家湾帮你借个开水瓶来。我烧好装上，方便你随时可以喝。"

冬天的太阳，无力地照在李家才苍白的脸上，他平静地点了点头："那辛苦你了！"

当早春抱着开水瓶，走到山坡转角处，二娃就急急地迎向她："幺弟走了。"说着，蹲在地上号啕大哭："兄弟哩，你丢下两个孩子，还有那么多债，叫我们啷个办哟！"

早春不相信道："刚才不还和我说话吗？"说完拉起二娃，泣不成声道："啷个办！哭能办好一切吗？有啥怕的，好好带孩子长大，慢慢还债！"

早春丢下二娃，急急地往家里跑⋯⋯

六岁的侄女趴在李家才身上哭喊着："爸，你不能走，不能丢下我和弟弟啊⋯⋯"

三岁多的侄儿仍在塘里玩稀泥巴⋯⋯

痛苦总像一把利剑，一次次直逼早春心房。可经受的刺伤多了，她的心也如盾，有了防御伤害的能力。

早春已如起初有棱有角的石头，经历长年的风吹雨打后，变成了鹅卵石一样，就有了接受更猛烈狂风暴雨袭击的坚强意志力。她搂着孩子们，哭着唱了《小草赞歌》。

她抹着泪，安葬了李家才后，带着两个孩子，在他们父母坟前发誓道："他叔他婶啊，既然你们放心地把孩子交给我，我会视他俩如己出。哪怕我不吃不穿，也要让他俩吃饱穿暖，让他们长大成人，成家立业，把他们培养成有担当、有善心、乐观向上的人，让一家人过上好日子⋯⋯"

早春在接收了侄子侄女时，同时也接收了他们欠下的债。

晚上，早春唱着童谣，轻拍侄子侄女睡后，又去看任嫂家的三个孩子，然后回来在灯光下，飞针走线做着总也纳不完的鞋底。夜深人静时，侄女却发出一声声一阵阵尖叫声。

第 55 章　共渡难关

　　冬季的夜异常寒冷，听到侄女的叫声，早春赶忙放下针线，端灯过去，侄女瞪着一双惊恐的大眼睛，张开双臂扑向她，早春放下灯，紧紧搂着侄女。

　　她不停地咳着，口中喊道："二娘，我怕！我怕！爸爸回来了！爸爸回来了！要挤着跟我们睡。"

　　早春轻拍着："梅儿不怕！二娘陪着你！"

　　秀梅这才安静了下来。早春低头用嘴吻着侄女的额头，发现她高热得厉害，就着急地大声喊："二娃，快打盆冷水来。"

　　二娃打水来后，垂手站在旁边，冻得上下牙打架，全身不住地抖着，早春用冷毛巾给侄女敷头道："你就在这儿陪着文成睡吧，别冻感冒了！"

　　二娃抱文成小便后，就陪在了他身边。早春用银戒指和药给侄女一阵推拿后，抱着她，端着灯去右边房里和自己睡。放下侄女后，她又叫醒自己两个女儿起床小便。

　　早春和衣靠在侄女旁边，纳着鞋底，过一会儿换一下湿毛巾放她头上。一直到鸡叫三遍，侄女仍高热不退，咳得满目通红，眼珠子都鼓了出来。

　　早春嘀咕道，"一般的伤风咳嗽，小毛病，救治约一个时辰就有效果。这咋还高热不退呢？"

　　她打开门，外面一团漆黑，北风将摇晃的灯吹灭了。

　　她重新点亮灯，用大棉袄捂好侄女，放背篓坐下，背着出门，打着火把对二娃说："我背梅儿去看病，你照看好几个孩子。"

　　二娃坐起穿衣道："我和你一起去。"

　　早春站在街沿边，回过头叮嘱道："这偌大个院子，就几个小孩，你还是在家看着吧！"

　　二娃挠着头，看了看身边的文成，看看早春："那你也小心点。"

　　玉兰听见声音，披衣开门探出头来，大声道："二娘，我和你去吧！"

"不用了,你关好门,照顾好你弟弟和珍儿就好了!"

玉兰只得看早春打着火把走远,才关门进房。

早春背着侄女,寒风把树吹得呜呜地叫。她一点儿也不觉得冷,她疾走得大汗淋漓,满脸通红,汗顺着脸庞不断滚落。

她急促地敲着门喊道:"杨医生,快给我侄女看看啊,她热咳得厉害。"

杨医生马上点燃灯,穿上长棉袄起床开门,一番拿脉,望闻问切后,对早春说:"这孩子得了百日咳。我开点药,熬给她喝。每天按你的方法给她推揉一次,药泡洗的方法配合着,会有效的。"

杨医生敬佩地看着早春,赞叹道:"真是大善人啊!难得啊!你对婆婆、妯娌夫妇救治,现在又对侄子侄女这么好!只是这百日咳,拖的时间会长些。"

早春抹着额头上的汗,说道:"谁摊上了,不都得这样做吗?"

"那可不一定,李家墨当年不是赶走了他侄儿吗?不是你,那孩子还不知在哪流浪呢!他能有今天,能去当兵,还不都是你的帮助。你收养的几个孤儿,在身边照顾着,就让人敬佩啊!真有李家老爷子当年的善举,让老朽敬佩,敬佩啊!"

"杨医生过奖了,我哪能和李家老爷比啊!"

早春按药方,背着侄女,打着火把在半山腰扯了药。回到屋,放侄女睡下,侄女双手抓住早春不让走:"二娘,怕,怕!"

"梅儿别怕,我去熬药给你喝。"早春将药喂她喝后,侄女沉沉睡着,她才长长地吐了口气。

她出门站在街沿上,伸着懒腰,打着哈欠:"哦,天已快亮啰!"说着就朝对门大食堂走去取红苕。

玉兰赶忙迎上来:"二娘,你一夜未合眼,我去取吧,也好顺便把鞋给永清哥送去。"

"也好,迟了他就上学去了!"早春说得玉兰红了脸,她提着提篮,大步向对门跑去。

早春进屋挑着水桶去井里打水,念叨着:"这天旱的,井水也快见底了,要长绳才扯得起来。"

她望着天,大喊道:"老天爷哩,快快下雨吧!救救这一方百姓啊!"

玉兰从食堂取回红苕后，早春已烧了一锅菜糊汤。早春盛了碗递给二娃："你们修公路快放假了吗？"

二娃喝着汤，说道："要到小年。"

早春先吃了，放下筷子，对埋头喝汤的玉兰说："你等会儿带孩子们吃，我去对面田里安排人扯萝卜、白菜分给大家。"

玉兰抬头道："我也去吧！"

"你在家带好几个孩子就行了。"

早春和杨四祥、王月莲、花鼻梁、苏石匠等人正在田里扯萝卜。

苏石匠弯腰扯起一个萝卜说："冯代表，你管理有方，虽天旱了几个月，但你注意让我们浇水，所以田里萝卜白菜照常长得这么好。"

杨四祥扯起几个萝卜甩在身后，对早春说："前几天，你在忙家里事，上级来调查你了。有人向公社反映，说你克扣社员伙食，私自让社员开小灶。"

没等早春搭话，苏石匠接话道："有人也调查了我，我说，她克扣又没拿回家。开小灶节约红苕，不都是担心明年二三月间青黄不接，没粮食怕大家挨饿吗？"

其他人也都说有调查他们的。

早春提着萝卜往外甩，问道："最后来人咋说？"

苏石匠放下萝卜，学着干部声调，左手叉腰，右手一摆道："我看冯早春同志，应对荒年的办法可以推广。她真是为社员当家的好干部啊！"

大家一阵大笑，只有花鼻梁脸红一阵、白一阵的，只顾一个人低头使劲扯萝卜。

"哈哈！"早春笑弯了腰，忙站起来向大家说道，"谢谢各位的信任和支持。"

这段时日来，大家第一次听见早春的大笑声。

中午回家时，早春没见到三岁多的侄子忙碌的身影。他平时不是玩稀泥、打陀螺，就是爬树、掏鸟窝，生龙活虎的。除了睡觉之外，一刻都没停歇过，今天咋啦？

早春寻到房里，他蜷缩在床上，"哎哟，哎哟"地叫着，捂着肚子直喊痛！

早春赶忙上前摸他肚子，似有硬块，问他："成儿，你几天没大便了吧？"

他皱紧眉头，痛苦地哭叫着，含泪点着头。

早春给他用热水蒸，用手揉腹部，又赶忙去找了些鱼腥草等药，熬给他喝。好半天，他才艰难地拉出带血的脓状异物，这让早春的心提到了嗓子眼儿，吓得魂都不在身上了，生怕有什么闪失。

早春抱着侄子，自责道："孩子，这段时间忙于你爹的事，现在你姐也病了，是对你关心少了啊！"

早春知道这三家八个人，身体都需要营养，于是对二娃说："你给每人编个小背篓吧。"

一天晚上，在灯光下，早春把孩子们叫到一起，对他们说："孩子们，现在给你们一人一个背篓，上山去拾柴、挖野菜。"

孩子们也很听话，总能捡些回来。

早春赶早和玉兰去街上卖柴，买些米磨粉、猪油菜，做给孩子们吃。

中午吃饭时，有人拄着拐棍来讨饭："行行好，赏口饭，赏口水吧！"

早春赶忙扶着老人上台阶，书华端来板凳让老人坐，早春端来自己的饭碗，递给老人："老人家，你吃吧！"老人口里念着："好人啦。"用颤抖的双手接过碗。

二娃赶忙端起碗，分了一半给早春，嗔怪道："你不吃饿病了咋办？"

早春道："我饿一餐不要紧，老人如果讨不到，说不定就要饿几餐了。"

孩子们也争着要分点给老人。看着孩子们也如此有爱心，这让早春十分欣慰，她夸赞道："好样的！孩子们！"

早春又和二娃说："你用石头码一个大灶。"又对孩子们说："你们去扯些野菜。我们做野菜酸糊糊汤，给路过的人解渴、充饥好不好？"

"好！好！"孩子们欢快地提着小竹篮，蹦蹦跳跳地上山去了。

从此，路过的人总能喝到这特殊的汤。

玉兰要把卖柴的钱给早春，早春推回去对她说："你还是留着吧，积少成多，攒了以后办嫁妆。"

玉兰红着脸，低头道："我还小哩！"

早春叹了一口气道："二娘是心有余力不足啊！你看这一大家子，你跟着二娘反而受累。

"二娘，你不要赶我走。我跟着你，这一大家，有家的温暖，我和堂弟才不孤单，我真的好欢喜。"玉兰说着，呜呜地哭了起来。

早春抬起她的脸，用袖口给她揩着泪，又拍着她的肩道："多好的闺女，我怎么舍得让你走呢！稍大点我就让你和永清成亲。"

说得玉兰低头搓着衣服，含笑不语。

隔天要背侄子侄女去医院看病，早春就将两人一起放在大背篓里，面对面坐着，怕他们受风寒，就用被子将两人捂着背。小侄儿总调皮地在里面蹦跳。

早春背得腿发软，脚发胀，两眼冒金星，饿得前胸贴后背，大冬天也大汗直流。遇上开会，早春就和二娃一起背去看。看了病回来后，二娃就一步一喘，背着走几步，歇一会儿，再慢慢艰难地背回来。

就这样坚持到来年春天，才将他俩调理好了，没有留下任何后遗症。早春发自内心地叹道，"新中国真好，如果在旧社会，穷人肯定没法看病，只得等死了！"

新的一年里，仍然没下雨，田里干得冒烟，几乎寸草不生。早春对社员们说："我们不想挨饿，就要吃苦。大家挑水在山脚下背阴处水田里栽上红苕，种上南瓜总会收点回来。"

早春就将收到的红苕、南瓜，全部分到家家户户，号召大家："哪怕天旱，千方百计也要种些菜和辣椒。大食堂也没法开火，我们只是团年才想法，通知大家聚聚。"

此后，人们就真正过上了找野果、扯野菜和剥树皮的日子。早春仍每天坚持在自家和永清家门口，分别架一口大锅，烧一锅野菜酸辣汤，帮到了朱家湾的人和过路的人们。早春让永清和孩子们，每天坚持给孤寡、体弱多病的老人们送野菜酸辣汤，让老人们熬过了那艰难困苦的灾年。

除夕那天，早春带领妇女小孩们去山脚下，找了些野菜，挖了些茅草根。男人们去深山里，意外地打了几只野兔、山老鼠回来。

大家正在食堂里忙活着，准备高高兴兴地团年。这时，公社通信员骑自行车来通知早春："冯代表，每个食堂发了两袋苞米过年，快去领吧！"

早春不敢相信自己的耳朵，以为听错了，从食堂里跑出来，又问了通信员："你说啥？"得到肯定的答复后，早春叫上杨四祥、苏石匠等人跑着去公社。

在领粮现场，公社李书记一脸自豪地对早春说："冯代表啊，我们蓬溪县，是中国共产党在四川省建立的第一个县级苏维埃政府所在地。前几天，邓小平同志回四川视察，当他了解到老区人民的生活状况后，当即打电话向毛主席汇报。

这是中央领导专门给我们蓬溪老区人民送来的温暖粮啊！

李书记又满含热泪地说道："听县参加座谈的领导们回来讲，毛主席周总理等中央领导人，为节约粮食都喝着菜米汤啊！你回去要好好宣传，党中央与人民同甘共苦，共渡难关。"

早春和人们听得哭成一团，振臂高呼："毛主席万岁！中国共产党万岁！"

早春回来后，满含热泪地向社员们复述了李书记的话，人们当即哭声一片，跪倒在地，朝着北方就拜："还是新中国好，毛主席好，共产党好啊！要是在旧社会，谁管老百姓的死活啊！"

早春含泪带头和大家一起唱了《东方红》《没有共产党就没有新中国》等革命歌曲，好些小青年也一曲又一曲地跟着唱。

早春见朱永清、玉兰两个年轻人配合默契，有说有笑，由衷地替他俩高兴。

八队的老章自制了几挂鞭炮送来，对早春说："过年了，也没啥表示谢意的，没你的善心，就没我的今天，以后你们队里过年的鞭炮我包了。"

早春道："好啊！让你破费了！"

章成怀点着鞭炮噼里啪啦地响着："炮竹一响，好运好年来啰！孩子们，放鞭炮喽！"

孩子们见有鞭炮，总是格外兴奋。这整个夜晚，一改往日的宁静，山村变得喧闹沸腾。深夜，早春久久不能入睡，她披衣出门，冰冰凉凉的东西飞到她脸上、钻到她衣领里。

早春惊喜地抬头，雪花正肆无忌惮地飞舞着，飘扬着，似银似金。她抑制不住心中的狂喜大喊："下雪了，下雪了。瑞雪兆丰年了！"

第 56 章　孩子失踪

　　清晨，早春和玉兰去山上捡拾水蘑菇，她对玉兰道："下雪了，我们幸福美好的生活就要来临啰！"

　　两年多来，几乎是颗粒无收的土地，又恢复了它的仁慈宽厚。种子在它的怀里，积聚孕育着力量，一旦遇水，就伸出头来探望。漫山遍野又是一片醉人的绿，姹紫嫣红的芬芳，又是虫鸣鸟啼热闹的世界。土地保护、温暖着希望，只要希望在，美好便在。

　　1961 年，种啥都长得好，大丰收，特别是红苕、南瓜、玉米。家家户户的地窖里都装满了红苕，屋里堆满了南瓜，墙内院外挂满了苞谷。院坝的竹竿上、树上挂满了萝卜条、萝卜叶，大家终于可以吃饱了，吃草根树皮的日子结束了。女人们争先恐后地挺着大肚子，好像是要来个坐月子比赛似的。随着一声声婴儿的啼哭，一个个脸上都洋溢着幸福的笑容。

　　年初，李书记在会上宣布："取消大食堂，人们将按原住地回归。公社为了各个队尽快恢复生产，每个队发了两头耕牛，四头猪崽，还有粮食种子。"

　　早春被任命为他们生产队队长。伍主任和李家墨他们两家，也相继搬回了李家湾。李家墨在灾年将女儿嫁给了一个年长她十多岁的人，换了一袋苞米，自家糊口，其间又生了一个儿子得病死了。许多人都说他是做缺德事做多了，遭了报应。早春替两个孩子惋惜的同时，也知道，与李家墨的较量又拉开了序幕。

　　腊月二十三那天午饭后，早春挺着大肚子，站在朱家湾原食堂门口，左手叉腰，右手举锤，一下一下地敲着钟。人们听到清脆悦耳的"当当"的钟声响起时，都朝早春跑来。

　　早春右手一摆，大声宣布道："明天开始放假。今天杀猪分肉，团年啰！"

　　人群一阵欢呼："有肉吃！有肉吃啦！"

　　早春安排道："杨四祥、苏石匠，你们去帮老何把圈里的两头肥猪牵来。永清帮忙挑水！"

她说完，就弯腰抱柴来烧水。玉兰道："二娘，我来吧！你歇会儿吧！一年到头，屋里屋外你没少操心。"就抢过柴捆去烧水了。

　　大人小孩围住杀猪现场指指点点，个个脸上都洋溢着欢快的笑容。在人群中，早春没见到李家墨，心想，他不是处处都在监督议论吗？去哪了？只见朱三七站在很远处，转动着三角眼，在注视着早春的一举一动。

　　李家墨参加铲草皮、积肥，收工后，他将朱三七叫到一起，摸着红鼻头说："她冯早春，凭啥在我们男人面前耀武扬威的？整垮她，我给在公社当干部的亲戚说，我当队长。"又指着朱三七得意地说道："我让你当副队长，粮食肉由着我们先拿，过上好日子了，你到时不就能娶到婆娘了。"

　　朱三七也是有野心的人，他想，只有借助李家墨的力量才会出头，他转动着三角眼说道："要我咋做，队长大人，请你安排。"

　　嘿嘿，李家墨得意地笑着。他拿出长烟杆，从包里拿出烟丝，装在烟锅里，朱三七献媚地摸根火柴，"刺"地划着："队长，我来给您点上！"

　　李家墨吧嗒了一口烟，惬意地吐出一口烟雾，用手拍着朱三七的脑袋："你小子挺机灵的。"又吐了一口烟雾，交代道："第一件事是监督冯早春分肉，看她有没有给自己多分的行为。我去办件事就赶过去。还有一件事是让人晚上去做。但一定要成功，成功了，冯早春就当不成干部，就是你我的天下了。"

　　说着，二人开怀大笑了起来，然后又嘀咕了一阵才离开。

　　老人们含泪拉着早春说："是你在永清家门口，架锅烧的野菜加老泡菜汤，才让我活过了灾年啊！"

　　"不然怎么还能看得见这么好的生活啊。"老人们扯衣角擦拭着眼泪。

　　早春笑答道："这不是好日子来了吗？"

　　老人们笑着点点头，又担心地对早春道："你已是身怀六甲，要注意不要动了胎气才好！"

　　"你看你这一年，也够累的，有的队男人都没你干得好。你真做到了粮满仓，猪满圈啊。"

　　"交了公社的粮和肥猪外，还有两头大肥猪分给大家吃肉。"

　　"一个人能分得好几斤肉了。"

"沾你的光了！"

早春笑着，摆手纠正道："这都是沾毛主席他老人家的光，沾政府的光啊！有党的好领导，才有我们的好生活呢！"

人们连连称是。

经众人商议，将肉均匀搭配后，由老何割肉。有人问："谁称呢？"

好多人说："冯代表，你称吧！我们相信你。"

早春左手扶着腰，右手拿着秤，找花鼻梁道："找花姐来称。"

有人答："她不是在坐月子吗？"

早春自嘲道："是的哩。看我忙昏头了。"她朝墙角处喊："朱三七，过来拿秤去称肉。"

又指着苏石匠和老杨道："你们在旁边帮忙，监督哦。"

朱三七低头木然地前去分肉了。李家墨过来时，没见到他要的结果，很失落。分肉后，他将朱三七叫到旁边，拍了下他的肩膀，叮嘱道："晚上的事，就靠你了！"说完，就郁闷地走了，同时他阴狠地斜看了下早春：我今晚让你屋里、队里出点事，看你如何收场。

有人不满道："朱三七，快来称，搞啥子鬼名堂去了。"

"来了，来了。"朱三七拿着秤跑过来。

庞婆婆关心地问早春："你预产期在几时？"

"正月间。"早春见李家墨、朱三七二人鬼鬼祟祟、神神道道的，心神不宁地答着话。她想，二人又在密谋啥呢？肯定就没好事。

肉分到家家户户后，早春记挂着队里两头牛的过冬情况，就和苏石匠、杨四祥一起并排走着去看。玉兰在身后叫道："二娘，我在永清家等你一路回去。"

"哎！"早春应一声，交代他俩道："你们一家一头牛，可要照顾好哦！那可是耕田耙地的好劳力哩！"

他俩拍着胸，表态道："放心吧！我们会管好的！"

出来后，早春又拿着肚兜去看了坐月子的月莲，才去到永清家里。玉兰正在给永清洗衣服，永清在劈柴，两人高兴地畅谈着。

早春到后，他们都停住了手里的活，玉兰搬板凳，扶早春坐下，永清倒来了开水。

早春赞道："你们配合真默契！"

玉兰娇羞道："二娘，又取笑我。"

早春喝着水，对他俩道："你们如果没意见的话，开年后就准备给你俩把事办了。"

永清腼腆地、含笑低头道："全凭二娘做主。"

早春拍玉兰的手，"你呢？永清他是地主成分，你也不在乎吗？"

玉兰低着头，红着脸说："他人善良，周围人他尽力帮，对我也很好，我不在乎其他的。"

早春将他二人的手拉在一起："那就好。"

夜幕降临时，早春和玉兰正背着肉回去，永清坚持要替早春背。在路上，玉兰对早春说："二娘，我见李家墨就不是好人，有几次去挑水，他故意捏我的手，不怀好意地看我，被我好一顿骂……"

正说时，就见二娃急匆匆地迎面跑来，喊道："侄儿侄女都不见了。"

早春着急地说："都找了吗？"

"伍主任家，珍儿家，房前屋后都找了。"

早春心里十分紧张，宽慰自己，又像是宽慰二娃道："先回去看看，说不定这时已回来了呢！"

他们一起走到伍主任家门口，就听见玉兰的弟弟王成勋和珍儿坐在地上哭。衣服棉絮甩了一地，门被上了锁。珍儿一见早春，就爬起来扑到她怀里，玉兰拉起了他弟弟。

张嘴吹又跳小脚，拍巴掌，开始了叫骂："呸，哪来的几个野种，在这里占着我们的位置。"

早春听见她骂，又气又急。联想到上半年一天，早春去开会回来，走到转弯处，有一人称是余家坝的，探头探脑向她打探侄儿侄女的情况。早春问他干啥，他说有人介绍他来抱养俩没人管的孤儿。早春左手叉腰，正色道："谁说没人管，老实告诉你！这里孤儿不止两个，有好几个哩！都是我在管！"

那人讪讪地走了，边走边嘟囔道："李家墨他咋骗我说没人管呢！害我白跑一趟。"

359

早春知道肯定又是李家墨在捣鬼，她赶忙牵起珍儿和成勋走向自己屋，让二娃摇了锁，玉兰捡了衣被放珍儿屋里。永清去早春屋里放下背篓后，就去帮玉兰捡衣服。

张嘴吹仍在叫骂，李家墨在窗户后看热闹，口里念念有词道："你冯早春侄子侄女不见了，还那么镇静地管他人的事。我就是想让你这队长当不成！到时我房子抢回来了，干部也当了。"

早春到了家，对在灶门口加柴的大女儿问："你大姐和弟弟回来了吗？"

大女儿拉着风箱抬头道："还没回哩。"

早春对二娃说："你再到杨家湾看看，我去兰花妹子家找找。"

玉兰和永清跨进门槛道："我们也去左边山下找。"

做饭的大女儿站起来。"妈，我陪你去张阿姨家。"说完对正在后面剁猪草的二女儿喊道，"二妹，你来添柴做饭。"

大女儿书华点燃火把，左手照着，右手扶早春向后山走去。到了兰花夫妇家门口，早春护着腰喘着粗气，书华就大喊："阿姨，我大姐和弟弟来您家了吗？"

当兰花夫妇知道可能是李家墨送走了俩孩子，都很气愤，兰花左手抱着孩子，右手拍桌子道："姐，我们去给你帮忙，治治李家墨。"

早春摇了摇手："算了，不想让你们掺和，他报复心重，怕以后对你们不利。"

兰花道："姐，我们才不怕他呢！要不，我给你们弄点吃的吃完再找吧！"

早春心事重重道："他俩不回来，哪有心思吃啊。"说着，就要出门。

兰花将孩子放回摇窝，去倒了杯糖水递给早春，拿了几个核桃递给书华。

早春喝了两口水，就走出门，兰花对吴亦华说："你打着火把照明，陪着姐去找孩子吧！"

早春跌跌撞撞，边走边喊："秀梅，文成，你们在哪儿，快回家呀！"

"大姐、弟弟你们在哪儿？"

他们的喊声在山谷久久徘徊，山上山下，找了许多地方，走了许多人家，都说没见到俩孩子。失望地回到垭口上，早春实在走不动了，被二人扶着，喘着粗气。早春望着漆黑的夜空，心如这呼啸而过的北风一样凉。她大吼道："老天啊，老天！能告诉我，俩孩子究竟在哪里啊？"北风带着她的声音飘向很远，很远……

早春隐隐约约听见了回音:"二娘,二娘,我们在这里!"

声音传来,他们急忙打着火把朝山下走去,梅儿背着文成吃力地走上山坡来,哭喊道:"二娘,二娘,我们回来了。"二人顺势哭倒在地上。

早春一把上前抱住了他俩:"可算找到你们了,吓死我了!"

书华喊着:"大姐,弟弟!"就奔过来,牵起了他们的手,还把核桃分给他们一人一个。吴亦华也打着火把跟过来。

早春抬起他俩的头,帮他们擦泪道:"梅儿,到哪儿去了?你知不知道二娘多担心你们啊?"

秀梅仍惊魂未定,说道:"下午,家墨大爹说,我舅舅在山下,让我们去拿东西。我们去后,是两个不认得的人,给糖和饼干让我们吃,还说二娘不要我们了。一个说要抱弟弟去当儿子,另一个说要我去给人当童养媳。两人拉着我们跑到了高峰山下,我们一直拼命地哭喊。有人认得我们是二娘的侄儿、侄女,就拦住那两人,让我们快跑回来的,弟弟跑不动了,我就背着。"

"乖孩子,以后李家墨说啥话,也不要听,更不要随便跟人走了。"

俩孩子认真地点了点头。早春背着侄儿,吴亦华背着秀梅,书华打着火把,大家一起向山下的家里走去。

到家后,吴亦华放下孩子要回去,早春对他说道:"你就在这儿吃点再走吧!"

"不了,我先回去,也好让兰花放心!"

"你等会儿。"早春忙去拿了一刀肉递给他:"带回去弄给孩子们吃!"

吴亦华接过肉:"那我也不客气了。"说着,打着火把走出了门。

玉兰和永清也回来了,几个孩子高兴地端碗吃着肉丝面。

早春背着玫瑰红布袋要出门去。她想,要找李家墨算算账,不然,今天的事还会发生。

她大步跨出门槛,将火把系在门外的枣树上,将李家墨的门咚咚地捶得山响:"李家墨,你给我滚出来!今天旧账新账老账陈账,我要跟你算个清清楚楚、明明白白。"

几个孩子听见早春的声音,端着碗,挤在门口向这边看。汪嫂和几个孩子也出门来,向这边张望。

361

李家墨缩在屋里，没吭声，连张嘴吹也大气没敢出。早春又重重地拍着门，气愤道："好你个敢做不敢当的缩头乌龟。欺负大人的账，我还没跟你算，现在连小孩子也不放过。"

玉兰站在门口，想着任妈的死，李家墨动手动脚的行为，大声骂道："李家墨，你是枉披了一张人皮，简直就是畜牲不如，你儿子还不是因你做缺德事做多了，报应在他头上了？现在你还死不悔改，要赶走我们兄妹，锁了珍儿的门，送走二娘俩侄子侄女不说，还到处说二娘不管他们！真是太缺德了。坏事做多了，小心迟早要遭报应的！"

汪嫂也叹道："人心都是肉长的，没爹没娘的孩子本就可怜，这样做也是不该啊！"

李家墨仍不出来。早春从玫瑰红布袋里摸出两摞遗书——任嫂、李家才写的，大声道："李家墨，你有种，就永远别出来，我现在就把任嫂和李家才指控你的罪证，留下的遗书，拿去交给公安局。我就不相信整不倒你！我让你去坐牢。让你子子孙孙都抬不起头来。"

她故意拿着两摞遗书，到李家墨的窗户前摇晃："你要先看一下吗？"

李家墨从窗户缝里只看了一眼，就三魂吓跑了两魂："复仇的遗书"几个字赫然在眼前，分别是任嫂和李家才的名字。他"吱呀"一声拉开门，跳出来，伸手就朝早春手里抢。

张嘴吹和三个儿子趴在窗户上张望。

早春眼疾手快，赶忙装进了布袋："你想拿去毁了它！没门！"

他还要上前去抢，早春已抬起了右脚。李家墨早前在水井边挨的那一脚还心有余悸，只得垂头丧气地抱头蹲在地上，声音如蚊虫般："你想怎样？"

早春左手扶腰，右手指着他道："我要怎样，那要你的行为来决定。你先回答我，你把我俩孩子弄哪儿去了？"

李家墨垂着头道："不是我！是他们自己走丢的。"

早春转头向自家门口喊道："文成！梅儿来说说！"

李家墨见俩孩子出来，瘫坐在了地上。

早春又招手："珍儿来！"

淑珍也跑了过来。早春从地上捡起一块瓦片，往院坝一扔，瓦片立即砸碎散开一地。

　　她狠狠地指着李家墨道："如果这三个孩子有啥闪失，我让你李家墨一家就像这块瓦片一样，四散分离。"说着她又拍了拍玫瑰红布袋："再说，我会将这两份材料放到安全的地方。如果我和我这一大家子有啥事，自然会有人找你！我不去告你，不是怕你，是不想给你孩子们留个有个劳改犯爹的骂名，让他们抬不起头来。"

　　李家墨想赶走几个孩子的计划又失败了，他灰溜溜地进了门。他把希望寄托在朱三七身上："你个龟儿子，一定要给老子整漂亮了哟！"

　　汪嫂过来劝道："你这大月份了，不要伤了身体。"

　　早春牵着孩子，让他们进门，对汪嫂说："他李家墨做事太过分了，我能不急吗？"

　　"在干啥，院里灯火通明的。"伍主任过来问道。

　　早春答道："正找人算账！"

　　二娃去右边杨家湾找人，杨主任、万婆婆、章成怀等人也跟来关心询问孩子的下落。

　　玉兰迎出来，给伍主任讲了晚上发生的事。

　　章成怀道："李家墨也真是太过分了！"

　　早春却把永清、玉兰拉到旁边，说道："看来你和永清的婚事要提前办了。不然怕李家墨再整出点啥事来。"

　　她又向众人道："择日不如撞日，明天小年正好！他们都是孤儿，我明晚请大家给他们做个见证，给他们把婚事办了。"

　　伍主任赞早春道："这俩孩子在你的照顾下，长大成人，现在你又帮忙成就了一段好姻缘，好人啊！行！我一定去。"

　　章成怀道："好啊！鞭炮我包了！"

　　早春终于长长地舒了一口气，手一扬道："请大家都到我屋里吃肉丝面吧。"

　　正在大家围桌子吃面条时，对门山上火把游动，人声嘈杂，有"抓偷牛贼"的声音传来。早春放下的心又提了起来，慌忙站起身，要去看。

363

第 57 章　秧苗被盗

大家听到"偷牛"的叫声，都不约而同地站起来，伍主任"嘭"地拍桌子，气愤道："胆子也太大了，敢破坏耕牛。"

杨主任按早春坐下说："你这么大的月份了，我这个治保主任在这里。你在家等消息吧！"又叫道："老章和永清随我去看看。"

他们走后，玉兰和书华扶着早春走下台阶。早春瞥见李家墨拿着烟杆出来，把烟抽得一灭一闪的，他得意地看着早春："耕牛被盗，你这个队长还有脸当下去？"

早春狠狠地瞪了他一眼，去转角处竹林旁眺望，她大吼道："千万不要让贼人跑了。"苍茫天地间，夜色裹着北风，从山顶呼啸而下，卷着黄叶，挟着尘沙，也发出呼呼的怒吼，咆哮在山谷间，好似对奸人的警告。

不一会儿，章成怀打着火把，和杨主任气喘吁吁跑过来。

早春急问道："咋样了？"

杨主任擦了把脸上的汗："你放心吧，得亏有你交代，老杨和老苏都防范得好，牛没事了。只可惜，让贼跑了。"

早春长长地吐了一口气，握紧杨主任的手，感激地看了老章一眼："辛苦你们了！没事就好，没事就好！"

在早春后面不远处的竹林里，李家墨听后，脸色由得意转为愤怒："好你个朱三七，成事不足，败事有余的东西。"将烟杆往竹子上狠狠一磕，见早春一行人也走来，就背着手落寞地回了家。

原来是李家墨让朱三七去偷牛时，被老杨发觉，他又转向老苏家。结果老苏大喊着"抓贼"，就追了出来，追得他没处躲藏，情急之下，钻到了在半山腰的花鼻梁房间，躲在她床下，追赶的人们才没找到他。这是许多年后，这还是朱三七自己讲出来的，这是后话。

腊月二十四的晚上，早春拿出以前做的一对枕套、被套，给永清和玉兰二人赶制了当时时兴的阴单布衣服做新衣，带着玉兰和她的弟弟到永清家。

晚宴上永清和玉兰道："谢谢二娘！谢谢叔叔们！我和弟弟定不忘大家的恩情。"说着一起给大家鞠躬。

早春端着酒杯，对苏石匠说："你不是喜欢成勋和玉兰吗？让他们拜你做干爹行吗？"

"好啊！"两人也灵活，倒头就拜，亲热地叫起了"干爹！干爹！"

永清和玉兰心里清楚，早春是在给他们找保护伞，防止李家墨、朱三七等人伤害到他们。

春节后，早春生了三女儿，快满月时，大队陈书记和伍主任上门来看她。见领导上门，她就赶忙倒茶让座。

陈书记喝着茶，对早春说："冯代表，你把队里工作抓得很好，年底有粮有肉，群众都很满意。我们已上报你作为劳模，公社给予了表彰。可九队去年不仅缺粮，还一点儿肉都没分给社员。工作落后，群众意见大。经大队研究，决定让你去那边任组长，抓工作。"

李家墨提着桶端着糠，故意去给猪喂食，站在猪圈里听见后，心中一阵窃喜，摸着红鼻头嘀咕着：莫不是我给公社当干部的亲戚说后，将早春赶走，让我当队长？又竖起两个招风耳听。

早春摇摇窝里的女儿，纳着鞋底说："领导安排，我服从。只是我更关心我们队里，谁任队长。"

陈书记道："我们想在苏石匠和杨四祥中选一人，你认为谁适合？"

李家墨听到这话，红鼻头的汗都冒了出来，把猪圈里的猪打得嗷嗷叫，在圈里乱跑。心想，我那亲戚，未必没给陈书记打招呼？看来，我还得下力再去找，好在冯早春不在队里了，接下来就好办多了。

早春心想，只要不是李家墨和朱三七就成，笑道："领导考虑得周全，他俩选谁都能胜任。"

那年年底时，早春和二娃带着孩子们，牵着八头肥猪去街上卖后，早春把钱给二娃说："你去银行还家才他们欠下的钱，我给孩子们买了新衣服，在面馆等你一起吃面。"

365

孩子们吃面后，早春说："你们给坐诊的外公端碗肉丸子面条送去吧。"

"这么滋润，家里有肉，街上也有肉。"苏石匠穿着青色棉袄，腰间系根青黑色腰带，头上包条黑色的头巾，背着夹背，羡慕地说道。

早春笑道："我请你吃！"说着叫食店："再来一碗面，二两肉"。

苏石匠也不客气，坐下来，秃噜秃噜地大口吃面，对早春说："你去九队任队长，工作抓得有声有色。年底社员有肉有粮的，唉！可我们队里，你也听说了，就不太平了！杨四祥当了三个月队长，猪被闹死了两头。大队又让我接手，可李家墨、朱三七和花鼻梁从中捣乱，天天吵闹。我也不是他们的对手，斗不过他们，就自动辞职。上级派人来，不到两个月就走了。由于公社领导有人替李家墨说情，大队陈书记碍于面子，只得让李家墨当队长了。今年年底不仅分不到肉，粮食都成问题了。"

早春盯着他道："你就不应该放手，应该和他们斗下去。"

苏石匠放下碗筷，手背擦着额上冒出的汗珠："我哪有那能力啊！也只有你才能斗过他们。我和杨四祥等人，准备联名向公社反映，强烈要求你回来！"

早春摇手道："别，别，别。你上次也看到他送走孩子的事和偷牛事件，如果我回来，他以为我抢了他的干部，指不定又要弄出些啥事来呢！"

苏石匠背着夹背，摸了摸头巾，对早春道："你可是人大代表，不能只顾你有粮有肉吃，一家人过好日子哦。如果他李家墨公正无私，一心为百姓，像你那样搞得好，我们无话可说。"

早春盯着苏石匠的背影，叹道："唉，他和杨四祥都是有能力的人，只是属于独门独姓的小姓，又加之李家墨干扰，想为社员们当好家，也难啊！"

早春是在插秧的季节才被调回来，任他们队的副队长，免去了朱三七副队长的职务。

太阳炙热地烤着大地，树叶耷拉着头，田里的水散发出恼人的水蒸气。蝉和蛙的鸣唱像比赛似的，叫得人心烦。吃中饭的时间早过了，可还不收工。人们闷不作声，懒洋洋地半天才栽一把秧。男社员们挑秧过来后，也挽起裤子下田来和女社员在田里栽秧。

队长李家墨背着烟杆，站在田埂上，手指着田里，趾高气扬地说："我去秧田里看看，你们栽完这块田，才能收工啊！"

太阳照着李家墨粗短的背影，烟杆在他屁股后面一跳一跳的。苏石匠不满地大声喊道："还有脸看秧，估计要缺一半秧苗咯。"

大家看李家墨走远，也纷纷站起身，伸起了懒腰。这时，田里马上就热闹了起来。大家你一言我一语，向早春发泄着心中的不满。

"冯代表，你还不知道吧！今年的秧苗，让李家墨搞废了！"

"你看他干活没规划，效率低。你冯代表任队长时，什么时候把大家饿得前胸贴后背？别队上工，他还不收工！"

"你看，田只栽了一半，秧苗就没有了！"

"要是在你手里，万万不会出这样的事。"

早春弯腰边栽边退，把水踩得哗哗响，说道："李家墨种田还是很内行的，不应该出现这种现象啊！"

"他是只对自己家的上心。"

"只想着占集体的便宜，私心重的人能干得好吗？"

"上级明明说是荒坡变青山，他估计是开会打瞌睡了，硬是让我们砍树要青山变荒坡，当时如果不是你冯代表制止了他，那片山坡上的桑树就被祸害了！"

"他把牛都分给和他有关系的人喂养，牛走路都歪歪扭扭的，咋耕田？"

"继续让他当队长，指不定把队里搞成啥样。"

"冯代表，还是你公正，我们还是希望你当队长。"

早春右手快速在左手分秧后，栽下去，回答众人道："你看我那一大堆孩子，年底辞职安心出工照顾家啰！"

王月莲气愤道："我怀疑队里猪死，都是他李家墨闹死的啊！目的是，谁当队长，他们把谁整垮，就想着当队长，到队里挖个金娃娃。"

苏石匠直起身，手里拿着秧苗道："冯代表，我还是那句话，你不要只顾你有肉吃哦。这个队里，还只有你才能抓好。"

又有人道："冯代表，你还不知道吧！李家墨、花鼻梁、朱三七，他们之间就是不清不白，猫腻儿大着呢！"

早春直起身，果真没见那二人的身影。她听着大家的议论，想着大队陈书记、伍主任他们让她回来任副队长，就是有要监督李家墨的意思。

这块田栽完后，大家都上田埂，洗脚穿鞋回家。太阳正发出火辣辣的光，布谷鸟正"布谷，布谷"地叫得欢。

早春在田埂上割了一背篓柴草，背着就绕道去看了秧田。一见那秧田，真就像癞子头上长的毛，东一根西一根的。她心想，就近的几个队的队长，都不会理睬李家墨，有秧别人都不会给他。你李家墨不是想当队长吗？看你怎么办？懒得理你，就让你出洋相。但转念一想，自己是副队长，是党员，是人大代表，要对队里社员、对上级负责。田里秧栽不下去，不说老百姓没米吃，完成公粮都够呛！她气李家墨对队里不负责任的同时，也深深地担忧着。秧苗不够，意味着田将空着，"人误地一时，地误人一年啊"。

她背草回来时，见李家墨蹲在街沿边上，吧嗒吧嗒在抽烟。她内心很厌恶，很反感他，一辈子不和他讲话都行。但为了秧能栽下田，早春还是想和他商量，便将背篓放在门口，将草倒出晒在街沿上。侄女秀梅见状，叫了声"二娘，回来了"，就把背篓提了进去。

早春回答了侄女梅儿后，就硬着头皮走到自己门口的枣树前，对李家墨道："队长同志，秧苗不够，我想和你商量下，去找人帮忙用谷换些回来⋯⋯"

李家墨没抬头，用烟杆在街沿石板上磕着烟灰，傲慢地打断早春道："有我这个队长负责，要你管？"

他的话差点没把早春噎个半死。早春热脸贴了个冷屁股，本想回击他两句，话到嘴边硬是咽了回去，跟这种人真是没话可说！于是就转身，大步跨进了门槛，深呼吸了两口。她在外无论受多大的气，都不想板着面孔面对孩子们。

秀梅正在烧火做中午饭。早春见一岁多的三女儿在摇窝里睡得正香，就着笑对秀梅道："你三妹睡了，他们仨放学还没回来？"

秀梅拉着风箱道："他们都去割猪草了！"

早春蹲下身剁猪草，用簸箕装着菜，桶提着糠，"啰啰"地唤猪来吃食，猪欢快地叫唤着向她跑来。看着猪圈里的两头母猪，几头半大猪崽，她想："我和我家人过上好日子才是最重要的。"这时，所有的不快都烟消云散了。

她又去推昨晚泡的豌豆，准备做凉粉给孩子们吃。一进房门，见包袱吊在缸上，豌豆推了并过滤了出来。早春感到很宽慰，侄女这孩子太懂事了，让人心疼，就责怪道："梅儿，你还小，二娘不是让你不推磨，等我回来推吗！"

秀梅轰轰地推拉着风箱："二娘十岁能养家，我也十岁了，二娘那么忙，我帮忙分担点家务是应该的。对了，二娘，淑珍妹妹的面粉，以后你也不用担心了，我和她一起推。"

孩子们渐渐大了，也懂事地帮她分担，让早春十分欣慰。早春赶忙舀了水倒入锅，侄女夹火过来，烧燃了灶里的柴。早春舀来豌豆浆，左手倒浆，右手拿长筷子，顺一个方向在锅里搅拌着。火光映红了秀梅稚嫩、红扑扑的脸庞，她高兴地说道："二娘做的凉粉，我最爱吃了。"

早春手不停地搅动，慈爱地看着她："现在条件好了，那我经常做给你们吃。"

早春将凉粉冷到盆子里，又去取了块腊肉来炒四季豆。做好这些，她就出门去摘花椒，来做凉粉的油辣调料。看到有过路人在摘自家树上的桃子吃，早春没吱声，但听见三个孩子在喊："你们不许偷我们的桃子。"等早春摘了花椒，孩子们已走到近前，她语重心长地说："孩子们，路人摘一个或两个水果吃，他们并没有装在荷包里带回去，是不是？"

三个孩子手背擦着额上的汗，点着头。早春说："这就不叫偷，他们只是渴得慌或饿得慌。"

"那他们一人摘一个，我们不是没有了吗？"

"他们只摘了手够得着的，高处不是还有很多吗？一人吃了不留名，大家吃了才满堂香哦！"

"您不是让我们不拿别人的东西吗？"

"是的，不是自己的坚决不能要，自己挣钱买的用着才光彩，吃着才香啊！这就叫严于律己，宽以待人，懂吗？"

孩子们点着头，一起背着背篓从后门进来。二娃从水渠工地回来，也捡回了一大捆柴。

文成放下背篓，吸着鼻子，闻着香味，惊呼道："太好了！又有凉粉，又有腊肉吃。"

他赶忙跑去饭桌上，伸手抓了一块腊肉放口里嚼。

早春嗔怪道："慢点，别噎着。"又装了一大碗凉粉，递给书华说："把这给你汪婶端去，喊你淑珍姐一起来吃凉粉。"

大女儿双手捧着碗，蹦蹦跳跳走出门。

这时，有人在门外叫："冯代表，帮我看下牙疼哟！"

早春去帮忙看，侄女就给来人倒来一碗水。看病后，早春还盛了一碗稀饭，递给来人说："吃点，走回去也有力气些。"

来人不好意思道："让你看牙疼没收钱，还供饭……"

早春劝道："现在条件好了，不就是一碗稀饭吗？"

那人双手接过碗喝着，眼角有晶莹的泪珠一同滴进了碗里。

晚上收工，早春去九队窑厂卖柴草时，知道秧苗有多的，就找新上任的王队长商量。王队长说："这些秧苗，不都是冯代表你种得好，才有多的吗？多出的秧苗都给你。"

第二天，天不亮早春去街上卖菜，二娃去卖竹编。她给父亲端去热气腾腾的面条时，见李家墨和朱三七正揩着满嘴的油，高昂着头，从馆子里面出来。

回来后，太阳已冉冉升起，上工钟声响起，她给李家墨打招呼后，就叫上杨四祥、苏石匠等人去九队扯秧苗。

几个人有说有笑，走了一段路，就听身后杨主任在喊她："冯代表，我们有事找你！"

早春转身一看，还有两名公安干警、六队的队长站在杨主任身边。早春只得对苏石匠说："不知啥事，我去看看，只得辛苦你们先去扯秧苗了。"

早春快步走上前，盯着杨主任问道："杨主任，啥事啊？整得这么威严？"

公安干警道："我们找你们的组长李家墨，他说他肚子疼，拉肚子，病了要去休息，让找你。"

早春想，刚才李家墨都好好的，莫非早上去面馆吃多了？他葫芦里到底卖的啥药呢？

他们边说边走向早春的家，早春赶忙搬了板凳让他们坐，头朝左喊："梅儿，帮忙倒点水来。"

杨主任对早春道："六队的秧苗不见了，他们举报说是你们队的人偷了。"

早春虎着脸道:"这偷盗的帽子岂能乱扣?我还说他们是栽赃陷害哩!"

两位公安问早春:"你们队缺秧吗?"

"缺啊!不能因为我们缺秧,就说是我们偷了吧!"

这时秀梅给每人筛水端来,六队队长将水一饮而尽,揶揄道:"你冯代表的人品我信得过,你肯定不会偷。"指着李家墨的门:"可李家墨就说不好了。我就信不过他。"

早春也指着李家墨屋那边道:"你没听说他病了吗?如果按你说的偷了你们的,这会儿田里应该有秧,我犯得着让人去九队扯秧苗吗?"

早春这一指,李家墨躲在窗户旁转动滴溜溜的小眼珠,果然向这边张望。

公安人员站起身说:"冯代表说的有道理,我们在田里,房前屋后也看了,确实没见秧苗,口说无凭,我们先回去了。"

六队队长拦着他们,脸都急红了:"求求你杨主任,公安同志,你们不能走啊。"

公安同志说:"我们没证据,在这儿干着急也没意义呀!"

六队队长见他们走了,就捶打着旁边的树,带着哭腔道:"我没秧苗栽,可咋办呀!"随即又愤怒地朝李家墨的屋喊道:"李家墨,你有种就别栽秧,从明天开始,我天天去你田里看着,我的秧我认得,别想蒙混过关。"说完,就跑去追杨主任他们了。

早春挑着担子出门,走到转角处,这时去九队扯秧的人,已经一人扯满一担,回来了。

早春见状,笑问大家:"哎,你们不把秧挑去田里,来我这里干啥?给队里干活,还要我请你们吃饭不成?"

这时,王月莲挑着担子,走过来和早春耳语道:"六队的人说的是真的。昨晚半夜时分,李家墨、朱三七还有花鼻梁等人,他们去敲了地主、富农的门,让去六队偷秧。我们不去,他们说,不去就拉了斗、打。还说我们不听队长安排,以破坏生产罪,要被弄去游街。你不晓得去年好多人被他们拉去斗,打怕了,只得听他们的。"

"那秧苗呢?"早春气得猛捶旁边的树,问道。

"秧苗挑回后,又不敢去放田里,就藏到一棵树下,用草和树枝遮起来了。"

"他倒还会藏，难怪刚才公安找不到。"早春气得又"咚"地捶着树，喊道，"好你个李家墨，成事不足，败事有余。好事自己揽，干了坏事就推给我。真是可恶！可恨！"

苏石匠和杨四祥劝早春道："冯代表，我们当组长时，没事他找事，没少为难我们。现今他带人偷秧，我们一起去举报他，这是收拾他李家墨的好机会。"

早春捋一捋额前头发："不忙！"

大家睁大眼睛，不解地惊问道："啥？他这种坏得流脓滴水的人，你还想原谅他不成？"

第 58 章　打更巡查

早春手指每个人肩上挑着的满担秧苗，又指指天上火辣辣的太阳："你们想晒死这些秧苗不成！"

大家笑着，把秧苗挑去放田里后，一起向大队走去，向杨主任和公安举报了李家墨半夜带人偷秧苗的事实。

公安抓了李家墨，队里大快人心，人人拍手欢呼。大家在田里哗啦啦踩水栽秧，速度快得惊人，对早春说："我们还推荐你当队长，这样节假日，你也可以放假，让我们去高峰山、蓬溪县城玩一玩了！"

"你们休想！看老子不一个个整死你们！"闷雷一样的声音，震得田里栽秧的人木偶一样地定在了那里。是李家墨被放了回来，仍任队长。

李家墨摸着红鼻头，得意地训斥大家道："咋样！敢和老子斗，你们还嫩了点。我是事出有因，也是为了集体能栽上秧，只被批评教育了两句，就放回来了。"

刚才还兴高采烈的人群，如暴晒下的树叶，全焉了，又没精打采地栽着秧，脚踩在水里也没了声响。只听得蛙叫蝉鸣让人心烦。

李家墨又借故一个个揪斗整打看不顺眼的人。张嘴吹又开始走进走出，拍巴掌、跳脚、吐涎沫地叫骂早春……

队里如笼罩在夏日的狂风暴雨中……

冬天的傍晚时分，早春一家人正在灯光下吃饭，永清在台阶前，着急忙慌地喊："二娘，玉兰要生了！"

早春和庞婆婆帮玉兰接生后，出得门来要回家。永清打着火把要送，被早春拦回去了："你快去照顾她们母子。"

早春接过火把，如释重负道："永清啊，我可算没负你父亲朱保长所托啊！"

她想着老何的腿疼，药酒估计要用完了，就朝他家走去。这时老何迎上早春，小声道："冯代表，我已等你多时了，我有事要跟你说。"

火光映照着老何满是沧桑、冻得发红的脸。他戴一顶棉帽，穿一件长棉袄，因冬夜的寒冷,两只手揣在衣兜里,站在树下,原地左右跺着脚,一条有点残疾的腿,有点不协调。早春关切地问道:"老何,天这么冷,也不怕冻感冒,是很急的事吗?"

"是保管室的事,早一点儿跟你说,也许队里的损失会少一些。是因为李家墨到仓库时,总是把所有衣服包包,都装满粮食拿回去。我劝说了他两句,他心中有恨,就让朱三七换了我,去管仓库。我倒不是他换了我有意见,而是觉得他们两人,每天都这样把集体的粮食装回去,明年队里的社员二三月间度荒的粮就没了。你还是要管管才好!"

"太可恨了。"早春捶着旁边的树,又问,"他们一般是啥时拿的?"

老何打着喷嚏用衣袖擦着鼻子道:"我观察了很久,李家墨估计是害人的事做多了,不敢一个人半夜出门。多半都是中午和傍晚收工后,人们都回家吃饭时。"

早春拍着老何的肩说:"老何,谢谢你对我的信任,你看你都冻感冒了,早点回去休息吧!我会想办法,守住队里的仓库,社员的粮食的。"说着,扶老何回家,又从包里拿出治寒腿的药酒给他:"你用完了,我再给你送来。"

老何道了声"谢谢",用手接过药酒,又叮嘱早春道:"你不能说是我说的,我老了倒不怕,只是怕他们报复我那几个孩子。"

早春安慰着:"你放心吧!你也是为大家好!我不会让你家有事的。"

早春见老何进了门,就去找苏石匠和杨四祥两人商量对策。

第二天上工钟声响起后,人们都向田里走去。苏石匠大声说:"队长,副队长,我们这几天总丢鸡丢菜,又加上过冬了,还是安排人打更巡查下吧!"

李家墨脸阴得要拧出水来,吼道:"就你屁事多!"

杨四祥也大声附和道:"我也和苏石匠有同感,我同意!"

王月莲等人也大声附和着:"我们同意。"

"你们反了,地主分子不怕被我抓去斗?"李家墨急得鼻子更红了,两只招风耳也格外醒目,"我是队长还是你们是队长?"

朱三七、花鼻梁等人也帮衬着他:"应该听队长的。"

早春手一扬,大喊一声:"队长也应该尊重多数人的意见不是?"

苏石匠带头大喊:"少数服从多数,少数服从多数。"

李家墨小眼珠滴溜溜地快速转动着,不满地看了早春一眼,恨恨道:"安排打更巡查可以，不会记工分。哼！有人愿意吗？"

早春手一扬，笑喊道："谁愿义务巡查，报名！"

我，我……苏石匠、杨四祥等人都报了名。

朱永清"我"刚出口，李家墨挖苦道："地主儿子也想？我怕你搞破坏。"

早春道："这些年，他帮孤寡老人挑水，困难时期拾柴架锅，熬老泡菜汤给队里人喝，还帮人帮猪看病，做了不少好事。大家同意他巡查不？"

"同意！没意见！"

此后，队里早中晚响起了"防火防盗"的敲锣巡查声。

早春打更巡查的计谋，让多数社员欢喜，却断了李家墨等人的财路。他不甘心，对朱三七耳语着。

这天夜里，朱三七拿着一袋米来找早春说："冯代表，这是我们孝敬你的。能不能取消打更，吵得瞌睡都睡不着。家墨队长说了，以后有好处，我们几人平分……"

没等他说完，早春指着他吼道："你们不要拿着社员的粮食来送人情。请拿回去吧！我也奉劝你少动歪心思，多干好事。不要搬石头砸了自己的脚，后悔就晚咯！"

朱三七背着米，灰溜溜地走了，李家墨在街沿上吧嗒抽着烟，听着早春的话，气得咬牙切齿：你敬酒不吃偏要吃罚酒，我就不信整不垮你冯早春。

李家墨让张嘴吹天天在屋里屋外骂的同时，又找了个在干活时骂早春的人。他想，我让人骂服你。

第二天上工钟声响起后，李家墨喊："今天铲草皮了！"

在山坡上，早春和汪嫂一推一拉着锄头铲草皮，远远地就见李家墨和花鼻梁在嘀咕着啥。

花鼻梁上山后指着早春，就污言秽语地谩骂开来。

早春左手拿锄头，右手指着她："花鼻梁，你为啥要骂我？""我骂你又怎样？""你骂人总得有个理由啊。""你是屁啊。"

早春拿锄头，用力往地上一挖："花鼻梁，我帮过你很多。你不要不知好歹，见利忘义，像条狗一样听人使唤。更不要像条疯母狗，见谁咬谁。"

花鼻梁反而叫骂得更凶："我就咬你了，咋样？"

早春黑着脸说："花鼻梁，我再警告你，你如果再骂，你不要说我绝情。"

"你不是队长，有人给我说了的不需要怕你！"

"骑驴看唱本，我们走着瞧！"早春就闷头干活，让她骂。

王月莲对早春小声嘀咕道："这个没长脑子的蠢货，只不过是李家墨让她当了妇女队长，把她当了枪使而已。一次两次让她显摆显摆，给指使她的主人交交差也就算了。结果花鼻梁不休不止，没完没了，天天上工都叫骂，真是对主子忠心耿耿啊。"

早春淡然一笑，说："我不理她，只当是她在自骂自话了。"

花鼻梁听了李家墨的唆使，骂人后的好处是安排她干棉花匀苗、整枝、锄草等轻松活。背、挑、扛的重活，都安排早春等人去干。

一天，花鼻梁在长得高大茂密的棉花田里整枝。李家墨进田来，摸着花鼻梁的胸，得意地说："去他妈的，冯早春说什么棉花也有公苗、母苗，这不，照常长势喜人吗？"

花鼻梁揪了李家墨的红鼻头，嗲声嗲气道："我没给你丢脸吧！"

李家墨说着："你听我的就没错。我会给你很多好处，有可能的话，把冯早春骂得自动辞职，我任命你做副队长。咋样？"

花鼻梁摸了一下李家墨的招风耳，温言软语道："人家听你的还不成吗？"

这声音让李家墨骨头都酥了："只要你让老子满意和舒服了，肯定兑现我的承诺。"说着忙不迭地顺势将花鼻梁按倒在棉田里……

公社组织各大队技术员进行棉花生产检查。徐副书记指着长势喜人的棉田问："这是谁负责匀的苗？"

花鼻梁以为要表扬她苗匀得好，撅着屁股快步跑上前，嗲声嗲气地说："徐副书记，给您汇报，是我，是我匀的苗。"

徐副书记瞟了她一眼，对着技术员说："你分析分析这块棉花田的现状吧。"

公社技术员下田去，将那又高又长的棉花，扯了一株起来，面向众人扬了扬说："这根苗纯粹是公苗，它永远是直长，不会开枝散叶，更不可能开花长棉桃。"

又指了指田里，有的棉花上盛开的花、长出的蕾："你们大家看，是母苗的都长有很多桃子了。唉！可惜了这块田，可能要减产一半了。冯代表当队长时棉花可是全公社第一，今年咋这样呢？"

听技术员分析，花鼻梁吓得全身如筛糠般地抖着。

徐副书记问："冯代表，你不是这个队的技术员吗？为啥不指导！"

早春走向前，一脸无辜地答道："他们都不让我参与，我有啥办法。"

花鼻梁再听早春一说，心想，这下完了，骂了她这些时日，这下是她报复自己最好的机会了。不把我弄去批斗，整得半死才怪。

花鼻梁用求助的眼光望向李家墨。

徐副书记指向李家墨说："你为什么要让不懂技术的人匀苗，现成的技术员不用，是何居心？你这干部是怎么当的？"

花鼻梁见李家墨摸了一下红鼻头，指着她说："她说她以前跟冯代表学过，会匀苗啊。"

花鼻梁没想到这个李家墨会这样说，跌坐在了地上。

徐副书记指着花鼻梁，气愤地说："乱扯苗，简直乱弹琴，是要搞破坏吗？你可是挂了号还没取消呢！又犯错，将她带走关起来。明天拉去游街！"

花鼻梁全身抖得更厉害。李家墨也恨恨地看着她："你不是说你会匀苗吗？不懂装懂！"

这时早春赶忙说："徐副书记，请允许我说一句话。"

徐副书记点点头："冯代表，请讲。"

早春看了花鼻梁一眼，花鼻梁眼里露出了绝望的表情，口中喃喃自语："这下完了。我是自作孽不可活，你做得出初一，就别怪她做得出十五了，早春终于等来了报复我的时机了。"她趴地上抖个不停。

队里人也小声议论，这种不知好歹的人，是该拉去好好斗了。早春本想报复花鼻梁，又想她没参与李家墨去仓库拿粮，只是想当干部，被李家墨利用而已，就看了眼李家墨，故意干咳了两声，"徐副书记，我看啦，"早春手指花鼻梁，"这个错，不该她负责。"又指李家墨："该他队长负。如果队长不同意、不安排她，她有这个胆量去匀苗吗？"

花鼻梁不相信地看着早春，眼里有泪光闪动。

徐副书记沉默了一会儿，说道："冯代表说的也有道理，暂不带她走，好好调查，要排除她没有故意破坏生产的嫌疑才行。"

徐副书记指着李家墨道："你要写出深刻的检查，在全公社广播上检讨。尽快想出补救办法，否则我免去你队长的职务。"

领导们走后，队里人也要走。早春手一扬，大喊道："就这样走了？"

有人不满道："你冯代表以德报怨，大好人，老好人。对天天骂你的人，都能放过。怎么？反悔了？"

早春仰起头，看着树荫下斑斑点点的太阳光，在风吹动下，在地上不停地跳跃。她将一抹额前头发，不紧不慢地说："队里的事，关起门来队里解决。不让带去斗，没说不处理。"

又有人说："你又不是队长？有这个权力？"

早春拍着胸："我是人大代表，县里、公社好多事，我都可建议，队里的事更能管。"

李家墨恨恨地看着她。早春不依不饶地投去愤怒的目光："希望大家下田去，把所有的不长桃子的棉花扯出来，计算下损失是多少。队长咋啦，他应带头让队里人过上好日子。这减产了，交公后还有棉花分给社员？大人小孩能有棉衣棉裤穿？"

苏石匠等人带头下田，扯起不开花、不长桃的公苗。

早春指着李家墨："说吧，怎么补救。"

李家墨低头不语。早春道："你不说，我给你出招，你和花鼻梁买来迟苞谷种子、红豇豆，我和队员帮你把不长桃的公棉花扯出来。三天之内，你们必须点下去，否则，以破坏生产罪上告你们。"

苏石匠停下手里的活，带头举手喊道："同意冯代表的意见，交钱买种子。"

大家又不满地嘲笑道："花鼻梁喜欢公的，全留公苗，应该她扯才对。"

花鼻梁诚心道："我记住大家的情，大家帮帮忙吧！我出种子钱，我点种。"

李家墨道："我自己去买种子。"

早春手一摆道："那不行，交现钱来，你糊弄我们咋办？"

大家举手大喊："交钱来，交钱来！"喊声在山间久久回荡。各种鸟叽叽啾啾地叫着，也像在附和着大家。

李家墨极不情愿地拿出了钱。早春道："苏石匠和老杨接钱买种子回来，其余的人一起扯公苗啰。"

李家墨怕上告后被免职，硬着头皮去完成了播种任务。

当天晚上，花鼻梁带着礼物去给早春赔不是，千恩万谢说"如果不是冯代表你帮忙，我现在已经在窝棚挨斗了！"

她露出一副可怜相，说道："李家墨说我不骂你，不仅不让我当妇女队长，还要弄去斗。"

早春说："带礼物回去，以后多长记性，站稳立场就好。"

李家墨损失了钱，又做了检讨，他不找自身的原因，反而把所有的账都算到早春身上。他指使他的孩子打李二娃和文成。秀梅、书华几个孩子们也不服输，有一次张嘴吹在骂人时，她们出去摔石头把她狠狠打了一顿。后来，以大队调解双方互出药费收场。早春想：要想家人过上好日子，平安无事，只得冲出李家墨的包围圈。于是给大队申请，想搬到原跑马场山下去建屋。

第 59 章　猪牛冻死

李家墨知道早春想去跑马场旁建新屋后，心想：你冯早春想独门独院去过好日子，做梦吧！他就以给两个儿子娶媳妇要分家为由，给大队申请要去那里建屋。

陈书记他们给早春做工作说："你孩子还小。他反映的是事实，肯定优先考虑他。再说，他搬走了，也许就好了。"

李家墨整天乐呵呵忙于在现居地旁边扩宽房屋，在水井两百米处建新房，给两个儿子操办婚事。

朱三七在这期间也如愿结婚，和早春家确实相安无事了一段时间，队里也少了批斗。李家墨在心里仍在筹划着对付早春的办法。

冬季队里的农活忙完后，水库建设开始了。在安排劳力时，李家墨总觉得早春在家碍着他的好事，就要支走她。他阴着脸对早春说："你是人大代表，又是党员，好多人都听你的，我看还是你带人去工地吧。"

"去就去吧！"早春不想和他多说话，只丢下一句话，就回家做准备了。

第二天趁井峰街当场时，早春说："二娃你看家，我带上孩子们赶着猪去卖，给他们买些喜欢的零食。快过年了，给每人扯布做身新衣服。估计去水库工地，要过年才回来，也还想带他们去冯家湾看看外公外婆。"

二娃道："小宝兄弟的三个儿子，也很可爱，好久没看见了，让爸妈带着他们来咱们家玩一段时间吧！"

孩子们听了早春的话，都跳着笑着兴奋地闹到很晚。

第二天，天刚蒙蒙亮，二娃就将猪用绳子系了，早春挑着土特产去送给高叔、丁先生等人。她对孩子们道："叫上珍儿，你们一起赶猪，慢慢上街，我去副食店联系好后，在场口等你们。"

五个孩子，牵着八头肥猪，一路缓缓地向井峰街走去。一路上满都是行人赞叹、羡慕的眼神。

"冯代表勤劳能干，孩子们个个像她，放学就打猪草、捡柴。"

"还不是她会安排，吃不穷穿不穷，不会算计才辈辈穷啊！"

"真是辛苦讨得快活吃！"

"明年，我也得让孩子们学那几个孩子。"

早春一直带他们玩到很晚才回来。她刚坐下，端着茶盅在喝茶，伍主任来通知她说："冯代表，公社决定让你去学桑树嫁接技术。"

"你先坐。"早春给伍主任让座，又对里屋喊道，"给你伍大爹端茶来。"

伍主任落座后，接过书华递来的茶，道了一声谢。

"不客气。"书华欢快地答着，就转身进房。

伍主任夸道："听我们家小子说，书华在他们班不仅学习好，还能唱能跳。"

早春眉眼里都是笑："你儿子也很优秀哦。"她拉过板凳坐下，问道："伍主任，李家墨知道了吗？"

伍主任喝着茶，点了点头："嗯，已经和他沟通了。他说安排你带队去水库工地，但下级必须服从上级安排哦！"

李家墨仍旧站在转角处抽烟，烟杆往早春家枣树上一磕，咬牙切齿地小声道："哼！我治不了你冯早春，不信治不了他李二娃。"

伍主任回家后，李家墨手拿烟杆走过来，吸一口烟，阴着脸对早春道："你不能上工地，那二娃作为男劳力必须去参加水利建设。"

早春明知他没安好心，只得板着脸说："那得麻烦你这个队长，去二娃所在的公路建设工地找负责人协商哦！"

李家墨还真去了公路建设现场。工地负责人对他说："李二娃同样不是在参加国家建设吗？他在这里干得好好的，我们一时去哪儿找人？"

李家墨转动小眼珠，请求道："领导，要不这样，我让队里人来换，行吗？"

负责人不满地看着他，嘀咕道："李二娃干活卖力，还不多言多语。你这换去换来，是何苦呢？"

负责人经不住他的软磨硬泡，最终同意了李家墨换人的要求。

临出门时，早春虽对二娃千交代、万叮嘱，但还是出了事。

一天上午，冬日的太阳正暖暖地照在大地上，公社的岳技术员正在一块桑树田里给大家示范，并道："公社是年前指导，开年就在你们这些队试点！你们可不能辜负上级的关心咯！蚕养好了，大家都有丝绸穿！"

早春拿着桑枝在太阳下晃了晃，问道："这种方法真的会叶肥桑葚大吗？"

技术员肯定地点着头说："是的啊。"

早春喜形于色，大声道："如今种好桑养好蚕，都可以穿上丝绸了。在中华人民共和国成立前，可是不敢想的哦。毛主席共产党领导的政府，想尽办法让人们过好日子，我一定要好好学，回去种好桑，养好蚕。"

早春看了技术员的示范后，就剪了一根桑条操作起来。这时，她眼皮不住地跳，不禁十分担心二娃的身体。

技术员道："大家像冯代表这样就行了！"

早春虽心神不宁，但还是拿着桑条，给围拢的人们认真示范着，讲解着："其实也简单！"

这时吴亦华来了，站在田埂上大喊："早春姐，姐夫病得很严重，已被苏石匠等人送医院去了，你快去看看吧！"

早春从人群中走出来，镇静了下情绪，去学校叫出大女儿，交代道："书华，我去蓬溪看看你爸爸，估计要去几天，你回家后和大姐照顾好弟弟妹妹。千万记住，晚上一定锁好猪圈门，关好大门，无论发生啥事都不许开门外出，记住了！"

十岁的书华眉眼酷似早春，穿一件红色灯草绒外套，扎两个辫子。母亲虽没明说，但她知道肯定是父亲病了。她眼里含着泪，坚强地点了点头，担心地问道："爸爸的病不要紧吧？"

早春摸着她的头，故作轻松地笑道："你爸爸他吉人自有天相，现在医疗条件又好，不会有事的。"

书华望着早春走了很远，上课铃声响起，才心事重重地回到教室。她从小就知道母亲不易，在外公外婆身边待着，听着母亲的故事长大，只十岁的她，就学会了做家务、做鞋子，为早春分担了很多。

书华放学后，和二妹捡柴背了回来，大姐在剁猪草。她说："二妹你做晚饭，我去挑水。"

她拿着扁担，高高的水桶，长长的钩绳，她就缠绕几圈。扯不起满桶，她就挑半桶，一趟，一趟，直到水缸水满。

在挑水时,李家墨回来了,还冷笑着对书华说:"这么小就挑水?"

小小年纪的她,想着他净给母亲为难,给家里增加麻烦,父母不在家,知道他回来,就晓得不会有好事。

晚上,天下起了雪,书华她们吃了晚饭,喂了猪。文成像以往一样,说着"我要去汪婶家和哥哥玩会儿再回来",就要往外跑,被书华和秀梅拉了回来。

她们锁了猪圈,关了房门,用扁担抵在后面,五个孩子挤在一个床上。

后来的事,早春想起都觉心酸。在风雪交加的夜晚,早春陪二娃在医院里抢救,家里是几个孩子。半夜时分,门外此起彼伏的狗叫声,以及来往走动的脚步声惊醒了几个孩子,大哭着说:"肯定是贼在偷咱家窖里的红苕啊!"

侄女、二女儿一定要出去看个究竟,大喊:"抓贼,抓贼啊!"

书华拼命拉住了二人说:"妈有交代,无论外面发生什么事,都不能出去。我们有啥意外,不是让妈更担心吗?"

几个孩子吓得大气都不敢出,大的护着小的,抱成一团坐在床上。

外面平静后,天不亮,她们就出门,雪花仍在大片大片地飞着,雪也遮挡了夜里一些人丑陋的脚印,到处银装素裹,白茫茫一片。喜欢打雪仗、堆雪人的他们没了心情,看着几个空空的苕窖,秀梅和二女儿恨恨地跺着脚,带哭腔骂道:"丧尽天良的贼,不得好死啊……"

文成把雪踩得咯吱咯吱地响,来了一句:"可恶的贼,连烤苕都不给我们留一个。"

他的话,让女孩子们笑哭了眼泪。书华学着母亲的声调道:"不怕,两头母猪还在。我们多捡柴,挖猪草,喂好猪就买回来了。"

大家跑向猪圈,小猪崽围着母猪在吃奶,发出欢快的叫声。

雪花漫天飞舞,李家墨仰着脸,让雪花亲吻他的红鼻头。他惬意地在街沿边吧嗒吧嗒地抽着烟,吐出的热气和烟圈混合在一起,飘向灰蒙蒙的天空,和雪花缠绕。

他二儿子李银柱走出门来,站在他旁边,伸手接着雪花,得意地说:"爸,这两年,你给大哥和我分别娶了婆娘。如今你又在左边盖起了独门独户的小宅院,和小弟弟们住,以后干什么都方便了。"

383

李银柱，除了没红鼻头外，就是李家墨的翻版。

李家墨得意地吐出一团烟雾，点着头。他狂喜的心，似要飞出来般，将烟灰往地上一磕，站起将烟杆往腰间一插。

大儿子李金柱出来对他二人道："爸，二弟，你们做事也不要太过了。你看你无论如何整冯早春，她不都没事吗？反而人家的小孩个个都会读书，奖状贴满了墙，个个也都勤快，每年肥猪都卖上十头……"

"咚咚咚"，李家墨恶狠狠地敲着李金柱的头，吼道："你是我儿子，还是她儿子。"

"你从小就不待见我，别人不都说我不像你吗？"李金柱双手摸着红肿的头，嘀咕着走回到自己房里。

李家墨怒吼道："不长进的东西！气死我了！"

李银柱喜形于色地左手拉父亲，右手指天上："爸，别生气了，你看，天助我也。大雪一下，连脚印也没留下，就是报案也查不出所以然来。"

李家墨咬牙切齿道："我不怕你冯早春有能耐，卖七八头肥猪又咋样？二娃多住几次院，多被盗几次，不照样一贫如洗。"

"这次他李二娃怕是好不了咯。"

说着，二人哈哈大笑了起来。

李家墨将烟杆插腰间，手背在身后，迈出轻快的步伐，向左边山下的新家走去。看着新家的烟囱里飘出的缕缕炊烟升上山顶，升向天空，他欢喜得摇摆身子和头，口里哼着童谣："胖娃儿上成都哟哈嗨……嗨嗨嗨……"

他把手往鱼池边早春家的桃树上狠狠一砸："哼！你冯早春想与我斗！哎哟，哟……"

结果砸疼了手，树受到震动后，雪一团一团地落下，砸在他头上，脖子里。他拍着身上的雪，又抬脚准备狠狠蹽两下，却又怕疼，就在地上将雪蹑得吱吱响，口中恨恨道："我踩死你冯早春，不就像踩死一只蚂蚁一样容易……"

就在他一个人念念有词，手舞足蹈地低头表演时，一声"家墨队长，不好……不好了！"从远处传来。

来人打扰了他表演的兴致，他转过头来，凶狠地吼道："鬼哭狼嚎的，是死爹了？还是你娘跟野男人跑了？"

来人吓得结结巴巴道："四头猪……猪……全被冻死了！"

又有人慌慌张张跑来报告他："两头牛……牛……也冻死了！"

两个人说完，瘫坐在雪地上。

李家墨一手揪一个的衣领，狂骂道："都是些蠢货，净给老子惹事，喂死猪牛可是大罪。"

说着他就抽出烟袋朝二人猛打。二人跪在雪地上，求饶道："队长饶命！队长饶命！你可不能不管我们啊！"

李家墨用脚狠狠地踢着他们："哼！管你们？你们等着坐牢吧！"

一人仰着头，擦去飘在脸上的雪花，一脸无辜道："这事也不能全怪我们，首先是喂牛的粮食，我们卖钱后都孝敬了你老人家！再说，昨晚你不是让我们帮忙偷冯代表家的苕，才忘了把牛牵进圈吗？"

"我也是啊！"另一人也认同地点点头。

李家墨烟杆滑地，一屁股瘫坐在雪地里。这就叫害人必将害己啊。自己一手策划，想给冯早春难堪、置二娃于死地，没想到挖的坑却将自己埋了进去。

两人爬向他，着急地问："队长，要咋办哩？快想想办法呀！"

这时，张嘴吹在新房里大叫："当家的，回来吃饭了！"

李家墨望着漫天飞舞的雪花，小眼睛滴溜溜地转动着，三个脑壳碰到一起，他吩咐二人："快去将冻死的猪牛烫了，就说是病得不行了，才杀的。"又摸摸自己的红鼻头，得意地说道："然后给水库工地的人送去，给他们加餐。"

两人爬起来，在李家墨面前竖起了大拇指，献媚道："队长实在是高！高！"

"你们想毁灭罪证吗？"如惊雷般的声音，将三人又炸得魂飞魄散。再抬头一看，是早春叉腰对他们吼着。旁边是两名威武的公安人员，拿着手铐正走向他们，三人又如烂泥样瘫在了雪地上……

其实，早春他们在不远处的树后，已经站了好一会儿了，听到了他们的全部对话。他们三人只顾聚精会神密谋着，都没发觉。

早春指着李家墨，厉声吼道："这就叫人善人欺天不欺，挖坑害人反埋己！"

两名公安人员立即将三人带走了。

原来昨天，早春赶到医院后，在医生全力以赴的抢救下，二娃苏醒了，病情已稳定。公社领导、大队陈书记、伍主任也从工地上抽空去看望了二娃。

领导们刚走，苏石匠等人随后也来到病房，他们担心地对早春说："二娃进院后，李家墨就回了家。你还是让人去照看着孩子们才好！"

早春就让永清去工地医务室找来小宝。小宝对早春道："姐，姐夫我来照看。你先回去，让妈去你那边照看几个孩子吧。"

早春半夜出发，好在天空飞起了鹅毛大雪，有雪光的映衬，外面还不是很黑。她手抱棉袄，一路小跑着，天蒙蒙亮就到了井峰街。

在街上，她找人给冯杨氏带信后，就往家里赶。在出场口时，碰到兰花急急地迎向她说："姐，你怎么回来了，姐夫不要紧吧？"

"病情已稳定，不要紧了！你这么早来街上……"

"你家里苕窖被盗了！我来报案的。"

早春的心悬到了半空，一把抓住兰花："那孩子们呢？"

兰花边擦汗，边喘着粗气说："孩子们都很好！只是几个窖的红苕都没了！"

早春才将心放回了肚里，长长地吐了一口气："只要孩子们安全就好！"

她们边说边走去报了案。早春感激地望着她，拉过她的手道："妹妹辛苦了！"

"姐，这见外了不是！"

兰花夸道："姐，我看书华这孩子有你的风范，会说会唱，成绩还好。遇事还有主见，天还不亮就找我，我这就急着来报案了！"

井峰街到李家湾，也就四里多路。早春报案后，和公安人员很快就来到山坡上了。他们从垭口下来时，正听见有人大喊"猪牛冻死了"的话，于是就在不远处的树后观察起来。

早春冒着风雪，走去朱家湾，让老何等人把冻死的猪和牛处理后保管好，等快过年时分给家家户户。

在水库工地以苏石匠、杨四祥为主的社员们，发起了"严惩李家墨，请冯早春任队长"的请愿活动。

李家墨让二儿子去公社找他的保护伞，那人把他训斥了一顿："你还敢来找我，我的脸都让你爹丢尽了。"

在医院里，二娃挣扎着要给早春讲述他的经历。早春给他拉盖着被子："你昏迷时，工地上的苏石匠、杨四祥等人轮番来看你，已经说给我听了。李家墨和朱三七知道你有胃病，不能太累，他俩轮番休息，让你和地主富农一起干打夯拉磙的重体力活，一天只休息三四个小时。吃饭时，知道你不能吃硬的，要米汤将饭泡软了吃，他俩将米汤倒了，也不给你喝。"

二娃面无血色地点点头，低声说："我生怕这次醒不过来，几个孩子就苦了你了！话说回来，我这次就是好了，也干不了啥，不能挣工分，更让你操心，不如长睡不醒。"

早春拉着他的手，嗔怪道："你不能瞎想，你帮我看着家，看着孩子们长大，以后我去上工地。"

两滴清泪从二娃眼里滚出，痛苦写满他的脸上："你说我一个大男人，干不了啥，还净拖累你和孩子。"

早春掏出手绢替他擦泪，安慰道："我回去就辞职，安心照顾你，照顾孩子和这个家。我们要看着孩子长大成家，还要帮他们带孩子，过幸福的好日子。"

二娃满脸复杂的表情，是憧憬？是担忧？是无奈？"我这身体，只怕等不到那天……"

早春拍着他的肩，笑道："咦！病病歪歪千年不倒哦，你要有治好病的信心，何况现在医疗条件好了，再复杂的病都能治好，怕啥！"

二娃点点头道："我也只比一把锁强咯！"

早春想了很多，这都是得罪了李家墨和朱三七才惹来这么多事，不是怕他们，可是大人孩子再也经不起折腾了。想着李家墨被抓的那一刻，他的孩子们、张嘴吹看着她那怨恨的眼神，她就知道，两家人算是结仇更深了，冤冤相报何时了哦！只有不任这副队长，无官一身轻，由他们去折腾吧！照顾好家，让孩子们平平安安长大，才最重要。

二娃在医院里住了一些时日，早春、小宝和医生商量："我们决定回家，让爸再给他开中药调理。"

医生反复交代二娃："切忌吃生冷硬食物，不能干重体力活，如果再反复，神仙也救不了你。"

早春请人用滑竿抬着二娃，她背着东西，一起朝李家湾走去。

走到李家湾的山脚下，正逢放学，在一个沟边，早春见几个背篓放在旁边，李家墨的两个儿子骑在一个孩子的身上，还用树枝边打边"驾驾"地喊着。旁边是看热闹的孩子的叫声和嘻嘻哈哈的笑声。

早春对二娃说："他们先抬你回去，我去看看就来。"

第 60 章　再任队长

早春一个箭步，冲到泥沟里拉开他俩。一个满身泥巴满脸伤疤的泥孩子，爬起来，哭着扑向她："二娘，我放学回来背背篓在割猪草……"

那一刻，早春心在滴血，她搂着文成，握紧拳头举起来，恨不得砸到李家墨两个孩子身上。但她马上收了回来，对那两个孩子说："今天我是第一次看见，希望也是最后一次。"

两个孩子用恨恨的眼神盯着早春。早春摸着文成的头，直视他们，认真说道："我今天不会给老师说。如果以后你们还欺负他，我就去找你们校长，连你们班主任老师一起告，说他没教好你俩，净打人，欺负小班学生。"

那两个孩子这才背着背篓悻悻地走了。这是早春不愿看到的结果，她柔弱善良的心像被刀割火烤般难受。

早春一手牵着满身泥巴的文成，一手提着背篓，对文成说："以后他们要欺负你，你就跑开，躲远点。"

文成噘着嘴说："我跑不过他们啊！"

"跑不过，就往人多的地方跑，喊啊！"

文成仰着脸，忽闪着一双大眼睛，问道："他们说，是二娘把他们的爹弄去坐牢的？"

早春认真地对文成说："他们的爹是自己坏事做多了，将他自己弄进去的。"

文成握着小拳头："我要当好孩子，做好人。"

"文成真乖。"

早春到家后，大队陈书记、伍主任二人，正坐在屋里喝着茶等她。他们互相打过招呼，冯杨氏迎了出来接过早春手里和背上的背篓。

早春叫了声"妈"，就去给文成换衣服。衣服换下后，冯杨氏帮忙去洗。

伍主任见着满身泥巴的文成，关切地问道："文成，你咋啦！又调皮和人打架了？"

文成嘟着嘴，委屈地说："没打架，是家墨大爹的两个儿子拿我当马骑，还打我。"

陈书记把茶缸放在桌上说："那两个孩子也过分了。冯代表，我们来和你商量，尊重社员意见，让你任队长。"

早春拿开水瓶给二人茶缸里添水说："陈书记，伍主任，你们也看见了。我家一个病号，五个孩子，我想辞职，安心挣工分，也方便照顾他们。再说，我如果继续当队长，两家矛盾会更大更深。孩子们不知还要被他们欺负成啥样呢！"早春不觉眼圈发红，喉头哽咽。

"有啥难事我们会替你主持公道的。"两人又你一言我一语劝着，早春依然没答应。临走时陈书记说："我们希望你考虑下。我也会去公社，请李书记来给你做工作。"

第二天，早春赶早给二娃熬药，弄糊糊给他吃后，就背了些菜去街上卖。冯杨氏记挂家里三个孙子，也就一同回去了。

早春交代书华："你和弟弟妹妹一起去上学，照顾好他们。"

书华两个辫子往后一甩，就拉着风箱开始做早饭，秀梅在剁猪草喂猪。

早春从街上回来时，公社李书记、大队陈书记、伍主任又坐在屋里喝着茶等她。相互打过招呼后，早春捋了捋额前刘海，笑对三人道："你们在这儿吃中饭，我留客，做工作就免开尊口吧。"

李书记喝了一口茶，望着早春道："你也是霸道了点吧，话都不让人说了。"

说得几人都哈哈地笑了。

李书记端着茶缸说道："先给你们通报两个情况，李家墨因砍伐树木，破坏耕牛，破坏社会主义建设罪入狱，还有朱三七因偷盗粮食，判了三年。"

李书记端着茶缸，继续说道："再就是由于早春同志工作出色，原先就多次要调你去公社，因方方面面原因耽搁了。这次，我们要调你去公社，协助技术员抓好桑蚕养殖工作。"

没等早春开口，陈书记道："李书记，您不能这样，让您帮忙做工作是让她当队长，您怎么能……"

陈书记话未说完，就听外面闹哄哄地喊着："李书记，你不能调冯代表走。

我们强烈要求她当我们的队长，让我们队里社员和她家一样过上好生活。"

大家忙起身出门，见朱家湾男女老少近百人在院坝里，拿着鸡蛋、米、面条、肉往早春家台阶、屋里挤。

早春往右边看，李家墨的大儿子、二儿子家，几乎都同时"哐当"地关了门，两个媳妇要在门口看，也被拉了进去。

苏石匠道："冯代表，你家被盗，二娃得病，都是因你保护大家利益，才遭李家墨报复的，大家就相约一起来看你和二娃。"

早春感动得泪流满面，她弓身行礼道："谢谢，谢谢大家！只是我家二娃病着，五个孩子都还小，你们还是另选能人吧！"

杨四祥走出人群，扬着手大声说："谁知一到门口，听见李书记要调冯代表走的话，大家急了才喊的，没吓着领导们吧？"

这时，二娃由秀梅扶了出来，见这个场面，不住地抬袖擦着眼角，劝早春道："这么多人信任你，领导也来了，你就答应吧！"

早春望着二娃，担忧道："我如果去外面忙，你的身体……"

二娃左手挠着头，笑道："嘿，没事，我总比一把锁强吧？何况孩子们打猪草、拾柴样样都抢着干……"

秀梅接话道："二娘，家里的家务事，我也可以帮忙哟！"

人群一阵大喊，"二娃，快好起来，你牛喂得好，帮队里喂牛哟！"

二娃"好好"地笑答着，由秀梅扶他回房休息了。

"冯代表，答应我们吧！"

苏石匠手一挥，大家安静了下来，他对早春道："冯代表，我还是那句话，你是人大代表，共产党员，你不能只顾你和家人过好日子，有肉吃哦！"

早春用手在额前捋着刘海，笑吟吟地喊道："我不仅要让大家有肉吃，还要挖好鱼池让大家有鱼吃，养好桑蚕有丝绸穿……"

"哦，冯代表答应了！答应了！"

大家顿时鼓起掌来，冬日的暖阳照着人们兴奋的脸庞。

早春把手一摆道："到时干活辛苦，大家可别叫累哦。"

人群中发出欢呼，又喊道，"只要有好生活过，再苦都不怕。"

李书记假装不满地用手指着早春道:"你记住了,小心我给你穿小鞋。人说三顾茅庐,你说我几次请你去公社,都没请动你。"又摆着手,笑道:"还是群众力量大哟!"

　　后来,经早春推荐,吴亦华和兰花分别调入了公社。

　　大队陈书记往街沿走了两步,对众人宣布:"即日起,冯早春同志任七队队长,兼大队桑树嫁接指导员。"

　　送走领导们,早春站在台阶上,对大家说:"大家拿走各自的礼物,大家的情义我和二娃心领了。"

　　她在空中划了一道弧形:"都说新官上任三把火,但众人拾柴才火焰高嘛!刚好人齐,我有事和大家商量。"

　　"公路边是一个大水田,由于行人、附近的鸡鸭牛常出入,田里谷子糟蹋较多。不如深挖成鱼池,放上青草、老红苕藤泡成肥,开年就将这些肥挑送到各个山田里;再种上藕,放上鱼,年底挖藕捡鱼,再放上青草踩肥。如此循环,藕、鱼有了,肥也有了,大家说行不?"

　　"好啊!同意。"

　　"明年,在你们朱家湾那边的低洼田再挖一块鱼池。"

　　苏石匠道:"何不今年一齐挖了?"

　　"我是怕今年一起挖,大家受累。"

　　"一起挖也要不了多长时间!开年估计男劳力要外出挑水库。"

　　早春感叹道:"大家都赞成一起挖,那好吧!那我们明天开挖。"大家点头,兴奋地议论着,想象着荷香鱼跃的场景。

　　早春手一扬:"大家安静下来。"众人一齐看向她。"关于养猪的事,我想,大家可以参照我家的做法,不说喂母猪,每家平均一头肥猪应该做得到。我和永清负责指导猪的防病治病。"

　　村民有的点头,大多数摇头:"你家孩子多勤快,猪草、拾柴样样干。我家那几个孩子,除上学之外,懒得什么都不干……"

　　有人附和道:"是的哦,恨不得饭都端到他们手上。"

　　早春笑着接话道:"小孩懒不都是你们大人惯出来的?队里年底分的肉,只是过年才有得吃，如果达到我家的标准，至少一家喂两头猪，年底卖一头，杀一头，一年到头不都有肉了吗？这是我帮大家订的计划。至于队里集体的猪，晚上我再和大家商量。"

早春低头略沉思了下道："我提议苏石匠任副组长，杨四祥任会计，老何任仓库保管员，大家同意吗？"

大家点头并鼓掌通过。

苏石匠和杨四祥刚开口："我怕不能胜任……"

人群中有人学着他的声调："你不能只顾你有好日子过，有肉吃哟！"

人群爆发出一阵欢快的大笑声，穿过树林，飞向天空。冬日的阳光正暖洋洋地洒向大地，照在人身上，人们高昂着头唱着歌，枝头的小鸟叽叽喳喳地欢唱着。

大家散去后，早春想着去大队争取耕牛补贴，就对秀梅喊道："梅儿，我去大队一趟。"

秀梅的声音传来："二娘，你去吧，家里有我哩。"

早春还要去观察下李家墨两个上学的儿子是否还在欺负文成。

早春在学校门口旁等，见孩子们出来，也许是昨天她说要告诉校长的话起了作用，李家墨的两个孩子没再纠缠文成。

早春就放心地走上台阶去大队找陈书记汇报，突然身后传来一阵打骂声："打哟，打劳改犯、坏人的儿子啰。"

早春侧转身一看，有几个大孩子在围着李家墨的两个孩子打。

她心里念叨着："造孽哟！大人犯罪，孩子受累！"赶忙跑上前拉开几个大孩子，并厉声道："不许再欺负他们！"

有个孩子看着早春，理直气壮道："我们打的是坏人的儿子！"

早春和颜悦色道："可他们和你们一样，都是学生啊！再说他们爸爸的事，与他们无关。以后不许再打他们，不然我一定去告诉你们老师。"

在早春劝几个孩子时，李家墨的两个孩子趁机走了。早春想着，两个孩子也可怜，就想着去跟校长反映下。

"校长好！"

"什么风把冯代表吹来了？"

窗外，李家墨的两个孩子尾随早春在校长室墙下听着，老三铜柱恨恨地嘀咕道："这个坏女人，如果敢把昨天的事告诉校长，我就砸她的头。"说着捏了捏手里的石头。

"我有点事跟你反映下。"

"好，你请指导。"

"我刚才在路上见有同学打李家墨的孩子。"

"有这回事？是谁？我们来批评。"

早春手一扬道："我要说的是，他们父亲的错，不应该孩子来承担。学校在教给他们知识时，也应该让他们不挨打、不被骂、不受歧视。只有在被关爱的环境里，才能培养他们健康的人格。校长，你看我说得对吗？"

校长赞道："你不愧是人大代表，就是看得远，说得好。"又低头沉思了下："我们会摸底，让这种情况的孩子得到关爱，让他们全面发展，健康成长。"

早春出门时，见李家墨的孩子跑了，在回头她时，但少了那种恨。这让早春心里多了一丝安慰，心想，以后尽自己所能帮他们吧！

从大队出来，早春走在回家的路上，想着陈书记答应说将申请公社补贴给他们队买耕牛的事，心情十分畅快，不觉又轻快地哼起了《东方红》来。

回家时，在左边院坝，早春见书华端着一碗稀饭对一板凳上坐着的老人说："阿婆，你先吃点，我妈等会儿回来给您治腰疼。"文成和二女儿也给老人分别端来凉粉、夹来肉。看到孩子们的善良友爱，让早春更是十分欣慰。

午饭后，早春去安排分了之前腌制的猪牛肉，落实了养猪人员。她和苏石匠、杨四祥等十多人去池塘里开沟排水，以便明天施工。

晚上收工回来后，早春帮珍儿磨苞谷粉，珍儿在扫粉，早春挂好推杆。花鼻梁提着几把面条来了，进门就一脸媚笑地对她说："不知我那妇女队长还能不能当？"

第 61 章　知恩图报

房里煤油灯一闪一跳地照着早春恼怒的脸庞，她吼道："你把面条拿走！"

"我……我……"花鼻梁以为早春不答应她，灯光照着她失落的脸庞，红胎记也在她鼻翼旁颤动。

早春虽不喜欢她这种墙头草，没主见的性格，但她能干活、调解家庭矛盾，倒是优点。

早春没好气道："妇女队长你还继续任，只是你要好好工作，不然随时免职。"

她提着面条一扭一摆，欢天喜地地走进暮色中。

第二天早饭后，早春敲响出工钟声时，一百多号男女社员就拿着锄头，挑着扁担往鱼池走来。顿时，池塘里就热闹起来，"哟！还有泥鳅哟。""嘿！还有黄鳝。"

众人举锄挖泥，弯腰捡起丢在田坎上。每天从早到晚，号子不断，歌声不断，笑声不断，把整个池塘都搅得轰轰烈烈、沸沸腾腾。

这天，太阳光暖暖地照着大地，照着早春他们甩开膀子挑土、你追我赶的身上。池塘里早春的歌声、人们嬉笑声、脚步声、扁担在大家肩膀处发出的"吱嘎、吱嘎"声，和着池塘旁树上的小鸟，还有灰喜鹊叽叽喳喳的叫声……让冬季的山村热闹繁忙，也充满活力。

"喜鹊叫得欢，好事肯定多连天。嘿！这喜鹊的叫声，就是好听。"三十多岁的早春，脱掉棉袄，将土倒在堤上后，抹了一把汗，手遮挡着太阳，望着树窝上的小鸟说道。

苏石匠道："我们还是喜欢你的歌声。"

"冯代表，再唱，再唱。"在大家的要求下，早春又亮开嗓子唱起了《南泥湾》。

她挑土上堤坝时，见池塘旁的大路上，走来一个二十多岁的年轻军官。她没在意，人们也没在意，大路上行人本来就多。

年轻军官背着大大小小的包裹，在田埂上停下来，帽徽、肩章在阳光下熠熠生辉，发出耀眼的光芒。他擦着汗，炯炯有神的双目在人群中寻找着。突然，他迈开双腿，激动地径直跑向早春。

他到早春身旁，未语泪先流，双膝跪下道："二娘，我回来了！我回来了！"

"照芳！是照芳！让二娘看看，出息了！"早春赶忙拉起他，泪眼蒙眬地上下打量着。

人们都围过来。李银柱也放下担子，跑过去。张嘴吹和她的大儿子、儿媳们，落寞地看了一眼，没精打采地继续挖着泥土。

李照芳拿出烟发给男社员，又拿出糖——发给女社员，边发边讲在部队的经历。

苏石匠拍着他的肩说："你娃儿，不错！出息了！当官了。"

照芳划着火柴，给人点烟道："还不是二娘的培养和关照，现在只是小小的事务长而已！"

李银柱来到照芳面前，一脸巴结地媚笑："照芳弟，你回来就好！我是你二堂哥李银柱。以后多关照。"照芳没理他伸过来的手，他忙拉着照芳的衣服。

"我没有堂哥。"照芳满脸不屑，拿开了李银柱的手，继续给人点烟。李银柱脸如被虾子夹了一般，紫一块红一块地杵在那儿。

花鼻梁道："活该！小时欺负人家还不够惨吗？不是人家冯代表，照芳指不定在哪儿哩！"

照芳看着角落里张嘴吹母子几人，迟疑着、站着没动。想起小时被张嘴吹打骂，被两个堂哥欺负的悲惨场景，眼里涌着泪花。他看向早春，早春用眼神示意他，用嘴角努了下，照芳摇着头抹着泪，最终还是去发了烟和糖。

花鼻梁哼了声："这种人就不配抽你的烟，吃你的糖。"

王月莲小声嘀咕道："真是两面三刀，别人刚倒台，就欺负上了。"

早春走过去，拍着照芳。他咳了两声，平静了心绪，问早春："二娘，这是挖鱼池吗？"

"不仅是鱼池，我们还要种上藕。"早春两手拿着扁担放肩上，手抓绳上的钩，有人挖着泥土倒进撮箕里。

照芳击掌道："太好了！种得多的话，部队可以买一部分哦。"

早春惊喜道："真的吗？"

"太好了！"大家更热情高涨地喊了起来。

396

早春担子移到右肩上，喊道："大家都听到了吗？我们要加油，赶进度，争取下雪之前，把队里的低洼田都挖出来。明年开春时种上藕，放上鱼。分一部分大家吃，卖一部分到部队。再把钱分给大家办年货，给娃儿们买新衣服，好不好？"

"好！好！太好了！"欢呼声和着鸟叫鸡鸣声穿过树林，穿过山顶，响彻云霄。大家褪去棉衣棉裤，甩开膀子，热火朝天地干了起来。照芳接过早春手里的扁担，挑着土甩开膀子大步走起来。

有人问："照芳，你结婚了吗？"

又有人回敬刚才那人："是要把你妹子介绍给他吗？"

那人佯装生气捡了泥巴要打人。

照芳手拉扁担钩绳，说道："二娘，这次回来，我是给部队领导反映了我的情况。领导也感动二娘的善良，决定以后让二娘和大家种好各种蔬菜直接卖给部队。这次，各家菜园的新鲜蔬菜，有多少我收多少。"

早春拍着照芳的肩膀："照芳，太好了！知道回报社会，回报乡亲们了！"

人们也欢呼着、呐喊着："有部队收菜，我们就有好日子过了。"

"都是冯代表的功劳，照顾照芳长大，还送他去部队。我们都跟着沾光。"

早春捋着头发，眉开眼笑："咦！我们都是沾毛主席的光，沾政府的光！"

太阳照着人们笑得合不拢嘴的脸庞，好像给大家的头发、身上镀上了一层金色，在风中摇摆闪烁。

照芳说："二娘，我过年回来结婚。本来可以在女方安家，但我还是想回到二娘身边，回到大家身边来。"

"欢迎回来。"

早春提议道："社员同志们，照芳和部队领导照顾我们大家回来买菜，我提议，菜价和以后的藕价，适当比市场上便宜点卖给部队，大家说好不好！"

"行！听队长的！"

这时，伍主任在田埂上喊："冯代表，我们队的耕牛补助款批了，下午去领钱办手续。李书记决定把你们队作为样板，多拨了一头牛款，让你一如既往，继续带好头哦。"

"肯定会抓好工作，让领导放心。更要当好家，让社员过上好生活。"

社员们又欢呼声一片："真是喜事多多啊。"

"冯代表，我们相信你！支持你！"

伍主任见一军官在挑土，惊讶道："咦！把部队的人也请来帮忙了？"

照芳忙上前，刚要叫，早春指着照芳先笑问道："伍主任，猜猜看，还认得不？"

照芳伸出手来："伍叔好！"

伍主任忙伸出右手握着，左手捶了照芳肩膀一拳："照芳，不错啊！我们大队每年都收到部队发来的你的喜报。"

早春见也到中午，喊道："收工吧！下午继续。"

人们散去。早春又叫伍主任、苏杨二人、永清玉兰夫妇，一起去家里陪照芳。一路上大家提到任嫂，免不了伤心落泪一番。好在中午放学后，照芳见到淑珍，心中才感一丝安慰。几个孩子高兴地分着照芳带给他们的糖果。

吃过午饭，人们散去后，孩子们欢天喜地地去上学了，照芳拿出布料给早春。

早春带照芳去看了他的屋，照芳道："谢谢二娘经常帮忙打扫，才这么干净整齐。"

早春拉着他的手，叮嘱道："我希望你还是去见见你张嘴吹大妈和他的两个小儿子。"

照芳一脸的不乐意："想着她的行径，气就不打一处来。我只认二爹二娘，不想去看她。"

早春拍着他的肩，笑道："别嘴硬了，他们毕竟是你亲大爹大妈。对了，你三堂弟和当年我见你时差不多大。他们因父亲做了错事，常遭人白眼、遭人打，也确实可怜。多给他二人点关心，就会培养出两个有爱心的人来。你总不想以后，你的后代和他们还相互怨恨吧。孩子，要记人恩忘人过，才能活得洒脱喔！"

照芳摸头沉默了会儿，说道："二娘，您总是那么善良，我听你的！"又道："二娘，下午我去见女朋友她家人。我明天回来，收一车菜，你让社员们都准备好。"

"嗯。"早春看着照芳走进冬日的阳光里。他尽力帮助乡亲的行为，让早春的心如沐浴着这冬日阳光般，浑身上下暖洋洋的。

下午，杨四祥去领回耕牛补贴款，早春跟他说："明天，你、花鼻梁、苏石匠，带上二娃去找我爸帮忙买牛回来。喂好后，等着明年开春上犁。"

第二天,一行人到了集市,二娃对冯先生说:"爸爸,按着钱的数量,如果买肥壮的只够买两头耕牛、一头母牛。我建议,现在是闲月,选牙口轻,身板较瘦,看起来有点病您开药又能治好的,可以多买一头。我回去给牛调养两个月,保准膘肥体壮,明年开春时,就能耕田耙地了。"

冯先生称赞道:"不错啊!跟早春学会当家了!"

二娃右手挠着头,嘿嘿笑道:"都是早春教我的。她说,队里和家一样,也要算计好,每分钱都用到刀刃上,才能让大家过上好日子哦!"

苏石匠赞道:"冯代表真是我们的好当家人啊,有她我们不愁过不上好日子。"

"是的啊。"几人同时赞道,憧憬着幸福美好的生活。

冯先生和二娃他们去牛市走了一遭,这里摸摸牛鼻子,那里看看牛牙口,经过一番讨价还价,果然同等价买了三头耕牛,一头母牛。

他们一行人,吆喝着牛走在鱼塘旁时,人们议论道:"怎么会买回几头骨瘦如柴,歪歪倒倒的病牛啊?"

"明年能耕田吗?"

第 62 章　二娃养牛

二娃站在田埂上，拍着胸，信心满满道："你们放心，明年误不了耕田。"

花鼻梁因继续当了妇女队长，又一起去买了牛，也兴奋地说道："大家别担心，这是冯代表交代这样做的，节约钱多买了一头牛。冯先生也开了药了，二娃负责调养牛，肯定不会耽搁明年春耕。"

李银柱瞪了一眼花鼻梁，嗯！这个女人，我他妈的不仅要拉拢你，更要征服你为我所用。又狠狠地瞪了早春一眼，转动小眼珠，心想：你冯早春害我父亲坐牢，我也会从牛上做文章，也把你送去坐牢才好。"

二娃与牛结缘，因牛而病，却爱牛如命。从他牵回牛后就变得忙碌了，人也精神了，病也好了大半。

晚上，二娃将马灯挂高处，熬药给牛喝，两岁的三女儿甜甜地叫："爸，要抱。"

如果是以往，他会抱着乖巧的三女儿逗她玩。今天，他给三女儿一颗糖，说："乖，去和二姐玩。"

他喂牛中药喝时，像对孩子般，捏着牛鼻子，耐心说道："乖，喝了我们就好了。"

在旁边剁猪草的书华说："我看爸对我们都没那么耐烦过。"

二娃一脸认真地说："牛不是没长手，不会端碗喝药吗？"

几个女孩子捂着肚子笑弯了腰："爸。"

"二爸。"

"你真偏心。"

他端着灯给牛梳理毛发，给牛捉虱子。早春递药给他喝，他一咕噜喝下去又去给牛烧热水喝、煮红苕吃。

秀梅不满道："二爸，这要烧好多柴呀！应该拿牛的食物换柴才好！"

二娃马上拉下脸来："告诉你们几个啊，你们妈妈交代了，绝不许拿牛的粮食煮给家里人吃，绝对要公私分明哦！"

秀梅嘀咕道："公私分明，那你为啥要拿家里的柴烧。"

他嘻嘻嘻地笑道:"好女儿,明天捡柴回来还你还不成吗?"

晚上,他就在牛屋旁边原李徐氏住的房里,紧挨牛栏门后搁一张床和衣躺着,一有风吹草动,翻身开门就出去。

二娃不仅有胃病,还有哮喘,刮风下雨会咳得十分厉害。夜里常起夜照看牛,就咳喘得上气不接下气。

早春对二娃既心疼又埋怨道:"这么冷,你搬到床上好好睡,不行吗?"

二娃挠着头,嘿嘿地笑道:"你不是让我养好牛,看好牛,爱惜牛吗?"

早春无奈地笑着摇摇头道:"你有你自己爱做的事,这样也好。"

进入腊月十五,学生们都放假了。几个孩子都得了奖状拿回来,墙上被贴得花花绿绿。早春专门做了红烧肉,叫来珍儿奖励了他们。在饭桌上,她跟孩子们说:"放假了,每天除猪草外,还要多割柴草晒干后背去窑厂卖了,筹各自的学费哦。"

大家都蹦蹦跳跳着,跑去拿镰刀、背篓去割草。

二娃给牛烧热水、煮食,几个孩子自然不肯让他抱柴草:"我们要攒学费。"

不得已,二娃只得放牛时捡些柴回来,烧了给牛做吃喝。

这天,大家在早春他们房后山坡上铲草皮。早春道:"真是人多力量大,几大块鱼池也清挖了,老红苕藤青草也泡在了水里,山坡上铲青草皮,堆积肥料后是该放年假了。"

大家议论着:"照芳收了家家户户的蔬菜后,过年也有开支的钱,手头宽裕了。"

"给孩子们买新衣服也不愁了。"

"我们都是沾冯代表你的光,看她把照芳培养得这么好。"

"看来这人还是要行善积德,多做好事。"

"善有善报啊!"

正在这时,二娃在不远处竹林旁,打骂文成:"好的不学,我叫你骑牛!牛耕田耙地已经很辛苦了,你又不是没长脚……"

原来是文成偷偷骑了牛,而二娃不允许孩子中任何一个人骑牛玩耍,即使他最疼爱的侄儿也不行。

早春几步跑下山夺下二娃手里的条子,搂过文成,摸着他被打的地方,嗔怪二娃道:"你有话不能好好说?看把孩子吓得。"

二娃气哼哼道："你不是让我养好牛，看好牛，爱惜牛吗？再说，他们一个个都像你一样，伶牙俐齿的，我说得赢？"

他的话引得山上铲草皮的人一阵大笑。

大家看着二娃养的牛，弯腰用锄头把草皮铲得"哗哗"作响，边纷纷赞道："一个月，二娃就把牛养得膘肥体壮了，真是养牛的行家！"

"这下好了，有了牛耕田，就不用抬田了。"

"想想那些年在冰水里抬田，就浑身凉飕飕的。"

"我们的日子越来越好啰！"

"都是冯代表你会安排，规划得好，十几亩田已种上蔬菜，又卖了菜让大家有点活钱，手头也宽裕了。"

"我们大家都跟着你冯代表沾光啊！"

早春一手撑在锄上，一手揩着汗："这都是毛主席共产党领导下的政府好，又补贴买牛，不然我就是有三头六臂，也变不出那几头牛啊！"

"是啊，除了上级政策好外，你会安排、管理也关键哦！"

"有的人就私心重，偷粮吃，胡乱管。不然怎么会把牛冻死？"

"活该他坐牢。"

这时见李家墨两个儿子媳妇，还有张嘴吹低头闷不作声地铲着草皮。

"快看！"有人大叫一声。

大家抬起头，冬日的晚霞映红了天空，大地好似镀上了一层金色，映照着人们欢笑的脸庞，也照着孩子们欢快的身影。孩子们割柴后，背篓放旁边，女孩在空地里跳绳，男孩在放纸飞机。炊烟缕缕，升上了天空。

早春仰望天空，头发也染成金色，在风中拂动，她发自内心地赞道："好美的山村，多么和谐、动人的画面啊。"

半夜里，一阵"窸窸窣窣"的声响惊醒了二娃。他点灯出去一看，牛栏打开，牛不见了。他心里一紧张，顺着水塘哗哗响的位置看去，朦胧的月光下，李银柱将牛赶到结冰的水塘，提冰水倒在牛身上，口里恨恨地喊着："我父亲因牛冻死被抓去坐牢，我把你喂的牛赶塘里，也冻死在里面，也将你冯早春弄去坐牢。一则替父报了仇，二则这队长不就是我的了。"

"哈哈哈哈"他得意地仰头望月大笑着。

"银柱，你想干啥？"二娃说着，就去牵牛，李银柱狠命一推，二娃猝不及防地摔下去，额头磕在捶衣服的石头上，血流如注，李银柱愣住了。

二娃抢过牛，劝道："侄子，冤冤相报何时了，这么多年，我都不吭声，只因一笔难写一个李字。"

"要你好心。"

这时，早春在房里喊："二娃，二娃。"

李银柱还愣在那里，二娃一把推开他："你快走吧，再闹下去，大家还能和睦相处吗？"

李银柱转身跑去他的猪圈，二娃洗了额头上的血。

早春披着月光，急急地跑出来，喊道："半夜三更把牛牵出来干啥？"

二娃牵牛低头走着："牛跑出来了！"

早春嘀咕道："你的牛圈向来不是锁得好好的吗？你额头咋啦？"

"不小心碰的。"

早春见人影一闪，知道是李银柱从中作梗。她犹豫了片刻，也不想去深究，只希望，二娃的善良能换回他的良知才好。

傍晚，收工后，早春在扯药，然后拾柴，这是她的习惯，扯药是随时帮人，一年四季天天如此。背篓里割满柴草后，天也暗下来，早春今天没急着回家。在铲草时，她瞥见张嘴吹手上肿得厉害，像是蛇头尖。想着她骂人、掀屋等事，也十分恼火她。李家墨坐牢后，她带着两个孩子，也是十分困难。早春心事重重地想着，走到李老爷坟前："老祖宗啊，你是个大善人，我要怎么做才好呢？"

这时，见铜柱背着一背篓柴，从山上走下来，夜幕下的影子是那么孤独、无助。

早春马上背着柴，快步赶去拦住他道："铜柱，这里有点药，给你妈治手。"说着，她将药递过去。

铜柱头也不抬，怨恨地说道："哼！不要你假惺惺的。"

"孩子，你对我有气，但跟这药无仇不是？你也不想你妈手疼，痛苦吧？"

铜柱用脚碾着地上的土，早春诚心道："你也有十多岁了，应该分得清好坏了。"

铜柱低头，用脚尖在地上画圈。

早春将背着的背篓绳挪了挪，又劝道："我没必要讨好你，但我是真心想要帮你！"她再一次把药塞到铜柱手上，他终于开口了："我娘不会要的。"

"你就说是你扯的药。"

最终，孩子接了药，慢慢往山下走去。

春节期间，照芳从部队回来后，早春带着他去提了亲，并给他们办了简单的婚礼。

春节一过，早春看着照芳拉菜的车，若有所思，和队干部开会商量道："把队里树砍了几棵，打两辆板车，一则每天用它送菜，二则拖供应粮、交公粮、队里买个东西啥的也方便。"

花鼻梁道："我们队干部上街，用牛拉着，坐板车上，不仅不用走路，坐上面也威风啊！"

早春手捋额前头发，严肃地说道："我们干部都要带头，不能公车私用，只能公用。除非社员有生灾害病，需急救助的才可用。"

花鼻梁低下了头，其他几个队干部也直点头："我们应该和冯代表一样，严格要求自己。"

正月初六，许多队的社员还沉浸在春节走亲访友的喜庆中，早春和社员们就热火朝天地干了起来。她们把鱼塘里沉积的青肥，一担一担地挑到田间地头后，准备种藕了。二娃喂养的牛，也该登场了。

第 63 章　供应粮食

早饭后，早春和苏石匠商量："我去公社开会，顺便让老花和老何赶板车去把供应粮领回来。你们组织人牵牛把田犁出来。到时男社员种藕，女社员嫁接桑树。"

"好嘞。"苏石匠答应着就去安排劳力了。

大家站田埂边围成一圈，苏石匠、杨四祥和一年轻后生一人牵一头牛下田。苏杨二人让牛拉犁耕田一个来回，只听他们赞道："二娃喂的牛不仅膘肥体壮，还听使唤。"

这时只见那年轻后生扬鞭打牛，可是越打牛，牛越是到处乱窜。

二娃见牛被打，急红了眼，喊着："不许打牛。"哗地下水去，拉住年轻后生扬起的鞭子，摸着牛身上的伤口，这时分明可见牛眼里滚出的泪珠。

堤岸上的人说："这二娃也太爱牛了。"

那打牛的年轻人挖苦二娃道："牛不打不走，你不耕田不知耕田人的艰辛。"

本不善言辞的二娃，卷起裤脚，牵着牛，拎起一个弯木牛轭挡套在一坨隆起的牛肩上，系好一根横木两端的拉绳。

玉兰喊道："二爸，你身体不好，不要逞能了。"

汪嫂也劝："二兄弟，你还没好利索，快上岸来，小心又病了。"

二娃没吭声，退到犁后面，左手握住犁把，稍微抬头，将犁头狠劲插入泥里，再用右手挽住牛绳，抬起右手在空中一抖，"啪"地划出一道优美的弧线，喊道："犁田啰！"声音虽沙哑但有力，前面的水牛长背一弓，肩头一挺，把两根拉绳绷得笔直，便迈步朝前拉去。"走，踩，哇！停！转弯！"

牛儿随二娃抑扬顿挫的口令，走停、转弯，配合默契。二娃剧烈地咳喘着，但他没停下，继续坚持着，牯牛的哞叫，伴随着犁铧的哗哗声，时而急促，时而舒缓，像高山流水，似溪流潺潺。刀一样锃亮的犁铧在田里耕出一轮黑褐色的泥巴，向着一边倒下，砸起的水花像一树樱花落下，纷纷扬扬。耕出的线条如木工师傅描墨线般直。塘坝上的人们不由得发出一阵阵热烈的掌声。

"没想到二娃不仅牛养得好，犁田也是好把式。"

公社李书记、李部长等领导开展春耕备耕走访，正好从池塘旁大路经过，看到了二娃耕田的场景，不仅驻足观看，还点头称赞。

这时二娃咳得上气不接下气，脸也憋得通红，只得停下，还不忘道："小子哎，不打牛，是不是犁得更好？"

秀梅背着三妹也来到田埂边，见这情景和玉兰迅速去扶起二娃，责怪道，"医生的话您忘了，又逞能，二娘等会儿回来又该唠叨你了！"

这年轻后生，不得不对二娃佩服得五体投地，连称"师傅"。二娃也顺势向小伙谈起了他的爱牛经："牛本通灵性。你爱它护它，它就听使唤，还卖力。如果你打它虐它，它会使你的绊子，你就会越干越累。"直说得年轻小伙点头称是，后来还专门向二娃请教哩。

供应粮食领回的当晚，早春就分给了社员。李银柱在街沿上，见早春当天也在街上背回了一夹背米，还有面条，就怀疑是早春侵占了供应粮，于是向公社写了早春多占供应粮，以权谋私让家属养牛的告状信。

当春的足迹，轻轻地印在残雪上时，早春惊喜地发现，呢喃的燕子从南方飞回来了，向阳的坡上，小草已掀开头上的土，露出嫩芽，河边的柳枝也变成了暗红色，芽苞咧开了嫩绿的嘴。

这天，男社员在种藕，女社员正围着一圈，跟早春学桑树嫁接。

话说公社李书记，接到检举早春多占供应粮的信后和李部长说："是的啊！冯早春那一大家子，爱人有病，小孩又小，不要供应粮能养活吗？只是你有困难，可以反映，也不能多占供应粮食，更不能以权谋私啊！"

李部长接过信看后说："她多占供应粮？我不信。至于反映她以权谋私照顾侄子侄女，孤儿享受政府相应的待遇也正常啊！你我都见证了早春爱人养的牛，那是膘肥体壮，他耕田的场景也看见了，我认为是有人诬告。"

"不管情况如何，我还要走一趟。"李书记决定亲自去走访了解。他就带上技术员，在大队伍主任陪同下，先去学校调查校长，"冯早春的侄子上学免学费吗？"

校长道："按政策，她侄子是孤儿该免，可冯代表还是让孩子带学费来交了，说是卖柴自己能挣。"

一行人走在田埂上，伍主任要叫早春，被李书记手一摆制止了："反正其他队已检查完，我们就在这块田里先干活吧！"

几人在另外几根桑树上嫁接桑枝。

早春在树上剪下一根桑条，给队里的妇女姐妹示范。她左手拿桑条，右手拿刀，说："在桑条根左右各斜削一刀，中间斜削一刀。"早春边削边念出声，后又强调："大家注意了都要斜着修，修后的桑枝上冒出的浆不能让它掉了，不然就嫁接不成功，这是关键，也是许多人嫁接不成功的原因之一。"

早春又走到另一根桑树旁，姐妹们跟在她身后，目不转睛地盯着她。她说："找好位置用刀划开一个口。再将枝条插放里面，用桑树皮包好、抹上稀泥，用谷草缠绑好。"

"嫁接后发芽前不灌水，以后两到三天浇一次水。发出嫩芽叶时，再精心呵护，以后就枝繁叶茂了，也就嫁接成功了！"

大家各自拿桑条散开，早春才看见李书记等领导，她手里拿着桑条，赶忙上前道："领导们搞突然袭击呀！这么不声不响的！"

李书记也将枝条削好，插进划开的口子里包好，道："不是见你正忙吗？"

早春忙抹上稀泥，伍主任边捆草，边解释："是准备叫你，李书记要同大家一起劳动。"又向早春说了来意。早春弯腰在桶里洗着手，道："我陪领导们去家家户户检查。"

"已查过了。"

女社员在另一块田里，边唱歌边劳动，有时还不忘打情骂俏。

王月莲道："你们说，这用草包裹着的像不像挺着肚子的孕妇啊！"

"是的哩！很像！"姐妹们你一言，我一语。

到中午，早春邀领导们去家里吃饭，大家也没推辞。原来是李书记在检查时，听说早春在分配供应粮时，就从来没分给自己家，总是将自己家的一份分给了更困难的家庭。让李书记更感动的是，李家墨的妻儿都得到照顾，多分了供应粮食。

他赞叹早春道："真是群众的好代表，我们的好干部啊！"

供应粮是政府在二三月间发给各个生产队，以解决青黄不接时，社员的口粮问题。

几人下山，朝早春家走去。李书记拿着分配供应粮名单，关切地问早春："你们家这么多小孩，粮食肯定不够吃，为什么没分点？连侄子侄女的供应粮也没要。"

早春说："我们家有粮食吃。"

到了早春家里，三女儿就甜甜地叫着妈妈，扑向她怀里。早春又让她叫伯伯，三女儿依次叫着。

大家赞道："真乖，多大了？"

三女儿奶声奶气地答道："我两岁了！"

李书记背着手，看了看早春简陋的房里，秀梅在拉风箱煮饭，一锅大米稀饭，一锅红苕。

又去看了粮缸里的粮，顶多吃十天半月，就问早春道："怎么没看见你家有粮食？都放哪里了？"

早春手指井峰街方向，笑容满面地答道："我家的粮都放在粮店了。"

李书记盯着早春："粮店？"李书记想：你又不是吃商品粮的人，怎么说这话呢？

这时三个孩子放学回来后，都背了满满的一背篓猪草进门。

早春又指孩子们，笑着解释道："我家人口多，小孩多，但规划好了，照常能挣钱、挣粮哦。"

李书记手端茶缸，说道："那你说来听听。"

早春扳着手指算："上级不是规定卖一头肥猪，有五十斤粮，母猪产小猪一头补四斤粮吗？我们一年可出栏七至八头肥猪；两头母猪一年有几窝猪崽儿。这些奖励的粮食可比供应给我们家的两百斤粮食，要多出许多倍哟！"

领导们赞许地点了点头。

早春指着粮店方向，朗声笑道："这些粮不都放公家粮站帮我保管着吗？"

这时，二娃牵着油光发亮、肚圆腰壮的牛回来，身后还背了一大捆草。秀梅在厨房喊："吃饭了！"

孩子们就跑进跑出帮忙端菜、盛饭。桌上有凉粉，蒸香肠，香干，泡菜。

李书记和几个领导端着碗，赞道："真是勤劳和谐的幸福之家啊！"

"冯代表把队里和家里都规划得一样好！家人和队里人都过着丰衣足食的好

日子，真不错。"

饭后，李书记关切地询问了早春桑蚕养殖情况。

早春汇报道："您已看到了，我们队的桑树嫁接已接近尾声。接下来，就是全大队全面铺开。我们队里正在物色会养蚕的人选。"

第 64 章　种桑养蚕

　　山坡上嫁接的桑树长出一片嫩绿时，早春带众姐妹在浇水。早春陶醉、爱抚地摸摸树芽，又摸摸自己的肚子，这心醉的嫩芽，如自己的孩子般长成。她长久凝望着它，就像欣赏一件艺术品那样，成功的喜悦让早春无以言表。她仿佛看见白花花的蚕茧，五颜六色的丝绸。对了，当务之急，是要物色好会养蚕的人。这几天说情的人把门槛都快踏破了，都说要养蚕。

　　早春了解到金柱的爱人香草，即李家墨的大儿媳妇，她们母女在解放前曾给地主喂蚕，算得上养蚕高手。早春见个子不高的她，穿一身花纹棉袄，正左手提桶，右手舀水，认真地浇灌嫁接的桑树枝。

　　早春走到香草身边，想和她商量养蚕的事。可早春靠近她时，她就像老鼠见到猫般，提着桶，拿着瓢慌忙躲开了。

　　早春又紧跟上前，香草弯腰一阵"哇哇"地呕吐起来，吐得眼泪都流了出来，蹲在了地上。这种滋味早春知道，就摸出几颗糖递给她说："放口里也许好些。"

　　香草站起来，感激地看了早春一眼，低声说："二娘，我和我妈都知道你是好人。可金柱说，不许我和你走近说话，不然就要挨打。我倒不怕打，只是我妈年纪大了，经不起那折腾。"说完就低头快走了。

　　香草总是一个人闷头干着活，不大与人说话。她父亲早逝，和母亲相依为命。和金柱结婚后，就带着母亲过来一起生活。她母亲杨婆婆也是少言寡语、勤劳善良的老人。

　　这个金柱人称"红脸张飞"，生得五大三粗，腰圆膀阔，还算讲义气。他二弟银柱则和李家墨一样，生得尖嘴猴腮，阴险狡诈。但这金柱一大特性是喜欢喝酒，一喝脸就红，还经不住人劝，一劝就喝醉。醉后在外面跟人打架，回家就打老婆。杨婆婆看不惯女儿挨打，就要去阻止，结果金柱连她母女二人一起打。酒醒后，又是认错，又是道歉的，母女俩不知流了多少眼泪，早春也想找机会治治他。

　　这天晚饭后，早春家和往常一样，门后墙上挂盏灯，书华、淑珍和汪嫂的女儿把磨子推得轰隆隆地响，在互相帮忙磨苞谷粉。早春在屋里灯光下教秀梅和二女儿绣花。

两岁多的三女儿也兴奋地左看看右瞧瞧。文成和几个男孩子在院坝月光下，啪啪地打着陀螺，二娃在给牛烧热水喝。

秀梅说："二爸把牛看得真金贵。"

火光映红了二娃的脸："哎，虽立了春，但还冷。冷水也伤牛胃，牛少得病才长得肥实，干活才有力气。再说母牛还怀着孕。"

大家一阵大笑，"二爸真爱惜牛！比对自己都好"。

二娃右手拉风箱，左手加柴在灶里，说道："我把牛喂好了，也是在支持你们当干部的妈妈嘛。"

这时，杨主任手捂着腮帮走上台阶，念道："牙疼不是病，疼起来真要命，冯代表，快用你的灵丹妙药，让我闻闻咯。"

早春赶忙放下针线，端板凳让他坐，就去捣药，笑他道："是不是儿子考上军校，高兴，喝多了上火了？"

书华磨面粉后进房来，叫一声"杨伯伯，您坐"又去给他倒水。

杨主任摆手制止道："不喝水，只要你妈快点弄药。"

这番话引得女孩子们咯咯咯地大笑他："打仗都不怕，怕牙疼？"

这时，隔壁金柱的打骂声和香草母女的哭泣声传来。

早春递药给杨主任闻，指着右边说："杨主任，我们联手治治他咋样？"。

杨主任左手托着药，右手按着腮帮，低头闻着，口里发出"嘘……"的声响，道："咳，你这药闻闻，就是舒服，哎！疼得好些了呢。"

书华骄傲地答道："那当然，我妈可以开治牙专科了！"

杨主任笑道："是的哩！你可以给你妈当帮手了！"

说完他又转向早春道："我也讨厌这种打人，特别是打老婆、老人的人。怎么治？你安排。"

早春道："我们二人就来唱他个双簧戏，咋样？"

二娃从牛圈走出来，拿着竹篾来编筲箕，说道："别人家务事，你少管，小心误伤到你和肚里的孩子。"

411

杨主任劝道："要不，我一人去？"

早春手一摆："没我参加，这戏不好唱哦。"

二人一起出门，向右边走去。推开门，只见金柱用树条乱打跪在地上的香草母女，如豆的灯火在她们身上不停地摇曳。

杨主任上前要夺，金柱转身想将树条打在杨主任身上。

"胆子蛮大哩！连我也想打！"杨主任一把夺下条子，甩地上，用绳子把他反绑了起来，大声道，"这种经常打人的人，带去大队关起来，明天游街示众。"

这时，早春将香草母女扶了起来。

金柱酒已吓醒了一大半，仍醉眼蒙眬道："我打我婆娘，犯啥法？"

"嘭嘭嘭"，杨主任气愤地拍着桌子道："现在新社会了，你这叫虐待妇女、老人，把你弄去判刑都不为过。"

金柱被反绑着手，跪爬过来，"原谅我，下次不敢了"。

早春对杨主任道："杨主任，给我个面子……"

金柱抢白早春道："要你好心要你管，我爹被你害得还不够惨？"

早春用手捋着额前刘海儿道："都说你是讲义气的张飞，我觉得你是黑白不分的浑蛋。你父亲李家墨的所作所为，你好好想想，哪一样不都是他害我们，坏事做绝的后果。你以为我想管，就是怕你打掉自己的孩子，后悔……"

杨主任接话道："冯代表，既然他不领情，带走得了，明天把他弄去游街。"

这时香草跪爬过来道："求你们放过他！"又低头摸着肚子说："他爷爷已经去坐牢了。我不想孩子出生，让人骂他父亲跟他爷爷一样。"

金柱已全然没了醉意，站起来，走到香草面前，喜形于色道："你咋不早说，我要当爸爸了。"

于是又跪拜道："我改，我改！以后，决不打人了。"

"早说不就好了！"早春拿出纸笔道，"口说无凭，写保证。"

杨主任道："对！写保证。由冯代表监督，下次再犯决不轻饶。"

几天后，早春提桶正在浇水，香草提着桶主动走过来，泪眼蒙眬地对早春说："谢谢你！二娘！他现在对我们好多了。有时他喝了酒，扬起手要打人。我就说，喊人去了啊，他赶忙放下了手。"

早春弯腰舀一瓢水，对她说，"你也不要见外。听说你们母女蚕养得很好，我想让你们给队里养蚕，行吗？"

香草停止了舀水，不敢相信地说道："养蚕是风不吹雨不淋，做家务和照顾孩子也可兼顾，好多人都想做的事。二娘真的不记公公的仇，肯让我们养蚕？"

早春倒水浇着树说："这蚕谁都可以养没错，但要养好蚕，出好茧，可是需要经验和技术的哟。"

"既然二娘信得过我，没问题呀！"

早春又从玫瑰红布袋里拿出一瓶药递给香草："我看你妈她老人家腰腿好像不太好，拿去揉捏会有好处的。"

香草将瓢放桶里，将手在身上擦了擦，接过药瓶，沉思了会儿，真诚道："二娘，我娘家喂蚕的簸箕、架子好多东西都还在，可以去拖过来，也会节约不少钱。"

"太好了。我和他们商量后，队里会折算钱给你的。"

早春问香草道："你们可以喂多少蚕？"

香草很有把握地说："几十簸箕，都不成问题，如果有地方和人手，还可以更多。"

香草平时少言寡语，说起养蚕来一套一套的，她给桑枝浇着水说："蚕初期一龄二龄时，需要的桑叶少，而后期食量大，要的桑叶多，需人手多，又加上正是忙月……"

早春提桶走到另一棵树旁道："忙月时，学校都放假，半大孩子能帮忙吗？"

"像二娘家的几个孩子、淑珍、汪婶的女儿都可以，她们又勤快，又手脚麻利，能派上大用场。如果上学的话，早中晚男孩子可以摘桑叶，女孩也可以帮忙喂蚕。"

早春心里有了底，于是提着桶，去男社员种藕的鱼池商量。香草站着看早春走进阳光里，走远了才又干活，她眼里有泪光闪现："二娘，我一定养好蚕，不辜负你的信任。"

早春和苏石匠等人商量后，朱家湾由王月莲负责，在原食堂点设了个养蚕点。让队里老年男社员砍竹扎架，编簸箕。

李家湾这边由香草负责，早春把议事厅的钥匙交给香草。打扫后，香草将娘家拖来的簸箕架子消毒清洗后，往屋里一摆，喂蚕就拉开了序幕。

香草养蚕也确实尽心尽责，她将自家的屋留了半间出来，专门养蚕。早春白天和大家收豌豆后，晚上也喜欢和几个女孩子去喂蚕宝宝吃桑叶。见它们从如蚂蚁般黑小点，慢慢长成白白胖胖的蚕宝宝，心里就莫名地感动。

这晚，早春和香草还有几个女孩子，在议事厅壁灯下喂蚕吃桑叶时，李金柱和银柱的争吵声传来。李银柱说："冯早春让你们喂蚕，就忘了父亲的仇？"

李金柱说："我觉得这样和睦共处比较好，也不得不承认她冯早春办事还算公正。"

李银柱"嘭"地捶桌子道："你不要被她灌了迷魂汤，我和她冯早春家誓不两立，不搞倒她我誓不为人。"

香草对早春说："这两兄弟时常为这事吵，好在金柱不和他掺和。"

李银柱气势汹汹地吼道："我掀了你的蚕，看你还喂不喂，还听不听她的……"

就听见咚咚咚的脚步声传过来，孩子们要拥上前拦，早春喝道："喂你们的蚕！"

李银柱双手举起簸箕要摔，早春指着他，大吼道："你想和你父亲一样去坐牢，你就摔。将养的蚕摔死了，又是破坏生产的大罪。"

李银柱举起簸箕的双手无力地垂了下来，顺手放到了竹架上。

早春联想他深夜牵牛去水塘的事，又指着李银柱说："我警告你，不仅是蚕，还有牛猪鸡如果被毒死，或被盗，你都脱不了干系。"

李银柱也不示弱，捡起一根棍子，咚咚地将门拍得山响："你难不成要陷害我？"

"用得着陷害吗？你参与你父亲的一些事，大家都心知肚明。是他帮你扛了，也不是找不到证据，大家相安无事最好。"

李银柱气得招风耳不停地抖动："你，你，血口喷人！"就举起棍子要打，被他爱人拉了回去。

李银柱骂声传来："你去给我骂，天天给我骂冯早春，让她不得安宁。"接着，就听见嘤嘤嘤的哭泣声。

夏收的脚步轻快地来了，麦穗弯着腰，低着头。蚱蜢多得像青草，在小麦和豌豆地里、山坡上的草丛中发出微弱而嘈杂的叫声。桑树上叶肥、果大，干活干渴了，直接摘桑果吃，可以解渴充饥。

　　春种后，苏石匠带一部分男劳力去水库建设了。早春怀着几个月的身孕，在队里带人抢收抢种。

　　一天早晨天刚蒙蒙亮，早春吃过饭后对秀梅说："梅儿，我这几天带人去对门，白天收割小麦，晚上要打出来。来回跑怪累的，我就在玉兰姐姐家休息。"

　　秀梅正喂猪，端着猪草答道："二娘，你放心吧！我会照顾好三妹的。"

　　二娃喂牛教年轻后生耕田耙地，几个女孩子忙着上学和摘桑叶喂蚕，秀梅喂猪，兼做一家人的饭，有时自然就顾不了三妹妹许多，饭烧熟后，枷椅子中间的一个洞里放了一个木碗，装上饭任由三妹妹自己吃，吃了就去睡。就这样，三女儿病了。

第 65 章 三女病重

二娃要背三女儿去看病。这时，年轻后生来了，叫道："师傅，您再教我耙田吧。"年轻后生帮忙拿肩耙，牵牛出门了。

二娃只得把钱给秀梅说："你背她去大队，让王医生给她看看。"

秀梅答应着，喂了猪后，就背着三妹去打针吃药。

那天，早春白天割小麦，背下山，晚饭后在周围架上火把，把食堂旁边的院坝照得灯火通明，女社员们排成两排，举着连枷你上我下打小麦。打一茬儿后，早春对花鼻梁说："花姐，把麦草捆成一个个的放好，到时蚕吐丝结茧用得着。"

"这还有用？"

玉兰道："二娘真会算计，会节约，忙而不乱，事事都有条理。"

早春弯腰抱着小麦，道："闲时备来急时用嘛。"

等她们把小麦收进仓库，已是半夜时分。庞婆婆喊："冯代表让我给大家做肉丝面当消夜，快来吃哦！"

大家吃后都陆续回家了，早春交代老何："明天，把这些小麦弄去晒。"

玉兰在旁边等她。早春说："你先回去睡吧！我今天想回家去看看，这一天都心神不宁的。"

玉兰担忧道："你怀着孕还这样操劳，已经很累了，要不少睡会儿，天亮再回去也不迟。"

"明天还有刺勾头一大片小麦要收。这时节像抢火候，忙完还要栽秧。"

早春出了门，去看了王月莲养的蚕后，才朝家的方向走去。老何赶忙给她递来一个火把照明，说道："冯代表，你也要照顾好自己的身体哟。"

早春接过火把道声谢，就拖着疲惫的身躯，走入茫茫夜色中。她抬头看了看天，月亮静静地照着村庄，有几颗星星在向她眨眼，河里水流的声音特别响。回到李家湾，议事厅还亮着灯，三排竹架上，整整齐齐地摆满了簸箕，杨婆婆和香草还在给蚕喂桑叶，早春走进去叫道："杨婆婆、香草还在忙呢？"

二人手里抓了把桑叶，杨婆婆点着头，香草抬头叫了声："二娘，回来了！"就将桑叶撒下去，盖住了蚕。

早春看着这些可爱的蚕宝宝，听着蚕窸窣地吃叶声，想着马上就会变成大把的钞票，不觉忘了疲倦，赞道："香草，蚕养得这么好，怀孕了，半夜还起来喂蚕，真辛苦了！几个孩子都听话，在帮忙吧？"

香草道："二娘不是更辛苦吗？你让其他有孕的妇女干些除草、间苗的轻活，而担扛的重活样样干。她们几个孩子都很听话，早中晚都帮忙，半夜也要来，我看她们要上学，就让她们多睡会儿。"

早春帮忙一起喂了桑叶后，才双手扶着腰，挺着肚子往家中走去。

进门时，早春见牛圈里有灯，知道队里母牛要生产了，二娃和衣躺在旁边竹床上守着。这让早春很宽慰，又担心二娃的身体。二娃见早春回来，探出头道："回来了，三女儿这几天病了！"

"看了吗？"

"秀梅背去看了，吃了药打了针。"

早春赶忙提着灯去看三女儿，原来那个胖嘟嘟的孩子不见了，成了"三根骨头两根柴"。只见她满脸通红，眼睛深陷，早春一阵心酸，泪就滚落下来。她赶忙放下灯，抱起三女儿。发现她身上热得像个火炉，早春的心就要跳出来了，她连叫几声"三儿"，三女儿才声如蚊般喊了几声"疼"，"哇哇哇"地呕吐起来，随后，就耷拉着脑袋、昏昏沉沉地眉眼不睁，只有出气难有进气。早春顿时傻了眼，哭喊道："我的娃，你怎么啦？几天不见，这还是我那可爱的娃吗？"

她来不及多想，对二娃喊道："我带她去看。"就背抱着三女儿，打着火把，快跑在曲曲弯弯的山路上。风哗哗吹响路旁的树叶，蛙鸣鸟叫声阵阵传入早春耳膜。

到了医院，医生边检查边说："嘟个当的家长，这么严重才来。"又问三女儿："孩子，哪里不舒服？"

三女儿闭着眼，无力地抬手，指自己的头，微弱地说："疼！"然后又"哇哇哇"地呕吐着。

早春自责得不停地捶着墙。

医生给三女儿开药打针后，交代早春："每天都要上街来打针。"

417

"是啥病？不要紧吧？"

"有可能是脑膜炎。"

"能看好吗？"

"高热持续时间过长，很难说，先打针吃药看看吧！"

早春无力地一步一个趔趄背着三女儿回了李家湾。看着病恹恹、眼睛迟钝的三女儿，她心在滴血，欲哭无泪，大脑一片空白……

眼看农事不等人，过几天下雨了，小麦不收回来，那可是队里人一年的希望啊。想着三女儿打针后，也许会好些，回家等也难熬，于是她咬咬牙就背着三女儿，直接去对门山上割小麦。

到了朱家湾，许多姐妹劝她："你怀着孕，孩子又病成这样，背回去就在家陪着她，好好休息吧！"

早春一脸无奈道："谢谢大家的好意。她已打了针，在家还不是等。"又咬牙道："我们还是抓紧去割小麦吧！"

说完背着三女儿就要上山。这时晒小麦的庞婆婆、陈婆婆走过来说："把孩子给我们轮流抱吧！我们给她喂点水，用冷毛巾帮忙降温，她也许好受些。"

早春不舍地将孩子交给了她二人。后来几天，她每天起早背三女儿去看病打针，回来后仍上山割小麦，晚上照常在火把下打小麦。她一声不吭地带头干着，姐妹们也心疼她，花鼻梁也被感动了，喊着："冯代表孩子病了，自己有孕都在干！姐妹们，我们加油！"

本要四天干的活，三天就干完了。当小麦豌豆颗粒归仓后，大家高高兴兴地分了粮食，挑回家后，孩子们都兴奋地叫着："有白面肉馅饺子吃啰！"

这时，天却闷热了起来，一丝风也没有，还雷声大作，不一会儿就下起了大雨。

早春的心就如这闷热的天气，异常烦躁不安。本以为打了几针后，三女儿会好转，可她仍昏昏沉沉，不吃不喝，高热总退不下来。

医生摇着头："我也无能为力了！"并婉转地对早春说："治好了也可能是个呆傻儿，劳民伤财不值。"

早春的眼里喷着火，抓着医生的衣服，大声吼道："她大小是个人，好歹是条命。有你这么当医生？有你这样说话的吗？"

好多人也劝早春，想开点："一个女娃子，还看得那么金贵干啥？"

"痴呆儿害她本人，也害你啊！"

早春望着奄奄一息的三女儿，对劝她的人喊道："女娃咋了，她也是我身上掉下的肉啊！"

她背着三女儿到街上兰花家。兰花见早春不吃不喝，紧紧抱着三女儿不松手，也很替她着急，劝道："姐，你千万不能有事呀！姐夫病病歪歪，还有几个未成年的孩子，又何况你肚里还揣着一个。"

早春头抵着三女儿的额头，只流泪不吭声。

"不急，姐，有救了！"这时，兰花一拍脑袋说道，"听说从部队刚转业回来的医生看病很在行。你看这一急，我把这事忘了。"

她帮早春抱着三女儿，急急忙忙往外跑。

当复员医生检查后，对早春说："办法是有，但药很贵，要的钱也很多！"

早春眼睛一亮，毫不犹豫地说："只要能救命，用再多钱，我也愿意。"

复员医生又问早春："如果有后遗症，是不是确定了也要看？"早春握紧拳头，咚地捶向桌子："砸锅卖铁也要救。"

医生说："共打三针，七天一针，打一针交一针的钱。"

当天给三女打了一针后，她回家和队里姐妹一起下田栽秧。姐妹们听说了三女儿的情况后，大家要凑钱给早春，还说："你平时扯药帮我们大人孩子看病，从不收钱，你有困难，我们该帮。"

早春感动得眼圈发红："谢谢大家的关心，如果我把圈里的猪卖了，还不够的话，我再找大家借。"

栽秧收工后，已很晚，早春见香草和院里的孩子们都在麦草捆上摘蚕茧。这满街沿的麦秆儿上白白的蚕茧，像天上的星星，是那样惹人爱，让早春忘了疲劳。她俯身双手如摘棉花般快速地摘了起来。

香草劝她："二娘，去休息吧！怀着孩子，栽秧就很累了，又还有三妹要操心。"

早春道："不要紧的。"

李银柱站在门口，阴着脸对香草道："不知自己姓啥名谁了，二娘二娘地叫得多亲热！"

书华、文成故意大声唱歌，回击着李银柱，他只得摔门进屋。

第二天奇迹果然出现了：三女儿退了热，还可以吃点东西了。

早春买来营养补品，煨瓦罐饭，一日三餐耐心喂给三女儿吃。三针后，三女儿果然好了。医生说，这个孩子除智力有影响外，以后感冒都不会得，也很少有病。

早春看着表现出迟钝、呆板的三女儿，心一紧："三女儿，妈对不起你呀。"

可顾不了太多，她又投入了紧张的生产队的事务中。她必须擦干泪奔跑，带着伤前行。让她很欣慰的是：两个鱼塘的荷花盛开了，鱼在里面欢快地游。养蚕卖茧后，队里结回一大笔钱。许多人对早春说："钱分了算了！"

早春和大家商量后，给社员宣布："我承诺让大家穿丝绸，肯定要兑现，但决定留下购买水车的钱后，剩下的分给大家。大家同意吗？"

社员们赞道："冯代表就是考虑得长远。"

"以后，抽水方便了！"

"这日子就是越过越好，越过越甜蜜了！"

大家又唱起了《没有共产党就没有新中国》。

庆七一表彰会上，早春被表彰为优秀共产党员。

早春走到垭口上，秀梅喊道："二娘，弟弟这时还没回来。"早春和秀梅着急地往家里跑："他为啥没回来？"

"您问二爸就晓得了。"

二娃不在家，早春和秀梅去问伍主任的儿子伍明伟，他说："几个伙伴放学后，在山上割柴。有人看见了老汤家的南瓜，就比赛，看谁打得准，都用弹弓把南瓜打掉了。老汤找来时，在文成背篓里翻出南瓜，就拿棍子把文成痛打了一顿。在山旁放牛的二爸，过来拉着他也打。文成恼火自己的二爸不给自己解释的机会，哭喊着'我不要你管'，就跑了。"

早春蹲下身，拉着伍明伟的手问："南瓜是文成打的吗？"

伍明伟摇着头："没打。我们三人割柴草后，在打牌。不知是谁把南瓜放文成背篓里的，我们也纳闷呢。"

早春又去找到那几个小伙伴，几个小伙伴说："我们承认打南瓜是闹剧、好玩，但绝没将打下的南瓜放到文成的背篓里。"

早春手捋额前头发，着急道："我相信你们说的话。那你们回忆下，在你们打下南瓜时，有谁来过？"

他们头摇得像拨浪鼓。成勋仰着头，对早春道："好像李银柱来过！"

"是的，我也想起来了！"

早春心里有底了，是李银柱要加害小文成。几个孩子说："现在文成不见了，我们心里也难受。"

"我们去帮忙找。"

他们走到河边桥上，远远地听见"吱呀吱呀"的水车转动声和哗哗的流水声。

早春道："今天没安排人抽水啊？咦！谁这么晚在做好事？"待走近细看时，月光下，是文成踩水车的身影。她紧跑几步，拉下文成说："孩子委屈你、冤枉你了！"就拥他入怀、拥紧他。

文成伏在早春身上号啕大哭。早春抬袖，帮他擦了擦眼角，几个孩子也上前拉着他说笑着。

早春又拉起文成："走，去老汤家，让他给你赔礼道歉！"

老汤知道了事情的真相后，歉疚地说："是李银柱跑来跟我说，文成把南瓜打下，正要背回去呢！现在知道孩子被冤枉了，我给你赔礼道歉。"说着就甩了自己几巴掌："我浑，我不是人，不问青红皂白就打人。"又拿出桃子、梨，给孩子们吃。

早春知道李银柱以后不会善罢甘休，心又一阵阵痛，这冤冤相报何时了啊？

早春牵着文成回家，和二娃大吵了一架："给你说了多少次了，孩子还小，以说教为主，你偏要不问青红皂白就打。"

二娃挠着头，嘟囔道："这次算我不对，可我说得过他们吗？"

公社李书记专门组织人大代表、村组干部去县城参观了丝绸厂。早春专门买了丝绸，给父母一人做了一套衣服，高兴得冯先生穿着衣服上看看，下看看，总也看不够，热泪盈眶道："老了老了还能穿上丝绸，沾闺女的光啊。"

早春扶着父亲道："这是沾毛主席、共产党的光，我才能好好孝敬二老，让家人过上好日子哩。"

早春没想到，这是给冯先生唯一的，也是最后的一套丝绸服饰。

第 66 章　父亲遗嘱

火热的太阳下，热浪阵阵袭来。早春挺着大肚子仍然在扮桶旁，戴着草帽，挥舞双手，嘭嘭咚咚地扮禾。她舞来了阳光，舞来了金灿灿的谷粒，舞来了人们丰收的喜悦。

眼看预产期已经到了，她还在对门山上挑肥点豌豆，花鼻梁拿锄头勾肥，开玩笑说："冯代表，我多给你担子里上点肥，让你快点生了算了，免得老揣着辛苦。"

早春挺着大肚子，肩上搁着扁担，两手拿着钩绳，看着花鼻梁笑答道："要得呀！你尽管上！"

王月莲不满地望向花鼻梁："就你没安好心。"

临近中午，早春挑担走着，一阵腹疼、下身哗啦一声，有异样的东西流出，她知道快临产了，一看太阳也中午了，就急忙说："收工吧！回家吃饭，下午按时上工！"又对花鼻梁道："你是妇女队长，把豌豆种保管好。"

说完话，她赶紧挑着空担子下山，过河，一路小跑着回家。

玉兰在身后喊："二娘，就在我这里吃饭算了，免得跑去跑来累。"

"不了！"她头也没回。

早春快跑到房里，对正做饭的秀梅说："赶快把锅洗干净，帮我烧开水端来。"

正好周家湾的周大娘从垭口来，找早春拿腰疼的药。早春将药递给周大娘，她说了声谢谢就要走。

早春捂着肚子，皱着眉头道："你吃点再走吧！"她养成了再疼也不叫出口的习惯。

这时书华、二女儿、文成背着猪草回来，都叫道："周大娘好！"就去放背篓。

周大娘夸道："多勤快懂事的孩子啊！"

只见孩子们放下背篓，帮忙端饭端菜。书华让周大娘坐下，盛来一碗饭，递她面前："大娘，您吃吧！"

二女儿端来一碗饭放桌上，对正拴牛的二娃喊道："爸爸，来吃饭。"

"好嘞。"

文成也边吃边来桌边坐下，几个人在堂屋桌前开心地吃着。

书华给三妹盛饭后，去房里喊："妈，吃饭去。"

早春躺在床上，喘着粗气，把剪刀递给书华道："把水烧开盛在盆里后，再把剪刀丢进锅里煮。"周大娘见早春没出来，就喊："冯代表，你怎么不来吃！"

"你先吃吧！我等会儿！"

周大娘吃完饭，放下筷子，对二娃说："二兄弟，你慢吃！"话音刚落，就听到"哇哇哇"洪亮的婴儿啼哭声。

周大娘感叹道："冯代表真能忍，生孩子这么疼，也没听她哼一声。"说着就站起身进房去给早春帮忙。

二娃听说是男孩，就站起身，向房里走去。早春自己剪了脐带，周大娘帮忙给孩子洗，说道："肉嘟嘟的，好可爱的一个女娃啊！天庭饱满，定是一个会读书的娃。"包好后就抱出来给二娃看。已走到门口的二娃，听说是女娃，看也不看一眼，就转身取了烟叶子，往街沿边走。

周大娘知趣地把四女儿抱回了早春身边。几个女孩子则欢天喜地传抱着，喊着"四妹妹"。只有文成嘟着嘴说："又是个妹妹，打架时帮忙的人都没有！"

二娃蹲在街沿边，长吁短叹地卷着烟叶。李银柱前一月刚生了个儿子，就眯缝着小眼嘲讽道："二爸，恭喜你又添了个千金哟！你看我家多兴旺，还不是你怕老婆的缘故，连个儿子都生不出来。"

不怕事的二女儿出来，回敬道："呦，你爹不该去坐牢呀！"二娃把烟含口里站起身去护理他的牛了。秀梅和书华去厨房忙碌，给早春打红糖鸡蛋。

周大娘见二娃闷闷不乐的样子，心里也不好受，为早春难过：女人不生儿子，日子就不好过，原来能干要强的冯代表也不例外啊。她宽慰一脸苍白睡在床上的早春道："你自己想开点，坐月子不能生气的。"

这时两个孩子正好端来了红糖鸡蛋、米酒。周大娘还怕早春不吃，正要开口劝。早春让书华扶着坐了起来，她见周大娘替她担心，反而笑道："您不用为我担心，二娃是个实在人，有啥事都放在脸面上，过几天就好了的。唉！但终归也是我把儿子给他弄没了⋯⋯嘿！不说了！"

说着，她接过碗拿筷子夹了一个鸡蛋放嘴里，嚼了起来，咽下后，笑对周大娘说："吃，凭什么不吃。人是铁、饭是钢，一顿不吃饿得慌。再说，这一窝六个孩子，还指望我哩！"

吃完后，她用头巾包着头，支撑着下床，要去埋孩子的衣胞。周大娘扶着早春，她边走边说："我生的我疼，女儿我也看重。"周大娘却背过身抹起了眼泪。

当地的风俗是孩子的衣胞由自己父母埋，才有好前程。

就在早春抱着衣胞要出门时，二娃过来了，一把从早春手里拿过衣胞说："外面有风，还不好好在家躺着。"

大家看着二娃右手拿锄头，左手拿着衣胞的背影，笑了！

周大娘轻拍着早春的手，朗声道："这个二娃……"

早春坐月子的时候，香草生了个女孩，李照芳的爱人生了个男孩。院子里马上又热闹了起来。

下午上工时，李银柱上山刁难，不让人干活。早春怕影响冬播，耽误季节，只得戴着帽子去山上守着。

那天，冯杨氏提着鸡、蛋、糯米来看早春和孩子。早春正纳鞋底，冯杨氏从摇窝里抱起四女儿："白白胖胖，好可爱呀！"又叹道："这人就是不公平，小宝总想要个女孩，却总生男孩，而你想换个胎，唉！却总生女孩。"

早春用牙咬着针往外抽，安慰道："不都还年轻，还有机会吗？"

"只怕你父亲……"冯杨氏知道自己说漏了嘴，赶忙住了口。早春还是从母亲支支吾吾的话语和飘忽不定的眼神中，看出了些端倪，就停下了手里的活，抓着冯杨氏的手："是不是爸爸有啥事？"

冯杨氏是怕早春坐月子，伤了身体，就抱着孩子想躲出去。

早春心里虽难受，强忍着说道："什么大风大浪没经过，有啥好隐瞒的？"

冯杨氏抬袖擦泪，悲声道："你爸他倒床好些天了。"

早春让二娃带着礼物去看冯先生。冯先生已不能说话了，只拉着二娃的手，一个劲地流泪。

二娃哽咽着告诉冯先生："您老就安心养病，要好好的，等早春满月后就来看您。"

冯先生使劲地点了点头。二娃和小宝要抬他老人家去医院，但他死活不去。

早春刚满月就背着四女儿去娘家，一进门就哭喊着："爸，我回来了！"抱着四女儿扑倒在冯先生床前。

冯先生挣扎着要坐起来。冯杨氏扶起他，在背后给他靠了个枕头，早春哭着，抱四女儿给冯先生看，冯先生爱抚地摸了摸四女儿的脸，叹了口气，突然开口道："多好，多可爱的娃啊，可惜外公不能看着你长大了！"

四女儿像能听懂话一样，张嘴"啊啊"讲着，还对冯先生笑。

早春揩着眼泪，哽咽道："爸，不说了，以后有的是时间，我们去医院看病好吗？"

早春把孩子交给冯杨氏抱，她和小宝将躺椅用两根长竹竿绑了当滑竿。

"爸，我们这就抬您去医院。"早春抱头，小宝抱脚，要强行抱冯先生上滑竿去医院。

冯先生拍打着两姐弟："我不去，我不去医院。"他狠命拉住早春，用微弱的声音说："春儿啊，咳……你让我把话说完，咳……不然我走得不安心，咳……死不瞑目啊！"

早春和小宝放下冯先生。早春跪下，拉着冯先生的手，低头双手捧着，哭得全身颤抖，冯先生抽出一只手摸着早春的头发，絮絮叨叨地说："我这一生磨难重重，你十岁，我眼瞎，我都没料到自己还能活到今天。七十多了，人生七十古来稀，我知足了。生了你这么个能干孝顺又懂事的孩子，从小养着这个家，照顾我们，自己不吃米不吃面也要给我们送来。你弟弟要成家了，要做屋，你二话不说，砍了你自家园子的树就送来，木板不够还拆了你家的阁楼木板就拉来。这个家有今天全是你的功劳啊！"冯先生咳得上气不接下气，早春站起来，帮他捶着背，好一会儿才咳出了一口痰。

早春的眼泪哗啦啦往下掉："爸，您这是说啥子话，我是您闺女，做多少事不都是应该的吗？"

冯先生又拉过早春的手，继续说道："虽然说给你包办了这个婚姻，女婿身体又不好，我也曾觉得是我害了你。但终归这个女婿事事依你，也让我稍感欣慰。在婆家你虽吃了那么多苦，遭了那么多罪，可你不记仇，该帮还帮，该孝顺还孝顺。

425

特别是对两个侄儿侄女，还有几个孤儿，你尽力了。我也相信你以后会越来越好。闺女啊！人在做天在看，善心终会有善报，我们做人凭的不就是一个问心无愧，心安理得吗？你是爹的好女儿，爹为你骄傲。"

早春悲伤得不能自控，号啕大哭了起来。冯先生不停地喘息着。早春站起来帮他揉着胸前，哽咽着哀求道："爸，现在医院条件好了，我们去医院，一定会治好你的。"又要拉他起来。

冯先生慢慢摇动枯树皮般的手："我自己是医生，还不知道吃药？我是大限将到的人啦！再好的药也拉不回我的老命了！不要浪费那些冤枉力气和钱了。"

冯先生咳了会儿，早春抽搐着帮他拍着背，冯先生又拉过早春的手说："我最放心不下的还是你啊！"早春跪在床前，也紧紧握住冯先生的手。

冯先生看了下冯杨氏怀里睡着的外孙，"虽说是男女平等，我也没有重男轻女的意思。你说你成天面对你家族的打打骂骂，终归要有个自己的儿子啊！"

早春揩着眼泪，不明白冯先生是什么意思。这时只见冯先生把早春、小宝的手拉到一起，道："我看，他是四个儿子，你四个女儿，就把第四个相互交换吧！有子有女才好啊！"

说着，冯先生就永远地闭上了眼睛……

早春哭得昏死了过去，小宝给她掐人中，好一会儿才救醒早春。

她还没从丧父的悲伤中走出来，先后又得到了高叔和丁先生病逝的消息。这三人不愧是生前相知相惜的好友，黄泉路上也要等着同行啊！

事后，小宝也想要换个女儿，可早春没答应换。

生了四女后不久，政府号召四个孩子的，都执行计划生育，实行绝育手术。早春主动报了名，可领导们都不同意她做绝育手术。早春不服气道："我不是已经有了六个孩子吗？"

领导们以笑而不答的方式拒绝了她。

那年年底，队里开了个联欢晚会，在学校的书华、文成、伍明伟、成勋给大家表演了舞蹈。人们个个喜笑颜开，红光满面。

"都是冯代表会计划，会安排。有了肉有了鱼，大家的日子越过越好了。"

"藕已丰收了，李照芳不仅给部队收购了藕，还收了各家一些蔬菜！给孩子们买新衣服的钱也有了。"

"我们队里有了贮备粮啰!"

几年后,早春又生了一儿一女。这时李金柱、李银柱、李照芳各有了两儿一女。李银柱积蓄了几年的力量,见队里收入可观,打着要给他父亲报仇的旗号,千方百计要早春下台,自己好当队长。

第 67 章　祖坟被挖

天空没有一片云彩，一丝风也没有，让人异常烦躁，蝉不停地鸣叫，树木没精打采，懒洋洋地站在那里。

书华和淑珍见早春戴着草帽，头顶烈日在苞谷田里，用竹壳在接苞谷花，很奇怪地叫道："妈！二娘！您在干啥？"

早春抬头看了她俩一眼说："我在培育明年的苞谷种子。"

淑珍问道："别个队不都是买吗？"

"买不要钱？我自己育的种不是照样增产？"

淑珍和书华去田里苞谷旁一看，惊喜地说："是的呢，二娘培育的苞谷种上长了两个苞谷哎。"

她们就去拉着早春的衣服，撒娇道："妈""二娘"，"您教我们吧！"

早春站在苞谷旁，右手将花拍到左手的竹壳里，对她们讲道："苞谷的育种不分早中晚时间，但却一定要在扬花挂须时。把苞谷每行第二株顶上开的花，用竹壳或其他东西接下来，"她走到第一株前，"倒在苞谷的胡须上。"

"我们再把第三株顶上开的花接下来，倒在第二株苞谷的胡须上。就这样依次操作就行了。"

淑珍不解地问道："二娘，为什么一定是用竹壳而不是买的撮箕？"

书华弯腰捡着竹壳说："我妈这是给队里节约钱。"

早春抬右手臂、揩着脸上的汗道："也可用叶子接花，但竹壳有一定硬度，且随处可取。"

"再说了，何必花那冤枉钱呢？大家和小家是一样的道理，能省一个是一个吧！既然别人相信你，让你当队长，那你就得把这个大家管好。不该花的坚决不乱花一分钱，每分钱都得用在刀刃上，大家才能过上好日子哦。"

书华也用竹壳接着花，说道："母亲大人教训的是，我记住了，万事要节约。那我请教下，谷的育种时间呢？"

早春边走边揉眼睛道:"今天早起我眼皮就一直跳,心神不宁的,该不会有啥事吧?"她又用竹壳去倒花道:"谷子的育种要选在午时前后。将谷花拍下,用东西装好撒到旁边的另一块田里就好。"

"嘿嘿,妈妈,堂堂的干部,还这么迷信?"书华笑早春道,又一指山上山下绿油油,长势喜人的棉花、高粱、水稻说,"跳也是跳财来哦!"

早春眉开眼笑道:"是的哦,今年又是丰收年啰!"

书华专门写了一篇作文《母亲的节约经》,老师在班上当成了范文朗读。

这时,有人在对面山下大喊:"冯代表,李银柱带人来挖李家祖坟了!"

早春将竹壳一甩,对淑珍道:"去叫你二爸。"急忙下山朝对面半山腰跑去。

书华在后面边跑边喊:"妈,舅舅说,你不能生气急躁,要注意身体。"

早春因长期劳累过度,患上了风湿性心脏病。

原来,李银柱从水库工地回来,为了自己的政治前途,写了和父亲李家墨的决裂书,表示要和他划清界限。李银柱的同学,一个吃喝嫖赌的混混,小名叫秦狗儿,借着县里有人撑腰,当上了公社革委会主任。

李银柱把决裂书双手捧交给秦狗儿时,他歪戴着帽子,不屑地对李银柱说:"要想跟我混,得到重用,你只跟你父亲划清界限还是不够的。"

李银柱凑上前,递上烟,献计道:"听说李家祖上很有钱,没准里面埋了许多金银财宝,要不我们去挖他家祖坟?"

秦狗儿左手拿烟,右拳擂向李银柱胸前:"你龟儿的敢?不怕遭人骂?"

李银柱"刺"地划火柴,给秦狗儿点着烟,快速转动着小眼珠,手指李家湾方向:"有啥不敢的,他又不是我的祖宗。"

李银柱把火柴丢地下,用脚踹灭,又凑上去道:"老同学!"

秦狗儿口吐烟雾,眼一瞪,"嘭"地捶桌子道:"哎!喊啥!"

李银柱马上左右开弓打自己嘴巴:"知错了,我的秦大主任。"

李银柱扶秦狗儿坐板凳上,卑躬屈膝道:"我请示一下大主任,如果挖出了金银财宝,能不能分那么丁点儿给我。"

秦狗儿这时好像看见了一大堆金银财宝在他眼前晃,他伸脚放桌上,跷着二郎腿,口里叼着烟,喜不自禁,拿腔拿调道:"那要看你龟儿子的表现,是否让我满意咯！"

李银柱就带着秦狗儿一行人，手臂戴着红卫兵的袖章，有人扛锄头，有人拿钉耙浩浩荡荡地往李家湾走来。

喊声唤来了很多人，有来看热闹的，但更多的是当年接受过李老爷子施舍的中老年人。他们拄着拐杖跑来，大喊："李老爷子常年施舍粥饭，接受施舍的人排成长队，许多人才没饿死，决不许挖他老人家的坟！"

"老人家施舍布匹衣服才让许多人没冻死，不许挖。"

"我们一家要饭，被收留在这里住下种田，才有了安身之地……"

等人们跑到时，那群人已经挖开了坟头上的土，一个黑漆的棺木呈现在了大家眼前，他们下去就用钉耙要扒。

人群激愤地怒吼："不许砸棺木，让大善人死不瞑目！"

秦狗儿、李银柱他们拿出棍子、锄头、钉耙乱打乱推，有老人被掀在地，有人被打伤。

早春和书华还有秀梅从山那边气喘吁吁地跑来，早春狠命推开那帮人，下到坟里，护住棺木，大喝道："谁要扒开棺木，除非我死！"

他们强行拉开了书华和秀梅，俩女孩只得骂道："呸，不得好死的大坏蛋！大恶人！"

几个彪形大汉硬拉着早春，她死命抱住棺木，强行的推拉中，早春昏厥了过去。

秀梅、书华挣脱拉她们的人，哭喊着："妈、二娘，您不能有事啊！"跪爬到早春身旁泣不成声。

有人赶忙去扶早春，让她平躺着。书华给早春掐人中，秀梅从玫瑰红布袋拿出药丸给她吃，这是小宝根据她病情专门做的。

秦狗儿一群人只愣神了片刻，李银柱手举钉耙带头去扒棺木。

这时，铜柱和金柱赶来，上前拉着银柱的钉耙，阻拦道："二弟，你不能太过分了，李老爷毕竟是对我们祖上有恩的人。"

"你滚开！你们被冯早春灌了迷魂汤吗？"李银柱将金柱推得跌坐地上。

"不许砸棺木！不许砸棺木！"人群大喊着，趁势拥上来阻拦，却被李银柱一群人用锄头、钉耙拦在了外面。

大家只得痛骂道:"让大善人暴尸外面。你们不得好死,要遭报应的。"

有的跑到早春身边,摇着她:"冯代表,你快醒醒啊!"

"不然这群人还要更猖狂啊!"

"嘭嘭""咚咚""噼里啪啦",一阵声响后,随着棺木一层层被扒开,只见李老爷子的骸骨被一层青色丝绸包裹着躺在那里,手骨平放在身体两侧,头骨枕在白盘里。

棺材里没有他们所要的金银财宝,李银柱傻眼了。他不甘心啊!自己的发财梦、赶早春下台当队长的梦,都赌在了这个墓穴里。背着骂名来挖墓,结果墓里除了一口棺木,空空如也!

他看见了秦狗儿恨恨的眼神。最后,他把希望寄托到李老爷子青绸裹着的骸骨上,希望下面能有什么金银宝贝。李银柱右腋夹着钉耙,双手合十,默念"菩萨保佑"对双手吐了口水,一搓,再高高举起钉耙。秦狗儿也取下帽子,慌乱地乱扇,一群人也都屏住呼吸,紧盯着这举起的钉耙,希望它砸下后,能够出现他们想要的宝贝……

被他们用锄头拦着的人们喊骂到:"丧尽天良,不得好死!"喊得声嘶力竭,却只得眼睁睁看他们侵扰亡人的安宁。

"吧嗒",钉耙下去的一瞬间,所有的青丝绸随风化灰……

空气似乎凝固了,没有一丝风,火一般的太阳光从纹丝不动的树缝洒下来,照着书华秀梅摇着早春的身影,她们哭喊:"妈、二娘,你快醒啊!你不能有事啊!"哭喊声在山谷间清晰地回荡。

李银柱赶紧双手揉着眼睛,秦狗儿一群人也睁大眼睛看,生怕一眨眼,金银财宝也如丝绸般无影无踪。可无论他们怎样开展揉眼比赛,墓穴里除了横七竖八的木块外,只有一堆白骨,一束长辫以及当地给亡者枕头的白盘,其他什么也没有……

"呼啦啦"人们立马齐刷刷地跪下,"呜呜呜"地哭拜道:"善人啊!没给自己陪葬一点儿东西呀!"

早春苏醒后,四肢酸软无力。她睁着眼注视着一行人的恶行,念道:"老祖宗,原谅我没保护好你的坟穴啊!这些人总有一天要遭天谴!遭报应的!"

"混账东西，害得老子白忙活了大半天！"秦狗儿歪戴上帽子，狠踹了李银柱一脚，李银柱像泄了气的皮球，跌坐在了地上，又心虚地对秦狗儿道："这个盘子还是个古董，我给你收好。"说着就去取盘子，还咬牙切齿地念道："害得老子白忙活了半天，我要把你这骨头甩去外面喂狗……"

李银柱又举起钉耙。这时，太阳被乌云遮住，雷声滚滚，老鹰"哇哇"地号叫着在天上盘旋。狂风卷起了飞沙打在李银柱身上，他浑身哆嗦，手发抖，钉耙"哐当"落地。

秦狗儿气急败坏地"啪啪"狠甩了他几耳光，手一挥，"走！"

在人们咬牙切齿的"缺德鬼，不得好死"的骂声中，一干人仓惶逃走了。

这时，早春恢复了点力气，大声喊道："李银柱，听说你祖父的坟里倒是埋了不少金银哟。"

人们附和道："到时被人挖去了，可不好啦。"

"秦主任，李银柱是肥水不流外人田哩！"

"他怕你们抢了他家的金银财宝，要独霸。"

秦狗儿听说有金银，转身揪着李银柱衣领："你为什么要骗我？拿个空坟来搪塞老子！"抬起脚狠狠地踢了他几下。

李银柱跪地求饶道："没有的事！"

"秦大主任，我们亲眼所见，让李银柱挖开不就知道了。"

秦狗儿本是见钱眼开的主，拿棍子逼着李银柱："去不去？"

李银柱跪在那儿，撅着屁股，头磕得如捣蒜："饶了我吧，真没有！"

人群一阵呐喊："秦大主任，他是想独吞。"

只见秦狗儿眼里喷火，对随从道："捆了他，给老子狠狠打，游街示众。"

李银柱只得乖乖地拿锄头去旁边的祖坟——李报恩的坟上挖了起来。李金柱兄弟上去要拦，同样被那群人围了起来。

早春支撑着虚弱的身体，带着女儿们跪爬到李老爷的一堆白骨前，捡了骸骨用树叶包好，又小心地扫了风化的青绸灰，同样用树叶包着。

这时，那群人真的在李报恩的坟里挖出了金银首饰。秦狗儿笑眯了眼，拍着李银柱的肩："总算不虚此行，明天去我那里报到，跟着我干，以后少不了你的好处。"

说完，他就带着金银首饰扬长而去，留下李银柱木然地瘫坐在地上。

大家总算替大善人李老爷子出了一口恶气，纷纷来替早春安葬李老爷子。

早春慢慢站起身，向大家鞠了一躬道："谢谢大家，请回吧！我们会安葬好老祖宗的。"

人们走后，二娃牵着四岁的儿子来了，二女儿背着幺妹，三女四女跟在后面。正在水车旁抽水的李文成，听说后也从山下跑来，拿着锄头大喊："李银柱，我和你拼命了。"

早春夺下他的锄头，大声喝道："都给我跪下！"

大家齐刷刷地跪在了李老爷的骸骨旁，早春语重心长道："善恶终有报！人心最公道！害人必害己。你们给我记住了，不忘祖训，以善为本。"

早春又大声命令孩子们道："跟着说，不忘祖训，以善为本。"

"不忘祖训，以善为本。"声音萦绕在山谷间、田间地头。太阳穿出云层，射出金光，从树缝洒在早春他们身上。

二娃道："我们就在原地安葬他老人家吧！"

早春手一摆，一脸神圣地对孩子们说："原地已被恶人弄脏。我们祖宗一生行善，清白做人，哪能容下那些污垢！"她指着坟冢旁的山崖："我们就在那儿给老祖宗安家吧！"

说完，早春左手拿钻子，右手拿锤子，一下一下地在岩石上打凿了起来。二娃和文成接过去，"叮叮当当"地忙碌一阵后，最终把李老爷的骸骨安放在了里面。等到早春再去寻李老爷的那束辫子时，却不见了踪影，这是她的又一愧疚。

她又拉着文成问："听说你在学校里斗老师、校长，是吗？"

文成点着头。早春双手抬起他的脸，一脸认真地说道："今天你们见到了那些人的所作所为。特别是那个秦狗儿和李银柱，他都是二流子，以后不许你参加他们的任何活动。"

文成认真地点了点头。

书华在旁边吐着舌头："那文艺宣传行吗？"

"只要是学校正常组织的都行。"

"到时报母亲大人您审批通过好吗？"

433

早春嗔怪道："你少耍贫嘴。"

李银柱和几兄弟在旁边给李报恩挖坟，听见早春说秦狗儿的不是，心想，这是整垮你冯早春的好机会……

早春手一扬说："中午我用荷叶包苞谷浆加肉烧给你们吃，好不好啊？"

文成先答道："好嘀，我去摘些荷叶回来。"边说就牵着弟弟走下山了。

早春对二娃说："你回去推苞谷小麦浆，我和书华秀梅去拾柴，晒干后，明天带她去井峰卖。"

早春割草背回家后，就去做清凉荷叶饼。烤好后，孩子们一边吃，一边分别给几家人送去。这已经是习惯了，谁有好吃的，都相互送，包括香草。她做了如蒸肉、凉粉也会给早春家送来。李金柱也睁一只眼，闭一只眼，默认了这种行为。他们两家的孩子也相互约着去打猪草，拾柴草。院子里出现了少有的和谐。

只是李银柱一家，不仅不与院里人来往，和自己大哥一家也很少来往。他的三个孩子，也时常睁着好奇的眼睛，想加入几家孩子的玩耍中，可很快就被李银柱吆喝回去。那三个孩子只得独来独往，独自打猪草，拾柴。

第 68 章　智帮初恋

这天天气晴好，适逢井峰街当场，早春给社员放了半天假。天还没亮，她就背起昨天理好的菜，秀梅夹背里装了些核桃冬枣柚子等，背去街上卖。一路上不断有人相互问好，打招呼。

淑珍在后面喊她们："二娘、秀梅姐。"

她旁边一个五官端正的小伙，背着夹背，也跟着叫"二娘"。

早春认得他是李照芳的舅兄，这个小伙常来给他姐姐帮忙，和淑珍接触多了，两人日久生情。

早春故意对男孩道："跟我们珍儿跟得这么紧，莫不是喜欢她？"

男孩大胆地请求道："请二娘做主，我喜欢她，让她嫁给我吧！"

淑珍佯装生气，嘟着嘴说："谁要嫁给你！"她红着脸、背着夹背跑了，男孩紧跟着去追赶。

看着他俩的背影，早春感叹道："哎！你们可算长大了！也算对你们的父母有所交代了！"

秀梅紧走几步上前，与早春并排走着道："二娘这些年为我们操碎了心！辛苦您了！"

早春拉着背带道："你们好好的，我就放心了！淑珍有了自己的意中人。你有中意的，可要跟二娘说，二娘好给你做主哦！"

秀梅满脸通红地低头道："其实我也有喜欢的人，就是苏石匠女婿的弟弟，我们接触了几次，他对我不错。他说，过几天请人来向您提亲。"

早春高兴地答道："好！太好了！只要你们都有了中意的人，有了归宿，我也就心安了。"

到了街上，早春和秀梅紧挨着，找了个位置，蹲下将要卖的东西摆在前面。她们的菜择得干干净净，摆码得整整齐齐，立马就有人来买。

正在这时，早春见一群红卫兵，用棍扫街两边摆放的物品，同时喊着："让开！

435

让开！"然后举棍高喊："打倒走资派！打倒反革命！"

一群人押着一批人在游街。其中一男一女，被反捆着手，胸前挂着"反革命，走资派"的牌子，衣服被撕破，头发凌乱。他们强按着让这二人低头，这一男一女仍不服气地高昂着头，于是就遭到一顿拳打脚踢。

早春哀叹了一口气，摇头嘀咕道："现在是怎么了，不断有人被他们不分青红皂白地斗。"

她蹲着给人装核桃。在递核桃收钱时，她抬头一瞥的瞬间，惊呆了！她忙站起身，扒开围观的人群，挤上前，脱口而出："大哥，嫂子！"

那被押着的一男一女，眼里掠过一丝惊喜，随即板着面孔，口里冷冰冰地说道："谁是你大哥、嫂子，你认错人了。"

早春站在那儿发愣，明明就是何俊贤夫妇，我怎么会认错呢？他们怎么会是反革命呢？难道是被人陷害？为啥不与自己相认呢？是有隐情，还是怕连累自己？

秀梅也来到早春身边说："二娘，他们是谁？"

早春仍目不转睛地望着前面的背影："是曾经救过你二爸一命的好人、好医生。"

随即她转身将剩下的核桃冬枣柚子，装进夹背背着，对秀梅说："你先回去，给你二爸说下，我要去看看。"就追他们而去。

秀梅说："二娘，要我去帮忙吗？"

早春两手反拉着夹背绳，转头摆手道："你先回去吧！"

早春又去买了些东西提着，远远地跟在一群人后面。只见他们押着何俊贤夫妻二人，在一块有积水的红苕田旁停下，解开绑着他们的手，恶声恶气吼道："今天把这块田的红苕扒完，否则有你们的好果子吃。"

何俊贤愤然道："可恶！一帮乳臭未干的王八羔子！"

那群人又一阵棍棒相加，恶狠狠地训斥道："还敢骂人，让你知道老子的厉害。给老子抓紧时间干，晚上来检查。"

打得二人趴在地上，一群人才扬长而去。

何俊贤两口子艰难地站起来，拿锄头，去雨后水淹的田里挖红薯。这种田里的泥土有黏性。连续几天阴雨后，土如糍粑样拉拉扯扯，藕断丝连。人走在上面黏土常常会拉扯着人摔跟头。可想，要干活更是难上加难。让一对毫无种田经验的人在这种田里干活，那无异于是爬雪山过草地般。太阳苍白无力地照着大地，何俊贤的腿在抗战中本受过枪伤，现在要一瘸一拐地走下田，更加艰难。

早春眼泪就流了下来，她提着东西直奔二人："大哥，嫂子！你们受苦了！"

两人同时转过身，见早春穿着青布碎花棉袄，绾着发髻，干脆利落，背着夹背，手提两大包物品，向他们走来，一双泪眼里充满着无限的爱怜和关切。

徐护士长丢下锄头走过来，惊诧道："妹子，你咋找来的？"

早春放下物品，两人相拥而泣。

何俊贤则扶锄站立原地。早春见原本精干英气的他，经过了岁月的洗礼，眼里少了几分锐气，多了几分忧郁。

早春弯腰去拿了些东西，分别递给他俩："你们肯定没吃早饭，先吃点吧！"

徐护士长接过吃了起来："这一大早折腾的，是饿了！"

何俊贤没接，侧转身举起锄头，狠狠地砸了下去，黑着脸对早春说："你还是快走吧！"

早春如遭蛇咬般，立马缩回了手。

徐护士长嗔怪道："你这是干吗呢？妹子大老远跟来！"

何俊贤仍没回头，弯腰拉红苕，却怎么也扯不出来，气喘吁吁道："你想她和我们一起挨斗吗？"

早春知道了他是好意，泪水扑簌簌往下掉。她蹲下身，从玫瑰红布袋里拿出铲子，在水里打湿，一铲下去，另一只手轻松就拉出了红苕。干咳了两声，她半开玩笑地说道："你们看病救人内行，干农活还得跟我学哦！"

徐护士长嚼着麻花，蹲在早春身边，解释道："妹子，别跟他计较，他在家常和孩子们提起你，他是怕你受牵连。"

早春手摇红苕，扯出来道："嫂子，我怎么会不知道大哥的心思呢？只是我是那种怕事的人吗？"

她抬起泪眼，满脸关切地问道："嫂子，你们是因为啥事来这里的？"

"他就是因为替他们挨斗的首长说了句公道话而被遣回祖籍劳动改造的。"

早春又一铲子狠插进泥里说："嫂子，今天，我给你们支一招，既可保全你

437

们自己,又不得罪他们。"

于是和徐护士长耳语了一阵。正在这时,"砰"的一声响,心力交瘁的何俊贤突然昏倒了下去。二人忙起身去扶起他,徐护士长给他掐人中,早春握着他的手,泣不成声地哭喊:"大哥,你要坚强,不能有事啊!"早春哭唱着《小草赞歌》,剥开柚子,挤出汁滴进何俊贤口里。好一会儿,他才长长地吐了一口气睁开了双眼。早春掰了姜糕要喂他吃,他紧闭双唇,绝望地摇着头。早春问:"嫂子,他这是长期不吃东西吗?"

徐护士长泣不成声道:"他是被打被折磨得丧失了生活下去的信心啊!"

早春满眼含泪,满目疼惜,紧紧握住何俊贤的手,给他讲了她婚后经历的种种磨难:经历了妯娌夫妇英年早逝,大弟伤亡,婆婆病故,好友托孤,还有李家墨的多次陷害等。特别是生大女儿难产,是人们唱《小草赞歌》才唤醒了她。

何俊贤听着听着,眼角流出了清泪,徐护士长则不停地哭着,拍着早春的手说:"妹妹啊,真是苦了你啊!"

早春劝何俊贤道:"大哥啊,小草在大石头下都有向往着阳光的坚韧意志力,值得我们学习。我们更要坚强地活着哦!"

何俊贤终于睁开眼睛,使劲地点了点头。早春再喂他东西时,他慢慢地嚼了起来。

徐护士长抬臂揩泪道:"俊贤啊!妹妹说得是,她经历了那么多磨难都不怕,如大石下的小草,倔强地活着,我们也要学她哦!"

早春指着天上:"我们应该相信,乌云总有散去的一天,风雨过后是彩虹,守得云开见月明哦!"早春又拉徐护士长的手和何俊贤的手放一起,说道:"大哥,你有我这么好的嫂子,不离不弃地陪你受苦,你就知足吧!"

何俊贤点了点头:"我就是觉得连累了她和孩子啊。"

徐护士长嗔怪道:"说啥傻话,我们如早春妹妹说的,好好活着比啥都强。"

二人搀扶着他回家休息,边走边哼着《小草赞歌》。

当早春进到茅草屋,见简陋的厨房里只有红苕。她背起夹背,对正生火的徐护士长说:"嫂子,我去去就来。"

她向井峰街走去,先买了一瓶鱼肝油和猪油,又去买了米、面条、肉背了回来。

她在米袋里还放了点钱。背进屋时，徐护士长一见，哽咽着说："妹子，让你破费真不好意思。好多亲朋好友都躲着我们，只有你是第一个来看我们的人。"

早春放下夹背，捡出东西笑道："我们不是好姊妹吗？"

她用鱼肝油加猪油冲了两碗热水，一碗递给徐护士长，另一碗端进房里。冬日的太阳光从茅草的空隙洒下来，照着何俊贤苍白的脸，他坚定的眼神让早春略微放宽了心。

她将碗递给何俊贤，走出来，打开锅盖，拿了几个红苕，口里嚼着说："嫂子，下午队里还要上工，我先回去。我会抽空来看你们，有事一定记得去找我！"

徐护士长走出门来，使劲地挥着手，见早春走进冬日的阳光里，她的心也暖融融的……

第二天，天刚亮，大雾笼罩着山村，那群人气势汹汹地去田里揪何俊贤夫妇去游斗，对何俊贤又是拳打脚踢。瞬间，鲜血从何俊贤的腿上、身上、鼻孔里汩汩流出，何俊贤倒下，人事不省。徐护士长抚着何俊贤哭得昏天黑地："当家的，你不能有事啊！不然叫我和娃儿啷个做嘛！"

那些人见状就吓跑了，那些血是徐护士长按早春的计谋，装了红药水在何俊贤的身上。

早春和秀梅早早去街上卖菜时，见挨斗的人群中没何俊贤夫妇，她才放宽了心。

她送走买菜的人后，扶树站起，伸懒腰、打着哈欠。这时，李银柱凶神恶煞般走到早春面前，指着大字报得意极了："哈哈哈，冯早春，这么多年来，一直没抓到你的把柄。昨天，终于让我发现了你的私情。我让你冯早春搞破鞋，行为不检点，你自觉快点滚下台为好！"

秦狗儿也歪戴帽子，手一挥："还敢说我的坏话，抓去游斗。"

李银柱带一群人拉早春，强行要给她颈项上挂一双破鞋。秀梅要挤进去，大喊："我二娘是好人，不许冤枉她。"但被推倒在地。

早春被李银柱等人强拉着手，她摆着头，跳着脚拼死挣扎着，大喊："想冤枉我，除非我死！"就咬了李银柱等人的手，趁他们松手之际，她往旁边树上猛撞过去。顿时，她头上血流如注，由于激动，心脏病突发，昏倒了过去。

人群围拥过来，高喊："冯代表可是好人，历届人大代表、劳模，你们也太过分了！"

李银柱和秦狗儿见早春如此刚烈，也吓傻了，赶紧逃了。一些人赶紧扶起她，给她掐人中，秀梅从她玫瑰红布袋里取药喂给她，哭喊着："二娘，你不能有事啊。"

这时闻讯的公社李书记、李部长等领导也赶来，吩咐道："快将她送医院抢救。"

住院时，玉兰来看她说："李银柱常带人到朱家湾斗、打人，还将两人弄去坐了牢。"

朱三七和他爱人抱着两岁的儿子也来看早春。朱三七对儿子说："叫冯婆婆。"

孩子果然奶声奶气，甜甜地叫"冯婆婆"。

"欸，真乖。"早春答应着，欠起身，就给小孩抓了一把糖。

早春靠床半躺着，指着板凳："三七，你们坐。"

秀梅给他们递来开水，和三七爱人在逗着孩子玩。

朱三七坐在早春旁边的板凳上说："冯代表，谢谢你在我坐牢的几年里对我爱人的关照，还去牢里看我，鼓励我认真改造。我出狱后，你见我们夫妇总也没怀上孩子，还到处寻找秘方，给我们夫妇治病，让我们有了儿子。"他哽咽道："您就是我的大恩人，再生父母啊！"

早春半躺床上说："人谁没有过难处，互帮互助不是应该的吗？"

朱三七揩着泪说："李银柱前段时间来找我，让我参与打斗湾里的地主，我没去。"

早春端着茶缸，喝了一口水道："你自己站稳立场，做个遵纪守法的人，一家人好好生活是对的。"

朱三七低着头，歉疚道："当初就是听了他父亲的话，与您作对，给您添了不少麻烦，自己更吃了亏。真对不起您啊。"

早春手一摆道："哎！过去的事，就不提了，让它随风飘去吧！我们好好地生活，过好现在的每一天不是更好吗？"

朱三七点着头说："在牢里几年，我想通了许多，以前想争名逐利，现在只想简单平安地生活。您放心，我不会再与他们搅和在一起了，我也会劝花姐。"

早春拍了拍朱三七的肩："知错能改！善莫大焉。你能有此心境，是你的福哦。"

早春知道李银柱比他父亲还要狠辣，伤好回家后，决计也要杀杀他的锐气。

大约是四月底，麦子已经抽穗。有一晚后半夜，她肚子疼了起来。每次疼的时候，她就跑到竹林旁的半山腰弄一些野槐树枝，拿回来熬水喝。

她怕惊扰孩子们，就轻手轻脚地下了床，摸出了门，外边一片漆黑。刚摸到那槐树林边，她就听到了有说话的声音。早春吓了一跳，停下脚步不敢再挪，下意识地蹲下来。

一阵山风刮来，丛林中发出"沙沙沙"枝叶摇动的声音。从影影绰绰的树影中，还传来了隐隐约约的人声和响动。她一惊，倚在树旁，再侧耳细听，果然有一男一女在那边压低声音说话，声音是那么熟悉。早春不敢再动一下，生怕对方发现自己。又听了一会儿，从断断续续的说话声中，她听清楚了，那男的是李银柱，女的竟然是花鼻梁。显然，他们也刚来不久。

早春心想，在这漆黑的晚上，他们钻在这林子里，肯定干的是苟且之事。果不其然，随即，她听到了李银柱粗重的喘息声和花鼻梁的"啊啊"声。时间不长，这种喘息声停止了，似乎是两人都在提裤子，然后又坐了起来。

早春想不通，虽说四十多岁的花鼻梁仍风韵犹存，她男人去世，找个人解闷能理解。可李银柱为什么会看上一个比自己大十多岁，且与自己父亲有染的女人呢？于是，她决计来个捉奸行动，不好叫其他人，只得一个人实施。

这晚，寒冷的星空，银盘似的月亮挂在天际。夜深人静时，花鼻梁走过院坝，学着布谷鸟"布谷、布谷"的叫声，李银柱听到后就出门沿早春门前经过。

早春轻轻打开后门，在竹林的掩护下，尾随在后。天较冷，两人进入后山的洞穴中。正干柴遇烈火时，早春轻手轻脚摸进去，用钉耙扒出二人的衣服，随即堵在洞口，点亮火把，大吼："不许动。"

花鼻梁带哭腔的声音传出洞口，先求情道："好妹妹，饶了我吧！我两个儿子和女儿知道了，定会打死我的。"

李银柱想，这事闹出去总归不好，心虚道："你要怎样？"

早春在洞口，威严地大声道："李银柱，我本来可以大叫，让四村八湾的人来捉你们个现行，弄去游街，搞臭你们。但我还是想给你改过自新的机会。按我说的写，否则，我大叫一声，你知道后果的。"

早春丢进纸笔，让李银柱写道："我李银柱与花鼻梁通奸，被冯早春捉了个现行。贴冯早春的大字报，纯粹是我栽赃陷害，以后改正，决不再犯。"

李银柱在洞里念后，早春让花鼻梁拿来看，又让他俩签字画押。

早春才将衣服丢进去，又对洞里喊道："李银柱，希望你以后多栽花少栽刺，不要像你父亲那样作茧自缚了！"

花鼻梁自此后，再加上朱三七劝的原因，老实安分多了。

李银柱却恨得牙根痒痒，"哼！不能治你冯早春，那就拿你的家人开刀。"

第 69 章　麦种被盗

二娃喜欢吃面条，更喜欢李家芝他们那个生产队加工的，就经常去换。这天下午，他又去换面条后，李家芝夫妇留他住了一晚。

当晚半夜时分，队里放小麦种的仓库被盗了。仓库就是李银柱住房旁的原议事厅。

李银柱大喊："抓贼哦！仓库被盗了！"

早春迅速起床，端着灯出门。几家人同时开门出来时，李银柱举着灯，没去追赶贼，而是在仓库到早春的门口低头来回走动。他小眼珠一转，得意地喊道："麦粒怎么到你冯早春门口就不见了呢？该不是你偷的吧？"

早春看见了麦粒，心想，是谁要栽赃陷害自己？怎么和任嫂当年的遭遇如出一辙呢？

苏石匠从对门打着火把赶过来，接话道："这绝对是有人栽赃陷害冯代表。"

杨四祥也说："冯代表这么多年供应粮都不要，犯得着来拿小麦种吗？"

李银柱指着杨四祥："钥匙是你妈在管，该不是你们合伙盗走了小麦种吧！"

杨四祥举起手要打下去："你血口喷人……"

早春拉住他："我们不做亏心事，不怕半夜鬼敲门。"

伍主任在转角山崖边，大喊道："这里有小麦。肯定是有人从这里偷跑了。"

大家提着灯跑去看，除了转角的山崖下那里有点撒落的小麦外，再也没线索了。早春只得去向大队杨主任报了案。

李银柱去公社革委会找了他的同学秦狗儿，决心要实施他的整垮早春，自己当队长的计划。

第二天，二娃背着面条，慢慢悠悠地去送了些给何俊贤夫妇后回家时，李银柱就带着几个红卫兵，跑着上台阶，一边一人架着他，气势汹汹地说："李家梁，随我们去一趟，接受调查。"

李二娃一口痰，叭地吐在地上，他丈二和尚摸不着头脑，瞪圆眼睛，推开二人道:"干啥?我又没做坏事!"

李银柱指着他:"哼!你不是去换面条了吗!"

二娃一脸无辜地大喊道:"我就是换了面条,也没犯法,用得着你们像架犯人样,架着我吗?"

二女儿书群洗衣服回来,见这情况急了,她丢下幺妹,马上出后门跑山上去找早春。幺女咧开嘴,在门旁"哇哇哇"地大哭着。

"嘭嘭嘭",李银柱拿棍子狠拍着门,吼道:"你换面条本无错。但你是在队里仓库被盗时,这错误的时间去换面条就不对了!"

二娃狠狠地盯着他说:"这跟我有啥子关系,我是昨天天还没黑,就背着自家小麦去的,这时才回来的!"

李银柱吼道:"别跟他啰唆,带走!"

早春回家时,二娃已被带走,幺女坐在地上哭着。她对书群交代:"照顾好幺妹",就急忙跑到大队去。

她指着李银柱吼道:"你们不能乱抓人,赶快放了他,二娃要是有个好歹,我决饶不了你们!"

李银柱拍着桌子:"偷小麦的贼,哪里能放过,休想回去。"

正好碰到伍主任和陈书记从外面回大队来,伍主任先做证道:"李家梁是昨天天没黑就出门,经过大队时碰到了我和陈书记,还相互打了招呼的。"

陈书记也点头:"是碰到了。"

又有大队商店、医生等人都围过来做证。

李银柱又对人喊:"你跟我去李家芝的队里调查!"

不一会儿,李家芝带了几人来做证:"我二哥昨晚去,晚饭后摆龙门阵到半夜,早饭后回来的。"

李家芝隔壁的人也说:"我们可以做证。"

李银柱只得不情愿地放了二娃,黑着脸说:"你这几天不能出门,随时准备接受调查。"

二娃问早春:"又发生了啥事啊?"

"昨晚我们队的麦种被盗了,他们怀疑是你偷的。"

"真是冤枉人！你这干部当的，说不定将来还要发生啥事呢？你看人家不当干部多自在。你白天黑夜干，为的啥？又不多挣工分！干脆辞职不干算了。"

早春生气道："不当这干部，你以为就有太平日子？"

二娃不再吱声，气呼呼地走了。早春百思不得其解，那保管室到自家门口的小麦粒是谁撒的呢？难道是李银柱要刻意陷害自己不成？

李银柱自知不能拿二娃怎么样，只得纠集一帮人，将杨四祥抓去大队关了起来。李银柱扬起棍子威胁杨四祥说："你坦白交代，是不是你和冯早春合伙偷了队里小麦种！"

杨四祥高昂着头："捉贼拿赃，捉奸拿双！"

"那撒一路的小麦是怎么回事？你说不是和她合伙，那是你一人偷了送给她家了？"

杨四祥气不打一处来："我还可以说是你们偷了故意撒一路栽赃陷害呢！"

李银柱等人就扬起棍子，啪啪地打杨四祥，并威胁说："你不承认，小心你的儿子，捏死他如踩死一只蚂蚁。我让你老无所依，成孤老。"

李银柱诱导说："只要你承认是冯早春让你把钥匙给她的，就不关你的事了。"

杨四祥有些后怕，低头道："容我考虑下。"

他怕李银柱的毒辣，一个敢挖祖坟、与父决裂的人，还有啥事不敢干？怕自己唯一的儿子遭不测，怕自己老后孤老而终，想到这些就不寒而栗，他强硬的态度有所动摇。

但他还是于心不安，自己毕竟没给冯早春钥匙，违心说这话也难。冯早春一个妇道人家，支撑一大家也实属不易。李二娃老实，身体又不好，他们六个孩子加上两个侄子侄女，还照顾了几个孤儿成人，善心可鉴啊！

再说，生产队的工作大家也有目共睹，一个女人干着男人的活，为这个队操碎了心，累得得了风湿性心脏病。大家终于有粮吃，猪牛蚕鱼菜，都养好了。日子好了，先是李家墨不服，现在他儿子李银柱又心急火燎地巴不得去抢队长当。他要真当了队长，冯早春一家没好日子过不说，队里人又要遭殃……

正在杨四祥犹豫不定时，有人写信放早春家恐吓道："你承认了，可保住你那根独苗，否则弄死你儿子，让你成孤老。"

445

有好心人劝早春："忍了，承认了算了。李银柱称王称霸，什么事都做得出来的，真把你儿子弄死了，那可事大了。"

早春当时急了："头可断血可流，做人的根本不能丢。想我冯早春，新中国初期，把娘家陪嫁的银器全交了，支援国家建设。管着那么多金银财宝，都不为所动，没拿过一毫一厘。明摆着的供应粮都不要，犯得着去偷你区区两担粮食吗？我宁可被冤枉死，也不屈辱生。我宁可让他们来砍来骂来杀，也不会背着黑锅没尊严地生活！"

早春想到，他们有可能也对杨四祥威逼诱惑，于是去大队想见杨四祥一面。李银柱指着早春恶狠狠地说："想串供，没门！"推着早春离开了院子。

早春围着房子转，想知道杨四祥被关的位置。有好心人对早春说了杨四祥被关的房间。

她拍着墙，激愤地对杨四祥高喊道："杨四祥，我把话撂这，你怕你可以承认。但要想清楚，钥匙是左手还是右手给我的，是在何地何时给的。承认以后，你以为他们会善罢甘休吗？你承认了照常有罪，照常要判刑。我相信这个天下，不是他李银柱一手遮天的天下，大不了和他们拼个鱼死网破，我也要找回我的尊严，找回公道，给孩子们一个好名声。"

杨四祥听着冯早春的话，也回应道："你一个妇道人家都无所畏惧，我一个大男人怕啥？没偷就没偷。我也不想这样不明不白地生活，以后让子女们抬不起头来。"

之后，他就断然拒绝了李银柱的诱逼。

早春自己拿钱让人买麦种，安排社员搞冬播。她去公社找李书记反映，可到处都是大门紧闭，只见各种标语口号挂得满墙都是，风吹得专栏纸、横幅发出哗哗的声响，纸被吹得满院飘飞，铺满了一地。

早春踩着地上横七竖八的纸，找遍了公社大院的各个办公室，也不见一个人影，她哀叹道："这是咋啦！"最后在办公室的角落，见到了公社李部长。李部长满脸沧桑地坐在桌前，正在写着什么。

早春进门，请求道："李部长，我想辞职。李银柱先陷害我不成，又害我爱人，下一步该是孩子了。我身体也不好，你们另选人吧！"

李部长站起来，倒了杯水递给早春，挤出笑道："你冯代表什么大风大浪没见过，怕这点困难？再说，这奸人想当就让给他，这是你冯代表的性格？"

早春接过水缸，委屈地说："我倒不怕，只是怕他伤害到孩子。"

李部长安慰道："这件事再难，我也管定了。"又走了两步，语重心长道："关于你们两家的矛盾，上辈人就有怨气。你现在是干部，好多事应以大局为重。要想想队里那二百多人，现在不是衣食无忧，有肉有鱼，大家都过着好日子了吗？难道你真忍心被人去搞乱，让大家像先前那样没粮没肉吃？你该忍还是要忍，天上有乌云，总不会长久，太阳迟早还不是要出来？"

早春还想说啥，见秦狗儿等人在门外张望。李部长向早春鼓励地点了点头，她闷闷不乐地出了办公室。

李银柱也许迫于李部长的压力，又或确实查不到证据，只得放了杨四祥。

杨四祥也很气愤，就指着他的鼻梁道："你随便抓我来，说我是贼，现在没查清又让我走。我回去啷个交代，偏偏不走！"说着就在大队台阶上站着，朝公路上行人大喊："我被人冤枉哦，要还我清白，不弄个水落石出我还不依。"

大约几天后，早春接到通知去大队办公室，杨主任对她说："事情已查清了，是两人团伙偷了好多个队的仓库。在又一次的作案中被狗赶得没路，只得往水田里跳，结果被当场抓住。送公社后，他们交代，一共偷了十二个仓库，其中有你们队里的一个仓库。"

早春和杨四祥的冤枉终于洗清了。但早春想不通，对伍主任、杨主任道："我与那个偷盗者素不相识，一无冤二无仇，他没必要把偷的小麦种撒我家门口来害我呀！"

几年后，早春才知道了那个偷盗者最先的口供。小偷交代，早春队里那个仓库是他印象最深刻的，也是见所未见，闻所未闻的，真让他大开了眼界，大长了知识。那晚月明星稀，在夜深人静时，他蹑手蹑脚地潜到保管室门口。撬开门，以迅雷不及掩耳之势偷了两麻袋小麦，没关门就逃了出来。不料有狗叫声传来，他就躲在不远处观察，见对着的房间灯亮起，惊出了一身冷汗。

"原来是一个女人的声音，叫娃儿们屙尿后，熄灯睡了。我俩就迅速将小麦藏到转角的山地里，回转身下坡，还想装一袋时，就听见保管室左边，有哐当的开门声响。我怕被抓，也不敢轻举妄动，就躲到左边的竹林里想看个究竟，再决定是否前去。结果出来一人，站在街沿上看仓库门开着，也没喊叫，而是沿刚才喊小孩屙尿的那排屋绕走了一转。回来后，他仍没喊叫，而是进他自己的屋，拿出撮箕，端了几个来回去他自己家。"

"奇怪的是最后一撮箕，是从保管室门口开始往台阶上撒，一直抛到刚才叫小孩屙尿的门口。回家放下撮箕再出来，他才站在门口大声喊有强盗啊，仓库被撬了，小麦被偷了！"

"这时我俩跑上山腰，扛着麻袋走时，结果口袋绳松了，撒了点在地上。我们边走还边想，他这是要嫁祸到那妇女家。我不觉唾了一口：呸，他妈的，竟然有比我还损的人啊！"

"开始不知是冯代表，后来才知。要说那时冯代表在我们大队管食堂，救了好多人的命，真不该呀！"

是秦狗儿、李银柱那伙人逼着小偷以要杀他们全家要挟，小偷才改了口供，揽了这个撒小麦到早春家的罪。

早春后来回忆说，她住在垭口下，走夜路回家的人多，每晚狗都叫得厉害，也没太在意。

社员会上，早春非常自责："原是本着节约的原则，想议事厅那间屋反正春季喂蚕后也是空着，两边都有人比较安全，就用来储存种子。唉！没想到还是被偷了。"

社员们都说："老话道，做得了百日强盗，守不了百日夜啊。"

早春和苏石匠等队干部商量后，用了一个多月时间，在朱家湾右边菜地旁，建了一个三间砖瓦房的大仓库，门前专门铺了一个大大的石板晒场。从门口到下面的水渠铺成斜坡，方便水排出。后来，在晒场里又发生了许许多多的故事。

第 70 章　晒坝故事

仓库建成后，早春和队干部在屋里开会，商量着年终的几项工作。她说道："仓库修好后，所有的粮食、种子、扮桶等生产资料都要放在里面，这就要选一个认真负责的人来管理。"

"是啊！"几人商量着具体办法。

这时，就听见孩子们叽叽喳喳地跑来晒坝。

晒坝，既是收获时分粮分物的地方，更成了孩子们嬉闹、玩耍的场所啊！

宽敞平坦的晒坝，孩子们拾柴、打猪草后，把背篓放旁边尽情玩耍。夕阳西下，女孩们披着晚霞，有的在跳绳，有的唱着"马兰开花二十一"在跳皮筋，有的在踢毽子。男孩子在打陀螺、打牌或下棋。女孩们欢快地叫着："二娘，来和我们跳皮筋。"

"花婶，来和我们踢毽子。"

"不了，我有点事先走了。"花鼻梁摆着手，急急忙忙地走进了暮色，忙着去找李银柱了。

早春见女孩们甩动的辫子，婀娜的身姿和踢飞的毽子在金色的晚霞中飞舞，不免童心大发也去踢了一会儿，她整个人也神清气爽。两个男干部也受鼓舞，去和孩子们跳绳，晒坝里的口哨声、吆喝声不断响起。

李银柱从花鼻梁处知道了要选仓库管理员后，就唆使她婆娘来找早春，她想干这个事。李银柱想将他老婆二凤打造成像她母亲张嘴吹似的喜欢骂人的人物。这个二凤还好，不是很喜欢骂人，只是被逼得没法子了，才出来象征性地骂一阵。

那天晚上，二凤提着鸡蛋来早春家。早春在灯光下切萝卜条晒，她进门就一脸尴尬地叫："二娘，以前是我们不懂事，能原谅我们吗？"

早春无言以对，正不知要说啥时，她却嘤嘤地哭了起来："银柱要我找你，看能不能把仓库给我管？"

早春劝道："你把鸡蛋拿回去，弄给孩子们吃。队里决定召开社员会先推荐，

449

在推出的前三名中通过大会来选。"

二凤一脸无奈地走了。不一会儿，李银柱的屋里传来了打骂声："窝囊废，大嫂还弄了个蚕养，你真无用……"

早春切着萝卜条，她长长地叹了一口气，"唉！这仓库如果给他们管，社员们还能有粮吃？"

李银柱连夜去队里找人拉票，但第二天的社员大会推荐时，他只得了寥寥几票。

朱永清和早春学过治病，曾经无偿地帮到了许多人。他人又精明肯干，帮老人捡柴挑水，帮困难户浇菜地，谁有困难都肯帮，因此朱永清被推选了出来。

当早春宣读"朱永清任保管员"时，秦狗儿来了。他歪戴帽子，手里拿根棍子一摆，不满地对早春大叫道："他是地主的儿子，不能当！我推荐李银柱……"

没等秦狗儿说完，早春"嘭"地猛拍桌子道："周总理都说了，出身不由己，道路可选择。何况这是社员们大家选举的，这是大家对他的信任。"

秦狗儿把帽子转了一转，一只脚放板凳上，棍子咚咚地敲桌子，恶狠狠地瞪着早春："我堂堂革委会主任，我的话你也不听？我推荐的人你敢不用？"

早春指着秦狗儿，气愤地说道："你推荐人？哼！只怕是惦记我们队里的粮食吧？"

秦狗儿掀翻桌子，气得话都说不连贯："你，你，不听我安排，将来绝饶不了你！"

"咚咚咚！"早春棍子往地上狠狠一戳，回击道："我可不是吓大的，你们使的阴招还少？干的坏事还少吗？"

人群中有人捡石子扔向他："给我滚，给我滚。"

他只得哼了声，灰溜溜地走了，走时还不忘喊："冯早春，给老子记住了……"

早春对朱永清说："你要珍惜这次当保管员的机会，人们没因你的出身嫌弃你，你要对得起大家，保管好集体的财产哦！"

永清也没想到大家对他如此器重，这让他十分感动，觉得自己一个地主儿子，也有了做人的尊严。他说："我不仅感谢大家，更感谢您。没有二娘的照顾，也不会有我的今天。大家既然相信我，我一定不会让大家和二娘失望的。"

早春带头鼓掌："都是你平时的善心，对人的诚信，才赢得了大家的信任。"

大家鼓着掌："我们相信你，肯定不会损失一粒粮食的。"

朱永清认真负责的精神，让李银柱不满，几年后还是将永清逼上了绝路。

李银柱一双窥探的眼睛，时时注视着早春和朱永清，总想抓住他们偷粮的把柄。每次早春回家都盯着看，他以为早春会像他父亲李家墨那样，衣服包包里都装了粮食带回家。早春知道他看的用意，割的草就倒在街沿上，还喊："晒草了。"外套脱下搭在街沿竹竿上，喊道："晒衣服啰。"

永清非常负责地看着保管室，没给李银柱半点机会。李银柱等不及了，于是主动出击：冯早春啊冯早春，我害不了你大人，还害不到你孩子吗？

那天，队里在仓库门前院坝里分藕，早春去公社开会，让苏石匠、杨四祥负责。早春给社员分物资，实行的是每家轮流制，队干部监督的办法。这天，轮到李银柱在分藕，苏石匠又安排了俩年轻人监督，永清帮忙过秤。

这时，小学生已经放假，孩子们打猪草后，把背篓放在一边，在晒坝上跳绳，早春的三女儿也在其中。

李银柱瞅准了时机，顺手抓了几节藕，放进早春三女儿的背篓里，并用猪草遮掩好了。

分完藕，早春二女儿对着正跳绳的孩子那边喊："三妹，你和我一起回吧！"

三女儿正和人跳绳跳得欢快，就答道："我等会儿。"

二女儿就背着背篓先走了。大家都走后，李银柱没走，他见孩子们各自背起背篓走了一段路后，才大喊："有人偷队里的藕。"

已走的人听到他的喊声，并没理他，也没停住行走的脚步。他就跑到刚背起背篓准备走的早春三女儿面前，恶狠狠地夺下背篓："偷了东西就想逃，看你妈怎么教你的？"

本来有点不灵活的三女儿，见他一吼，吓得一双眼睛看着他，双手垂下，怯懦地说道："我，我……没偷，没拿。"

几个孩子也来做证："她一直和我们在跳绳，没离开。"

有人见他对早春三女儿这样，就又纷纷转身走向晒坝，边走边议论："对一个智力有点问题的孩子也欺负！"

"肯定又想栽赃，害冯代表家大人不成，又害小孩，看把孩子吓的。"

李银柱听大家这么说，急红了眼："不信你们自己去翻看她背篓。"

好些人都围了过来，不信早春三女儿会拿，也想证实孩子的清白，更要堵住李银柱的口，就去掀开背篓里的猪草，果然露出几节雪白的藕来。

人们惊叹道："这怎么可能？"

放好秤，锁好门出来的朱永清也帮忙辩道："三妹不是一直和孩子们在跳绳吗？"

"哈哈哈哈，"李银柱得意忘形地大笑着，指着朱永清鼻子说，"要么就是你讨好她冯早春放进去的。"

"我们可以做证，永清不是一直和你在一起分藕吗？"

李银柱猖狂地大喊："朱永清，冯早春，你们合谋，谁知你们以前偷了多少粮食回去。我要去公社告你们，必须把你们拉去斗、拉去游街，让冯早春滚下台。"

人群一片哗然，有人怕李银柱，小声嘀咕着："怎么会这样？"

"冯代表一向管孩子很严！连田里割谷收麦后，允许其他小孩捡，都不让她的孩子们去田里捡粮食啊。"

"该不会是有人丢进去的吧！"

"秦狗儿肯定借机整冯代表，这下被他害到了。"

"如果让他当队长，又没好日子啰，不仅挨斗，还挨饿！"

北风呼啸从山顶而下，人们缩着脖子，冻得瑟瑟发抖。

李银柱提着三女儿背篓，拉着她转着圈，得意地发表他的演说："明天就把冯早春捆起来，弄去斗！弄去游街。哈哈，哈哈！"

人们只怒视着他，默念着：冯代表，你快回来啊！

三女儿被吓得瞪圆眼睛，浑身颤抖，只会说："我没偷，没拿……"

这时，早春二女儿书群一手扒开人群，一手提着一个背篓，用力往中间一甩，狠狠地指着李银柱，喊道："为什么只看我三妹妹的？你的孩子的背篓也该看看哦。"

三女儿见到救星，忙挣脱李银柱的手，跑过来抱住书群的腿："二姐，我，我没偷，没拿。"

书群拍了拍三妹的手："别怕，有二姐哩！"

人们盯向那个背篓时，只见绿色的猪草下面几节雪白的藕随之滚出，显得那么醒目，那么耀眼。李银柱的儿子也挤进来喊："我的背篓，我的背篓。"说着就弯腰去提。

李银柱气得要去抓书群，被人群将她拉开。他急得小眼珠发红，招风耳抖动着："你放进去的，你栽赃！"

书群昂起头，蔑视道："我还可以说我三妹背篓里的藕，是你放进去的！"

王月莲将三女儿拉进了人群。

书群一手叉腰，一手指着他："李银柱！不要看我们是几个女孩好欺负，我妈可以忍你，可我不会怕你。"

李银柱弯腰捡了一块石头砰地砸过去，被书群跳脚躲开了。他又拿棍子，举起要打，被赶来的苏石匠、杨四祥拉住。

早春开会回来，见人们围在晒坝里，又见三人在中间正举着的手在争夺棍子，笑着用手指着他们，询问道："怎么，你们在搞节目表演？"

又向众人道："我还怕大家回去了，正好！"又对杨四样道："你记了账把布票发给大家，过年了好做新衣服哦！"

三人同时放下举着的手，棍棒掉地上，人们都静静地望着早春。

王月莲给早春嘀咕了事情经过，早春一脸严肃道："大家都看见了两个孩子背篓里有藕？"

人们都点头。又有人慌忙证实："你三女儿背篓的，估计是有人放进去的。"

"既然大家都亲眼所见，"早春手一摆，又咳嗽了两声，拖长声调道，"队里定的制度也该严格执行咯。我没管好女儿，我是家长，我做检讨、受罚，扣十五斤粮。"

王月莲喊道："你三女儿是冤枉的。"

玉兰听说后也赶来，气喘吁吁地说："三妹肯定让人栽赃了！"

早春一脸严肃，手捋额前头发，大声道："不管咋样，没证据证明是被人栽赃，就要执行，就这样定了。李银柱的……"

大家异口同声抢答道："一视同仁，都该罚。"

李银柱狠狠地瞪了书群一眼，拉着孩子走了："我跟你没完。"

人们纷纷赞早春处事公正无私，随后就分别去找杨四祥签字、领布票。

书群附在早春耳边，小声嘀咕道："有人喊我，说李银柱从三妹背篓里翻出了藕，我就知道是他在栽赃陷害，急忙转来，见他儿子放着背篓、踮着脚，往人群里看。我也赶忙从背篓里拿出藕放了进去。"

早春听着，心如刀绞般难受，心想："这李银柱啊李银柱，又害到了孩子头上，这冤冤相报何时了啊！二女儿也只有十六岁，她要保护家人，保护自己的妹妹本没错。能怪二女儿吗？她不这样做，李银柱不更猖狂？不仅自己没好日子过，队里人也遭殃。唉！为啥要伤害孩子呢？那就让你尝尝被害的滋味吧！"

早春长叹一声，去牵三女儿的手。三女儿怕被打，缩过手去，只怯生生地鼓着眼望着她："妈，我……没拿，不是我。"

早春揽三女儿入怀，摸着她的头，心如针扎般生疼生疼的。

大家议论道："得亏书群及时来，不然他李银柱会得意死……"

"冯代表几个女儿不仅会读书，个个都有胆量。"

早春手一摆，道："谢谢大家！请安静，我还有好消息要告诉大家！"

苏石匠道："莫非你去公社又带了钱回来，要分给大家！"

早春笑道："也差不多吧！是给大家又找了一条挣钱的路子。"

人群急切道："什么好路子？"

早春捋了额前的刘海儿道："麦梗编草帽。到时请人来教大家，家家编好后，队里收了负责卖给县供销社。我去开人代会、劳模表彰会时，已联系好了。再说筲箕、簸箕等竹编他们也收购。各家男人不要只顾热炕头了，还是那句话，要过好日子，就要勤劳，辛苦讨得快活吃，多编多卖可多挣钱哟。"

大家大笑道："太好了，谢谢你！你去开会还在为我们操心！"

"本来每年照芳收藕、收菜，队里分钱，过年都很好了。现在又多了个挣钱的路子！"

早春手一扬道："好事年年有，今年特别多哦。年后抽水机、磨面机、打米机买回来，大家更省力了。以后要和城里人一样，用上电，楼上楼下也电灯电话，种田也要机械化。"

大家欢呼着，笑闹着，这日子越来越好了！

苏石匠故意担忧道:"机械化了,人都干啥呢?"

"老婆孩子热炕头吧!"

大家一阵大笑,唱起了《东方红》《没有共产党就没有新中国》。

从那以后,晒坝里老何带老人们聚在一起编竹编。永清帮大家磨米面后,放到老人们面前,学生放学后,玩耍笑闹后,一个个地帮爷爷奶奶背米面回去。

这时,书华她们几个在学校宣传队的孩子回来了。

人群一阵大喊:"书华,把你们在学校学的舞跳给我们看"。

书华也不推辞,用纸一卷当话筒:"大家好!下面由我们教大家一起扭秧歌,跳忠字舞。"

晒场里顿时热闹了起来。人们跟着唱着,学跳着,书华、文成等几个孩子耐心地教着。

早春也跟着人群高兴地舞动着。这时,四女儿来叫早春:"妈,何舅舅和舅妈来了!"

早春赶忙牵着三女儿四女儿准备回家,正要走时,苏石匠赶来与早春说:"明天队里几对新人的集体婚礼就在这晒坝举行,让书华主持,你看行吗?"

早春手摸额头道:"行!你安排吧!"就赶忙往家里走去。

第 71 章　大女落榜

李银柱想当队长，想整垮早春，害早春的阴谋没得逞，反而被扣十五斤粮，十分窝火，边走边骂："不弄死你儿子，让你成孤老才怪。"

回到家，他就让两个儿子往早春家墙上甩猪粪倒牛屎，他则拿着棍子砸早春家的枣树、核桃树出气，口里还不停地喊："以后让你没好日子过。"

这时，穿着军官服的何俊贤快步走出门，喝退了两个小孩，伸手去夺李银柱的棍子："你就是那个写大字报诬陷我们，害我妹妹撞树的恶人？今天又上门欺负他们一家，不好好治治你，难咽下这口恶气。"

徐护士长也十分生气："是太可恶了，世世代代都欺负这家人。"

正和男朋友从街上回来的秀梅，牵着小弟弟也大喊："李银柱，你坏事做绝。舅舅，舅妈，是应该好好治治他。"

李银柱一见何俊贤夫妇的装束，明白他们已官复原职，虽后悔不该莽撞，但还是心虚地大喊："军人欺负老百姓，我要去告你。"

何俊贤夺过棍子，举起来正要教训他时，被小跑着赶回家的早春拦住了。她知道李银柱心狠手辣，啥事都干得出来，怕何俊贤为她家的事再受牵连，就推着他们夫妇进屋说："杀猪焉用宰牛刀？打他，脏了你的手划不来。再说，今天你们不是来给我们报喜的吗？何必因他扫了我们的兴致呢？"

早春又对站立一旁的二娃道："还不快请哥嫂进屋喝茶。"

二娃挠着头，听话地来帮忙拉二人："进屋坐。"

何俊贤只得狠狠地砸下棍子，棍子瞬间断成两半，转头大声对李银柱喊道："今天看在我妹妹、妹夫的分儿上，先饶了你。如果以后你再欺负他们，就如这棍子般。"

几个孩子不满道："妈也是的，您自己常忍他让他，现在还不许舅舅好好教训教训他。"

早春对孩子们吼道："来客人了，还不去烧火做饭。今天包饺子、蒸肉做凉粉招待客人。"

几个孩子只得嘟着嘴,不情愿地进了屋。顿时拉风箱声、剁肉声、推磨声,如一个交响乐队般奏响。

进屋后,徐护士长拉着早春的手高兴地说道:"妹妹,我们首长平反了,专门派人来接我们回去了!谢谢你们全家,在困难时给我们的帮助和鼓励,也让你受牵连了!"

早春拍着徐护士长的手,朗声笑道:"嫂子说啥话呢,什么牵连不牵连的。太好了,哥嫂终于可以回去和孩子们团聚了。我和你妹夫还商量着,快过年了,准备给你们送些香肠腊肉去。"

何俊贤和二娃端着茶缸,站在贴满奖状的墙前看着。他抿了一口茶,赞道:"个个都是品学兼优的好学生。不错!不错啊!"看起来,他精神很好,又恢复了自信。

徐护士长直夸:"女儿好,女儿是父母贴心的小棉袄,我就喜欢女孩,可偏偏生了俩儿子。唉!"

七岁的四女儿正嘭嘭地剁肉馅,探出头来,对徐护士长道:"舅妈,我爸可不喜欢女儿,重男轻女得很呢!"四女儿知道了她出生后自己父亲的表现,不满地说道。

二娃挠着头,笑着嗔怪道:"死女子,还记仇了!"

徐护士长笑道:"是吗?如果你爸再对你不好,就去舅妈那里,好不好?"

"好啊!"

两岁的幺女也牙牙学语道:"我也要去!"

早春擀面皮,大家一起包饺子,哈哈地大笑着。

徐护士长道:"都去玩,都去。"

徐护士长见房里红红的喜字和红红的被子,问道:"是谁要办喜事吗?"

二女儿道:"我堂姐和淑珍姐。"

早春双手快速转动,擀着面皮,对徐护士长道:"现在都提倡新事新办。趁年底有时间,明天队里有八对新人办集体婚礼。沾你们的喜气,明天可要请你们给新人们当证婚人哟!"

第二天,集体婚礼结束后,何俊贤夫妇回重庆时,早春送了许多土特产给他们。一家人送他们至垭口,徐护士长不忘喊:"妹妹,到重庆玩,有事一定要去找我们。"

书华初中毕业前夕,学校邀请家长召开了毕业典礼。这所大队学校建得比较大,左边是小学,右边是初中。周边几个大队初中的学生也在这里上学。

这天学校人头攒动,舞台布置一新,两边插满了红旗。由于有文艺演出,小学生也放假,早早地端板凳在台下坐等。

早春平时忙,到学校也很少。今天刚到学校,就被三女儿、四女儿的班主任拦住了:"冯代表,能不能让你三女儿退学算了,读了三年的一年级,与你四女儿同班才升了个二年级,每次考试还是倒数第一。另外,她总不听课,在课堂上打瞌睡。"

早春歉疚道:"给您增加麻烦了。我不会弄回去的,她还小,玩也要到学校玩。"说完,就丢下老师走了。

四女儿穿着红底白花衣服跑过来,拉着早春,嘟着嘴说:"妈,就让三姐回去算了!同学们笑她,也笑我。"

早春摸着她的头,对她讲了三女儿得病的事,慈爱地说:"你三姐小时候也聪明、乖巧,只是得了病才迟钝的,以后要多帮她哟。"

四女儿听话地点了点头。

毕业班典礼结束后,一个女孩穿着草绿色的军人服,落落大方地走上台,拿着话筒优雅地给大家鞠了一躬,面带微笑给大家报幕:"下面,由我们给大家汇报演出。"

台下顿时掌声雷动。女孩仍面带微笑,接着报幕:"第一个节目,合唱《没有共产党就没有新中国》。"

家长中有人说:"冯代表,那不是你女儿吗?"

"声音真好听,人也好看,就是你的翻版。"

坐在旁边的同学也夸奖道:"她心地善良,常帮同学补课。"

"有牙疼、肚子疼,她也出手相帮。"

"她对我们成份不好的同学也没歧视,也是轻言细语的。"

"就没见她生过气,总是面带微笑。"

早春听人们夸奖书华,眼角眉梢都是笑,但还是谦虚地说道:"她哪有那么好,都是你们在抬举她。"

坐在旁边的校长也道："冯代表，我们学校已决定，把她作为我们大队上高中第一人选推荐上报。"

早春连忙致谢道："谢谢校长对孩子的栽培和关照。"

这时，李铜柱走到早春身边，真诚地说道："二娘，谢谢您这些年的帮助，我才能读到初中毕业。"

早春问道："接下来，你有啥打算？"

"我成绩本来就不好，不像您家书华妹妹年年考第一。更何况我父亲那样，升学是指望不了了。我想学修理，您能给我出证明吗？"

这时，书华和几个女同学在台上表演《不爱红妆爱武装》的舞蹈。

早春看了一眼台上，收回目光看着李铜柱："是手表、收音机、抽水机等修理吗？找到师傅了没有？"

"是的。我同学的父亲答应教我。"

"没问题，我回去跟队里几个干部商量后写给你。"

李铜柱一脸担忧道："我父亲做事那么过分，只怕他们不会同意。"

早春拍着他的肩，温和地说道："我会说服他们的。只是希望你学会后，要讲诚信，价格要公道。也要记住不是自己的决不要。"

"放心吧！二娘，我会记住您的话。"

李铜柱离开后，有人道："冯代表，你真仁慈，李家墨害你，他二哥又事事针对你，你还帮他？不怕他以后恩将仇报。"

早春笑道："万事凭良心，我相信他不会像那两人一样。"

书华他们这批年轻人毕业后，都主动要求去参加县水库建设。队里的年轻人是活跃在堤坝上的主力军，书华成了堤上堤下的宣传骨干，身兼写稿播音。

早春挑着土，汗水湿透了她的衬衫，头发也贴在额前。她大口大口地喘着粗气，在倒土的时候，抬手擦着汗，和王月莲感叹道："岁月不饶人啦！挑着担子跑得疯快的年龄过去了。"

王月莲也喘着粗气道："二十多年来，挑了大大小小的水库、堰塘二十七处。"

俩人看着一帮年轻人挑着担子你追我赶的，同时感叹道："是老咯！"

这时，书华气喘吁吁跑过来，"妈"一出口，就哭了起来。"娃啊，别吓我，

459

发生了啥事？"早春心"噔"一下，悬了起来。本有心脏病的她一个趔趄，挑的扁担已滑落。书华忙扶起她，在早春玫瑰红布袋里取药喂了她一粒。

书华泣不成声道："妈，我同学刚才来告诉我，我上不成高中了，呜呜呜。"

早春头"轰"的一下，忙双手按住心脏部位："为啥？谁去了？"

书华伤心地哭着，掏出手绢擦了一把泪道："杨成英！"

"是和你要好的朋友，杨家湾杨老师的女儿吗？""嗯。""她成绩咋样？""每次都没我考得好！不会唱歌跳舞，宣传队都没进。"

早春百思不得其解。论年龄，两家大人是同一天结婚，同一天抬媳妇进门。早春因为失去了一个孩子，所以书华比杨成英要小两岁。

早春给工地领导请了假，母女俩搀扶着，准备赶回大队学校去问个究竟。但早春摸了摸玫瑰红布袋里的"县人大代表证"，就直接去杨成英就读的学校。路上，遇到背着铺盖行李上学的学生，她们一路询问，找到了该校的校长，早春递上人大代表证道："校长好！我有一事要核实下。"

校长很热情，又让座，又倒水递给早春母女二人："冯代表，请指导！"

"指导不敢，我想请教下贵校招生条件。"

"除学习表现外，年纪要大队最小的。"

"能查一下井峰公社十大队杨成英的基本情况吗？"

校长答着："好。"就起身拿出了登记本来。早春母女翻看着，好在人数不多，一个大队就一人，本子上面赫然写着：杨成英十六岁。

"太过分了！"书华咚地捶着桌子，还要发泄心中的不满，却被早春掩着她的嘴，拉着她往外走："我们回去再说。"

校长一脸疑问："没什么问题吧？"

早春犹豫了一下，忙向校长道："麻烦您了！"

她拉着书华出门来，书华跺着脚，不满道："妈，她把年龄改得比我还小两岁，顶替了我。您凭啥不许我说？我要告她，让她也读不成！"

早春由最初的气愤冷静了下来，对书华道："杨老师虽可恨，但为人父母，谁不想自己的儿女有一个好的前途和未来呢？"

书华用拳头砸在了路旁的树上："我不管，就去告。"说完气呼呼地跑了。

早春追上去拉住她，语重心长道："孩子，你知道妈不是怕事的人，妈没进过学堂，深知读书的好处。比任何人都希望你们能通过读书，出人头地。这正是我给你们兄妹取名中有个书字的用意。"

书华仍气愤难平："正是因为这样，我要上学，好好读书，为你争光。"说完，挣脱早春又要跑。

早春死死攥紧她，无奈地长叹了一口气："哎，妈也想去告，恨不得把她父亲千刀万剐。但我们都冷静地想想，我们去告了，你就能上学？"

书华在树旁的石凳上坐下来。太阳光从树隙间洒下，照着她因气愤而涨红的脸。早春挨她坐着，对自己，又像对书华幽怨地说道："再说，即使告下来了，又能咋样，心就能安？我始终相信好心有好报。"

书华趴石凳上哽咽着，哭得浑身颤抖。

早春抚着书华的肩，大声道："我相信，这个现象绝对不会长久，考试制度绝对会恢复的。我希望你不要放弃学习，好好自学，将来凭自己的能力考上大学。再说行行出状元，我考虑好了，你有医学基础，我想让你去学医，学成后会帮到更多人。"

书华仍心有不甘，但早春的话让她看到上大学的希望，她抬起泪眼："真的会有凭实力考学的那一天吗？"

早春肯定地点着头："相信毛主席，相信共产党，相信政府。"

书华愤愤不平："我们不能就这么算了。"

早春拉着书华站起来："当然不能，等我们把这个水库挖完了，就去找那个杨老师……"

没等早春说完，书华松开手，箭一样地冲了过去。早春随书华的背影看去，见杨成英父女正背着行李，走向学校大门。

书华冲过去，狠狠地掴了杨成英两耳光："亏我还把你当好朋友！你做不好作业我教你。你说你父亲老站讲台有腰腿疼的毛病，我还专门拿祖传药送给你，你妈牙疼我专门扯药去看。"

杨成英捂脸哭泣。书华又双手用力，狠狠地将杨老师推倒在地，指着他哭诉道："你枉披了老师这张皮！玷污了教师这个神圣的职业！你就是教师中的败类！

把自己的幸福建立在别人的痛苦之上。你还是人吗？"

　　书华用手绢擦着泪，又指着杨老师鼻子道："是我母亲善良，拦着我不许告。要不然，我不仅让你女儿上不成学，还要告得你书也教不成，要让帮你的人也受处分，要搞臭搞垮你！"

　　一些不明真相的学生正走过来。书华说完后，气冲冲地边哭边往校门外跑去。

　　早春对低头、垂手立着的杨老师喊道："人在做天在看，人善人欺天不欺，我不告你不是怕你。同是做父母的人，你扪心自问下，自己好好想想吧！"

　　早春沿着树荫大道，跑去追赶书华："书华，书华。"

　　杨成英气哼哼对她父亲道："这个学不上也罢。"也追了过去，拉着书华的衣服解释道："好妹妹，听我解释，事情不是这样的。"

　　"拿开你的爪子。"书华侧转身，用力将她推了一把，她猝不及防碰到了树上，杨成英的额前出现了一个大红包。杨成英揉着红肿地方，带着哭腔说："李银柱和秦狗儿是我父亲的学生，主动找上门，说可以帮忙弄到上学的指标。直到他俩给我送通知书来，我们才知是他俩去帮我改了年龄，还说既报复了你上不了学，又帮了我……"

　　早春抓住杨成英，直视她眼睛："你说的都是真的？"

　　杨成英抬起泪眼，真诚地点了点头："阿姨，我和爸妈一向敬重你，怎么会骗你呢？我本来不想来，是父亲拽着我来的。"

　　早春叹了一口气，劝杨成英道："事已至此，不要浪费了一个指标，要好好学习才好！"

　　书华摇着路边的树，愤然道："我要写信告诉何俊贤舅舅和舅妈，好好治治那两个恶霸才能解我心头之恨。"说完就跑了。

　　早春追上来，劝道："他们夫妇好不容易才平反，不许你叨扰人家。"

　　早春拉着书华上了水库工地。半月后，由于天气太热，午饭后，社员们都在工棚休息。呼噜声和蝉鸣鸟叫声阵阵传来。太阳光从篷子缝隙洒进来，照着早春和王月莲，她们低头在各自地铺上帮忙给男社员补衣裤。

　　早春右手抽出针对王月莲道："我们老姐妹算是劳动的好搭档了，一同劳动一同参加劳模会。明年你大儿子初中毕业，就不用出门挑水库了。"

王月莲抬着头道:"是啊。孩子们都长大了!我们也老了。"

早春打着扇,看着帐篷外,心事重重道:"书华这孩子跟我说回去借些书来,顺便去家里看看,这些天了,该来了。"

"孩子心情不好,回去散散心也是应该的。"

这时,喜鹊在篷顶上叽叽喳喳地叫个不停。王月莲用针在头上划了一下道:"喜鹊叫,好事到。"

"哎!"早春叹口气,用针狠扎下去,"书华被恶人害得连学都上不成了,还有啥好事哦。"

"谁说没好事,您不是总说善有善报吗?军人李书华来向母亲大人辞行。"

书华立正,行着军礼站在帐篷门口,军徽军章在阳光照射下,散发着耀眼的光芒。早春和王月莲同时站起身,惊奇地迎向书华。早春拉着她问道:"孩子,你又在排啥节目?"

"真的,妈,我当兵了。您看……"书华转身指向身后。

早春见书华的身后,是徐护士长和部队的两名军官。一辆吉普车停在了水库堤坝下。早春赶忙将来人让进篷内,王月莲用茶缸倒茶。

原来书华背着早春给徐护士长打了电话,说了她的情况。

大家在地铺上坐下后,徐护士长拉着早春的手说:"妹妹,我和俊贤知道情况后,立即找首长汇报了。讲了当年你捐献药方,救了许多战士的事迹。又述说你们二人的故事,特别是你冒险帮我们的情况。首长知道后,也十分感动说,不能让一个对部队有帮助的好人遭人陷害,更不能让一个品学兼优的好学生被人替换,决定特事特办,就派了两名人员和我一同来你们县、公社、学校,通过考核,招书华为文艺兵。"

堤上书华的同学、社员们听说后,都围在了外面,书华在外和他们说笑着。

早春喜极而泣,连忙鞠躬向两位首长致谢:"谢谢首长,谢谢领导们的关心!"

徐护士长揩着头上的汗说:"这次公社李部长也给予了大力帮助。"

王月莲搭话道:"李银柱和秦狗儿肯定会百般刁难。"

徐护士长感叹道:"终归正能压邪。一切都好了!还要告诉你个好消息,你大哥被提拔为军医院院长了,没时间过来,代问你们全家好!"

早春拍着徐护士长道:"你们也苦尽甘来了。让哥嫂操心了!书华这孩子也是的,净给你们找麻烦。"

徐护士长嗔怪道:"妹妹这话见外了不是。"

临行前,早春拉着书华反复叮嘱道:"听领导的话,诚实待人,踏实干事,以善为本。"

"嗯嗯!"书华泪眼蒙眬,点头应着,"妈,您身体不好,要多保重。"

接书华的车,在人们的欢呼声中缓缓前行。这给了早春莫大的宽慰,真是善有善报啊,同时也让早春感到了无限的温暖。部队首长的关照,公社李部长顶着压力,不遗余力地支持,自己只有好好工作,才能报答领导们的关心。想着自己和孩子的日子越来越好,她不觉舒心地唱起了《东方红》。

夏天的天空瓦蓝瓦蓝的,没有一丝风,太阳炙烤着大地,树卷着叶子静立着,泥土都冒了烟。为了赶进度,早春仍然同一二十岁的年轻人一起挑担子、打夯、拉磙碾土。她终因积劳成疾,心脏病复发,昏倒在了工地上,被王成勋、伍明伟等年轻人抬着送到了井峰医院。

早春苏醒后,听到了医院一片嘈杂的脚步声、哭喊声,便支撑着起床要去看。

书群红肿着双眼,按她睡下,给她盖好白色的床单道:"妈,您好好歇着,我去问。"

第72章　夜半鞭声

早春看向病房外，太阳被云层遮挡，天气闷热得厉害，外面的哭叫声让人心烦意乱。

正逢护士进来给她量体温，她抓着护士的手问道："孩子，外面哭闹成那样，你知道啥事吗？"

护士看了看外面，小声告诉早春："是秦狗儿和李银柱，把医院搞得乌烟瘴气。见谁漂亮都不放过，有一女医生誓死不从，还被关着呢！这不，让医院的黄医生开补药，黄医生拒绝了：你没病，开啥药？要说有病的话，心有问题。二人听出了黄医生在骂他们，当即就拳打脚踢，捆了起来。让他掏大粪，咬着粪桶挨斗，还要黄医生交代反党反社会反革命的罪行。黄医生被折磨得不成人形，昨天夜里上吊自杀了，生前留下一封不平反不下葬的遗书。"

二女儿书群跑进来，抹着汗，气哼哼地说："他们太没人性了，逼死了人，可苦了他爱人和孩子啊！"

早春坐起来，猛拍桌子道："这些人也太无法无天了！"她心脏一阵紧缩，针锥般地疼，就按着心口，靠在床上。

书群劝道："妈，您不能动怒了！"

护士拿体温表看，劝道："您心脏不好，不能激动。"说着，赶紧递来药和水让早春喝下。

早春坚持要去后面看看，书群扶着她。黄医生爱人趴在遗体上，哭得昏死了过去。孩子们又赶忙扶着他们的母亲，早春赶忙去掐人中救醒了她。

黄夫人要跪下求早春，被早春拉起，老人家道："冯代表，给我爱人做主，不然他死不瞑目啊！"

几个孩子也乞求地望着早春："请您做主，向上级反映啊！"

正在这时，秦狗儿、李银柱和一些随从蜂拥而至，本想拉黄医生去斗，见此情形，想一走了之。

黄夫人和孩子们上前拦着他们："必须给我父亲一个公道。他不是反革命，他一向拥护毛主席，拥护共产党，要不然连我们也打死算了。"

一些亲属只恨恨地看着，也没人敢帮腔，怕遭报复。秦狗儿等人见被家属拦着，正强行推拉着想走。

早春又拿药吃了两粒，稳定了下情绪。她弯腰捡起一块石头，嘭嘭地往门上狠狠地拍着，厉声喝道："把人逼死了，就想走？"

她声音虽不大，却铿锵有力，立刻将那帮人定在了那里。只一愣神，李银柱喊道："疯婆娘，要你管。"

秦狗儿推搡着要离开，黄医生的爱人孩子不让，他抬手用棍子想打。早春抬起脚，从后面分别向秦狗儿和李银柱二人裤裆一踢。棍子分别从他们手里滑落，二人立即蹲下身捂住命根子，哎哟哎哟地叫着，还不忘低吼随从："捆住这个疯婆子。"

这时小宝来看早春，他和书群护住早春，举起棍子拼命乱舞乱打，怒吼道："谁敢捆看看，我和他拼了！"

那帮随从愣在了那里。秦狗儿、李银柱狂吼："怕他不成！把他们都捆起来！"随从舞棍拥向早春三人。

医生护士见有心脏病的早春都无所畏惧，拼命帮黄医生完成遗愿，保护死者的尊严。一些护士更是备受这帮人的凌辱，早就恨得牙根痒痒，就组成人墙护住了早春他们，高喊："给黄医生平反，还他公道。"

大家附和着、高喊着，一些亲属也参与了呐喊，有人还向秦狗儿等人投去了石子。附近街上备受他们欺负的人，也陆陆续续赶来了。

见这架势，有人对秦狗儿耳语道："冯早春可是德高望重的人大代表、劳模。现在又有心脏病，如果她出了问题，不说她在部队的女儿、哥嫂不会善罢甘休。她人缘又极好，大家都会来帮着她。不如先答应了他们的要求，以后找机会再整她不迟。"

秦狗儿用手拉了下歪戴的帽子，眯着眼，结结巴巴对早春道："要……要……咋样？"

李银柱站起来，还不知趣道："秦主任，不能这样轻饶了这个疯婆子。"

秦狗儿一脚踢开他："滚一边去。"

早春手指他们，厉声道："写平反书，出安葬费，给死者赔礼道歉。还要放了关押的女医生。"

秦狗儿都一一答应照办了。

早春住了几天后，闲不住的她又吵着要出院，医生只得给她办了出院手续。她和书群收拾衣物时，门外走来一高一矮两人。

早春高兴地迎上去，双手握住那个高个子道："李书记，太好了！你已平反上任了。"

两人落座后，书群叫着："伯伯好！"就赶忙去给二位领导筛了茶。

李书记瘦削的脸上布满笑容，坚定有神的眼里分明有些忧郁，对早春道："很高兴你康复了。谢谢你！在我被关押挨斗期间常去看我，还送泡菜给我吃，是你的信任和鼓励，给了我活下去的勇气。"

早春道："谢谢领导们关心！您本来就是我们的好领导，党的好干部。"

李部长严肃地对早春道："今天来是要和你商量一件重要的事。"

李部长喝了一口茶："秦狗儿、李银柱这伙人越来越猖狂了，对李书记也不放过，常常拉去斗。我向上级反映后，借蓬溪县城建水库之机，请李书记去负责我们工地建设，上级才下令将李书记放了出来。我和李书记商量后，决定将他们关押批斗的教师干部医生和一些工人带去水库挑堤。"

李书记站起来，接话道："在堤上虽苦，但至少精神不会受折磨。你和秦狗儿李银柱积怨很深，这次为黄医生的事，二人更是耿耿于怀，我怕他们对你不利，所以决定让你去水库工地，负责这一百多人的生活安排。"

早春捋了下额前刘海儿："该来的躲不掉，我知道领导们要保护我，不知领导们对我们队里是如何安排的。"

李书记安慰早春道："你们队向来是公社的一面旗帜，事事都带头，我们肯定要好好保护的。"

李部长也站起身道："让伍主任儿子伍明伟接替你任队长，苏石匠和杨四祥给他当后盾。考虑你的身体状况，以后就任大队贫协主任。"

早春拍了下床沿，高兴道："这个安排好！这孩子像他父亲沉着冷静，办

467

事果断，又有文化。"

　　李部长看向李书记和早春，道："你们放心去工地，我在家会尽快收集秦狗儿等人的罪证，争取尽快将他们绳之以法。"

　　就这样，早春去水库工地上住了下来。

　　这天，早春和炊事员买回菜，安排好生活后，仍坚持拿扁担去挑土，只是有了病痛后，只能稳稳当当地慢慢走了。

　　李书记喊道："冯代表，你身体不好，怎么又在挑土？李部长说有事要商量，用车来接我了，要一起回去不？"

　　早春挑着担子换到左肩膀道："药快吃完了，正好搭车去找小宝取，顺道也想去看看家里。"

　　李银柱找秦狗儿死磨硬缠，当上公社革委会副主任。他们整天游手好闲，吃东家走西家，看谁不顺眼就拉去斗打。

　　早春回家的这天，秦狗儿带着一帮人来李银柱家吃中饭，将早春家果树的水果乱摘了吃，又赶着鸡满天飞。

　　书群、文成回家后见一地鸡毛，又闻到李银柱家的鸡香，二人拿扁担道："算账去。"他们正要出门，被从后门回家的早春拉住了。

　　早春他们听见李银柱家喝酒划拳的"哥俩好"声，同时夹杂着"冯早春家的鸡真肥，真好吃"的声音传来，又听李银柱说："她家养的几头猪，二娃给队里喂的牛，那都膘肥体壮哦！"

　　有人说，不如现在去牵两头猪和牛，杀了分肉回家吃。

　　秦狗儿一拍桌子道："他妈的，一帮混蛋。明着去牵，冯早春回来还不跟我们拼命？等晚上夜深人静去牵，不更好。"

　　有人附和道："秦主任真正高，到时我们吃肉，二娃养牛被偷，又可定他个遗失耕牛罪。"

　　"哈哈哈！"屋里传出一阵阵奸笑声。

　　早春拉着他们，小声吩咐着，他俩不停地点着头。

　　她交代后，就从后门去了公社。向李书记、李部长汇报后，又摸黑返回家中，准备来个瓮中捉鳖。

文成、书群去找伍明伟队长商量。他们年龄相当，从小一起长大，又是同班同学。

下午收工后，文成和书群让父亲去幺娘家换面条，将弟弟、妹妹送去了大姐秀梅家。

他俩兄妹吃完晚饭，先给猪牛喂食，再将猪牛关进了房里，然后就锁了猪牛圈，吹了灯，在窗户下静等。

李银柱见早春家只有两人，又异常安静，一阵窃喜，大喊道："冯早春，你的末日到了。"赶忙去附近叫来秦狗儿一帮人。

等他们轻易地开了锁，往猪圈、牛圈里拥，想着马上就可牵到猪牛，杀了就可分到肉时，一个个都吞咽着口水。不料正在他们做着黄粱美梦时，一阵阵噼里啪啦的鞭炮声响起，炸得他们魂飞魄散，抱头鼠窜。

"抓贼呀！有人偷牛啊！"鞭炮声和着书群、文成的喊叫，埋伏在周围的近百个社员，在伍明伟的带领下，打着火把，拿着扁担锄头将他们团团围住。

大家定睛一看，这些人每个都被炸得鼻青脸肿，头发烧焦，衣裤更是大洞小洞的，一个个抱头蹲在地上。文成和书群对几人一顿猛打、乱踢："想吃肉，叫你们吃肉。"

伍明伟举着火把高喊："将他们捆起来送公社。"

在被捆的人群中，早春没见到秦狗儿和李银柱。书群、文成捶墙道："便宜了这两个恶棍了。"

早春虽遗憾没一网打尽，仍宽慰道："总算给了他们一个教训，以后总还有办法抓住他们的。"

这次事件后不久，仓库保管员朱永清不知啥原因死在了仓库里。队长伍明伟给李部长报了案，又安排文成、成勋保管仓库，寻找线索。早春听说后，专门从水库工地回来，去看了玉兰母子。玉兰哭诉着："二娘，永清是被秦狗儿、李银柱逼死的，你要替他申冤啊。"

早春看着朱永清的四个孩子，大的只有十一岁，小的才两岁，不禁悲从心生，擦着泪，安慰玉兰道："这件事公社李部长已着手在查，迟早会将坏人绳之以法的。你自己和孩子也要多保重。"

早春去水库不久，又发生了朱三七的儿子淹死在粪池里的事件。这是中华人民共和国成立后，早春队里唯一淹死的一个人，还是一个小孩。也是中华人民共和国成立后，队里唯一夭折的孩子。大家还没从惋惜中缓过神来，朱三七本就多病的爱人便因忧郁而死。过不了多久，又爆出了朱三七与大他十多岁的花鼻梁结了婚。早春知道后，猜测也许朱三七从监狱出来后痛改前非，不愿与秦狗儿、李银柱为伍，又或是朱三七与花鼻梁有私情，李银柱才对他孩子下了毒手。

蓬溪水库完工那天，回来的车上，李书记对早春道："从新中国开始，你就尽心尽力抓工作，失去了一儿子，三女儿又成弱智孩子。现在你又得了心脏病，不能负重了，组织上决定给你一个孩子上大学的指标。"

早春感激涕零道："我冯早春何德何能，领导们如此关爱。"

早春想让侄儿文成去。晚饭后，早春切着萝卜条，就试探着问正绣花的书群："如果现在有一个推荐上大学的机会，我要给你文成哥去，你会怪我吗？"

书群停止了手里的针线活，仰着头反问早春："我为什么会怪您？您和爸身体都不好，我要守在你们身边，帮你们照顾弟妹。更要帮你和李银柱斗，看看这个恶人的下场。"

女儿的懂事让她欣慰。

转眼到了夏天，那天下着雨，不能去田里干活。二娃穿着蓑衣戴着斗笠去放牛。早春和二女儿磨浆准备做凉粉。她坐着往磨眼里加豌豆，书群推转磨盘，磨子发出轰轰隆隆的声响。五岁的幺女也吵着要舀豆子，早春只好抱着她。

早春看着二女儿想着心事。她个子不高，偏就是个天不怕地不怕的人，干活也是好而快。有人常说，她投错了胎，就应该是个男孩的命。好些人见她泼辣能干，来提亲，都被她拒绝了。早春不知她的心思，就问："你也二十了，老大不小了，该谈对象了。"

书群推拉着磨杆，两个辫子在她丰满的胸前上下跳动，汗流过她微黑发红、姣好的脸庞，喘着粗气道："我说了不嫁，陪在你们身边……"

"哦，二娘和书群正推磨呢？我也来磨点苞谷浆。"伍明伟说着，就拿起推磨杆和书群一左一右，两人配合默契地推了起来。

书群眉眼里都是笑，欢快地说道："来了！"

伍明伟含情脉脉地看着书群，笑答一声"嗯！"又望向早春："对了，二娘，我已接到公社通知,下午去对门晒场开文成上大学的考核座谈会。"

伍明伟高个子,宽肩膀、高鼻梁,一双有神的双眼透出了坚定和有主见。他笑看着早春,又扫向转动的磨盘。

早春记住了李书记的话——"要回避,不论李银柱说啥都要忍,上级自有定论",就说道:"我就不去了!"

这时正好早春他们的豆浆已推完。早春弯腰舀水冲磨盘里的浆,斜眼见书群拿出手绢帮明伟擦脸上的汗:"看把你热的。"

明伟也顺势拿着手绢,替书群擦额头上的汗:"你不也是的,头发都贴住了。"

两人举手投足是那样自然。早春是过来人,知道了女儿的心事。见她二人有说有笑,很是投缘,心中便有了底。如果两家能联姻,也是好事一桩,就高兴地提着桶进去了,留下二人在外面推磨面粉。

午饭后,早春故意劝书群:"你也别去,领导会有安排。"

书群把辫子往后一甩:"凭啥不去,这是我的权利。"

早春笑道:"只怕是想去给你明伟哥哥帮忙吧!"

书群羞红了脸,娇嗔地、佯装搡着早春:"妈,你取笑人家!"说完就快速跑了,早春见明伟等着她,二人一齐往对门晒场走去。

在座谈会现场,李银柱拍着桌子说:"如果李文成能去上大学,我也能去!"

书群反驳道:"是上级照顾我母亲的指标,我哥去不成,也轮不到你。也不看看你父亲是啥人,你是什么东西?"

李银柱跳起来指着书群:"你放屁。"又骂着:"他李文成父亲做贼,本人也是贼,还强奸幼女好多人!"

书群"嘭嘭"地狠拍着桌子,气愤地回击道:"你该不是在说你自己吧!"

这一回击,李银柱立马暴跳如雷,顺手拿起了长条凳,砸向坐在对面的书群,书群站起来,用双手推回了板凳。由于反弹的作用,李银柱的额角立即被撞出了一条血口。

"泼妇打人啦!要人命啦,要她抵命啦!"李银柱狂叫不停。

这时主持会议的李部长正好看见了这一幕,手一扬说道:"就是出了人命,也是你自作自受,你简直是太过分了!"

许多人都纷纷指责他的不是,"平时就听说你们世代欺负别人一家。今天又见证了你的厉害。"

"如果不是人家冯代表,这家人早被你们家赶跑了。"

没占到优势的李银柱,边跑边喊:"我要上告李文成,他如果去成了,我手板心煎鱼给她冯早春吃!"

书群手指着他道:"人狠我不怕,人善我不欺,万事认个理。我哥条件摆在那里,群众眼睛是雪亮的,上面的领导也不会由你颠倒黑白、是非不分的。"

李银柱果真串通秦狗儿多人,写了诬陷文成有偷盗强奸等十多条罪,轮流到招办、县上告。

一天早春背着背篓在山上掰苞谷,李书记、李部长来到田里,帮忙掰着苞谷,高兴地告诉早春:"文成被宜宾大学录取了"。

早春将手里的苞谷反丢进背篓里:"太谢谢领导们的帮助了。"

李书记掰下苞谷道:"除你们队里,大队许多人联名证实李银柱是诬告外,还有一人联名了许多老师为你冯早春、文成说话哟。"

早春急切地问:"是谁?我也好谢谢人家呀!"

李书记道:"本来人家让保密,但这也应该让你知道,就是杨成英的父亲杨老师。"

早春心头一热,感慨道:"只给了别人一线生机,就给了自己一条路啊!"

李部长将一个苞谷丢进早春背篓道:"听说杨老师为此,还遭到了秦狗儿和李银柱的骂。可见你冯早春这个代表得人心啊!"

早春抬袖揩着泪道:"还不是沾毛主席共产党的光,沾领导们的光,让我从一个旧社会的哭嫁女变成了堂堂的干部、人大代表。如今你们顶着压力,为百姓,为我们基层干部说话,真是让我感动啊!"

早春请示二位领导道:"我不想铺张请客,直接让文成去上大学吧。"

李书记笑道:"客还是要请,不收礼不铺张,一切从简。"只见他两手把苞谷壳撕开,再狠狠把苞谷折断道:"这是李部长收网的机会哦!"

早春放下背篓兴奋道:"太好了!"又担忧道:"秦狗儿在县里的靠山再打击报复你们咋办!"

二位领导同时将苞谷丢进背篓，两手一擦，道："大不了再被拉去关斗、拉去批，也要给被冤的人一个公道。"

李书记高兴道："冯代表，你还有好事哟，有人请我向你二女儿提亲。"

"谁？"

"你很欣赏的男孩哟！伍主任的儿子，伍明伟！我听说俩年轻人算得上青梅竹马，情意相投哦！"

"只要他们相互同意就行。"

书群和明伟从田里背着背篓跑出来："谢谢妈妈成全！谢谢领导关心。"

李书记道："今天中午包荷叶苞谷饼就泡菜，算是请我们这两个媒人的客哟！"

书群和明伟赶忙下山去准备。三人又商量了一些细节，准备将文成的上学宴、书群的婚宴定在八月二十八日。

第 73 章 喜宴插曲

一九七六年八月二十八日，清晨，太阳升起来了，虽有乌云遮挡，但阳光依然努力穿过云层，照向大地。

李家湾院里真是从来没有过的热闹。红彤彤的喜联贴满了所有的门窗和柱子。门前，院坝前的各种果树上也贴得红红的，在阳光的照射下，更耀眼醒目。从伍主任家到早春家门前，摆着十张大桌子宴请宾朋。

全队的男女老少，十里八乡的人都来庆贺。大家吃着瓜子花生、糖果饼干，喝着茶，听着以王成勋为主的团员青年表演《群众是真正的英雄》等歌曲、舞蹈。当然还有一批客人在早春的房里，由伍主任和小宝陪着在喝着茶。汪嫂则安排大媳妇和女儿在布置新房。二娃自是和妹妹、妹夫悠闲地参观房屋后的果树。

秀梅夫妇、淑珍夫妇、兰花夫妇、照芳夫妇，还有玉兰等人都早早地来帮忙。女眷在厨房里忙，男人就挑水劈柴，给客人递烟筛茶。

书群、明伟去办结婚证，文成去请老师和同学，弟弟妹妹们也喜气洋洋地跟着去玩。

早春今天打扮得也特别，穿一身老红色的衣裤，头上戴了顶红布包着的草帽子。她简直高兴得合不拢嘴，在人群中穿梭，逢人便说："随便坐。喝茶，吃点心。"眼神又看向左边的路上，希望预定的目标早早出现。

果然见秦狗儿、李银柱，又纠集了一帮人拿着棍子，气势汹汹地跑来现场。早春迎出去近百米，左手叉腰，右手一指，大声呵斥道："来喝酒就请坐，来闹事就快滚。"

李银柱凶狠地喊："我今天来是要你命的。"

秦狗儿也凶巴巴地喊："老子要新账旧账一起算，让你喜宴变丧宴。"

两人同时快速地举起棍子，一人朝早春头上，一人朝早春身上狠命砸下。只听"咚咚"几声，早春头上身上血流如注，倒在了血泊中。二人举棍还要打，被亲朋、唱歌的青年团员蜂拥上去拦住，一群人对宾客乱棍相加。

秀梅、淑珍、玉兰则哭喊着跑出来，去扶早春。"二娘，你不能有事啊，你们这些恶贯满盈、遭天杀的。"

几乎是同时，李部长带着吴亦华等人，从屋里冲出来，"叭叭"朝天两枪，大喊着："去把秦狗儿、李银柱给我铐起来。他们胆子也太大了，连我们的人大代表、历届劳模也敢谋害。"

吴亦华带着一群武装人员冲过去。秦狗儿、李银柱挥舞棍子，穷凶极恶地乱打着逃跑，被一部分亲朋用板凳拦着，怒喝道："打了人就想逃，没门！"

小宝他们抬早春回房。一部分人拥向门口喊道："冯代表，你不能有事啊。"

李书记安慰大家道："我们有医生，正在全力抢救，大家先回座位。"

人们哭泣着，抹着泪，冲向秦狗儿、李银柱一群人，大喊："给冯代表报仇"。

在众亲朋的帮助下，吴亦华和武装人员将李银柱、秦狗儿一伙儿按倒在地，铐了起来。

人们一片欢呼、跳跃："抓得好，抓得好！"

"一群横行乡里、强抢强吃、草菅人命的王八蛋。"

"不知逼死了多少人。"

"听说有几个未婚女青年被他们轮奸，还跳河自尽了。"

秦狗儿跪在地上，还猖狂地大喊："我要上告，我县里亲戚饶不了你们。"

这时，玉兰拿着永清写的血书，哭喊着："李书记、李部长给永清主持公道啊！他们逼死了永清，要他们一命还一命。"这是前几天，早春在仓库的墙壁里找到血书后，交给玉兰的。

李部长接过血书站到门口台阶上，大声读道："秦狗儿、李银柱又带人来要装仓库里的粮食，让我选择死还是给粮食，我选择死也不会给他们粮。玉兰，我对不起你和孩子了。"

玉兰用脚狠踢二人，哭喊着："你们害死了永清，一命还一命。"

几个孩子也用棍子打二人，哭喊："还我父亲。"

队里人想着永清的好，呜呜地哭开了，都捡起石头如雨点般砸在二人身上。

被扶进房的早春，右手拉下帽子，对小宝、秀梅、兰花小声嘀咕道："这是那天商量时我主动向李部长、李书记申请，对那群人上演的苦肉计，不然怎么现场抓他们呢。"

几人长舒了一口气。大家看见早春头上用红布包的草帽下面是一口小铁锅，兰花赞道："也只有我姐才有这计谋啊。"又不解地问早春："流出的血呢？"

小宝闻了闻，含笑不语。早春从旁边的桌上拿起红药水晃了晃，众人掩嘴而笑。

突然，秀梅"哎哟"一声，指着早春额头，大家一看早春头上真有一个大血包。早春的左手臂扬不起来，原来那二人下手太重，真想把早春往死里打。她头上身上还是挨了棍子。几人含着泪，小宝帮忙给她用药酒揉着，嗔怪道："真被打出了问题咋办啊！"

早春朗声道："死不了，我要看着恶人一个个地遭到报应。"

秀梅气哼哼地拿着棍子出了门，边哭边狠狠打二人，哭喊："你们是人吗？你们这群坏事干绝的家伙。扒祖坟，诬害我二爸偷粮，害二娘被写大字报，栽赃陷害我妹妹，还诬陷我弟弟……呜呜呜呜，现在又把我二娘打得人事不省……呜呜呜呜……"

朱三七也来到前面，用棍子狠狠抽打李银柱二人，哭骂道："是你让我参与，我不愿意。后来我与老花相好，她再不理你，你就报复我，将我儿子推到粪池里淹死。"又向李书记恳请道："请领导为我做主，替我孩子讨回公道啊。"

人们的石头不停地砸向那群人。

李书记手一摆，大喊道："大家放心，我们会认真审理，给大家一个说法的。"

李部长命令道："押回公社去审理。"

据说，押回公社的路上，那群人是一路被人们打着回去的。他们交代了偷小麦陷害早春，逼死永清，推朱三七儿子溺亡，轮奸致人而亡，关押斗打致多人自杀等恶行。

二人后来被判了枪决。

早春头上有个大红包，左膀子用红布吊着，笑容满面地走出来，用右手一指天上："乌云已散，大家尽情地喝酒吃菜。"

大家抬头时，阳光透过变薄的云层缝隙直射下来，像千万把闪着金光的长剑，将云融化成一朵朵洁白的云彩。云朵飘着，飘着，就融入了蓝天，衬托着那火红的太阳，就像孩子们随意涂抹的艳丽的玫瑰，美极了。火红的太阳映照着人们红彤彤、欢快的脸庞和早春与年轻人载歌载舞的身影。

有人喊:"新郎、新娘,状元郎回来啰!"

这时王成勋吹起了唢呐,章成怀点燃了挂在四周的鞭炮。

只见新娘子书群身穿红衣红裤,落落大方地跟在新郎伍明伟身边。李文成既是伴郎又是状元郎,他们来到院坝里向正在就餐的客人们一一地敬酒。

就餐时,他们的老师同学,队里一起长大的青年人,便想出花样来捉弄新郎新娘。要他俩当众喝交杯酒,并用一根细线穿着一个苹果吊着,当他俩面对面地同时去啃时,人们将苹果提开,两人头碰到了一起,大家看着他俩当众亲吻。在进行这个游戏的过程中,周围不时爆发出一阵阵笑声。

年底,书华带着在部队开车的男朋友沈清平回来了。书华一一介绍后,沈清平连声叫"爸,妈",叫得二娃眉开眼笑,早春更是笑得合不拢嘴。

书华拉着早春的手说:"妈,他是湖北江汉油田人,我们商定春节结婚,请您和爸爸一起去湖北。您身体不好,我觉得去油田卖菜比较好。"

早春犹豫着:"以后再说吧!"

一九七七年恢复高考后,书华不负众望考入了武汉某医学院深造。一九八〇年,书群夫妇有了一男一女两个孩子。队里已架电杆拉电线,队里人欢呼着:"我们也用上了电,用煤油灯的历史一去不复返了。"

土地又重新包产到户。秋收之后,一个五十岁的妇女,面带笑容,两眼有神,绾着发髻,迈着坚定的步伐,走向井峰公社。

当她拿着辞职申请刚到李书记门口时,头发花白的李书记、李部长,两人感叹道:"劳碌了一生,年底就退休,回家照顾孙子,享受天伦之乐咯!"

来人接话道:"二位领导是该享福了,我也该辞职啦!"说着将辞呈递给了李书记。

李书记忙招呼道:"冯代表,先坐下再说。"

早春坐下后,李书记倒了一杯水递给她,面带愧色道:"是我们没把你安排好,老了也没一份固定收入。不知你有啥打算?"

早春摸着额头,笑道:"向二位领导汇报,我准备举家外迁,去湖北江汉油田卖菜,供三个孩子读书考大学。"

两人惊得站起来，同时睁大了眼睛道："举家外迁，你没开玩笑吧？"

李部长关切地道："你身体不好，如果有困难可以说，我们帮忙解决。再说，你四女儿今年刚以全校第一考入井峰重点高中，不怕到新环境影响成绩？"

早春手一摆，朗声笑道："是金子到哪里都会发光，不是吗？"

李书记笑点着头，重坐下，又劝道："现在一些单位像棉花、粮食、供销仍然为你敞开大门，任你选。"

早春喝了一口茶道："谢谢领导们的关心，组织上已经照顾我很多了。我不想再给组织添任何麻烦。领导们也不用担心，我身体不好，虽不能干重体力活，但我还能卖菜啊！现在政策好，我要通过自己的努力，让家人过上更好的生活。找个没人认识我的地方，安心让几个孩子完成学业。"

二人见早春去意已决，十分不舍，还挽留道："希望你考虑下，选一个单位留下来工作。"

早春把茶缸放到桌上："你们看，我们二老的医药费，孩子们的学费，还有一家五口的生活费，那点工资，说实话，目前还很难支付。"

前几年书华让早春去湖北，她犹豫着，记挂自己还健在的母亲，才一拖再拖。现在她老人家已走，书华又来信催促，她还犹豫着。毕竟这里是自己的根，祖祖辈辈生活的地方，自己怎么舍得呢？最后让她做出要离开的决定，还是与李家墨家世世代代的恩怨。如今李银柱的两个儿子常常恨恨地看着她，没少在路上为难自己的儿子、幺女。有一次还将幺女推下了风车，让幺女的腿留下了后遗症。她不想再斗下去了，也累了，冤冤相报何时了。自己一家走了，他们就没了怨气。于是她让书华在油田买了房子，将幺女和儿子先转到那里上学，三女儿去给他们做饭。

正在早春愣神时，李金柱在门外急切道："二娘，我正找您有事。"

早春起身走向外，关切地问道："什么事？"

"铜柱被抓去关了，搞不好要判刑。"

"啥事？"

"有人偷了抽水机，卖给了他的修理部。"

"那一共收了几台？"

"就一台，只有您能帮他了。"

早春赶忙转身又进去李书记办公室，对二位领导道："李铜柱是初犯，能不判刑吗？"

李部长道："他这可是销赃罪。"

早春道："二位领导就给我个面子，我也是最后一次求领导了。毕竟那孩子还年轻，也是初犯，如果判了刑，一生都完了不是。"

早春一句"最后一次"的话，说得二位领导喉头哽咽，眼圈发红。早春的表现一幕幕地像放电影般，在他们脑海里闪现……

领导们爱屋及乌，答应放了李铜柱，对他进行罚款、写检讨的处罚。

李部长还告诉早春，李家墨在牢里病入膏肓。政府本着人道主义，送他到医院保外就医。

听到李家墨病重的消息，她一点儿也高兴不起来。她漫无目的地在路上走着，竟走上了李家湾的山顶，在那里默默地坐了下来，这熟悉的山，熟悉的水，这儿有分给自己的土地，而今自己竟然要亲手放弃……

她的泪滚滚而下，自己不想与人结怨，几十年来，为了保护家人，让家人平安，过上好日子，又不得不与他们争，与他们斗。唉！人这一生啦，有多少事是自己愿意的呢？她去看了李家墨，李家墨悔恨交加地对她说："对不起，我糊涂啊！当时你给了我那么多机会，包容我，忍让我，想要与我和睦相处，我为啥就想不明白呢？我不仅害了自己，还害了银柱。是你的善心，救了我的三儿四儿啊！来世定当牛作马报答你……"

她想不通，有的人为什么总是到把自己逼上绝路时才会想明白呢？早春心情忽然开朗起来，人总是生活在得失间、选择中。我今天放弃了这里，到了新的地方定会收获更好的明天，一家人也定会过上好生活。

早春本没外讲要走的事，但人们还是知道了消息，一批又一批地来看她、挽留她……

当她送走最后一批客人，电灯光下，她对身上的玫瑰红布袋看了看，摸了摸。

二娃说："那边是平原，可不比这山上有那么多草药可扯，就不背去了吧？"

早春想着人们说的"这个布袋就是人们的医药袋"，不觉有些失落道："还有孩子们的铅笔、本子，药酒药丸我照常可装。"

二娃摸着头道："是啊，还是孩子辅食零食的百宝袋哩。"

早春拍着身上的灰尘，交代道："我先去，明年你和四女儿过去。"

这时，玉兰和小清跑来了。玉兰拉着早春的手说："二娘，我还是当初那句话，我跟定您了，您到哪里，我去哪里。"

第 74 章　外迁卖菜

电灯光照着早春惊疑的脸庞，她直起身还没搭话，小清走过来拉着她哀求道："冯婆婆，您就带上我们吧！"

早春拍着小清的肩，心想，这孩子和永清简直就是一个模子刻出来的，说道："孩子，不是我不带你们去。要知道搬个窝剩口锅，去一个新地方，生活、语言、环境，人生地不熟的，难啦！"

小清摇着早春的手说："您不怕，我就不怕。"

早春又劝道："我看你们还是再商量下吧！"

玉兰肯定地说道："我们已经商量了，反正跟着您就不会有错。我们炸油条、下面条、磨豆浆、做豆腐脑都行。"

早春第二天赶早步行去井峰街邮局，给书华打了电话，让她给玉兰母子租了房子和摊位。

女儿、女婿、外孙，一大帮人来劝早春，见劝不住，就气哼哼道："妈，难道是我们不孝顺吗？"

早春抱着外孙坐在膝盖上，说道："你们都是很孝顺的孩子，包产到户后，自己田不种，都先来给我们干活，争着轮换来给我挑水、砍柴。逢当场时，争着来给我背米、背果蔬去卖。我就觉得我老了、病了，真的成了个废人，成了你们的累赘、负担。你们哪家不都是上有老，下有小，负担也很重啊！"

孩子们呜呜地哭泣着："您养大我们容易吗？我们孝敬您，报答您是应该的。"

早春抱紧外孙们，说道："我养大你们不是为你们报答，只要你们好好生活，以后互帮互助，我就放心了。再说，我活一天，就能干一天，也能养活自己一天，更会让弟弟妹妹们好好读书。这就叫在各个年龄段干适合自己的事，也叫量力而行吧！"一席话，说得孩子们哑口无言。

几个孩子又凑了钱递给早春："您和爸身体都不好，弟弟妹妹们又都上学，先拿去用吧！以后我们会定期给你们汇钱去。"

早春摆着手："我不会收的，以后也千万别汇钱去，我还得汇回来。有机会打个电话相互问个好，就行了。"

早春带着玉兰和她的四个孩子，从井峰坐车到蓬溪，转重庆，从朝天门码头坐船，走了四天三夜才到了湖北沙市，又从沙市坐班车到江汉油田。

书华和她在湖北结识的十多个四川姊妹，专门在早春新家做饭，接待了早春和玉兰她们。四川老乡们对早春说："您来了，就如见到我们的娘。我们菜园里的菜，这下有您帮忙卖，太好了。"

早春道："以后就常来常住，把我这里当成你们娘家吧！"

"太好了！书华来油田，我们多了个妹妹。您来，我们又多了个娘。"

午饭后，老乡们临走时，早春又拿出从老家背来的核桃送给她们。书华和早春送玉兰和孩子们去租住地，放下东西，安顿好后，带他们去街上转了转。书华介绍说："这油田里汇聚了四面八方的人，四川老乡特别多，感觉特别亲切。"

大家一起去玉兰做早餐生意的摊位看了后，玉兰和孩子们就留下，做开业的准备。

书华又带早春去菜场，熟悉摊位。偌大的钢管棚架支撑下的菜场，一条一行的水泥板架旁，鱼类、猪肉、蔬菜等分类明确，各占一席之地。

书华要上夜班先走了。早春走去询问了解了各种蔬菜的价格后，才回到新家。

这是二十世纪六十年代建的三层高的楼房，供在这里钻井的工人们居住。一排有五个单元，共有十多排房子。排与排之间间隔距离很宽，栽种了桂花树、月季、香樟等绿化植物。

早春家在右边一楼，本有两室两厅的房子，原主人在旁边还盖有二十多个平方的平房。平房旁边是一条宽大的河流，两边河堤上，栽种了成排的水杉，靠河水旁栽了垂柳。河的对面是农场，望不到边的田地，河的堤坡宽大，可以在上面开荒种菜。

几个月前，书华同学的父母要随孩子去武汉居住，房子被书华买了下来。早春就喜欢排列整齐的水杉，妖娆的杨柳和一望无际的田野。她身体不好，虽不能种田了，看着对面宽广的田地，和突突的机器收谷声，还有雪白的棉花，她心里就舒坦。

她原本准备在李家湾盖房，和孩子们起早贪黑烧了四窑的砖瓦，卖掉后，加上卖十头肥猪的钱，到这里买这么个位置，也是不错的。

早春回新家后，没有休息，先看了看摸了摸堆在房里的茄子、豆角等新鲜蔬菜。她抱起一个大冬瓜，低头挨着说："伙计们，你们就是我后半生的好伙伴咯！"

她去厨房，烧的是液化气，少了以往的烟熏火燎，这让她十分惬意。现在政策好、环境好，鼓励人们经商，今后可大胆做生意挣钱，这日子会越来越好。想到这里，她不觉哼起了歌来。

她先生火烧水，搅了一大锅凉粉，一则准备试着去卖；二则孩子们回来喜欢吃。接着她做了孩子们喜欢的红烧肉。

儿子、幺女放学回来，见到早春，欢呼雀跃地扑向她怀里："妈妈来了，妈妈来咯！"

早春张开双臂，一边搂着一个。俩孩子一见桌上的菜，更是慌忙用手抓了放口里吃，含混不清地说："还是妈妈做的菜好吃。现在好了，又可以天天吃红烧肉、凉粉了。"

早春见着他们的吃相，嗔怪道："手都不洗。"

儿子书第嚼着红烧肉道："不干不净，吃了才不生病。"

早春将麻辣油淋凉粉上，问两个孩子："你们上课都听得懂吗？在这里还习惯吧？"

"习惯！老师、同学都讲普通话。"

"只是想老家的小伙伴，想爸妈。现在您来了就好了！"

这时去帮忙给农场捡棉花的三女儿书慧也回来了。她拿出挣的两块钱给早春："妈，这是我挣的。"

这个三女儿虽不会读书，早春仍让她读到了初中毕业。她语言表达力虽差，但种田干活手脚快，别人一天挣一块或一块五，她可以挣两块，这让早春十分欣慰。

晚饭后，早春趁这吃饭的空当，拿出从老家背来的核桃，带了凉粉、新鲜蔬菜，去拜会楼上楼下的邻居。儿子嚷嚷道："我要去，楼上的王奶奶、齐奶奶、张奶奶她们人可好了！经常送馒头包子给我们吃！"

十岁的幺女说："几个爷爷奶奶，好像有腰腿疼的毛病。"

483

早春听说后，又把自家药酒装了几瓶在玫瑰红布袋里，一并送了上去。

送完回来后，俩孩子写作业，早春和书慧准备着第二天去卖的菜。她将小白菜去黄叶，红豆角、白豆角等一斤斤整整齐齐地用稻草捆着，萝卜、藕用草先擦去泥，然后用水洗得干干净净。

书第做作业后，蹲下身来帮忙择菜说："妈妈真细致，把菜择洗得这么干净。"

早春抬起头慈爱地笑道："择菜如你写作业做试卷，题目答得好，还要写得整洁才能得高分。卖菜同样要认真，干净整齐别人才愿买，才卖得好价钱哟。"

早春称冬瓜、红白萝卜、南瓜的斤两，见幺女在收拾书包，就道："书君，来帮忙，用你的笔把斤数和钱写了放菜上。"

书君拿着写作业纸的反面裁成条，边写菜的数量边说："我们把斤数多写点，不就可多卖钱了？"

早春放下秤，拉着儿子女儿的手道："你们记住了，短斤少两的事咱不能干。人呐，这一生诚信最重要。要不然，谁还信你。"

两个孩子认真地点头："知道了，老师也讲过，人无信而不立。"

孩子们都去睡后，早春怕孩子们没清理干净，又重新把各种菜检查了一遍。

这时，大女婿沈清平过来了。"妈，听说您来了，我过来看看，送点单位分的水果来，你和弟弟妹妹们吃。不晓得习惯不？"

早春接过水果，慈祥地看着他："习惯，习惯！"用手指了一圈："你看，你和书华都弄得这么好了。水果咋没留孩子们吃，这么晚了还送来。"

沈清平中等个子、浓眉善目、老成稳重。他从部队回油田后，给领导开车，深得领导的信任。

"我们还有。您有啥事就跟我说，我抽时间来帮忙。"

"行。你坐会儿，喝口水吧！"

"不了，明天要送领导去武汉开会。"

早春送他出门外："不早了，你也早点回去休息。"

早上五点钟，早春就起床将菜搬上板车，书慧应声起床来帮忙。菜堆满板车后，三女儿要推着去，被早春制止了："你做早饭给弟弟妹妹们吃，他们去上学，你仍去捡棉花。"

"嗯。"书慧答应着去了厨房。

早春两手推着板车把手，幺女和书第从房里跑出来："妈，我们来帮忙。"二人帮忙把板车推到菜市场。路上板车轮"吱吱"声，自行车"叮呤叮呤"声，挑着担子快跑的脚步声，这些声音汇到一起，打破了清晨的宁静。有心脏病的早春不能急，她推着车平稳前行。

她家离菜场大约两里路，早上的菜场远比下午热闹，很远就听见嗡嗡的说话声。

到摊位后，早春让两个孩子回去吃饭上学。她从板车上搬下菜，分类整整齐齐地码在水泥石板上，放上秤，她才坐下来擦着自己额前的汗。

她喝着水，吃着馒头，看向左右两边，其他人也来了，大都是二十多岁的年轻女子，左边的那位圆脸齐耳短发；右边的瓜子脸，扎一个马尾。她们也摆好了各自要卖的菜在面前的水泥石板上，但她们的菜中，老叶、黄叶还在上面，看起来很不干净。

天刚亮，买菜卖菜的人走进菜场。顿时，吆喝声、讨价还价声，还有鸡鸣鸭叫声，如交响乐般响成一片。

早春站起身，用川音吆喝道："凉粉，正宗的川北凉粉咯！"立马就围了一群人过来，有人拿了荷叶包着的凉粉，摊手里抖了抖，赞道："是很筋道，你是四川人？老乡？我好久没吃到地道的家乡凉粉了，来几块。"

早春笑着点了点头："好嘞。"来人又见早春排列整齐的菜，"真干净，我要一斤菠菜"。

"好的。一角钱。"

"我要一捆红豆角。""三角。"早春递菜、收钱忙碌开来。

油田人要赶时间上班，拿了菜，看了斤数，问了声："不会少称吧！"

早春笑答："只多不少，包你们回家复称。"

人们买菜付了钱就走，走时早春送几根葱或蒜苗说道："下次再来。"

左右两边的人不服气了，大喊："卖菜，卖凉粉咯！"可没人光顾。

她们二人趁早春不注意，往早春板车上荷叶包着的两块凉粉里丢了沙；又去将板车两个车轮的气放了。这一幕，还是让早春看见了。

二人恨恨地盯着早春道："让你抢我们生意。"

早春菜、凉粉卖完了，但她没走，她走去左边摊位。

圆脸女子以为是自己放了早春轮胎的气，早春来报复了，就朝她吼道："想干吗！"

早春笑吟吟地望着她道："帮你卖菜呀！"

左边的青年女子不相信地看着早春，呆立在了那里。

早春拿起白菜把老叶去掉，立马就有几个人围了过来。早春称斤数后，对左边那位笑道："还不快收钱。"

那圆脸女子才回过神来，机械般地收着钱。等左边的菜快卖完后，早春又走向右边，右边瓜子脸女子卖菜也卖凉粉，可凉粉却没人买。早春弯腰掂了块凉粉在手里："这凉粉凉拌或放锅里炒，肯定成糊糊。"

瓜子脸女子黑着脸道："要你管，我以前不是卖得好好的，还不是你抢了我的生意！"

早春也不生气，以不容置疑的口气道："我把搅凉粉的方法教你吧！"

她满脸疑问："你肯教？"心想，我放了你轮胎的气，难道你不记恨？

第 75 章 菜场故事

早春看着川流不息的买菜人流,肯定地点了点头。她转身拿出用荷叶包好的凉粉,在桶里洗去沙土,给左右两个女子各递了一包过去,笑着说道:"地道的四川凉粉,你们先拿回去尝尝吧。"

二人的脸红一阵白一阵。

瓜子脸女子将早春的凉粉和自己的比后,马上一脸愧疚道:"您教我后,不怕我抢了您生意?"

早春右手往额前捋了一下头发,朗声笑道:"生意是做不完的,钱也是挣不完的。我们都是为谋生,和气才生财,不是吗?"

早春详细地告诉了她搅凉粉的方法。这时右边圆脸女子离开了,不多会儿手拿一个气筒回来,弯腰用脚踩着,在给早春的车胎加气。左边那位也慌忙去帮忙。加完气后,两人红着脸不好意思地说道:"我们年轻不懂事,望阿姨原谅,以后多关照。"

左边的那位说道:"我姓董,您以后叫我小董吧!"

右边的说:"我姓陈,您叫我小陈吧!"

早春一手拉着一人,笑盈盈道:"我姓冯,叫早春,初来乍到,你们还要多关照我哟!"

三人欢快地笑着。这时早春见书华过来,就推着板车迎过去,嗔怪道:"刚下班,也不好好休息。"

书华递给早春一袋包子:"您先吃点吧。"就接过板车推着,关切地问:"妈,生意还行吧?"

早春手拿包子咬了一口,喜笑颜开道:"今天除去成本应该可以挣五元钱。"

书华高兴道:"妈,太好了!照此下去,除去摊位费和市场管理费,一个月下来,您比我拿的工资都高哎。"

母女二人哼着"我们的生活比蜜甜",去玉兰的早餐摊旁。早春拿出凉粉,问道:"生意咋样?"

小清接过凉粉道:"还可以,我最喜欢吃您做的凉粉了。"

有人买油条,小清麻利地递过去,接着钱。

玉兰给早春二人倒豆浆端来,早春接碗咕噜咕噜地喝着:"生意好,我就放心了。"

书华赞道:"嗯,豆浆真香,我会向同事朋友宣传的。"

玉兰真心感谢道:"让书华妹妹和二娘操心了。"

书华摆着手:"应该的。"

"你何必那么客气呢!"早春说着,把冬瓜、豇豆交给玉兰,两人才放心地各自回家了。

下午早春又推着鸡蛋和菜去卖,直到下晚班最后一批人买菜走后,才回家。

第二天,当早春推车到摊位前,右边的小陈已在码菜,对早春道:"阿姨,谢谢你教我做凉粉的方法。"说完她一指凉粉,"是筋道多了。"随即犹豫着问道:"您女儿是妇产科医生吧?"

早春弯腰抱起几捆红豆角道:"嗯。"

小陈急切道:"我和爱人结婚五年了没小孩,让她给看看行吗?"

早春把菜放到石板上,问道:"你以前看过吗?"

"看过,吃了很多药,都怀不上。为此,婆婆常骂我连鸡都不如,鸡还晓得下个蛋,你呢?屁都不放个。就逼老公和我离婚,可老公坚决不听,婆婆一气之下把我们赶了出来。我就租了这个菜摊卖菜了。"

早春码好菜,两手拍了拍衣服,看向小陈:"可见你爱人对你,那是情真意切啊!"

"他越对我好,我越觉对不住他,越想看好病,给他生个孩子。"

早春坐下来咬了一口馒头:"你爱人应该和你一起去查查,生孩子是双方的事。"

小陈吃着油条说:"以前医生也这样说,可他不去。"

这时买菜的人来了,早春开始递菜收钱忙碌了起来。忙完后,早春走向小陈问:"你爱人在干啥?"

"他姓孙，在学校教书。"

中午，长得斯斯文文的孙老师来给小陈送饭，早春好说歹说劝了半天，孙老师才答应一同去做了检查。

隔天，早春码好菜，坐下喝了一口水，问小陈："两天没见小董来卖菜了，你知道她家有啥事吗？"

小陈口里嚼着食物说："听说她爱人在拖鱼回来卖时，好像是被一货车撞伤了，住在医院里。"

早春关切地问道："人不要紧吧？"

"无性命之忧，只是右腿骨折了。"

"菜卖完后，我和你去医院看看吧！"

"好的。"

二人各花八角钱，买了一盒水果罐头。到医院时，小董正给躺在床上的爱人喂汤喝。小董放下碗站起来道："冯阿姨，真没想到您会来看我们。"

小陈道："这不是不见你卖菜，早春阿姨担心嘛！"

早春拉着小董的手，关切地问咋回事？

小董爱人脸色苍白，低语道："明明是那个货车的问题，我在右边已经骑车让到了河边树下，车子像喝醉了酒样，摇摇晃晃迎面开过来，将我和车撞到树上，掉到河里。好在河里水不多，是熟人救起我，还帮忙去就近的桥头报了警。他们来将对方的车和我的自行车拖去关了起来，说好处理的。结果……"

小董摇着床沿，恨恨不平道："今天，他弟弟去找交警处理，结果被告知，说是我爱人自己不小心，撞到树上摔河里的。"

早春着急地用手指着外面道："他们没来调查取证？"

"人都没来，就下了结论。"小董爱人垂头丧气道。

早春举拳头砸向墙，气愤道："太可恶了！走，和他们说说去！"

早春一急，心如针扎般难受，呼吸也急促起来，脸发白，嘴唇发紫。她扶床沿坐下，赶忙从玫瑰红布袋里摸出两粒药丸，小陈扶她坐下道："阿姨，您不要紧吧？"

小董递来开水，端早春口边："您身体要注意啊！"

早春喝了几口水，长吐了一口气，慢慢平定了情绪，摆了摆手："老毛病，不要紧。"又问小董爱人道："当时有证人看见吗？"他弟弟在旁边道："有。"

早春交代他道："你去叫那些证人赶到交警处。我和你姐姐先去那里。"

小董爱人叹了口气道："唉！阿姨，我看还是算了吧！那个协警，仗着他舅兄是某局的局长，横行霸道，本地人都拿他没法。您一个外地人，不是我不相信您，您身体还不好。唉！只怪我是个小百姓，自认倒霉吧！"

"咚咚"，早春猛拍墙面，大声道："万事凭理，我还不信这个邪了！"说着就向外走去。

小董弟弟问："我还去叫证人吗？"

小董爱人满脸无奈："死马当活马医，让她去试试吧！"

早春三人疾走两里多路，赶到桥头交通事故处理点，穿制服的协警斜坐在椅子上看报纸，桌子上放着一杯茶还冒着热气。

早春走上前，以不容置疑的口气道："请你处理自行车拖鱼被撞的事故。"

协警瞪着眼说："没查到证据是货车撞了自行车，我让他把车开回去了！"

早春忍着怒气，好言相问："你真让他把车开回去了？"

协警"嗖"地站起来，吼道："我让他开车回去还要跟你汇报？"

早春怒目而视，指着他吼道："我觉得你处理的方法不对，要重新处理。"

协警"嘭嘭"地捶着桌子："你是谁？敢来对我指手画脚？"

早春转向围观的人，用手向空中划个弧形，高声喊道："大家评评理，有他这样办事的吗？发生了交通事故，给他们报了警。他不去取证，不去调查，不去问被撞的人的伤和痛，却武断地说不是车撞的，还让人把车开走了。"

她又指向协警："你这还是为人民服务的勤务员吗？你必须重新处理，公正裁决，不然我们去县政府连你一起告。"早春一喊，小董胆子大了起来，也哭喊道："我爱人在医院里躺着，如果耽搁了治疗，我找你拼命。"

这时他弟弟也带了证人来，都大喊："重新处理，公正处理，不然我们去县上告。"

人越来越多。早春带头举手高喊："重查！重查！"

协警拿腔拿调道："只凭你们单方说，是没依据的，是不行的。"

早春喊道:"你让他们把车开走了,肯定毁了证据。"又指着大家,"走!我们去县里告他。"说完她就抬脚向外走,人群也喊着:"一起去县里。"

协警慌了神,拦着早春,低着头小声说:"车还在那里。"

早春厉声喝道:"那你凭啥骗人,是不是指望被撞的人不来找,就这样算了吗?带我去看。"

人群不满地大喊道:"以前他就是经常这样不公正地处理。"

早春和大家走向停车的地点。协警在身上摸索了半天,小声说:"钥匙弄丢了。"

早春转头就走:"我们去县里。"

"别,别。我这就开。"协警打开铁门后,早春走到车子的左边,认真看了起来。她用右手指着车上,对协警吼道:"你自己来看看,这车上面的血迹、鱼鳞片、撞上树的刮痕,我这个外行都看得见,你这个内行会看不懂?"

小董的亲戚拥上来要打协警:"老实交代,你得了那货车司机多少钱?"

又有人怒喊:"你以前是不是常拿人家好处,才欺负我们这些无利可图的小商小贩。"

有人冲去办公室:"我们要去给县里打电话,证据确凿,要求开除他。"

早春手一摆,制止道:"大家不要冲动。原谅他这次,给他机会,让他公正处理,如果不满意再向上面反映不迟。"

协警抱拳求饶道:"我错了,只求不要上告,我还有一家老小要养活。我认真查,一定公正处理。"

早春听几个老乡送菜过程中,也有被刮被撞报案不处理的现象,又大声对协警道:"你都知道要养一家老小艰难,也应该想想,我们这些贩菜人生活的艰辛。"

"他们同你一样,也要养老扶小,你每月有固定的三五十元收入,还在叫苦。可我们更难,一天不卖菜、不卖鱼就没有收入。如果被撞伤,少则十天半月,多则几个月不能出摊。生活从哪儿来?一家老小靠啥养?如果你不公正处理,这一大笔医药费,不是把一家老小逼上绝路吗?"

早春的话说到了大家心坎儿上,人们停下自行车,靠过来喊道:"公正处理,公正处理。"

早春再看那协警,他已惭愧地低下了头。早春和颜悦色道:"希望你以后把心放在当中，不要徇私枉法。不然定将你告下台，让你也去卖菜体验体验。"

协警抬起头，拍胸表态道："今天这位阿姨苦口婆心说了这么多，我知道错了。以后定会公正执法，接受大家监督。以前，不对的地方敬请各位原谅，给大家敬礼了！"说着，望着早春他们一大群人，深深地鞠了一躬。早春带头给他鼓了掌。

隔天早上，早春到菜摊旁，小陈已经码好了菜。她来给早春帮忙，小声告诉早春道："阿姨，我们的结果出来了，是我老公的问题。老公觉得对不住我，要跟我离婚。可我对老公说，向外别张扬，还说是我的问题算了。反正我这几年遭的白眼，受的气也挺过来了，何必还要让他再承受一遍呢？"早春听了十分感动，停了搬菜，拍着小陈的肩头："孩子，委屈你了，你真了不起！你是好样的。我告诉你个秘方，也许能帮到你们。"

她附在小陈耳边说着。小陈听着，欣喜道："真的有用吗？"早春又开始从板车上搬菠菜放菜摊上，含笑对小陈点点头道："当然，在我们老家，我给几个女同志说了这秘方，都有用。只不过，你暂时不要告诉你爱人，先悄悄弄给他吃，否则没效果，反而让他失望。"

小陈抱着菜，若有所思道："也是的，期望越大，失望越大。"

早春将板车上最后一捆白菜抱上摊位，由衷地赞道："我今天终于见证了什么是夫妻真情，我相信你们定会有好结果的。"

小陈幸福地笑着。这时，小董也推着菜来了，早春走过去帮忙道："没陪爱人？"

小陈也来帮忙。小董双手提起藕放摊位上，对早春道："家里人轮流照顾着。谢谢您帮忙去找协警。他们去医院、事发地点认真调查取证后，让货车司机先行垫付了医药费。"

小陈赞道："还是阿姨有胆量，以前发生类似的事，人们还不都忍了。以后拖菜、拖鱼的人也有保障啰！"

早春从玫瑰红布袋里摸出一瓶药酒，递给小董："你每天配合用它，给你爱人揉捏被撞部位，会有帮助的。"

小董右手接过去，左手揩着眼泪，哽咽着扑到早春肩头道："您真是大好人啦！"

早春拍着她："会好起来的。"

这时，有几个拖鱼拉菜的小商贩，来到早春摊位前，说道："阿姨，您可给我们做了件大好事了。那条路上从荆门拉石子、石灰的车较多，以前我们这些小商贩遇到被刮、被撞的，即使报了案，货车司机给协警点好处，他就偏向他们，现在他不敢了。"

早春点头道："我们只要合法经营，政府是会支持我们的。"

"快来卖菜、卖凉粉，收钱咯。"

早春赶忙去递菜、收钱。大家高兴地说笑着离开了。

这时，一个刀疤脸、浓眉大眼的年轻人走到早春摊位前，用刀指着她，拿腔拿调道："这是哪儿来的，怎么没跟我报到，交管理费呀！"

第 76 章　好事多磨

　　早春给人递菜、收钱，说着"你慢走，下次再来"。买菜人走后，她不卑不亢地看着刀疤脸，心想先要了解这个人的情况，才好对症下药，就心平气和地说："我这小本生意，你喜欢啥，先拿点去吃吧！"说着，就低头快速捡了几块凉粉递给他："这是纯豌豆川北凉粉，尝尝吧。"

　　刀疤脸见早春这么好的态度，没了火气，接了凉粉道："每个月都要记得去给我交保护费。"说完就右手打着响指，吹着口哨，扬长而去。

　　早春转头问小陈："这人是市场管理员吗？"

　　小陈刚好称了菜给来人，愤愤不平道："这可是个无赖，无业游民，强讨强要，不给就恐吓，拿刀威胁，然后借故把自己划伤，赖人。"

　　早春递了一捆菠菜给来人，收钱装下，问道："市场管理员不管？"

　　"管了！几进几出了。您没见他头上身上全是刀疤。原来是拿刀砍人，抓去关了放出来，就学乖了，只小讨小要，大家真是苦不堪言啊。"

　　小董也道："他平时到各个摊位拿点米，菜肉鱼什么的，也就这么生活。"

　　早春数了十个鸡蛋给来人，收了钱，问道："他家人不管？"

　　小陈说："他父亲和母亲原来也是卖菜为生，盖了一栋简易的两层楼房。父亲病逝后，他母亲身体一直不好，也管不了他。"

　　小董给人称南瓜道："他母亲前几天好像摔断了腿，他倒还孝顺，背进背出去看。"

　　早春递了一棵白菜给来人，收钱后，又问道："他住哪里？"

　　小陈正给人称好菜，"两斤，两角，"接过买菜人递来的钱，给早春指着："就前面那个门出去，转弯一问刀疤脸，大家都知道。"

　　早春记住了，决定去会会这个刀疤脸，就对小陈小董道："我有点事去下，有人来买菜，你们帮帮忙。"

　　"好嘞！"二人称着菜同时答道。

当早春走到刀疤脸房前,见墙上粉刷的石灰已脱落,墙面坑坑洼洼,有蜘蛛网在风中摇晃,一幅破败的景象。门没关,早春径直走进屋,墙面虽石灰脱落,但清扫得还算干净。客厅里一张饭桌,几个陈旧的柳树凳子。她看向房里,就一张床,一个破旧的桌子,再没什么家具,衣服就搭在挂着的竹竿上。阳光从窗户上射进来,照着他母亲苍白的脸,老人斜靠床上,刀疤脸正在给她喂药。

刀疤脸见早春进来,赶忙将她往门外拉,一脸得意道:"你是送保护费来的?"

早春心想,他不当着他母亲的面说,说明是怕老人知道难受。有孝心的人就还不是太坏,去强讨强要也是为生活所逼,她决定帮刀疤脸回头。

她从包里摸出药酒,在他面前扬了扬:"我是来给你母亲治腿的。"说着,就径直走到床前:"大嫂,我这是祖传的专治跌打损伤的药,你儿子真孝顺,让我来帮你揉揉。"

早春弯腰,指着老人的右腿问:"是这只腿吗?"

老人眉头紧锁,痛苦地点点头:"哎哟,疼死我了。"

早春掀开旧棉絮,帮老人卷起秋裤,倒药酒在手里,弯腰抹在老人腿上,就双手轻揉、轻捏起来。

刀疤脸靠在门边,叼着烟、瞪着眼,木然地看着早春做这一切。

早春揉捏一会儿后,问老人道:"老嫂子,您感觉怎样?"

老人慢吞吞地答道:"嗯,你这药还真灵,经你一推揉,好像是没那么疼了。"

早春给老人揉完腿,帮她拉下秋裤、盖好被子。她又从玫瑰红布袋里拿出药丸递给老人说:"配合着吃,会慢慢好起来的。如果您觉得好,我天天来帮你揉腿。"早春瞥见刀疤脸倒了开水给他母亲端来。

老人拍着早春的手:"那敢情好,大妹子,辛苦你了。"

早春回摊位时,幺女书君给她送午饭来。小陈、小董分别拿出卖菜的钱给她:"阿姨,拿去。"

"谢谢你俩了!"这让早春十分开心,邻里谁有事走开了,旁边的人会互相帮忙卖菜。

早春忙完早上卖菜的高峰期,坚持去给刀疤脸母亲揉了一个月的腿,直到老人能下床,自己拄拐杖慢慢走了。老太太连声谢早春:"好人啊,自从他父亲走了,我病后，从没人来看我。你是第一个，又耐心地帮我治好了腿。"又转向刀疤脸："儿子，你要好好谢谢这位阿姨哟！"

早春见倚在门边的刀疤脸，木然的眼神里有了一丝暖意。她又拿出一瓶药酒递给他："以后就按我的方法给你妈妈揉。"

刀疤脸感激地说道："谢谢您！"

这天，鱼肉摊那边围了很多人，早春见到了刀疤脸的身影。卖鱼的人喊道："我凭什么把鱼给你？我交了市场管理费的。"

刀疤脸扬起刀威胁道："给不给？"

卖鱼的瞪眼道："凭什么给你？"

刀疤脸将刀往自己膀子上一放，和卖鱼人碰撞着，瞬间刀疤脸的衣服被划破，血流如注。围观的人都吓得摇头走开了。

刀疤脸拿起刀指着卖鱼的人，凶狠地吼道："你撞伤了我，赔钱还是给鱼，你看着办。"

早春快步走过去，小陈在后面拉着她："阿姨，不能去，小心他误伤到您！"

早春微笑着拿开小陈的手："放心，没事的。帮我看着菜摊。"她就快跑去，从后面拉紧刀疤脸的胳膊。

刀疤脸挣脱着，无奈早春死死拉着他。他就黑着脸，大声威胁道："胆子蛮大，敢管老子，怕不怕我给你一刀……"

他转身见是早春，就停止了挣脱，说道："念在你帮我妈的份儿上，我不找你的麻烦，也希望你不要管闲事。"

早春面不改色道："你妈病发了，让我喊你回去。"

在刀疤脸愣神的瞬间，早春快速夺下他手里的刀，同时狠命拽着他向家的方向走去。出了菜场早春才放下他，和颜悦色道："你肯定不想你妈知道，让她老人家伤心，是吧？"

刀疤脸蹲在地上，拿打火机叭叭地打燃，点着烟，狠命地吸了起来。

早春又从他膀子上扯下红药水袋。这下刀疤脸如霜打的茄子般，蔫了。扔了烟头，一屁股坐在地上，抱着头呜呜地哭了。

早春蹲下身，拍着他的肩，柔声道："孩子，我之所以没在人前揭穿你，是因为我认为你骨子里仍想做个好人。我相信你还回得来。"

刀疤脸泪眼蒙眬地看着早春:"您相信我回得来?"

早春慈祥地看着他,肯定地点着头道:"我相信你。以前你跟人打架,肯定有生活所迫的无奈,更有不得已的苦衷,但我们不能破罐子破摔呀!"

刀疤脸无奈地摇着头:"谁都不相信我,我又能干啥哩?"

"从头开始,只要你好好做人,诚信做事,总有一天,人们不仅相信你,还会尊重你。"早春从玫瑰红布袋里拿出三十元钱,递到他面前:"拿去做本钱,马上进入腊月了,鱼肉类、菜类都好销。"

刀疤脸没接:"听说您有几个孩子上学,您和叔叔身体还不好,负担也重。"

早春拉他站起来道:"这个算是借给你的哟。以后挣了钱,再还嘛。"

刀疤脸低垂着头,仍不接钱。早春塞在他手里:"你先渡过难关再说。切记,千万不许再去强讨强要。"

她手指前面说:"你看,这菜场的人,谁又不艰难哩。但再难,大家都守在那里,坚守诚信和善的底线。凭自己的本事挣来一分一厘,养老哺小,这样用着才安心,才踏实啊!"

刀疤脸拿着钱,用手狠擦了一下眼泪,下决心道:"阿姨,你是第一个看得起我的人。凭您对我的信任、鼓励和帮助,我定会好好做事,活出个人样来。"

说完,他头也不回地走了。走了几步又转回头朝早春喊:"阿姨,我不会辜负您的期望。"

早春见刀疤脸大步坚定地走进冬阳里,朝他背影喊道:"阿姨相信你!"

第二天,刀疤脸从菜市场消失了,早春去他的家,见铁将军把着门,连他母亲也一同走了,但早春坚信这孩子回头了。

忙过早上的卖菜高峰期后,小陈走过来小声对早春嘀咕:"阿姨,我这个月例假咋没来?反胃,人还很不舒服。"

早春心里一阵窃喜,在她耳旁小声道:"用我上次教你的秘方,给你爱人吃了几个月了吧!""嗯。""有恶心呕吐的症状吗?""是好像有点。"

早春不敢轻易下结论,就对她道:"你还是去找我女儿看看吧!"

书华刚好给早春送饭菜来,揭开盖子,鱼香就飘出来,小陈说:"好香啊!"

随后就"哇"地蹲下去呕吐了起来。

书华近前关心道:"你胃不舒服?还是感冒了?"

早春拉过书华,小声耳语道:"我给她秘方让她爱人吃了,她这症状很像有喜。但考虑到她多年不孕,不敢声张。又怕是给人家一场空欢喜,你这大医生给她检查下吧!"

"买菜啦,来收钱。"早春赶忙到菜摊前,收了钱。

书华于是去小陈摊位边:"我帮你拿拿脉吧。"

早春卖着菜,还鼓大眼睛看着书华她们。有人说要买藕,她递过去收了钱,又去看书华给小陈拿脉。

书华两眼放光盯着早春点头,又站起身,和早春小声嘀咕道:"为了慎重起见,我把她带去化验一下。"

小陈惊恐地看着早春母女,神神道道、来来往往的表情,担心地问道:"我该没啥大病吧?"

早春拍着小陈的肩,宽慰道:"放心吧!即使有事,也是好事。你先随她去检查下就知道了。"

书华带小陈去医院做检查,早春就两边摊子跑去跑来称菜收钱,还哼起了歌:"我们的生活充满阳光,充满阳光。"

买菜人说:"阿姨真乐观。"

早春收着钱:"只有快乐的人,喜事才会紧相随哦!"

小董扭头问道:"阿姨,啥喜事啊?这么高兴!"

"是有天大的喜事,等会儿你就知道了。"

等到书华扶着小陈再回菜场时,小陈哭红了双眼,一见早春,就趴在她肩膀上大哭起来。早春问书华,她也不吱声,也坐在旁边抹着泪。

早春一只手搂着小陈,一只手拍着她的背:"孩子,别哭。"又对书华大声喊道:"是骡子是马,你快亮个底呀!"

书华递过化验单:"您自己看吧!"

早春气恼道:"我看得懂吗?"

书华高兴地站起来,做了个优雅的旋转姿势,高举化验单,宣布道:"我的妈耶,

498

您的秘方起作用了！她怀孕了！我要把你这个秘方拿去用到医学中，帮助更多的夫妇。"

"哎呀！两个死丫头，吓死我了！"早春拉过小陈，看着她说，"孩子，恭喜你啊！真是守得云开见月明啦！"小陈又伏早春肩上大哭起来。

小董和菜场的人都围过来拍着小陈的背："恭喜你！恭喜你！终于如愿以偿了！"

有人对早春竖起大拇指："真不易啊！冯阿姨真是好人啊！"

买菜人也叹道："冯阿姨真了不起，终于让他们熬出头啦！"

早春拉小陈站直身，用手绢帮她揩着泪道："快！快！快回去告诉你爱人！让他高兴高兴。"

小陈兴奋地刚转身，见孙老师把饭盒往水泥板上一摔，黑着脸冲过来，揪着小陈的头发："说，是哪个的野种？！"

小陈从惊喜又坠入惊恐，她委屈地哇哇大哭。

早春怒不可遏，一把揪过孙老师，啪啪地拍着自己的胸脯，吼道："我的，是我的。咋样！"

此话一出，引得菜场人又围过来，哈哈地笑成一团。

早春又揽过小陈，小陈趴在她肩头啜泣。早春指着孙老师怒斥道："你不要不知好歹，我给的秘方治好了你！"

孙老师满脸疑地问："秘方？她每天给我喝的黑糊糊，不是说是黑芝麻糊吗？""是的啊！其中有黑芝麻、黑枸杞等。""那她事先为啥不告诉我。""是我的主意，怕没效果，期望越大失望越大。""我不信就那点黑糊糊有那么好的效果，当时检查的医生都摇头，说要恢复难度很大！"

书华挤进人群道："我也不信那黑糊糊有那么大的效果。"她拉着孙老师："跟我去医院查查，不就真相大白了！"

他俩走后，小陈仍伏在早春肩头，哭得一耸一耸的。

小董已不满道："凭什么怀疑？自己好了都不晓得，真是不应该啊。"

小陈哭得更是擦鼻涕、抹眼泪的。早春抬起她的脸，拿出手绢帮她擦泪："咱们不哭，这样对胎儿可不好哟！"

"他怀疑我，还揪我头发，想着就来气。"

"他那不是不知情嘛？你总算苦尽甘来，快当妈的人了，总哭，就不怕生个好哭佬儿。"早春说得小陈舒心地笑了起来。

"还卖不卖菜呀？拿钱去。"来人拿着一把筒蒿，递着钱对早春喊道。

"对不起，这就来。"早春接了钱，又去端饭盒递给小陈道："营养跟上，多吃点儿。"

小陈端着碗吃了起来。早春长吐一口气，"哎！忙乎了这会儿，我也该吃饭啦"。

这时市场管理员走过来："明天就是元旦了，大家把明年的市场管理费、摊位费和堤防管理费都交了。"

大家围过来，有人喊："市场管理和摊位费，该交。可这堤防管理费，凭啥要我们交？"

人们立刻响应："是的，我们不能交。"

早春手里端着碗，口里正嚼着一块鱼，笑问管理员道："这堤防管理费是防汛、大堤修建防护费吗？"

管理员认真地点着头。

第 77 章 抚养弃婴

　　北风夹着沙土在头顶的顶棚上发出噼里啪啦的声音，吹得早春额前刘海儿拂动，她左手端碗，右手拿筷子向上一扬，对众人道："大家听我这个老婆子一句。"

　　人们看向她，她吞下一口饭，说道："据说汉江每年涨水，都是附近的农民兄弟们去挑土筑堤防汛。正是有了他们的付出，有了政府对大堤的防护，我们这些人才能安心坐在这里卖菜，享受这好日子不是。我觉得我们应该交这费。常说防汛如军令，如果要我们去防汛和挑堤，都应该去哟。"

　　管理员感激和赞赏地看着这个慈眉善目的阿姨。

　　早春扒拉了一口饭，对管理员道："你把收据拿出来，看我多少钱？"

　　管理员赶忙翻出收据，早春数了钱递过去。

　　小陈和小董也道："阿姨说有理，把收据也给我。"

　　人们纷纷去拿钱交，管理员也拿着发票向各个摊位走去。

　　这时孙老师提着苹果、香蕉、奶粉，笑嘻嘻地来到小陈面前。小陈则黑着脸侧过身，走向早春。

　　早春责怪孙老师道："她即使没给你说，你也不应该怀疑她呀。这不仅是伤害了她，更没尊重你自己。动手扯她头发，就更不对了。"

　　"阿姨批评得对，是我的错。"孙老师不好意思地走过来，啪啪地拿手扇了自己几巴掌："我浑，我不是人，这么贤惠善良的老婆去哪儿找。"

　　说得小陈又是趴在早春肩上一阵大哭，泣不成声道："阿姨，您就是我的再生父母。不是您劝这犟驴去检查，又给秘方治病，我们还生活在煎熬中啊。"

　　这时，书华急急地跑来，朝早春喊："妈，您的麻烦事来了，你四女儿把电话打我单位了。"

　　早春道："咋啦？这火急火燎的。"

　　"四妹放假后就来这里过年，明年在这里读高中。"

　　这时小陈也站起身在旁边抹着泪，孙老师去拉她的手，被她甩开了。

501

早春对书华说道:"不是说了让她明年暑假后才来吗?肯定是你爸又跟她念叨女娃子读那么多书干啥还不是人家屋里的人,她才急着来的。那你帮她联系好学校了吗?"

书华着急道:"这年底了,生小孩的特别多,还没去联系哩!"

这时小陈没好气地狠狠地推了孙老师一把,又抬着泪眼,柔声对早春母女道:"阿姨,书华姐,让他给你们想办法吧。"又恨恨地对孙老师道:"你给阿姨办不好这件事,就别回去,更别怪我跟你离婚。"说完,就去摊位旁卖菜了。

孙老师连忙走到早春面前:"谢谢阿姨对我们两口子的关心!这件事我包了。我先去给她想办法办接收证,邮回去让她把转学证办来。"

早春拿拳头狠捶孙老师肩头:"那敢情好,让你费心了!"

孙老师摸着肩头,龇牙咧嘴道:"应该的!"

早春因用力过猛,把他的肩捶疼了,孙老师还皱着眉头在那里揉着肩。

早春歉疚道:"种田人手没轻重,打疼你了吧!"又转向小陈道:"就当是替你报了一拳之仇了。"

说完,她哈哈哈地大笑了起来,书华、小董,菜场一大批人也都笑了起来。

小陈也笑道:"这种不知好歹的人就该打。"

这时,棚顶上飘起了雪花,早春仰头看,哦!下雪啦!

大家看向远处,菜棚外,鹅毛大雪夹着雨正飘飘扬扬地漫天飞舞,从顶棚缝隙吹下,飘在人们的头发上,脖子里。人们不由得"啪啪"地拍打身上的雪,去抱起萝卜白菜放板车上,吱呀吱呀地推着车走进风雪里,往家走去。书华道:"妈,收了菜,我帮您用板车推回去吧!"

"不慌,下班后,还有一批人每天都要在我这里拿菜。"早春说着递过两捆筒蒿、菠菜道:"你拿些回去,给你玉兰姐带些去。你就先回去,孩子也该放学了。"

书华不放心道:"孩子有她爷爷奶奶带,我等会儿帮您把板车推回去吧!"

"不用了。给你玉兰姐说,明天元旦,让他们一家去我那里聚聚。"这时,幺女书君拿着伞来了,书华才放心地走了。

早春在玫瑰红布袋里拿出一块饼子递给幺女:"吃吧,你哥咧?"

书君拿着饼子,右手撕开纸,掰了一块给早春,又掰一块放口里,鼓着腮帮道:

"我哥和几个同学在打球。"

当早春等来下班的一批人，她忙递菜，幺女收钱。买菜人道："没想到，阿姨还在等我们。"

"我们以为下雪，你走了呢！"

早春笑吟吟道："你们照顾着我的生意，我怎么会不等呢！"

"是阿姨你的菜好，理得干净。"

"你知道我们忙，还帮忙切成丝或块。我们回去直接洗了下锅，省时又省力哦。"

"我不是闲着嘛！与人方便也是给己方便哟。"

大家舒心地笑着。送走最后一个买菜人后，母女俩才推着板车，出了菜场。

北风夹着雪花在天地间飞舞，屋顶上、树上、地面都盖上了一层厚厚的被子。她们身上已积了雪花，早春吱呀地推着板车，在地上轧出了两条清晰的轨道。她感叹道："平原的雪比山区的雪下得更大啊。"

书君打着伞说："比老家更冷欸！"

当母女二人经过垃圾桶旁边时，见围着一大堆人。人们打着伞站在那里，雨雪打得伞发出啪啪的声响，大家指指点点议论着："真狠心，才九天就丢了！"

"肯定因为是一个女孩才丢的。"

早春放下板车，扒开人群，挤进去，见雪花飘下来，覆盖在红花被包裹的婴儿的脸上。小孩的脸冻得乌青，颤抖着嘴唇，发着病猫般嘶哑微弱的低吟。

"作孽啊！这么冷的天，大小也是条命啊！"早春叹息着，弯腰抱起红花包被里的孩子走到板车旁。她解开湿漉漉的红花包被，又解开自己的棉袄，抱孩子捂在自己胸前。风雪将早春围住，书君撑着伞，将风雪挡在伞外。

"咦！怎么这么烫啊！"早春摸到小孩的手，惊呼着。她额头抵着孩子的额头，嘀咕道，"这孩子烧得厉害。"估计自己也没法给她救治，现在医疗条件好，去医院吧。于是她对书君说："你先推板车回去，我抱孩子去看。"

人们站立旁边，对早春投来敬佩的眼神，有人叹道："这孩子遇上好人啦，有救了！"

早春左手抱着女婴，右手打着伞，迎着风雪，把孩子送到就近的诊所。医生检查后，对她说："这孩子热的时间过长，急性肺炎，快送油田大医院吧。"

早春不敢耽搁赶忙往油田医院急诊室跑去。

穿白大褂的医生量体温，用听诊器听心肺，对孩子一番检查后，对早春道："要住院，先去交二百元钱。"

早春恳求道："我没那么多钱，能先治吗？"

医生面部和他白色衣服一样没表情："这是规定。"

早春急了，从板凳上"噌"地站起来，一手抱孩子，一手咚咚地拍桌子："什么规定，人是活的，规定是死的，救死扶伤是你们的责任。我现在只有五十元，又不是不交，只是暂时没法去筹，明天借了就送来不行吗？"

医生在水池边，拧开水龙头，哗哗地洗着手，生硬地说道："不交钱我也没法。"

早春赶路着了急，又见医生迟迟不开药更急。一急，脸发紫，嘴唇发乌，抱着孩子一下子跌倒在板凳上。她颤抖着从玫瑰红布袋里摸药。医生也吓着了，抱过孩子递给护士，帮忙拿药喂她口里，另一护士忙递来水，喂早春喝了两口。医生要给她检查，她喘着粗气低吼道："快救孩子，等会儿来不及了。"

医生只得对护士说："我开药，先给孩子把针挂上，等阿姨缓过神来，通知她家里其他人来了再说。"

"妈！妈！"书华提着饭，牵着幺女跑来了急诊室，见早春青紫着脸、有气无力地歪坐在板凳上，吓得赶忙跑过来扶着她，带着哭腔喊道："妈，您别吓我！"

书君哭摇着她："妈，您不能有事啊！"

吃药后的早春缓了过来，摸着俩女儿的手："哎呀！这下好多了！"

医生开药递给护士，另一护士抱着孩子轻轻地拍着。

"李医生来了？"年轻的医生指着早春，"她是你母亲？阿姨好像有心脏病。""嗯。""这孩子是？""刚在路上捡的。"

书华帮早春轻揉着胸口，劝道："妈，不是我狠心。救这孩子这估计要很多钱。您看，爸要吃药，弟妹三个还小，都在上学，我怕您身体吃不消，我们还是给政府打电话吧！"

护士给孩子打针，孩子沙哑着声音哇哇地哭。早春走去抱着孩子轻拍着："现在都下班了，去哪儿找得到人。你是医生，你知道的，这病能等？"

书华再没言语，抱过孩子，指着饭盒："您还是先吃饭再说吧！"

早春端过来:"好哩!吃饭。身体是革命的本钱嘛!"她的乐观引得医生们都大笑了。

她口里嚼着饭,对幺女说:"书君,你先回去,和三姐、哥哥把菜择出来。明早让三姐来照看孩子,我照常卖菜,今晚我就在这儿守着她。"

书君拉着她衣角,噘着嘴说:"我不走,我要陪着妈妈!"

早春吞下一口饭,劝道:"听妈的话,妈没事的。"又端起碗,站起来转着圈,笑道:"你看妈妈不是好好的吗?"

书君破涕为笑,听话地离开了。

书华知道母亲很倔,一旦决定的事,九头牛也拉不回,只得拿出身上仅有的三十元钱递给早春。

从她们的谈话中,医生护士对早春肃然起敬,也五元十元地捐了款。

"阿姨您带着有病之身坚持卖菜,供几个孩子上学,真让人感动。"

"现在还为了救这个被遗弃的孩子,拿出了卖菜的钱。"

早春理了理大家捐的钱,加上书华和她的,也有了一百六,就拿去交了住院费。书华担保,打了欠条。

有护士还回去拿来衣服,有人拿来奶瓶,还有人买来了奶粉。这让早春十分感动,世上还是好人多啊。

医生护士劝早春:"您身体不好!回去好好休息吧!我们轮流看护。"

早春摆着手说:"回去也睡不踏实,还不如在这里陪着。"

早春白天卖菜,晚上陪孩子挂针。半个月后,孩子在早春的精心呵护下,好了。早春做出了一个惊人的决定:抱孩子回家。于是,从那以后她每天背孩子去菜市场卖菜。好在腊月十五后,女儿儿子都放了假,可以帮忙。

那天早上,雪后初晴,太阳射出道道光芒,照着大地,也照着早春背着婴儿推着板车的身影。书第、书君在两旁边推车,车轮将结冰的地面压得吱吱响。

她们进菜场时,就听见里面一排平房那边,传来女人、孩子呼天抢地的号哭声:"天啊,这让我们怎么办哪?"

早春把车推到摊位后,交代女儿儿子:"你们把菜码好,照着卖,我去去就来。"

早春背着孩子走过去时,人们站在那儿议论:"唉!电起火,屋里所有东西都烧完了。"

"就剩个空屋了，这么冷的天，又快过年了，一家人咋办啊！"

早春挤进去："人不要紧吧！"

"不要紧。这杜姐真勇敢，把三个孩子都抢救出来了。"

早春背着孩子挤出人群，去摊位交代俩孩子道："你们在这里卖菜，我有事去办。"

又对小陈、小董道："你们关照下俩孩子。"

她们道："阿姨，您没看这俩孩子多会做生意呢。"

俩孩子正忙而不乱地卖着菜，收着钱。早春笑了笑，背着孩子，推着板车走了。

第 78 章　转学风波

　　早春推着板车，吱嘎吱嘎的声音碾碎了一路的风霜，太阳将她背着婴儿的影子拉得长长的。她将板车停在自家门口，取钥匙打开门，进去拿了两床棉絮，收拾了些衣服放在板车上。随后又背孩子出门去，手遮阳光，扯着嗓子朝楼上喊："楼上楼下的叔叔、阿姨、爷爷、奶奶们，菜场一户人家失火，家里东西全烧了。大家如果有旧棉絮、旧衣服、旧鞋袜就捐献点出来吧！我代表那家人谢谢大家了。"

　　在家的老人们探出头来往楼下看，见是送菜送药酒的早春，都十分响应，抱着衣服、旧絮下来。有的在楼上喊："我们腿不方便，你上来拿一下吧！"

　　早春就背着孩子上楼去拿："谢谢您帮了他们。"

　　老人们在楼上朝下喊道："你平时不也在帮我们这些老人吗？"

　　"我们买菜不方便，你送上楼来。"

　　"我们腿疼腰疼的，你不仅送药酒来，还来帮我们揉捏。"

　　"我们要谢谢你才是。"

　　早春收了满满一车衣物后，她回家放下孩子，给她冲奶粉喝。自己吃了药，喝了水，又吃了馒头，才背着孩子，推着板车，向菜场走去。有去菜场买菜的爷爷奶奶一起在两旁帮忙推着，赞早春道："你真是一个热心肠的好人啊。"

　　早春推着板车，喘着粗气道："你们不同样在做善事吗？"

　　三人一同笑道："好人有好报啊。"太阳发出耀眼的光芒，照着几人推板车前行的身影。

　　衣物推到菜场失火的人家时，大人、孩子边哭边清扫烧黑了的屋子。早春抹了一把额上的汗，大声道："小杜，我们给你们送棉絮、衣服来了。"

　　一家人先是一愣，女主人丢下扫把跑出来，拉着早春的手，泣不成声道："你真是雪中送炭啊！好人！好人啊！"

　　早春手指旁边帮忙的人说："这都是油田的爷爷奶奶、叔叔阿姨们的善心哦。"

那一家人又拉着两位老人，哽咽着连声说："谢谢，谢谢啦！"

两位老人道："互帮互助不是应该的嘛！"

在他们抱衣服棉絮的时候，早春又背着孩子，去自己的摊位，问两个孩子："卖了多少钱？"

书第收着钱："差不多六块。"

书君递白菜给来人："四块。"

早春伸手道："你们把钱给我，去帮帮那家子。"

书君嘟着嘴说："前段时间救这个孩子，把本钱都用完了。今天又要把钱给杜阿姨家。您不是说过年要给我们买新衣服吗？"

书第双手捂着衣兜："您不是说要给我买小人书吗？"

早春去拿钱道："我们帮人要帮在最困难时。相信我，这不还有半个月才过年吗？吃点苦，我们会挣回来的。"

俩孩子听着母亲的话，才依依不舍地给了钱。

早春又喊道："兄弟姊妹们，一方有难，八方支援，几角不嫌少，几元也不嫌多。人都有困难的时候，大家帮帮他们一家子渡过这个难关吧！"

大家围了过来，小陈说："冯阿姨她身体不好，三个孩子在读书，又收养了一个弃婴。现在把刚卖菜的十元钱全拿出来了。我给两元。"小董也喊道："我们年轻，有的是力气，更应多多少少帮点哦。我也捐两元。"

大家就你五角他一元地捐了起来。连买菜的人也几角几元地捐了。

杜姓夫妇在大家的帮助下，不仅渡过了难关，后来还去种植蔬菜基地联系到各种蔬菜，做起了蔬菜批发。当然他们没忘记曾经帮助过他们的人们。他们亲自将各个摊位需要的菜送上门，免去了人们奔波进菜之苦，这是后话。

中午时分，早春对俩孩子说："今天你们在这里守菜摊，我去给你们做饭。"

当她拿着卖菜的钱买了鱼肉，背着抱养的孩子李学平回家时，李玉英等人各自用自行车拉了两篓菜送来。

早春帮她们搬下菜放在旁边的房里后，就背着孩子去厨房里嘭嘭咚咚地忙开了。李玉英过来帮忙择菜："二娘，每天送菜来您都招待我们吃饭，都不好意思了。"

早春淘米蒸饭，笑着嗔怪道："回娘家吃午饭，不应该吗？见外了不是？"

几人就幸福地笑着："有您真好！"

她们要抱孩子，孩子哇哇地哭了起来，早春正低着头切肉："算了，背习惯了，她在我背上睡得也踏实。如果把她抱下来，就拼命哭。"

她们摸了下孩子的脸道："这孩子和您有缘。"

她们七手八脚来帮忙择菜，切萝卜丝，剖鱼。

早春洗锅点火，问玉英："你们种了甘蔗吗？"

"每家都种了，除孩子们吃点外，也想卖点，可年前事太多没时间去卖，也找不到销路啊。"

早春倒油在锅里，冒烟后开始煎鱼，立刻就有"吱吱"声响起，她说道："你们回去就送些来。只是这个本钱要到团年那天才给你们哦！"

玉英笑道："送您和弟弟妹妹们吃都是应该的，还谈什么钱不钱的。"

早春拿锅铲在锅里翻煎着鱼道："送一两根吃不给钱可以，但拿去卖，肯定要按进价给钱的。"

"那我们听二娘的。"玉英高兴地说道："听您的口气，还接我们来团年不成？"

早春放萝卜丝炒，说道："那当然，我定在腊月二十九那天吃团年饭，三十当天你们在家陪公婆团年。"

几个人嘤嘤地哭泣了起来："二娘，您想得真周到。我们嫁来这里，回四川老家难，更别说吃老家的团年宴了。"

早春加水在锅里，放鱼和萝卜丝一起煮，说道："以后每年都如此。要带上女婿和孩子们哦。"

午饭后，玉英很快就用自行车拉来了两大捆甘蔗。早春点了数、记了账，送走玉英后，就将甘蔗刮净，剁成小段，用干净的提篮装好，一手一个提到菜市场。早春放下提篮，分别递了一截给小陈、小董："先尝尝，老乡种的。"

小陈接过去贪婪地吃着："人怀了孕就像小孩子，嘴馋。今天我刚想吃这个，您就送来了。"

书第、书君各拿一根甘蔗吃起来说："真甜，好吃！"

孙老师在旁帮小陈卖菜，嗔怪道："你咋不早说，我给你买就是了。"

有人喊:"要一捆菠菜。"早春给人递去:"一角钱。"她收着钱,对小陈道:"你喜欢吃,我让老乡给你送一捆来,你按进价给她就行了。"

孙老师说:"那谢谢阿姨了,你把我办的接收证给四妹寄去了吗?"

早春收了人递来的菜钱,笑吟吟道:"寄回去了,真是让你费心了!"

"您就别客气了,您给我们帮的忙还少吗?"

"好吧!那一家人不说两家话。"

早春摸着书第、书君的头说:"从现在开始,你们去卖甘蔗,卖够本钱和学费后,再攒的钱由你们自己支配哦。"

"真的吗?"两个孩子提着装甘蔗的篮子,一蹦一跳地跑了。很快就听见两人喊:"卖甘蔗了!又甜又好吃的甘蔗哦!"

小董道:"阿姨真会安排,您的孩子也听话,还能吃苦。"

早春递着白菜给来人,收着钱笑道:"下次再来。"对小董,又像是自语:"这算啥苦,在老家三伏天去河里割草,下雪天去山上找猪草,他们还不都照样干!"

孙老师赞道:"阿姨真是以身示范的好典范。"

有人对早春道:"我要三斤藕,一捆菠菜。"

早春答着,递过菜收了钱,又送了些葱,并招呼道:"您慢走,下次再来。"

她对孙老师他们感叹道:"要过好日子,孩子多,就要规划好,让他们干力所能及的事。不然我就是有三头六臂也不行啊!我教他们辛苦讨得快活吃,这不,还真逼出来了。"又欣慰地笑道:"也好,如果我哪一天真闭眼醒不来了,也不用担心了。"

小陈忙道:"阿姨您好人有好报,会长命百岁的。"又摸了摸自己的肚子说:"我以后也要像阿姨教孩子那样,让他们做个勤俭善良守信的人。"

这时早春背上的孩子哭了,早春边用左手拍孩子,右手递白菜给来人:"二斤二角。"

小董走到早春身边,问道:"阿姨,您老乡还有甘蔗吗?我也进点,让孩子去卖。省得学校放假后,他们不是对着收音机唱歌,就是睡懒觉。"

早春给孩子换了尿布,高兴道:"好啊!明天就让老乡给你送来。"

晚上,早春卖了最后一拨菜,天已黑下来。她背着孩子,推着板车回家,只见三女儿在做饭，却还没见另外两个孩子回来。她放下孩子，冲奶粉喂她喝后，自己吃了药，就抱着孩子走出去。

这时明月高悬，北风呼啸，吹得河边的树枝呼呼乱颤。树下的月光在早春身上跳跃。

她看向桥边的一排夜市摊，那里热闹非凡。下班的钻井、采油工人们忙碌一天后，三五好友聚在这里吃饭、聊天，赏月喝酒划拳，一天的疲劳也就一扫而光。

早春见书第、书君穿梭在桌子之间，叫道："叔叔阿姨，自家种的甘蔗，脆甜可口，尝尝吧！"

有人掏钱买，有人摆手。早春站在树下，虽寒风袭来，但她心里却暖暖的，眼里止不住有热泪涌动。孩子们勤奋吃苦，让她感到十分欣慰。

她赶忙回去给孩子们包饺子。很快，两个孩子蹦蹦跳跳跑回来，喊着："妈，好饿，好渴啊。"

书第将钱递给早春说："妈妈，我今天卖了四块，能先给点钱我去买小人书吗？"

早春慈爱地答道："嗯，真能干。"

书君说："妈妈，我卖了三块。"

早春接过钱："不错，一人奖五角，去买小人书。好了，现在快去洗手吃饺子。"

也许是天道酬勤，又或是善心动天，早春和孩子们的生意出奇地好。早春只得对书慧说："你就在家，随时帮忙用板车送菜去菜场。"

在腊月二十六那天下午，早春背着孩子正递菜收钱时，猛抬头，见二娃和三女儿推着板车来到摊前。

早春忙指着二娃，向两边介绍："这是我爱人，刚从四川来。"

小陈、孙老师先打招呼："叔叔来了！"

小董称着菜叫道："叔叔好！"

二娃左手挠着头，笑着抓了核桃递给二人："你们尝尝，老家特产。"

早春忙问："四女儿呢？转学证办来了吗？"

二娃气哼哼地说："你问她吧！她说她被学校开除了！"

站在不远处，穿着绿色的确良外套，扎着两个齐肩辫子的少女，忽闪着一双大眼睛,在早春身后不远处看着这里。见五十岁,有心脏病的母亲背着孩子,还在辛苦卖菜就特别心疼。她听完父亲"被学校开除了"的话,犹豫了一下,还是走过来对早春说:"妈,我是被开除了!"

早春正称菜的秤掉落在石板上,脸色发青,嘴唇发紫,呼吸急促了起来,扬起巴掌"啪"地打在四女儿脸上。

二娃去扶她,也被她掀开。她声音颤抖,指着四女儿说:"你说,是偷了同学的东西,还是拿了别人的钱才被开除的?"四女儿摸着火辣辣的脸,哽咽道:"反正不读书了!"

早春急得手也抖起来:"我离乡背井来卖菜为啥?还不是希望你们能好好读书,考大学。你敢不学好被学校开除了,是要气死我吗?"

她扬起手又要打,结果昏厥了过去。二娃扶住她忙抱走哇哇哭的孩子。四女儿也扶早春坐下,边喂药边呜呜地哭着:"妈,您不能有事啊。"

"有啥好急的,她不读还好些,可以帮你卖菜。"二娃拍着孩子,担心地看着她。

这时书华来了,将早春的头平放在自己手臂上,给她掐人中。两旁的人也围在早春身边,拉她手哭喊着:"阿姨,阿姨,您千万不能有事啊!"

四女儿跪趴在早春的脚边,泣不成声地诉说道:"妈,您快醒来,我已办好了转学证。是爸爸常在我耳边念叨女孩子读那么多书干啥,还不是别人家里的人。再加上从小他就不喜欢、不待见我,所以当他问我办转学证没有,我故意说不读了!被开除了!你满意了吧!可我这话是气他的啊。"

早春醒了过来,无力地躺在书华的手臂上。四女儿仍哭着:"呜呜呜,妈,您不能有事啊,嗯……嗯……嗯,爸不待见我,也不喜欢我,出生了也没抱过我。呜呜……只有您最疼我。我喉咙长包,被车撞了都是您把我从死亡线上拉回来的。我从小就最听您话,怎么会去偷拿别人东西呢?呜呜……我不读书是怕您累着。不想读书,是觉得我已长大了,能养活自己了。也想要帮您分担,让弟弟妹妹好好读书!嗯嗯……只要您没事,我一定听您话,以后会好好读书,呜呜……"

二娃责怪四女儿道:"你这孩子,我还不是看你妈身体不好,想让你回家帮着她吗?"

早春伸手去拉过四女儿:"你真办好了转学证?"

四女儿见早春没事了，才止了哭，点着头。说完从荷包里摸出转学通知书。

孙老师拿过去念了起来："兹有我校李书雅，转入贵校，请接纳。蓬溪县井峰中学重点一班成绩单，李书雅全班第二名，全年级第十二名。"赞道："不错啊！李书雅同学，我明天就带你去学校，面考后分文理科班。"

早春摸着书雅有几个红指印的脸："还疼吗？"又自责道："我怎么能怀疑自己的孩子，还动手打了你哩！"拿起手，要捶自己，被书华、书雅拉住了。

这时，两个卖甘蔗的孩子也来了，叫道："四姐，爸来了。""嗯。兄弟，幺妹。"书雅高兴地叫着弟弟妹妹，她们扶早春站起来。

这时，书华让人叫去看病了。

早春拉着他们三个的手，正色道："你们几个都给我记住了，以后再不许说不读书的话。再困难都不能放弃学业，自力更生也要好好读书。"

三个孩子认真地点点头。

早春又朗声笑道："再说，现在政策好，我们生活越来越好了。一天到晚都可做生意，还怕供不起你们上学读书？只要你们有本事考，我就有能力供。"

大家听了开心地鼓起掌来。后来三个孩子都分别考入了大学，这是后话。

人们都去做生意后，久别重逢的几个孩子在旁边高兴地交谈着。早春卖菜收钱后问二娃："你有啥打算？"

二娃摸着额头说："我把在老家自己喂的牛卖了，还是想在这里买牛喂。"

此话一出，孩子们反对声一片："又不种田，喂啥牛？"

"再说，牛也没地方拴。"

"您还是编点竹器卖好。"

早春道："你们爸爸身体不好，想放牛做他自己喜欢的事，也是好事。只是总不能把牛拴在路边吧！"

第 79 章　团年欢歌

李玉英拖甘蔗来了,她停好自行车,对早春说道:"二娘,如果二爸真想喂牛的话,我家牛圈不是空着吗?"

早春去抱甘蔗,问道:"这样行吗?"

有人喊道:"买二十个鸡蛋,筒蒿、菠菜各一把。"

"好的,来了。"几个孩子在旁边卖菜收钱。

李玉英说:"有啥不行,空着还不是空着,如果我娘家二爸能天天去拴牛走一遭,也是保护我这个侄女不是?我还少听闲话呢!"玉英说着,抬手背揩眼泪。

早春拉着她的手,拍了拍:"苦了你了,孩子!"

早春知道,玉英的爱人曾是队长,在一次防汛中,带头拿着棉絮去堵缺口,结果下去后缺口堵住了,她爱人却牺牲了。她享受着烈士家属的待遇,也少不了寡妇门前是非多的厄运。早春道:"好吧,就这么定了。"又对孩子们命令道:"以后农忙时,都去给你玉英姐帮忙。"

孩子们异口同声道:"遵命,母亲大人。"

玉英伏在早春肩头哭着:"二娘,您就是我亲娘啊!"

早春拍着玉英后背:"别怕,以后谁欺负你,我们去给你撑腰。"说得玉英破涕为笑。

腊月二十九这天,天不亮,书雅和书君推着板车去菜场卖菜,书第在旁边帮忙到天亮,才提篮去卖甘蔗。

灯光照着早春和三女儿在厨房忙碌的身影,锅里发出咕嘟咕嘟的欢唱。早春卤蒸炸煮煨地做着菜,准备来个川菜和鄂菜大汇合的团年宴席。

微曦初露,门前喜鹊在树上跳来跳去、叽叽喳喳地叫个不停。早春让二娃在门前整齐划一地摆了五张大桌子。除十几家送菜的四川老乡和孩子外,还有楼上楼下的爷爷奶奶们,早春也请来和他们一起,热热闹闹团年。

玉英她们带孩子来了,一到就"外公外婆"亲热地叫着,早春拿出事先准备好的压岁钱一一发给孩子们："宝贝们，新年快乐！吉祥如意！"

他们还带来了江汉平原有名的卷切（又名盘龙菜）、鱼糕等特色菜。早春拿着菜，嗔怪道："让你们团年，还要你们自己带菜来。"

她们的爱人拉着早春的手说："二娘，从你来后，她们从您身上学了很多，特别是脾气好了，对父母也孝顺了，我们应该感谢您才对。"

早春拍着他们的手："孝敬老人是应该的，家和万事兴嘛。"

这时楼上楼下的爷爷奶奶们拄着拐杖，佝偻着身子，互相搀扶着，也拿来了水果、包子和馒头等。

早春去扶他们坐下，老人们抬手揩着眼泪道："孩子们不在身边，你帮着我们买药送饭，现在又接我们团年，觉得就像孩子们在身边一样。你真是大好人，让人太温暖了。"

玉英她们倒来开水，早春递给爷爷奶奶们："你们背井离乡来这里开采石油，支援国家建设，辛苦劳累了一辈子。我们做晚辈的尽自己所能，照顾你们还不是应该的？以后有事尽管吩咐哦。"

正在这时，菜市场管理员一行人，敲锣打鼓地给早春送来"助人为乐"荣誉证书和"五好家庭"匾牌。在一阵鞭炮声中，早春手一摆："团年宴开始咯。"

酒过三巡，玉英喊道："让二娘唱歌给我们听，大家说好不好？"

"好！好！"大家啪啪地鼓掌，大声附和着。

早春手一扬说："我们现在吃穿不愁，真正过上了天天有鱼、有肉的好生活，都得感谢毛主席共产党的领导。我就唱《没有共产党就没有新中国》吧！"

她唱后，手划了个弧形道："我在前面抛砖引玉了，你们年轻人可不能不跟上哟。"

玉英又喊："书华唱。"

书华唱了《我们的家乡在希望的田野上》。

油田周爷爷唱了《咱们工人有力量》。

小孩子们唱了《我们的祖国是花园》。

早春和书华还表演了舞蹈《逛新城》。

早春摸着头发道："这下好了，扮老人不用化装了。"

阳光照着大家欢快的脸庞。哈哈大笑声、歌声和着鸟的啾鸣,让油田家属区的人们也驻足围观。大家说,这不是家庭团年宴席,而是油田与农村,油田与居民的一次联谊会。

以后每年腊月二十九这天,早春都办了这种形式的团年宴,在阵阵欢歌笑语中辞旧迎新。

时间如白驹过隙,一眨眼,早春收养的孩子李学平也上小学了。书雅大学毕业后在政府部门工作,书第正在大学就读。这天天很冷,早春像往常一样把菜摊交付给幺女,她去学校门口接学平,然后回家做饭。可到校门口,没见小学平活蹦乱跳跑出来的身影。她左寻右找,在教室角落找到了正在哭泣的小学平。

早春连忙跑过去拥着她,抚着她的头,慈爱地说道:"平宝贝,咋啦?谁欺负你了?"

小学平抬起泪眼,楚楚可怜地说:"奶奶,他们骂我是爹妈不要的野孩子……"

早春替她揩去泪说:"别听他们瞎说,你爸妈在外挣钱忙,才把你托付给我的。"

"真的吗?""真的啊!""那他们啥时来看我呢?"

小学平的这句话如重锤打在早春的心里,自己终归不能代替孩子的父母啊!现在自己年龄也一年大过一年,越来越力不从心了,要是能找到她的亲生父母就好了。

后来经早春走村串户多方打听,终于在孩子十岁那年帮她找到了父母。在早春的劝说下,小学平的亲生父母接她回了家……

1997年是香港回归的大喜日子,早春家也喜事不断。她在菜摊上卖着菜,收着钱。小董说:"恭喜阿姨啊!听说您四女儿书雅任局长,儿子在广州筹建了公司,幺女现在又在武汉任财务主管了。"

早春喜笑颜开:"你还不是一样,儿子大学毕业,也去广州发展了。"

小董道:"还不是谢谢您,是您儿子帮忙在那里给他介绍了工作。"

早春道:"互帮互助,应该的哟。"

买菜人道:"你可是苦尽甜来,这下好了,可以不卖菜啦。"

另一买菜人道："买你的菜已经习惯了，如果你不来卖菜了，我们会很失落的哦。"

小陈、小董道："我们这些年有阿姨关照，您真不来卖菜了，我们会不习惯的。"

早春熟练地递菜、收钱，笑眯眯道："守护菜摊也成了我的习惯，怎么会不卖菜呢。放心吧，只要活一天，我就要卖一天菜，养活自己一天。"

2001年正月十五的夜晚，二娃因病在多次抢救无效后，生命停止在了76岁。早春高热不退、不吃不喝，安静地睡在床上。被送入医院抢救时，医生对书华说："李副院长，你母亲心脏病很严重，要手术，需要输血。"

几个孩子马上围过来，撸起袖子："抽我的吧！"

这时从走廊上急急地跑来一个人，也挽着袖子喊道："你们就让我输血给冯阿姨吧。"说着，挤开了早春的孩子们。

早春的孩子们扭头看时，是一个西装革履，刀疤脸的中年男人。

医生道："你们在这儿争，知道自己的血型吗？"

那人道："医生，我是O型血，用我的血吧！"说着，他从助手递过来的档案袋里拿出各种检查单，对医生说："我前段时间才做了身体检查，各项指标都正常，快抽我的血吧！"

医生接过单子看的同时，书华对刀疤脸说："我们不认识你，不能让你输血。"

刀疤脸拉着书华，恳求着："你们就把这个报答早春阿姨的机会让给我吧，没有阿姨的帮助与鼓励就没有我的今天。"

说着他拿出一张名片递给书华。医生看过检查单对书华说："李副院长，是用他的血，还是……"

刀疤脸都急红了脸，拉着医生急切地哀求道："求你们快抽我的血，救阿姨要紧啊！"

"好，随我们进手术室！"

书华他们在手术室外，看着名片：深圳记春房地产开发公司董事长，徐茂华。

书华他们一脸疑问："这是谁呢？怎么从未听母亲说起过。"

徐董给早春输血后，走出手术室。孩子们进到早春病房。书华递给他一杯牛奶："谢谢你！徐董，喝点牛奶补充能量吧。"

徐董接过来，仰头"咕噜咕噜"地一口气喝下，然后给书华他们讲述了当年早春救他、帮他的经过："我离开油田后，背着母亲，带着阿姨给的钱南下深圳，给人开车、当保镖。后来积攒了一些资金，就自己开办了公司，并以记春命名，目的就是要让子孙后代记住早春阿姨的恩情。"

这时站在旁边的助理手里的手机响起，他看了看来电显示，递给徐董道："市长电话。"

徐董接听道："市长好！好的，我马上就来。"他放下手机，从助理手里的黑色皮包中拿出一个存折本，双手递给书华："李副院长，请把这个转交给早春阿姨。"

书华双手推回去道："这个万万不能要。"

徐董说："这可是我还早春阿姨的。"

书华说："母亲帮你的，你已经加倍地还她了。再说母亲醒了也不会收的。"

这时，徐董包里的电话又响了，他接电话道："你们已经到医院门口了。好！好！我马上就来。"

书华趁机将存折放进了他黑色的包里。

徐董歉疚道："本想等阿姨手术苏醒后，陪她说会儿话再走，可是与市领导要商谈一个合作投资项目，只得改天再来了。"

当早春苏醒后，得知是刀疤脸救了她，不免一番感叹："好啊！这孩子，终归没让我失望。可见善恶终有报。好人有好报啊！"见孩子们都守在面前，又小声命令道："你们快去上班吧！"

"我公司的事已安排好了！"

"我已向单位请了假。等您好了，我们再回去。"

早春手一摆："你们在这里能帮上啥忙？有你们三姐和大姐就行了。"

三女儿书慧嫁给了油田附近一个勤劳朴素的农村小伙，现在有了一儿一女，俩孩子都在上学。

这天早上，查房医生对书华说："李副院长，您母亲恢复得还可以，过两天可以出院了。"

早春下床伸胳膊道:"终于好了,又可以去卖菜咯!"

医生叮嘱道:"您心脏功能不好,最好静养。"

早春说要去卖菜,书华急得在自己的办公室转圈。原来她和弟弟妹妹们商量,已经退了早春的菜摊,母亲已经快七十了,也该好好享享福。

第 80 章　青山计划

"这可如何向母亲说呢？"正在书华着急不知如何跟早春说时，桌上电话"嘟嘟嘟"响起，是已任蓬溪县某局局长的文成打来的，他说："姐，我在武汉开会。奉几姊妹的委托，准备接二娘回老家去耍。"

书华这才长长舒了一口气，心落回了肚里笑道："老弟，真是及时雨啊，不然，以妈那倔脾气又要起早贪黑去卖菜，真不知咋办才好呀！"

书华到病房时，早春在收拾衣物，她嗔怪道："妈，您歇着，我来收拾不成吗！"

早春拍着自己胸膛道："我这不好利索了吗？"

书华拉早春坐下："妈，文成兄弟在武汉开会，要接您回四川老家去耍。"

早春叹了口气道："唉！以前和他们通电话中，都知道了老家的情况。再说和我年龄差不多的人都相继走了……"

书华站起来道："听说蓬溪县城变化很大，我主要是上班忙，不然都想陪您回去看看了。幺舅们，何俊贤舅舅、舅妈，还有兰花阿姨也希望您回去聚聚哟。"

早春手摸额前，沉吟了一会儿道："好吧，离家二十多年了，也该回去看看了啊。"

她们正收拾衣服时，文成进来了，一声"二娘，我来了"就跪在早春面前。他哽咽道："我真不孝，二爸走了，我也没能见上最后一面。"说着，握拳捶打自己的头。

早春拉住他，扶他站起来："你二爸在昏迷中都叫你名字，也是盼你来见最后一面，但你那不是忙，走不开吗？"

"二娘！""冯婆婆。"随文成一路来的，还有玉兰和她的大儿子小清。

"哎！你们来了！"早春答应着，迎向他们。

玉兰随早春来江汉油田后，在经营早餐时，一位农场工人被玉兰的勤俭、善良打动，表示愿意和她一同抚育四个孩子。两人结婚后，正好玉兰爱人平反落实了政策，就一起回到武汉生活。现在她大儿子小清有了自己的出租车，其他三个孩子也都成家立业了。

玉兰拉着早春的手说："二娘，我陪您一起回老家！"

小清说："冯婆婆，车票都买好了，我接你们去武汉坐火车。"

出发前，书华给早春准备了药、氧气袋，交给文成背着。

她们坐火车到重庆只用了大半天的时间。玉兰道："交通发达了，真方便，要是以前坐船要四五天呢。"

"何止是交通发达。"早春指着高楼耸立，繁华热闹的街道，不由得感叹道，"我们国家越来越强大了！人们吃穿不愁，生活富足，这城乡变化也很大，我们是赶上了好时代啰！"

火车站内人群涌动，早春刚到站口，看见满头银丝、身体硬朗的何俊贤夫妇等在出站口，向他们挥手。他们也看到精神矍铄，将银灰的头发绾在了脑后的早春。

早春叫着"大哥！嫂子"，就快走向他二人。何俊贤激动地叫了声"妹子"就紧紧地握住早春的手。徐护士长和文成、玉兰握着手说着话，随后张开双臂和早春互抱在了一起："都老了！老咯！"

早春手背擦着泪道："没想到，我们还有见面的这一天啊！"

徐护士长一手拉早春、一手拉玉兰："我们都要向一百岁奋斗哦！"

几人说着话，一起向火车站外走去。早春笑问道："两孙子孙女都上学啦？"

徐护士长喜笑颜开道："欸！是的。妹妹这次来了，就不许走了，和我做伴。你大哥成天讲课啊，学术研讨啦，我正闲得慌。"

何俊贤转过身道："妹妹别听她的，还闲得慌？老姐妹争着请她去跳舞、表演。你到这里跟她唱唱歌，跳跳舞倒是不错的哦。"

说着话，几人就到了商务专车前，司机放好东西，他们带早春和玉兰去吃了地道的重庆火锅。午饭后，徐护士长一再挽留，早春和玉兰才留了下来。

文成对早春道："二娘，您和玉兰姐在舅妈这里住几天，我到时来接你们。"

徐护士长说："不必了，你安心上班，我们到时一同陪她回去。"说完她又让司机开了车，叫上兰花夫妇，陪早春和玉兰去重庆各大景点游览。

回到蓬溪，小宝夫妇和书群、明伟等人已等在了那里。文成开车在前，带他们游水库，看红海。去高峰山游览后，徐护士长、兰花夫妇才回重庆。

早春和玉兰漫步在井峰街上，搜寻着曾经的茶楼踪影，往事像放电影样一幕

521

幕在脑海中闪现。早春看着高楼代替了古屋，欣喜中不免有些失落，感叹道："变化真大啊！"她除了亲切，更多的是陌生感。

再回冯家湾、李家湾，那熟悉的村庄和山坡让她激动。她和玉兰把整个村子的房前屋后看了个遍；再仔细寻找自己曾经的足迹，感受自己过去的悲欢苦乐，恩怨情仇。站在李家湾凸字形山顶上，让她十分遗憾的是，山坡上、田地里杂草丛生，以前栽种的桑树消失殆尽。

到了李家湾，家家大门紧锁，让早春有了失落感。偌大的湾里，就只有二女儿书群和女婿在家。他们的儿子军校毕业后，在成都某部任连长，也让他们夫妇去成都做生意，可他们还是留了下来。

书群带早春和玉兰参观了他们家说："我自己舍不得这里的一切啊！"

看着房里的打米磨面机、粉碎机、收割机、耕田机，早春这里摸摸，那里瞧瞧，激动得手一直颤抖，笑得老泪横流："一应俱全，真正实现了机械化啊！"

他们散养的鸡鸭成群，互相追赶着满地乱叫乱窜，狗也摇尾汪汪地叫。早春摸着门前自己在院里栽种的各种果树，难免生出无限的感慨。"嗯，都还保存完好啊。"

早春去到猪圈，从缸里拿瓢舀米糠倒进猪槽，"啰啰啰"地叫着，猪就应声哼叫着跑过来，她又感叹道："现在喂猪也不用挖猪草、剁猪草了，田里的苞谷、谷壳加工就好了。"

此时，稻谷已收回，家里装得满仓满屯。院子里墙上都晒满了黄灿灿的苞谷棒子，看着很是耀眼。书群和明伟的坚守与收获，让早春失落的心，有了一丝安慰。

时值中秋，原来这里的人们都喜欢吃糍粑。书群知道早春喜欢这个，事先泡好糯米。早春蒸好糯米后，书群和玉兰拿来粗棒子，几人用力在对窝里舂着。书群说："妈，玉兰姐，现在收谷可快了，原先一个人一天干得腰酸背疼也收不了一亩田。现在明伟一人开机器收割，一天可以收好几十亩哩。"

任村主任的伍明伟杀了鸡，正用开水烫了扯毛，对早春说："全村不足百人在家。朱家湾也只有朱三七和花鼻梁夫妇了，也就是我们两家人种了这个队里的全部水田，和山脚下极少的旱田。"

早春在轰轰隆隆地磨炒熟的花生芝麻粉，感叹道："现在农民种田不交税，政策这么好，山地却荒着，真可惜！我真想留下来再去种田啊！"

糯米舂好后，摊在面板上。玉兰用刀切成小块，早春扫了花生芝麻粉装盆里端过来，放上糖，用筷子搅拌着。

书群去厨房，加水烧火，拉风箱道："妈，你就好好歇着吧，什么也不会让你干的。"

早春右手抓芝麻核桃粉抹糍粑上，对伍明伟说道："你这个村主任就没想在山上栽些树，发展经济，留住年轻人在家里？"

伍明伟在砧板上嘭嘭地剁鸡，说道："我们规划过，可现在集体资金薄弱，哪有钱发展经济？再说，出去打工的两口子，哪个一年不是八万十万地带回来，谁还稀罕种田挣的几个钱。"

早春听得心里很沉重，她担心这个曾让她深深思念、无法割舍、不能摆脱的土地——他们的家园，最终会被荒废。

早春和玉兰手拿粘好粉的糍粑吃着。早春赞道："香甜可口！多好多美的家乡味道啊！"她又叹息道："人们都涌到城里、集镇，照此下去，我们的子孙将来便无根可寻咯！"

面对这种现状，她在思考自己能做些什么呢？

伍明伟将鸡放锅里炖后，去河对面叫来了朱三七夫妇。花鼻梁小儿子已故，大儿子又不认她，只有女儿经常来看他们夫妇。

他们二人来后，自是和早春、玉兰有许多聊不完的话题。

花鼻梁拉着早春，满脸愧疚："这一辈子，其实亏欠你最多啊！"

早春哈哈笑着，拍着她的手道："过去的，就让它随风而去吧！我们都好好活着，珍惜现在所拥有的，才是最重要的哦！"

早春望着他们夫妇搀扶着走进暮色的背影，心中生出了无限感慨。

晚上，大家在电灯下剥苞谷，玉兰和书群说着家长里短。

早春分别接到了十多个邀请她去井峰街喝茶、吃饭的电话，其中有办家电门市部的李铜柱，在街上带孙子的李金柱等。

早春走出来，望着满天星星，看着月亮，想起孩子们小时候每个晴朗的夏夜，几家人都在外面院坝喝苞谷糊，吃凉粉的情景。男人们剥着苞谷，不时用手拍打蚊虫，女人们边纳鞋底、边打扇。小孩围着村庄捉迷藏，在荷塘月色下，有时也表演节目，有时望着银河给孩子们讲牛郎织女，看着月亮讲嫦娥奔月的故事。那时的院子是多么热闹啊！如今，人们像她一样，离开了生养自己的土地。

她从树缝中看月亮时，一个熟透了的核桃掉下来，砸在她头上，她弯腰捡起，听着风吹来沙沙摆动的树叶声响，她有了一个大胆的想法。

她走进房打电话给书华："你帮我把屋和摊位卖掉，尽快筹点钱给我汇来。"

书群不解地问道："妈，你要钱干啥？在这里吃住都不愁啊。"

她放下电话，笑道："我要实施我的荒山变青山的计划。"早春又用手往外指了一圈，对正编筲箕的伍明伟说："我想把李家湾原先属于我们家的这些山上都栽上绿化树，山腰栽橘子、桃李、核桃树，你帮我摸底看要多少钱。"

三人惊讶地看着她："这可不是小数目呢？"

早春手摸额头："反正我油田那房子，也是这里的土烧成砖瓦卖后买的。这叫取之于山，用之于山哟。"

"是的，那屋空着也没人住，卖了好。"月光从房顶缝隙泻洒下来，照着几人都大笑着的身影。书群说："妈，你安排，我们来栽就行了。"

第二天，大地还在沉睡。早春轻手轻脚地起床，摸索着拿了锄头，走到自家原先的那片竹林后面的山坡上，挖起栽树的坑来，嚓嚓的声音回荡在宁静的山村，和着鸡鸣鸟叫的声音是那样协调。她要用卖油田房子的钱，把这李家湾自家原先的山上、山下都栽上树，让荒山变绿。将来子孙后代回来，不仅有树遮荫，更有果子采摘。

"人老了，干活也不济了。"早春喘着粗气叹道。她挖了几个树坑，手就起了血疱，由于用力过猛，心脏有点隐隐作痛。她站起来，张大嘴呼吸着新鲜空气，用左手撑着锄柄，右手揉了下心脏部位，而后又摸出玫瑰红布袋里的药吃了，敞开衣服又继续挖了起来。

书群起床后，发觉早春没在家，就循声找了出来。她抢了早春的锄头，嗔怪道："您这是不要命了吗？"

早春夺回锄头："我心愿不了，死不了。"

这时玉兰也扛着锄头来，吭哧吭哧地挖着树坑。

书群知道母亲的倔脾气，只得回家去煮了汤圆、鸡蛋早茶，给二人端来。她喂了猪鸡后，也扛了锄头来帮忙挖树坑。

天亮后，微曦初露，有来接早春去茶馆喝茶的李金柱等人，她抹着汗说："茶就不喝了，帮我挖树坑栽树吧！"

于是大家也都参与到挖树坑的行列。兰花夫妇退休后，在重庆带孙子。听说了早春的计划，也来给她帮忙……春节前后，早春在李家湾的自家山地和山前屋后，果真如愿地栽上了大量的绿化树和果树。

李照芳夫妇、香草夫妇、淑珍、秀梅等人，听说了早春要将荒坡变青山的计划，都在自家山地植树造林，何俊贤夫妇也去他老家出钱栽了一片树林。

早春欣慰地对二女儿说道："你们把这片树林管好，我也该回湖北咯。"

书群抹泪道："妈，我舍不得您走。您不回去行吗？"

早春笑道："你们那时不是说我工作了一生没退休工资吗？我要去卖菜挣钱来养活自己哦。"

书群道："您养我们长大，我们也能养您到老。"

早春态度坚决："我不要谁养，我活一天能养活自己一天。"

书群见早春态度坚决，只得不舍地去收拾行装。临回油田头天晚上，早春对伍明伟说："众人拾柴火焰高，整个大队在外工作的人，办企业的不是很多吗？你们村干部何不发动这些人先回来栽树绿化青山，再让有能力的人回乡建农家乐，和高峰山景点结合起来筹建乡村游项目？"

伍明伟放下正编的竹器，站起来道："您这个想法我们也考虑过，也联系过一些在外的成功人士，可大家都犹豫着没表态。如今有您带了头，我们村委会也会向在外工作的人宣传的。"

早春走在院坝里，大家一齐出来，仰头看向天上，圆圆的月亮的清辉透过树缝洒在众人身上，朦胧而美丽。早春道："至于栽树，我倒有个建议。你们村里规划后，可以发动在外的机关、企业工作人员栽树，林权和地是集体的，由集体保管。果子成熟后，栽种人随便采摘，这样不是既绿化了青山，又有乡村游的游客了吗？这样就会带动乡村游，农家乐项目哦。"

伍明伟兴奋地敲着树："还是您脑子灵活，老当益壮啊！"

此时，天空的星星更加多了，也越来越清晰耀眼。早春漫步在乡村的夜色中，心里赞道：多美的星空啊，多宁静的夜晚啊。星空装饰着乡村的夜，比城市的星空更美丽，比城市的夜晚更祥和宁静。也只有在这样的夜晚才能让人静下心来，认真地回味、思考。

天不亮伍明伟送早春搭车，然后就去找村里一班人商量。

早春回湖北江汉油田后继续卖菜。有一天，伍明伟打电话告诉她："大队以您在李家湾栽树的经验为示范，召开了回乡游子联谊会，像您讲的，栽一片树，绿一座山，子孙后代庇护在绿荫间。还真有效果，现在全大队山前山后都栽了树。"

小宝二儿子时任井峰镇镇长，也打电话对早春说："姑妈，我们镇借鉴您的方法，要把整个井峰镇的荒山变绿，我们四兄弟先回冯家湾带头栽树。"

早春鼓励道："好啊！侄子。"

……

三年后，伍明伟代表家乡亲人来接早春回老家去看看，以感谢她提议并带动实施的青山计划。当她在镇村一班人的陪同下，从井峰街一路走来，绿水青山尽收眼底。一些年轻人回乡在通往高峰山的路边山脚下，建起了农家乐，供游山赏景，采摘的人们居住餐饮。明伟和书群在李家湾的垭口下建了一排房子，交给女儿女婿经营。这一切让她十分欣慰。

早春住了些时日后，又要回湖北江汉油田去卖菜。她这时已是弓腰驼背的七十多岁的老人。但她精神矍铄，眼睛有神，有几颗老年斑的脸上始终挂着笑。书华回来了，书第带着爱人、孩子来接早春去广州过年。她不愿去，说："我要回油田去，那些老朋友打电话来，多次催促我回去了。"

第 81 章　坚守菜摊

子女们阻拦早春，不让她去卖菜，争着要给她钱，接她去住，让她颐养天年。她摆着手大声说道："你们都别争了，我哪儿也不会去，谁的钱我都不会要。还是那句话，我活一天，就要卖菜一天，就能养活自己一天。"

临走时，她对伍明伟和书群叮嘱道："保护好李家湾的青山绿水，代代相传下去。"

早春人还在路上，就打电话给书慧："三女儿，你把你种的泥蒿、菠菜、鱼腥草根，还有土鸡蛋送些来。"

三女儿和女婿很快用三轮车送了满满一车来。

书第在广州成立公司后，爱人还在油田局机关上班，女儿书弟让妈妈和爱人女儿一起住到楼上，可早春坚持要住在一楼一个三十多平方的房间里。

晚上，近二十个老姐妹聚在早春的房里，在电灯下，她们围坐在小板凳上，帮忙折着泥蒿根，对早春道："你终于回来了，盼得我好苦啊。"

"我每天早晚都要到你门口走走。"

"有你帮着开导开导，心里就舒坦。"

"我腿疼药正用完了再给我一瓶。"

早春手里择菠菜老叶，笑答道："好哩，给你。以后你们常来坐，我再也不到哪里去了。"

临走时，早春自然是又送药又送新鲜菜，还有老家的核桃。

书华退休后，被医院返聘回去，在妇产科上班，她爱人去广州儿子的公司帮忙开车。书华下班后，就有了时间来陪早春。可早春忙，不仅卖菜，还跟人谈心。

这天，书华去菜摊送午饭，提前对早春说："妈，晚上收摊后，我陪您去水杉公园散步。"

早春递着菜给来人，答道："好，我在家等你。"

当书华帮忙锁好门，搀扶着早春刚走出不远，拄拐杖的王爷爷上气不接下气

527

地喊早春道："老姐姐，你等下，我有话要和你讲……"

她们只得转身回家。开房门、端板凳，早春扶王爷爷坐下。书华倒上一杯开水后，王爷爷喘气不匀地开始述说自己的烦心事："老伴儿走时说好的，留下几万元钱让我自己保管。可女儿说我年纪大了怕我弄丢，硬是不把钱给我。你说我要是生病住院了，她不把钱拿出来咋办？"

早春好言细语地劝道："老哥哥，孩子说得没错，年纪大了是记性不好，把钱给你被人偷了，或被老鼠咬了咋办？前几天电视还报道一个老人把钱放床下发霉了，那多可惜呀！你说是不？再说孩子没少你吃的、穿的，病了还把你送去看病。你还要管那钱干吗，图个清闲不是更好……"

说得王爷爷直点头称是。

书华扶王爷爷出门后，七十多岁的周奶奶又进来了。

周奶奶进门坐下，就抹开了眼泪："老姐姐，你说我这一生啥命呀？不到三十岁就死了男人，好不容易把儿子拉扯大，娶了媳妇，添了孙子。媳妇又不待见我，买菜做饭带孙子全是我管，我又贴钱又干活的保姆，他们上哪儿找？如今媳妇要赶我走，还让我把房子过户到她名下，你说我咋办呀？"

"咋办呀！凉拌！有啥好哭的。"早春边说边笑着，双手去拉周奶奶的手，随后又抽出一只手拍着周奶奶的肩。

"让你出点子，给你倾诉下，你还笑话我。"周奶奶止了哭，嗔怪早春道。

早春帮周奶奶擦着泪说："你知足吧！儿孙绕膝在跟前，有人骂你、打你才是你的福哟！他们要赶你滚出去，你就搬出去住吧！我早劝你，现在都提倡父母和子女不同住，隔着'一碗汤'的距离，隔得不远既方便相互照顾，又少了矛盾。你有退休工资，租一室一居，也就三五百的。你退休没事买菜做饭，他们回来吃了该上学的上学，该上班的上班。各住各屋，矛盾不就少了？至于房子过户的事，你好好跟他们商量，以后反正还不是他们的……"

直说得周奶奶破涕为笑："我听劝，明天就去租房。"

周奶奶租房后没棉絮，早春就把孩子们给她弹的新棉絮送了两床给周奶奶。

马奶奶一到早春住处就诉苦道："现在女儿硬是要接我来与她家同住。我自己一个人住多自在。"

早春拉马奶奶坐下，劝道："这不是你病了，接你来住方便照顾吗？你如果不来，你是方便了，可你女儿女婿既要上班，又要跑那么远去照顾你，把他们累病了，你心里舒坦吗？……"

有几个老人来坐下，说着："我们一看冯奶奶你，真该知足咯。"

"是啊，你看她虽在大队小队工作一生，却没有退休工资。现在不靠谁，非要自己卖菜养活自己。"

"她从不怨天尤人，心态好又乐观，这些都影响着我们，值得我们学习哦……"

等来找早春倾诉的人都走了，天已经很晚了。早春歉意地对正择菜的书华说："又不能和你去散步了。"

书华站起身说："不去散步就算了，我来帮我家的大忙人捏捏揉揉吧！"

早春拿开书华的手："你难得有空，歇会儿吧！"

书华仍强行拉她坐下，从头到脚帮她按揉了一遍。

早春执意要帮书华揉捏，书华说："没想到，您如枯树般的老手还很有力呢！"

随后，她们娘儿俩搬个板凳对坐下，边聊边理着第二天要去卖的菜。

书华一脸认真对早春道："妈，我觉得您不用去卖菜了，请您去我诊室当心理咨询师吧！"

早春正用草捆泥蒿根，笑眯眯地说："你说这人老了，力所能及地做些事，大家在一起唠嗑，相互支个招、说个话排解排解心中的疙瘩，多好啊！"

这时，书华电话响了，对早春道："你女婿电话。"就按下免提，声音传出来："书华啊，和儿子合作的人收了两百万货款要去另立门户，把儿子投的本钱卷走了！儿子要去把他杀了，拼个鱼死网破。"

书华急切道："不行，你拦着他，我立马赶过去。"说着，就向外跑去。

月光从树缝洒下，照着早春如弯弓的身上，她赶出去拉住书华说："远水能解近渴？把我外孙的电话打通，我来跟他说。"书华眼睛一亮，忙拿出手机，低头摁着电话号码："您看我这忙中无计。他平时最听您的话了，您劝他肯定听。"

手机《甜蜜蜜》的音乐响起，传来外孙的声音，书华道："儿子，外婆有话跟你说。"

早春对着手机道："孩子，我都听说了。你受苦了，也委屈你了。"

电话那头一阵沉默。

早春道:"我知道你现在怒气难消。但你为两百万去和他拼命不值。你想想,你把他砍伤了是不是要坐牢?"

"坐牢就坐牢,他欺人太甚。"

"如果坐牢,一年要损失多少钱?还有你现在的客户,他们都不会等你,会去和别人合作。"

"那我出来重新开始。"

"电子产品更新快,你赶得上吗?你重新开始,又要找新的客户,再说,你如果坐了牢,别人还信你?"

……

早春和书华对视了一眼,点了点头,早春又对着手机说:"我建议你,找中间人帮忙去谈判。要不然求助法律。即使暂时拿不回来钱,你也不要怕,你有技术在手,还不是能挣回来吗?他就不同了,他没信用,人无信而不立,好多人都不会跟他合作了。这种背信弃义的人,他早离开是你的福哦。"

"好,外婆,我听您的。我边做事边找人谈或起诉。您多保重。"

书华长长地舒了一口气,揣了手机对早春竖起了大拇指:"姜还是老的辣。"又趴在早春肩上说:"冯老太君,您还是我们家里的掌舵人哩!谁要不去工作或遇到挫折,你叫来和你卖两天菜,再一劝,就解决问题了。"

早春握着书华的手,笑得眼泪都流了出来:"老了,赶不上形势咯。"

腊月二十三那天晚上,早春摸出卖菜的钱,对书华说:"你买些糕点水果,书第用车载我们明天一起去敬老院,看孤寡老人。"

书华没接:"妈,您现在年纪大了,我们给钱您又不要。卖菜挣的不多,留着自己用吧!"

早春把钱塞到书华手里:"我留着干啥!我挣一个用一个多好。"

书华满脸担心:"您晕车就别去了,我们代替你去就行了。"

早春摆着手道:"哎,没事!这几年没去,还怪想他们的。"

这时李奶奶、周奶奶等人,也一百、二百地递钱给书华:"你妈妈卖菜收入那么少,吃着粗茶淡饭,节约着钱每年都去看孤寡老人。我们毕竟还有退休工资,更应该拿点钱出来哟!"

书第开着车一进养老院，正晒太阳的老人们见是早春来到，都迎上前来拉着她的手，揩着泪道："你终于来了，我们可想你了！"

"这些年，你都让子女们送衣、送药酒的，太感谢了。"

2015年清明节时，天空乌云密布，狂风大作，哗哗啦啦下着雨。早春门前的树叶被风吹打得摇头摆脑，桃花、海棠花等花瓣在风雨中纷纷落下。狂风拍打着早春的门窗发出一阵阵怪叫。她在睡梦里，迷迷糊糊中，好似何俊贤来了："你要多保重，好好活着，我先走了！"又好似有二娃和徐护士长等一群人在叫她："我们来接你了。"

早春一激灵，醒来时，头昏脑涨，心咚咚跳得厉害。她想坐起来，身上却如捆着钢筋般，动弹不得，想着前几天书华说："何俊贤舅舅病重，舅妈也不在了，他们拿我当女儿，我要赶去重庆照顾他。"

莫非何俊贤大哥已不在人世？早春的心一阵阵抽搐着，疼得厉害，如压着石头般堵得难受。

她赶忙伸手去桌上摸药吃了下去，心里喊着："俊贤大哥，希望你还能好好地活着啊。"

书华回来后，早春从她红肿的眼睛和躲闪的目光中知道了真相。那晚早春没说什么，书华明显觉出了她呆滞的目光，她那是把悲和痛深深地藏在了心里。

晚上书华给她煮好水饺端来，她摆摆手说："我不想吃，想先睡一会儿。"说完，就昏厥了过去。

第 82 章 夕阳美景

当早春被送去医院检查后,医生对书华说:"你母亲变形弯曲的脊柱如朽木般,心脏病、胆肾结石、高血压都异常严重,有心衰的表象。你们要有心理准备。"医生又感叹道:"李医生,你母亲真是坚强啊!这么严重,硬是没听她哼一声。"

孩子们泪眼蒙眬地握着早春的手,围在她的床前。她苏醒后,狠命地拔下身上的各种管子,踉跄着下床,艰难地说:"我要回家。"

孩子们哭拉着求她:"妈,您要配合治疗啊!"

早春低吼道:"我没退休工资,也没医保,住不起这院。"

孩子们急道:"我们挣的钱都给您花,给您用的。"

早春喘着粗气,用力大叫:"我疼够了,也活够了!你们想我死在医院里吗?"她扶着墙,弓着身,一步一挪,艰难地走出了病房。书华只得请医院里的救护车将她送回了家。给她戴氧气管、打针,她仍狠命地拔下。

早春蜷缩在床上,喉咙里时不时发出拉锯般的声响,脸肿得像水蜜桃般发亮,和她说话她都懒得搭理,喊她吃饭喝药,也只艰难地伸出如枯树般弯曲的手摇摇。

"我们不甘心,不甘心啊!您不能走啊!"儿女们哭倒在床前,哽咽着呼喊。

她有气无力地说:"你们别哭,我有事交代。"

她示意子女们扶她坐起来,书华扶着她,书雅在背后给她靠了个垫背,她颤抖着从枕头下拿出一个小木盒递给书第。

书第哭泣着双手接过盒子。早春吃力地交代道:"里面有我这些年交党费的收据,还有你们的生辰八字、一支笔、两枚银戒指,以及你们的父亲给我刻的章子。我一生没给你们留下一分钱,就把这些当成传家宝吧!"

说完,她就喘着粗气,沉沉地睡去了。

孩子们围在床周围拉着她的手,抱着她的脚,呜呜咽咽地哭得声嘶力竭。"妈妈啊,您就是我们取之不尽、用之不竭,宝贵的精神财富。我们只要您好好地活着,呜呜……"

门外一群人也在嘤嘤地哭着："老姐姐，我们离不开你啊！"

"阿姨，你还要陪我讲话啊。"

"你还要帮我卖菜啊！"

天空没有一丝风，异常闷热烦躁，树一动不动地静立着，鸟也站在树上，没精打采地耷拉着脑袋，只有屋里屋外低沉的哭泣声。

书华哭泣着给她进行胸腔按压等急救，她长吐了一口气，动了动。

早春无力地摇了摇头，闭着眼睛低吟着："你们在天堂的父亲和一帮老朋友来接我了，也该去和他们去团聚了。"

孩子们哭得全身颤抖，抓着她的手哭喊着："不！不啊！"

她喘着粗气，一字一顿地交代着后事："孝衣孝服，九十根系在腰间的线，我都准备好了，就放在柜子里。我死后别铺张浪费，一切从简，把骨灰抛到树林里做肥料就行了……"

说完又安详地闭着眼，任孩子们怎么摇喊都无动于衷。

儿女们哭泣声一片："我们不甘心，不甘心呀！"

"不能让您辛苦操劳一生，就这样走了啊！"

早春不管不顾，安详地睡着。大家束手无策，绝望到了极点。

这时，书雅睁着红肿的双眼，拉着早春的手，大喊着："妈，你不能走，我要把你的事迹写成书。"

大家都睁着泪眼看着书雅，又看向早春。早春仍紧闭着双眼。

书雅泣诉道："去年底，我从单位领导岗位退下来，人闲下来后，空虚寂寞到了极点，如行尸走肉般将自己麻醉在牌桌上、游戏中。是您叫来我，让帮忙卖菜是假，要让我找回自信是真。

"我见八十多岁的母亲您，被腰椎颈椎病折磨得变成了弯弓般，还蹒跚着提着篮子坚持卖菜养活自己。拿着政府补贴给老年人的一百元钱，高兴得逢人就说'我们也是吃国家饭的人了，政府养着咱哩。'

"妈，您乐呵呵地去卖菜，高高兴兴地给人化解心结。我今年才五十岁啊，妈您在这个年龄从四川迁来湖北，还供我们四个孩子完成学业。我自己就只有等死吗？是妈您拍着我的手说：'书雅啊，人简单才快乐，有个目标才充实哦。你

533

从小不是有个作家梦吗？现在重新开始吧！'

"我问你，我都五十了，还来得及吗？

"您慈祥地拍着我的肩说：'姜尚七十多拜相，吴承恩古稀写《西游》，你不才五十吗？'

"母亲啊，您一席话说得我脸发红啊。记得小时候您问我，长大了要干什么？我头发往后一甩，仰着脸对您说：'我要当作家，把母亲您的事迹写成书，让人学习。'

"没想到妈妈您还记得我曾经的梦想，让书雅我汗颜啊。

"妈妈啊，如今您一病不起，想要离去，好多故事我还不知道呢！"书雅一把鼻涕一把泪，嘶哑着声音，摇着早春的手大声哭求道，"妈，您快起来讲给我听啊！"

呜呜……屋里又是一阵啜泣。床上的早春依旧没反应。

书雅又泣不成声道："您不是让我学写作，当作家吗？我要把您坚强、勤俭、善良、乐观、向上、知恩图报的故事写下来，让您的子孙后代学习啊。"

"你不用费那劲，没人看的。"早春虽没睁眼，但终于用蚊虫般的声音，缓缓地开了口。

见有效果，大家止了哭，惊喜地慌忙答道："有人看，有人看。我们都想看。"

"想听您小木盒的故事。"

"想了解您从小随父出诊治病救人。"

"十岁卖菜养家。"

"不识字却当了三十年干部的奇迹"……

早春使劲地睁开了双眼，用浑浊怀疑的目光看着书雅，又巡视了一遍众人。

大家都期盼地，泪眼蒙眬地，使劲地点着头。

这时，分明见到了早春眼里的亮光射出来，而且在一点儿一点儿地扩大。

她支撑着，示意让孩子们扶她坐起来，喘着粗气缓慢地开讲，书雅赶忙拿出本子认真记。书华给她打针，她再没拒绝。早春讲了一会儿后，幺女端来汤："妈，您喝点。"

她顺从地喝了几口，靠在书华的肩上，书华将她额前的头发捋捋，问她道："妈，想吃点啥?"早春抬起红肿的脸,虚弱地说:"我只想喝红苕汤。"

此话一出,引得孩子们又是呜呜咽咽地哭泣着。

幺女急忙出门要去买红薯,吕奶奶说"我家有"。说着就去提了一篮子又大又甜的红苕来。

早春又主动开始讲,从开始的一二十分钟到后来的半个小时……

红苕汤熬好、冷却后,递给她时,她真就喝下了两大碗。

接下来,孩子们如老师布置作业那般让早春讲。一天讲治病救人、一天讲包办婚姻……有想不起来的,就让她慢慢想、慢慢回忆……

书华兄妹们全力参与到抢救早春生命的行动中。

书华打电话去老家:"舅舅,你给妈妈开点中药吧!"

小宝报了中药名,书雅一一记录下来。抓药回来后,加大了口服中药的剂量。

子女们给早春按摩配以食疗,冬瓜排骨可利尿消肿,豆腐牛奶鱼汤补钙,红豆薏仁去湿养心……轮换着做给早春吃。

她要吃水饺,书君如小时候般撒娇说:"妈,你包的最好吃了,下床和我们一起包吧!"早春下了床,颤抖着手,包着水饺说:"鱼腥草有清热解毒的作用,那可真是个好东西。"

书第说:"我们都被妈妈您宠坏了,不认识呀!你带我们去扯吧。"

潜江开通了动车,小宝坐六七个小时的车,也赶过来陪早春说话。这让早春十分兴奋,病好了不少。孩子们就用三轮车载她和小宝,一同去田间地头找鱼腥草。

小宝拉着早春的手说:"姐,你看现在条件多好,原来四五天的路程,现在几个小时就到了,你快好起来,回老家去看看。"

早春拍着小宝的手,眉开眼笑道:"好!好!尽快好起来。"

书雅说:"妈,唱《东方红》,唱那时上台演出编唱的歌曲吧。"

书君说:"还有《哭嫁歌》,我们也想听哦!"

早春真就开心地唱了起来。她们爽朗开怀的笑声、欢快的歌声引得上下班回家的人们驻足观望,听早春唱歌,看她和书华跳舞,邻居们不时爆发出阵阵掌声和笑声。门前各种绿化树、花草在微风下沙沙地响,还有叽叽喳喳的鸟叫,也似在给早春鼓掌、喝彩。

人们说:"只知冯婆婆能说会讲,我们工作不顺心找她排解,没想到她老人家还能歌善舞耶!"

"家庭有矛盾,她帮忙劝和。"

"小孩不去找工作,嫌工资低,让他们看冯婆婆卖菜。"

书雅自豪地说道:"我母亲就是一本活历史,一部长篇小说,故事多着呢!"

早春能走动时,他们兄妹轮流扶着她慢慢去植物园散步,如当年她教他们蹒跚学步那般慢慢走动。

两个月后,早春脸上的肿消了,也能正常进食了。书雅写着《母亲的精神》,边写边念给她听,她精神状态更加好了。书雅写早春的文章陆续见报,读给她听时,她高兴得像个孩子。书雅与早春约定:要活一百岁,等着把她的精神写好后才能离开。

早春笑得皱纹舒展,像花儿一样灿烂。

四个月后,八十五岁的早春又能卖菜了,小宝才回四川去。孩子们做好饭菜,去提菜篮,接她回来吃,如她当初接送孩子们上学、放学那般。

早春在卖菜时仍耳聪目明,菜一称,就能说出价钱。

买菜人一脸不相信地问她:"你算准了?"

早春笑眯眯地说:"你自己算算不就知道了!"

来人"三五一十五、三七二十一"地掐指算过后,向她投来敬佩的目光:"您这么大年纪了,真了不起。"她舒心地笑着。

看着别人能到她这里买到满意的菜,她就露出开心的笑容。

"冯婆婆,我上班来不及了,你给我留点泥蒿、藕、鱼腥草根,我晚上下班去您住处拿。"

"上次的土鸡蛋很好,帮我进点吧!"

"好哩!"

这种相互的信任,让早春很惬意。周围的许多老人又能来找早春倾诉、聊天了。

这天,书雅和书华去帮早春提菜篮,接她回去吃晚饭,却见早春的老姐妹围在她的菜摊前,李奶奶说:"我给你带来了肉包子!"

张奶奶说:"我给你带来了你喜欢的八宝粥。"

"你吃后，我们去水杉公园玩。"

"改建后的公园四季常青，鸟语花香，秋季更美哦。"

"傍晚更是别有一番韵味。"

书华和书雅，提菜篮子在后面跟着。一群白发苍苍的老姐妹，扶着身如弯弓般的早春，她们走进暮色浓浓的水杉公园里。那里桂花正香，菊花、月季、映山红等各色花卉正竞相开放。许多儿童游玩的项目，如激流勇进、过山车、海盗船等重新开发出来，让孩子们发出阵阵欢呼声。宽敞的体育广场里跑步的、踢足球的、打篮球羽毛球的，哨子声、呐喊声此起彼伏地响起。

早春感叹道："几个月不见变化真大啊！"

老姐妹们说："水杉林的变化更大些哟，里面修满了纵横交错的小路、亭子，供人们休息。"

早春她们走向水杉林时，有老年人在拉二胡、吹笛，也有三五成群来散步的，还有带摄像机来观景的，有打太极的，人来人往，十分热闹。鸟儿也跳来跳去、叽叽喳喳地在早春她们头顶上叫得正欢。书华让早春她们一群老姐妹以万株成排笔直的水杉林和李先念主席题写的"江汉水杉纪念碑"为背景，为她们照相留念。早春和老姐妹们变换着各种姿势配合着。

然后一群人拉着早春，向拱桥走去。桥被四周排列整齐的水杉林包围。水杉身形相牵，在上空架起一道天然屏障，一条河流从中间平静地流过，有人划着船在河面嬉闹。

早春她们站在桥上，整个公园和美丽的江汉油田尽收眼底。高大挺拔的水杉直耸云端，如严阵以待、排列整齐的士兵，在给她们保驾护航。秋天的水杉像披上了金色的外衣，微风过后，水杉沙沙摇曳着身姿，抖落的杉叶飘飘洒洒地漫天飞舞，落得早春她们满头满身也成了金色。早春伸手去接，笑着说道："夕阳无限好，黄昏更动人。"

这时，一道晚霞挂在天边，缭绕在水杉林的上方，好像为水杉穿上了一件件美丽的彩衣。四周的河面上波光粼粼，金光闪闪，映着笔直的水杉林和早春站在桥上的倒影。

早春她们唱着、笑着，银丝和飞舞的杉叶在晚霞中闪动。

后 记

本书是以母亲为原型创作的。我的母亲冯光春，生于 1931 正月初八，逝于 2017 年六月一日。她是我的慈母，也是我人生的导师。她和许多母亲一样，勤俭、坚强、善良、吃苦耐劳、乐观豁达……母亲的言行，影响着我，鼓舞着我，教育着我。

这本书是怀念我母亲，更是怀念那一代勇敢而无惧无畏的伟大女性。不仅弘扬母亲个人的精神，更是要弘扬她们这代人的优秀品质。

母亲 10 岁养家，80 多岁时还上街卖菜，她说"活一天，就养活自己一天"；她把"老人当孩子看"，敬老、爱老；她乐于助人，宁可自己饿肚子，也要帮人在难处；她不计恩仇，以德报怨；她过日子精打细算，常说"吃不穷穿不穷，不会打算辈辈穷"；她知足感恩，工作一辈子拿着国家每月几十元的补贴，开心地认为自己是"吃国家饭"的人。她的这些品格，是我们子孙后代取之不尽、用之不竭的精神财富。

我从小就有把母亲的故事写成书的愿望，可一拖再拖没有行动，总认为母亲是那棵不倒的青松，会长长久久地成为我们伤痛和疲惫时的依靠。直到 2015 年母亲心脏病发作，不吃不喝躺在床上，声音微弱地告诉我："我要走了。你爸和大姐来接我了。"

那一刻，我心痛得几乎不能呼吸！我不甘心，我苦了一生、勤俭了一生、善良了一生的母亲就要这样走了？但无论我们如何开导劝说，母亲都是一副生无可恋的样子。为了鼓励母亲树立信心，我央求她给我们讲故事，把她年轻时的故事讲出来，我来记录，然后写成书。母亲的眼中突然有了光彩。就这样，在穿越时空的回忆与讲述中，母亲的精神逐渐好了起来。那段时间，我常陪母亲去公园散步，吃遍了美食街的小吃。我和她约定，向一百岁进军！我的书不写完，她不许走。

后来，母亲身体恢复之后，她又要去卖菜，我们姐弟几人拗不过她，只好同意了。我每天迎着曙光提着菜篮陪母亲一起去。回来后，再听她讲故事。这样的生活，持续了一两年，母亲重新燃起对生活的热情。

我还把其中的一些片段，写成《母亲坚守的菜摊》《给母亲布置作业》等散文发表在媒体上，这给了我莫大的鼓舞，也让她老人家乐开了花。

2017年4月，以母亲为原型的小说《早春的世纪人生》正式完稿，并参加了长江中文网的"湖北草根作家大赛"，以六十多万的点击量获得了十佳网络人气奖。

令人痛心的是，我们原本打算将书稿完成之事瞒着母亲，因为我怕我和她约定的来临……但后来母亲还是知道了。她如同了却人生的心愿一般，在床上躺了一个多月后，决绝地拔掉胃管和氧气管，去和天国的父亲、大姐相会了……我悔恨不已！为什么不等母亲一百岁才写完这本书呢……我决定筹措资金出版这本书，弥补这份遗憾，也将母亲的精神传承下去。

几经周折，历时两年多，《早春的世纪人生》终于要和大家见面了。在此，我要特别感谢陈清贫写作培训网校的老师和学友们，感谢陈清贫老师在本书写作过程中给予的指导和建议，感谢深藏老师耐心细致的指点，感谢陈景丽老师为本书的出版所付出的辛勤努力。陈清贫老师和他的"陈家大院"，成为我圆梦的舞台，给了我信心和力量，也给了我很多无私的帮助。同时，我也要深深感谢我的家人和亲朋好友，给予我写作出版的支持与理解，他们永远是我最坚强的后盾。

人生有梦不觉迟，在追梦的路上，母亲一直是我最大的动力。母亲不仅给了我生命，还留下了宝贵的精神财富，我们将沿着母亲的足迹、秉承她的教导，继续向着更加幸福美好的明天前行。

母亲离开我们整整三年了，我们深深怀念她……

岳朝蓉
2020年7月28日

（鄂）新登字 08 号

图书在版编目（CIP）数据

早春的世纪人生 / 岳朝蓉著 . -- 武汉：武汉出版社，2020.8
ISBN 978-7-5582-3296-1

Ⅰ．①早… Ⅱ．①岳… Ⅲ．①长篇小说—中国—当代
Ⅳ．① I247.5

中国版本图书馆 CIP 数据核字（2019）第 241540 号

早春的世纪人生

著　　者：岳朝蓉
责任编辑：赵　可
策　　划：陈景丽
封面设计：曾　梅
出　　版：武汉出版社
社　　址：武汉市江岸区兴业路 136 号　邮　编：430014
电　　话：（027）85606403　85600625
http://www.whcbs.com　　E-mail:zbs@whcbs.com
印　　刷：唐山楠萍印务有限公司　　经销：新华书店
开　　本：710mm×1000mm　1/16
印　　张：34.25　　字　数：552 千字
版　　次：2020 年 8 月第 1 版　2020 年 8 月第 1 次印刷
定　　价：79.80 元

版权所有·翻印必究
如有质量问题，由承印厂负责调换